Flor de arrabal

CARMEN SANTOS

Flor de arrabal

Grijalbo

Papel certificado por el Forest Stewardship Council®

MIXTO
Papel procedente de
fuentes responsables
FSC® C117695

Penguin
Random House
Grupo Editorial

Primera edición: abril de 2021

© 2021, Carmen Santos Sacristán
Publicado de acuerdo con Pontas Literary & Film Agency
© 2021, Penguin Random House Grupo Editorial, S. A. U.
Travessera de Gràcia, 47-49. 08021 Barcelona

Printed in Spain – Impreso en España

ISBN: 978-84-253-5994-1
Depósito legal: B-782-2021

Compuesto en La Nueva Edimac, S. L.

Impreso en Liberdúplex
Sant Llorenç d'Hortons (Barcelona)

GR59941

A Avelino y Daniel, mis chicos de oro,
como siempre

A mi madre, nuestra decana y
la más testaruda

Índice

PRIMERA PARTE

La Pulga

Hay una pulga maligna
que ya me está molestando
porque me pica y se esconde
y no la puedo echar mano.
Salta que salta va por mi traje
haciendo burla de mi pudor,
su impertinencia me da coraje
y como logre cogerla viva
para esta infame que estoy buscando,
para esta infame
no hay salvación
no hay salvación
no hay salvación
no.
...

La pulga,
polca pícara que fue introducida
en España en 1893 por la cantante
alemana Augusta Bergès

El río

Mi madre solía jactarse de que asomé la cabeza a la vida el 1 de enero de 1900, mientras las campanas del Pilar tañían con entusiasmo desde su torre. Me pusieron Florencia, Adoración, Juliana y Silvestra. Unida la retahíla a los apellidos Lacasa Gracia, al párroco que me bautizó se le debió de quedar la boca seca como el esparto. En el barrio me llamaban Florica, Flori o Flor, sin más. Entre los recuerdos de mi infancia destaca el hambre que me mordía las tripas con la saña de un perro resabiado. Dice el refrán que el hambre es lista. Yo creo que solo es cruel y nos empuja a hacer lo que jamás se nos ocurriría con el estómago lleno. Por las noches, los ruidos de mi barriga vacía competían con los resoplidos que daban mis cinco hermanos entre sus sueños inquietos y algún ronquido que otro. Dormíamos los seis en un cuarto no mayor que el vestidor donde ahora guardo los recuerdos de mis años de aplausos, flores y champán. Los chicos se repartían en tres camastros. Jorge disponía de uno para él solo por ser el mayor. A mí me correspondía un colchón de lana húmeda, encajado en la pared bajo el ventanuco que daba al patio trasero.

Vivíamos en una minúscula planta baja del Arrabal. Nuestro cubil era parte de una casucha agobiada por la humedad del Ebro, convertida por el dueño en viviendas ínfimas donde nos hacinábamos varias familias. A primeros de mes, don Roque recorría el barrio para cobrar sus alquileres. Hiciera frío o calor, siempre llevaba un traje prieto, a punto de reventar por la contundencia de su cuerpo de matón. Bajo la levita asomaba un chaleco, de cuyo bolsillo derecho colgaba la leontina de un fastuoso reloj que fingía consultar con cualquier pretexto. Los bolsillos también le servían para introducir los pulgares y tamborilear sobre la tela con los demás dedos, a la vez que separaba los codos del cuerpo para resultar más amenazante. Como si no infundiera bastante miedo verle contar el dinero en mitad de nuestra parca y oscura cocina, sabiendo que, en cuanto se marchara, padre intentaría ahogar en vino su resentimiento con la perra vida que tantos zarpazos le había dado, incluido el de haberle endosado una prole hambrienta que se comía los pocos reales que entraban en casa. Pero los rencores y las penas se crecen con el alcohol. El desafío concluía con padre asomado a una botella vacía y zurrando al primero que se cruzara en su camino.

Su modo de ganar el sustento de la familia era alquilarse para descargar las mercancías de los comerciantes que abrían sus puestos en el imponente Mercado Central, construido sobre el terreno donde antes se expandían los tenderetes entoldados del mercado de Lanuza. De madrugada, cruzaba el río a pie por el Puente de Piedra y caminaba un trecho a lo largo de la ribera, bordeando la basílica del Pilar hasta el mercado. Pasar a la otra orilla en la barcaza le habría ahorrado la caminata, pero era demasiado caro para sus bolsillos famélicos. En cuanto entraba en casa, sabíamos si había trabajado para los carniceros porque llevaba la ropa sembrada de manchas parduzcas y la cocina se llenaba de olor a sangre y sudor. Si padre veía poco movimiento en el mercado, volvía a la margen izquierda y probaba suerte con los viajeros que bajaban del tren en la estación del Norte. Durante la construcción de los edificios de la Exposición Hispanofrancesa, que se inauguró en 1908, compaginó sus actividades de mozo con las de albañil ocasional. Eso nos regaló un tiempo de tregua, pues acababa tan cansado que no le quedaban fuerzas para beber ni pegarnos. Cuando estaba de buenas nos contaba, con incongruente orgullo, cómo iba tomando forma el edificio palaciego donde ahora está la Escuela de Artes y Oficios, en cuya obra trabajaba acarreando ladrillos. Por las noches, apenas oíamos chirriar los vetustos muelles de la cama donde él y madre se dedicaban a «fornicar», según definía el bruto de Jorge el trajín de nuestros progenitores. De aquella famosa exposición solo vimos la multitud de palomas que soltaron para inaugurarla una mañana de primavera y que oscurecieron el cielo del Arrabal hasta que se perdieron en la lejanía.

Nuestra madre se consumió entre embarazos, partos malogrados, crianzas, los lavaderos donde hacía la colada para señoras ricas de la calle Alfonso y los cuartos de plancha en los que, según me contaba, habrían cabido nuestro cubil y el de la familia vecina. Recuerdo su moño de canas precoces, el cuerpo dilatado cual saco viejo y los moratones que los golpes de padre le marcaban en la piel. Su rostro se ha convertido con los años en una imagen desvaída que me cuesta evocar.

El río atravesaba la ciudad tan cerca del barrio que moldeaba nuestras vidas. Al no obligarnos nadie a ir a la escuela, los niños del Arrabal escapábamos a jugar a la arboleda de Macanaz, a orillas del Ebro. Desde el otro lado nos vigilaba la basílica del Pilar. Jorge se llevaba a Amador, el hermano que le seguía en edad, a fumar y hacer fechorías en las callejas del Arrabal. A mí me tocaba cuidar de Tino, Rubén y Perico, mis hermanos pequeños. Perico era el benjamín. Tenía tres años y apenas levantaba un palmo del suelo. Rubén, de cinco, era algo más robusto, también más tranquilo. Agustín, de seis y medio, justo un año menor que yo, al que llamábamos Tino o Tinico, se entretenía observando a escarabajos, hormigas, ratones y todo bicho que se moviera cerca de él. Cuando la niebla cabalgaba sobre el río en invierno y desdibujaba los contornos de la basílica, sus dos torres asomaban espigadas entre los jirones vaporosos y yo imaginaba que pertenecían a un castillo lleno de muebles hermosos, vestidos nuevos y comida en abundancia. En lo más tórrido del verano, los niños nos arrancábamos las ropas mil veces zurcidas y chapoteábamos en paños menores sin alejarnos de la orilla. Ninguno de nosotros sabía nadar. Mientras nos secábamos al sol como lagartijas, los mayores contemplábamos la basílica del Pilar, solemne más allá de la presurosa franja de agua, y soñábamos con cruzar algún día el Puente de Piedra hacia el mundo de los ricos. Aquella magia se apagaba cuando a Montse, la hija pequeña del zapatero remendón, la zarandeaba el diablo. Su hermano Andrés nunca se asustaba como los demás al verla convulsionarse. Sacaba un palo del bolsillo, se lo encajaba entre los dientes, la alzaba en brazos y se la llevaba a casa. Andrés tenía solo un año más que yo. Una tarde de verano, me susurró al oído que algún día se casaría conmigo y nos iríamos a vivir a la otra orilla.

Yo le di un bofetón que le marcó los dedos en la mejilla.

El Ebro no siempre era buen compañero de juegos. Cuando las lluvias persistentes le hacían enfadarse, se desbordaba y convertía la arboleda en un lodazal intransitable. Los viejos hablaban de corrientes traidoras y del pozo de San Lázaro, una sima del río junto al Puente de Piedra, siempre al acecho para tragarse a los imprudentes que se acercaban a ella y escupirlos en el lejano mar, que ninguno de nosotros había visto jamás. Los niños nos reíamos de las advertencias de sus bocas desdentadas, hasta la tarde en que el agua arrancó a Perico de mi lado y se lo llevó entre lloros y chapoteos, sin que me diera tiempo a reaccionar. Nunca encontraron su cuerpo. En el barrio murmuraron que lo había succionado el pozo de San Lázaro y el día menos pensado lo soltaría en la otra parte del mundo, donde nadie sabría quién era. Padre me pegó con el cinturón. Gritó que me mataría a palos si se enteraba de que había vuelto a bañarme en el río con los pequeños. Remató la paliza echándome en cara que yo había matado a mi hermano. Aquello me lastimó más que los golpes. Además, no le habría hecho falta amenazarme. La muerte de Perico me había quitado para siempre las ganas de refrescarme en esas aguas traicioneras.

Mari Pili

Tras ahogarse Perico, Rubén pudo expandirse en el camastro que había compartido con nuestro hermano pequeño. La súbita ausencia del cuerpecito tibio junto al suyo no le enturbió la paz nocturna. Dormía como un leño y roncaba igual que un perro. Yo tardaba una eternidad en conciliar el sueño. En cuanto cerraba los ojos, revivía cómo la corriente arrastraba al niño que ya nunca se haría mayor, ni escaparía de la pobreza cruzando el río hacia el mundo de los ricos. Oía a padre gritando que yo le había matado, y las lágrimas se me encajaban en la garganta hasta amenazar con ahogarme. Por no despertar a los chicos, escapaba al angosto patio trasero, atiborrado de trastos inservibles, hierbajos y moho añejo. Me acurrucaba en un rincón y rezaba por que el pozo de San Lázaro escupiera a Perico en algún pueblo de mar donde la gente fuera amable y le acogiera con benevolencia.

Una nueva capa de tristeza tiznó las desconchadas paredes de casa. A madre nunca le había gustado cotorrear, pero aquel golpe la hizo encerrarse aún más en sí misma. Apenas hablaba, como si se le hubiera quebrado algo dentro de la garganta. La pena tiñó su cabello del color de la boira. Padre sumó una afrenta más a todas las que le había infligido la vida. Adquirió el hábito de emborracharse en la taberna, en lugar de esponjarse en la cocina con el vino espeso que me mandaba comprarle en el colmado de Faustino. Si había suerte, regresaba de sus correrías a las tantas, cuando nos habíamos acostado todos menos madre, que le esperaba encogida en una silla junto al fregadero por si le pedía algo de comer. Desde mi colchón oía dar voces a padre y algún golpe que otro; a no ser que el alcohol le hubiera adormecido la lengua y sofocado el impulso de desahogar con su mujer la ira que le comía por dentro como una solitaria.

Ahora que en mi baúl se acumula más tiempo vivido que por disfrutar, cuando los años me hacen ver las cosas con distancia, que no con sabiduría, se me antoja un milagro que tras las borracheras padre tuviera el cuerpo templado para levantarse al alba y acudir a descargar los carros del mercado. Claro que aunque madre me susurrara, cuando nos quedábamos a solas, que era un buen hombre y únicamente pretendía hacerse respetar por su familia, a mí siempre se me antojó un mulo.

Una calurosa noche de verano, poco después de que el río se tragara a Perico, padre volvió a casa escandalizando más que de costumbre. Encogida en mi mohoso rincón del patio, yo vertía mi tributo de lágrimas por mi hermano pequeño. Al oírle vociferar, el miedo me aceleró el corazón hasta que sus latidos me retumbaron en las orejas. Recé por que entrara en la cocina para exigirle a madre algo de cenar, pero no fue así. Sus pasos de borracho se dirigían hacia donde yo estaba. Los ojos se me secaron del susto. Era demasiado tarde para escurrirme hasta la alcoba sin que me descubriera. Por esquivar la sarta de golpes que me caerían, me ovillé aún más detrás de la pila de maderos viejos que recogían Jorge y Amador en los basureros del barrio para alimentar la desvencijada cocina de leña. Si alguien se deshacía de una silla carcomida o de una puerta descascarillada, mis hermanos enseguida la subían a la carretilla, la desmenuzaban en el patio y amontonaban los trozos en las destartaladas pilas donde se cobijaban arañas, lagartijas y hormigas.

Me dio por mirar hacia arriba. Una enorme luna lechosa intentaba asomar entre nubes entretejidas como tapetes de ganchillo. Asomé la cabeza con sigilo desde mi escondrijo. Padre se había parado muy cerca de mí. Llevaba en la mano derecha algo que se retorcía igual que un demonio enano. De pronto, lo soltó. Aquella cosa emitió un sonido espeluznante al tocar el suelo. De sus laterales se despegaron unas alas oscuras; luego distinguí dos garras afiladas y algo que parecía una cabeza acabada en un pico inmenso. El demonio aleteó y saltó sobre la pila de maderos más baja, que se hallaba junto a la que me daba cobijo. Era una gallina. Y estaba aún más asustada que yo.

—Ahí te quedas, bicho asqueroso —farfulló padre—. Como no pongas huevos, me vas a pagar cada picotazo que me has *dao*.

Dio media vuelta. Entró en casa arrastrando los pies. Enseguida me llegaron voces y golpes desde la cocina. Sollozos sofocados de madre. ¿Por qué nunca se defendía? ¿Por qué no atizaba a ese mulo con lo que tuviera más a mano, aunque fuera la sartén donde cocinaba las migas con pan duro y manteca? ¡Cuánto deseé haber nacido hombre para protegerla y dar a padre su merecido! Pero solo era una niña de siete años, con brazos y piernas de alambre y el estómago lleno de aire.

Tardé un buen rato en osar moverme. La gallina me observaba, desconfiada. Me puse en pie y me aproximé a ella. En la penumbra del patio parecía ser de plumaje parduzco, menos grande de lo que había creído. Sus ojillos vidriosos seguían cada uno de mis movimientos. Ya no resultaba tan terrorífica. Acerqué las manos para tocarla. Ella me dio un picotazo en el dedo índice. Sofoqué un grito de dolor y alcé el brazo para castigarla. La gallina no huyó; solo se encogió igual que si quisiera acurrucarse entre sus propias alas. Me sentí ruin y cobarde. No debía comportarme con ese ser asustado como padre hacía con nosotros. Aquella noche decidí que no martirizaría a los más débiles, pero tampoco me dejaría someter como madre, atrapada entre las palizas de su marido y las humillaciones de las señoras ricas. En lugar de golpear al ave, la acaricié. El bicho se relajó. Su plumaje era suave, la calidez de su cuerpo aliviaba el frío de mis entrañas; hasta el pico se me antojó menos afilado. Agarré a la gallina con cuidado y me la llevé a mi rincón detrás de los maderos, para consolarla y consolarme. Olía a gallinaza. Al hundir la nariz entre sus plumas, tuve que estornudar, pero su cuerpo semejaba absorber mi tristeza. Intuí que había hallado un ser con el que compartir la culpa que me atormentaba por no haber cuidado mejor de Perico.

Desperté cuando empezaba a clarear el alba. La gallina aún se acurrucaba entre mis brazos, tan relajada como Perico cuando dormía. Le di los buenos días y le anuncié que la llamaría Mari Pili, en honor a la Virgen del Pilar.

En las semanas siguientes, padre llevó a casa dos gallinas más: una blanca y la otra parduzca, aunque de un tono más claro que Mari Pili. Nunca se molestó en decirnos de dónde las había sacado. Afirmaba, muy ufano, que las tres darían huevos de sobra para llenar todas las bocas hambrientas que había escupido el vientre de su mujer. Jorge se mofó una noche, bajando mucho la voz, de que un pollero del mercado se las había vendido a precio de ganga porque eran viejas y no servían como ponedoras.

Las aves se hicieron las amas del patio. A la inmundicia habitual se sumaron montoncitos de paja, plumas y excrementos que me tocaba limpiar a mí. Las dos nuevas eran ariscas y picaban a quien osaba acercarse a ellas. Les gustaba ensañarse con mis espinillas, pero Mari Pili me defendía de sus picotazos. En las noches de tristeza e insomnio, me escabullía al patio y dormía hecha un ovillo detrás de los maderos, aferrada a mi amiga plumada, que se dejaba querer.

En contra de los optimistas pronósticos paternos, la producción de las tres gallinas era escasa y siempre acababa en el buche de nuestro progenitor. A lo mejor era cierto que las aves eran viejas, o tal vez solo estaban tan hambrientas como nosotros.

—Cuando seáis padres, comeréis huevos —mascullaba padre con la boca llena mientras mojaba su currusco de pan en la yema diminuta y pálida.

Mis hermanos esbozaban sonrisas furtivas, como anticipando el placer de saborear algún día ese manjar. Yo miraba a madre y me preguntaba si en el futuro me correspondería probar también las cosas buenas o me tocaría conformarme con las sobras, como a ella.

Los hilos de la Nati

A los ocho años di un buen estirón. De la noche a la mañana alcancé la estatura de Amador, que ya había cumplido los diez, y me faltaba poco para igualarme con Jorge, de trece años y medio. Sin embargo, no había crecido a lo ancho. Mis brazos y mis piernas seguían flacos como hierbajos. Una noche, durante la cena, padre alzó la vista de su plato, apenas cubierto por un puñado de migas resecas, pues casi no había manteca y mucho menos longaniza para suavizarlas. Se me quedó mirando largamente, se volvió hacia madre y gruñó:

—Me has *dao* una zagala que parece una cigüeña, cuatro zagales que comen como mulos y otro tan bobo que se ahogó en el río por culpa de esta.

Me señaló con el pulgar. Bajo la uña se acumulaba un cerco de profundo luto.

—*Pa* esto dejamos el pueblo, *pa* vivir peor que los animales.

Apartó el plato de un manotazo que esparció las migas por la mesa. Apuró el vino. Enfrente de mí, madre se encogió de miedo. Los chicos se pusieron en guardia a la espera de un guantazo. Tino, sentado a mi izquierda, se enroscó sobre sí mismo como los insectos a los que tanto le gustaba observar. Percibí su alivio cuando padre se encaró conmigo.

—A partir de mañana, se acabó eso de holgazanear en el río y descuidar a tus hermanos. Ya tienes cuerpo *pa* llegar al fregadero y ayudar a tu madre.

—Paco, si solo es una chiquilla —murmuró madre.

La mano de padre voló por encima de la mesa y le estampó una bofetada en la mejilla.

—A su edad, yo trabajaba en el campo y tú servías en casa de doña Delia. ¿Ya no te acuerdas?

Madre apretó los labios y bajó la cabeza.

—A estos hay que meterlos en cintura —añadió él, deslizando una mirada iracunda sobre su angustiada prole—. Ha *llegao* la hora de que se *eslomen* ellos también. Jorge y Amador ya han hecho bastantes fechorías por el barrio. Mañana me los llevo al *mercao*. Entre los tres nos cundirá más la faena. —Mis hermanos mayores intercambiaron una mirada de pánico—. Y la Flori —continuó padre— se va a encargar de la casa y de cuidar a los pequeños. ¡Y no se hable más!

En los días siguientes, antes de irse a trabajar, madre me acompañaba a la fuente más cercana a llenar los cántaros de agua, me enseñaba a fregar los platos y vasos de peltre, a rascar las cazuelas y sartenes con un estropajo y arena, a ahuecar los viejos y húmedos colchones de lana, a limpiar el suelo hincada de rodillas y a sacar provecho de lo poco que había en la despensa para llenar las tripas vacías. Me explicó cómo suavizar el sabor de la carne atufada que traía padre del mercado y cómo hacer que cundiera el rancho pese a la escasez de ingredientes. Para sumergir las manos dentro del fregadero debía estirarme; mis brazos delgaduchos no daban para sacudir bien los colchones, pero me tomé como un juego de destreza dejar nuestra destartalada cocina igual que los chorros del oro y sacar lustre al suelo, ardua tarea por culpa de las baldosas agrietadas, o incluso rotas. Entre las faenas de la casa, vigilar a mis hermanos y atender a las gallinas no me quedaba tiempo para jugar. De todos modos, mis amigos también ayudaban ya a sus padres. Pero yo estaba contenta: nadie me obligaba a asistir al colegio. Andrés, que había ido un año y sabía escribir su nombre y hacer cuentas sencillas, decía que allí se aburrían hasta las moscas zumbonas.

Al poco tiempo, padre me llevó a casa de «la Nati». Según supe más adelante, habían acordado que ella me enseñaría a manejar hilo y aguja a cambio de que yo le ayudara con sus costuras.

Padre pasaría cada semana a cobrar mi ínfimo jornal. Nati vivía en el primero, atrapada en un cuchitril tan mísero como el nuestro. Cubría las necesidades de su vejez haciendo arreglos en abrigos, ternos y faldas que le llevaban las vecinas para disimular los estragos del uso en las telas raídas. Unos murmuraban que había sido costurera en una reputada casa de modas de la calle Alfonso, hasta que los dedos y la vista le empezaron a fallar. Otros, menos benévolos, le atribuían una juventud poco virtuosa de la que se redimió cosiendo. Nati llevaba el pelo, ralo y cano, recogido en un moño tirante, diminuto como una castaña. Bajo su nariz afilada se ondulaban unos labios mínimos. Cuando se reía, mostraba unos dientes amarilleados por los años y, siempre sospeché, el tabaco, pero sorprendentemente sanos. Sus ropas oscuras, muy limpias y bien planchadas, cubrían un cuerpo insignificante de tan enjuto, aunque su porte y su lenguaje revelaban, incluso a una niña ignorante como yo, que la vieja Nati había conocido ambientes más refinados que el barrio. Era taciturna y no estaba tan cegata como decían, pues cuando me salían las puntadas irregulares, me atizaba en los dedos con el badil de remover el brasero, que guardaba a mano incluso en verano.

Como deferencia hacia madre, a la que apreciaba, me permitía llevarme a Tino y Rubén, siempre que no estorbaran. El pequeño probó con frecuencia el badil en su culo inquieto. Tino, en cambio, se quedaba maravillado viendo cómo Nati doblegaba cualquier tejido hasta adecentar incluso las prendas más gastadas. Creo que él habría aprovechado mejor que yo las enseñanzas de Nati. Habría sido un buen sastre.

Con Nati aprendí a zurcir limpiamente los peores desgarrones, a descoser una falda y recomponerla para que se ajustara a la última moda, incluso a cortar patrones y ensamblar vestidos sencillos; las pocas vecinas que podían permitirse prendas nuevas no querían perifollos que encorsetaran sus movimientos más de la cuenta. Mi maestra daba gran importancia a los ojales y al remate de las orillas. Afirmaba que, revisando esos dos puntos, se pillaba antes a una mala costurera que a un cojo. Dicho eso, blandía el badil y estallaba en carcajadas maliciosas. Era lo único que le arrancaba risas.

Yo me aburría a muerte cosiendo. Las telas se me escurrían entre los dedos como seres malignos dotados de vida propia. Al principio, me clavaba la aguja y volvía a casa con las yemas de los dedos hechas un colador. Un día un goterón de sangre del pulgar manchó el paño de un abrigo que estábamos remendando. El badilazo no se hizo esperar.

—¡Zaborrera!

Arrojé la costura lejos, succioné la sangre del pulgar y voceé:

—¡No me gusta coser! ¡Los trapos no son para mí!

—¡So burra! ¿No ves que te estoy enseñando un oficio digno? ¿Prefieres dejarte las uñas lavando palominos de los calzones de los ricos como tu madre?

La idea de restregar a diario la ropa sucia de desconocidos me hizo recapacitar. Ya me bastaba con hacer la colada de casa. Con lo que me costaba quitar las manchas de sangre y vísceras que impregnaban la ropa de padre y los chicos después de haber descargado los carros procedentes del matadero, por no mencionar sus calzones. Me levanté, recogí el abrigo del suelo y reanudé la tarea poniendo más cuidado. A lo mejor, ser costurera no era un destino tan terrible.

Cuando no me tocaba cargar con mis hermanos, Nati apartaba las costuras, sacaba de su mísero aparador unos cuadernillos resobados que llamaba cartillas y se afanaba en enseñarme a leer y escribir. Nunca me dijo de dónde las había sacado. Ahora supongo que procederían de ese pasado suyo que desconocíamos en el barrio. Otras tardes me hacía practicar cuentas sencillas.

—Algún día me lo agradecerás, so boba —sentenciaba, dándome un badilazo si osaba traslucir mi aburrimiento.

Pese a su carácter irascible, escondía en algún recoveco un corazón compasivo. Aunque a mis hermanos apenas les hacía caso —los toleraba por su amistad con madre, pero no cesaba de vaticinar entre dientes que de mayores serían tan acémilas como todos los hombres—, cuando llegaba la hora en la que los estómagos empezaban a gruñir, nos daba de merendar a los tres chocolate con picatostes. Ahora sé que el chocolate estaba aguado y los picatostes eran adoquines que rezumaban aceite, pero para nosotros suponían un manjar capaz de calentarnos los estómagos vacíos.

—Ay, Señor, Señor, si parecéis fantasmicas de tan delgados. Cualquier día os vais a transparentar —musitaba ella al vernos engullir la merienda, mientras en sus labios pugnaba por dibujarse un atisbo de sonrisa.

El asunto de la pepitoria

El día de la pepitoria empezó como cualquier otro. De madrugada, madre y yo nos pusimos a recoger los tazones en los que habíamos tomado café aguachinado, al que dábamos consistencia con sopas de pan duro. Eso llenaba nuestras tripas hasta mediodía, cuando padre y los chicos regresaban hambrientos del mercado y se abalanzaban sobre el escuálido rancho que yo había preparado a lo largo de la mañana. Madre llegaba más tarde y apenas encontraba las sobras, que ella rebañaba como podía si había pan. Jamás la oí quejarse. Decía que las amas de llaves de las casas señoriales le daban un tentempié en la cocina después de acabar sus tareas. Nunca llegué a saber, ni sabré ya, si decía la verdad. Sí me atrevo a afirmar que ella comía aún menos que el resto de la familia y estaba flaca como un ciprés.

La voz de padre entre un revoloteo de alas nos sobresaltó a las dos.

—¡Maldito saco de huesos y plumas! ¡No sirves más que *pa* cagar y criar piojos!

Madre y yo nos volvimos al mismo tiempo, sin esperar nada bueno. Padre tenía muy malas pulgas por la mañana y el lingotazo de aguardiente que se echaba en el café no mejoraba su talante. Se había parado en medio de la cocina, con la cara y el cuello de color grana, los ojos clavados en nosotras como puñales. Detrás de él se amontonaban los chicos, un penoso batallón de soldados derrotados y muertos de miedo. Rubén se escurrió entre ellos con sigilo de ratón, vino hacia nosotras y se aferró a mi delantal.

Le acaricié la cabeza para tranquilizarle. Al alzar la vista, el corazón me dio un vuelco.

Padre sujetaba por las patas a una de las gallinas, que batía las alas y se retorcía en el patético empeño de picotearle.

—Mari Pili… —musité.

Noté un pellizco de madre en el costado. Era su manera de hacerme callar cuando temía que pudiera atraer sobre mí la ira paterna.

—¡Malditas gallinas! Que eran buenas ponedoras, decía el ladrón del Serafín…

Serafín era un pollero del Mercado Central para el que padre trabajaba a veces haciendo recados.

—Pues esta ha *llegao* donde iba. ¡Tú!

Se acercó a mí, con la desdichada Mari Pili agitándose en histérico aleteo.

—Cuando vuelva a mediodía, quiero ver a este bicho en pepitoria. Si no pone huevos, por lo menos que nos llene el buche.

A través de las lágrimas que me empañaron la vista, creí vislumbrar un destello goloso en los ojos de Jorge y Amador cuando la palabra «pepitoria» se extendió por la cocina cual humo ponzoñoso.

—¡Mari Pili no! —grité.

Madre me rodeó el hombro con su brazo y me apretujó.

—Calla, niña —cuchicheó.

—¡Conque Mari Pili! —vociferó padre—. ¿Desde cuándo tienen nombre las gallinas?

Ya no pude contener el llanto.

—Mírala —se mofó él—. Lloriqueando como una señoritinga. ¡Esta niña nos ha salido tonta!

Y entonces hizo algo por lo que el miedo que me inspiraba desde que tenía uso de razón se convirtió en odio puro: rodeó el pescuezo de Mari Pili con sus manos callosas y se lo retorció. La pobre no tuvo tiempo ni de cloquear. Acabó con la cabeza colgando, lacia igual que un trapo viejo. Se había esfumado el ser que había dado consuelo a mis noches impregnadas de culpa por la muerte de Perico. Solo quedaba un manojo de carne inerme que me iba a tocar desplumar y cocinar.

—¡Has *matao* a Mari Pili! —voceé con la audacia que dan la pena y el odio—. ¡No pienso guisarla *pa* ti!

Padre arrojó la gallina al fregadero y me dio un bofetón.

—Paco, no le hagas caso —intervino madre—. Son cosas de crías. Yo la meteré en cintura y te hará un guiso que te chuparás los dedos.

—¡Más te vale domar a esta potra de hija que me has *dao*, o cuando vuelva, vais a ver lo que es bueno las dos! Solo hay una desgracia peor que ser pobre: ¡tener una hija tonta y burra! —Miró a Jorge y Amador—. ¡Vámonos, pandilla de maleantes!

En cuanto se marchó padre con los mayores, que le seguían cabizbajos, los pequeños se escabulleron sin hacer ruido. Madre alzó la gallina y se sentó a la mesa de madera moteada de carcoma. Comenzó a arrancarle las plumas, sumida en un silencio en el que se colaba algún suspiro que otro. Ver lo que hacía con Mari Pili me hizo sollozar con más fuerza. A través de las cataratas de lágrimas vi que madre sacudía la cabeza.

—¿Cómo se te ocurre hablarle así a tu padre? ¿Quieres que te muela a palos?

—¡Es malo! ¡Lo odio!

—Calla, tonta. ¿No ves que los hombres son más fuertes que nosotras? Cuanto antes aprendas a obedecer, mejor.

—¡No quiero obedecer a ningún hombre!

—Anda, ponte a limpiar —me amonestó madre—. Yo te desplumo la gallina y te la dejo partida a trozos. Y ya te puedes esmerar con la pepitoria, o padre la tomará contigo. —Meneó la cabeza—. Voy a llegar a las tantas, con la de plancha que me tendrán preparada...

Sorbiendo mocos fui a la alcoba de mis padres. Sacudí el colchón con rabia, cegada por las lágrimas que se embalsaban en los ojos antes de resbalar mejillas abajo. Jamás perdonaría a padre lo que le había hecho a Mari Pili.

Cuando subí a casa de Nati, aún no me había repuesto de la repugnancia que me habían dado padre, Jorge y Amador cuando engulleron el guiso con glotonería. Los pequeños apenas probaron bocado. A madre le quedó un ala con un trozo de patata, que ni siquiera miró. Después de comer, Jorge me susurró al oído, aprovechando que padre había salido al retrete que compartíamos todas las familias de la finca: «Padre es una mala bestia, pero ¡qué bien te ha salido el guiso, hermanita!». Reprimí el impulso de arañarle la cara. Jorge era mucho más fuerte que yo. Además, era mi hermano favorito. Para algunas cosas era casi tan bruto como padre, pero él tenía buen corazón.

Nati me observó con sus ojillos penetrantes; después miró a los chicos, acurrucados en un rincón como ratones asustados.

—Vuestro padre ha hecho de las suyas, ¿verdad? Se oía el jaleo como si hubiera sido aquí.

Me eché a llorar. Entre hipidos le conté dónde había acabado Mari Pili. A pesar del sofoco, advertí que Tino y Rubén sorbían mocos en su refugio.

—¡Pero alma de cántaro! —me reprendió Nati—. ¿Cómo se te ocurre encariñarte con una gallina? Eso son cosas de ricos. Los pobres no podemos amar a un animal, porque tarde o temprano nos tocará echarlo a la cazuela.

Su afirmación me arrancó nuevos sollozos.

—Que esto te sirva de lección —rubricó ella.

Soltó la costura que tenía entre manos, aunque ninguna de las dos habíamos dado ni una sola puntada, y me alzó la barbilla.

—Voy a decirte algo, pequeña: estás flaca como un palo de escoba y necesitas un buen baño… o más de uno… pero me da el pálpito de que, en cuanto despuntes, serás una belleza. Lo veo en tus hechuras. Tu madre también era una mocetona bien guapa cuando vino al Arrabal, de recién casada… y tú vas a ser su vivo retrato. —Nati suspiró y añadió, como si mis hermanos no estuvieran en el mismo cuarto—: Cuando seas una mujer hermosa, tu cuerpo y tu cara te servirán para salir de la miseria. Usa la cabeza y obtén buen provecho de eso. Y, sobre todo, no te entregues al primer gañán que te haga requiebros, o sufrirás más aún de lo que has sufrido hoy con esa gallina piojosa. Arrímate a un hombre con posibles y sácale hasta las entretelas. El amor no es para las chicas pobres. Cuanto antes lo entiendas, mejor te irá en la vida.

Una visita indeseada

Tras el disgusto con Mari Pili, los pequeños y yo esquivábamos a padre todo cuanto podíamos, aunque no siempre lográbamos sustraernos a sus estallidos de ira. Yo le temía y odiaba a partes iguales. Cada vez que le miraba las manos grandes, callosas y renegridas, recordaba cómo retorció el pescuezo a mi amiga plumada y una sustancia viscosa como la pez me amargaba la boca del estómago. Las compañeras de Mari Pili corrieron pronto su mismo sino fatal. Naufragaron en una pepitoria que hizo las delicias de padre y los dos mayores. Por suerte, nuestro cabeza de familia se convenció de que criar gallinas ponedoras daba pocos huevos, mucha suciedad y no recompensaba los cuartos que le habían sacado por ellas. Anduvo un tiempo despotricando contra el ladrón de Serafín, hasta que la tomó con otra cosa.

Pese a las zapatiestas y las palizas que repartía cuando el alcohol despertaba a la bestia en sus entrañas, el tiempo fue fluyendo sin sobresaltos dignos de mención, como un arroyo al que las lluvias copiosas convierten a veces en una corriente voraz, aunque nunca mortal.

Hasta aquel fatídico día de 1912.

La mañana empezó siendo espléndida. El sol sonreía desde el cielo con la benevolencia de la primavera, cuando el verano aún no le ha hecho enfadarse. Yo fregaba el suelo hincada de rodillas. Ya había arreglado la alcoba de mis padres y la de los chicos, también el catre que me habían montado Jorge y Amador con las maderas que recogían por el barrio. Ahora dormía en un rincón de la cocina, aislado por un cortinón hecho de retales que nos dio Nati, pues madre insistía en que no era de gente honorable que siguiera compartiendo cuarto con los muchachos. Tenía preparado el triste rancho del mediodía, con patatas y unos pocos recortes de carne atufada de los que traía padre del mercado. Otras veces sustituía las patatas por nabos o boniatos. Todo dependía de lo que pudiera arañar padre entre el género que amenazaba con echárseles a perder a los verduleros. Fueran cuales fuesen los ingredientes, la proporción de tubérculos siempre superaba la de carne. Algunas veces guisaba lentejas viudas, como llamaba madre a las legumbres sin carne ni embutido. Si había suerte, podía hacer un arroz con cebolla y nabos, adornado con dos o tres costillas que deglutía padre. A mis doce años, ya no me costaba tanto sacudir los colchones para ahuecar la lana y acababa las labores de la casa con rapidez. Dejar nuestro cuchitril como los chorros del oro ya no me parecía un juego de destreza, solo una obligación aburrida y nada lucidora. Tampoco me llenaban las horas de costura en casa de Nati. Había aprendido a manejar las telas y mis puntadas no desmerecían de las de mi mentora. Prueba de ello era que ya no me golpeaba en los dedos con el badil. Incluso alababa mis ojales y vaticinaba que iba a ser una gran costurera. Su profecía me entristecía sin que supiera explicarme por qué.

Mi cuerpo se había transformado en un conjunto de redondeces que la vieja Nati, cada día más cegata y arrugada, celebraba con infantil aspaviento como «formas de mujer». Llevaba un tiempo sangrando todos los meses, las cavidades de las axilas y otras partes innombrables se me habían poblado de vello. Me desconcertaban las miradas que me echaban mis antiguos amigos de la arboleda cuando me cruzaba con ellos por la calle. El más raro era Andrés. Enrojecía en cuanto me veía y me ofrendaba sonrisas que le ponían cara de tonto. Ahora ayudaba a su padre remendando zapatos y parecía tan poco ilusionado con su vida como yo.

Jorge seguía trabajando con padre en el mercado, pero Amador había conseguido entrar de aprendiz en una fundición importante llamada Averly. Estaba cerca de la estación del Campo del Sepulcro, que llamaban la «estación de Madrid», y fabricaba productos de fundición y maquinaria industrial, al igual que acabados artísticos como estatuas, ornamentos de edificios o columnas. Por no gastar dinero en cruzar el río subido a la barcaza o el tranvía, mi hermano hacía a pie el camino al trabajo y el de vuelta. Eso le llevaba un buen rato, pero él rebosaba energía y no parecía acusar el cansancio. Un día me confesó que le hacía feliz perder de vista a padre durante la mayor parte de la jornada. Tino tuvo que ocupar su lugar descargando mercancías en el mercado. Creo que añoraba las tardes que pasó viéndonos coser a Nati y a mí. De haber nacido en otro tiempo y lugar, quizá habría llegado a ser un buen sastre, pero padre jamás le habría permitido dedicarse a un oficio de mujer como si fuera un sarasa de tres al cuarto. Rubén, a sus inquietos nueve años, sacaba algunas monedas haciendo recados para Faustino, el del colmado. Y yo me asfixiaba dentro de mi cuerpo ingobernable, que mutaba día a día abrumándome con sensaciones perturbadoras que solo podían ser pecado.

Dejé de restregar las desportilladas baldosas al oír el chirriar de ruedas de un carro, acompañado por el ruido de cascos de un equino que debía de ser mula o burro, pues en el Arrabal se perdían pocos caballos. Nuestra calleja era estrecha y apenas concurrida. Eso hacía aún más inquietante el inesperado sonido. Eché el trapo dentro del cubo y me puse de pie. Sequé las manos en el delantal, me arreglé la falda y salí a la calle. Sentía aletear el corazón como si fuera un cuervo asustado.

Ante nuestro portal se había parado un carro tirado por una mula. Sentado en el pescante, un hombre mayor de rostro rubicundo, con la gorra de pana calada hasta las cejas y camisola de franela arremangada por encima de unos enormes y peludos antebrazos, sujetaba las riendas como si le fuera la vida en ello. Por el otro lado se bajó una chica muy joven. Rodeó el vehículo con paso grácil pero lento. Se paró delante de mí. Llevaba un vestido gris marengo, muy ajustado a su cuerpo esbelto, sobre el que lucía un delantal blanquísimo, atiborrado de puntillas y bordados. Enganchado a su cabello recogido llevaba un tocado igual de níveo y lleno de picos, que me hizo pensar en la cresta de una gallina decolorada con lejía. Recordé que así vestían las criadas de las familias para las que madre lavaba y planchaba cada día. Las pocas veces en las que rompía su cascarón de silencio, me describía cómo iban uniformadas y también hablaba de las vestimentas de las señoras pudientes que paseaban por las calles del centro.

¿Qué hacía una sirvienta de ricos delante de nuestra casa?

—¿Es aquí donde vive Martina?

¿Por qué preguntaba por madre con esa vocecita de angustia? ¿Y qué se le había perdido en el Arrabal? ¿Por qué evitaba posar su mirada en la zona de carga del carro? Dentro de mi pecho, el cuervo batió sus alas negras en dolorosa premonición. Esquivé a la criada y me aproximé al carromato.

—¡Flori, no te muevas de donde estás! ¡Ahora mismo bajo!

Miré hacia arriba. Nati se asomaba a su ventanuco, pálida como siempre imaginé a los espectros, con los ojos a punto de salírsele de las órbitas. No hice caso a su advertencia. Me aupé de puntillas. Solo un poco, pues había crecido mucho el último invierno. Miré dentro de la caja.

Madre yacía donde se suele transportar la carga. Tenía los párpados cerrados, los brazos cruzados por encima del pecho y las muñecas atadas con una cuerda. Parecía dormida, pero había algo siniestro en su extraña quietud.

Una incontrolable flojedad me invadió las piernas. A duras penas contuve el impulso de hacerme pis encima. Ante el fondo negro de mis párpados brillaban de pronto miles de estrellas, como cuando me escondía en el patio por las noches y contemplaba los puntos luminosos diseminados por el cielo. Tuve que agarrarme al carro para no caerme. Dos manos huesudas me sostuvieron. Eran las de Nati.

—Por el amor de Dios, ¿qué le ha pasado a la Martina? —graznó.

Pese a la niebla que me envolvía, hasta yo advertí que la criadita se sentía muy incómoda con su penosa encomienda. Oí cómo le contaba a Nati que madre se había desmayado mientras planchaba en la casa de sus señores, dueños de una de las fincas de la calle Alfonso donde habían instalado agua corriente ese año.

Toda la servidumbre había acudido al cuarto de plancha para intentar hacerla volver en sí con sales y agua fría. Al no lograrlo, doña Visitación, el ama de llaves, avisó a la señora, un alma caritativa y bondadosa que mandó llamar enseguida al médico de la familia. Don Fermín, con todos sus conocimientos de galeno prestigioso, solo pudo confirmar la muerte de la planchadora, a buen seguro por un ataque al corazón.

Nati me estrechó entre sus brazos sarmentosos.

—¡Jesús, María y José, qué desgracia!

A nuestro alrededor empezaron a congregarse varias vecinas. No recuerdo quiénes eran. Solo que estalló un caos de voces chillonas.

—Mira lo que queda de la pobre Martina. Si parece que fue ayer cuando llegó del pueblo. ¿Te acuerdas de lo guapetona que era?

—Es que las penas consumen mucho.

—Y las palizas de ese borracho.

—Si es que no somos nadie...

—¡Pájaros de mal agüero! —las increpó Nati—. ¡Urracotas! En vez de cotillear, a ver si ayudáis a meterla en casa, que hay que preparar el velatorio.

Se volvió hacia mí y me agarró por los hombros. En ese instante me di cuenta de lo pequeña y anciana que era.

—Flori, ya eres una mujer... y más fuerte que tus hermanos y el animal de tu padre. La vida te traerá otros golpes como este, pero nunca dejes que te acobarde. La gente cree que las mujeres somos débiles. No saben que podemos con todo lo que se nos venga encima. Y ahora, vamos a bajar a tu madre de ahí, que estos señores se tendrán que marchar.

La criadita se apresuró a montarse en el pescante como si la persiguiera el diablo. Nati y las vecinas rodearon el carro. El carretero saltó del asiento desde el que había contemplado la escena y corrió en su ayuda. Mientras les veía afanarse para acarrearla entre todos, recé por que madre se sacudiera de encima esas manos que la agarraban como si fuera un fardo, se pusiera en pie, me estrechara entre sus brazos y me asegurara que el médico de ricos se había equivocado. La plegaria no sirvió de nada. El cuerpo que bajaban del carro como una res muerta tenía las facciones de madre y llevaba su ropa remendada, pero ella ya no habitaba en él. Se había marchado.

Algo me hizo cosquillas en las mejillas. Pasé los dedos por la cara pensando que espantaría a una mosca o cualquier otro insecto.

Eran lágrimas.

La Sultana de Constantinopla

Dos meses después de morir madre, se acabaron para siempre las labores en casa de Nati. Padre anunció, una tarde de verano, que me había encontrado un trabajo donde iba a ganar más perras. En cuanto me lavara la cara y me peinara las greñas, él mismo me iba a acompañar sin perder ni un instante. Ya valía de dejarme explotar por esa solterona que ocultaba su pasado dudoso dándoselas de pisto y me pagaba una miseria con el cuento de estar enseñándome.

A mí, su perorata no me pilló de sorpresa. Todo el vecindario sabía que padre y Nati se odiaban. Desde que enterramos a madre, la costurera le culpaba abiertamente de su muerte prematura, mientras que él la acusaba de querer poner en su contra a todo el barrio. Por un lado, me alivió la idea de dejar la tediosa costura, pero también sentí mucha tristeza. En las últimas semanas la compañía de Nati, sus desordenadas clases de lectura y su chocolate traslúcido habían sido un rayo de sol en un pozo muy negro. Pedí permiso a padre para subir a darle la noticia a mi maestra, pero él replicó que no había tiempo para tonterías. Ya le había dicho, nada más regresar del mercado, que se buscara a otra chiquilla a la que chupar la sangre.

No me llevó mucho tiempo echarme agua en la cara y recogerme el pelo en un moño bajo, tal como me había enseñado madre. Al poco rato, padre y yo dejamos atrás nuestra calleja y accedimos a la calle Sobrarbe, que Jorge llamaba siempre la «calle ancha». Y realmente lo era. Yo había salido tan poco de casa y de nuestro callejón, ocupada día tras día con las faenas domésticas y la costura ante la mesa camilla de Nati, que me atenazaba un gran miedo a lo desconocido mezclado con la emoción de hacer algo nuevo en mi aburrida vida. Me impresionó el trasiego de carros y tartanas, cuyas ruedas dejaban surcos en la tierra polvorienta de la calzada. Por doquier pululaban hombres vestidos como padre: con la gorra bien calada en la frente, camisolas anchurosas bajo el chaleco, pantalón de pana y alpargatas. Nos cruzamos con una mujer regordeta de moño canoso que balanceaba un cántaro apoyado sobre la cadera derecha. El recuerdo de madre surgió doloroso de donde se agazapaba siempre. Una joven, ataviada con una falda amplia y vieja, los hombros cubiertos con una pañoleta gris, tiraba de un niño con la cara llena de churretes que se dejaba remolcar, entre indiferente y resignado.

Llegamos al puente. En la otra orilla vislumbré el Pilar y las dos torres que contemplaba de pequeña desde la arboleda: la vieja y la que los niños vimos edificar desde lejos cuando aún nos bañábamos en el río. El trasiego de carros era mayor que en la calle ancha. Al ver un tranvía que venía hacia nosotros emitiendo un sonido que era una mezcla de campanas y cascabeles, me asusté y me arrimé a la barandilla del puente. Aunque los hombres de la familia nunca lo usaban por ahorrar, Jorge me había hablado mucho de ese vehículo de transporte colectivo que, desde hacía algunos años, comunicaba el Arrabal con el centro de la ciudad, alimentado por un invento que llamaban electricidad, pero nunca lo había visto de cerca. ¿Cómo había podido vivir toda mi vida al lado de semejante prodigio sin conocerlo?

Bajé la vista hacia el agua que corría a ocultarse debajo del puente. Contemplando el río desde arriba, fui consciente por primera vez de lo ancho que era. La imagen de Perico, raptado por la corriente entre chapoteos y gritos, me atravesó el pecho como una cuchillada. Me quedé paralizada. Padre caminaba tan deprisa que tardó en darse cuenta. Cuando se volvió y me vio quieta, gritó:

—¡Venga, que no tengo toda la tarde! ¡*Jodía* cría!

Me apresuré a alcanzarle. Seguro que estaría ansioso por desembarazarse de mí para ir a beber a la taberna. No quería ganarme un cachete o algo peor.

Conforme avanzábamos hacia el otro lado del río, la basílica del Pilar fue creciendo ante mis ojos, más y más majestuosa. Al final del puente, dos leones de piedra colocados sobre sendos pilares, uno a cada lado de la calzada, nos dieron la bienvenida a la ciudad. Nos desviamos a la derecha y caminamos a lo largo del río. Con el Pilar a nuestra izquierda, recorrimos una calle polvorienta ribeteada de árboles y surcada por los rieles del tranvía. Cada vez que alzaba la vista, tenía la sensación de que esa enorme iglesia se fundía con el cielo y un escalofrío me corría espalda abajo. Si miraba hacia el otro lado, veía perfilarse en la orilla contraria la arboleda donde jugábamos los niños pocos años atrás, aunque a mí, como suele ocurrir en la infancia, se me antojaba que había pasado una eternidad. Detrás se amontonaban las casas del barrio.

No recuerdo cuánto tiempo caminamos al amparo de la basílica. Andaba como si me moviera dentro de un sueño y me costaba mantener el paso de padre, que solo se volvía para apremiarme, con expresión cada vez más hosca. Cuando llegamos a la plaza del Mercado Central, la cabeza, habituada a la vida pequeña que llevaba entre la casa y la costura, empezó a darme vueltas como si me estuviera mareando. ¿Cómo digerir ese repentino trasiego de carros, caballerías y mujeres de moño canoso y pañoleta al hombro, algunas cargadas con cántaros que llevaban apoyados contra la cadera? Me abrumó aún más la fachada del mercado, con el gigantesco arco sobre la entrada principal, flanqueado a cada lado por un arco más pequeño, y las torretas puntiagudas que coronaban la fachada y conferían al edificio un aire de misterio. Gracias a que Nati me había enseñado los números en sus modestas clases, pude contar cinco de ellas.

Padre ni siquiera miró el edificio donde trabajaba de madrugada. Atravesamos la plaza y entramos en una calle casi tan estrecha como la nuestra. Había una cestería que exponía en la acera una abrumadora selección de sus productos. También una tienda donde vendían alpargatas. Habían colgado varios pares sobre la puerta para atraer a los viandantes. Miré las mías, raídas por el uso. Estaba acostumbrada a llevar ropa vieja y pasar hambre, pero la visión de tanto calzado a estrenar me hizo sentir más pequeña y pobre que nunca. Un hombre alto, de barba negra entreverada de blanco, vestido con una bata gris que le llegaba hasta las pantorrillas, fumaba parado ante un gran ventanal contiguo a la alpargatería, como si custodiara las fuentes de pastas y bollería expuestas al otro lado del cristal. Jamás había visto tantos dulces juntos. Faustino apenas vendía galletas en su colmado y los pocos que podían comprar alguna solían quejarse de que sabían a rancio.

—Buenas tardes, don Martín.

Padre se llevó una mano a la gorra cuando saludó, con sumiso respeto, al de la bata gris. El otro inclinó la cabeza, displicente.

Nos detuvimos delante de una puerta de madera de dos hojas, pintada de rojo oscuro, algo descascarillada. A cada lado de la entrada había un cartel alto y estrecho, protegido por un cristal. El de la izquierda retrataba a una mujer muy bella, vestida con unos extraños bombachos de tela colorida y brillante. Para mi espanto, se veía parte del vientre y un asomo del ombligo, apenas disimulado por unos cuantos velos y tules. Desvié la vista hacia el anuncio de la derecha: una joven que parecía andar en camisón adoptaba una postura retorcida enseñando los hombros y las piernas hasta la rodilla, además del nacimiento de un pecho. Tragué saliva y miré hacia arriba. Encima de la puerta serpenteaba una retahíla de letras grandes y doradas. Intenté aplicar los rudimentos de lectura que me había enseñado Nati para descifrar lo que ponía. No me dio tiempo. Padre empujó una de las hojas de madera, volvió a cogerme del brazo y me arrastró dentro.

Me costó habituarme a la penumbra que nos envolvió nada más cruzar la puerta. Hacía más fresco que en la calle. Olía como cuando padre llenaba la cocina con el humo de su tabaco de liar, mezclado con un aroma dulzón y algo mareante. Cuando mis ojos se hicieron a la oscuridad, distinguí que estábamos en un recinto cuadrado, no demasiado grande. Había un pequeño mostrador, pero no se trataba de una tienda. De eso estaba bien segura.

—¡Tenemos cerrado! ¡Abrimos en tres horas!

Di un brinco del susto. ¿De dónde había salido ese vozarrón de hombre?

—¡Soy Paco! —voceó padre, sin la agresividad que empleaba con nosotros—. Traigo a la zagala.

Algo se movió detrás del mostrador. Vi que era una gruesa cortina de color rojo oscuro. De entre sus pliegues salió un hombre. Pese a la escasa luz, me pareció que era alto y de cuerpo bien formado. Nos miró con cara de pocos amigos, pero enseguida esbozó una sonrisa que, lejos de resultar simpática, despertó en mí un asomo de recelo.

—Ah, eres tú —le dijo a padre—. A ver qué me traes.

Apartó el cortinón. Con ademán imperioso nos instó a que le siguiéramos. Recorrimos tras él un largo pasillo, mejor iluminado que la entrada. No vi lámparas ni candiles como los que usábamos en casa. La luz surgía del techo a intervalos regulares. El hombre debió de percibir mi asombro.

—Aquí tenemos electricidad —se jactó—. Así las chicas lucen más guapas.

Su risa me provocó un escalofrío. Había algo en él que me asustaba. Padre hizo aprecio a la broma con unas carcajadas respetuosas. En casa jamás le había visto tan deseoso de agradar. El hombre me colocó donde se concentraba más luz. Me pasó revista con inquietante atención.

—Es una niña, aunque parece de buenas hechuras.

—Está acostumbrada a trabajar —terció padre; se me antojó nervioso—. Cose mejor que los ángeles y es limpia como ella sola. Te dejará esto como una patena.

El otro me miró con expresión guasona.

—Pues podrías haberle *enseñao* a peinarse. Parece una oveja sin esquilar.

Deseé que me engullera la sima del pozo de San Lázaro y me depositara junto a Perico, allá donde estuviera ahora. Oí cómo padre tragaba, azorado. En ese lugar no quedaba nada del energúmeno que era en casa.

—Hombre, Rufino... —masculló.

Rufino volvió a reírse. Era más joven que padre. Tenía los dientes bonitos y sanos.

—¿Cómo te llamas? —me preguntó.

Padre respondió antes de que yo pudiera reaccionar.

—Florencia, pero la llamamos Flori.

—Flor, pues —decretó el hombre; me miró con severidad—. Vas a empezar a las seis. Primero me barres la platea y el gallinero. Todos los días. Fregar toca dos veces a la semana. Si está muy sucio, pasas el trapo, aunque no toque ese día y sin que nadie te lo tenga que decir, que los hay muy gorrinos. Después, la emprendes con el escenario. Los camerinos y los pasillos los escobas a diario y los friegas un día a la semana. Y te encargas de los trajes de las chicas: hay que colgarlos en su sitio cuando acaban de actuar, coserlos si les hacen un siete y tenerlos limpios, que las guarronas de ellas son muy desastradas. Si alguna aparece con melopea y hay que ayudarla a vestirse, lo haces sin rechistar. ¿Entendido?

Asentí con la cabeza. A juzgar por lo que mandaba ese hombre, debía de ser el dueño o encargado de ese extraño lugar.

—Pues venga, a trabajar, que no pago a nadie por zanganear.

—¿Y las perras? —intervino padre.

—Si la zagala cumple, puedes venir a cobrar los días de pago. Ya sabes cuándo suelto la mosca. Si no sirve, te la mando *pa* casa echando leches.

Padre me miró amenazante. De sobra sabía lo que me esperaría si ese tal Rufino no quedaba contento.

—Hala, moza, mueve el culo. —Rufino me dio un cachete en las posaderas—. Que ya tardas.

Soltó su risa estruendosa y abrió una puerta desconchada detrás de él. El pasillo se inundó de luz. Parpadeé deslumbrada y distinguí un patio trasero lleno de trastos.

—El agua la puedes coger del aljibe. —Señaló un armatoste redondo que parecía un barril gigante colgado de la pared—. Si está seco porque no ha llovido, te toca ir a la fuente. —Se dirigió a padre—. Vamos, te invito a un trago *pa* sellar el pacto.

No tuvo que insistirle. En un santiamén desaparecieron los dos y me vi sola. Salí al rectángulo luminoso, todavía cegada después de la penumbra del interior. Pese al desorden, encontré pronto los utensilios de limpieza que necesitaba. Tardé poco en regresar al pasillo, pertrechada de escoba y recogedor. Caí en la cuenta de que Rufino no me había dicho cómo llegar a la platea. Tampoco tenía ni idea de lo que era. ¿Y un camerino? ¿Tendría que ver con el gallinero? ¿Serían muy sucias las gallinas de esa casa?

Mientras me debatía en medio del corredor, indecisa y de nuevo a media luz, el cortinón al otro extremo se movió y escupió una figura humana. Pensé que Rufino igual se había dado cuenta de que andaba perdida y regresaba para darme más instrucciones. Conforme fue acercándose, vi que no era el dueño, sino una mujer envuelta en el vestido más exagerado que había visto en mis doce años de vida. La tela fluía vaporosa y lucía intensamente blanca en la semioscuridad de aquel pasillo. Estaba abigarrada de bordados que representaban flores y hojas. El talle era alto, como se estilaba, según me había contado madre cuando hablaba de la vestimenta de las señoras. Quedaba marcado por una banda oscura que parecía de seda. Lo más llamativo de aquella aparición era el sombrero de paja blanca, que por su tamaño semejaba una sartén gigante. Lo adornaban hasta la exageración flores de tela y dos plumas de ave que arañaban el techo. Bajo ese jardín portátil se perfilaba un semblante pálido y puntiagudo que me recordó a mi infortunada gallina Mari Pili.

—¿Tú eres la fregona nueva?

Asentí con la cabeza. La lengua se me había paralizado.

—A ver si nos duras más que la otra —exclamó la recién llegada con voz estridente, blandiendo una sombrilla blanca plegada como si removiera un guiso con ella—. Yo soy Alisa, la Sultana de Constantinopla.

Jamás había oído nada parecido. Presa del estupor, reconocí de pronto a la mujer que enseñaba el ombligo en uno de los carteles de la entrada. En el retrato lucía mucho más joven, incluso guapa.

—¿Te ha dicho el Rufián que tienes que empezar por la platea?

Volví a mover la cabeza. Supuse que por Rufián se referiría a Rufino.

—Y que arregle las gallinas —logré musitar.

La mujer estalló en carcajadas que evocaron en mí el cloqueo de Mari Pili. Un aroma dulzón y mareante, como si se hubiera macerado en colonia, brotó de la profusión de telas que la cubría y se expandió por el corredor. Me dio un ataque de tos.

—Aquí no hay gallinas, alma de cántaro. Anda, ven y te digo por dónde se va al gallinero. A este paso llegará la hora de la función y aún andarás perdida por ahí. —Me agarró de un brazo y tiró de mí pasillo abajo—. A ver si te das garbo, que me tienes que ayudar a vestirme. ¡Y no dejes que te líe la chafardera de la Amapola! Esa tiene muchos humos, pero aquí estrella no hay más que una: ¡Alisa, la Sultana de Constantinopla! —Emitió de nuevo su risa cacareante y me asfixió otra vez su espesa colonia—. ¡Gallinas en La Pulga! ¡Habrase visto, la niña esta!

La Pulga

El teatro donde me colocó padre se llamaba La Pulga, aunque llamarlo teatro tal vez sea exagerado, incluso pretencioso. El local tenía un modesto escenario que desvelaba cada noche el viejo Hilario, corriendo a mano un cortinón de terciopelo rojo que al deslizarse desprendía nubes de polvo. Lo que Rufino definía como platea era un espacio en forma de herradura donde se alineaban, en la parte de atrás, cinco filas de veinte butacas cada una, de tapizado tan vetusto como el telón y el propio Hilario. Al pie del escenario se hallaba la zona noble, separada del resto por una balaustrada de escayola con vetas pintadas. Allí había varias mesas rodeadas de sillones casi nuevos, pensadas para acomodar a los clientes de frac, pajarita y sombrero de copa que recalaban en La Pulga achispados y derrochaban sus buenos duros en perfeccionar la borrachera trasegando un brebaje que Rufino llamaba champán. Tal como me había aclarado la Sultana, en el gallinero no se criaban gallinas. Era una especie de terraza situada a la altura de un primer piso que bordeaba la herradura de la platea, en la que se sentaban los clientes más pobres, que también eran los más ruidosos y los que más manchaban. Pronto me di cuenta de que todos en La Pulga temían la ira de los de arriba, pues si un número les aburría, no tenían reparos en abuchear y tirar al escenario tomates, o hasta huevos malolientes de puro podridos.

Rufino era el dueño. Ejercía un control tan férreo sobre todo lo que ocurría en sus dominios que ni el camarero más bribón osaba hacerle sisa en la recaudación. Llegaba antes que nadie por la tarde y era el último en marcharse de madrugada. La gente le llamaba el Rufián, siempre a sus espaldas y bajando la voz. Solo los clientes distinguidos se atrevían a dirigirse a él por el apodo. Rufino se lo permitía, siempre que el dinero migrara con alegría desde los bolsillos de los fracs a la caja donde guardaba las ganancias. En aquel tiempo, Rufino me parecía mayor. Ahora pienso que no pasaría de los treinta años. Me cuesta evocar sus rasgos con exactitud. Sí le recuerdo como un hombre guapo. Llevaba la cabellera azabache repeinada con fijador. Un mostacho igual de negro, con las puntas curvadas hacia arriba, le cubría el labio superior. Los ojos eran de un color marrón turbio, como el agua del río cuando las lluvias la manchaban de barro. Las chicas le deseaban y temían a partes iguales. A mí me inspiraba solo miedo cuando su mirada se deslizaba sobre mi cuerpo indeciso, que ya no era de niña, pero tampoco de mujer.

La Pulga tenía fama entre los asiduos de cambiar el programa cada semana. En realidad, solo variaban los cómicos, ilusionistas, prestidigitadores y hasta joteros que actuaban entre los números musicales y se llevaban la mayor parte de los tomates y otros frutos arrojadizos. Las demás atracciones corrían siempre a cargo de las mismas artistas. Había cuatro chicas descoordinadas a las que Rufino, en su afán ennoblecedor, llamaba el cuerpo de baile o las coristas. Eran poco mayores que yo y salían a distraer al público entre las actuaciones para que las cantantes pudieran cambiarse de atuendo sin que se impacientara la parroquia. Más que bailar, lo que hacían era mostrar palmo a palmo sus cuerpos de mujeres-niñas y dar saltitos propios de cigüeñas, para rugiente regocijo de la clientela. En cuanto asomaban las estrellas al escenario, las coristas bajaban a hacer compañía a los caballeros de la zona noble. Así llamaba Rufino la sagrada misión de incitarles a gastarse los cuartos en bebidas. «Quiero que soplen como si no hubiera un mañana», aleccionaba a las chicas antes de abrir el local. Y después, con sorna paternal y un cachete en el culo a la que tenía más cerca, añadía: «Pero ¡ojito con pillarme una melopea vosotras, que ya bailáis mal sin andar borrachas!».

En La Pulga no había orquesta ni foso donde alojarla. La música corría a cargo de un hombre mayor que aporreaba un piano de pared colocado en el proscenio, otro igual de añoso cuyos mofletes se inflaban como balones cuando soplaba dentro de su trompeta y un joven esmirriado que arrancaba lamentos a un clarinete. Por el estrellato rivalizaban a diario la Sultana de Constantinopla y la Bella Amapola, la joven que aparecía retratada en camisón en uno de los carteles de la fachada. Al natural no era tan joven ni tan lozana, pero los focos eléctricos con los que Hilario la iluminaba sobre el escenario obraban la magia de convertirla en una niña picarona que cantaba, con su camisón de volantes y los rizos ordenadamente desordenados:

Hay una pulga maligna
que ya me está molestando
porque me pica y se esconde
y no la puedo echar mano.
Salta que salta va por mi traje
haciendo burla de mi pudor,
su impertinencia me da coraje
y como logre cogerla viva
para esta infame que estoy buscando,
para esta infame
no hay salvación...

Al llegar a este punto, los hombres del público ya rugían el estribillo, con los ojos a punto de salírseles de las órbitas, mientras ella se palpaba el cuerpo haciendo ademanes voluptuosos que enfervorecían aún más a los incondicionales. En mi primera noche de trabajo, un borracho con aspecto de matón, muy parecido a don Roque, nuestro casero, surgió de entre las butacas del fondo, se subió al escenario e intentó manosearle los pechos a la Bella Amapola. Ella siguió buscándose la pulga entre la ropa sin pestañear hasta que Rufino salió de un lateral, agarró al intruso por el cuello y lo echó a la calle sin ayuda de nadie. El número de Amapola cerró el espectáculo sin más incidentes y los señores abandonaron el local derrochando entusiasmo. Solo yo me llevé un buen susto.

Aquella noche salí de La Pulga muerta de miedo, incapaz de digerir tal cúmulo de vivencias extrañas. Eran las tres de la madrugada, según oí comentar a una de las coristas cigoñinas. ¿Qué debía hacer? Padre me había dejado horas atrás en el pasillo penumbroso, sin decirme cómo debía volver a casa. Recordaba el camino de regreso, pero nunca me había visto en la calle de noche y menos aún sola. ¿Y si me asaltaba algún bruto como el que se había propasado con la pobre Amapola? Pegándome a las paredes cual gata asustada, salí del local detrás de las chicas. Ellas ni repararon en mí. Taconearon calle arriba, las cuatro apretadas en una piña alborotada, y se perdieron en la lejanía. Yo sabía que dentro de La Pulga solo quedaban Rufino y la Sultana. Amapola se había marchado de las primeras, en compañía de un vejestorio tocado con bombín cuya barriga parecía una sandía bajo su traje de buen paño y mejor corte, según advirtió mi instinto de costurera desarrollado por Nati. Estuve a punto de volver a entrar para implorarle protección a la Sultana. Solo me retuvo la aversión visceral que me inspiraba Rufino. ¿Y si decidía acompañarme él? Desconfiaba de ese hombre sin saber por qué. Respiré hondo y me resigné a irme sola.

En eso, vi a Jorge. Apoyado contra la fachada de la casa de enfrente, fumaba con indolencia uno de esos cigarrillos informes que liaba siempre deprisa y corriendo. Hizo un movimiento con la mano. Mostró una ancha sonrisa bajo la gorra, calada hasta las cejas como tenía por costumbre. Pese a que era mi hermano favorito, nunca me había alegrado tanto de verle como aquella madrugada. Corrí hacia él y le abracé. Jorge me estrechó con fuerza.

—¿Pensabas que me iba a quedar tan tranquilo sabiendo que mi hermanica anda por ahí a estas horas como si fuera una mujerzuela?

Me soltó y echamos a andar en dirección al Mercado Central. Al vislumbrar el edificio en la penumbra de las farolas, me atreví a preguntarle:

—¿No tienes que ir al *mercao*?

—Me sobra tiempo *pa* acompañarte a casa y volver. No soy un animal como padre.

Desde que tuve uso de razón, sabía que mis hermanos temían y aborrecían a padre tanto como yo, pero esa noche detecté en las palabras de Jorge un sentimiento nuevo: el desprecio más profundo.

Polichinela

Durante los meses que siguieron, alterné las faenas en casa con las muchas horas que me tocaba trabajar en La Pulga. Allí limpiaba siguiendo el orden impuesto por Rufino, colgaba en su sitio las prendas que las artistas dejaban tiradas por doquier, las lavaba si las veía muy sucias y ayudaba a cambiarse de traje a la Sultana y a Amapola. También me encargaba de remendar los desgarrones y descosidos que se hacían las dos con las prisas por salir pronto al escenario, no fuera a impacientarse la parroquia y la emprendiera a tomatazos. Cuando se corrió la voz en el teatro de que cosía con la limpieza de una buena modista, se multiplicaron las ropas que debía arreglar. No todas eran para actuar. Incluso Rufino me confiaba camisas y pantalones con sietes, fruto de alguna de sus peleas. A mí no me abrumaba el trabajo. Era muy joven, rebosaba energía y el mero hecho de pasar las tardes en el colorido y excitante universo de La Pulga, espiando desde detrás del telón cómo enseñaba el ombligo y se contoneaba la Sultana en sus extrañas danzas, enredada entre velos y cascabeles cantarines, o escuchando las picantes canciones con las que Amapola enloquecía a los hombres, y que ella llamaba cuplés, era asomarme a través de una ventana mágica a un mundo que intuía mucho más grande que nuestro pequeño barrio al otro lado del río.

Un mundo por el que, según me contaba la Sultana mientras se vestía en mi presencia, rodaban algunos carros que no necesitaban caballerías para moverlos; donde había corrientes de agua mucho más poderosas y anchas que nuestro río, surcadas por barcos inmensos en los que cabrían miles de barcazas como las que unían las orillas del Ebro. Navíos que recibían el extraño nombre de transatlánticos y que a veces chocaban con montañas de hielo y se hundían, como uno al que todos llamaban *Titanic*. La Sultana no había visto ninguno de esos inventos, pero sí había oído hablar a algunos clientes del terrible naufragio del *Titanic,* en el que, según se rumoreaba, se había ahogado tanta gente como la que cabía en nuestra ciudad. También me hablaba de su paso por locales madrileños de nombre evocador donde, según afirmaba henchida de orgullo, había coincidido con figuras prestigiosas de las variedades como la Fornarina y Raquel Meller, que justo en junio habían actuado en el Parisiana de Zaragoza. «Un teatro de los de verdad», se apresuraba a matizar bajando la voz, donde ella también había llegado a bailar una noche. Nunca decía si cosechó éxito en el Parisiana, pero enseguida recalcaba, trazando una mueca de desprecio, que las dos divas eran como cualquier hija de vecina y andaban por los pasillos con las greñas enredadas y granitos en la cara. Por supuesto, también sacó el tema capilar y dermatológico cuando se corrió la voz, durante el mes de julio, de que actuaba en el teatro Circo la célebre Chelito, a quien se atribuía el mérito de haber popularizado en España el cuplé *La pulga*, introducido en realidad por una cantante alemana cuyo nombre nadie sabía pronunciar. A la lapidación verbal de la Sultana se sumó esa vez nuestra Bella Amapola, que había hecho suya esa canción y consideraba a la Chelito una vil usurpadora.

A mí todos esos nombres no me decían nada, pero su sonido exótico me hacía intuir que en alguna parte había otra clase de vida llena de brillo y, por lo tanto, inalcanzable. Lejos de burlarme de la Sultana como hacían Amapola y las chicas del cuerpo de baile, escuchaba sus historias embelesada y me las grababa en la memoria para contárselas a Nati con todo detalle.

Casi todas las mañanas me escapaba para visitar a mi antigua maestra, aprovechando que ni padre ni mis hermanos rondaban por casa. Disfrutaba relatándole los chismorreos que circulaban por el único camerino, donde se vestían, maquillaban y se enfrentaban entre sí las coristas, las dos solistas y hasta los magos o cómi-

50

cos que pasaban por La Pulga. También le contaba las novedades que comentaba la gente sobre el naufragio del *Titanic*. A las dos nos costaba imaginarnos cómo sería una barca del tamaño de una ciudad. Nati escuchaba con atención. Algunas veces, sus labios resecos parecían relajarse en una sonrisa que se desvanecía al instante. Lo que despertaba su interés eran las historias de las cupletistas famosas y los grandes teatros que afirmaba haber conocido la Sultana. Entonces aparecía en sus ojos un brillo melancólico que una niña ingenua como yo no sabía interpretar. Ahora lo definiría como la nostalgia de algo que se ha conocido y perdido para siempre. Tal vez eran ciertos los rumores que le atribuían una juventud farandulera.

En cada visita tenía la impresión de que Nati había menguado un poquito más. Después de que padre me alejara de sus costuras, no había tomado a ninguna aprendiza bajo sus auspicios. Los encargos habían empezado a disminuir al tiempo que se multiplicaban las arrugas en su rostro y su cuello. Trabajaba poco y parecía comer aún menos. Algunos días le apartaba unas cucharadas de nuestro rancho, con mucho cuidado de que no se notara, y se lo subía en un plato. Ella daba cuenta del presente con ademanes de pajarillo mientras yo le hablaba de La Pulga para entretenerla. Entre todas las anécdotas, la que le arrancó las únicas carcajadas espontáneas que recuerdo haber oído en su casa fue el primer rifirrafe que presencié en el camerino entre la Sultana y la Bella Amapola.

La noche de la gran riña, yo acababa de extender sobre una silla el extravagante vestuario de la Sultana, colocando las prendas por el orden en el que se las iba a poner. Ella ya se había maquillado delante del deslucido espejo que compartía con Amapola. Empezó a vestirse con su habitual parsimonia, como si estuviera sola en ese camerino abarrotado donde todo el mundo entraba y salía a su antojo. Nunca se molestaba en ocultarse detrás del biombo de madera llena de carcoma.

Desde el escenario llegaba la vocecita aguda de la Bella Amapola. A Rufino se le había antojado días atrás que el espectáculo necesitaba más pimienta y había dispuesto que Amapola abriera

la función cantando *El polichinela*, un cuplé picante popularizado por la Fornarina. Para adornar el número, Amapola salía a
escena manejando con torpeza una marioneta de madera mientras entonaba:

> *Entre los paisanos y los militares,*
> *me salen a diario novios a millares.*
> *Como monigotes vienen tras de mí*
> *y a todos los hago que bailen así:*
> *cata catapún, catapún pun candela*
> *¡arza pa arriba, polichinela!*
> *Cata catapún, catapún, catapún,*
> *como los muñecos en el pim pam pum...*

Desde el primer día, el número gozaba de gran aceptación. La
parroquia se caldeaba con la mera visión de los gestos insinuantes
y los gordezuelos muslos de Amapola, mientras la Sultana se reconcomía en el camerino ante el éxito de su rival. Cuanto más
rugía el respetable, más se afanaba la Sultana en hablarme de sus
andanzas en los grandes teatros del país y de las artistas famosas
a las que había llegado a hablar de tú a tú. Agotado ya el tema de
los granitos de las divas, sus ojeras de mochuelo o las lorzas que
ocultaban bajo sus lujosos trajes, aquella noche le dio por explayarse sobre los nombres que había detrás de apelativos tan sonoros como la Fornarina, Raquel Meller o la Goya: nada menos que
vulgaridades del calibre de Consuelo Vello, Francisca Marqués
López o Aurora Mañanos.

—¿Qué te parece? ¿Son o no son como cualquier hija de vecino? —rubricó, esbozando una mueca triunfal.

Yo andaba hecha un lío. No entendía nada. Desde que entré a
trabajar en La Pulga, me parecía extraño que hubiera mujeres que
atendían por Amapola o Sultana, cuando la mayoría de las chicas
nos llamábamos como nuestras abuelas o la santa del día. Y ahora resultaba que se habían puesto un apodo. ¿Cuáles serían sus
verdaderos nombres? Durante unos segundos, me debatí entre la
timidez y las ganas de preguntárselo a nuestra bailarina oriental.

Venció la curiosidad, aunque la voz me salió tan débil que casi la anuló el eco de la actuación de Amapola.

—Entonces ¿usted se llama en realidad Sultana o Alisa, señora?

Ella soltó una de esas risotadas suyas que me recordaban a la pobre Mari Pili.

—¡Ay, criatura, qué ignorante eres! ¿No sabes lo que es una sultana?

Negué con la mirada fija en mis alpargatas deslucidas. Ella se giró, me apuntó con su nariz afilada y exclamó, cargada de razón:

—¡Una reina mora!

Yo había oído hablar alguna vez de los moros. A muchos jóvenes del barrio los enviaban a luchar contra ellos en una guerra lejana y cuando regresaban, depauperados, algunos incluso tullidos, afirmaban que eran gente sanguinaria e impredecible. Pero jamás había pensado que pudieran tener reinas, como las de esa historia de *Blancanieves* que me contó alguna vez la vieja Nati. La prudencia me instaba a no seguir hurgando, ya que cada pregunta delataba más mi gran ignorancia. Pero la curiosidad es como una picadura de mosquito. Una sigue rascándose, aun sabiendo que se hará sangre.

—¿Y qué es una constantinopla? —susurré.

—Pero ¡qué tontorrona eres! —me reprendió la Sultana—. Constantinopla es una ciudad donde huele a especias y jazmín y los palacios son de oro puro... por allá... donde los moros. —Su mirada se dirigió hacia el espejo ante el que se maquillaba, como si quisiera escapar a través de él a ese misterioso y perfumado lugar—. Ahí aprendí a bailar con el vientre. Me enseñó una buena amiga en el harén del sultán.

—¿El harén?

—El harén es la parte del palacio del sultán donde vivíamos sus esposas, alma de cántaro —me instruyó ella—. Él podía elegir entre las miles de mujeres que tenía, pero yo era su favorita. Todas las noches me hacía vestirme con trajes de seda dorada y velos de tul bordados en hilo de oro, y yo bailaba para él en su alcoba. Después, me devoraba como una fiera sobre los cojines de terciopelo dorado.

Me pasó por la cabeza que ese hombre debía de ser peor que padre si devoraba a las mujeres con la saña de una fiera. ¿A lo mejor la Sultana huyó de Constantinopla para escapar de su crueldad y por eso había recalado en La Pulga? ¿Qué otra razón podía haber para abandonar un palacio donde olía a flores y, al parecer, todo era de oro?

Entró la Amapola, blandiendo con acritud la marioneta que maltrataba durante el número de *El polichinela*. No importaba cuánto la aplaudieran o jalearan los hombres, ella solo deponía su actitud arisca ante los caballeros de frac o traje de buen paño que la esperaban en la calle, los más audaces incluso delante del camerino compartido. En comparación con la cariñosa Sultana, que me hacía partícipe de sus increíbles historias, ella me trataba con desabrida altanería. Ahora creo que se debía a que entonces aún esperaba prosperar, mientras que la Sultana era consciente de que su tren se hallaba detenido en la última estación del trayecto, desde la que iría derechito al desguace.

Amapola se encaró conmigo.

—No hagas caso a esta vieja chocha, Flor, que tiene más cuento que Calleja —exclamó—. La mitad de lo que dice se la inventa y la otra es mentira cochina. ¡Qué Alisa ni qué Sultana de Constantinopla! Se llama Basilisa y lo más lejos que ha *llegao* esta es a Madrid. ¡Si nunca ha *pasao* de hacer los coros en *La corte del faraón*!

—¡Qué sabrás tú, ordinaria! —La cara de la Sultana había adquirido el color de un pimiento morrón—. ¿Te crees mejor que yo porque te metes en el catre con vejestorios? Pues mira lo que te digo: ¡no eres más que un putón de mala muerte! ¡Y más de pueblo que san Isidro! —Se detuvo para tomar aire y se volvió hacia mí—. ¿Sabes cómo se llama la paleta esta? ¡Gumersinda!

Amapola soltó la marioneta, que quedó descoyuntada en el suelo, y puso los brazos en jarras. Olfateé en el aire un espeso tufo a peligro.

—¡Si te pongo boca abajo y te sacudo —continuó increpándola la Sultana—, caen bellotas *pa* alimentar a todos los gorrinos de España!

Amapola le dio un sonoro bofetón.

—¡Envidia cochina que me tienes, so vieja! —gritó—. ¡Gallina desplumada! ¡A ti no te quieren ya ni *pa* guisar el caldo en un asilo!

En la mejilla de la Sultana apareció en rojo el contorno de la pequeña mano de su rival. Se revolvió como una gata. Le dio a la cupletista una bofetada cuyo eco devolvieron las paredes del camerino. Amapola, o Gumersinda, se lanzó sobre la Sultana. Le clavó los dedos en el elaborado peinado que se hacía con mi ayuda para actuar. Cuando quise darme cuenta, una desgreñada bailarina oriental desgarraba con fiereza el tul que adornaba el vestido de la cupletista picantona, que se había desplomado de espaldas sobre el tocador provocando la caída de varios tarros de maquillaje. Yo las observaba sin osar moverme. Solo atiné a pensar que remendar ese desaguisado me iba a dar mucho trabajo.

—Señoritas, hagan el favor de comportarse con dignidad.

Una sombra salió de la zona más oscura y se interpuso entre ellas. Era el Gran Balduino, un mago aficionado a amenizar sus trucos contando chistes verdes que hacían las delicias del público, en especial de los asiduos al gallinero. Tal vez por eso llevaba varios días actuando en La Pulga sin haber sido bombardeado aún con tomates ni huevos apestosos. Era un personaje redicho que gustaba de darse ínfulas de señorón. En el camerino se sentaba en un extremo hasta que llegaba la hora de salir al escenario, sin relacionarse con los demás y sin que nadie le hiciera el menor caso.

—¡Tú no te metas, mago de pacotilla!

Amapola le dio uno de sus sonoros guantazos. El Gran Balduino se frotó la mejilla y se retiró con las orejas gachas.

—¡Mátense como verduleras que son, si ese es su deseo! —se burló a su manera meliflua, pero manteniendo las distancias por si se escapaba otro sopapo—. Cuando estén muertas, no les importará que don Rufino les descuente parte de la paga por el estropicio que están causando.

La alusión al vil metal obró el milagro de separar a las rivales. Ambas sabían muy bien que Rufino recortaba la paga por cualquier motivo: un botón perdido, el desgarrón de un vestido, una copa rota en la zona noble de la platea… Todo le valía con tal de arañar algunos céntimos a costa de los que trabajábamos en La Pulga. La Sultana se recompuso en un santiamén el peinado estropeado y se arregló los bombachos de reina mora. Se le habían bajado durante la refriega y dejaban a la vista la curcusilla. Amapola se deslizó detrás del biombo para quitarse el atuendo desgarrado. Ella nunca se cambiaba delante de los demás.

El viejo Hilario asomó desde el pasillo para apremiar a la Sultana, cuyo número era el siguiente. La bailarina salió contoneándose, con la cabeza tan alta como sin duda le correspondía a una reina mora que había vivido en un palacio de oro. Yo me puse a recoger del suelo los tarros que se podían salvar, asustada por la virulencia de la pelea. Tanto que solo atinaba a preguntarme si los viejos con los que se encamaba la Amapola serían los mismos que la esperaban ante la puerta de La Pulga al acabar la función. ¿Haría con esos tipos sudorosos lo mismo que mis padres cuando, por las noches, mis hermanos y yo oíamos quejarse los muelles de su cama? Sentí tal repugnancia que me alegré de que los hombres ni siquiera se dignaran mirarme.

Cuando relaté a Nati la pelea al día siguiente, me faltó tiempo para sacar el tema de Amapola y los viejos. Ella suspiró.

—Ay, Florica, ojalá Dios te libre de acabar haciendo lo mismo que esa zagala —me dijo—. La vida no tiene miramientos con las chicas pobres.

El barranco del Lobo

M e habitué a los rifirrafes casi diarios entre la Sultana y Amapola, a las que solo veía unidas si a Rufino se le ocurría sacar a cantar, a modo de prueba, a alguna chica joven de busto generoso que pudiera llegar a hacerles sombra. Entonces las dos se apostaban juntas detrás del telón. Si veían que la parroquia respondía a las picardías de la nueva con bramidos y sonoras palmadas en los muslos, le hacían la vida imposible hasta que la pobre abandonaba el camerino deshecha en lágrimas para no volver jamás. Me acostumbré al frío que invadía La Pulga en invierno y helaba pies y manos, al calor estival malamente mitigado desde el techo por un aparato de aspas gigantes llamado ventilador, movido por el milagro de la electricidad, y al trabajo abrumador limpiando la zona de artistas y retirando la porquería del suelo tras las funciones. Lo peor era quitar el puré formado por los tomates y los huevos que arrojaban al escenario los del gallinero cuando se aburrían y que se solidificaba sobre los tablones de madera. Pero el esfuerzo quedaba recompensado cuando Rufino me permitía ver las actuaciones escondida detrás del cortinón, en el lado donde Hilario manejaba el primitivo mecanismo de apertura. Llegué a aprenderme los movimientos de la Sultana y los imitaba mientras pasaba el trapo por las mesas de los notables o barría los pasillos. Si tenía mucho frío en invierno, entraba en calor meneando las caderas y agitando los brazos como veía hacer cada noche a la bailarina oriental. Las letras de los cuplés de Amapola me salían más fluidas que a ella, propensa a las lagunas de memoria debidas, según las malas lenguas, a que se había dado al alcohol y otros vicios no menores. Como solía estar sola un buen rato por las tardes hasta que llegaba la Sultana, la más tempranera después de Rufino, por el pasillo cantaba a voz en grito *La pulga, El polichinela, Balancé* y *Ven y ven.* Las dos últimas piezas las había incorporado Amapola a su repertorio a instancias de Rufino, que andaba siempre en busca de novedades picaronas. Puesto que nadie en La Pulga sabía leer música, ni nada que estuviera escrito en un papel, Rufino aparecía de vez en cuando con discos de baquelita que reproducía en el viejo gramófono del cuchitril que le servía de despacho. Así se aprendía Amapola de oído los grandes éxitos del momento. Las canciones nuevas las había popularizado la Goya, a la que ser cantante de primera fila no le salvó de ser vilipendiada por la Sultana en el camerino. «Si la ves sin arreglar —insistía nuestra Alisa—, está llena de granos y va despeluchada como cualquier hija de vecina.»

Pasaron los meses y seguí creciendo. Las faldas empezaron a quedárseme cortas, las blusas se estrecharon alrededor del pecho como si desearan ahogarme, las mangas solo me cubrían los brazos hasta un poco por debajo de los codos. Tuve que arreglar las raídas ropas de madre, que por suerte había guardado en un baúl después de su muerte por si me hacían falta en el futuro. Las miradas de los hombres a mi delantera se habían vuelto tan insistentes y me daban tal vergüenza que incluso en los días más calurosos andaba por la calle con la vieja toca de lana de madre, bien cruzada para disimular los pechos.

En la primavera de 1913, los caballeros de la zona noble propagaron el rumor de que un anarquista había intentado matar a tiros al rey durante una ceremonia militar, pero solo había atinado a herir al caballo que montaba el monarca. La noticia tuvo escasa repercusión en las entrañas de La Pulga. Yo no sabía qué era un anarquista; tampoco me interesaba averiguarlo. Había cosas más fascinantes por descubrir, como eran las lujosas vestimentas de las señoras pudientes, tan distintas de lo que se veía en el Arrabal.

Muchas tardes salía hacia el trabajo un poco antes, tras haber dejado la casa como una patena y alguna fritanga preparada para que cenaran los hombres, y me desviaba de la ribera hacia la calle San Gil o incluso la calle Alfonso, donde se hallaban las viviendas de los ricos para los que madre había hecho la colada y planchado hasta consumirse. Me detenía ante los escaparates de las tiendas elegantes y me imaginaba luciendo los maravillosos vestidos que exhibían, adornados con alhajas brillantes como las de la joyería Aladrén. Si me cruzaba por la acera con damas pudientes como aquellas de las que me había hablado madre, me paraba en seco y admiraba sus trajes sastre, cuya falda mostraba un pedacito de sus tobillos. Ellas los combinaban con grandes sombreros a los que llevaban prendidas flores, lazos y largas plumas como las que adoraba la Sultana, aunque combinadas con mejor tino. Si hacía calor, lucían vestidos claros de telas vaporosas, con el talle alto marcado por un fajín que agrandaba el busto, tocados volátiles atiborrados de adornos y los rostros protegidos por graciosas sombrillas de seda. A las señoras ricas no les gustaba el sol. Tampoco les hacía gracia verse observadas con tanta insistencia por una criatura zarrapastrosa como yo. Enseguida se apartaban de mí todo lo que permitía el ancho de la acera; algunas hasta cruzaban al otro lado de la calle sin perderme de vista ni lo que dura un pestañeo. Debían de tomarme por una ratera de tres al cuarto.

Cuando acababa mis faenas en La Pulga, bien entrada la noche, Jorge me esperaba a unos metros de la puerta y me acompañaba a casa. Después se marchaba al mercado para ayudar a padre y a Tino con la estiba de mercancías, aunque todos sabíamos que era él quien hacía la mayor parte del trabajo. Mientras caminábamos por las calles de la ciudad dormida, o cuando cruzábamos el Puente de Piedra bajo el que discurrían las aguas ennegrecidas por la noche, mi hermano me hacía partícipe de su sueño de labrarse un futuro lejos de la vida que nos había tocado en suerte; o en desgracia, según se mirara. Una madrugada anunció que ya sabía dónde buscar la fortuna esquiva. Iba a alistarse voluntario en el ejército para luchar en Marruecos. Desde la escabechina del barranco del Lobo, el país necesitaba más y más hombres para repeler a las tribus levantiscas.

Se me puso la carne de gallina. Había oído hablar en el barrio de ese lugar siniestro donde, según susurraba la gente, reposaban los restos de algunos jóvenes del vecindario que jamás regresaron del servicio militar. Los niños incluso cantaban en las callejas una canción que hablaba de una fuente en el barranco del Lobo de la que manaba sangre de los españoles.

No supe qué decir. Jorge no esperó a que hablara.

—En Marruecos un hombre valiente puede prosperar mejor que aquí, Flori. Mataré a muchos moros, me condecorarán y me ascenderán a teniente. O quién sabe si a capitán. Y dentro de unos años, tu hermano volverá a casa hecho un militar de rango, de esos que llevan uniformes cosidos a medida y medallas en la pechera. Ya lo verás.

Yo le habría dicho que prosperar matando a otros, ya fueran moros o cristianos, era más propio de un bruto de la calaña de padre que de un muchacho bueno como él, pero me callé. Pese a mi ignorante juventud, ya sabía que los hombres necesitan un sueño para no naufragar en vino barato, arrastrando al abismo a quienes tienen cerca. Solo le pedí que no se precipitara. ¿Quién iba a acompañarme a casa si se alistaba? Jorge me prometió esperar un tiempo.

Dos semanas después, el propio ejército le eximió de tener que tomar una decisión. Recibió una carta de reclutamiento, escrita con letra abigarrada que él no supo descifrar y me tocó leerle en voz alta, aplicando lo que me había enseñado Nati entre costura y costura.

Fui la única de la familia que despidió a Jorge en la estación, una mañana de verano de 1913. El andén hervía de muchachos vestidos con uniformes que les venían grandes o demasiado estrechos, muy largos o tan cortos que las perneras mostraban las canillas. A mi hermano le faltaba anchura de mangas para cubrirle holgadamente los brazos, fuertes y musculosos de tanto acarrear bultos en el mercado. El pantalón, en cambio, le estaba grande y la tela se le enredaba entre las piernas cuando caminaba. Iba animoso; incluso parecía contento. Me envolvió en un abrazo y me estampó un beso en cada mejilla. Aspiré su familiar olor a sudor y tabaco para evocarlo cuando él estuviera ausente. Antes de darse media vuelta, Jorge exclamó:

—Ah, casi se me olvidaba. He hablado con Andrés, el del zapatero remendón. Te acompañará a casa cuando salgas de ese antro de La Pulga. Te estás poniendo muy guapa y no quiero que andes sola por la calle a esas horas. Hay mucho desaprensivo suelto. Andrés es un buen chico y no se propasará contigo. Y si te molesta o te toca un pelo, díselo a Amador y le dará una buena zurra.

Antes de que pudiera reaccionar, mi hermano mayor ya se había encaramado a un vagón cargado de hombres jóvenes que reían y alborotaban como si partieran hacia una aventura grandiosa. Un velo se me extendió ante los ojos y enturbió su imagen. Me limpié las lágrimas y le busqué. Ya no pude encontrar su rostro entre los de todos los desconocidos que ese tren se llevaba a la guerra.

Recé un padrenuestro por que regresara sano y salvo, y abandoné la estación con el pecho estrangulado como si fuera a ahogarme. Ese día no se debía a que la blusa se me había quedado pequeña.

Lecturas

Un mes después de partir Jorge llegó su primera carta. En cuanto abrí el sobre, supe que él no había podido escribir las tres cuartillas cubiertas con renglones de letra inclinada hacia la derecha y llena de volutas, que me pareció muy elegante. Atascándome en las palabras difíciles, se la leí poco a poco a Rubén, el único que estaba en casa cuando llegó el cartero, pues padre, Amador y Tino habían ido a trabajar. Jorge aclaraba en las primeras líneas que el texto se lo había escrito un compañero ducho en letras, que se ganaba un dinerillo con las epístolas que le dictaban los otros para sus familias o novias. En lugar de las batallas y gestas heroicas que esperábamos Rubén y yo, Jorge solo narró pequeñas anécdotas de sus primeros días en el cuartel, de la dureza de la instrucción con unas botas que le hacían rozaduras en los pies y de lo distinto que lucía el sol desde el cielo africano. Nos habló de la ciudad de Melilla, donde pasó su primer permiso, de las callejas por las que caminaban gentes envueltas en ropas multicolores, ellos tocados con turbantes y las mujeres ocultando el rostro tras un velo que solo dejaba los ojos al descubierto. Destacó la impresión que le había causado ver el mar por primera vez desde las murallas de la ciudad. Lo describió como una mole azul infinita, que le había hecho sentirse igual que si se hubiera acercado al Ebro en sueños para comprobar que la otra orilla había desaparecido, dejando solo esa masa que respiraba al ritmo de un animal durmiente. Aquella primera carta de Jorge fue para nosotros como viajar a un mundo completamente diferente al de nuestro día a día.

Para responderle, no bastó con los rudimentos de escritura que me enseñó Nati. Tuve que recurrir a Faustino, el del colmado, que había estudiado para cura hasta que se escapó del seminario y acabó de tendero. No solía cobrar por leernos cartas u otros documentos, aunque sí tenía establecidos unos honorarios por los servicios de escribanía, a los que recurríamos casi todos en el barrio.

—Me hacéis gastar papel, tinta y tiempo… Eso se paga —solía justificarse si alguien le acusaba de ser un aprovechado.

El verano y el otoño se consumieron entre esperar noticias de Jorge, las monótonas tareas de casa, mis visitas a Nati y mis quehaceres en La Pulga. La última noche de 1913 me despedí del año ayudando en el camerino y entre bastidores, sin intuir siquiera que pronto la vida me daría otro golpe. Sabido es que el futuro esconde sus cartas hasta el momento en que se convierte en presente.

Andrés cumplía a rajatabla su encomienda de acompañarme a casa cuando salía de La Pulga. Solía esperarme en el mismo sitio que Jorge. Apoyado contra la fachada de enfrente, con gesto entre despreocupado y viril, la gorra calada hasta las cejas, fumaba cigarrillos tan mal liados como los de mi hermano. Tenía quince años y yo había estrenado los catorce el 1 de enero. Andrés había sido siempre muy canijo, hasta que un buen día me di cuenta de que me sacaba media cabeza. A veces se me antojaba guapo cuando le veía enrojecer sin ton ni son para hurtarme enseguida la mirada. Al igual que había hecho Jorge, durante el camino al barrio me hacía partícipe de sus inquietudes. También ansiaba volar lejos del Arrabal, pero para él la fortuna no consistía en convertirse en un militar de rango o en un caballero. Su meta era algo tan inaudito en el barrio como el saber. Una gélida noche de febrero me confesó que cuando su padre le dejaba solo en el taller para ir a empinar el codo en la taberna, apartaba la faena que traía entre manos y leía en voz alta recortes de periódico. Así mejoraba lo aprendido durante su breve paso por la escuela.

—No quiero ser un zapatero ignorante toda mi vida, Flor. ¡Estoy harto de malgastar mi vida en ese cuchitril de taller! ¡Hay tantas cosas que aprender! —concluyó, rubricando su apasionada confesión.

—¿No te gusta remendar zapatos?

Me di cuenta enseguida de que había dicho una tontería muy grande. Pero ya no tenía arreglo.

—¿Estás loca? —exclamó él—. ¡Claro que no! Algunos huelen que apestan. A boñigas de caballo, a queso rancio, a… a…

—¡A caca de gato!

—O a la que no es de gato.

Nos reímos los dos a carcajadas. Fui consciente de que mi vecino ya no era el niño enclenque y pesado al que abofeteaba cuando afirmaba que se casaría conmigo. Ahora era divertido estar con él. Y no solo divertido: me hacía sentir algo extraño en la boca del estómago, como una dulce indigestión. De pronto, Andrés se puso serio. Desafiando el relente invernal, abismó una mano en el bolsillo del pantalón. La sacó aferrada a un trozo de papel que desplegó con la reverencia de quien maneja un tesoro.

—Mira, cada vez leo mejor. Casi me sale de carrerilla.

Colocó la hoja, que al extenderla era enorme, bajo la mortecina luz de una de las farolas del puente. Declamó, con voz engolada, sin atascarse apenas:

—«Los sucesos desarrollados en la provincia de Barcelona revisten tal gravedad que el Gobierno ha acordado suspender las garantías constitucionales en dicha provincia y en las limítrofes de Gerona y Tarragona. Los elementos anarquistas y revolucionarios que iniciaron la huelga general, procurando extenderla a varias poblaciones de la provincia, desde los primeros momentos acometieron a la fuerza pública y realizaron toda clase de desmanes y atropellos, cortando todas las comunicaciones ferroviarias y las líneas telegráficas y telefónicas para aislar completamente a Barcelona e impedir la llegada de refuerzos que sofocaran el movimiento sedicioso…»

A mí se me había puesto la carne de gallina al oír esas calamidades. Me arrebujé en el raído abrigo que perteneció a madre.

—No sigas… me asustas.

—No seas tonta, mujer. —Andrés se rio con gesto de suficiencia—. Si esto es muy viejo, de cuando hubo jaleo del bueno en Barcelona por los reclutamientos después de lo del barranco del

Lobo. —Me puso delante el papel y plantó el dedo índice sobre la parte superior. Bajo la uña tenía un cerco oscuro—. ¿Ves lo que pone aquí? 28 de julio de 1909.

Asentí con la cabeza, aunque la oscuridad apenas me permitió distinguir una hilera de signos.

—¿Sabes? —prosiguió él—, a veces voy adonde tiran la basura los criados de los ricos y recojo todos los periódicos viejos que veo aprovechables. También he encontrado libros, pero esos son más difíciles de leer.

Volvió a plegar la hoja y la guardó con cuidado en el bolsillo. Se subió el cuello del viejo chaquetón que llevaba todo el invierno. A mitad del puente siempre arreciaba el frío.

—Creo que los anarquistas esos no son tan malos como nos dicen —reflexionó, como hablando consigo mismo—. Luchan para que los pobres no seamos tan pobres... y eso fastidia a los ricos.

Otra vez salían a relucir esos anarquistas que provocaban disturbios y disparaban contra el rey. ¿Acaso Andrés acariciaba la idea de convertirse en uno de ellos? Después de lo que me había leído, me inspiraban muy poca confianza. Pero sí me resultaba evocador el nombre de la ciudad donde habían perpetrado sus fechorías: Barcelona. ¿Cómo sería ese lugar?

En silencio llegamos al final del puente. Sentí el picor de la curiosidad. Ese que me empujaba a hacer preguntas delatoras de mi ignorancia. No conseguí refrenar la lengua.

—¿Tú sabes cómo es Barcelona?

—Pues claro que no, pero he leído en los periódicos que es muy grande y está cerca del mar. —Andrés chasqueó la lengua—. ¡Lo que daría por conocer el mar! ¿Sabes, Flori? Algún día iré a la estación y me subiré al primer tren que salga, vaya adonde vaya. ¡No pienso pudrirme en la taberna como nuestros padres!

Se quedó parado, mirándome con una expresión rara en los ojos, como si se hubiera vuelto memo de repente. Cuando quise darme cuenta, su cara se había pegado a la mía y sus labios me provocaban un suave cosquilleo en la boca. Me invadió el calor de su cuerpo apretado contra el mío. La sorprendente dureza de sus brazos despertó en mi piel una efervescencia desconocida que me abrumó. Le aparté de un empujón y le aticé una bofetada con toda mi fuerza.

—¡Eres un baboso! —grité.

Me pasé la mano por la boca. Pensándolo bien, ni el beso ni su cercanía habían resultado desagradables. Al contrario. Inspiré hondo para sedar mi corazón desbocado.

El rostro de Andrés se había teñido de rojo amapola. Esbozó una sonrisilla que parecía un gusano de tan arrugada.

—Sabía que me ibas a pegar como cuando éramos críos —farfulló—, pero ha valido la pena.

—¡Y te atizaré más fuerte si lo vuelves a hacer! —voceé, encrespada por lo que acababa de oír.

Eché a correr. Andrés me alcanzó enseguida. Me cogió del brazo con una suavidad que jamás había conocido en casa y me hizo volverme hacia él.

—Flor, perdóname. No lo haré más. Te lo juro por lo más *sagrao*. Por la vida de Montse, si me lo pides.

—¡Más te vale, o te sacaré los ojos! —le amenacé, aunque dentro de mí permanecía el misterioso burbujeo despertado por su cuerpo—. ¡Y a tu hermana déjala tranquila, que ya tiene bastante con los ataques que le dan!

Recorrimos el resto del camino sin hablar, pero volvíamos a ser amigos.

El pájaro negro

Recuerdo que lucía un cálido sol de primavera aquella mañana, cuando subí a llevarle comida a Nati. Ya había limpiado
el suelo hincada de rodillas, había ahuecado bien los colchones
de las camas y había pasado un buen rato en el lavadero restre-
gando las ropas de padre y mis hermanos. Acababa de preparar el
rancho de mediodía, que había salido tirando a ralo, pues desde
la marcha de Jorge entraba aún menos dinero en casa. A Tino le
faltaba labia para atraer la confianza de los tenderos en el mercado, por donde pululaban infinidad de hombres forzudos en busca de trabajo, y padre mostraba cada vez menos interés en doblar
el lomo. Pese a la escasez, yo conseguía escamotear a diario una
pequeña ración para Nati. Hacía semanas que me preocupaba. Se
había vuelto traslúcida y su piel había adquirido un tono grisáceo.
Ya no salía de casa. Andaba encorvada como si planeara sobre su
cabeza un pajarraco negro y maligno. A veces tenía la sensación
de que su único alimento era lo poco que lograba subirle de casa,
y muchos días ni siquiera lo tocaba. Aún parecía divertirse cuando le contaba los continuos rifirrafes en La Pulga, aunque su risa,
tan poco pródiga como siempre, se diluía al instante en una mueca triste. Poco quedaba de la mujercita pizpireta que me atizaba
con el badil cuando le disgustaban mis puntadas y sentenciaba que
se pillaba antes a una mala costurera que a un cojo.

Abrí la puerta, que ella nunca cerraba con llave. «¿Qué me
van a robar, si por no tener, no tengo ni juventud para forzar-
me?», solía burlarse cuando la reprendía por ello. La llamé desde

la entrada. En lugar de su vocecita aguda, respondió un silencio tenaz que me dio muy mala espina. Atravesé el espacio que ella llamaba «el recibidor», diminuto y oscuro cual boca de lobo. Entré en el cuartucho que hacía las veces de salita y taller de costura. Lo que vi me dejó clavada al suelo. El plato se me escurrió de las manos. La loza, ya de por sí desportillada, se hizo añicos sobre las baldosas gastadas. Sentí en los pies la quemazón de la comida, no por diluida menos caliente.

Nati estaba sentada ante la mesa camilla donde, en tiempos no muy lejanos, cosíamos las dos en la compañía impuesta de mis hermanos pequeños. Ocupaba su silla habitual, pero su postura no era natural. La cabeza, con su pequeño moño medio deshecho, yacía sobre el tablero redondo como si la hubiera vencido el sueño por sorpresa. Sorteando el desaguisado del suelo, me acerqué despacio a la figura pequeña e inmóvil. El corazón me latía con tal fuerza en el pecho que hasta me dolía.

—Nati —susurré. Me asusté de lo ronca que había salido mi voz.

Me detuve a su lado, indecisa. Quería posar la mano sobre su espalda huesuda y sacudirla con suavidad para despertarla, pero algo en su estampa me daba miedo. No sé cuánto duró mi forcejeo mental hasta que me decidí a tocar uno de sus bracitos. Estaba helado. Rígido y nudoso como la rama de un árbol en invierno. Los latidos del corazón me cortaron la respiración por un instante. Empecé a marearme. Tomé aire como pude. «Está dormida», me dije para calmarme. Le alcé la cabeza. Sus ojos, muy abiertos y brumosos, como velados por la niebla que flotaba sobre el río en invierno, me miraban sin verme.

Yo solo alojaba en la memoria un cuerpo muerto con el que comparar la estampa que tenía delante: el de madre. Aquel recuerdo no me dejó la menor duda: Nati, mi única amiga, la vecina que me enseñó los rudimentos de la lectura, me había abandonado para siempre. El pájaro maligno que había creído ver planeando sobre su coronilla en los últimos días era la muerte.

A través del agujero que horadaba mi tripa, intenté pensar. ¿Qué debía hacer ahora? Tras un rato de angustia, decidí dejarla como la había encontrado y llamar a alguna vecina, o tal vez a Faustino, que era amable incluso con los que no teníamos un real. De pronto, reparé en una cartulina de tamaño pequeño, rectangular y desvaída, sobre la que había reposado la cabeza de Nati. Era como las fotografías con las que la Sultana y Amapola disimulaban los desconchones en las paredes del camerino, aunque mucho más manoseada y descolorida.

Retrataba a una joven muy hermosa, medio recostada sobre un mueble que me pareció mezcla de cama y sillón, del estilo de uno que había en el camerino de La Pulga. Tiempo después supe que a eso le llaman *chaise-longue*. La chica tenía el pelo rizado y lo llevaba recogido, salvo una aureola de tirabuzones que le caía alrededor de la cara. Un extravagante tocado de lentejuelas y plumas brotaba de su coronilla. Lucía un corpiño de escote generoso, ribeteado también de lentejuelas que destellaban pese al desgaste de la fotografía. La falda era corta y vaporosa, como las que usaba la Bella Amapola para actuar. Mostraba unas bonitas piernas enfundadas en medias bordadas. Por su rostro se expandía una enigmática sonrisa, entre pícara e inocente.

Lo que más me llamó la atención fueron sus rasgos. Al contemplarlos con más atención, no tuve la menor duda: la retratada era mi vieja maestra, tal como fue antes de que las penurias y la vejez ajaran su cuerpo y su piel. Me guardé la fotografía bajo la ropa, dejé con cuidado la cabeza inerte de Nati como la había encontrado y abandoné su cuchitril en busca de ayuda.

Como nadie halló dinero en su casa y no se le conocía familia, Faustino sacó su vena de seminarista y organizó una colecta entre los vecinos para que el cuerpo de Nati no acabara en la fosa común de los pobres de solemnidad, los mendigos y los que no tenían a nadie en la vida. No recaudó gran cosa. Lo justo para costearle un nicho sin lápida en la parte más pobre del cementerio de Torrero, cerca de donde madre llevaba ya dos años reposando, si es que los pobres reposan alguna vez. Don Roque vació el piso sin miramientos. Tiró las escasas pertenencias de Nati a la calle, donde las vecinas menos aprensivas escarbaron y se llevaron lo que estimaron aprovechable. El resto acabó en el basurero. A Tino y

Rubén, la muerte de la viejita que nos había calentado las tripas con su chocolate aguado les entristeció de verdad. Padre solo comentó, rascándose la tripa y la entrepierna, que el vecindario estaría mejor sin la víbora que había aprovechado cualquier oportunidad para difamarle. Aún me apena no haber asistido al entierro de Nati. Coincidió con las horas en las que limpiaba en La Pulga y no me atreví a pedir permiso a Rufino. Tampoco creo que me hubiera dejado ir.

Últimamente me encontraba a todas horas con el dueño por el pasillo que llevaba al camerino. Él me sonreía mostrando los dientes bajo el mostacho y me daba un cachete en el culo. Algunas tardes, mientras limpiaba y cantaba a voz en cuello, me sobresaltaba la sensación de que había alguien observándome. Cuando levantaba la cabeza del fregado, mis ojos se topaban con los de Rufino, apostado a escasa distancia de mí. La expresión de su rostro me despertaba una indefinible desazón en la boca del estómago. El día en que se inclinó sobre mí hasta casi rozarme la coronilla, me acarició el trasero y dijo que manejaba la voz mucho mejor que la Amapola, estuve en un tris de arrojarle el trapo a la cara y salir corriendo para no regresar jamás a La Pulga. Pero eso no fue lo peor.

Una tarde entré en el teatro más temprano de lo habitual y sorprendí a Rufino en la penumbra del pasillo. Su poderoso cuerpo aprisionaba a una mujer contra la pared. Ella llevaba las faldas arremolinadas por encima de la coronilla y alzaba el trasero como si se lo estuviera poniendo en bandeja, igual que las perras del barrio cuando las montaba el macho. Encajaba sin moverse las rítmicas embestidas de Rufino. Los dos alternaban jadeos y suspiros. Los de él parecían placenteros; los que brotaban entre las telas que envolvían a su víctima, de la que solo podía ver las piernas enfundadas en medias gruesas, semejaban más quejidos que otra cosa. Les espié durante un buen rato, asqueada y excitada al mismo tiempo por lo que estaba viendo. De pronto, él dejó escapar un estertor y se separó de la desconocida, dejando a la vista una culebra que no se parecía al gusanito que sacaban mis hermanos cuando les pillaba orinando. Ella se colocó en su sitio el revuelo de faldas y alzó la cara. Reconocí a Paquita, una corista recién contratada. Era una chica de bucles negros y rostro muy hermoso, que iba siempre limpia y atildada. Tenía un año más que yo aunque aparentaba bastante más edad, con sus andares resueltos que hacían bambolearse sus generosos pechos dentro del escote. Me dio vergüenza que me pillaran espiándoles y me escabullí como un ratón. Me sentía muy confusa. ¿Y si ese hombre intentaba hacer lo mismo conmigo? La mera posibilidad de dejarme toquetear por él me inspiraba repugnancia. Rufino era bien parecido pese a su edad, pero en aquel tiempo los hombres mayores me recordaban a padre. Jamás me habría dejado sobar por ninguno.

La advertencia que me hizo la Sultana, algunas noches después, me acabó de desorientar. Estaba ayudándola a vestirse, cuando el camerino se vació de pronto. Únicamente quedamos nosotras dos. Amapola cantaba sobre el escenario la canción del *Balancé*, las coristas aguardaban, escondidas detrás del cortinón, su momento de salir a escena y el prestidigitador de esa semana había corrido a la letrina para aliviar unas necesidades que debían de ser perentorias, a juzgar por las repentinas prisas. La Sultana echó una mirada a nuestro alrededor, como para cerciorarse de que no había nadie más. Se acercó tanto a mí que su empalagoso perfume me hizo toser; aún no había logrado acostumbrarme a ese aroma mareante. Entre mis violentos estertores, oí cómo me susurraba al oído:

—Procura que no te pille a solas el Rufián, Flor.

En mi cabeza se amalgamaron los abundantes encuentros con Rufino por el corredor, sus desagradables cachetes en el trasero y las miradas desasosegantes. No supe qué decir.

—Tú hazme caso —insistió ella—, que yo sé lo que veo y lo que digo.

—Sí, señora.

—Y ahora date garbo, que cuando nos demos cuenta, me toca salir. —Exhaló un suspiro y meneó la cabeza con furia. Temí por el peinado que tanto me había costado hacerle—. Las pavas de las bailarinas cada noche acaban antes su número. No sé de dónde las saca el Rufián.

71

Yo también me había preguntado muchas veces dónde encontraba el dueño a todas esas chicas desgarbadas que durante unas semanas rellenaban con sus torpes bailes los lapsos entre los diferentes números y un buen día eran sustituidas por otras aún más negadas para danzar con un mínimo de gracia.

Regresó el prestidigitador, algo más pálido que cuando había corrido al retrete, y la Sultana se encerró en un hermético silencio del que solo salió para apremiarme. Me concentré en la tarea de vestirla de reina mora y olvidé su advertencia.

Una amapola marchita

En los mentideros de La Pulga, mucho más fiables que la desdeñosa boca de la Sultana, de un tiempo a esa parte la Bella Amapola tenía fama de ser casquivana y aficionada a matar las penas con absenta o, si le salían muy duras de pelar, incluso con láudano. Hasta Hilario, siempre tan discreto y taciturno, vaticinaba que alguna noche la cupletista no aparecería en su puesto y se armaría la de San Quintín. Pues al igual que no se podía estar en misa y repicando, sentenciaba con la inevitable colilla de puro colgada de su boca, tampoco era posible estar durmiendo la mona y cantando. Yo llevaba ya dos años trabajando en La Pulga y Amapola siempre se las había ingeniado para presentarse en el camerino. A veces llegaba con retraso, luciendo ojeras bajo los ojos pitarrosos y despeluchada como un gato mojado, pero con mi ayuda quedaba presentable para actuar, incluso para hacerse pasar por una jovencita pulgosa.

Una tarde, sin embargo, cuando el calor ya empezaba a anticipar el verano, ocurrió algo que trajo consigo grandes cambios en la jerarquía del local. Yo me presenté en el teatro la primera; siempre después de Rufino, claro. Mientras escobaba la platea, oí a lo lejos la voz chillona de la Sultana. Cuando entré en el camerino tras haber limpiado las cáscaras de pipas y altramuces que cubrían el suelo del gallinero, ya andaban revoloteando ante los espejos del tocador las bailarinas y el cantante atenorado, como le definía Rufino, que actuaba esa semana cosechando escasos aplausos y abundantes verduras arrojadizas. Eché en falta a Amapola, pero pensé que aparecería con el tiempo justo, una vez más, y me tocaría darme prisa para adecentarla. Fui hacia el escenario a comprobar si bastaría con pasar la escoba o habría que fregar también la tarima. Acabé las tareas de limpieza, guardé los pertrechos en su sitio y regresé al camerino para ayudar a vestirse a las artistas.

Me encontré un jaleo de mil demonios.

Rufino blasfemaba con saña. De entre sus labios salían palabrotas que no había oído brotar ni de la ponzoñosa garganta de padre. En la estancia reinaba la consternación. El cantante atenorado miraba al suelo con expresión de perro a punto de escarbar un agujero en la tierra. A Paquita le temblaba la barbilla como si fuera a echarse a llorar en cualquier momento.

—¡Borracha mal nacida, hacerme esto a mí! —bramó Rufino.

—¿Qué pasa? —le pregunté a Paquita en un susurro.

—La Amapola, que no ha venido —respondió ella con un hilito de voz.

Rufino pasó revista a todos los que estábamos en el cuarto, incluido Hilario, que acababa de asomarse con cara de inquietud y con el residuo de puro más mascado que nunca entre sus labios. La mirada del jefe se detuvo con desdén en el cuerpo de baile, compuesto esa temporada por cinco chicas que se llevaban a matar entre ellas.

—A ver a quién pongo de sustituta. ¡Si cantáis peor aún que bailáis! ¡Me cago en la pena negra! ¡Maldita zorra! Más le vale que no se presente hoy, ¡o la mato con mis propias manos!

—Rufino, podemos pasar sin ella… —intervino la Sultana.

—¡Tú, chitón, que no sabes ni lo que dices! —la cortó él—. ¡Dedícate a tus bailes de *ordalista*, o como se diga!

De pronto sus ojos se posaron sobre mí, lo que me dio muy mala espina. Me encogí como un ratón, pero no me sirvió de nada.

—¡Tú, que eres más espabilada que una ardilla!

Contuve la respiración.

—Te vas a llegar a casa de la Gumer… —Últimamente llamaba Gumer a la Amapola para humillarla—. Ahora vive aquí al *lao*, en una pensión apestosa. Eso le pasa por manirrota y cabeza-buque. Con la de cuartos que les sacaba a los viejos antes de dar-se al vicio... —Intercaló una pausa entre la maledicencia para darme el nombre de la calle y el número del portal—. Si está ma-mada, la espabilas como sea y te la traes, aunque sea arrastrándo-la de los pelos. Dile que el Rufino no se anda con chinas. —Tomó aire y añadió, entre dientes—: Solo espero que la viciosa de ella no se haya *hinchao* de láudano.

Dio una palmada que resonó en la estancia y nos hizo brincar a todos.

—¡Hala, que ya tardas! —me gritó—. ¡Y los demás, a empe-zar a arreglarse, que parecéis espantajos!

Tardé poco en llegar a la dirección que me había dado el jefe. Era una finca de varios pisos cuya fachada me pareció aún más desconchada que la de mi casa. En una placa de hojalata abom-bada que había junto a la puerta ponía: PENSIÓN EL BUEN VIVIR. Franqueé el umbral y me vi dentro de un patio penumbroso, de paredes cubiertas hasta media altura por azulejos desdentados. Un tufo espeso me echó para atrás, pero el miedo a contrariar a Rufino fue más fuerte que el ansia de salir a la calle para respirar. Subí por la escalera en busca de la casa de huéspedes donde había dicho que se alojaba Amapola.

Yo no conocía otro estado que el de la pobreza, el de arreglár-selas con menos de lo justo distrayendo el hambre y arañando los céntimos de uno en uno. Estaba habituada a olores que no eran precisamente gratos, no me inmutaba ante nada, pero la pestilen-cia retestinada en esa escalera provocaba náuseas al estómago más curtido. Reprimí una arcada. Al llegar al primer piso, vi otra placa como la de la calle junto a una puerta. No me entretuve en leer lo que ponía. Cuanto antes localizara a la cupletista, antes saldría de ese tugurio. Como no encontré aldaba, empujé con pre-caución la hoja de madera rasposa. Se abrió emitiendo un gemido de gato malherido. Avancé tres pasos cautelosos. Dentro hallé la misma oscuridad maloliente que en la escalera. De entre las som-bras surgió una figura espectral de tan famélica. A punto estuve de huir despavorida. De nuevo me retuvo el miedo a Rufino. Si regresaba sin la cantante, su castigo seguro que sería peor que enfrentarme a esa aparición.

El espantajo resultó ser una vieja de mejillas hundidas, mirada cavernosa y pelambrera enredada, de cuerpo esquelético cubierto a duras penas por un sayo sin mangas parecido a un camisón.

—¿Qué se te ofrece, niña?

A juzgar por su voz, debía de haber abusado de la cazalla durante años.

—Busco a doña Amapola.

—Ah, esa… estará durmiendo la curda. —Alzó un brazo pellejudo y señaló hacia una puerta desconchada—. Es ahí. Tú entra sin miedo. Nunca cierra con llave y ella no se va a levantar a abrirte.

Estalló en carcajadas malévolas y se diluyó en el oscuro pasillo igual que había aparecido.

Di un paso temeroso hacia donde había indicado la aparición, abrí la puerta con sigilo y la franqueé. El cuarto estaba sumido en una penumbra agobiante. Aun así, distinguí al fondo un armario ropero abierto de par en par, al lado un lavamanos con jofaina y jarra de agua y, junto a este, pegado a la pared, un camastro sobre el que yacía Amapola con la cabeza ladeada y la boca abierta. Su desnudez asomaba entre un revoltijo de sábanas y ropas de todos los colores y tejidos. Había prendas tiradas por el suelo y amontonadas sobre una silla al otro extremo de la habitación. Sorteé como pude tanto trapo. Abrí la ventana y el frailero. Me aprovisioné de aire fresco antes de acercarme a la Amapola, desparramada boca arriba, tan quieta como el cuerpo de la pobre Nati. ¿Y si estaba muerta?

Un estentóreo ronquido disipó mi temor. La observé con una mezcla de apuro y curiosidad. Nunca había visto un cuerpo desnudo, ni siquiera el mío. En casa solo había un espejo de azogue medio ciego, pegado a la puerta del ropero de la alcoba donde ahora dormía padre solo, y tampoco me sobraba el tiempo para desperdiciarlo en examinarme los pechos impertinentes, que debía sujetar bajo la ropa atándome alrededor tiras de tela bien prietas y ocultaba a las miradas masculinas bajo la resobada toca de madre. Ahora me apuntaban a los ojos las generosas ubres de Amapola, caídas hacia las axilas que yo le ayudaba a depilarse en el camerino. Su entrepierna, cubierta por un vello oscuro y rizado que llegaba hasta las ingles, me hizo pensar en el pozo de San Lázaro, la temible sima que engullía a los infelices que se ahogaban en las aguas de nuestro río.

Tragué saliva. Reprimí las ganas de salir por piernas de ahí. Alargué la mano derecha y la posé sobre el brazo más próximo de Amapola. Tenía la piel fría y pegajosa. La sacudí, primero con cuidado, después más fuerte. Ni siquiera se movió. ¿Y si lo que había tomado por un ronquido no era tal y sí estaba muerta? Incliné la cabeza. Acerqué una oreja a su boca entreabierta, que emanaba un tufo a alcohol rancio que ya conocía de padre. La cantante respiraba; de eso no cabía duda. La zarandeé.

—Señora... doña Amapola...

Ella se movió, pero solo para cambiar de postura. De su boca salió un nuevo ronquido que derivó en suspiro. Al ver a la Bella Amapola por primera vez en condiciones tan desvalidas, reparé en la flaccidez de sus carnes, en las arrugas que se perfilaban ya bajo los ojos y alrededor de la boca. Las cicatrices de la vida que tan hábilmente camuflaba el foco de Hilario cuando la iluminaba en el escenario.

Retrocedí un paso. ¿Cómo despertar a esa mujer y arrastrarla hasta La Pulga?

«¡Ya está, agua!», me dije.

La jarra del lavamanos resultó estar casi vacía. Aun así, me la llevé al catre y la vacié en la cara de Amapola. Solo le mojé parte de la cabellera enredada. Ella siguió dormida. Dejé el recipiente en el suelo. Miré a mi alrededor por si encontraba algo que me ayudara a sacarla de su pesado sueño. Junto al camastro había varias botellas vacías. Supuse que serían de aguardiente, o de esa absenta de la que hablaban los artistas en el camerino. En la más pequeña aún quedaba algo de líquido. Me agaché y miré la etiqueta.

—Láudano —leí—. ¡Dios mío!

Había oído decir que el láudano servía para calmar los nervios, pero también inducía en los insomnes el sueño que tanto se les resistía. El mismo en el que flotaba Amapola. La volví a zarandear. Le di dos bofetadas, rogándole al mismo tiempo que me perdonara. Ella ni siquiera abrió un ojo. Siguió roncando en medio de sus efluvios de alcohol y sudor. Pese a mi juventud, me di cuenta de que la mujer arisca y altiva que se peleaba con la Sultana por cualquier necedad, la que hasta hacía poco aún debía de ver el éxito aguardándola a la vuelta de la esquina, se había rendido.

Decidí volver a La Pulga. Ojalá el jefe no me reprendiera con mucha dureza cuando me viera llegar sola.

Al pisar el camerino, atenazada por la angustia, hallé un silencio compungido. Apiñadas alrededor de un espejo, las coristas se maquillaban sin la habitual algarabía y sin reñir entre ellas. La Sultana deambulaba en bata, aunque ya peinada y maquillada para actuar.

—¡Qué tarde vienes! Me he tenido que arreglar yo sola —me reprochó—. Todo por culpa de esa chafardera. ¿Dónde está, si puede saberse?

Rufino preguntó lo mismo, pero lo expresó con menos contemplaciones. Ocupaba el sillón del rincón al que se confinaba a los artistas invitados, y desde allí achantaba a todos con su expresión avinagrada. Cuando le conté cómo había encontrado a la Amapola, encadenó una nueva retahíla de juramentos, a cuál más obsceno. Al fin, acabó de blasfemar. Se me quedó mirando largamente. Volví a sentir el miedo que me inspiraba ese hombre. Muy animado de repente, él se encaró con la Sultana, que ni se molestaba en disimular cuánto gozaba con la caída en desgracia de su eterna enemiga.

—Esta muchacha me va a sacar de apuros —exclamó Rufino.

El rostro de la Sultana se ensombreció.

—No pensarás sacar a la Flori...

—¡A callar la boca! —la interrumpió él—. Llévatela al corral, llena la tina de estaño con agua del aljibe y dale un remojón. Esta zagala no ha visto el agua en su puerca vida. ¡Lleva más mugre encima que un campamento gitano!

—Pero... no va a dar tiempo a que se le seque el pelo —protestó la Sultana.

—Pues no se lo laves. Le ponemos algo en la cabeza y *arreglao*. —Rufino movió la mano derecha como si aleteara—. Uno de esos sombreros que te plantas tú, que llevas hasta pájaros *disecaos*.

La Sultana torció aún más el gesto. Estaba muy orgullosa de su guardarropa, en especial de los sombreros, cuya confección encargaba en una tienda fina de la calle Alfonso en cuanto ahorraba lo suficiente para pagarse el capricho. Rufino ni siquiera advirtió su mohín contrariado.

—¡Tiene que cantar, mecagoendiós! —voceó—. ¡Hoy no puedo cerrar! Va a venir un grupo de lechuguinos con cuartos y pienso sacarles hasta las entretelas. Y si no hay cuplés con chicha, ¡las acémilas del gallinero me destrozan el local! —Se peinó el pelo con los dedos—. Esto me pasa por fiarme de una borracha y no tener suplente. Se va a enterar la pedorra esa... si es que se atreve a asomar el morro por aquí después de la que me ha *liao*.

—Rufino, la Flori es una niña.

—¡Qué niña ni qué ocho cuartos! ¡Tiene buenas tetas y se sabe las canciones de pe a pa! ¿Crees que no la oigo cantar por los pasillos? ¡Menuda voz se gasta la niña! ¡Ya le gustaría afinar así a la beoda de la Amapola! ¡A la tina con ella! ¡Y deprisita, si no queréis acabar las dos pidiendo limosna en la calle Alfonso!

La Sultana bajó la cabeza, me agarró de un brazo y me empujó hacia el pasillo. De allí salimos al patio trasero. Por suerte, el agua del aljibe caía tibia y en el corral hacía calor. Eso evitó que el atropellado baño al aire libre acabara en catarro o algo peor. En el barrio circulaban miles de historias sobre jóvenes que morían de pulmonía por culpa de un remojo a destiempo. No fui tan afortunada con el trato que me dispensó la reina mora. Furiosa por los desaires de Rufino y nerviosa a causa de la premura, me enjabonó con el taco de jabón de lavar la ropa y me restregó la piel usando el cepillo de fregar el suelo. Cuanto más me quejaba, más duro me rascaba. Opté por callarme, mientras ella refunfuñaba por lo bajini.

—Habrase visto... haciendo de criada de una mocosa ordinaria a estas alturas...

Despúes del apresurado baño, me obligó a ponerme uno de los vestidos cortos de la cantante, con falda de amplio vuelo y un corpiño ceñido, más unas medias blancas brillantes cuyas ligas se me clavaron en los muslos. También me hizo subirme a unos zapatos que me venían estrechos y cuyos tacones me hicieron sentir pánico a caerme. El pelo, que siempre llevaba recogido en dos trenzas, me lo aupó a la coronilla usando infinidad de horquillas y me colocó encima el sombrero que había traído ese día, recargado con un entramado de lazos, grandes flores de tela y un diminuto pájaro disecado, tal como había dicho Rufino. Cuando miraba hacia abajo, el artilugio se bamboleaba y me veía asomada a un profundo canalillo que resultaba ser el mío. Creí que me moriría de vergüenza. La Sultana revoloteaba a mi alrededor con cara de incredulidad.

—Dios mío, Flori, te has hecho una mujer. —Bajó la voz y añadió—: Ya puedes tener *cuidao* con...

No llegó a acabar la frase.

—Vaya, vaya, con nuestra pequeña Flor...

La voz de Rufino nos sobresaltó a las dos. No le habíamos oído acercarse. Ahí estaba, plantado delante de mí con las piernas muy abiertas y frotándose el mostacho entre el pulgar y el índice como si quisiera sacarle brillo.

—¡Quién iba a decir que debajo de esa toca asquerosa que llevas se escondía una real hembra! Un poco delgaducha, eso sí, pero guapa a rabiar.

Su mirada se me antojó la de un gato goloso a punto de saltar sobre un ratón. Me sacudió un escalofrío.

—¡Sultana, busca la marioneta de cantar *El polichinela*!

—¡Yo sé dónde está! —exclamé. Solo quería escapar al escrutinio del jefe.

—Tú quietecita, no se te vaya a caer el jardín que llevas en la cabeza.

—Espero que no me deje ningún piojo. Es mi mejor sombrero. ¡Me costó un potosí!

La Sultana fue refunfuñando hacia donde Amapola guardaba los atrezos. Abrió el desvencijado armario y empezó a escarbar.

—¡Está arriba del todo, señora! *Colgao* de un clavo.

—¡Atiende, Flor! —me ordenó Rufino—. Cuando acaben de bailar las coristas, tú cantas *El polichinela*. ¡Y quiero picardía, mucha picardía! ¿Queda claro?

A esas alturas, yo ya sabía qué era eso de la picardía: enseñar una vasta extensión de piel, sobre todo del escote, hacer aletear las pestañas igual que mariposas y fruncir los morritos como si quisiera besar a los hombres del público uno a uno. Era lo que les ofrecía la Amapola cada noche.

—Si es una criatura…

La Sultana había regresado con la marioneta fláccida colgada de sus manos.

—¡Tú a callar! Hoy sales después del cantante ese de los gorgoritos… mira que nunca me sale el nombre… Así te da tiempo de arreglarte, que a tus años necesitas más pintura que una puerta.

Rufino se rio de buena gana. De pronto, se le veía muy jovial. La bailarina oriental se retiró, de nuevo contrariada, máxime teniendo en cuenta que ya se había maquillado y peinado.

—Si se te olvida la letra —continuó instruyéndome Rufino—, te levantas bien *p'arriba* la falda, sacudes las tetas y les pones morritos. Eso le gusta a la parroquia. Y con ese escote que Dios te ha *dao*…

Se pasó la lengua por los labios. Volví a verle parecido con un gato relamiéndose a la vista de un ratón.

—Me sé la canción, entera, señor.

—¡Pues tanto mejor! —zanjó él—. Cuando acabes con *El polichinela*, te cambias de ropa y esperas hasta que te toque cerrar el espectáculo con *La pulga*. Ya has visto mil veces cómo lo hace la pedorra de la Gumer. ¡Quiero ver carne y picardía! ¿Entendido?

—Sí, señor…

Llegó la hora de alzar el telón. Las coristas introdujeron el espectáculo a su manera atropellada de siempre. Ricardo Merini, el atenorado, encadenó sus gorgoritos y obtuvo una buena cosecha de tomates pasados de maduros, entre los que vi desintegrarse un huevo, sin duda podrido, a juzgar por la peste que se expandió por el escenario. El público de La Pulga nunca castigaba a los artistas arrojándoles comida en buen estado.

—¡Malas bestias! ¡Incultos! —le oí farfullar cuando pasó junto a mí, con su traje claro manchado de rojo—. A mí, que he trabajado en La Scala de Milán junto a los más grandes…

Yo había aguardado mi turno muy tranquila. Me sabía de memoria las letras de las canciones. Conocía al dedillo los gestos insinuantes con los que Amapola aderezaba sus números. No se me antojaba difícil cantar y moverme igual que hacía mientras limpiaba los pasillos. Pero cuando se retiraron las coristas tras su segunda actuación y me llegó la hora de salir, la calma se evaporó. Se me fue la fuerza de las piernas y los brazos, el corazón arrancó a latir con tal desesperación que me quedé sin aire, vi estrellitas luminosas bailando ante los ojos y tuve que reprimir con todas mis fuerzas las ganas de orinar, incluso de aliviar las tripas allí mismo. Por primera vez en mi vida creí que me iba a desmayar. Me agarré al brazo sarmentoso de Hilario.

—No tengas miedo, criatura —farfulló con el puro desmochado entre los labios—. En que salgas a cantar, se te pasará. Todos se ponen malos la primera vez.

A través de la bruma de mareo que me envolvía, me llegó la voz relamida de Rufino desde el escenario. Sabía ser muy redicho cuando anunciaba a los artistas.

—¡Caballeros, esta noche van a tener el privilegio de disfrutar de la prodigiosa actuación de nuestra estrella más joven, recién llegada al firmamento de La Pulga! Y aún les digo más: es la mejor voz que ha pasado por aquí jamás. Belleza y talento a raudales. Con ustedes… ¡la Bella Florita!

La sala estalló en aplausos expectantes. Yo sabía que ese era el momento de salir, empezar a tirar de los hilos de la marioneta y arrancar a cantar. Era lo que hacía Amapola. Pero me había quedado sin fuerzas para moverme. Intenté poner un pie delante del otro. No pude ni levantarlo. Era como si esos incómodos tacones estuvieran clavados al suelo.

—Venga, muchacha.

Sentí cómo Hilario intentaba soltar mi mano de su brazo. Me aferré con mayor desesperación. De pronto vi a Rufino parado delante de mí. Sus cejas eran dos orugas negras y amenazantes.

—¡Andando, maldita estúpida, no se me impaciente la parroquia!

Yo solo ansiaba salir corriendo y no detenerme hasta haber cruzado al otro lado del río. Desde la zona de gallinero llegó un estruendo terrible. El público había empezado a patear. Se oyeron pitidos.

—¡Eeeh! ¿Dónde está esa belleza? ¿Se la ha comido el gato?

—¡Que salga ya!

—¡Si no sale, quiero mi dinero!

—¡Sí, que nos devuelva los cuartos el Rufián!

—¡Estafador!

—¡Ladrón!

—¡Que venga la Guardia Civil!

—¡Mejor le pegamos fuego a este antro!

—¡Sí, se va a enterar el Rufián!

—¡Estafador!

—¡Al ladrón!

Rufino me agarró de un brazo con tanta fuerza que el dolor me sacó del trance. Me arrastró hacia el escenario.

—¡Canta ahora mismo, o te echo a la calle y digo a tu padre que te he despedido por marrana! ¡No me hará falta ni molerte a palos! Ya se encargará él.

El miedo a padre me hizo reaccionar. Recibir unos cuantos tomatazos del público no podía ser peor que una paliza de mi progenitor, verdadero portento atizando a su prole con el cinturón. Rufino me dio un empujón que me hizo tambalearme. Me vi plantada en medio de la tarima, intentando mantener el equilibrio sobre los tacones. El foco que Hilario dirigía a mis ojos me impedía ver a los hombres del público (en La Pulga recalaban pocas mujeres y nunca eran respetables), pero intuía que me observaba una masa hostil cuyo favor debía ganarme a pulso si quería acabar la noche con bien. Los músicos empezaron a tocar junto al escenario. Abrí la boca para cantar, pero no brotó ningún sonido.

—¡Arranca de una vez, pimpollo! —rugió un vozarrón desde lo alto.

—¿Te ha comido la garganta el perro? —gritó otro.

La parroquia estalló en carcajadas malévolas que atronaron el local.

Con dedos agarrotados por el miedo, empecé a mover los hilos de la marioneta a la desesperada. Despegué los labios. Ahora salió un temeroso:

—«Entre los paisanos y los militares...»

—¡Más alto, pitiminí!

Carraspeé y seguí:

—«... me salen a diario novios a millares...».

Un proyectil impactó en el suelo a mi izquierda. Vi de reojo que era un tomate, o lo que quedaba de él. Pronto llegaría otro, y otro más, hasta que me alcanzara alguno y echara a perder el sombrero de la Sultana. Al anticipar el disgusto que se llevaría la pobre mujer, se obró el milagro. Algo parecido a la rabia surgió de mi pecho y se transformó en voz. Iba a demostrar a esas acémilas, y de paso al engreído de Rufino, que no me amedrentaba ante una pandilla de asnos borrachos. Conforme iba apagándose el miedo, empecé a disfrutar cantando mientras imitaba los movimientos insinuantes de Amapola y me levantaba la falda, tal como me había aconsejado Rufino. El público se había quedado callado. Ya no reventaron junto a mí más tomates. Solo de vez en cuando llegaba desde las alturas algún «¡Así se hace, sí, señor!».

Me di cuenta de que había acabado la canción cuando estalló un aplauso tan atronador como poco antes las patadas en el gallinero. Rufino apareció a mi lado. Sonreía de oreja a oreja.

—¡Caballeros, la Bella Florita!

—¡Buena jaca, diantre! —gritó alguien con acento relamido desde la zona noble junto al proscenio.

—¡Otra, otra! —bramó el gallinero.

Rufino me agarró de un brazo.

—Mientras se cambia nuestra damisela, les invito a seguir disfrutando del espectáculo. Enseguida vuelve con ustedes para deleitarles con un número aún más... ¡atrevido!

La parroquia aplaudió y bramó enloquecida. Las bailarinas del coro irrumpieron en el escenario y revolotearon a nuestro alrededor igual que un enjambre de mosquitos desquiciados. Rufino aprovechó la disposición favorable del público para retirarme de la tarima.

—¡Florita, me da en la nariz que vas a valer tu peso en oro! Ya dicen que no hay mal que por bien no venga.

Me empujó por el pasillo hasta el camerino. La Sultana ya se había puesto sus bombachos de seda, el corpiño bordado con hilos dorados, algo raído ya por el uso, y los velos de tul que agitaba cuando bailaba.

—¡Encárgate de que Flor se ponga el camisón de cantar *La pulga*!

—Pero... si me toca salir enseguida.

—Yo sé dónde está todo, señor —intervine, embriagada aún por mi cosecha de aplausos.

Rufino se atusó el mostacho.

—Um, la Flori es lo bastante lista *pa* cambiarse sola. Tú, Sultana, cuando acabes tu número, le quitas el sombrerazo ese a la niña y le dejas las trenzas. Total, ya andan todos tan borrachos que no van a ver si lleva un piojo o dos mil. —Se dirigió de nuevo a mí—: Ahora vuelvo... y más vale que estés preparada.

Se esfumó en un santiamén.

—Ay, Señor, Señor, lo que daría por volver a Constantinopla con mi querido sultán —musitó la Sultana a mi lado.

Nuevos horizontes

Al día siguiente de mi atropellado debut, me presenté en La Pulga saboreando aún la sensación de poder experimentada cuando noté que había apaciguado a ese público cruel. Rufino me interceptó en el pasillo. Me hizo pasar al cuartucho que usaba para dirimir los asuntos del local. Él lo llamaba pomposamente «despacho». Cerró la puerta y se dejó caer en el sillón de respaldo alto que se erguía tras el vetusto escritorio. Este debía de tener una finalidad meramente intimidatoria, pues Rufino a duras penas sabía leer ni escribir, aunque para los números y las cuestiones del dinero su cabeza era un prodigio. Encima del tablero nunca había papeles, únicamente una caja de madera tallada con apliques de marquetería. Rufino abrió la tapa. Sacó un puro gordo y largo. De un mordisco desmochó uno de los extremos, escupió al suelo el pedacito arrancado y prendió el cigarro con un fósforo. Se tomó su tiempo hasta que aquello empezó a tirar a su gusto. Mientras efectuaba el ritual que a lo largo de los años he visto seguir con deleite a muchos hombres, aunque ninguno irradiaba la fiereza ordinaria de Rufino, fue deslizando una mirada golosa sobre mis ojos, mis pómulos y los labios. La detuvo en mis pechos durante un rato que se me hizo interminable. Me sentí tan incómoda que ya no sabía cómo ponerme. Trasladé el peso de mi cuerpo de una pierna a la otra por aliviar la tensión.

—Quítate esa toca. Da asco —farfulló él con el puro entre los labios.

Obedecí, cada vez más inquieta. Me la eché sobre un brazo.

86

La advertencia de la Sultana resonó dentro de mi cabeza. Me acordé de las embestidas que Rufino le daba a Paquita en la penumbra del pasillo. ¿Había llegado mi turno de dejarme sobar por el jefe?

Él se sacó el cigarro de la boca. Sacudió al suelo la ceniza que se había ido acumulando en la punta.

—Así está mejor. Unas tetas como las tuyas son *pa* lucirlas, moza.

Tragué saliva. ¿Qué pretendía? ¿Aprisionarme contra la pared como le había visto hacer con Paquita?

—Te has convertido en una belleza, Florita —dijo, tornándose meloso por momentos—. Además, sabes engatusar al público. Ayer te metiste a esos brutos del gallinero en el bolsillo. ¡Quién lo iba a decir!

Me empezó a arder la cara. Bajé la mirada, que se estrelló contra la punta de mis alpargatas. Desde el otro lado del escritorio me llegó un suspiro. Tuve que contenerme para no correr hacia la puerta. ¿La habría cerrado con llave? Alcé la vista muy despacio. Él aún tenía en los ojos esa mirada de felino goloso que me provocaba escalofríos. Dio una calada al puro. Suspiró de nuevo antes de repantigarse contra el mamotrético respaldo del sillón.

—Muchacha, desde hoy eres la nueva cantante de La Pulga.

Una mezcla de sorpresa y ansiedad me apagó la poca energía que me quedaba.

—¿Y Ama… doña Amapola? ¿No se enfadará conmigo? —logré susurrar.

—¡Esa está muerta! A Rufino Roncesvalles no le da plantón una cupletista viciosa. ¡Y a ti más te vale no seguir su ejemplo!

—Sí, señor —musité; enseguida me pareció inapropiado lo que había dicho—. No, señor —me corregí.

Él me apuntó con el puro.

—Vas a tener que lavarte más a menudo. Esto es un teatro con categoría —me espetó—. Los del gallinero son unos guarros… A esos les da todo igual con tal de gritar y pringarme el local a tomatazos. Pero los que se sientan cerca del escenario son de otra pasta… Esos tienen buenos cuartos *pa* gastar y no quieren ver mugre ni piojos. ¿Me entiendes?

Asentí con la cabeza.

—Quiero que te laves esos pelos de vez en cuando y te peines como Dios manda. Pareces una borrega con trenzas. La Sultana te enseñará a hacerte perifollos.

Un nuevo movimiento de cabeza fue lo único que me salió.

—Te daré algo de dinero *pa* que te cosas ropa nueva. Quita y pon, que no soy el Banco de España. —Añadió, en voz baja—: Si se lo doy al borracho de tu padre, se lo beberá en la taberna. ¡Pero no te hagas ilusiones, que me lo vas a devolver hasta el último céntimo! —Me estudió de arriba abajo, esbozando una inquietante sonrisa—. ¡No quiero verte por aquí con esos harapos que llevas! ¡La toca esa la quemas o la tiras al río, pero quítala de mi vista! ¡Es asquerosa!

Yo seguía sin saber qué me convenía decir. ¿Habría que darle las gracias por haberme prometido dinero? La idea de estrenar ropa por primera vez en mi vida me ilusionaba, pero me inquietaba la expresión de su cara al anticiparme que tendría que devolverle los cuartos. ¿Cómo iba a hacerlo, si era padre quien iba a La Pulga a cobrar mi jornal y se quedaba con todo? Rufino siguió con su perorata.

—He traído una zagala nueva *pa* que haga la limpieza y os ayude a vestiros antes de actuar…

Mi corazón brincó. El jefe me había incluido entre las artistas a las que la fregona ayudaba a prepararse para salir a escena. Por lo tanto, mi ascenso era definitivo. Me obligué a no sonreír delante de él, por si las moscas.

Con el puro pinzado entre los dedos de la mano izquierda, Rufino se puso en pie, rodeó la mesa y se plantó delante de mí. Alzó la derecha y la posó sobre mi mejilla. Hizo descender las yemas de los dedos con parsimonia cuello abajo. Estaba tan cerca que me llegó su aliento, muy caliente, aunque no desagradable.

—Tengo planes *pa* ti, chiquilla —dijo en voz baja mientras su prominente nuez subía y descendía bajo la barbilla cuadrada. Una sonrisa mostró sus dientes festoneados por el mostacho. Abismó

una mano en un bolsillo del pantalón. Sacó un buen fajo de billetes. Extrajo unos cuantos y me los embutió en el escote—. Vigila
que no te metan la mano por aquí. Hay mucho desaprensivo. —Se
rio a carcajadas—. Y ahora vete, que tienes a la zagala esperando
pa que le expliques lo que tiene que hacer. Espero que salga tan
trabajadora y despierta como tú.

Me dio una palmada en el culo que acabó en caricia. Volvió a
echarse a reír. Yo salté hacia la puerta, abrí el picaporte y me precipité al pasillo. Me abrumaba una incongruente amalgama de
sentimientos: alegría por mi nueva posición, miedo a que me volviera a paralizar el pánico antes de cantar y el desagrado despertado por la proximidad de Rufino y sus caricias. Intuía que sus
manos no se detendrían ahí.

A mitad del corredor, la algarabía que llegaba desde el camerino me sacó de la cavilación. Distinguí la voz de la Sultana.

—¡Tú te lo has *buscao* por informal! Márchate, que Rufino
no te quiere aquí.

—¡Tú no me das órdenes! ¿Quién te crees que eres, so carcamal?

¡Amapola! De modo que se había presentado. ¿Le habría dicho la Sultana que yo iba a ocupar su lugar? Seguro que, en cuanto me viera, la tomaría conmigo, tanto si le habían dado la noticia
como si no. Buena era ella. Estuve tentada de esconderme, pero
me pareció de cobardes. Así que me armé de valor y avancé hacia
donde las voces seguían atronando.

—¡Que venga el Rufián y dé la cara! —gritó Amapola.

Tomé aire. Entré en el camerino.

Hallé una colección de caras largas. Ricardo Merini, el atenorado, ataviado esa tarde con un traje oscuro, sin duda en previsión de proyectiles pringosos, componía su clásica estampa de
perro a punto de escarbar en la tierra. Paquita y otra corista que
se hacía llamar Elma y era algo mayor que nosotras se incrusta-
ban en un rincón como si quisieran desaparecer. Las demás bailarinas aún no habían llegado. Cerca de Paquita y Elma se arrugaba
una niña enclenque y paliducha, tan mal vestida como yo. Todos
miraban consternados hacia el tocador, donde Amapola había

acorralado a la Sultana encima de los tarros de maquillaje e intentaba arrancarle de la cabeza el sombrero de las flores y el pajarillo disecado. La reina mora se defendía dándole con una mano mientras con la otra agarraba su tocado favorito.

Amapola reparó en mí.

Soltó a su víctima. En un santiamén la tuve delante. Antes de que pudiera ponerme a salvo, me dio una bofetada cuyo chasquido devolvieron las paredes convertido en eco.

—¡Mírala, la mosquita muerta! —bramó, con los ojos desorbitados por encima de sus ojeras de color violeta. Su palidez y las greñas que le caían sobre la cara me dieron más miedo que la inminencia de otro soplamocos—. ¡Vas a ver lo que les pasa a las que roban el número de otra!

Su mano derecha se alzó amenazante. Me parapeté poniendo los antebrazos delante de la cara. El golpe impactó en las muñecas. Dolió lo suyo. También la mejilla castigada empezaba a escocerme. La Bella Amapola sabía dar guantazos.

—¡Ya vale, Gumer!

Las grandes manos de Rufino rodearon sus hombros y la alejaron de mí. Ella abrió la boca para protestar. El jefe se le adelantó.

—¡Lárgate de mi vista, o te echo a palos!

—Pero...

—¡Ni pero ni hostias! ¡A Rufino Roncesvalles no le da plantón ni Dios! ¡Fuera de aquí! ¡Y como se te ocurra volver a asomar el morro por La Pulga, te muelo a guantazos! ¡Borracha! ¡Mírate la pinta que llevas de viciosa! —La agarró de un brazo y la arrastró hasta colocarla delante del espejo—. ¿Crees que la parroquia va a seguir aflojando la mosca por verte cantar, espantajo? ¡Estás muerta! ¡Y tú sola te lo has *buscao*!

Al ver reflejada en el espejo toda su dejadez, la agresividad de Amapola se evaporó. Sus hombros se curvaron y se echó a llorar. Lejos de apiadarse de ella, Rufino aún se encolerizó más. La sacó de la estancia a empujones. Seguimos oyendo sus improperios y los sollozos de la cantante mientras se alejaban por el pasillo.

En el camerino quedó un silencio aplastante que nadie rompió. Las coristas seguían mimetizándose con la pared. La niña esmirriada parecía una estatua de tan inmóvil. Solo Merini se sentó ante el espejo de los artistas visitantes y empezó a maquillarse con movimientos lacios. La Sultana se había quitado el sombrero y lo examinaba con atención por si había sufrido desperfectos. Me acerqué a ella, más en busca de consuelo que otra cosa. Vi que una de las flores de tela se había soltado del exuberante tocado.

—Yo se lo puedo arreglar, señora. Es fácil.

Ella alzó la mirada de su sombrero favorito y la clavó en mí. Había esperado verla contenta por haber perdido de vista a su archienemiga, pero estaba triste, tan abatida como si Rufino la hubiera increpado a ella. Hasta parecía a punto de echarse a llorar. Yo no entendía nada. Con lo mal que se llevaban...

—¿Sabes la edad que tiene la Amapola? —preguntó casi susurrando.

Negué con la cabeza.

—Veintitrés años... y ya es un fiambre.

«Pues estaba bien viva cuando me dio el bofetón», pensé. Me toqué la mejilla dolorida. Aún me ardía.

—Que esto te sirva de lección, Flori —prosiguió la Sultana, acariciando los perifollos de su sombrero—. En este negocio hay que andarse con pies de plomo. Un día te aplauden a rabiar y te enrunan de rosas... y a la que te quieres dar cuenta, te llaman vejestorio y espantajo. No dejes que los aplausos y los halagos se te suban a la cabeza. Te envenenan la sesera y, tarde o temprano, siempre se acaban. Y ahí te quedas, con una mano delante y otra detrás. Sin plumas y cacareando, como el gallo de Morón.

No supe discernir si se refería a la Bella Amapola o hablaba de sí misma. Sigo sin saberlo. No obstante, a pesar de los años transcurridos desde aquella tarde agonizante, nunca he olvidado la tristeza de la Sultana ni la humillante caída de la Bella Amapola. Las dos me han servido de faro para no naufragar en el proceloso océano de la adulación y los falsos amigos.

El emperador afrentado

Durante las semanas que siguieron viví en un sueño. De la noche a la mañana, mi posición en La Pulga había cambiado. De ser la muchacha que fregaba los suelos, mantenía impecables los trajes, ayudaba a arreglarse a las dos artistas fijas y recibía órdenes de todo el mundo, pasé a ser la nueva atracción del teatro. Incluso de la ciudad, a juzgar por los comentarios, algunos envenenados, que oía cuchichear en el camerino, por la avalancha diaria de público que llenaba las butacas y por la sonrisa de morroño satisfecho en la cara de Rufino. Una noche me di cuenta de que, pasados los nervios de antes de salir al escenario, disfrutaba con la sensación de poder que me aportaba la rendición incondicional de esos parroquianos exigentes y brutales. Era como si al cantar me nacieran alas que me elevaban por encima de mi pequeña vida, del barrio en el que nací y del universo cerrado de La Pulga.

Antes de que padre pudiera enterarse de que tenía dinero y me lo afanara para emborracharse, entré en una tienda de tejidos recién inaugurada en la calle Alfonso. Era un establecimiento elegante que disponía incluso de sastrería para señoras y caballeros. El dependiente al que abordé me atendió con desgana hasta que le mostré, como por descuido, los tres billetes que llevaba enrollados en el bolsillo. A partir de entonces, sus maneras se volvieron untuosas. Me instaló en un rincón apartado de la tienda y fue extendiendo el género sobre una gran mesa de madera. Compré telas, patrones y utensilios de costura. Aprovechando los ratos en los que estaba sola en casa, me cosí una blusa, una falda y un vestido inspirado en los que llevaban las señoras elegantes que paseaban por la calle Alfonso: con su talle alto resaltado por un fajín y la falda justo por encima de los tobillos. Aún me sobró algo de dinero para comprarme unas alpargatas nuevas en la alpargatería vecina de La Pulga. Hacerme con unos zapatos puntiagudos como los de las damas quedaba fuera de mi alcance. Me temo que el efecto de mi calzado nuevo asomando bajo aquel vestido tobillero, que pese a mi pericia con la aguja no acababa de parecerse a los de las ricachonas ociosas, debía de resultar chocante. Pero estrenaba ropa por primera vez en mi vida, era casi feliz y me sentía mujer. Solo lamentaba que no me hubiera alcanzado el dinero para hacerme con un sombrero. Me habría conformado con uno sencillo, sin flores ni aves embalsamadas, que de todos modos no me gustaban.

Una tarde, cuando me disponía a salir hacia La Pulga, choqué en la puerta con padre, que regresaba de la taberna. Iba como una cuba, pero atinó a preguntar de dónde había salido ese vestido tan fino. Pasado el primer susto, me inventé que me lo había regalado una de las artistas, tan caprichosa que se cansaba enseguida de la ropa. Él engulló la trola sin pestañear. Últimamente bebía tanto que no le quedaban ganas ni de pegarnos.

Andrés seguía esperándome cada noche bajo la farola de enfrente de La Pulga para acompañarme a casa. A ese cometido le sumó gustoso el de espantar a los moscones que habían empezado a acecharme y se dejaban alejar de muy mala gana por un muchacho tan joven y, a todas luces, pobre. Varias veces estuvo a punto de cosechar puñetazos de los más pendencieros, pero él se las arreglaba para esquivar los golpes y amedrentar a los bravucones.

—¡Malditos carcamales! —gruñía entre dientes tras haberlos ahuyentado—. Van como las moscas a la miel. Se creen que porque tienen cuartos van a llevarse a la muchacha más guapa del Arrabal... ¡Qué digo yo, de toda la ciudad! —Y añadía con rotundidad—: ¡Cada día estás más guapa, Flor! —En ese punto sacudía la cabeza y murmuraba—: Una chica decente no debería dedicarse a las variedades..., pero yo te protegeré.

A la luz vacilante de las farolas, a veces me parecía que se ruborizaba. Eso me hacía feliz. Incluso llegaba a desear que volviera a besarme y a apretujarse contra mí. Pero él cumplió a rajatabla la promesa que me hiciera tiempo atrás.

Por esa época recibimos noticias de Jorge, tras un silencio de varias semanas que había empezado a preocuparme. Leí su carta a Rubén y, por la noche, a Amador. Nuestro hermano narraba, a través de la letra caracolada de su compañero de armas, las habituales anécdotas amables del cuartel. Decía que ya no le rozaban las botas y no cesaba de loar la belleza de Melilla, donde pasaba sus escasos permisos. Aludió a una escaramuza con los moros en la que se vio envuelta su brigada cerca de la ciudad. Hubo que lamentar bajas entre los españoles y también heridos, pero no debíamos temer por él, ya que no sufrió ni un solo rasguño. Acabó la misiva mandándonos muchos besos a sus hermanos y diciendo que nos extrañaba. Como de costumbre, no mencionó a padre.

—¡Pues vaya! —exclamó Rubén, mohíno—. *Pa* una vez que cuenta algo interesante, nos deja con la miel en los labios.

Yo intuía que Jorge corría más peligro de lo que dejaba traslucir su amable relato, pero no dije nada. Solo deseaba que regresara a casa sano y salvo.

En medio del calor de finales de junio, los ricachones que frecuentaban La Pulga propagaron el rumor de que en un país del extranjero un anarquista había asesinado a un aristócrata, heredero al trono de un importante imperio europeo, cuando visitaba junto a su esposa una ciudad de nombre largo e impronunciable que jamás habíamos oído mencionar. Sí retuvimos parte de la provincia a la que pertenecía la ciudad de autos, pero ninguno sabíamos dónde ubicar esa tierra que empezaba por Bosnia y acababa en otra sarta de sílabas imposibles de recordar. Los señores de los trajes caros afirmaban que la situación era preocupante. Se decía que el asesino pertenecía a una organización terrorista llamada la Mano Negra, cuyo objetivo era arrancar a Bosnia de las garras de ese gran imperio que la tenía anexionada, para incorporarla a otro estado llamado Serbia. Y eso no lo iba a permitir el emperador, que había perdido a su heredero y ahora se sentiría obligado a lavar la sangrienta afrenta declarándole la guerra a esa tal Serbia.

Demasiado complicado para que lo entendiéramos cuando Rufino, con gesto preocupado, nos repitió en el camerino lo que le habían contado la noche anterior los prohombres mientras trasegaban alcohol como si no hubiera un mañana.

—¡Jesús, María y José, llamándose la Mano Negra, cómo no van a ser malhechores! ¡Y ese pobre señor, asesinados él y su mujer! —exclamó la Sultana, vestida con sus bombachos, el chaleco bordado en oro y la tripa envuelta en los tules con los que de un tiempo a esa parte se tapaba la lorza que había desarrollado.

Las bailarinas se agruparon en una piña como si fueran ovejas y guardaron silencio. El jotero que actuaba esa semana incendiando a la parroquia con jotas picantonas no paraba de morderse el labio inferior. Yo tampoco me atreví a hablar. No había entendido gran cosa y temía decir alguna tontería.

—Bueno, esos países que dices tienen que estar muy lejos. Hasta aquí no llegará la guerra —se consoló la Sultana retocándose el peinado.

—¡Qué burra eres, Sultana! —la increpó Rufino—. El fiambre era heredero del jefe de un país importante…, el imperio austro… austro…, bueno, como se diga. Seguro que la cosa se enredará.

—Pero España no irá a la guerra —insistió ella—. ¿Qué se nos ha perdido a nosotros en el imperio ese, austro… lo que sea?

—A los mandamases les gustan más las guerras que a un tocino revolcarse en el barro —sentenció nuestro jefe con el ceño fruncido—. Cuando hay gresca siempre sacan tajada. Tú que vas tanto a rezarle a la Pilarica, pídele que no nos manden *p'allí* a que nos maten… Como si no tuviéramos bastante con lo de Marruecos.

—Ay, Rufino, ¡qué miedo me da todo esto! —suspiró la Sultana.

—A ti no te van a forzar, Sultana, que a los *soldaos* les gusta la chicha fresca. ¡Hala, ya está bien de palique! —Rufino dio dos palmadas—. ¡A prepararse todos, que hoy hay que animar el cotarro con el doble de alegría! —Me miró de repente y me espetó—: ¡Tú, esta noche quiero más picardía! ¡Mucha más! ¿Entendido?

Me apresuré a asentir con la cabeza. Cualquiera contrariaba a Rufino cuando se ponía mandón. Además, era él quien me había convertido en la estrella del espectáculo. Gracias al dinero que me adelantó, había podido estrenar ropa por primera vez en mi vida. Le estaba tan agradecida como los perros callejeros a los que de niños arrojábamos un currusco de pan. Incluso empezaba a olvidar la desconfianza que me inspiraba desde que le vi con Paquita en el pasillo.

¿Cómo iba a saber que Rufino se quitaría pronto la piel de cordero con la que mi agradecimiento se empeñaba en disfrazarle?

La antesala del purgatorio

A fuerza de oír en La Pulga los comentarios que hacían los calaveras informados sobre el conflicto surgido en la lejana ciudad de Sarajevo, acabé familiarizándome con los nombres de los implicados: el asesinado archiduque Francisco Fernando; el anciano emperador Francisco José que dirigía el Imperio austrohúngaro; Bosnia-Herzegovina, Serbia y algunos países como Rusia, Alemania y Francia, que se habían ido inmiscuyendo poco a poco en el asunto. Quienes tenían dinero para comprar los periódicos decían que las noticias ya vaticinaban una posible conflagración europea. Yo no conocía el significado de la palabra «conflagración», pero escuchando las conversaciones ajenas deduje que era otra manera de aludir a la guerra inminente, sobre la que se cuchicheaba hasta en las calles del Arrabal. Los ricachones del público andaban preocupados por si España se enredaba en ese conflicto anunciado, Rufino temía por las repercusiones de las hostilidades sobre su negocio y un impreciso hedor a amenaza había empezado a espesar el aire que respirábamos. A mí, nada de eso me bajó de la nube de ensoñación. Yo era la nueva estrella de La Pulga. Por primera vez en mi vida se me trataba con respeto. Ahora se me permitía dar órdenes a la niña asustada que me había sustituido como fregona. El jaleo del que hablaba todo el mundo quedaba lejos; si ni siquiera lograba hacerme una idea de dónde situar a los países involucrados... Estaba segura de que la sangre no llegaría hasta la puerta de La Pulga. En parte, tuve razón. La aguja que pinchó el globo de mi inesperado estrellato surgió desde otro flanco.

Hacia finales de julio, un día después de que se difundiera la noticia de que el Imperio austrohúngaro había roto relaciones con Serbia, lo que significaba que habría guerra, Rufino me interceptó nada más entrar en La Pulga.

—Flor, ¡a mi despacho!

Me agarró de un brazo y tiró de mí hasta su cuchitril. Esa tarde olía a cerrado y a humo de puro. Por lo visto, Fina, la nueva, aún no había entrado a limpiar. Decidí llamarle la atención en cuanto la viera. Para eso había ascendido a artista.

Rufino cerró la puerta y echó la llave. Esbozó una sonrisa. En mis tripas renació el miedo. Él se plantó delante de mí y me acarició las mejillas. Muy fugazmente, pues sus manos bajaron enseguida por mi cuello y se adentraron en el escote. Resurgieron las advertencias de la Sultana, que me había afanado en olvidar. Recordé la imagen de Rufino embistiendo a Paquita en la penumbra del pasillo. ¿Cómo había podido ser tan tonta? Rufino no era mi benefactor; solo una alimaña que había estado distrayendo a su presa para pillarla desprevenida. Intenté empujarle lejos de mí, pero él era grande y musculoso. Ni siquiera se tambaleó. Riéndose a carcajadas, me levantó la falda nueva y las enaguas remendadas que pertenecieron a madre.

—Don Rufino, por favor, no...

—¡Déjate de remilgos, rosa de pitiminí! —me espetó él—. ¿Quién te crees que eres? ¿La Fornarina? ¡Aquí mando yo! Si te digo que cantes, cantas... y si te mando que te abras de piernas, te espatarras sin chistar. —Noté cómo hurgaba entre las telas—. ¿Pensabas que no te iba a cobrar los cuartos que te adelanté *pa* que te compraras trapos decentes? Pues mira por dónde, hoy me los vas a devolver uno a uno.

—Don Rufino... yo...

—¡Chitón!

Me hizo girarme hasta quedar mirando la mesa y me empujó sobre ella. Acabé con la cara aplastada contra el tablero y el trasero levantado, sintiendo sobre la espalda el peso de sus manazas. Su aliento me abrasaba la oreja. La brutalidad animal que irradiaba su cuerpo me hizo llorar de miedo. Ahora me haría lo mismo que a Paquita. ¿Me dolería cuando me embistiera como a ella? Él alzó aún más falda y enaguas, que me pesaron como losas cuando me cubrieron la espalda y parte de la nuca. En esas situaciones suelen pasarnos por la cabeza pensamientos muy tontos. Yo me acordé de cómo, mientras cosía la ropa nueva, interrumpía las puntadas y acariciaba esos tejidos suaves y nuevos. Ahora, la falda de la que tan orgullosa me había sentido se me antojaba una mortaja. Tragué saliva y las lágrimas de miedo, rabia e indefensión que se me escurrían dentro de la boca.

—Por favor, don Rufino...

—¡Deja de lloriquear! —Su aliento volvió a quemarme la oreja—. No hay nada que me guste más que desbravar a una potranquilla como tú, pero lo primero es el negocio y luego la jarana. Ya habrá tiempo de desquitarse...

Deslizó piernas abajo las bombachas de algodón que me había cosido recortando un viejo mono de Jorge. Algo caliente se introdujo entre mis muslos y palpó con avidez la parte de mi cuerpo que jamás me había atrevido a nombrar. Me hizo daño al arañarme donde algunas noches, amparada por la oscuridad, me tocaba en mi catre de la cocina. El ente que me invadía pareció fragmentarse de repente en varias patas que seguían raspando.

¡Era una mano! Lo que me hacía daño eran las uñas de Rufino. Me surcó la mente otra incongruencia: al menos, las llevaba siempre limpias.

Él dejó de hurgar y se apartó de mí.

—Estás sin estrenar. ¡Así me gusta! Que a tu edad, muchas ya están engolfadas. ¡Levántate y súbete esos pololos que llevas! ¡Son horribles!

No me hice de rogar. Me alcé de esa postura ignominiosa y me arreglé la ropa. Solo deseaba salir de ahí. Me limpié los ojos y la nariz con el dorso de la mano.

—Le contaré a mi padre lo que me ha hecho —fue lo único que conseguí articular. Una grandísima tontería, como comprobé enseguida.

—¿Tu padre? Ese borracho ya se habrá bebido el dinero que

le he *dao* esta mañana *pa* que no me venga con reclamaciones. Y bien pronto que se lo ha *guardao*, el puerco de él.

—Mis hermanos…

—Ni tus hermanos ni ese ajo tierno que te espera cada noche tienen lo que hay que tener *pa* vérselas conmigo.

Con agilidad gatuna dio la vuelta a la mesa. Se dejó caer en su sillón.

—Siéntate.

Sacudí la cabeza. Ya que no había podido defenderme de su humillación, solo me quedaba el gusto de desobedecerle.

—¿Quieres que te dé un guantazo por burra?

Mi conato de rebelión se apagó. Me senté en el borde de la silla. Rufino sacó un puro de la caja de madera. De un mordisco le arrancó la punta y la escupió al suelo, como de costumbre. Al menos, esa vez no me tocaría a mí recoger la piltrafa.

—Esta noche, cuando acabes tu última actuación, vamos a celebrar una fiesta *pa* los clientes distinguidos.

—¿Qué fiesta? —susurré.

—Eso lo verás cuando llegue la hora. Quiero que te des un buen baño en la tina y que te cepilles bien esos pelos…, a ver si aprendes a peinarte de una vez. Tendrá que ayudarte la Sultana. *Pa* eso sirven las gallinas viejas. —Rio con el cigarro entre los labios, dio una deleitosa calada y sin sacárselo de la boca ordenó—: ¡Hala, moza, date garbo, que el tiempo apremia!

—Pero…

—¡Ni pero, ni pera! Te quiero bien escoscada, que a los ricos les gusta todo muy limpio. Y ojito con intentar escaparte, que de aquí no sale ni una cucaracha sin que yo me entere.

Me bañé a regañadientes en el rincón del patio donde estaba el aljibe. Cuando adopté la costumbre de asearme allí, al principio de mi estrellato, lo protegí de miradas indiscretas colgando un enorme trozo de tela vieja que encontré ovillada en un armario. Aquel día era caluroso, pero el agua se me antojó helada. O tal vez el frío se debiera al miedo que me hacía llorar y castañetear los dientes. O a lo indigna que me sentía tras el toqueteo de Rufino. Estaba tan asustada que era incapaz de imaginar qué podía traerse entre manos. Sí intuía que no sería nada bueno para mí.

Salí del agua sin dejar de vigilar la rudimentaria cortina, por si Rufino me acechaba escondido detrás de la tela. Apenas perdí tiempo en secarme. Me envolví en una bata de seda raída que se había dejado olvidada Amapola y me apresuré hacia el camerino. La Sultana se maquillaba ante el tocador. Al percatarse de mi presencia, giró un poco la cabeza y me lanzó una mirada de inquietud, pero no habló. Enseguida entendí por qué: el jefe ocupaba el sillón del rincón, fumando su apestoso puro. Me quedé parada en el hueco de la puerta. El Gran Balduino, que había vuelto a recalar en La Pulga tras un periplo por ciudades y pueblos que él llamaba pomposamente «gira artística», se ajustaba la pajarita con expresión de circunstancias. Hasta las coristas estaban más calladas que de costumbre. Y el silencio general no debía de tener su causa solo en la intimidante presencia de Rufino. Estaba segura de que todos sabían lo que iba a ocurrir después de mi última actuación. Todos... menos yo.

La Sultana se puso en pie y vino hacia mí.

—Ven, niña, que te ayudo a vestirte.

Me condujo detrás del biombo donde solía cambiarse Amapola. Recordé cómo encontré a la cupletista en aquella maloliente pensión: convertida en una muerta que apenas respiraba por culpa de la absenta y el láudano. Habían transcurrido solo unas pocas semanas desde que Rufino la echó a la calle, pero parecía haber pasado una vida entera. Dejé que las manos de la Sultana me vistieran como si fuera una muñeca. Nada conservaba de la energía que me había permitido trabajar sin descanso desde que crecí lo suficiente para llegar al fregadero de la cocina. Ella acercó el rostro a mi oreja y susurró, tan bajito que me costó entender lo que decía:

—Deja de llorar y pon la espalda tiesa, que el Rufián no huela tu miedo. La rabia te ayudará a salir de esta... y de lo que te vaya viniendo. Como a todas nosotras.

Alcé la cara. Abrí la boca para darle las gracias por sus palabras de ánimo, pero ella colocó el índice delante de los labios conminándome a callar. El resto del atuendo de cupletista —el corpiño que empujaba los pechos hacia arriba para resaltar el canalillo, las medias bordadas y la falda acampanada por encima de las rodillas— me lo puso en silencio. Una vez vestida, me cogió de la mano y me hizo salir de la protección del biombo. Rufino seguía en el rincón vigilando nuestros movimientos.

—A ver cómo te dejo la cara presentable, chiquilla —murmuró la Sultana—. Se te han *quedao* los ojos de huevo de llorar.

Me aplicó varias capas de maquillaje y sombra oscura en los párpados. Con sus dedos hábiles, me recogió el pelo en un artificioso peinado lleno de protuberancias y bucles troquelados con las tenacillas. Tanto en invierno como en verano, las calentábamos en un brasero que encendíamos solo para eso. Y apenas recuerdo más. Solo que de pronto me vi detrás del escenario, en el corralito donde los artistas aguardábamos el momento de salir mientras espiábamos la actuación de nuestro predecesor o nos asomábamos con sigilo para observar las reacciones del público de esa noche.

Rufino ya estaba sobre la tarima, enredando a la parroquia con su verbo florido y los gestos de embaucador. Las bailarinas se arremolinaban a la espera de que el jefe les diera la señal para salir a introducir el espectáculo. Pese a que el incidente con Rufino me había dejado atontada, me pareció que andaban inusualmente revueltas. Pegado a ellas, el Gran Balduino tironeaba de la pajarita para colocársela bien alineada bajo el mentón. Todos se asomaban con tan poca discreción hacia el público, que los de la platea debían de estar viéndoles las cabezas. Rufino ya nos miraba de reojo. Seguro que cuando regresara entre bambalinas y se quitara la careta amable que mostraba a los clientes, abroncaría al primero que se cruzara en su camino.

—*Pa* mí que es extranjero, de esos del norte, que dicen que son así de rubios —oí cuchichear a Paquita.

La Sultana me soltó. Asomó un ojo al otro lado del cortinón, para ver de quién hablaban esas cigüeñas chifladas, como llamaba ella a las coristas. Al cabo de unos segundos, se giró hacia donde nos apiñábamos los demás.

—Está claro que ese no es de la tierra —susurró—. ¡Es un espía! Os lo digo yo. Como hay revuelo ahora con eso de la guerra...

—Es muy joven para ser espía —objetó el Gran Balduino.

La Sultana se picó.

—¿Y qué sabrás tú de la edad que tienen los espías?

—Soy un hombre viajado. No como algunas que presumen...

—¡Ja! —murmuró ella entre dientes—. A otra boba con ese cuento.

La curiosidad se impuso a mi apatía. Saqué la cabeza de la protección de la cortina. Un poco solo, no fuera a atraer sobre mí la ira de Rufino. Ya había tenido bastante con el humillante manoseo en su cubil. Enseguida divisé al supuesto espía. Era joven, aunque ya un hombre hecho y derecho. Hebras de luz escapadas del foco que manejaba Hilario resaltaban su cabello rubio en la penumbra de la platea, tan claro como no lo había visto jamás en mi vida. Vestido con un traje que incluso desde lejos se veía de muy buena calidad, el espía fumaba y hablaba con otro joven moreno sentado a su lado. Los dos ocupaban una de las mesas al pie del escenario. Las que Rufino reservaba para los que aparentaban tener dinero.

De repente, mi corazón dio un salto dentro del pecho. No se parecía al brinco que avisa de un peligro, ni a las cabriolas descontroladas que me provocaban arcadas las primeras veces que salí a cantar. Era como el estallido de los fuegos artificiales que dibujan ornamentos luminosos en un cielo nocturno. Olvidé el incidente con Rufino, el miedo a lo que me tenía preparado para esa noche y la humillación que había sufrido por la tarde. Cuando llegó mi turno de actuar, canté solo para el guapo desconocido, me levanté la falda para que él admirara mis piernas, hice lo posible por mostrar el canalillo entre mis pechos y le ofrecí a él, solo a él, todo mi acopio de picardía, sin sospechar que a veces el cielo puede ser la antesala del purgatorio.

Setenta pesetas

Canté tan embobada que olvidé la amenaza que me aguardaba al final de la función. Desde la noche en la que Rufino me hizo sustituir a Amapola, había ganado mucha confianza en mí misma. Sabía modular la voz con el fin de enfatizar las partes de cada canción que más enardecían a la parroquia. Manejaba un repertorio de trucos para controlar los nervios y el instinto me dictaba cuándo y cómo convenía sacar la picardía que demandaban Rufino y el público. Apliqué esa experiencia, adquirida apresuradamente durante mis semanas de estrellato, para llamar la atención del supuesto espía. Y él seguía mi actuación sonriendo detrás de su cigarrillo, prendido a una de esas boquillas tan apreciadas por los ricachones de las mesas; los hombres de mi mundo liaban hebras de tabaco en canutillos informes, que fumaban sin ninguna clase de filtro. Cuando yo revolvía entre el sayo de tul que simulaba un camisón y sacaba la mano fingiendo haber atrapado la pulga insolente, él se reía como el resto del público. Incluso parecía entender la letra y el doble sentido de algunas frases. Deduje que a lo mejor no era un espía extranjero. Tal vez solo había salido extraordinariamente pálido y rubio. Al fin y al cabo, la gente bien no trabajaba al aire libre descargando carros en el mercado, ni se tiznaba en una fundición. Tenía entendido, por lo que me contaba madre, que la mayoría ni siquiera trabajaba. Al menos, no igual que hacíamos los pobres: sudando como mulos y manchándonos las manos agrietadas.

A todo sueño hermoso le aguarda su despertar, más o menos brusco. Yo regresé a la realidad de golpe, en cuanto acabé de cantar «y por lo tanto, señores míos, ha terminado completamente, ha terminado... esta canción... esta canción... esta canción» y el aire se llenó de aplausos, sonoros golpetazos en muslos masculinos y algún relincho que otro surgido del gallinero.

—¡Mocica, estás *pa* comerte con patatas! —gritó una voz desde las alturas.

—¡Y *pa* mojar pan! —rugió otro, muy cerca del primero.

—¡Hermosa criatura, en verdad! —exclamó un finolis de los que se sentaban cerca del escenario.

Era un hombre mayor, flaco como un cañaveral. Se agarraba con una mano a su copa de coñac y con la otra al trasero de Mimí, una de las coristas del momento, que se acurrucaba en su regazo con aire gatuno. Mimí poseía una habilidad especial para sacarles el dinero a los señorones y recaudaba más que ninguna otra de las chicas.

Miré hacia donde se sentaba el misterioso rubio. Él aplaudía en silencio, esbozando una sonrisita que se me antojó contenida entre tanta lubricidad desatada. Al apartar la vista de él, fue cuando me desmoroné. En la boca del estómago me nació una flojedad que se transformó en mareo. Las manos y las piernas me empezaron a temblar. Noté cómo me tambaleaba. Tal vez me habría caído desmayada sobre la tarima si no me hubiera sujetado Rufino para enderezarme como a una muñeca de trapo.

—¡Espabila y saluda al público! —me ordenó al oído.

Le miré de reojo. Llevaba en la cara la expresión de embaucador que guardaba para los parroquianos acaudalados. Me retorcí en la genuflexión que había copiado a la Bella Amapola, fruncí los labios como si quisiera besar a cada uno de los hombres presentes e hice con la mano el gesto de enviar los besos hacia las mesas de los pudientes. Rufino me había prohibido tajantemente dirigirme así al gallinero. «Esos se ponen como toros y me destrozan el local», decía.

—¡La Bella Florita, lo mejor de esta casa... y del mundo entero! —exclamó.

Los hombres aplaudieron a rabiar. Llovieron sobre nosotros rosas rojas y claveles reventones. Desde el gallinero cayeron tres alberges redonditos y en buen estado, pues rebotaron en el escenario en lugar de despachurrarse. El cortinón que manejaba Hilario comenzó a deslizarse hacia donde estábamos el jefe y yo. Antes de que se cerrara, busqué con la vista al joven del cabello luminoso. Seguía sentado al lado de su amigo. Volvía a fumar con esos gestos de indolente elegancia que delataban su pertenencia a un mundo mucho más llevadero que el mío. Sentí nacer en mi rostro una sonrisa que se encogió cuando Rufino empezó a sacarme del escenario a tirones.

—¿Qué te pasa? ¿Te has vuelto tonta de capirote? —le oí renegar entre dientes.

No me quedaban fuerzas ni para abrir la boca. Él tampoco esperaba respuesta. Detrás del escenario aguardaba un grupito compuesto por la Sultana, vestida de calle, aunque sin haberse colocado el sombrero de floripondios, Paquita, ataviada aún con el descocado atuendo de corista, el Gran Balduino e Hilario. Las otras chicas debían de seguir todavía entre el público, seduciendo a sus galanes para sacarles los cuartos y contentar a Rufino. ¿Por qué todos se hacían los remolones, cuando otras madrugadas ya se amontonaban en el camerino para cambiarse de ropa y salir cuanto antes? El jefe me depositó al lado de la Sultana como si fuera un fardo.

—Vigílame a esta. ¡Pobre de ti como se te escape!

Ella se apresuró a asentir con la cabeza. Rufino regresó a toda prisa al escenario. Le oí anunciar algo en tono meloso, pero estaba demasiado obtusa para entender lo que decía. La Sultana me rodeó los hombros con un brazo, me estrujó transmitiendo un calor maternal que jamás habría esperado de ella y susurró:

—Ay, Flori, me gustaría ayudarte, pero no puedo. Tengo que hacer lo que me pide el Rufián. Si me echa a la calle, ¿dónde me van a pagar por bailar a mis años? —Un profundo suspiro le brotó del mismísimo pecho—. Sobre todo, no te resistas. Hazme caso. Que eso los hace ponerse más burros. Si te dejas hacer lo que les gusta, acaban antes. ¡Y aquí paz y después gloria! No pasa nada si te duele un poco por ahí abajo. Es normal la primera vez.

—Y no te preocupes si ves que te sale sangre —se mezcló la voz de Paquita.

—¡Cállate, boba, que me asustas a la zagala! —la increpó la Sultana.

Yo ya estaba muerta de miedo sin necesidad de que esas dos contribuyeran a aterrorizarme más. Dolor, sangre... Recordé los gemidos de Paquita cuando Rufino la empujaba contra la pared. No me habían parecido de gusto, pero tampoco de alguien que estaba sufriendo horrores. El jefe reapareció ante nosotras. Su manaza rodeó mi brazo izquierdo. Sin mediar palabra, me remolcó de vuelta al escenario. El foco de Hilario lo iluminaba ahora con la intensidad atenuada. Por el silencio del gallinero, me di cuenta de que sus ruidosos ocupantes se habían marchado. Tampoco quedaba nadie en las filas de asientos de la platea. Solo permanecían ocupadas las mesas de los notables. Sin las chicas, que también se habían retirado.

Busqué al desconocido. Se me escapó un suspiro de alegría cuando vi que seguía en su sitio. No así el joven moreno que le acompañaba. Ese había desaparecido. Entonces Rufino se dirigió a los notables en el lenguaje relamido que reservaba para ellos.

—Caballeros, contemplen y admiren a sus anchas a esta hermosa y tierna criatura. Muchos de ustedes ya conocen su arte y su voz. Ahora les ofrezco el privilegio de saborear su inocencia intacta..., ya me entienden, caballeros. Usted... usted... o tal vez usted... —fue señalando a los que parecían más pudientes— puede ser quien se haga con el gran honor de estrenar a esta virginal belleza. —Intercaló una pausa de efecto y arrancó de nuevo, subiendo algo el tono—: Vamos a empezar nuestra subasta con una módica cantidad: ¡setenta pesetas!

Un murmullo se extendió entre las mesas. No supe apreciar si era de aprobación o todo lo contrario. Yo me había quedado de una pieza. Setenta pesetas eran una fortuna. Intenté imaginar la cantidad de comida que me permitiría comprar en el colmado de

Faustino. Seguro que mis hermanos y yo podríamos llenar nuestras tripas hasta el día del juicio final.

—¿Qué son setenta pesetas para caballeros elegantes de su categoría? —La voz del jefe se había almibarado aún más—. ¿Un traje de confección, cuando a ustedes los visten los mejores sastres de la ciudad? ¿Un modesto gramófono de mesa, cuando se pueden permitir un aparato con su mueble de madera maciza? Yo les ofrezco disfrutar de lo que más alegra la vida de un hombre: ¡subir al cielo abrazado a una virgen! —Hizo un brevísimo alto y voceó—: ¿Quién da más? ¡Anímense, caballeros!

Yo temblaba otra vez. Ahora también me castañeteaban los dientes. Tuve que apretar las mandíbulas para disimular. Al fin sabía lo que me iba a deparar la noche: Rufino me estaba vendiendo, como si fuera una gallina o un pavo, a los hombres que poco antes me habían aplaudido, para que estos degustaran lo que Nati calificaba de «virtud» cuando me prevenía de los peligros que acechaban a las jovencitas inocentes en el mundo de la farándula. Aquellas advertencias, no por discretas menos claras, sumadas a lo que yo había observado y oído por el barrio y lo que vi cuando sorprendí a Rufino poseyendo a Paquita en medio del pasillo, me habían ido despejando cualquier duda sobre cómo se apropiaban los hombres de la virtud de una chica. Por lo que había visto a mi alrededor, a las muchachas de mi mundo nos tocaba trabajar desde bien niñas y también después de crecernos los pechos y ensanchársenos las caderas. Incluso si éramos honradas y un hombre se casaba con nosotras, seguiríamos esclavizadas en el servicio doméstico y en nuestra propia casa hasta que la muerte nos librara del trabajo y del marido que mandaba sobre nosotras. Así había sido la vida de mi madre y así era la de las vecinas, salvo la de las pocas afortunadas que pescaban a un esposo que no fuera pobre de solemnidad, borracho ni violento. Pese a todo, nunca me había pasado por la cabeza que alguien pretendiera ganar dinero con esa virtud. ¿Qué guarradas me obligarían a hacer los viejos de la zona noble? ¿Y qué sería de mí después, si se corría la voz por el barrio de que no era trigo limpio?

—Es bastica la moza —oí decir a uno que se sentaba cerca de mí.

Era un hombre entrado en años, embutido cual morcilla de arroz en un traje oscuro de tres piezas que debía de darle mucho calor, aunque él no parecía agobiado.

—Pero guapa como un sol —terció su compañero de mesa, un individuo grandote con dientes de ratón—. Ya la desbastaremos nosotros.

Ambos estallaron en carcajadas que delataban los ríos de alcohol que habían trasegado. Entre bambalinas se rumoreaba que las bebidas que servía Rufino a los clientes distinguidos eran de baja calidad, aunque él les sacaba sus buenos duros con ellas.

El que me había calificado de basta levantó una mano regordeta.

—¡Setenta y dos!

—¡Setenta y cinco! —contraatacó su amigo, riéndose.

El viejo flaco que antes se había divertido con Mimí, y cuya mirada vidriosa evidenciaba una buena curda, berreó:

—¡Ochenta!

Desde una mesa situada al otro extremo de la sala, se alzaron al mismo tiempo una mano y la correspondiente voz.

—¡Noventa!

En el local se hizo un silencio de asombro. Oí murmullos que llegaban de la otra punta del escenario. Giré un poco la cabeza. De reojo vi que allí se arremolinaban, escondidos tras la cortina, la Sultana, el Gran Balduino, las coristas, los músicos y el camarero que atendía las mesas. Al parecer, ninguno se quería perder el espectáculo. A mi lado, Rufino tomó aire y exclamó:

—¡Bien, caballeros, esto se anima! Veo que saben apreciar la buena calidad del género. Pero ¡esta moza merece más, mucho más! ¿Quién mejora la oferta?

A cada segundo me costaba más controlar el miedo y el tembleque. Sentí el impulso de darle a Rufino una patada en la entrepierna y salir corriendo de allí. Pero él me sujetaba con mano de hierro. Además, le temía demasiado para intentar zafarme. Busqué de nuevo al joven del pelo pajizo. No se había marchado. Nuestras miradas se cruzaron. Sus ojos eran claros, aunque me hallaba muy lejos de él para distinguir si verdes o azules. De repente, levantó el brazo derecho e hizo un lánguido gesto con los dedos.

—¡Cien!

Había pronunciado la escueta palabra de un modo extraño. Como si le hubiera nacido en lo más hondo de la garganta.

Noté que hasta Rufino contenía la respiración. Deseé con toda mi alma que nadie ofreciera más, que el jefe me entregara a ese joven apuesto. No parecía ser un hombre cruel. Igual se dejaría engatusar y me permitiría escapar intacta. Los otros reaccionaron pronto. El hombre morcilla que me había llamado basta alzó una de sus zarpas. Mi miedo se tiznó de aversión.

—¡Ciento diez!

Su compañero de mesa se llevó a los labios su copa de coñac y la vació de un trago.

—Esto sube demasiado deprisa, Goyo —le oí decir—. Yo me planto. La zagala no vale tanto. Por ese dinero me puedo mercar una puta fina de las que saben hasta latín.

Un joven con aspecto de lechuguino, en el que no había reparado hasta entonces porque se hallaba con otros dos en una zona penumbrosa, se puso en pie, tambaleante, sacó la cabeza de entre las sombras y farfulló, con voz ebria:

—¡Ciento quince!

El foco de Hilario alumbró al grupo, a tiempo de ver cómo los amigos del lechuguino tiraban de él para que se sentara.

—¿Te has vuelto loco, Joaquín? Es un dineral. De esta, tu padre te mata.

El hombre morcilla se palmeó un muslo.

—¡Diantre! ¿Va a poder un imberbe más que yo? ¡Ciento veinte, y no se hable más!

El regocijo de Rufino era palpable. Seguro que estaría conteniéndose para no frotarse las manos. Llegaron murmullos desde el rincón donde se arracimaban los artistas de La Pulga. Yo seguía apretando las mandíbulas para que no me castañetearan los dientes. ¡Ciento veinte pesetas! ¿Cuánta comida podría comprar en el colmado con esa fortuna?

El lampiño volvió a despegar el trasero de la silla. Sus amigos menearon las cabezas, pero ya no hicieron nada por contenerle.

—¡Ciento treinta!

Su propuesta provocó cuchicheos entre las mesas y detrás del escenario. Incluso a Rufino se le escapó un conato de grito. El hombre morcilla se tomó la oferta de su rival como un desaire. Dio un puñetazo en la mesa.

—¡Pues ciento cuarenta! ¡Ahí va eso!

—Goyo, que te pierdes… —le amonestó el roedor—. Esta zagala no vale tanto.

Hubo movimiento en la mesa de los jóvenes. Los dos que parecían andar más sobrios se pusieron en pie, tiraron del otro para levantarle de la silla y le arrastraron hacia la salida.

—Nosotros nos retiramos. Buenas noches, caballeros —se despidió el más sereno, trazando un airoso movimiento de cabeza.

Comprendí lo que eso implicaba: si no salía pronto otro postor, Rufino me vendería al hombre morcilla. Sofoqué una arcada. Empecé a sudar.

—¿Ves lo que has hecho, insensato? —oí que le reprochaba el roedor al del traje oscuro—. Ahora te toca gastarte los cuartos en esa burrica, que menudas las gasta el Rufián.

El otro se encogió de hombros y emitió un bufido. Debía de andar muy borracho. A mi lado, Rufino tomó aire. Supuse que sería para reanudar el control de la puja, o para adjudicarme a ese hombre espantoso. La idea de patearle la entrepierna y huir volvió a tomar forma. De nuevo venció el miedo.

En eso, se alzó un brazo entre el público. Una voz exclamó, con entonación gutural:

—¡Ciento cincuenta!

Todos miramos hacia donde se acomodaba el dueño de la voz. No era otro que el joven del pelo luminoso.

—Déjalo estar y marchémonos, Goyo —advirtió el de los dientes de roedor a su amigo—. Yo te llevaré donde hay putas finas como la seda.

El aludido asintió con la cabeza. Se puso en pie, tambaleante y atrapado en el silencio que envuelve a los muy ebrios. Su amigo hizo lo propio. Los dos trazaron una rápida inclinación de cabeza a modo de despedida y se esfumaron del halo que proyectaba el foco de Hilario.

—¡Ciento cincuenta a la de uno, a la de dos y a la de tres! —se apresuró a exclamar Rufino—. Adjudicada la Bella Florita al caballero rubio del rincón. Una sabia elección, señor.

El telón empezó a deslizarse hacia nosotros. Rufino hizo un discreto gesto adonde seguían apiñados todos los artistas de La Pulga. La Sultana vino con la cabeza gacha. El jefe me soltó. Para que no pudieran oírle los hombres que seguían trasegando coñac en la zona de mesas, ordenó sin alzar la voz:

—Que se cambie de ropa y se adecente. Está sudada como una mula. Y dale un dedo de aguardiente *pa* que se temple, que se nos va a deshacer de tanto temblar. ¡No tardes en traérmela aquí!

Antes de que el cortinón se cerrara del todo, Rufino saltó de la tarima en dirección al joven que había ganado la subasta. A lo mejor temía que se le escapara sin pagar. Mientras la Sultana me remolcaba hacia el camerino, me acordé de la gallina Mari Pili, atrapada entre las manos de padre cuando este le retorció el pescuezo. Rufino disponía de mí como si yo fuera otro desdichado plumífero destinado a acabar en una cazuela. ¿Por qué no me escapaba de una vez? Sería muy fácil engañar a la Sultana y huir. Cuando el jefe se diera cuenta, yo ya estaría lejos de La Pulga. Nada más pensar eso, me sentí muy ruin. Si lo hacía, Rufino no tendría piedad con la pobre mujer. Seguro que la echaría a la calle a patadas. ¿Dónde iba a encontrar otro trabajo de bailarina, ahora que se hacía mayor y había desarrollado lorzas cada vez más difíciles de disimular? ¿Y yo? ¿Adónde iría yo? En casa, padre me daría una de sus palizas y mis hermanos no podrían ayudarme. Encima, no poseía ni un mísero céntimo para salir adelante si ponía tierra por medio.

Conforme iba desgranando aquellos pensamientos, fue perfilándose uno que aniquiló todos los demás en un abrir y cerrar de ojos: me moría de ganas por estar cerca del joven rubio que me había visto cantar con una sonrisa en los labios. De modo que me encomendé a la Virgen del Pilar y me dije que un hombre tan apuesto y elegante no podía ser demasiado malo. Y así fue como Rufino, apodado el Rufián, dueño y señor de un insignificante teatro de variedades con ínfulas, subastó mi virginidad por la nada desdeñable cifra de ciento cincuenta pesetas.

Al final de la subasta

Cuando la Sultana me devolvió a la tutela de Rufino, ya no me castañeteaban los dientes ni me temblaban las piernas. Me movía ralentizada por el aguardiente que me había mandado tomar el jefe. Nuestra bailarina oriental me había ayudado a ponerme el vestido, que pocas semanas atrás cosí sintiéndome la reina del Arrabal, y había sustituido el estridente maquillaje de actuar por afeites más discretos, según su criterio. Me había cepillado la melena y la había recogido en un moño muy elaborado. Sabía manejar el cabello con artes de peluquera. De no haber estado tan asustada por lo que me esperaba, igual habría disfrutado con aquella Florita que me miraba desde el espejo y me parecía el colmo de la elegancia.

Rufino esperaba de pie junto a las mesas de los notables, todavía iluminadas pero desiertas, excepto la del joven que había comprado mi virtud. Sobre el tablero redondo de mármol vi dos copas de coñac, una de ellas vacía. El jefe se acercó. Su boca rozó mi oreja. Me asqueó su aliento denso de alcohol. Se ve que había estado bebiendo con mi galán pagador para amenizarle la espera.

—Escúchame bien, clavel —me susurró al oído—: si el ajo tierno de tu novio espanta a este hombre, salgo y le rompo las piernas en trocitos como *pa* hacer mondadientes. Hasta ahora he *aguantao* a ese ababol porque me vigilaba la mercancía sin saberlo. Pero hoy te lo quitas de encima si no quieres que lo deje *lisiao pa* siempre. —Vi por el rabillo del ojo su sonrisa ladina—. El extranjero este ha *pagao* buenos duros *pa* abrirte el agujero. Quiero que quede contento. —Su carcajada me golpeó la oreja como un latigazo—. Y tú, alegra esa cara. Te ha *tocao* uno joven y bien *plantao*. A ver si te engolfa y respondes con alegría cuando me toque a mí.

Me rodeó la cintura y me empujó hacia donde aguardaba el extranjero. Este ya no fumaba. Su mirada clara se cruzó con la mía. Creí ver en ella un destello burlón. ¿Se estaría riendo de mí? A punto estuve de echarme a llorar. Rufino me dio un pellizco en las costillas. Dolió lo suyo.

El rubio se puso en pie cuando el jefe me soltó de malos modos delante de él. Me miró a los ojos. Inclinó un poco la cabeza y el torso como no había visto hacer a ningún hombre en mi presencia. Así debían de saludar los caballeros a las damas. Empecé a flotar en el limbo impreciso al que nos aúpa el embeleso. Era bastante más alto que yo y muy bien formado. Sus hombros anchos le daban un aire varonil. Llevaba el cabello corto en las sienes y la nuca, algo más largo en la coronilla y echado hacia atrás con fijador. Al estar tan cerca de él, pude apreciar por fin el color de sus ojos: eran azules, como el cielo en verano.

—Aquí tiene a la moza, caballero. —El tono sumiso de Rufino me recordó al que empleaba padre cuando hablaba con los que consideraba superiores a él—. Ha hecho un buen negocio.

Mi galán respondió con un parco movimiento de cabeza, sin apenas mirarle. Posó sus ojos celestes en mí. Me regaló una sonrisa de dientes sanos, que lucían blancos a la luz desigual del local. Aunque no conocía mundo, tuve la certeza de que ese hombre se había criado sin pasar hambre ni necesidad. Me ofreció el brazo.

—¿Me permite, señorita? —dijo con ese extraño tonillo nacido en la garganta.

El hechizo me impidió moverme. Ni siquiera reaccioné tras el nuevo pellizco de Rufino.

—¡Muévete, pánfila!

Tomé aire para calmarme y me enganché al brazo del galán impuesto por la codicia del jefe. Olía a ropa limpia, a tabaco y a una fragancia fresca que no había notado en ningún varón de mi entorno. Ahora sé que los hombres de mundo usan loción de afeitar. Muchos, incluso perfume.

Iba colgada de su brazo como una castaña del árbol cuando pisamos la calle. Enseguida vi a Andrés. Apoyaba la espalda contra la fachada de enfrente, bajo la mortecina luz de la farola de siempre. Apretaba entre los labios uno de sus cigarrillos flacos y retorcidos. El humo subía a estrellarse contra la visera de la gorra que le ocultaba las cejas. Sus anchurosos pantalones de pana, que habían sido de su padre y él llevaba con tirantes y cinturón para no perderlos al caminar, caían informes sobre las botas remendadas. Por primera vez en mi vida, me avergoncé al ver lo pobre que era mi amigo. Y al constatar de paso mi propia miseria.

Andrés se despegó de la pared. Caminó hacia nosotros, calándose aún más la gorra y dibujando una mueca que pretendía ser amenazante. Era lo que hacía cuando me veía salir con un cliente pegado a mis faldas. Su presencia protectora siempre me había aliviado, pero esa noche era diferente. Sobre su cabeza pendía la amenaza del Rufián, un matón de tomo y lomo capaz de molerle a palos sin piedad. Debía deshacerme de Andrés cuanto antes. Jamás me perdonaría si quedaba lisiado por mi culpa. Me desligué de mi acompañante y salvé los dos pasos que me separaban de Andrés. Le agarré del brazo derecho. ¡Qué musculoso se me antojó!

—Andrés, esta noche… no voy a casa. Debes… debes marcharte… de aquí…

Su mirada se tornó hosca. De repente, la desvió hacia un punto detrás de mí. El miedo me ablandó las piernas. Me giré, temiendo ver a Rufino. Pero no era el jefe. El extranjero se había colocado a mi lado y nos observaba con el ceño fruncido. Eso me asustó aún más. ¿Y si resultaba ser pendenciero e iniciaba una pelea con Andrés a la que, a buen seguro, se sumaría Rufino? Entre los dos le harían papilla. Di un empujón a mi amigo para alejarle. Él me miró con expresión resentida.

—Mañana te lo explico —proferí, jadeante; apenas me atrevía a respirar—. Ahora tienes que marcharte.

—¡No hay nada que explicar! —El tono glacial de Andrés me dolió como un puñetazo en la nariz—. Ya veo lo que hay.

—Andrés, por favor. —Las lágrimas empezaron a burbujear bajo mis párpados—. No soy una perdida... Es... es por tu bien...

—¿Te crees que me chupo el dedo? *Pa* espantar a los carcamales bien que te sirvo, pero en cuanto aparece uno joven con cuartos *pa* pagarse un buen terno, pierdes el culo. ¡Me das asco!

—¡No debe hablar así a la señorita!

El rubio seguía junto a mí, alto e imponente como un roble.

—¿A ti quién te ha *dao* vela en este entierro? —estalló Andrés—. ¡Hablo como me da la gana!

Antes de que el otro pudiera reaccionar, volví a tomar a mi amigo del brazo e intenté alejarle.

—Andrés, por favor, márchate. Puedo explicártelo todo... mañana...

Él ni me miró. Se desligó de mí, se encaró con su rival y voceó:

—¿Sabes qué te digo, lechuguino? ¡Puedes quedártela y ponerle un piso! ¡Que la disfrutes!

—¿Lo está molestando este golfo?

¡Lo que faltaba! Ahí teníamos a Rufino, dispuesto a defender su transacción. Si el extranjero quería gresca y el otro le ayudaba, Andrés estaría perdido. Quise intervenir en su defensa, pero el miedo me comió las palabras. Vi de soslayo que ante la puerta del teatro se habían congregado la Sultana, el Gran Balduino e Hilario. Los tres seguían el rifirrafe con cara de espanto. Antes de que mi amigo pudiera escandalizar de nuevo o de que el Rufián empezara la pelea, se impuso la voz apaciguadora del extranjero.

—Todo es bien. El caballero marcha ya.

¡Qué forma tan rara de hablar! Tranquila y con autoridad, mascando las sílabas como nunca había oído hacerlo a nadie. Claro que entonces mi mundo era diminuto y no resultaba difícil sorprenderme. Imploré a Andrés con la mirada que se alejara. No sé si captó mi súplica muda o si simplemente me acababa de retirar su estima para siempre. Lo cierto es que hizo ademán de encasquetarse la gorra aún más, dio media vuelta y se alejó calle abajo, con la espalda encorvada por el peso de la humillación. Yo me sentí sucia y despreciable.

El rubio volvió a ofrecerme el brazo a su manera cortés. No

parecía un hombre que acababa de pagar un dineral por desvirgar a una chica ordinaria. Se me antojó un caballero invitando a una joven de buena familia a pasear con él por la calle Alfonso, para mí el paradigma de riqueza y ropa hermosa en aquel tiempo. Me aferré a él y me dejé conducir por las aceras desiertas, iluminadas a intervalos por las farolas de gas. Bordeamos el Mercado Central, a cuyas puertas empezaban a congregarse los mozos de cuerda más madrugadores. Recé por que Tino no estuviera entre ellos. No habría soportado que me viera junto al extraño que me acababa de comprar. Por suerte, ninguna voz familiar gritó mi nombre.

Recorrimos el Coso, una de las vías más importantes de la ciudad, de donde partía la calle Alfonso en dirección a la basílica del Pilar. Los comercios aún no habían abierto sus puertas y los toldos que los cobijaban del sol de mediodía estaban recogidos. Al rato llegamos a la plaza donde nacía el paseo de la Independencia, con sus altos soportales y la franja central por la que al atardecer se deslizaba la gente ociosa para ver y ser vista. Bordeamos un monumento erigido en medio de la plaza sobre una columna de piedra y mi acompañante me condujo hacia un edificio de varios pisos que hacía chaflán con el paseo de la Independencia y el Coso. La fachada la festoneaba una sucesión de balcones. Un lujo, comparado con los ventanucos de la casucha donde se hacinaba mi familia. En el frontis se abría una puerta coronada por un arco. Sobre este había una inscripción que solo logré descifrar a medias. Concluí que ponía algo así como «Hotel». No me dio tiempo a leer lo que seguía. Entramos en un espacioso recinto, de suelo reluciente y paredes sin desconchones. El extranjero me guio hacia un mostrador de madera. Al otro lado esbozaba una sonrisa servicial un hombre mayor. Tenía cuatro pelos adheridos al cráneo y, como para compensar, un frondoso bigote. Iba vestido con un traje oscuro lleno de botones, brillantes como siempre imaginé las monedas de oro, y las mangas decoradas con tiras doradas. A mí ni me miró, pero percibí a las claras el desagrado que le inspiraba mi presencia. Sin embargo, nada de eso manchó su voz cuando dijo «Buenas noches, caballero», se dio la vuelta, descolgó una llave grande del tablero que tenía a su espalda y se la entregó a mi acompañante. Subimos por una ancha escalera hasta el primer piso. Recorrimos un pasillo con una mullida alfombra que amortiguaba los pasos. A ambos lados se sucedían puertas de aspecto macizo, pulcramente barnizadas. Yo estaba tan deslumbrada que ya ni temía lo que ese hombre pensara hacer conmigo.

Él se paró ante una puerta, la abrió y se apartó un poco, invitándome con la mano a entrar. Mientras traspasaba el umbral, se hizo la luz a mi alrededor.

Me quedé paralizada. Jamás había visto una estancia tan esplendorosa, cuyo alto techo, pintado de azul celeste, evocaba el mismísimo cielo. En esa alcoba habría cabido entero el cuchitril donde vivía mi familia. En la cama, coronada por un imponente cabecero de madera y revestida con una colcha de terciopelo dorado, habrían podido dormir todos mis hermanos a la vez. A cada lado se erguía una mesilla de noche con cubierta de mármol, como las que me describía madre los días en que, aparte de planchar, le había tocado ayudar a las criadas con las tareas de limpieza. Contra una de las paredes se apoyaba un mueble alto con muchos cajones, de los que madre llamaba cómoda. Sobre él pendía un gran espejo de marco dorado junto al que colgaba un grueso cordón rojo. La amplitud de la alcoba permitía incluso alojar cuatro sillones grandes, colocados alrededor de una mesita redonda. Me acobardé tanto que me entraron ganas de hacer pis. Cuando pregunté por el retrete, apenas me salió la voz de lo mucho que me avergonzaba.

Él me acompañó hasta una puerta al final del corredor, abrió y me exhortó a pasar con ese gesto suyo tan raro. Cerré y corrí el pestillo. Me hallaba en un amplio cuarto de paredes revestidas de baldosas blancas hasta la mitad. Busqué con la mirada el retrete. Al fondo había una tina grande, tan limpia que refulgía. Entre esta y un lavamanos inmenso pegado a otra pared, se alineaban dos tazas gigantes casi iguales que bien podían ser letrinas. ¿Cuál de ellas elegir? ¿Y por qué había dos, si con una sola habría bastado? Tras una sesuda deliberación, opté por la que tenía una tapa de madera oscura. La levanté, me bajé las bombachas y me senté, sorprendida por la ausencia de malos olores. Cuando acabé, la curiosidad me empujó a estirar de una cadena que colgaba de lo que parecía un aljibe, fijado a la parte más alta de la pared. Una ruidosa cascada de agua se precipitó por el retrete. Me llevé un buen susto. ¿Y si había roto algo? Volví a colocar la tapa con cuidado y abandoné ese cuarto infernal.

Mi galán aguardaba en el pasillo para llevarme de regreso a la alcoba. Nada más entrar de nuevo, señaló uno de los sillones.

—Tome asiento, señorita.

Obedecí. Me hundí en una nube esponjosa. Resurgió el miedo a lo que me esperaba. ¿Dolería? ¿Me haría sangrar, como había vaticinado Paquita?

Él tiró del cordón rojo junto al espejo. Me dedicó una sonrisa amable y permaneció apoyado contra la pared. No tuve mucho tiempo para amilanarme. Enseguida llamaron a la puerta. Cuando mi anfitrión abrió, se perfiló en el hueco un muchacho uniformado, tocado con una gorra redonda sin visera que parecía un tazón, al que dio unas instrucciones que no pude oír. El chico dijo «Enseguida, señor» y se alejó.

El impasible rubio se sentó enfrente de mí. Sacó una pitillera del bolsillo interior de la chaqueta. Extrajo un cigarrillo asombrosamente bien liado. Lo prendió con un objeto pequeño y brillante que daba una llama diminuta, muy distinto de los chisqueros que usaban los hombres de mi entorno. Dio una calada y preguntó:

—¿Cómo se llama, señorita?

—Florencia… Florita…, bueno, Flori…

Esbozó una sonrisa.

—¿Cuántos años tiene?

—Catorce.

—Ah, ya sabía yo que debajo de tanta pintura hay una niña —murmuró él, estirando las palabras a su manera gutural.

Alcé la vista. Por primera vez me atreví a sostener su mirada. Lejos de La Pulga, bajo la agradable iluminación de esa alcoba lujosa, él también parecía más joven de lo que me habían hecho creer su costoso traje y su aplomo. Calculé que no sería mucho mayor que mi hermano Jorge, aunque sin duda más rico. Entre la inquietud por lo que me obligaría a hacer, se filtró un vehemente aleteo en el bajo vientre que desencadenó un temblor gozoso en el estómago. Nunca había sentido nada igual. Me asusté tanto que decidí acabar de una vez con la tortura de la incertidumbre.

—¿Qué le hago, señor? —susurré, aplastada por la vergüenza—. ¿Quiere que me quite la ropa? ¿Le canto *La pulga*? En el teatro gusta mucho...

—¡Oh, no! —me interrumpió él, en un tono tan airado que temí haberle ofendido—. Yo no acuesto con niñas.

Su respuesta me sumió en una mezcla de alivio, desconcierto y un poco de decepción. ¿Por qué había gastado tanto dinero si no pensaba someterme a las depravaciones que, según la Sultana, imponían los hombres a las muchachas? Él debió de leer mi pensamiento, pues amplió su sonrisa y dijo:

—Usted estaba muy asustada, casi llorando... Vi cómo temblaba... Quería evitar que caiga en manos de esos hombres que pagan a un delincuente para hacer... ¿Cómo se dice? —Permaneció un rato callado, con el ceño fruncido—. Ah, sí, hacer porquerías con niñas. Solo eso...

Subrayó sus palabras dando una enérgica calada al cigarrillo. Su semblante tierno acabó de desconcertarme. Deseé haber tenido algunos años más, una familia pudiente, la tez de porcelana, las manos sedosas de las que solo tocan el agua para refrescarse, y vestidos hermosos que me hicieran brillar cual estrella. ¿Por qué la vida era tan injusta repartiendo sus favores? Para redondear mi sorpresa, él se puso en pie, se plantó delante de mí y se inclinó. Me estremecí cuando tomó mi mano derecha, se la aproximó a los labios y la acarició con su cálido aliento durante el lapso que dura un pestañeo.

—No me he presentado. —Se incorporó—. Me llamo... —Pronunció un nombre interminable, lleno de sílabas que sonaban como latigazos. Solo logré retener la primera parte: Wolfgang.

Llamaron a la puerta. Él acudió a abrir. Entró el chico uniformado de antes, cargado con una enorme bandeja que depositó sobre la mesita redonda delante de mí. Había dos jarras grandes de porcelana de las que brotaba una tentadora mezcla de aromas, una más pequeña con leche, dos tazones y varias fuentes llenas de bollos, galletas y rebanadas de pan tostado. En un cuenco vi un rectángulo blanco que tomé por manteca de cerdo. Entonces aún no conocía la mantequilla. El tal Wolfgang garabateó algo en un papel, sacó unas monedas del bolsillo y se las dio al chico. Este agradeció la propina con una sonrisa, hizo una reverencia y se retiró.

—¿Es hambrienta? Yo sí.

Afirmé con la cabeza. El hambre era parte de mi persona. Me acompañaba allá donde iba y ni siquiera la anulaba la desazón que sentía en ese momento. En casa solo comíamos de caliente a mediodía, si es que podía denominarse así a los guisos que preparaba con los pocos ingredientes que lograba reunir. Antes de salir hacia La Pulga por la tarde, mojaba el currusco de pan que solía esconderme en el bolsillo en un tazón de café aguado, si quedaba algo. Esa era mi cena.

—A esta hora solo sirven desayuno, pero creo que nos gustará. ¿Prefiere chocolate o café?

Aunque estábamos en una opulenta habitación bien techada, vi abrirse el cielo sobre mi cabeza.

—Chocolate —musité.

La sonrisa destelló ahora en sus ojos. Me acercó un tazón, cogió una de las jarras y la llenó del chocolate más espeso que había visto jamás. Aquello no guardaba semejanza con las meriendas diluidas que nos preparaba Nati. Se me hizo la boca agua. Wolfgang me acercó la fuente de bollería. Resistí a duras penas el impulso de llenarme el regazo con esas exquisiteces. Elegí solo un bollo cubierto de azúcar y canela. Él se sirvió café, cuyo aroma se impuso al de las demás delicias. Cogió una rebanada de pan, tomó un pellizco de lo que yo creía manteca y lo untó con parsimoniosa elegancia. A esas alturas, yo ya había devorado casi todo el bollo mojado en el chocolate y me preguntaba si podría repetir. ¡Qué refinadas eran las maneras de ese hombre! ¿Cómo conseguía masticar sin abrir la boca y sorber el café en absoluto silencio?

El dulce calor del chocolate en el estómago acabó por calmar mi miedo. Solo me preocupaba que mis modales resultaran toscos a un caballero como él. Me hundí en una variante nueva de desazón. Con los años he aprendido que el desasosiego me empuja a cometer osadías, o como mínimo, a decir cosas a destiempo. Aquella madrugada solté lo primero que me vino a la cabeza. Por fortuna, no fue ninguna impertinencia.

—¿Usted no es de aquí, señor?

El plato de los bollos apareció de nuevo ante de mí. Una amplia sonrisa de Wolfgang me invitó a escoger otro. No me hice de rogar. Pensaba disfrutar del inesperado banquete, aunque la vida se cobrara ese placer enviándome una indigestión. Él rellenó mi taza con chocolate. Echó más café en la suya.

—Soy de Alemania —respondió.

Yo había oído mencionar ese país cuando la gente hablaba de la guerra que se estaba fraguando, pero no sabía en qué punto situarlo. ¿Se hallaría tan lejos como Melilla, donde estaba destinado Jorge? Él pareció adivinarme el pensamiento una vez más. ¿Cómo conseguía leer dentro de mí con esa facilidad?

—Mi país es un poco lejos. A más de dos días de viaje de aquí.

Me quedé tan sorprendida que se me escurrió de la mano lo que quedaba del segundo bollo. Por suerte, el chocolate era tan espeso que no salpicó cuando el pastelillo cayó dentro. Lo rescaté con los dedos y me lo comí antes de que ocurriera otro desaguisado. No conseguía imaginar una distancia tan larga, cuando mi radio de acción se limitaba al recorrido del Arrabal a La Pulga y, como mucho, algún día se extendía hasta la calle Alfonso y el Coso.

—Me gusta mucho España —comentó él. Alcé la vista de mi botín y asentí con la cabeza para hacerme la interesante. En el fondo, me sentía como un gusano recién pisado—. Mi tío Oskar es casado con una mujer española, la tía Gabi. Ella no ha tenido hijos y es como mi segunda madre. Nos enseñó español a mi hermano y a mí. —Bebió café a su manera distinguida—. Ahora he terminado mis estudios en la Academia de Guerra de Berlín y para celebrarlo soy de viaje por España con mi buen amigo Nando. Él es hijo de diplomático cubano destinado en Berlín. Me acompañaba en su teatro esta noche, pero estaba cansado y se ha retirado pronto. —Intercaló un suspiro de pesar—. Por desgracia, en unas horas debemos regresar a Alemania.

Tragué saliva. Berlín, Cuba..., jamás había oído hablar de esos lugares. Hasta esa noche, nunca me había preguntado cómo sería el mundo fuera de los estrechos límites del mío. Ahora intuía que la vida podía alcanzar mucho más allá del Arrabal, la calle Alfonso y La Pulga. Sentí un asomo de vértigo.

—Debo regresar deprisa —prosiguió él—. Pronto empezará la guerra y quiero presentarme en Berlín a tiempo para luchar por mi país. Dicen que será una guerra muy corta. Llegar tarde sería un grande deshonor para mi familia.

Me acordé de mi hermano, que había partido a luchar en otra contienda de la que esperaba sacar provecho de cara al futuro. Y sentí miedo por los dos. Por Jorge porque, desde que recibimos su última carta, podría haber sido herido o incluso haber caído como tantos jóvenes del barrio. Por Wolfgang porque era guapo, elegante y olía bien. Y porque no me trataba con el condescendiente despotismo de hombres como Rufino y los clientes asiduos de La Pulga.

Reprimí a duras penas el deseo de probar las galletas, cuyo aspecto era tentador. Sorbí el chocolate procurando no hacer mucho ruido. Él prendió otro cigarrillo y me escrutó en silencio. Me puse tan nerviosa como se sentiría una cucaracha que tuviera el infortunio de extraviarse en esa alcoba. Cuando deposité el tazón sobre el platillo, caí en la cuenta de que debía de llevar la boca manchada. Me limpié usando una de las grandes servilletas blancas que vi sobre la mesita. Quedó tan tiznada que la doblé para disimular las manchas. Miré a Wolfgang de reojo. Tuve la impresión de que reprimía una sonrisa. Eso me hizo sentir aún más cucaracha.

De pronto, se levantó. Fue hacia la cómoda y tiró con fuerza del cordón rojo.

—Voy a pedir un coche para que la lleve a su casa —aclaró cuando regresó junto al sillón donde yo me incrustaba sin saber qué hacer con las manos, ahora que me había acabado el chocolate y no osaba servirme más.

Se sentó a mi lado. Percibí su olor a limpio. Mi corazón bombeó una ola de calor que me quemó la cara. Bajé la mirada hacia las manos. El calor se trocó en vergüenza. ¿Cómo no había reparado nunca en lo toscas que eran mis uñas y en lo agrietada que estaba la piel? De reojo, vi a Wolfgang sacar del bolsillo interior de la levita una billetera, que me recordó a la que exhibía Rufino con ostentación a la hora de pagar a alguien. Sus dedos de uñas limpias me pusieron delante lo que me pareció un buen fajo de dinero.

—Guarde esto bien, que nadie se lo robe, Flor.

Cogí rauda el dinero que me ofrecía. Nuestros dedos se rozaron y el corazón se me aceleró otra vez. Doblé el inesperado botín y lo abismé en un bolsillo del vestido. Él alzó la servilleta que quedaba limpia, la desdobló, colocó sobre ella los bollos sobrantes y un puñado de galletas, hizo un hatillo y me lo puso sobre el regazo.

Alguien llamó a la puerta. Era de nuevo el muchacho uniformado. De haber tenido poderes mágicos, le habría borrado de la faz de la tierra sin el menor remordimiento.

—Quiero que lleven a esta señorita a su casa —le ordenó Wolfgang, con su autoridad innata—. Ella les indicará.

—Por supuesto, señor. Nuestro coche siempre está preparado. —El chico me miró—. Si la señorita… —creí detectar burla en su modo de pronunciar la última palabra— me acompaña…

Me despegué con desgana del sillón. Palpé el dinero que llenaba mi bolsillo, me aferré al improvisado petate de bollería, farfullé un mortecino «Gracias, señor» y arrastré mis huesos hasta la puerta.

Antes de que llegara adonde me esperaba el chico de la gorra tazón, Wolfgang me cortó el paso. Tuve la esperanza de que me invitara a quedarme un rato más para charlar conmigo con esa deslumbrante caballerosidad, pero la vida raramente prorroga los momentos felices. Él se limitó a inclinarse, tomar mi mano y rozarla con sus labios.

—Ha sido un placer conocerla, señorita. —Se incorporó y añadió—: Puede decir a su jefe que he quedado muy satisfecho con sus… servicios. Así la dejará en paz ese hombre despreciable.

Eso lo puse en duda. Aunque lograra ocultar a Rufino que seguía siendo virgen, nada me salvaría de ser estrenada por él a embestidas vehementes. Pero era inútil decírselo a ese hombre. Alguien tan considerado como él jamás lo habría entendido. Conseguí murmurar «Adiós, señor» y salí detrás del impertinente uniformado, con el corazón desgajado por una pena diferente a las que había conocido hasta entonces. La que me causaba despedirme del único hombre que me había tratado con respeto en mis catorce años de trabajo y privaciones.

Una decisión

A bandoné el hotel detrás del chico con la gorra tazón. Salimos por una puerta distinta a aquella por la que había entrado con Wolfgang. Fuera aguardaba un carruaje de apabullante elegancia. Llevaba enganchados dos caballos que, a la luz del incipiente amanecer, parecían pardos. Ni siquiera en los cortejos fúnebres de la gente rica, con los que me topaba a veces de camino a La Pulga, había visto caballerías tan distinguidas. Un hombre mayor uniformado me escrutó de arriba abajo cuando abrió la portezuela. Creí ver en su cara un atisbo de guasa mezclada con menosprecio cuando le dije adónde debía llevarme. Mientras me encaramaba a la caja sin que él me ayudara, le oí murmurar entre dientes: «Los hay *degeneraos*... Con esa criatura ordinaria pudiendo pagarse una puta fina...».

Me dejé caer en un asiento tapizado de terciopelo oscuro. El cochero cerró de un portazo. Yo aún estaba tan impresionada por el caballeroso extranjero que apenas me fijé en el interior del carruaje. Apoyé la cabeza contra el respaldo acolchado. Mecida por el traqueteo de la caja, evoqué su cabellera rubia peinada con esmero, los ojos celestes y el leve roce de nuestros dedos. ¿Lograría retener sus rasgos, cuando cada día me resultaba más difícil recordar los de Perico, madre y Nati?

Aferrada a mi hatillo de bollería, envuelta en el dulce recuerdo de esa noche y en la añoranza que ya empezaba a anegarme el corazón, ni siquiera miré por la ventanilla. El cochero podría haberme conducido hasta el infierno y ni me habría enterado.

Solo cuando el carruaje se detuvo con brusquedad, me asomé cautelosa. Fuera ya clareaba el día. Habíamos cruzado el Puente de Piedra y nos hallábamos en la calle Sobrarbe, la que en casa llamábamos la calle ancha. La puerta se abrió. Asomó la cara del cochero. Sus labios finos, alojados bajo una nariz que, al haber más luz, resaltaba bulbosa como una patata vieja, afirmaron que debía bajarme allí, pues él no pensaba entrar en ese barrio. Me habría gustado gritarle que nosotros éramos pobres, no ladrones, pero no me atreví. Bajé de un salto y le dije «Adiós, señor». Ya circulaban carros por la calle ancha. Y hombres ataviados con pantalones de pana, chaleco sobre la camisola y la gorra bien calada. Me adentré deprisa en las callejas del Arrabal. Ojalá los vecinos que acudían al trabajo no me hubieran visto bajar de ese lujoso carruaje. Seguro que propagarían habladurías.

Al entrar en nuestro patio, reparé por primera vez en los olores que debían de impregnar las paredes desde mucho antes de que yo naciera: el hedor del retrete encajado en el hueco de la escalera, mezclado con tufos de guisos y suciedad que salían de las viviendas de alquiler de don Roque. Una vez dentro de casa, ya no era yo quien se fijaba en cada detalle. Era como si los ojos de ese hombre apuesto y educado observaran a través de los míos las baldosas agrietadas del suelo, muchas de ellas rotas en pedazos, las paredes desconchadas y sucias, o el techo bajo como el de una covacha. Imaginé la expresión de desagrado que pondría ante tanto abandono. Casi me eché a llorar.

Dejé mi botín de bollería fina sobre la mesa de la cocina. Desde la alcoba contigua llegaron los ronquidos de padre. Andaría durmiendo la borrachera que le había financiado Rufino para poder vender mi cuerpo sin problemas. Últimamente, apenas iba ya al mercado. Pasaba casi todo el día en la taberna, de donde le echaba el dueño en cuanto se le acababa el dinero. Eso le enfurecía y regresaba a casa con ganas de gresca, pero casi nunca hallaba a quien pegar. Yo trabajaba en La Pulga hasta la madrugada y mis hermanos, conocedores de sus costumbres, procuraban no regresar antes de que se hubiera dormido.

Salí al pasillo. Me asomé a la habitación con sigilo. Padre yacía boca arriba, con la ropa arrugada y las alpargatas puestas. Sentí asco y odio a partes iguales. ¿Por qué permitíamos que esa piltrafa nos golpeara cada vez que se enfadaba con la vida? ¿Por qué sus hijos trabajábamos como mulos para alimentar sus borracheras? ¡Fue él quien le arrancó la vida a madre a golpes y sinsabores! Y esa mañana, en cuanto despertara, la tomaría conmigo si no le tenía preparado el café aguachinado que él alegraba con aguardiente.

Me deslicé hasta la alcoba donde dormían los chicos. Dentro no quedaba más que Rubén, ovillado sobre el catre que ocupaba solo desde que murió Perico. Amador salía muy temprano hacia la fundición. También Tino se levantaba de madrugada para ir al mercado. Rubén era un dormilón y apuraba cada minuto de sueño. Era el más astuto de mis hermanos; escurridizo como un gato.

Fui consciente de que aborrecía mi vida. Nunca había conocido otra cosa y no se puede añorar lo que se desconoce. Pero, de pronto, la codicia de Rufino me había permitido atisbar cómo se desenvolvían los ricos. ¿Por qué nosotros vivíamos en una pocilga mientras ellos disponían de todas las comodidades? Yo también quería dormir en una cama enorme con colcha de terciopelo, hacer mis necesidades en un retrete limpio con dos letrinas y exhibir unas manos sedosas de uñas arregladas. Palpé el fajo de billetes que abultaba el bolsillo de mi falda. Por primera vez en mi vida, tenía dinero propio. Esa consciencia dio paso a una idea inquietante. Si padre descubría mi imprevisto peculio, me lo quitaría y se lo gastaría en la taberna.

De pronto, supe lo que debía hacer.

Abrí con mucho sigilo el desvencijado armario del pasillo donde colgaban mis escasas ropas. Saqué una muda, el conjunto de falda y blusa que había cosido con lo que me adelantó Rufino y un vestido de madre que había arreglado a mi medida. Lo llevé todo a la cocina y lo amontoné sobre mi camastro del rincón. No perdí el tiempo en doblar la ropa. La lie en un hatillo con la manta, añadí mi cepillo para el pelo e hice un nudo fuerte. Saqué de debajo de la cama la caja en la que guardaba las cartas de Jorge. Elegí la última, la doblé y me la metí en el bolsillo. Cuando encontrara a alguien que supiera escribir con fluidez, le enviaría una misiva contándole mis planes. También me llevé la fotografía de la que me había apropiado cuando murió Nati. La de la bella joven que poseía los rasgos de mi mentora. Con eso bastaría. Me convenía darme prisa. Si padre despertaba y descubría lo que iba a hacer, me molería a palos.

Fui hacia la puerta. Al pasar junto a la mesa de la cocina, cogí también la bollería que me había dado el alemán. Me vendría bien para aplacar el hambre. Cuando estaba a punto de salir al rellano, me detuve en seco. Me quedaba por hacer una cosa antes de abandonar esa casa para siempre. Deshice lo andado y entré en el cuarto de los chicos. Saqué un billete y lo deslicé en un bolsillo del pantalón que Rubén había dejado sobre la única silla. No me atreví a darle un beso de despedida, no fuera a despertarse.

Los ronquidos beodos de padre me persiguieron hasta que salí a la calle. Desde fuera, miré por última vez la fachada descascarillada. Dije adiós al recuerdo de madre, al de Perico y al de la vieja Nati. Incluso evoqué el sosiego que me brindó el plumaje de Mari Pili en los momentos amargos. Me habría gustado acercarme al taller del zapatero para despedirme de Andrés, pero no tuve valor para enfrentarme de nuevo a su desprecio.

Caminé con la cabeza gacha como una ladrona para evitar que mi mirada se cruzara con la de algún vecino. Atravesé la calle Sobrarbe esquivando carros y a varias mujeronas que regresaban de la fuente con el cántaro apoyado en la cabeza, erguidas como reinas. La estación del Norte me esperaba a la vuelta de la esquina. Una promesa de otra vida en la que los hombres eran galantes, le besaban a una la mano y olían a limpio. Sin embargo, cuando estuve cerca del Puente de Piedra, cambié de opinión. Había recordado lo que me dijo un día Amador: para viajar a la capital, había que ir a la estación del Campo del Sepulcro, que se hallaba muy cerca de Averly, la fundición donde él trabajaba. También me explicó por dónde iba él caminando hasta allí. Era un buen trecho, pero si mi hermano era capaz de hacer ese recorrido a pie dos veces al día, yo no iba a ser menos. Además, a mí me esperaba la libertad.

Tenía catorce años, dinero en el bolsillo y provisiones envueltas en una servilleta por un amable extranjero. Nada podía salir mal.

SEGUNDA PARTE

Flor de té

...
Flor de té, flor de té,
no desdeñes mi amor,
que contigo es la vida un encanto
y sin ti es un dolor.
No te alejes de mí,
que vivir no podré
si me falta la luz de tus ojos,
flor de té, flor de té.
...

Flor de té,
cuplé de Martínez Abades
estrenado por Raquel Meller
en 1914-1915

Los colmillos del miedo

El miedo me desgarró el alma nada más bajar del tren en la estación de Madrid. Mucho más tarde supe que la llaman la estación de Atocha. Hasta el instante en que pisé el andén, mis sensaciones se habían limitado a un constante borboteo en la boca del estómago, como cuando un guiso se hace a fuego lento dentro de la olla. En la cabeza se me había afincado un zumbido, similar al de las abejas, que me tuvo atontada durante todo aquel largo viaje. A veces, aún me pregunto si no me enviaría madre ese acolchamiento mental para evitar que me entrara pánico dentro de aquel vagón de tercera, atestado de gente vociferante, gallinas saltimbanquis que defecaban encima de los pasajeros, niños agotados por el calor estival, bebés llorones y el hedor acre de la suciedad. Aferrada a mis dos hatillos, dormitaba hasta que, debido a las sacudidas del vagón, me golpeaba la cabeza contra la ventana, cerrada a cal y canto para que no entrara la carbonilla de la locomotora. Cuando tenía hambre, sacaba de la saca que improvisó Wolfgang un bollo o una galleta y deglutía esa delicia en dos bocados. Peor lo tuve para calmar la sed. En mi huida impulsiva, ni se me había ocurrido que convendría llevarme agua. Bebí hasta saciarme en las fuentes que encontraba mientras atravesaba Zaragoza a pie. Pero, una vez en el tren, tuve que aguantar la sed durante horas. Lo que había gastado en el billete a Madrid había hecho menguar considerablemente mi peculio y no quise darle más mordidas a mi tesoro. Ni siquiera me acerqué a los aguaderos que acudían al tren durante las paradas largas y, aparte de agua, ofrecían café, manzanas, pan y rosquillas.

En Madrid bajé del vagón tan agotada que me tambaleaba al recorrer el andén. La gente me esquivaba apresuradamente. Vi bajar del vagón de primera a caballeros bien trajeados, con la cabeza cubierta por esos sombreros de paja que, como supe años después, llamaban canotier. Apremiaban a los mozos que cargaban con su equipaje. Una dama que llevaba una hermosa pamela llena de flores de tela a juego con su vestido, sin una mísera arruga, regañaba a la muchacha de atuendo modesto que la acompañaba y debía de ser su criada. Varios jóvenes con aspecto de obreros, a juzgar por sus gorras y sus chalecos raídos, caminaban dando zancadas, con la chaqueta y un hatillo echados sobre el hombro. Todos parecían saber adónde iban. Todos... menos yo.

Ese pensamiento lúgubre abrió la puerta al miedo. En Zaragoza, apenas había salido del barrio ni de las tres calles del centro por las que acudía a La Pulga. Por primera vez en mi vida estaba en un lugar desconocido. ¿Adónde ir ahora? Cuando tomé la irreflexiva decisión de escaparme, había fantaseado con recorrer los teatros de los que hablaba la Sultana y ofrecerme como cantante. ¡Qué inconsciente! Si ni siquiera sabía en qué parte de la ciudad se hallaban.

El corazón arrancó a latir descontrolado. Sentí que me ahogaba. En vano inspiré para enviar aire a los pulmones. Era como si los tuviera cerrados con un candado. Justo cuando empezaba a marearme, vi un banco de madera apoyado contra la pared más próxima. Me dejé caer sobre él. Reanudé mis esfuerzos por respirar. Quiso aflojarse un poco la presión que me obstruía el pecho. Me pasó por la cabeza la idea de comprar un billete de regreso a Zaragoza con el dinero que me quedaba. Enseguida la deseché. ¡No podía volver! Padre me mataría de una paliza y, si no acababa conmigo, me devolvería a La Pulga y a las garras de Rufino.

Recordé cómo el caballeroso Wolfgang me salvó de aquella subasta innoble y me abrasé de calor. ¿Estaría ya de regreso a su país? Fantaseé que andaba por esa estación, me reconocía y me invitaba a marcharme con él. La ensoñación fue tan realista que escruté un buen rato los rostros de la gente que pasaba por delante de mi banco. Solo conseguí encontrarme más enferma. Me dije que ese mareo se debía al hambre. La mano me temblaba cuando intenté sacar el último bollo de la servilleta anudada.

—Chica, aquí no puedes ofrecerte. Esto no es una casa de putas.

Alcé la vista. Un hombre me miraba con cara de muy malas pulgas. Iba vestido de uniforme; bajo la gorra asomaba un atisbo de su pelo blanco y un mostachón desteñido le cruzaba la cara, tan chupada que se le marcaban los pómulos. Del cinto que ceñía su cuerpo enjuto colgaba una cachiporra. ¿Y si me pegaba? ¿Qué había dicho de una casa de putas? Tragué saliva.

—Señor, yo… no… —Hice un esfuerzo por acabar la frase—. Solo estoy descansando… Acabo de llegar…

—Eso lo decís todas —me cortó él de malos modos, aunque su mirada me pareció menos hosca— y luego engancháis al primer cateto que llega del pueblo y lo desplumáis.

Negué con la cabeza, a punto de echarme a llorar.

—¿De dónde viene la señorita, si puede saberse? —se burló él.

Sorbí por la nariz.

—De Zaragoza.

Él resopló como una mula impaciente.

—Ya me parecía a mí. Anda, vuélvete con tu Pilarica, que a la capital llegan muchas como tú… y todas acaban mal.

Las lágrimas emborronaron los rasgos del bigotudo.

—¿Tienes adónde ir? —Su voz también parecía haberse suavizado.

Volví a negar sin palabras.

—Tenéis la sesera de chorlito… —murmuró entre dientes.

Me agarró de un brazo y me obligó a levantarme. Por más que lo intenté, no conseguí zafarme de él. Tenía demasiada fuerza.

—No he hecho nada malo, señor —supliqué—. Yo… soy cantante, solo quiero buscar trabajo…

—Cantante —se mofó—. Lo que me faltaba por oír.

Me arrastró por toda la estación sorteando las oleadas de viajeros. Cuando quise darme cuenta, estábamos en el exterior. Vi una hilera de coches de caballos esperando, sin duda, a los viajeros pudientes. Más allá aguardaba un carruaje cuadradote y cerrado, con grandes ruedas, pero sin caballerías ni enganche. Sería uno de esos inventos asombrosos de los que me había hablado la Sultana. Al acordarme de ella, me invadió la nostalgia. Solo hacía un día de mi última actuación en La Pulga, pero parecían haber pasado meses. Fui consciente de que hacía mucho calor. La luz ya era crepuscular. ¿Qué hora sería?

El guardia me soltó. Me froté con disimulo el brazo dolorido. Él alzó una mano y señaló más allá de la gigantesca plaza que se extendía ante la estación.

—¿Ves esas calles de ahí?

—Sí, señor.

—Vete *p'allí* y pregunta por la calle Atocha. Allí hay fondas y pensiones *pa* todos los bolsillos, hasta *pa* hacer negocios de los vuestros...

Habría salido por piernas, pero no me atreví. Él me dio un empujón.

—¡Ahueca el ala, flor de té! ¡No quiero volver a verte en mi estación, o te meto en el calabozo por maleante y putanga! ¿Entendido?

Apreté mis hatillos contra el pecho y me dispuse a echar a correr.

—¡Chica!

Me giré. Él me miraba, algo más amable. O eso creí.

—Si tienes cuartos *pa* pagar, pregunta por la pensión de doña Gertrudis. Tiene fama de dar buena pitanza. A ti no te vendrán mal unos cuantos cocidos. *Pa* ser cantante hace falta algo más de chicha. Y *pa* lo otro también. ¡No hay mejor aderezo que la carne sobre el hueso! —Estalló en carcajadas—. ¡Hala, ya tardas en largarte!

No tuvo que insistirme. Crucé por el medio de la enorme plaza como alma que lleva el diablo, esquivando por los pelos un coche de caballos y la muerte por atropello a los catorce años y medio.

Doña Gertrudis

Cuando me vi fuera del alcance del guardia, me comí con pesar el último bollo. Doblé bien la servilleta y la guardé. No solo porque era de buen hilo; era mi único recuerdo del caballeroso extranjero.

Tras haber preguntado a un sinfín de viandantes, encontré la calle Atocha. Me costó lo mío dar con la pensión de la tal doña Gertrudis. Se hallaba en una bocacalle, casi haciendo esquina con Atocha, en un edificio de ladrillo a la vista lleno de balcones estrechos y miradores acristalados. Junto a la puerta de la finca, una placa compuesta por varios azulejos indicaba que la pensión estaba en el tercer piso. La finca se me antojó muy elegante. Demasiado para mí. Estuve a punto de dar media vuelta y echar a correr. Pero estaba anocheciendo, por primera vez en mi vida me sentía sin fuerzas y el hambre rugía en mi estómago como un perro furioso. Convenía encontrar un sitio donde dormir, no fuera a llamar la atención de otro policía como el de la estación. ¿Y si acababa en un calabozo?

La puerta del edificio estaba abierta. Entré en un patio penumbroso, me pegué a la pared y saqué del bolsillo los billetes que me quedaban. Los conté muy despacio. En mi vida apenas había manejado dinero, excepto el que me daban para hacer la compra padre y, cada vez más, Amador y Tino, que habían aprendido a esconder parte de su jornal para evitar que acabara licuado en la taberna. No me hacía una idea de cuánto daría de sí en Madrid mi tesoro menguante, aunque en ese momento solo necesitaba un catre en cualquier rincón y algo de comer. Guardé el dinero y fui hacia la escalera. Aferrada a la barandilla, subí un escalón tras otro, con las piernas gelatinosas de cansancio y angustia.

En cada rellano había tres puertas. El suelo era de baldosas multicolores que trazaban un dibujo y no estaban desportilladas ni rotas. Al llegar al tercero, vi otra placa de azulejos al lado de la puerta del centro. Tuve que reprimir un nuevo impulso de huir.

Di varios golpes temblorosos en la madera. Al rato, creí escuchar pasos al otro lado. Alguien abrió. Ante mí se irguió una mujerona inmensa, plana como un armario ropero. Llevaba un vestido negro cuyo cuello almidonado le rozaba la barbilla, el cabello entrecano aprisionado en un moño del que no escapaba ni un solo pelo. Habituada a los perifollos de la Sultana y las coristas de La Pulga, tanta severidad me acongojó.

—¿Qué haces aporreando la puerta? ¿No sabes llamar como una persona decente?

—Busco a doña Gertrudis.

—¡Soy yo! —exclamó ella, con más brusquedad si cabe. Me escrutó de arriba abajo—. ¿Qué se te ofrece?

Abrí la boca para responder, pero no me salió la voz. La dueña hizo un gesto de desprecio. Temí que me estampara la puerta en las narices. Inspiré.

—Yo... yo... —tartamudeé.

Ella me pasó revista otra vez. Sus ojos, pequeños y negros como los de un cuervo, se detuvieron sobre mi hatillo. Hizo ademán de cerrar.

—No compro peinetas, peines, ni otras porquerías. Hala, ¡ya puedes volverte por donde has venido!

—Yo... busco donde dormir..., señora... —balbuceé al fin.

La mano que empujaba la puerta pareció relajarse.

—¿Tienes cuartos?

No se me ocurrió otra cosa que sacar mis billetes supervivientes y las tres monedas de un real que me devolvió el señor de la ventanilla en la estación de Zaragoza. Doña Gertrudis me arrebató todo menos las monedas. Con escalofriante rapidez contó el dinero. El alma se me estampó contra los pies. Hasta creí sentir su peso sobre el dedo gordo derecho. Luego me di cuenta de que no era el alma, sino el hatillo de ropa, que se me había caído del susto. Me agaché deprisa para recogerlo, no me lo fuera a robar también esa urraca.

—Con esto tienes para una semana: una alcoba limpia, desayuno, comida de cuchara y cena. Cobro por adelantado. ¡Y no mato de hambre a mis huéspedes como hacen otras!

No supe qué decir. No había planeado gastar casi todo mi dinero de golpe. Por otro lado, la perspectiva de dormir en una habitación para mí sola y comer de caliente durante toda una semana resultaba prometedora. Seguro que no tardaría en encontrar un teatro donde cantar y pronto repondría mi peculio, me arengué. ¿Y no había dicho el guardia de la estación que en esa pensión daban buena pitanza?

—¡No te quedes ahí como un pasmarote! —me apremió ella con gesto agrio—. ¡Si te quedas, entra! ¡Si no, te devuelvo tus cuartos y te largas, que no tengo todo el día!

Bajé la cabeza y entré. Doña Gertrudis cerró la puerta con brío belicoso. Pronto comprobaría que ese era el rasgo más suave de su carácter. De reojo, la vi meter los que habían sido mis billetes en un bolsillo de su vestido. El aroma a comida que fue invadiendo mis fosas nasales me hizo más llevadero despedirme de mi tesoro. Me guardé las monedas que me quedaban y seguí la oscura estela de la mujerona.

La Bella Frufrú

E n el pasillo por el que me guio doña Gertrudis bailaban mo-
tas de polvo a la luz agónica que se colaba por dos ventanas
altas y estrechas. En las paredes se sucedían a intervalos, como
cicatrices viejas, varias puertas de madera oscura. El suelo lo cubrían baldosas multicolores. Las sillas que lo jalonaban, tapizadas
de marrón claro, me impresionaron por majestuosas. Ahora que
echo la vista atrás, veo las manchas de humedad en el papel que
forraba las paredes, la tela raída de las tapicerías y el tono amarillento de las cortinas de encaje, pero aquella tarde moribunda creí
haber entrado en uno de los pisos señoriales que me describía
madre cuando el cansancio no le apagaba las ganas de hablar. La
alcoba que me asignó la mujerona la definiría ahora como pequeña y parca. Entonces, habituada a dormir en un catre arrinconado
en la cocina, se me antojó una promesa de lo que iría logrando
cuando encontrara trabajo de cupletista. Olvidé que el dinero mi-
grado al bolsillo de doña Gertrudis solo daba para una semana de
estancia y que debía arreglármelas con tres reales hasta que gana-
ra algo.

—La cena se sirve a las nueve —advirtió ella desde la puerta.

Yo nunca había tenido reloj. En casa me regía por la luz del
exterior y las campanadas del Pilar, pero el largo viaje en tren, la
falta de sueño y la acumulación de impresiones me habían deso-
rientado. ¿Cuánto quedaría para las nueve? La dueña debió de
advertir mi desconcierto.

—Falta media hora —añadió desdeñosa—, justo lo que necesitas para asearte y peinarte, que vas hecha una calamidad. —Señaló con la cabeza hacia un mueble con espejo sobre el que había una jofaina y, un estante más abajo, una gran jarra de porcelana—. Ahí tienes agua y jabón. El comedor está al final del pasillo. Y no tardes. En esta casa hay unos horarios y los *rezagaos* se quedan sin comer.

Desapareció del umbral antes de que yo pudiera responderle. Solo tuve tiempo de oír cómo farfullaba.

—Ay, Dios mío, ¿qué te he hecho yo para que me mandes a estas pueblerinas tan ordinarias? ¿Acaso no he sido siempre una buena cristiana?

Dejé caer mi hatillo sobre la colcha de la cama, una tela rojiza con bordados deslucidos y flecos mellados en las orillas. Me acerqué al espejo del mueble. Y retrocedí, horrorizada. El peinado que me había hecho la Sultana antes de que Rufino me entregara al alemán se había desmoronado en guedejas y del maquillaje solo quedaba un conjunto de manchas y churretes oscuros. Me volvió a atacar el pánico. ¿En qué lío me había metido huyendo de casa?

Vertí agua en la jofaina. Me lavé la cara restregándome la pastilla de jabón que había sobre el mueble. Solté el pelo que no se había liberado ya de las horquillas, lo desenredé como pude y me hice dos trenzas. Cuando me examiné en el espejo antes de salir, llevaba la cara como un tomate de tanto frotarla.

No me costó encontrar el comedor. Bastó con dejarme guiar por el olfato. Cuanto más denso se hacía el olor a comida en el pasillo, más saliva se me iba acumulando en la boca. De una de las puertas salía un continuo ruido de platos y el murmullo de voces, entre las que distinguí la de doña Gertrudis. Entré muerta de hambre y de miedo. Alrededor de una mesa larga se reunía un pequeño grupo de comensales. La dueña lo presidía con gesto desabrido desde un extremo. Había tres hombres y una joven bonita, de ojos claros que sonreían, a la que calculé entre dieciocho y veinte años. Doña Gertrudis me asignó una silla algo alejada de los demás, como si se avergonzara de tenerme entre sus huéspedes. Eso y el descaro con el que me escrutaron los hombres me acobardó tanto que no osé sostener la mirada a nadie. Casi ni comí, pese al hambre que tenía. Esa noche, la cocinera y criada de doña Gertrudis, a la que ciertas circunstancias me iban a llevar pronto a conocer muy bien, sirvió una bandeja con trozos de berenjena rebozados y otra cubierta de lonchas de tocino frito. Uno de los señores, que me pareció muy viejo, con sus hombritos de alfeñique, la tez grisácea, el cabello oscuro pegado al cráneo y un bigotillo bailón bajo la nariz, dejó de mirarme y se encaró con la dueña.

—¡Otra vez tocino, doña Trudita! A ver si nos sirve algún día una pescadillita de esas que se muerden la cola. O una ternerita tierna como el agua. Estírese un poco, mujer.

—¡Si quiere ternera, se marche usted al Ritz! —respondió ella en tono brusco—. Rásquese el bolsillo y verá cómo le pongo hasta faisán de ese que comen los reyes. ¡Y para usted soy doña Gertrudis! ¡A ver qué libertades son esas! ¡Hasta ahí podríamos llegar!

El hombre flaco rio bajo el bigote. Se sirvió una generosa ración de tocino y la embutió dentro de un buen pedazo de pan. Con el paso de los días supe que se llamaba Helio Ramírez y era uno de los clientes fijos, que en aquel tiempo sumaban cuatro, aparte de los que iban y venían. Don Helio era viajante de comercio. Vivía en la pensión, aunque encadenaba largas ausencias recorriendo los pueblos de la provincia con su muestrario, que llevaba en un maletín. Nunca llegué a saber qué era lo que vendía. La relación entre don Helio y la dueña estaba trufada de continuos rifirrafes a la hora de la pitanza, en los que ambos parecían hallar un misterioso deleite.

Otro cliente fijo que conocí aquella noche era don Mariano, de apellido Bertomé. Según fui sabiendo, escribía artículos de costumbres para un periódico de Madrid; claro que yo entonces no tenía ni idea de lo que era eso. ¿Hablaría de su vida en la pensión, de la dueña o de las comidas que nos servían? Una barba cana y desaseada le ocultaba el mentón, las mejillas y parte del labio superior. Cuando doña Gertrudis ponía sopa para cenar, los fideos se le enganchaban en el bigote como en un peine. Don Mariano tenía el pulgar y el índice de la mano derecha amarillos de tanto fumar. Su aliento resultaba fétido incluso a alguien como yo, habituada a olores poco estimulantes. Pero lo peor eran sus ojos.

Por la tarde los enturbiaba el velo alcohólico que tan bien conocía de padre.

El tercero era Julianito Contreras, un estudiante de leyes en vías de dejar atrás la juventud. Durante el día se encerraba en su cuarto y salía al anochecer todo vestido de negro, con unos bombachos bajo los que asomaban sus pantorrillas enfundadas en medias que parecían de cupletista, una chaquetilla ceñida al cuerpo con mangas afaroladas en la parte superior y, echada con garbo sobre el hombro, una amplia capa a la que llevaba prendidas cintas de colores en forma de rosetón. Yo nunca había visto un tuno y la primera vez que me crucé con él por el pasillo, disfrazado de esa guisa y agitando una pandereta, creí que Julianito se había vuelto majara.

A la chica de los ojos sonrientes le decían todos «la Rita», obviando el apellido como si no poseyera ninguno. Tenía diecinueve años y trabajaba en el mundo de las variedades, según dejó caer doña Gertrudis durante mi primera cena, en un tono que me pareció despectivo pese a mi ingenuidad de entonces.

Al acabar el postre, los hombres se retiraron a fumar a un cuartito que la dueña tenía habilitado para ese sucio vicio, como definía ella el hábito del tabaco. Yo me recluí en mi alcoba. A la débil luz del candil de latón que me correspondía con el alquiler, me pareció más desangelada que cuando llegué. Mientras colgaba mi ropa dentro del armario, que olía a moho, una vocecita impertinente empezó a rezongar en mi cabeza: «¿A quién se le ocurre huir de casa, so boba? ¿Te creías que en la capital atan los perros con longanizas?». Mi hazaña se me antojaba una estúpida temeridad. Me acordé de Rufino sobándome mis partes, de los tipos repulsivos que pujaron por mí en la subasta y del joven rubio que me trató como a una señorita. Un tropel de lágrimas me nubló la vista. Me dejé caer sobre la cama y me habría echado a llorar a moco tendido si en ese instante no se hubiera abierto la puerta ni hubiera irrumpido en el cuarto una sombra que me asustó de muerte.

—¿De dónde te has escapado, reina?

Me sorprendió el esmero con el que vocalizaba la intrusa.

Controlando a duras penas el temblor de las manos, me limpié los ojos. Rita se erguía delante de mí, con los brazos en jarras y una sonrisa que en la penumbra parecía amigable. Antes de que yo pudiera abrir la boca, se sentó a mi lado y me agarró una mano.

—No tengas miedo —susurró—. La doña es una bruja, pero mientras le pagues el alquiler a tiempo, no se meterá contigo.

Y yo, con solo tres reales en el bolsillo.

—Yo soy de Cuenca —prosiguió Rita—. ¿Y tú?

Sorbí por la nariz.

—De Zaragoza.

Ella emitió un suspiro, como de pesar.

—Tienes que aprender a hablar bien, muchacha, o te verán como una cazurra hasta que te mueras. ¿Sabes lo que hago yo?

Negué con la cabeza.

—Después de la función, remoloneo por los pasillos y me fijo en cómo se expresan los finolis que van a visitar a las estrellas a su camerino. Son de un redicho... No dicen «he *bajao*», sino «he bajado», y cuando se enfadan porque la tipa está con otro, no se cagan en Dios ni en los santos, solo sueltan «Diantre, qué contrariedad». ¿Qué te parece?

—No sé...

—Estoy aprendiendo mucho para cuando tenga mi propio número —añadió Rita—. Ya he pensado hasta el nombre que me pondré. —Intercaló una pausa que me impacientó—. La Bella Frufrú. ¿A que suena distinguido?

A mí me recordó el siseo de los gatos callejeros cuando enseñaban los dientes, antes de arañarnos a los que osábamos importunarles. Sin embargo, me apresuré a darle la razón. ¿Qué sabía yo de lo que le gustaba al público de Madrid? Además, me convenía estar a bien con Rita. A lo mejor podía ayudarme a encontrar trabajo. Creo que aquella fue la primera reacción interesada en mi vida. Por desgracia, no la última.

—Yo... soy cantante —musité.

Rita me escrutó con atención a la luz del candil.

—Um, muy verde te veo yo. ¿Cuántos años tienes?

—Catorce.

—¿Y qué sabes cantar?

—Pues... *La pulga, El polichinela, Balancé*...

La voz se me fue apagando de lo insignificante que empecé a sentirme. Rita se encogió de hombros.

—Eso no te sirve para el Trianón ni el Salón Japonés.

—¿Y eso qué es? —susurré.

—Ahí es donde actúan las mejores: la Fornarina, la Raquel Meller... —Puso los ojos en blanco—. Al Trianón lo llaman «la catedral del cuplé». Algún día actuará allí la Bella Frufrú, ya lo verás.

La confianza que tenía Rita en sí misma era apabullante.

—¿Dónde cantas? —osé preguntarle. A lo mejor, hasta me lanzaba a pedirle ayuda.

—Me estoy abriendo camino —respondió ella—. En esto hay que pelear mucho. —Se puso en pie. Tuve la impresión de que se me intentaba escabullir—. Me voy a acostar. Hoy es mi noche libre y estoy muy cansada.

Cuando quise darme cuenta, Rita ya había llegado a la puerta. Alargó la mano hacia el picaporte. Antes de abrir, se giró.

—¿Cómo te llamas? La bruja no nos ha dicho tu nombre.

—Florencia, pero todos me dicen Flor... y en casa me llamaban Florica o Flori.

—Suena fatal para una cupletista. —Rita meneó la cabeza—. Piensa esta noche un nombre bonito y mañana vete por la calle Atocha hasta el final. Allí pregunta por la Puerta del Sol. En las calles de alrededor hay muchos cafés concierto y teatros. Si sabes bailar, a lo mejor te cogen de corista. Ah, y no te presentes con esas trenzas. Parece que vayas a ordeñar cabras.

No tuve tiempo de responderle. Abrió la puerta y se desvaneció igual que había entrado: como una sombra. Retiré la colcha raída, me quité el vestido arrugado y me acosté con la ropa interior que me había cosido yo misma. Creo que me quedé dormida nada más tocar las sábanas.

El pelo de la dehesa

M e arrancó del sueño una mezcla de voces masculinas. Aturdida, me incorporé en la cama. ¿Y si me perseguía Rufino junto a aquellos hombres repugnantes que pujaron por mí? Entonces recordé que estaba en Madrid. Alojada en una pensión de la que me echarían sin miramientos si no encontraba pronto un teatro, por mísero que fuera, donde me pagaran por cantar. Me levanté, me acerqué a la puerta y abrí una rendija a través de la que me asomé al corredor. Olía a café y aceite frito.

¡El desayuno!

Cerré con sigilo. Fui hasta el espejo. Llené la jofaina de agua y me lavé la cara. Recogí las trenzas en un moño a la altura de la nuca y me puse el conjunto de falda y blusa que había cosido cuando me creía una estrella del cuplé. El vestido del día anterior lo colgué en el ropero. Estaba arrugado, pero ¿quién se atrevía a preguntar a doña Gertrudis si me permitía usar su plancha en algún rincón?

En el pasillo me crucé con don Mariano. Las migas de pan atrapadas entre su barba cayeron cual copos de nieve cuando inclinó la cabeza para saludarme. En el comedor solo quedaban don Helio y doña Gertrudis, sentada en su sitio con la expresión de un perro vigilando su hueso. La criada trasteaba alrededor de la mesa quitando platos y tazones usados. Por el ventanal abierto entraba una brisa refrescante.

—Buenos días, bella muchachita. —El bigote bailón de don Helio se ensanchó a la par que los labios cuando sonrió—. ¡Qué hermosa es la juventud! ¿Verdad, doña Trudita?

—Si usted lo dice —fue la agria respuesta.

Recordé a los carcamales rijosos que frecuentaban La Pulga y decidí no acercarme mucho a don Helio. No resultó difícil, pues doña Gertrudis volvió a asignarme una silla alejada de ellos dos.

—Dorita, sírvele el desayuno a esta niña.

La criada movió su cuerpo orondo hacia un aparador. Cogió un tazón y un plato de porcelana decorados con motivos florales. Las dos piezas estaban algo desportilladas en los bordes. Aun así, me parecieron lo más distinguido que había visto jamás. La rolliza depositó la vajilla delante de mí y llenó el tazón de café con leche. Después colocó en el plato cuatro pequeñas rebanadas de pan frito espolvoreadas con azúcar. Se me hizo la boca agua. Devoré la primera en dos bocados, sin tomarme tiempo para mojarla en el café.

—No engullas así, criatura, que te vas a añusgar —rezongó doña Gertrudis.

—Deje a la chiquilla, doña Trudita. ¿No ve que tiene hambre?

—¡Usted se calla! Y no se olvide de pagarme el alquiler de la semana que viene antes de salir a trotar por esos mundos, no vaya a encontrarse su cuarto ocupado cuando vuelva. ¡Y deje de llamarme Trudita, por el amor de Dios!

—Con lo que yo la admiro, mujer…

—Pues estamos *apañaos*.

La dueña hizo una mueca como si hubiera mordido un limón. O tal vez reprimía una sonrisa. Con ella era difícil saberlo. La mano huesuda de don Helio alzó una rebanada de su plato, inclinó el largo torso por encima de la mesa y me puso delante el pan.

—Toma otro picatoste, bonita. Yo nunca me acabo mi ración.

—Gracias, señor.

Calmada el hambre más apremiante, me recreé mojando la inesperada dádiva en el café con leche. Comparado con el brebaje mil veces aguado que tomábamos en casa, aquello me supo a gloria. Sentir el estómago lleno y calentito me inundó de optimismo. A lo mejor no había hecho tan mal escapándome a la capital. En cuanto deglutí hasta las migas más diminutas y comprobé que en esa casa no se permitía repetir, me escabullí del comedor y de la benevolencia de don Helio. Seguía sin fiarme de él.

Fuera de la umbría pensión no se estaba tan fresco. Al salir del portal, me aplastó lo que prometía convertirse en un calor seco e infernal como el de Zaragoza. Siguiendo el consejo de Rita, enfilé la calle en dirección contraria a la estación. Acobardada por el bullicio de carros, obreros de camino al trabajo y mujeres cargadas con cántaros o cestas de las que sobresalían hojas de acelga y puerros, me mantuve pegada a las fachadas de los edificios. Conforme avanzaba, la calle se fue estrechando. Eso me acongojó aún más. Pregunté a varias mujeres cómo llegar a la Puerta del Sol. Seguí sus indicaciones sin tenerlas todas conmigo. ¿Sería capaz de regresar a la pensión cuando tocara recogerse?

La Puerta del Sol era una plaza grande desbordada por el tránsito mañanero de tranvías, carros de repartir mercancías, unos pocos carruajes elegantes tirados por bonitos caballos y hasta algún vehículo de los que no necesitaban caballerías. Las tiendas en las fincas que bordeaban la plaza ya habían extendido sus toldos, bajo los que estaban expuestos sus productos. Un niño que vendía periódicos voceaba a todo pulmón: «¡Últimas noticias de la guerra en Europa! ¡Rusia moviliza sus tropas para acudir en apoyo de Serbia!». En mi temeridad juvenil abordé a un caballero elegante que acababa de comprar un periódico y tenía aspecto de asiduo a las variedades. Cuando le pregunté si había algún teatro cerca, él me miró primero con sorpresa, después sus ojos se vistieron de un brillo turbio y se puso a recitar nombres como Chantecler, Kursaal, Actualidades y París-Salón. Siguiendo sus indicaciones y mi intuición, agudizada por la necesidad, encontré los más próximos. El Chantecler y el Kursaal se ubicaban en la plaza del Carmen, cercana a la Puerta del Sol, invadida a esa hora por los bulliciosos puestos de un mercado. Me abrí paso entre los vendedores que pregonaban a voces sus productos, criaditas regateando el precio y mozos forzudos que me recordaron a Jorge. Aporreé las puertas del Chantecler, después las del Kursaal. Ninguna se abrió. Debí haberlo imaginado. En La Pulga tampoco se presentaba ni un alma hasta la tarde.

Para encontrar el siguiente teatro pedí ayuda a una mujer que llevaba un cántaro apoyado en un hombro. Me miró como si yo fuera la encarnación del mal. Con cara de asco dijo que se hallaba muy cerca de allí, me explicó cómo ir y se alejó igual que si la persiguiera el diablo. Cuando estuve delante del local, creí haber regresado a La Pulga. La puerta descascarillada flanqueada por carteles que anunciaban a las artistas, las posturas insinuantes de las chicas retratadas... Solo faltaba que, al llamar a la puerta, saliera la Sultana tocada con uno de sus abigarrados sombreros, o el mismísimo Rufino. ¿De verdad estaba en Madrid, o solo lo había soñado?

Cerré la mano en un puño y golpeé la madera con toda mi fuerza. Nadie acudió. Se esfumó de golpe el optimismo insuflado por el opíparo desayuno. Me dispuse a dar media vuelta y regresar a la pensión. Entonces la puerta se abrió. Apareció una mujer regordeta y canosa, vestida con ropas ajadas. Sus robustos antebrazos asomaban bajo las mangas, que llevaba subidas por encima del codo. Sus manos estaban enrojecidas y tenía las uñas tan quebradas como las mías. En lo demás, me recordó a madre.

—¿Qué se te ofrece, niña? —Tenía la voz rasposa como el papel de lija.

Mientras bajaba por la calle Atocha, me había preparado mentalmente unas cuantas frases para ofrecerme como cantante y dejar sentado que en La Pulga había sido la estrella. Ahora que por fin alguien me abría, solo fui capaz de farfullar:

—Busco... busco... trabajo...

—No necesitamos otra fregona —replicó ella, sin disimular su contrariedad—. Me sobro y basto *pa* dejar esto como los chorros del oro.

—Es que yo... yo soy cantante.

La mujer me miró de arriba abajo. Su expresión se suavizó. Tuve la impresión de que yo también le recordaba a alguien. Suspirando, se hizo a un lado.

—No creo que te cojan, pero... la que no llora no mama. Ven...

Me condujo a través de un pequeño vestíbulo hasta la sala,

que se parecía un poco a la de La Pulga, aunque era más grande. El aire lo espesaba una mezcla de olores entre los que distinguí tabaco rancio, sudor y perfumes asfixiantes como los de la Sultana. A pie del sencillo escenario se alineaban varias filas de butacones bien tapizados, sin duda destinados a los caballeros con posibles. A continuación, se sucedía en desorden una pléyade de sillas raquíticas. Alcé la vista. En lo alto había un espacio parecido al gallinero de La Pulga, pero dividido en pequeños balcones. Entonces aún no sabía que a eso se le llama palcos.

Un hombre altísimo andaba ajetreado sobre el escenario. Cuando nos vio entrar, bajó por una escalera lateral y dando grandes zancadas llegó adonde estábamos nosotras. Vestía más elegante que Rufino, pero la expresión de sus ojos era igual de taimada. Me miró con cara de pocos amigos.

—¿Quién es esta cría, Pepa?

A mi lado, la mujer tragó saliva. Debía de tenerle bastante miedo, cosa que no me extrañó. Yo me habría esfumado de no haberme tenido ella agarrada de un brazo.

—Es... —se interrumpió para tomar aire— es cantante, me ha dicho, y he *pensao*...

—¿Desde cuándo te pago por pensar? —tronó él.

—Yo... —La voz de Pepa se apagó igual que una vela.

El gigante dejó de prestarle atención y me pasó revista. Su mirada amalgamaba impaciencia y enfado cuando la posó de nuevo sobre la fregona.

—¡Os tengo dicho que no me traigáis género de saldo! Ya tenías que saber lo que cuesta refinar a una chorva como esta. —Me miró con soberbia—. Anda, bonita, vuelve cuando te hayas *quitao* el pelo de la dehesa.

Con disimulo me subí un poco la manga y examiné el pedacito de piel que quedó al descubierto. Si yo no era velluda. Tampoco tenía bozo. ¿Y qué era la dehesa? Concluí que el mandamás se referiría a mi apresurado peinado. Habría que estudiar otra manera de recogerme el cabello.

Pepa bajó la cabeza.

—Perdone, don Jacinto —murmuró—. No volverá a pasar.

—Más te vale. ¡Por la caridad entra la peste!

El gigante dio media vuelta y se alejó sin mirarnos. Pepa tiró de mí hacia la salida.

—Lo siento, chica —susurró—. Los pobres tenemos que ayudarnos entre nosotros, pero... ya ves... —Se encogió de hombros—. Prueba en otro teatro. En este barrio hay muchos.

Me empujó fuera. Cerró la puerta en mis narices. Con el ánimo destrozado, regresé a la Puerta del Sol. Esta se había poblado aún más. Un viejo giraba el manubrio de un organillo colocado encima de una pequeña carreta de madera. Del instrumento brotaba una melodía que nunca había oído antes. Era de estribillo alegre y pegadizo. Me detuve un rato a escuchar. Algunos transeúntes se paraban y dejaban caer dinero en la cajita que el organillero había puesto sobre el borde del carro. Hundí la mano en el bolsillo de la falda y toqué mis tres reales. En un impulso saqué uno y lo eché a la caja. Me arrepentí cuando oí el tintineo que hizo al tocar las otras monedas. Pero ya era tarde para recuperarlo. El viejo me regaló una sonrisa sin dientes que convirtió su cara en una patata arrugada. Al menos mi irreflexiva ofrenda había hecho feliz a alguien. Su música me escoltó hasta que estuve demasiado lejos para poder oírla.

Por extraño que parezca, no me perdí en esa ciudad desconocida y alcancé el reino de doña Gertrudis a tiempo de comerme un plato de lentejas que se me antojó celestial.

La busca

Una semana se hace corta cuando solo hay dos reales en el bolsillo y las posibilidades de ganar dinero menguan cada día. La vida que había abandonado tan impulsivamente me había deparado trabajo duro, humillaciones y hambre, me había arrebatado a Perico, a madre y a Nati, pero me había eximido de buscarme el pan por mí misma. Era padre, siempre padre, quien decidía por mí. Él me impuso aprender a coser con Nati, me llevó a La Pulga e incluso aceptó el dinero que le dio Rufino para poder subastar mi virginidad. Ahora era yo la que se desollaba los nudillos llamando a puertas que, una tras otra, se revelaron como infranqueables. Era libre, sí, pero la libertad puede llegar a ser una pesada carga.

En la tarde de mi primer día madrileño, regresé a la plaza del Carmen. Con los tenderetes del mercado recogidos y el calor en su momento más álgido, el lugar estaba desierto. Encontré abiertos el Chantecler y el Kursaal. En el primero, un señor estirado me dio calabazas en la misma puerta, sin escucharme siquiera. En cambio, conseguí entrar al Kursaal sin contratiempos. Nada más pisar el vestíbulo, me entró miedo. Tuve que arengarme para seguir adelante. Conforme me adentraba en las entrañas de ese lugar, empecé a oír a intervalos unos golpes secos, como cuando Hilario arreglaba algún desperfecto a martillazos. Pero aquello no se parecía a La Pulga, ni al teatro donde me había despachado el gigante esa mañana. Delante de mí se abrió de repente un espacio muy amplio, delimitado en dos de sus lados por unos muros muy altos ante los que varios mozos jugaban con una pelota del tamaño de una manzana. Uno de ellos la lanzaba contra la pared y, cuando rebotaba, el más rápido del grupo la recogía con un artilugio alargado, mezcla de cesta y paleta, y la volvía a tirar hacia el muro. Contemplé durante un rato el extraño juego. Aquello no podía ser el ensayo de un número de variedades. Debía de haberme equivocado de lugar.

¿Cómo iba a saber entonces que, durante el día, el Kursaal era un frontón donde se jugaba a la pelota vasca, hasta que, a partir de las nueve de la noche, una cuadrilla de obreros montaba el escenario, colocaba butacas alrededor de mesas con manteles y floreros para los caballeros pudientes, y lo transformaba en un teatro de variedades por el que pasaban prestigiosas figuras del cuplé? Eso me lo contó Rita en su siguiente noche libre, durante una de sus precipitadas visitas a mi alcoba.

Llevaba un rato observando a los mozos, sin saber si marcharme o buscar a alguien a quien preguntar, cuando una voz masculina me sacó de la apatía.

—¿Qué haces aquí? El frontón no es deporte para niñas.

Quien me había abordado era un hombre mayor, de pelo cano y rostro enjuto. Me recordó al guardia de la estación y eso no podía ser bueno. Reprimí las ganas de salir corriendo, tragué saliva y me lancé.

—Yo... es que... me han dicho que aquí... —La voz se me quebró ante su mirada impaciente; solo fui capaz de añadir—: Soy cantante y...

—¿Cantante? ¿Tú? —Me escrutó de arriba abajo—. ¿Qué sabes cantar?

Pese a lo mucho que me intimidaba ese hombre, me dispuse a enumerarle lo que sabía hacer.

—Pues... *La pulga*, *El polichinela*, *Balancé*... Con *La pulga* me aplaudían mucho, señor... Si quiere se la puedo cantar...

—Nena —me cortó él—, eso está más visto que los barquillos. *La pulga* se la saben ya hasta los perros *amaestraos*. Desde que Anita Delgado se casó con el marajá ese, todas las chachas queréis trabajar aquí *pa* pescar un pez gordo. Anda, bonita, no me hagas perder más tiempo. Si no traes algo original, ni te molestes en volver.

Yo no sabía quién era esa tal Anita Delgado y, menos aún, qué era un marajá. Solo saqué en claro que me habían rechazado una vez más y que en la capital no iba a ser fácil recuperar mi estrellato musical, ni siquiera actuar como corista. Susurré un mortecino «Sí, señor», bajé la cabeza para ocultarle las lágrimas que empezaban a cegarme y di media vuelta. Cuando hube dado unos cuantos pasos, oí de repente:

—¡Espera!

Me limpié los ojos antes de girarme.

—Prueba en el Trianón. Está cerca de aquí, en la calle de Alcalá —voceó el hombre—. No creo que te contraten, no te hagas ilusiones. —Emitió una risa socarrona—. Eligen a chicas más finas, pero también hacen de agencia de artistas. A lo mejor, suena la flauta y te sale algo.

—Gracias, señor —dije con mi último hilo de voz.

Abandoné el Kursaal decidida a probar suerte en ese otro sitio, fuera lo que fuese una agencia de artistas. Me costó lo mío encontrar el Trianón. Tuve que preguntar a varios viandantes y coseché desde miradas lujuriosas hasta otras llenas de reprobación. Cuando di con el teatro, me demoré un rato ante la fachada tomando aire para infundirme valor, aunque este no acudió en mi auxilio. Al fin, me animé a entrar. Me interceptó un hombre robusto, cuyo traje me recordó al que vestía el recepcionista del hotel adonde me llevó Wolfgang. Me agarró de un brazo y me apartó a un lado con brusquedad.

—¡Eh, tú, sinvergüenza! Aquí no se entra sin pagar.

Yo no entendía nada. ¿Acaso en el Trianón cobraban por pedirles trabajo? Sentí la lengua paralizada del susto. Empecé a sudar, y no se debía solo al intenso calor que caía sobre Madrid como una losa.

—No te hagas la tonta. Conozco a las de tu calaña. Con estos... —señaló sus ojos con el dedo gordo y el índice extendidos— calo enseguida a las que os queréis colar en el cinematógrafo.

Yo había oído hablar alguna vez al Gran Balduino de lo asombroso que era ese invento llamado cinematógrafo. Talmente como si las fotografías cobraran vida. Igual podía uno reírse con las gansadas de un tal Charlot que correr aventuras por lugares exóticos. En el camerino de La Pulga nos bebíamos las palabras del mago, porque a ninguno nos alcanzaba el dinero para comprobar por nosotros mismos si era cierto lo que contaba. Pero ¿cómo había acabado yo ante un cinematógrafo, si lo que buscaba era un teatro?

El hombre aflojó un poco la presión sobre mi brazo.

—Hala, paga tu entrada como está *mandao*, o esfúmate.

Me armé de valor.

—Señor, yo… busco el teatro Trianón —proferí—. Soy… soy… soy cantante.

Él me estudió con los ojos entrecerrados, como sopesando si le decía la verdad o intentaba embaucarle para colarme en un descuido.

—Por la tarde echan películas —dijo al fin—. Las variedades empiezan a las nueve y media. Hay varias sesiones hasta la madrugada, pero no te puedo dejar pasar sin entrada. Y menos, con esa traza que llevas, chiquilla.

De nuevo estuve a punto de echarme a llorar. Me tragué lo que amenazaba con ser un río de lágrimas. El portero amagó una sonrisa.

—Tengo una hija de tu edad… y antes me pego un tiro que verla buscando trabajo en esto del bureo. —Se encogió de hombros—. Aunque allá cada cual. Vuelve por la mañana, que siempre anda por aquí alguno de los que dirigen el cotarro, pero no vengas muy temprano. Y ahora, arrea o llamo al guardia.

—Sí, señor.

Me di media vuelta y me apresuré a alejarme, no fuera a cumplir su amenaza. Mientras corría, me pasé la mano por el pelo. De mi moño deshecho se habían escapado infinidad de greñas sueltas. Al imaginar el aspecto que debía de tener, ya no pude reprimir las lágrimas. Me eché a llorar en plena calle de Alcalá.

Asilvestrada

Regresé a la mañana siguiente al Trianón Palace. Me deslicé dentro por una puerta lateral que hallé abierta y recalé en un pequeño vestíbulo. Estaba en penumbra, pues no había encendida ninguna luz y la poca que llegaba procedía de un pasillo que me pareció muy largo. Hacia allí me dirigí sin tenerlas todas conmigo. Me cortó el paso una silueta masculina, surgida de Dios sabe qué rincón.

—¿Adónde vas, jovencita?

Una vez más me quedé sin saliva ni palabras. Creí distinguir una sonrisa amable en el rostro de esa figura, algo encorvada, que parecía la de un viejo.

—Vienes a buscar trabajo, como todas.

Más que una pregunta, era una afirmación. Asentí con la cabeza.

—¿Qué sabes hacer?

—Pues… —Me aclaré la garganta y proferí de carrerilla—: Sé cantar *La pulga*, *El polichinela*, *Balancé*… Donde trabajaba antes me aplaudían a rabiar, señor.

—Ya, otra muchachita de provincias. —El hombre suspiró—. ¿Sabes la de niñas que vienen por aquí ofreciéndonos esa dichosa pulga? Esto es el Trianón, chiquilla. Para actuar aquí hay que tener muchas tablas… y un nombre. No basta con saberse *La pulga* al dedillo.

Otra derrota. Bajé la cabeza y di media vuelta para buscar la salida. Ya no me quedaba ánimo ni para exprimirme un triste «Gracias, señor».

—Anda, ven a la oficina, que te hago una ficha —me retuvo su voz—. Igual algún día encajas en el cuerpo de baile.

Le seguí por el interminable pasillo, que a ratos me recordaba al de La Pulga. Acabado el corredor, el viejo empujó una puerta y entramos en la sala. Me acuerdo muy bien de que parpadeé, deslumbrada. No solo porque había más luz. Ese teatro tenía una disposición parecida al antro de Rufino: al fondo, el escenario dominando las filas de butacas de la platea y, sobre una balconada sustentada por columnas, lo que en La Pulga llamábamos «el gallinero». Pero ahí acababa toda semejanza. El tapizado de los asientos era lujoso y su estado impecable. En la pintura de paredes y columnas no aprecié desconchones y la barandilla de hierro que rodeaba el gallinero me recordó a las de los fastuosos balcones de la calle Alfonso. ¡Y el escenario! No tenía nada que ver con la espartana tarima sobre la que me había creído una estrella. El borde del proscenio lo decoraba una hilera de flores que brotaban de jardineras. El telón de fondo representaba un colorido paisaje de árboles y montañas, ante el que ensayaba un grupo de chicas. Iban ataviadas con vestidos vaporosos moteados de lentejuelas, muy escotados y de falda tan corta que mostraban las pantorrillas y un poco las rodillas. No distinguí de dónde salía la música cuyo ritmo seguían; tampoco conocía la canción. Me sentí tan insignificante como si me hubiera convertido en el insecto que fingía buscar entre el camisón cuando actuaba en el local de Rufino. ¡Jamás me contratarían en ese lugar!

Al final de otro pasillo, el señor me hizo entrar en un despacho muy bien iluminado. En nada se parecía al cubil de Rufino. La mesa de escribir era de buena madera, sin un solo rasguño, y sobre su enorme tablero sí que había papeles, ordenados en pulcras pilas de varios tamaños y alturas.

—Siéntate, jovencita.

Visto con buena luz, era realmente anciano. Su cara la surcaba una red de arrugas; el cabello, espeso y algo crespo, era casi blanco. Sin embargo, no presentaba el aspecto decrépito de los viejos de mi barrio. Su presencia se asemejaba más a los caballeros acaudalados que ocupaban la zona noble de La Pulga. Cogió un papel de uno de los montones y tomó un artilugio alargado que desenroscó. Quedó al descubierto una punta afilada y brillante.

—Bien, primero dime cómo te llamas.

Le vi fruncir la nariz cuando le recité toda la retahíla de mis nombres de pila, aunque no hizo ningún comentario mientras tomaba notas en el papel, moviendo la mano con rapidez y elegancia. Tampoco le impresionó mi apelativo artístico de la Bella Florita. Me preguntó acerca de mi procedencia, mi experiencia sobre un escenario y mi edad, que adorné añadiéndome algunos años más. Ninguna de mis respuestas pareció satisfacerle. A veces, le veía sacudir la cabeza a su modo distinguido. Quiso saber dónde vivía. No supe qué decirle.

—Ya, sin domicilio fijo. Como tantas otras —masculló.

Acabado el interrogatorio, se reclinó contra el respaldo de su impresionante sillón y sentenció:

—Jovencita, guardaré tu ficha, pero te veo muy asilvestrada. No va a ser fácil encajarte en un espectáculo. Vuelve por aquí más adelante.

Nunca me había llamado nadie asilvestrada. ¿Sería porque uno de mis muchos nombres era Silvestra?

Él se puso en pie y me instó a seguirle. Recorrimos a la inversa los pasillos por los que habíamos andado antes y atravesamos la sala. Eché una última mirada al escenario y a las coristas. ¡Qué lejos estaba de poder subirme allí algún día! Cuando quise darme cuenta, me hallaba otra vez en la calle. Cabizbaja, regresé a la pensión.

Peregrinando de teatro en teatro y recorriendo los cafés cantantes que rodeaban la Puerta del Sol, sin saltarme ni los de aspecto más inmundo, se fueron escapando los días sin que ningún empresario se interesara por mí. La semana que le había pagado a doña Gertrudis se agotó con la inexorabilidad de un puñado de arena cuando lo intentamos atrapar entre los dedos. A pesar de que vagaba muchas horas por las calles en busca de trabajo, no me perdía ninguna de las comidas que entraban en el alquiler de mi alcoba. Habituada como estaba al hambre, los guisos que preparaba Dorita, ya fueran legumbres, estofado o fritanga, me sabían a gloria. Además, era muy consciente de que el lujo de llenar el buche varias veces al día tenía las horas contadas.

Entre los temas sobre los que conversaban en el comedor tanto los huéspedes habituales como los viajeros de paso, se impuso el devenir de esa guerra que los finolis llamaban conflagración. A los pocos días de mi llegada a Madrid, Alemania invadió el país vecino, Bélgica, con la intención de atacar por ese subterfugio a Francia, su otro vecino, según explicó don Helio durante la cena. Aquella noche se sentaban a la mesa él, Julianito Contreras, don Mariano, dos viajantes de comercio valencianos y doña Gertrudis, como siempre en la presidencia. Rita solo cenaba allí cuando tenía la noche libre. Los demás días se llevaba lo que Dorita podía sustraer para ella sin que la jefa se diera cuenta. Al haber más comensales, la dueña no había podido segregarme y cené emparedada entre Julianito y don Helio. El bigote de este tembló de excitación cuando sacó del bolsillo un papel, lo desdobló y lo extendió hasta cubrir parte de la mesa, gesto que cosechó un rictus de disgusto de doña Gertrudis. El papelote, reblandecido y con los bordes gastados de tanto doblarlo, mostraba formas caprichosas en diferentes colores, como cuando los del gallinero pringaban el escenario arrojándole su batiburrillo de frutas pasadas de maduras. Don Helio dijo que eso era el mapa de Europa. Mirándome a mí, señaló un borrón grande que parecía un cabezón masculino de perfil, rodeado en casi todos sus lados por una mancha azul.

—Mira, niña, esto es España, nuestro país, y el vecino Portugal. Lo azul representa el mar.

Asentí con la cabeza, sin entender cómo eso tan pequeño podía simbolizar la vasta extensión de tierra que recorrí en el tren días atrás. O La Pulga. ¿Y la pensión en la que me alojaba? Don Helio deslizó el dedo de señalar hacia la parte superior del cabezón. Allí, el color había cambiado a marrón rojizo.

—Aquí empieza Francia, que es igualmente vecina nuestra.

Don Helio podía ser muy redicho cuando pretendía lucirse.

Yo me acordé del apuesto Wolfgang, tan impaciente por luchar en la guerra. El corazón se me retorció de pesar.

—Entonces ¿también nos van a atacar los alemanes? —se me escapó.

—No, criatura. —El dedo viajero de don Helio resbaló hacia otra forma de color verdoso que apenas mostraba manchas azules alrededor—. Alemania está aquí. ¿Ves? Al lado de Francia, pero no de nosotros. Además, aquí no vendrán porque España no va a entrar en guerra.

—Eso está por ver —objetó Julianito, con expresión tristona en su cara de perro pachón.

Los valencianos, sentados enfrente de mí, aún no habían dicho esta boca es mía. Solo la abrían para llenársela de comida.

—Por una vez doy la razón a mi ilustre vecino —terció don Mariano—. ¡España no pinta nada en ese jaleo! Nos basta con los problemas que nos da Marruecos. Además, no hay dinero para más guerras.

—¡Bueno, ya está bien! —saltó doña Gertrudis—. ¡Usted! —increpó a don Helio—. Recoja esa asquerosidad y déjenos cenar en paz. ¡Que se las arreglen los reyes entre ellos, que para eso están!

—Ay, doña Trudita, que Francia es república.

—¡Como si quiere ser princesa! ¡Y no le llene la cabeza de tonterías a la niña! A ver si con tanto lío se le va a olvidar que pronto le toca renovar el alquiler.

Me taladró su mirada fiera. Bajé la cabeza y me llené la boca de acelgas rehogadas con patatas y dados de tocino. Me convenía hacer acopio de alimento ante lo que se avecinaba.

Entre conversaciones sobre la guerra en el comedor y rechazos en los locales donde me ofrecía como cantante, se agotó la semana que tenía pagada. La misma mañana en la que vencía el plazo, doña Gertrudis me interceptó en el pasillo cuando me dirigía a desayunar.

—¿Recuerda la señorita que hoy es día de apoquinar? —preguntó con retintín.

Tragué saliva. Hundí la mano en el bolsillo y toqué los dos reales que conservaba como oro en paño. ¿Bastarían para comprar unos días más de estancia? ¿Y si me decía que no? Mejor los seguía guardando, por si acaso.

—Yo… le pagaré mañana, doña Gertrudis —tartamudeé—. Tengo que cobrar hoy.

—A saber en qué trabajarás tú —masculló ella—. ¡Mañana sin falta, que no estoy para hacer obras de caridad!

—Sí, señora.

—¡Y no se te ocurra largarte sin abonarme el día que te doy de prórroga, que te encontraré aunque te escondas en el infierno! ¿Entendido?

En ningún momento me había pasado por la cabeza escaparme. No albergaba la menor duda de que esa mujer era capaz de rastrearme hasta las mismísimas calderas de Pedro Botero. Ella apartó su mole de armario ropero. Me escurrí como una lagartija por el hueco que dejó y entré en el comedor. Ese día, los picatostes me parecieron el doble de buenos, pues sabía que pronto tendría que despedirme de ellos.

El valor de la desesperación

A la mañana siguiente, volví a coincidir con don Helio y doña Gertrudis en el comedor. La dueña no me quitó la vista de encima durante todo el desayuno. Cada vez que mordía un picatoste, me sentía taladrada por sus negrísimos ojos de cuervo. Aunque, para quitarme a mí el apetito, tendría que haberme clavado un cuchillo en el corazón. Me deleité con mi ración y con la rebanada que me cedió don Helio, como llevaba haciendo toda la semana. Ya no temía a ese hombre flaco que, a su manera peculiar, me alimentaba como a un perrillo famélico. A la severa dueña le disgustaban nuestros tejemanejes, pero él siempre la desarmaba con sus zalamerías. O igual solo la agotaba. Lo cierto es que los rezongos de doña Gertrudis se apagaban pronto.

Apurada hasta la última miga, me levanté procurando no atraer la atención del cancerbero. Aún no había dado ni dos pasos hacia la puerta, cuando oí a mi espalda:

—¿La señorita se acuerda de que me debe dinero?

Me giré. La mirada de doña Gertrudis aunaba fiereza y retintín.

—Hoy sin falta le pago, señora.

¿Se me reflejaría en la cara que estaba sin blanca?

—¡Más te vale, o avisaré a mi primo Aurelio! Es de la Guardia Civil. Verás cómo unos días de calabozo te abren la mano de apoquinar.

—No sea tan severa con la niña, mujer —terció don Helio.

—¡Qué severa ni que ocho cuartos! —estalló ella—. A ver si se cree que regento una pensión por gusto, o por hacer caridad. Si estuviera vivo mi Fermín, ¡otro gallo me cantaría! ¡Y encima, esta criatura traga como si estuviera rota!

—No se sulfure, doña Trudita, que es malo para ese cutis tan lozano que usted tiene.

—¡Guárdese sus zalamerías, hombre de Dios!

Aún la oí refunfuñar mientras me escapaba hacia el pasillo, incluso cuando salí al rellano.

Ese día entré en un teatro de la calle Cánovas y en dos pequeños cafés cantantes con mucho peor aspecto que La Pulga. En ninguno me hicieron caso. Como en los demás locales, ni siquiera me dejaron cantarles un cuplé. El resto de la mañana lo pasé vagando por los alrededores de la Puerta del Sol. Me entretuve un rato en la plaza, observando el trasiego de tranvías que confluían allí desde todas las direcciones, los carruajes de caballos conducidos por cocheros uniformados y los vehículos sin caballerías. Cuando empezó a apretar el calor y mi estómago, que se había acostumbrado a comer con regularidad, se puso a gruñir, enfilé una de las calles que partían de la Puerta del Sol. Caminé buscando la sombra igual que un gato, hasta acabar en un recinto muy grande y cuadrado. Mucho después supe que era la plaza Mayor. La delimitaban imponentes edificios de varios pisos llenos de balcones. Una de las casas tenía dos torres de puntas afiladas como agujas gigantes. En el centro de la plaza vi la estatua de un hombre a caballo, rodeada de árboles. Muy cerca había una fuente redonda. Pasé por encima de los raíles del tranvía que surcaban el adoquinado, vigilando que no se me echara encima ninguno de esos cajones rodantes. En Madrid circulaban por todas partes y empezaban a darme miedo. Me dejé caer en el borde de piedra de la fuente, metí las manos en el agua y me refresqué cara y cuello. Me senté en el suelo bajo uno de los árboles, con la espalda apoyada en el tronco. Las tripas seguían reclamando la pitanza a la que se habían habituado con tanta celeridad. Sentía el cuerpo cada vez más laxo. El desánimo ya invadía hasta el último rincón de mi persona. ¿Cómo salir adelante en esa ciudad donde no conocía a nadie y ningún teatro me daba una oportunidad? A casa no podía volver. ¡No quería volver! Para eso, prefería morir de hambre o dejarme apresar por el primo guardia de doña Gertrudis. En el calabozo, al menos, me darían pan y agua.

Caí en un sueño plomizo del que desperté bañada en sudor. Me pasé las manos por la cara. Miré hacia arriba. El sol había cambiado de posición. Calculé que serían alrededor de las cinco, tal vez algo más tarde. Por la plaza solo se movían los tranvías y algún carruaje. Igual que en Zaragoza, nadie en su sano juicio circulaba a pie a esas horas si podía evitarlo. Me levanté y regresé a la fuente. Esta vez me mojé hasta el pelo. ¿A quién iba a importarle si parecía un perro de aguas? Volví a sentarme en el borde de piedra e intenté recuperar algo de mi habitual nervio. Tras un rato de reflexión, decidí ir a la calle de Alcalá. Allí me quedaban por visitar algunos teatros de renombre en los que no me había atrevido a entrar. Haría otro intento, en lugar de seguir mustiándome sin hacer nada.

Siempre he tenido facilidad para orientarme hasta en el laberinto de calles más intrincado. De tanto recorrer los aledaños de la Puerta del Sol y de la calle Mayor, empezaba a conocer bien esa parte de Madrid. Pronto llegué a la calle de Alcalá. Me detuve ante la fachada del Salón de Actualidades. Reuní el valor que da la desesperación y probé a entrar por la puerta principal. Estaba cerrada. Busqué la entrada de artistas. A esas alturas, ya había aprendido que los teatros grandes disponían de una abertura lateral o trasera para el personal. Tampoco tuve suerte. El arrojo se evaporó sin dejar rastro. Solo quedó el desespero.

Seguí mi camino bajo ese calor sofocante. Las piernas me pesaban como si llevara alpargatas de hierro. Remoloneé ante la entrada al Salón Japonés. Según contaba siempre la Sultana, allí debutó la famosa Fornarina cuando aún era Consuelo Vello. Pugné un buen rato por recuperar el arrojo perdido, sudando la gota gorda y a punto de marearme. Pero no me atreví a colarme en busca de algún mandamás a quien ofrecerme como cantante.

Cuando regresé a la pensión tras un errático deambular, ya había anochecido. El portal de la finca permanecía abierto, como de costumbre. Me arrastré escaleras arriba hasta el tercero. Empujé, sigilosa, la puerta. Por supuesto, estaba cerrada. Menuda era doña Gertrudis. Toqué el timbre tímidamente. Si abría la jefa, estaría perdida. Y si me quedaba fuera, me tocaría dormir en la calle. Eso aún me aterraba más. En el rellano olía a fritura. ¿Tal vez rodajas de calabacín o de berenjena rebozadas, a las que tanta afición tenía la dueña? Empecé a salivar como un perro.

La puerta se abrió de un tirón. En el hueco apareció la oronda silueta de Dorita. Nada más ver que era yo, puso el índice delante de los labios.

—Chis, corre a tu cuarto y no hagas ruido, que la doña está que trina.

Contuve la respiración y asentí con la cabeza.

—Echa la llave y no abras ni *pa* salir a mear. Por la noche se cuidará mucho de armar jaleo. Pero mañana, ¡prepárate! —susurró ella, controlando su vozarrón—. Si sobra algo de la cena, luego te llevo *pa* que llenes el buche. Si no, hoy te toca dormir con gazuza.

Volví a asentir. Me deslicé de puntillas hasta mi alcoba y eché la llave.

Dorita cumplió su promesa. Al cabo de un buen rato, oí unos golpecitos suaves en la puerta. Me acerqué de puntillas para no hacer ruido.

—Soy yo...

Giré la llave muy despacio y abrí una rendija. Ella deslizó un bulto pequeño por el hueco y se alejó antes de que pudiera darle las gracias.

Esa noche cené cinco rodajas de calabacín rebozadas, envueltas en una hoja de periódico que rezumaba aceite. Al desdoblar el papel y alisarlo, me fijé en los renglones de letras pequeñas que surcaban la página formando culebrillas de diferente longitud. Me acordé de Andrés y sus progresos con la lectura, de los que tanto se enorgullecía. Evoqué su beso furtivo en el Puente de Piedra, las desconocidas sensaciones provocadas por el contacto con su cuerpo durante aquel instante, su cólera cuando abandoné La Pulga del brazo del alemán cuyo dinero había financiado mi fuga. Pensé también en mis hermanos. ¿Cómo habrían reaccionado al enterarse de que me había escapado? ¿Habría logrado conservar

Rubén el billete que le dejé en el bolsillo del pantalón, o se lo habría afanado padre para gastárselo en la taberna? Me abrumó la brusca añoranza de los chicos, aunque pronto se tiñó de alivio por hallarme lejos de la acémila de nuestro padre. Solo cabía esperar que no hubiera desahogado con mis hermanos su rabia por mi huida.

El lebrel

Tras una noche inquieta en la que apenas dormí de lo asustada que estaba, me levanté antes de que clareara el día. No había trazado ninguna estrategia a seguir. Más bien me movía como la liebre atemorizada que intenta abandonar su madriguera asediada por un lebrel. Tras asearme sin hacer ruido, salí al pasillo, que todavía no olía a café ni aceite de freír el pan. Lo recorrí de puntillas. Intenté abrir la puerta del rellano.

Entonces me pilló.

—¡Ajá! ¿Creías que te me ibas a escapar sin pagar?

Ante la vehemencia de esa voz, empecé a temblar.

—Hoy sin falta, doña Gertrudis...

—¡Déjate de cuentos, que no estoy para tonterías!

Me apresó del pescuezo y me arrastró hasta una puerta cerca del comedor, donde yo siempre había supuesto que estaba su alcoba. Me empujó dentro con furia y cerró la puerta. Me vi atrapada en una salita de estar diminuta. Ante la ventana había un sillón de orejas, emparejado con una mesa camilla de faldas a juego con el tapizado. Sobre el cristal que cubría el tablero reposaba la labor de ganchillo en la que debía de andar enredada la dueña. Contra la pared de enfrente, había una cama individual pulcramente hecha. A continuación, un mueble con espejo que alojaba jofaina y jarra de porcelana. Presidía el espartano cuarto la fotografía enmarcada de un caballero mayor con frondoso bigote de puntas curvadas hacia arriba, embutido en un traje de tres piezas. Del chaleco asomaba la leontina que le distinguía como afortunado poseedor de un reloj de bolsillo. Toda su figura se ahuecaba con la solemnidad de quien se tiene por un hombre de bien. Doña Gertrudis se encaró con el retrato haciendo pucheros.

—Todo esto es culpa tuya, Fermín. Si no hubieras estado siempre en Babia, no te habría arrollado el tranvía y no me tocaría bregar con rateras de tres al cuarto. ¡Ay, Dios mío, qué pruebas le envías a esta pobre viuda!

Se dejó caer en el orejero. Yo estaba aterrada. No me atrevía ni a pestañear. Me prometí que, si salía de esa, me cuidaría mucho de acercarme a esos vehículos del diablo que infestaban Madrid y mataban a la gente. Doña Gertrudis se reclinó en el sillón y me miró. La expresión de sus ojos de cuervo desdecía la letanía de viuda desvalida y quejosa.

—Así que la señorita pensaba engañarme.

—Señora, yo no... —balbuceé—. Le pagaré en cuanto...

—¡Chitón! No me gusta que me tomen por boba.

—Solo le debo un día —osé defenderme, aunque con la voz muy débil.

—¡Dos! —me corrigió ella—. Pero eso es lo de menos. Aquí, lo que cuenta es la intención de robar. ¡De estafar a una pobre viuda temerosa de Dios!

—Yo... no..., señora. Eso no...

Un brillo que ahora definiría como astuto destelló en su mirada.

—¿Quieres saber lo que hace mi primo, el guardia, con las rateras?

Solo reuní fuerzas para negar con la cabeza.

—Las encierra en el calabozo, a pan y agua, hasta que se secan como pasas.

Sentí erizárseme el pelo. Debió de elevarse incluso el moño que me había hecho esa mañana deprisa y corriendo.

—Solo tengo que mandar a Dorita al cuartelillo para avisarle. En cuanto asome por esa puerta, te meterá presa.

Me eché a llorar. ¿Para eso me había escapado de casa? Si esa mujer era aún peor que padre y Rufino juntos. Doña Gertrudis alzó la mano derecha y esbozó una sonrisa de alma misericordiosa. En ese rostro, se me antojó más bien una sentencia de muerte.

—Da gracias a que no tengo entrañas para entregarte a mi primo. Soy una mujer de bien y creo en la redención de los pecadores. ¿Sabes cómo se lava el pecado de engañar y estafar?

Me limpié la nariz con el dorso de la mano, tragué saliva lacrimosa y negué con la cabeza.

—Trabajando, criatura. El trabajo hará de ti una mujer decente y te conducirá por el buen camino.

Aquello no me dio buena espina. Llevaba bregando desde que crecí lo suficiente para llegar al fregadero de casa y aún no había vislumbrado ningún camino que no fuera cuesta arriba y pedregoso. ¿Qué pretendía hacer esa bruja conmigo? La aclaración no se hizo esperar.

—Vas a trabajar con Dorita hasta que hayas reparado todo el daño que me has causado. ¡Y vas a empezar ya! Por supuesto, tendrás que dejar tu alcoba. Dormirás en un cuarto de criada.

—¿Me pagará? —le pregunté en un arranque de intrepidez.

—¡Haré contigo lo que crea oportuno! ¡Sinvergüenza! ¡Mala pécora! Tú eliges: trabajo o calabozo. —Se puso en pie y me agarró del pescuezo otra vez—. Y ahora: ¡marchando! A recoger tus cosas y dejar la alcoba como los chorros del oro. Vamos a ver si sabes limpiar o se te va la fuerza en pendonear.

La libertad es un pez escurridizo

Ya no me pesaba la libertad. Se me había escapado como los resbaladizos peces que de niños intentábamos atrapar con las manos cuando jugábamos en el río. Volvía a estar cautiva en una jaula, a merced de la voluntad de otra persona, sin saber cómo abrir la puerta. No recuerdo con exactitud cuántos meses trabajé para doña Gertrudis, solo que el verano madrileño dio paso al otoño y este a un gélido invierno de estufas y braseros. El tema favorito de los huéspedes seguía siendo la guerra, en la que ya se habían enredado al menos siete países. El conflicto, del que todos habían profetizado que sería muy breve, un mero paseo para lucir el poderío militar de los contendientes, se había estancado en las trincheras de Francia y Bélgica. Según don Helio, que se empapaba de todos los periódicos que caían en sus manos, las trincheras eran unas zanjas infectas cavadas con fines defensivos en las que los soldados se agazapaban cual conejos, lo que no evitaba que los proyectiles enemigos segaran algún miembro o incluso la vida a los más desafortunados, ni que otros murieran por culpa de la insalubridad concentrada en su triste madriguera. Y todo por arrebatar al otro bando unos cuantos metros de tierra que este reconquistaba al poco tiempo. Era como jugar al fútbol en el infierno con la parca ejerciendo de árbitro, solía sentenciar don Helio, todo cargado de razón. Yo me acordaba del pulcro Wolfgang y me preguntaba si andaría enfangado hasta el cuello en una de esas zanjas, temeroso de que la muerte decidiera expulsarle para siempre del juego en el que tanto había deseado participar.

Ya no seguía las cháchara de los huéspedes sentada a la mesa del comedor. En mi condición de criada penitente, solo salía de la cocina cuando doña Gertrudis me mandaba sacudir los colchones, airear sábanas y mantas en las ventanas y hacer las camas. O cuando me ponía a barrer y fregar el suelo de rodillas. El resto del tiempo lo pasaba ayudando a Dorita a preparar sus guisos o ante el fregadero lleno de cacerolas, vajilla y cubiertos por jabonar, enjuagar y secar. Al igual que me ocurrió en La Pulga, cuando la doña se enteró de que sabía coser bien, acabé zurciendo todas las telas que se deterioraban, ya fueran sábanas, toallas o la gigantesca ropa interior de la propia doña Gertrudis. En realidad, esas faenas no diferían de las que había hecho en casa o en el local de Rufino. Solo que antes no conocía otra vida. Pero la noche en la que Wolfgang me llevó a su alcoba de hotel y me ofreció aquel suculento desayuno, tuve un breve atisbo de cómo era la existencia de los ricos. Eso me hizo codiciar un rinconcito en ese mundo de chocolate aromático, bollos y buenos modales al que la gente como yo nunca era invitada. Tras mi fuga y el infructuoso peregrinar por los locales de espectáculo madrileños, las tareas que conocía al dedillo sabían de pronto a la hiel de la derrota. Aunque entonces era demasiado joven para poder darle un nombre a ese sabor.

Desde la cocina aguzaba la oreja para enterarme de las conversaciones sobre la guerra. Estas a veces subían de tono, pues don Helio había tomado partido por Francia y don Mariano se declaraba ferviente admirador del carácter disciplinado de los alemanes y de su poderío en el campo militar y técnico. Más de una vez oía alzar a doña Gertrudis su agria voz para poner paz en las acaloradas discusiones de esos dos.

El cuarto de criada al que me confinó doña Gertrudis era en realidad una especie de trastero sin ventanas, contiguo a la cocina. Aparte del batiburrillo de cachivaches que contenía, había una cama turca pegada a una de las paredes, una mesilla de noche estrecha en estado agónico y un viejo lavatorio de hierro oxidado. Tuve que colgar mi escueto guardarropa de un perchero encajado en un rincón, lo que no contribuyó a darle lustre. A saber a qué muchacha descarriada habría alojado la dueña allí antes. Dorita, la criada de carnes orondas, demostró albergar un corazón bondadoso dentro de su generosa pechuga. No se ensañaba conmigo, como tal vez habría hecho otra, y cuando doña Gertrudis estaba en misa, me daba a escondidas un vaso de leche caliente o una tacita de caldo recién hecho.

—Anda, tómate esto, que da mucha sustancia —me decía, a su manera atropellada de enlazar las sílabas, y solía añadir—: Tienes menos chichas que un grillo. Eres *mu* guapa, chiquilla, pero *pa* ser cupletista hace falta más cuerpo. ¡*Pa* gustar a los hombres no hay nada como enseñarles buenas chichas!

Al principio me extrañó que conociera mis peripecias buscando trabajo, hasta que recordé lo bien que se llevaba con Rita y supuse que esta se lo habría contado. Mientras la dueña andaba por la pensión, las dos trabajábamos en silencio. Solo se oían en la cocina los golpes de los cuchillos cuando picábamos las verduras, llorando como magdalenas por culpa de las cebollas, o troceábamos carne las pocas veces que había estofado, mientras en las ollas borboteaba un caldo o el guiso de cuchara de ese día. Pero en cuanto doña Gertrudis se marchaba a misa, a la que no faltaba ninguna tarde, esperábamos un tiempo prudencial y arrancábamos a cantar los viejos cuplés que las dos nos sabíamos al dedillo. Dorita tenía una voz potente y sabía manejarla con destreza natural. Me enseñó algunas canciones que ella llamaba picantonas. Aún me parece verla ondular su exuberancia carnal junto al fogón, al tiempo que cantaba:

En la playa se bañaba
una niña angelical
y acariciaban las olas
su figura escultural.
Al entrar en la caseta
y quedarse en bañador,
le decía a su bañero
con acento de candor:
Tápame, tápame, tápame,

tápame, tápame, que estoy mojada.
Para mí será taparte
la felicidad soñada...

Salvo cuando tenía la noche libre, Rita entraba en la cocina antes de marcharse a trabajar y se llevaba lo que Dorita había podido sustraer para que se lo comiera en el camerino del local donde actuaba. Una tarde nos sorprendió cuando entonábamos entre risas *El polichinela* mientras retirábamos las piedras y otras impurezas de una remesa de lentejas. Yo había hecho varios nudos en un trapo de cocina y lo movía como cuando manejaba la marioneta en La Pulga. Al perfilarse una sombra en el hueco de la puerta, Dorita y yo nos llevamos tal susto que se nos secó la voz. Cuando vimos que la intrusa era Rita, reanudamos la juerga con nuevas carcajadas. Ella nos escuchó un rato sin intervenir.

—Os estáis quedando antiguas, chicas —nos interrumpió de pronto, con su relamida dicción copiada a los ricachones.

Dorita y yo alzamos la cabeza.

—¡Anda con la damisela! —exclamó Dorita, y le tiró un puñadito de lentejas—. ¡Qué humos nos trae desde que se codea con los señoritos!

Rita se echó a reír. Tenía una de esas risas contagiosas que transmiten alegría incluso cuando no hay motivos para el regocijo.

—Ahora lo que hace furor es *Flor de té*. —Me miró con sus ojos verdes y sonrientes—. Eso es lo que tienes que ofrecer cuando vayas a buscar trabajo.

Yo no estaba segura de si me atrevería a volver a postularme como cantante. La semana de peregrinaje por los teatros encajando negativas me había dejado el ánimo a ras de suelo. Además, el cansancio del trabajo diario y el constante miedo a doña Gertrudis y su primo guardia no contribuían a animarme. Por otra parte, en mi nueva jaula comía de caliente y dormía bajo techo, aunque fuera en un trastero angosto donde no corría ni un pelo de aire. Y sabido es que las rebeliones no se gestan desde un estómago lleno.

—Es de Raquel Meller —continuó Rita.

—¡Pues enséñasela a la muchacha *pa* que se la aprenda, mujer! —intervino Dorita. Cogió una manzana del frutero y cortó un trozo minúsculo de la hogaza de pan—. Hoy no te puedo dar más, que la bruja está que muerde y cuando anda de mal genio lo ve todo.

Se dirigió a la despensa. Salió enseguida con una lonchita del salchichón que tenía colgado allí la dueña.

—Con eso me basta. Ya sabes que soy de poco comer. —Rita agarró el hatillo que le tendía la criada—. Eres un sol, Dorita.

—Anda ya, zalamera —protestó la criada—. Oye, ¿por qué no nos cantas eso de la Meller antes de irte? Es *pa* que se la aprenda la niña.

Rita suspiró.

—Bueno, pero solo una vez. No quiero llegar tarde.

Al instante, la voz de Rita se expandió por la cocina. No tenía la potencia de la de Dorita, tampoco era más fuerte que la mía. Ahora que evoco su recuerdo, tamizado por todo lo vivido desde entonces, creo que carecía de técnica. Pero su entonación dulce se te anudaba en el estómago y te velaba los ojos de lágrimas.

Flor de té, flor de té,
rostro igual nunca vi;
contemplando esos ojos divinos
diera el reino por ti.
Desde hoy sin tu amor
ya vivir no podré,
yo te ofrezco riquezas y honores,
flor de té, flor de té.
...

Cuando acabó la canción, Dorita y yo nos miramos con los ojos llorosos. Lo que acabábamos de escuchar no se parecía a los cuplés que ella llamaba picantones, ni a los que cantaba yo en La Pulga. Este hablaba de hombres nobles y tiernos, de amores que duelen y de otros que redimen de la pobreza. Y yo me pregunté si me aguardaría en alguna parte un caballero como el de la canción para regalarme una vida entre chocolate caliente y esponjosos almohadones de plumas. Me limpié las lágrimas con el paño lleno de nudos que había usado como marioneta para escenificar *El polichinela*. Vi que Dorita parpadeaba y se pasaba la punta del delantal por los ojos. Miramos hacia donde estaba Rita, pero ella se había esfumado a su manera fantasmal.

—¡Quién pillara vuestros años, chiquilla! —murmuró Dorita. De repente, me miró muy seria—. No dejes que te chupe la sangre la bruja. Vuela de aquí antes de que seas *demasiao* vieja y gorda *pa* abrir las alas.

La de la guadaña

Transcurrieron varios meses más sin que me atreviera a desplegar las alas. Los días se sucedían invariables en la cocina de doña Gertrudis. La criada aún disponía de un rato para airearse cuando bajaba al mercado por la mañana. A mí, la dueña me asignaba solo faenas que no requerían salir de casa. Debía de temer que pusiera pies en polvorosa si me enviaba a hacer recados. Durante el tiempo que mi carcelera pasaba en misa, Dorita intentaba animarme a que aprovechara su ausencia para buscar trabajo en algún teatro.

—La bruja es como un reloj. Y si vuelve antes, le digo que te he *mandao* a la tienda o cualquier otra trola. Pues menuda soy yo *pa'l* teatro —solía decirme.

Pero entre el escaso ánimo que conservaba, el miedo a las represalias de doña Gertrudis y que esta había empezado a pagarme algunos céntimos a la semana (según me enteré después, su confesor le había dicho que remunerar a un pecador por trabajar honradamente allanaba el camino hacia su redención), nunca me acababa de decidir. Entre cacerolas, vajilla por fregar y camas por rehacer se extinguió 1914. Cumplí los quince mientras los huéspedes habituales de la pensión brindaban por el año recién nacido con un trago de sidra al que les había invitado la dueña. En casa jamás habíamos celebrado esa noche. No había dinero ni ganas de festejar, cuando hasta los niños sabíamos que nuestra pobreza no desaparecería de un día para otro. Sin embargo, al oír entrechocar los vasos en el comedor entre risas en las que se mezclaban incluso carcajadas relinchantes de doña Gertrudis, sentí una incongruente nostalgia de la húmeda casucha en la que nací. Habría dado hasta la vida por abrazar a mis hermanos y por sentir de nuevo los labios de Andrés cubriendo los míos. Pero los cinco se hallaban muy lejos de mí.

Lo único que aliviaba la monotonía de mi cautiverio eran los retazos de las conversaciones que llegaban hasta la cocina, aderezadas con el siseo del manoseado mapa de don Helio cuando él lo desplegaba para explicar los progresos de cada bando. Conforme avanzaban los meses y con ellos la guerra, se fueron acentuando las diferencias entre don Helio y don Mariano. Sus discusiones subieron de tono y creo que solo la enérgica intervención de doña Gertrudis evitaba que llegaran a las manos.

Cuando el verano se hallaba en su apogeo de calor, un hecho luctuoso sacudió el país y arrinconó por unos días los altercados a propósito de la contienda que asolaba Europa. La Fornarina, diosa del cuplé adorada por los hombres y objeto de la inquina de mujeres de toda condición, había muerto en un hospital a raíz de una operación quirúrgica destinada a atajar una grave enfermedad que la consumía. Imaginé a la Sultana afirmando en el camerino que, por muy rica y famosa que hubiera sido esa presumida, la muerte se la había llevado como a cualquier hija de vecina, pues buena era la de la guadaña para hacer excepciones. El fallecimiento de la cantante también fue comentado en el comedor de doña Gertrudis y agrandó la brecha abierta entre los gallos de pelea en que se habían convertido sus dos huéspedes más ilustres. Aquella noche el mapa de don Helio se quedó sin desplegar. En lugar del susurro del papel, llegó hasta la cocina su voz demudada lamentando la desaparición de esa *divette* celestial a la que vio actuar años atrás en el teatro de la Comedia. Ya nadie iba a ser capaz de cantar como ella *Clavelitos* o *El polichinela*. España había perdido a una gran artista. ¡Ninguna otra cupletista le llegaría jamás a la suela del zapato!

Al oír hablar de *El polichinela*, recordé el cosquilleo de excitación que me hizo sentir mi exiguo estrellato en La Pulga. Una bilis amarga me invadió la boca del estómago, como si fuera a vomitar.

—¡Paparruchas! —sentenció don Mariano—. Raquel Meller le da mil vueltas a la Fornarina. ¿Pues no consigue que se les salten las lágrimas hasta a hombres de pelo en pecho cuando canta *Flor de té* con esa voz sin igual?

—Será a usted, que es un sentimental... —le pinchó don Helio—. Pero ¡donde esté el verdadero arte, que se quiten esas *melosuras* para lavanderas y modistillas!

—¿Me está llamando afeminado? —saltó su eterno contrincante.

—Caballeros, hagan el favor de moderar el tono. De un tiempo a esta parte parecen gañanes.

Creí apreciar hastío en la voz de Julianito Contreras, que no acostumbraba a inmiscuirse en esas escaramuzas verbales.

—¡Eso, a ver si nos dejan cenar una noche en paz! ¡Qué lata, Dios mío!

—No se me sulfure, doña Trudita. Recuerde que es malo para su cutis de jovenzuela.

—Calle, calle, zalamero. —El tono de doña Gertrudis se había vuelto almibarado, pero el apaciguamiento de la fiera fue breve—. ¡Estoy por echarles de comer aparte en sus cuartos! ¿Qué habré hecho yo para merecer esto, Señor? ¿Acaso no soy una buena cristiana?

Como de costumbre, la vehemente retahíla de la dueña cortó de raíz una discusión que habría podido acabar muy mal.

La tarde siguiente, Rita entró en la cocina más alborotada que de costumbre. Apartó una silla y se sentó con nosotras a la mesa. Dorita y yo habíamos extendido sobre el tablero deslucido un puñado de lentejas para limpiarlas, entre ayes y lamentos por el infortunio de la estrella a la que ninguna de las dos habíamos visto actuar jamás.

—¿Qué te pasa, chiquilla? —Dorita alzó la vista de las legumbres—. ¿Se te ha *declarao* un lechuguino con cuartos?

—¡Qué más quisiera yo! ¿Tienes preparado lo mío?

La criada señaló con el pulgar en dirección a la despensa.

—Ahí dentro está. Hoy he *juntao* una merendola, que la bruja está de buenas.

—Enseguida lo cojo. Antes tengo que decirle algo a Flor.

Alcé la vista y la clavé en los chispeantes ojos verdes de Rita. ¿A qué venía tanto aspaviento?

—¡Atiende, que tengo prisa! —me ordenó ella.

Me apresuré a asentir con la cabeza.

—Donde yo trabajo están buscando coristas para el cuerpo de baile.

De un salto, el corazón se me atravesó en la garganta. Las manos empezaron a temblarme encima de las lentejas.

—No está muy lejos de aquí —prosiguió Rita—. Si te arreglas deprisa y te peinas, podemos aprovechar el rato que la bruja está en misa y te presento a don Facundo.

Tragué saliva, incapaz de hablar. Me tentaba la posibilidad de huir de mi jaula; al mismo tiempo, me paralizaba un miedo atroz. Dorita me dio un cachete en la mano; estaba claro que no solo tenía fuerza cuando sacudía los colchones junto a la ventana.

—¡No te me quedes ahí como un pasmarote! La oportunidad la pintan calva y hay que agarrarla por los pelos. Ya me inventaré una trola si vuelve la doña antes.

—Venga, decídete, que hay prisa —me apremió Rita.

—¡Corre, chiquilla! —me jaleó la criada—. Eres muy joven *pa* mustiarte aquí. Ay, si yo tuviera tus años y tu voz... y esa carita de ángel... ¡Aquí me iba a estar aguantando a la fiera!

Me levanté, con las piernas temblorosas. Rita recogió su cena de la despensa, me agarró de un brazo y me arrastró hasta su alcoba. Allí cerró la puerta, abrió su armario ropero y descolgó un vestido azul celeste con una tira de encaje que ribeteaba el generoso escote. Se lo había visto puesto alguna vez. Era de hechura sencilla, pero aun así mucho más lucidor que mi exiguo guardarropa.

—Ponte este. Te irá bien con tu cutis. No sé cómo puedes ser tan blanca y tener el pelo así de negro. Si no supiera que andas más tiesa que la mojama, pensaría que te compras tinte.

De lo nerviosa que estaba, Rita tuvo que ayudarme a cambiarme de ropa. El vestido me quedaba más corto que a ella. Mostraba los tobillos y un buen trozo de las pantorrillas, pero Rita dijo que así le gustaría más al jefe. Me prestó unas medias claras con un pequeño bordado en cada lateral y me obligó a embutir los pies en unos graciosos botines con tacón, algo ajados en las punteras. Me venían estrechos y daban mucho calor.

—Tú aguanta. No puedes presentarte con esas alpargatas de pordiosera que llevas —añadió Rita zanjando mis quejas.

Con asombrosa rapidez, me recogió las trenzas en un peinado casi tan artístico como los que hacía la Sultana. Cuando quise darme cuenta, arrastraba mis torturados pies detrás de ella por la calle Atocha, intentando mantener su paso ágil y rápido. De repente, se detuvo y me miró muy seria.

—Escucha, Flor, hay algo que debes saber. —Verla tomar aire me inquietó aún más de lo que ya estaba—. Don Facundo te va a pedir que hagas algunas cosas... aparte de cantar y bailar... ¿me entiendes?

Despertó el recuerdo de la subasta de Rufino.

—¿Has estado alguna vez con un hombre?

Por la cara de Rita, tuve claro que el beso robado por Andrés años atrás y el tiempo que pasé tomando chocolate en la alcoba de Wolfgang, y que evocaba muchas noches en mi estrecha cama turca, no contaba como «estar con un hombre». Más bien debía de referirse a lo que vi hacer a Rufino con Paquita en el pasillo de La Pulga. O a lo que mi hermano Jorge llamaba «fornicar» cuando brotaban gemidos y chirriar de muelles desde el cuarto de nuestros padres. Sacudí la cabeza. Un miedo amargo surgió de mis entrañas y se extendió por todo mi cuerpo.

—Tú déjate hacer —dijo ella—. Don Facundo acaba enseguida y el mal rato se pasa pronto. Si queda contento, te asignará al cuerpo de baile y no te volverá a tocar en la vida. Nunca repite con ninguna. —Esbozó una sonrisita como de excusa—. Así es como va esto de las variedades para las chicas como nosotras. A cambio, ganarás dinero y podrás mandar a paseo a la beata de la Gertrudis. Tampoco tendrás que lavarle los calzones a un zángano que te zurre la badana porque se crea tu dueño. Y si eres lista, con el tiempo, quién sabe si no te harás con tu propio número. Merece la pena un poco de sacrificio, ¿no?

Yo me sentía como si los botines me hubieran clavado al suelo. Al fin comprendía que, para conseguir ese trabajo, tendría que acceder a aquello de lo que me libró la generosidad de Wolfgang: entregarme a un desconocido. Al mismo tiempo, la posibilidad de alejarme de la pensión para volver a pisar un escenario y de sentir el cosquilleo que recorre el espinazo ante la rendición incondicional del público resultaba tentadora. Muy tentadora. De repente aparecieron ante mí las facciones de madre con sorprendente nitidez. Oí su voz dulce rogándome que no me dejara atrapar por una vida como la suya. Sentí el calor de sus dedos rodeándome el brazo. Cerré los ojos, desconcertada. Cuando los abrí, madre había desaparecido. Rita me tenía agarrada por la muñeca y tiraba de mí, apremiándome con mirada impaciente.

—¿Vamos, Flor?

Musité un débil «Sí» y me dejé remolcar.

Una culebra pide paso

E l teatro al que llegamos tras una rápida caminata a pleno
calor, que me dejó los pies hechos trizas dentro de los botines
prestados, se hallaba en una calleja escondida detrás de la plaza
Mayor. Su nombre, pintado en letras grandes sobre la fachada,
era breve: SALÓN COCÓ. Junto a la entrada colgaban los inevitables carteles con el reclamo de artistas ligeras de ropa. Por dentro
era una mezcla de La Pulga y los cafés cantantes más horrendos
en los que había entrado buscando trabajo. El patio de butacas se
dividía en una zona noble junto al escenario, destinada a los mejores pagadores, y varias filas de asientos con tapizado raído para
los de presupuesto más exiguo. A la altura de un primer piso había algunos palcos diminutos en los laterales y, enfrente del escenario, una amplia galería donde distinguí, pese a la penumbra
reinante, varias filas escalonadas de asientos de madera: el gallinero en el que solían hacinarse los que más rugían. El telón de
fondo representaba un paisaje de árboles tupidos entre columnas
y flores chillonas. Delante de él, una joven ataviada con uno de
esos trajes de chaqueta tobilleros que se llevaban entonces, regañaba a un hombre canoso, inclinado con aire dócil sobre un piano
al otro lado de la tarima.

—Esa es la Parisién —susurró Rita—. Como es la estrella y
recibe a los ricachones en su propio camerino, no se codea con
nadie. Yo no sé qué le ven. Tan guapa no es y cantar... lo justo.

No tuve tiempo de fijarme en si la estrella del lugar era bella o
no. Cuando quise reaccionar, Rita ya me arrastraba por un pasillo

penumbroso lleno de puertas. Se detuvo ante una de ellas, me soltó el brazo y dio varios golpecitos con los nudillos.

—Adelante —tronó un vozarrón masculino al otro lado.

Rita abrió. Asomó la cabeza por el hueco.

—¿Da usted su permiso, don Facundo?

El vozarrón sonó impaciente cuando respondió.

—Entra y sé breve, hermosa, que no tengo toda la tarde.

Rita me empujó al interior y me colocó delante de ella como si me ofreciera a la venta. Vi que los fraileros de la ventana estaban entornados, seguramente para dejar fuera el calor de la calle. La escasa luz que entraba caía sobre un escritorio cubierto de papeles, tras el cual se movía un bulto que debía de ser el dueño de la voz de hombrón. Empecé a temblar.

—Le traigo a una amiga para la prueba de corista, señor. Flor canta y baila como los ángeles del cielo, ya lo verá.

—Con que tenga buenas piernas y sepa seguir el compás, me conformo.

La figura se puso en pie. Salió de su escondrijo penumbroso. Cuando se acercó a la ventana y abrió del todo los fraileros, me quedé de piedra. El que había supuesto un hombretón era un alfeñique enano de manos gigantescas. Su escaso pelo se pegaba al cráneo peinado hacia atrás. Un mostachón partía de su nariz afilada y se descolgaba sobre los labios como el telón de un teatro. Llevaba, pese al calor, un chaleco con frontal de damasco, pulcramente abotonado. La inevitable leontina asomaba de un bolsillo para esconderse en el del pantalón. Creo que, si Rita no me hubiera sujetado por los hombros, habría salido de allí como alma que lleva el diablo. El alfeñique se acarició los bigotes y me escrutó largo y tendido.

—Ummm —ronroneó, mirándome con expresión de gato al acecho.

Por un instante, eché de menos la monotonía de la pensión, incluso la vida en el Arrabal de la que hui en plena noche. Hasta el humillante manoseo de Rufino me pareció preferible a lo que sin duda me esperaba. El hombrecillo se dirigió a Rita.

—Vete a ensayar lo tuyo, bonita. Voy a hacer la prueba a esta preciosidad.

Con los ojos imploré a Rita que no me dejara sola. Ella ni me miró.

—Sí, don Facundo.

Me soltó y se esfumó. De su presencia en ese cuarto solo dio fe el ruido que hizo la puerta al cerrarse. Allí me quedé, en medio de la inquietante penumbra, ansiando escapar, pero incapaz de moverme mientras el hombrecillo echaba la llave con parsimonia. Cuando se colocó delante de mí, pude ver que el cabello le raleaba en la coronilla. Tan diminuto era. Lo primero que hizo fue señalar los botines que me había prestado Rita.

—Quiero ver esas piernas. Una corista con patitas de alambre o muslos de pollo no va a ninguna parte. —Se rio a carcajadas de su propia gracia—. Bah, lo mejor será que te quites toda la ropa. Así puedo examinar el material de un vistazo. Y date aire, que el tiempo es oro.

El alfeñique no se andaba con chiquitas. Me mordí el labio inferior para no llorar. Estaba atrapada en la guarida de ese tipo repulsivo. Precisamente él se iba a llevar lo que Nati, la pobre y anciana costurera, solía llamar mi «virtud». La voz de la Sultana surgió del recuerdo: «Deja de llorar y pon la espalda tiesa, que el Rufián no huela tu miedo. La rabia te ayudará a salir de esta... y de lo que te vaya viniendo. Como a todas nosotras».

No había escapatoria, pero juré por la memoria de madre que ese espantajo altanero no iba a ver ni una sola lágrima deslizándose por mis mejillas, aunque me partiera el labio de tanto mordérmelo. Me quité el vestido de Rita, los botines y las medias hasta quedarme solo con mi raída y remendada ropa interior. Al miedo se sumó la vergüenza por mi pobreza. Aún no sé qué me resultaba más humillante: si mostrar las viejas bombachas u ofrecer mi cuerpo a ese enano rijoso. Él acabó pronto con la indecisión. Se colocó delante de mí, tan cerca que me envolvió su aliento a tabaco rancio. Me despojó ansioso de las tiras de una sábana vieja que me liaba alrededor del pecho para sujetar y disimular el busto; nunca había tenido dinero para entrar en una corsetería.

—Buenas tetas, vive Dios —murmuró, mostrando una sonrisa amarilla.

Me bajó las bragas con impaciencia y adentró su manaza entre mis piernas. Hurgó en la zona velluda de mi cuerpo que nunca me atreví a llamar por su nombre, empleando la misma brusquedad que Rufino meses atrás.

—Una virgencita. Ummm, esto se pone interesante. —Sacó la mano y señaló un rincón de la estancia. Distinguí un asiento alargado, de tapicería mullida y sin respaldo, salvo lo que parecía un reposabrazos más alto de lo normal en uno de los extremos—. Túmbate en el diván. Vamos a ver si sirves para corista.

Liberé mis tobillos de la ropa que se había arremolinado a su alrededor. Arrastré los pies desnudos hacia lo que el hombrecillo llamaba diván. Él me siguió, pegado a mí como un gato a punto de engullir al ratón. El mueble se veía nuevo; la tela, parecida a la de su chaleco, muy limpia. Aun así, me dio asco cuando me tumbé de espaldas y recosté la cabeza sobre el extraño reposabrazos. Don Facundo se desabotonó la bragueta del pantalón. Abismó la mano dentro y sacó una culebra gorda y amoratada, surcada por un ramillete de venas hinchadas. Apuntándome con su reptil, se fue acercando más y más. Yo intenté retroceder, pero solo conseguí que la tapicería me rascara la piel sudorosa. De pronto, le tuve encima de mí. Su cara se inclinó sobre mis pechos. Sentí en la piel los arañazos del mostacho mientras su lengua, caliente y viscosa, me lamía los pezones. ¡Era repugnante! Recordé cuando la Sultana me aconsejó que me dejara hacer porque así los hombres acababan antes. Me quedé muy quieta y me propuse pensar en algo agradable. No lo conseguí. Tampoco fui capaz de dejar la mente en blanco mientras el hombrecillo me empapaba de babas que olían a tabaco.

De repente me atravesó un dolor lacerante entre las piernas, como si me hubieran clavado la pata de una silla. Una cosa dura, ardiente como el fuego, me desgarraba por dentro. Entraba y salía, sincronizada con los movimientos que hacía don Facundo encima de mí jadeando como si le arrancaran el alma, aunque él estaba vivito y coleando. Me mordí el labio inferior para no llorar ni aullar de dolor. Solo se me escapó algún gemido, que pareció espolear aún más a mi acosador. Aquel tormento se prolongó un buen rato. O tal vez fuera breve y el dolor hizo que me pareciera una eternidad. Solo recuerdo que, al fin, el enano se despegó de mí con brusquedad. De su culebra manaba un líquido lechoso entreverado de rojo, que él dirigió hábilmente hacia el suelo. Con la mano libre sacó un pañuelo del chaleco y se limpió. Cuando retiró la tela de la culebra, transformada en gusanito mustio, vi que estaba manchada de sangre. Tardé en darme cuenta de que era mía. Él se incorporó, se arregló el pantalón y fue hacia el escritorio.

—Vístete y arrea —me ordenó—. Y no me manches el diván de sangre.

Obedecí sin rechistar. Cuanto antes me pusiera la ropa, antes saldría de allí. Me sentía sucia como una puerca. Estaba medio mareada por la visión de la sangre. El acre olor a tabaco del hombrecillo parecía haberse adherido a mi piel. Cuando me subí las bombachas, la entrepierna me dolía a rabiar y la notaba pegajosa. Tenía el labio inferior hinchado de tanto mordérmelo y unas feroces ganas de vomitar me agitaban la boca del estómago. ¿Me reportaría ese suplicio el ansiado trabajo de corista, o habría sido solo una encerrona de Rita para congraciarse con su jefe? La ira empezó a brotar de mis entrañas conforme me ponía la ropa. Cuando viera a esa traidora, se iba a enterar.

—¿Cómo te llamas, chica? —preguntó el alfeñique desde el otro extremo del despacho.

—Floren… —Me detuve a tiempo. Había estado a punto de recitarle la retahíla de mis nombres y ya había aprendido que eso no gustaba en el ambiente de las variedades—. Florita.

—Bueno, Florita, mañana a esta hora te quiero ver ensayando con las otras chicas. Las coristas novatas cobráis dos pesetas diarias. Pago los sábados, al acabar la función. Y ahora, ¡fuera!, que tengo cosas que hacer.

No tuvo que decírmelo dos veces. Cuando salí y hube cerrado la puerta, me eché a llorar. Desorientada como una gallina ultrajada, empecé a mover los pies, sin saber si me dirigía a la salida o en dirección contraria. Iba a trabajar de corista en un teatro, iba a ganar dinero que me permitiría escapar de las garras de doña

Gertrudis. Sin embargo, no me alegraba. El precio a pagar había sido muy alto: esa miniatura de hombre se había llevado los últimos retazos de mi inocencia infantil.

Alguien me tocó un hombro. Brinqué del susto. Cuando me limpié los ojos, vi que era Rita.

—¿Te ha dado el trabajo?

Me desahogué propinándole un bofetón cuyo eco reverberó en el pasillo.

—¡Ha sido asqueroso!

Rita ni se inmutó. Me abrazó, sacó un pañuelo del escote y me limpió la cara mientras me empujaba hacia un extremo del corredor.

—¿Te ha dado el trabajo o no?

—Sí... —maullé.

—Flor, nosotras no podemos elegir. Esta es la única manera de dejar de ser pobres.

—¡Me ha hecho sangre!

—Aprieta los dientes y piensa en la libertad... en la fama y en las joyas que tendremos. ¡Seremos más famosas que la Meller! Ya lo verás. Y no te preocupes por si hay preñez...

Lo de la preñez me colocó al borde del desmayo. Rita me sujetó, riendo por lo bajini.

—Don Facundo nunca ha preñado a ninguna chica. Por aquí dicen que su escopeta dispara sin perdigones.

Pues para no tener munición, bien que me había dolido el tiro, rumié entre mí.

—Ahora vuelve a la pensión y lávate a fondo ahí abajo —prosiguió Rita—. Luego coges tus cosas y mandas a la bruja a paseo.

—¿Y dónde duermo?

—Vente para aquí. La Visi vive cerca y te dejará dormir en su cuarto.

Ni siquiera pregunté quién era esa Visi. Con tal de que me dejaran un rincón tranquilo donde llorar a gusto, me daba igual un sitio que otro.

—Tengo casi apalabrada una buhardilla por la calle Mayor. —Los ojos de Rita brillaban como estrellas en ese pasillo apenas iluminado—. Pagar la pensión de la bruja se me lleva casi todo lo que gano, pero si alquilamos la buhardilla entre las dos, aún nos quedará para comer y ahorrar. —Tomó aire y puso cara de querer decir algo importante—. ¿Quieres saber por qué me escapé de casa y me vine de Cuenca con lo puesto?

Asentí. Me lo había preguntado muchas veces, aunque nunca había osado sacar el tema.

—¡No quiero ser una mula de carga como mi madre! ¡Antes muerta que aguantar a un tipo como mi padre!

Me inundó algo parecido a la felicidad. No estaba sola. Rita y yo remábamos contra corriente y a oscuras en la misma barcaza.

—Desde que te vi la primera noche en la pensión, supe que eres de las mías —enfatizó ella—. Tiene que haber otra clase de vida para nosotras, Flor. ¡Tenemos que ser libres!

El Salón Cocó

Doña Gertrudis puso el grito en el cielo cuando la abordé en el pasillo, cargada con un miedo cerval y el hatillo que alojaba mis escasas pertenencias. Mi primera intención había sido despedirme de Dorita y escabullirme por la puerta de la cocina. Luego se me antojó una cobardía desaparecer sin dar la cara. Ya me había fugado una vez en plena noche, sin decir adiós a mis hermanos ni al pobre Andrés. No quería irme de nuevo como una ladrona, cuando solo pretendía iniciarme en un trabajo que la gente como la dueña no consideraba honrado, pero a mí me había costado un precio muy alto.

—¡Bribona! ¡Ratera ingrata! —estalló ella, irguiéndose ante mí en toda su planicie de armario ropero. Me apuntó con el dedo índice. Por un instante, temí que me sacara un ojo con él—. ¡Ya me advierten que por la caridad entra la peste, ya! Pero una es ilusa y cree que puede redimir a descarriadas como tú. —Agitó la mano y señaló la puerta de la cocina—. Ni se te ocurra salir por la entrada principal. La de servicio es lo tuyo. Y ahora, ¡desaparece de mi vista! ¡Da gracias a que no llamo a mi primo el guardia! ¡Ay, qué disgusto, Señor!

Corrí hacia la cocina sin abrir la boca. Con los años, me he preguntado muchas veces si ese primo guardia existió o solo era un invento de doña Gertrudis para amedrentarme. Nunca conoceré la respuesta.

Dorita me esperaba en el reino de cacerolas y fogones que habíamos compartido durante tantas jornadas de trabajo y canciones. Vigilando de reojo por si aparecía la jefa, me estrujó en un mullido abrazo y me dio dos besos.

—No hagas caso a la bruja —me susurro al oído—. ¡Vuela, ahora que eres joven! —Cogió de la mesa un cucurucho hecho con papel de periódico y me lo tendió. Dentro había roscos de vino cuyo aroma habría reconfortado a un moribundo—. Toma, para el camino.

Me despedí de ella con los ojos húmedos.

En el cuarto que ocupaba la amiga de Rita en una pensión de mala muerte próxima a la Puerta del Sol, dormí tres noches en el suelo, sobre un colchón de lana lleno de grumos que no se deshacían ni sacudiéndolo con todas mis fuerzas. La tal Visi había sido compañera de Rita cuando las dos formaban parte del cuerpo de baile del París-Salón. Según la implacable sentencia de Rita, ahora penaba en un café cantante lleno de rústicos sucios y gritones porque era demasiado boba para abrirse camino. A mí, su alcoba mohosa y desordenada me recordaba el antro donde encontré a Amapola postrada por los efectos del láudano. Aunque, al menos, la Visi no se emborrachó ni recibió visitas masculinas mientras estuve con ella. Pero sentí un gran alivio cuando pude mudarme.

La buhardilla que compartí con Rita era minúscula. Desde el techo inclinado, un cerco de luz sucia entraba por una claraboya que no había visto un trapo en años y cuya limpieza nos hizo sudar la gota gorda. Un estrecho ropero de puertas gimientes, una cama para las dos, un mueble lavatorio con jarra y jofaina desportilladas, una minúscula mesa camilla, una patética pareja de sillas y una estufa de hierro sobre la que empezamos a cocinar todo lo que se podía estofar dentro de un puchero…, ese era nuestro mobiliario. El retrete estaba dos pisos más abajo. Había otro a ras de calle. Ambos olían igual de mal. Como comprobamos nada más tomar posesión de aquel cuchitril, el calor que se acumulaba entre sus paredes era infernal, sobre todo si encendíamos la estufa para guisar. Pronto desistimos de comer de caliente. Aun así, el bochorno no remitía hasta bien entrada la madrugada y se agravaba con la proximidad de nuestros cuerpos cuando dormíamos. Por otro lado, al irrumpir el invierno, la estufa y el dormir acurrucadas la una junto a la otra bajo varias capas de mantas nos salvaron de convertirnos en carámbanos.

Lo primero que hizo Rita tras la mudanza fue regalarme un corsé viejo, amarillento en las costuras, pero en buen uso por lo demás. «Tienes que sujetarte bien las tetas, o se te caerán pronto. El cuerpo nos da de comer y hay que cuidarlo. Si se nos estropea, acabaremos sirviendo a una doña Gertrudis cualquiera y no habrá fama... ni joyas.» Rita parecía tener pergeñado un plan conciso para conquistar su lugar al sol del cuplé, en el que las joyas ocupaban una posición destacada. Solía decir que si queríamos llegar a ser damas, debíamos ser limpias. Por eso, hiciera frío o calor, cuando saltábamos de la cama, casi a mediodía, nos aseábamos por turnos ante nuestro cochambroso lavatorio, utilizando las dos el agua de la jarra. Malgastarla suponía subir más veces los cinco pisos con el cántaro y el cubo que llenábamos en la fuente cercana al portal.

Empezar a ensayar en el Salón Cocó fue como regresar al escenario de La Pulga. Solo que allí la caída de Amapola en el vicio de la absenta me llevó a debutar como estrella del espectáculo. En el Cocó era la última incorporación al cuerpo de baile; la infeliz a la que colocaban detrás del todo porque aún no dominaba los pasos, mientras Rita era la reina a cuyo alrededor giraban todas las coreografías. Por la cuenta que me traía, puse todo mi empeño en no desentonar de las otras chicas. Eso no evitó que cosechara feroces reprimendas de Manuel Fuentes, apodado el Duende, un hombre canijo que discurría los bailes y supervisaba los ensayos. También actuaba en el espectáculo vestido de mujer y cantaba con voz de falsete unas melodías que llamaban tango y me inundaban el pecho de una inexplicable nostalgia. Margot LaFontaine, como figuraba el Duende en el cartel de la entrada, fue el primer transformista que vi en mi vida.

Por lo demás, la estructura del espectáculo no difería mucho de lo que hacíamos en La Pulga, solo que había más personal entre bastidores, una chica que limpiaba el camerino común, otra que atendía a la estrella, trajes de mejor calidad y una orquesta de nueve hombres que ocupaban su propio espacio, apretujados en un angosto foso. Tampoco faltaban los rifirrafes. Por los pasillos se enzarzaban por cualquier bobada la Parisién y la Niña Maravillas, una andaluza cuyo gracejo empezaba a amenazar el estrellato de la otra, aunque aún andaba lejos de poseer camerino propio o de cerrar el espectáculo. Eso le correspondía siempre a Madelén la Parisién, que en realidad se llamaba Mari Llanos y procedía de Albacete. Ofrecía a sus admiradores *El último cuplé*, un éxito de la infortunada Fornarina del que se había apropiado, o *Flor de té* de la Meller. Buscarse la pulga entre la ropa empezaba a considerarse anticuado en la capital y la Parisién solo se rebajaba a cantar tamaña vulgaridad si se lo pedía el público con mucho fervor.

Después de la función, Rita y yo nos hacíamos las remolonas cerca del camerino de la Parisién, y espiábamos a los caballeros relamidos que visitaban a la estrella cargados con enormes ramos de flores y cajas de bombones que me hacían sentir una envidia amarga en la boca del estómago.

—¿Te has fijado bien en cómo se expresan los ricos? —machacaba Rita cuando regresábamos a casa. Yo me apresuraba a responderle que sí—. Pues a ver si aprendes, que esos no regalan joyas a las que hablan como verduleras.

De culebras y sobones

M i pánico a que don Facundo me hubiera preñado se disipó a las pocas semanas, cuando el sangrado menstrual demostró que, en efecto, su escopeta disparaba sin perdigones. Los primeros días pasé mucho miedo por si me topaba con él en algún pasillo del teatro. Luego caí en la cuenta de que su despacho quedaba lejos de los camerinos y que, de todos modos, él apenas iba por allí. Si alguna vez le veía adentrarse en el espacio que ocupábamos los artistas, me escondía detrás de cualquier compañera que anduviera cerca. Aunque dudo que él hubiera reconocido mi cara.

Mientras cantaban los solistas o actuaban acróbatas, magos, ventrílocuos y toda clase de artistas invitados, las coristas debíamos bajar a alternar con los clientes de la zona noble. Nuestra misión era la misma que en La Pulga: hacerles gastar mucho en bebidas alcohólicas de alto precio y baja calidad. Además de eso, si los galanes nos lo pedían, debíamos acompañarles después de la función a donde nos quisieran llevar y satisfacer sus deseos lúbricos, por muy desagradables que fueran. El Duende les cobraba esos servicios por adelantado y nos pagaba a las chicas una ínfima parte de lo que ingresaba el teatro comerciando con nuestra carne joven. Al principio, discurrí un sistema para zafarme de semejante apuro: me sentaba en el regazo de los hombres que me parecían más decrépitos, o más borrachos, y los distraía con carantoñas hasta que el alcohol les cerraba los párpados y apagaba sus instintos. Por desgracia, eso solo me dio resultado las dos primeras noches y pronto mi cuerpo, estrenado por el repulsivo don Facundo, acabó sometido en hoteles de mala muerte por otros hombres igual de puercos. Rita se consolaba de aquella servidumbre poniendo de vuelta y media a los carcamales rijosos del Salón Coco. Después, fantaseaba con hallar un teatro donde solo tuviéramos que bailar y, con algo de suerte, cantar. Aunque, hasta que llegara ese momento, no había más remedio que plegarnos a las exigencias del Duende.

Y es que, en lo tocante al dinero, no nos fue tan bien como había vaticinado Rita. Éramos libres, sí, pero más pobres que las ratas de alcantarilla. Podíamos pagar el alquiler entre las dos y comer con frugalidad. Sin embargo, lo de ahorrar se reveló como una quimera. Pese a que España no estaba en guerra, la comida había empezado a encarecerse y escaseaban algunos artículos que nos podrían haber sacado de apuros por ajustarse a nuestro nivel adquisitivo. Según explicaban los tenderos a los clientes, bajando mucho la voz, era difícil conseguir buen material porque este ni siquiera llegaba a los mercados de abasto. A los productores e intermediarios españoles les salía mucho más rentable venderles víveres a los ejércitos de los países beligerantes que suministrar a los mercados y colmados de España. Para complicar las cosas, muchos barcos mercantes que importaban alimentos de ultramar eran torpedeados por los submarinos alemanes y acababan en el fondo del mar. Sí, murmuraba la gente, los que tenían fábricas, minas o negocios de alimentación se estaban haciendo de oro exportando sus productos a los países en guerra, que se los quitaban de las manos, pero ¿qué nos llegaba a los pobres diablos de todo ese esplendor? ¡Ni las migas! ¿Y quién pagaba el pato? ¡Los de a pie!, protestaban los más osados, o simplemente los más indignados. Yo solo saqué en claro que, si no ocurría un milagro, el hambre no tardaría en regresar a mi vida. Rita, en cambio, nunca perdía el ánimo a prueba de adversidades que la caracterizaba y dedicó su incombustible energía a buscar fuentes de ingresos adicionales. A veces, se escabullía nada más comer y no la veía hasta la hora de empezar a ensayar en el Cocó. Cuando le preguntaba por sus andanzas, no respondía o lo hacía con evasivas.

Una tarde, transcurrida algo más de una semana desde que empecé en el Cocó, Rita se retrasó tanto que el Duende montó en cólera. Le gritó y amenazó con degradarla por tiempo indefinido a la última fila, rozando ya el telón de fondo. Nuestro coreógrafo había preparado con gran esmero un número que íbamos a estrenar en unos días. Estaba dedicado a homenajear a la Fornarina, a la que él profesaba una devoción casi religiosa desde que coincidió con ella actuando en el Kursaal ocho años atrás. «Era una dama. Fina como la seda. No como otras», solía decir, a la vez que se limpiaba con disimulo el ojo derecho y yo me sentía taladrada por el izquierdo como si me incluyera a mí entre esas otras, ordinarias sin lugar a dudas. Nuestro nuevo número consistía en interpretar a coro una canción que popularizó la Fornarina y era una de las favoritas del Duende: *Las aventuras de don Procopio en París*. A fin de darle más picardía, la costurera del teatro había reformado para nosotras unos vestidos de temporadas pasadas. El arreglo consistió en acortar las faldas hasta medio muslo, darles más vuelo para que se ahuecaran al bailar y agrandar los escotes. La tarde de la reprimenda a Rita ensayábamos con el vestuario completo, incluido un tocado de plumas volátiles en la cabeza. Debíamos salir al escenario de una en una cantando:

> *Guiado por la fama*
> *de la machicha,*
> *don Procopio una noche*
> *se fue al Olimpia.*
> *El buen señor es un conquistador...*

Una vez formadas las ocho coristas de perfil ante el telón de fondo, nos balanceábamos de forma sincronizada, moviendo las caderas hacia delante y hacia atrás mientras cantábamos el estribillo:

> *Al ver a las coristas balancearse,*
> *don Procopio decía, sin marearse:*
> *—Comprendo que estén locos*

197

con la machich
que es el baile de moda
que baila toda la gente chic.

Según el Duende, vistos desde el patio de butacas, esos movimientos se prestaban a interpretaciones procaces y habían hecho las delicias de los caballeros en medio mundo. El Salón Cocó no iba a ser menos. Nuestro Duende podía ser muy repipi hablando, menos cuando mandaba parar la música para regañarnos a las coristas.

—¡Picardía, chicas, que parecéis monjas clarisas haciendo repostería! ¡Esas piernas, por Dios! ¡Hasta mi abuela, que en paz descanse y padecía reuma, pisaba con más garbo que vosotras!

Cuando nos exigía picardía, me acordaba de la degradante subasta de Rufino, pero también acudían recuerdos gratos como la Sultana con sus alocados sombreros, la rubia cabellera de Wolfgang y mis hermanos, en especial Jorge, mi favorito. Ahora que tenía una dirección fija, me proponía muchas veces buscar a alguien que me escribiera una carta para él, pero no sabía a quién acudir.

—Esta noche, cuando acabemos, te contaré algo —me susurró Rita al oído mientras corríamos al camerino a cambiarnos de ropa para la función.

Me dejó muy intrigada. ¿Se habría echado novio y por eso se escabullía constantemente? ¿O le habrían ofrecido su anhelado número propio en otro teatro? Las dos opciones me inquietaron. Rita se había convertido en la hermana mayor que nunca tuve; en la guía que me ayudaba a desenvolverme en Madrid. ¿Qué haría si me dejaba sola? Intenté sonsacarle, pero me mandó callar con un gesto. Menuda era ella. Tuve que esperar hasta que, de madrugada, ya de regreso a nuestra buhardilla, se dignó a hablar.

—Escucha, Flor, he conocido a un tipo que hace fotografías de chicas... umm... un poco picantes. Nos podríamos sacar buenos cuartos por cada sesión.

Mi corazón dio un brinco de alarma. Aquello pintaba fatal.

—No será como lo de don Facundo...

—No, tonta, solo hay que enseñar un poco de carne por aquí, un poco por allá... Don Ernesto te retrata y ya está. Él no mete mano. Si ya va para vejestorio...

«También don Facundo va para vejestorio y mira lo que hace», estuve a punto de exclamar. En lugar de eso, solté:

—Tú ya has ido, ¿verdad? Por eso has *llegao* tarde...

Ella esbozó una sonrisa que se me antojó burlona en la oscuridad de la calle, iluminada a intervalos por lánguidas farolas.

—Cuando estemos en casa, te enseño lo que he ganado hoy. —Se dio unas palmaditas en el pecho, a la altura del escote; allí era donde guardaba los objetos de valor pequeños, sobre todo el dinero—. Don Ernesto anda buscando chicas muy jóvenes. Tú le gustarás.

—¿Y esas fotografías quién las ve?

—Hacen postales que compran los viejos verdes.

Me horrorizó la idea de que, si me retrataba ese hombre ligera de ropa, pudieran reconocerme por la calle todos los carcamales viciosos de Madrid. Al mismo tiempo, me seducía eso de ganar dinero sin dejarme sobar por viejos. Ya bastaba con los del Salón Cocó.

—Acompáñame mañana y te presento a don Ernesto.

Me paré en seco. Agarré a Rita de un brazo.

—¡Ay, me haces daño! —se quejó ella—. ¿Qué bicho te ha picado?

—Te juro por la memoria de mi madre que si ese tipo nos sale sobón, ¡a él le corto la culebra y a ti te arranco los ojos! ¡Ya tenemos bastante con aguantar a los viejos del Cocó!

Rita se soltó de un tirón vehemente.

—¡Qué teatrera eres, hija! Necesitamos cuartos y esto es un negocio fácil... sin sobeteos de viejos ni culebras, ya lo verás. ¡Prometido!

—Más te vale —remaché, aunque ya sin rabia.

La tentación del dinero siempre aplaca las dudas.

La caja del ojo redondo

No las tenía todas conmigo cuando Rita me arrastró dentro de aquella planta baja encajada entre dos tiendas de la calle Toledo, cerca del arco de la plaza Mayor. Al contrario de los comercios, que exponían en el escaparate y en la calle algunos de sus artículos, protegidos del sol veraniego por entoldados que cubrían parte de la acera, en la fachada no había vidriera ni cartel que señalizara la existencia del local del tal don Ernesto. Ni siquiera una minúscula placa. Solo una ventana y una puerta de madera, maciza y bien barnizada, cuyos goznes chirriaron tímidos cuando Rita abrió, lo que no me pareció un buen augurio.

—No pongas esa cara de mártir —me amonestó en voz baja—. Piensa en el dinero. Si nos morimos de hambre, nunca seremos ricas y famosas.

Nos hallábamos en un vestíbulo. En contra de lo que había esperado, no resultaba intimidante. La luz de primera hora de la tarde entraba a través de los fraileros entreabiertos, tamizada por una vaporosa cortina de encajes. Yo no tenía mundo, pero habituada como estaba a antros mugrientos, aquel reducido espacio, con sus dos sillones flanqueando una mesita redonda de madera sobre la que reposaba un jarrón con flores frescas, me pareció muy elegante. Las postales para viejos verdes debían de dar dinero. La idea me reconfortó.

En la pared opuesta a la ventana se movió de repente un cortinaje de terciopelo verde oscuro. Como en los trucos de aquellos magos a los que espiaba detrás del telón en La Pulga, ante nosotras se materializó un hombre.

—¡Ya están aquí las bellas muchachitas! Entrad sin miedo.

Apartó el cortinón y nos invitó a pasar con un movimiento de la mano derecha. Los nervios que arrastraba desde que salimos de la buhardilla me cortaron la respiración. Me quedó la energía justa para pasarle revista con disimulo. Era muy alto y extremadamente delgado. Andaba con la espalda encorvada, como si pidiera disculpas por haber crecido tanto. O tal vez solo lo hacía para no darse coscorrones en los dinteles de las puertas. Su cara, larga como un día sin pan, la surcaba una red de arrugas. Los labios eran finos y los encerraba una cuidada perilla. De su figura no emanaba ninguna amenaza, pero yo ya había aprendido a desconfiar de las intenciones de los hombres. Al final, siempre tramaban algo para hacernos guarrerías.

Entramos en una estancia muy amplia, poco iluminada. De las paredes colgaban multitud de lámparas; solo unas pocas estaban encendidas. Había dos focos como el que manejaba Hilario en La Pulga, pero más pequeños, también apagados. El suelo lo cubrían bonitas alfombras que amortiguaban los pasos. En un rincón se apilaban grandes cojines. Junto a estos había un sofá rojizo acompañado de varios sillones. Incluso descubrí un mueble como el que don Facundo llamó «diván». El ingrato recuerdo me erizó el vello de la nuca. El espingardo nos invitó a sentarnos en el sofá y se plegó frente a nosotras sobre un sillón.

—¿Cómo se llama tu amiga, Rita?

Me sorprendió que hablara como un caballero.

—Flor, don Ernesto.

—Ya te he dicho que nada de «don» —la reprendió él con aire de guasa—. Entre los que nos dedicamos a esto sobra la etiqueta. —Se dirigió a mí y me preguntó—: ¿Te ha explicado Rita lo que busco?

Asentí con la cabeza.

—¿Qué edad tienes, Flor?

—Dieciocho —mentí.

—¡Tiene quince! —intervino Rita—. Recién cumplidos.

—Ya me parecía a mí. —El fotógrafo sonrió entre la perilla. Conservaba todos los dientes y se veían sanos. Se dio una palmada en cada rodilla y saltó del sillón. Al verle cimbrearse, me acordé de los cañaverales que bordeaban el río de mi infancia—. ¡Hala, a trabajar! —Encendió las lámparas que estaban apagadas, después los dos focos eléctricos—. Primero os retrataré juntas para que Flor pierda el miedo.

Al haber más luz, vi que de las paredes colgaban retratos de mujeres desnudas, o apenas tapadas, que se ondulaban en posturas de lo más indecentes. Un rincón lo ocupaba un espejo de pie. Su marco dorado lo cubrían parcialmente telas multicolores y velos de tul como los que agitaba la Sultana al bailar. Cerca del espejo se erguía un artilugio que no había visto en mi vida: una caja cuadrada apoyada sobre tres largas patas. Eso, junto a un orificio redondo en el frontal que parecía un ojo vigilante, le daba aspecto de saltamontes al acecho.

—Podéis prepararos ahí detrás.

El fotógrafo señaló un biombo ante la pared opuesta a la de los sofás. No había reparado en él cuando entramos.

Rita me cogió de un brazo. Me arrastró detrás del biombo, compuesto por gruesas telas tensadas sobre tres marcos de madera entrelazados. Me paré a contemplar los paisajes pintados sobre ellas: extensiones de frondosa vegetación entre la que asomaban caballos con un cuerno en la nariz, mujeres semidesnudas cuya melena rojiza les caía sobre los pechos y un hombre con patas de cabra y cornamentas que tocaba una flauta.

—Soy pintor, pero las postales son lo que me llena el buche —dijo la voz de Ernesto detrás de mí.

—No te entretengas, Flori —me apremió Rita.

Cuando salimos de detrás del biombo, las dos como nuestras madres nos trajeron al mundo, mi amiga parecía tranquila. Yo temblaba de vergüenza y pavor.

—Cálmate, boba —cuchicheó Rita—. Esto no es como lo de don Facundo.

Me empujó hacia donde aguardaba Ernesto. Este sujetaba varias de las telas que antes habían colgado sobre el espejo. Se las tendió a Rita y le explicó cómo envolvernos en ellas, procurando dejar al aire parcelas de carne que jamás me había dado por enseñar a nadie. Ni siquiera las había contemplado yo, pues siempre me habían faltado tiempo y osadía para estudiar mi cuerpo desnudo.

Ernesto nos hizo posar enroscadas cual gatas en celo sobre el diván, mostrando el trasero inclinadas ante el biombo, o tumbadas entre los cojines que él había desperdigado sobre la alfombra. A veces, las dos juntas. Otras, por separado. «Tienes una grupa preciosa, Flor», le oí murmurar entre dientes. Yo no sabía qué era una grupa. Concluí que debía de ser algo muy indecente. La vergüenza se pegó a mi piel como barro reseco. Solo mi indómita curiosidad, más el inconveniente de la desnudez, me impidieron huir. Cuando no estaba de espaldas a Ernesto, me fascinaba observar cómo él manejaba la caja del ojo redondo, sostenía sobre ella una bandeja alargada y, al grito de «¡Atención!», accionaba un objeto con forma de huevo, unido a la caja por un cable. Y entonces estallaba en la bandeja una luz cegadora, acompañada de una nube de humo que nos hacía toser a los tres. Cuando se disipaba la humareda, Ernesto nos hacía colocarnos en otra postura y todo volvía a empezar.

Acabamos la sesión con el tiempo justo para vestirnos y salir hacia el Salón Cocó. Antes de abandonar el estudio, Ernesto nos tendió a cada una un montoncito de billetes doblados por la mitad. Resistí la tentación de contarlos allí mismo y los abismé entre las ballenas del viejo corsé. Rita hizo lo propio. El fotógrafo nos instó a regresar a la tarde siguiente, dando cariñosas palmaditas en el artilugio del ojo.

—Sois una mina, niñas. Entre los tres vamos a hacer arte del bueno.

Cuando Rita y yo nos apresurábamos por las calurosas calles sorteando carros y tranvías, me volvió a picar la curiosidad.

—¿Cómo hará *pa* meter nuestros retratos en una caja tan pequeña? ¿No será que nos ha *engañao pa* vernos desnudas?

Después de mis experiencias con Rufino y don Facundo, era capaz de ver mala intención hasta en la efigie de un santo.

—Ay, hija, ¡qué cosas tienes! ¿No has visto las fotografías que tiene colgadas en el estudio?

—Sí, pero ¿cómo hace *pa* meternos y sacarnos de la caja? ¿Y si nos atonta con el truco de las luces que explotan?

Rita se me encaró, con los brazos en jarras.

—Mira, reina, no sé cómo hace las fotografías esas y me da igual si solo es un mirón. Nos paga buenos cuartos sin que tengamos que abrirnos de piernas ni tragar babas de viejo. Con eso me basta.

—Pero...

—¿Quieres hacerte rica y famosa para que no te tosa ningún zángano?

Acordarme de padre y asentir con la cabeza fue todo uno.

—Pues a callar y a tirar *p'alante*. Y date aire, que llegamos tarde y nos riñe el Duende. Menudo genio se gasta.

Hieles a las puertas de la catedral

L os años siguientes se redujeron a la mera subsistencia. Muy lejos andaban la fama y las joyas con las que soñaba Rita. La vida se volvía más y más difícil para los que no teníamos donde caernos muertos. Mientras los pudientes se enriquecían haciendo negocios a costa de la guerra en Europa, entre la gente de a pie crecía el descontento. En Madrid vivimos varias huelgas con disturbios callejeros, que obligaron al Salón Cocó a ofrecer sus funciones a puerta cerrada, a veces incluso a suspenderlas, con lo que nuestros ingresos se resintieron aún más. Por fortuna, las sesiones fotográficas de Ernesto nos sacaban de apuros cuando estábamos sin blanca. Su trato era siempre cortés, incluso cariñoso. En lo más crudo del invierno, nos invitaba a café con leche tras habernos retratado tiritando de frío, pues su estufa de hierro no daba abasto a caldear el estudio. Si tenía el día locuaz, nos hablaba de la vida de pollo pera a la que renunció para dedicarse a la pintura y de cómo las postales eróticas, como llamaba él a lo que hacíamos, le ayudaban a sobrevivir hasta que triunfara con su arte.

—La vida bohemia es más excitante con el buche lleno —rubricaba, guasón.

—¡Qué pesado se pone Ernesto a veces! —se quejaba Rita cuando ya estábamos de camino al Cocó, lo bastante lejos para que él no pudiera oírnos.

—Nos viene bien *pa* aprender a hablar como las señoritas —le defendía yo.

—Pues hay que fijarse más, Flor. Se dice «para», no *pa*.

A Rita le gustaba tener siempre la última palabra.

Mi curiosidad disfrutaba cuando Ernesto nos ponía al corriente sobre el devenir de la guerra, del que se informaba por la prensa. Sabía leer tan bien que incluso compraba periódicos extranjeros. Era un devoto de Francia y sus preferencias estaban con los aliados. Pese a lo cruento de la batalla de Galípoli, cuyos detalles desagradables no nos ahorró, su relato me ayudó a saber al fin dónde se hallaba Constantinopla, la ciudad de oro y jazmín de la que siempre hablaba la Sultana. Durante los casi cinco meses de 1916 en los que Ernesto nos diseccionó la batalla del Somme, que segó en suelo francés la vida de miles de hombres de ambos bandos, me preguntaba con frecuencia si el amable Wolfgang habría logrado mantenerse vivo en la guerra a la que tanta prisa tenía por incorporarse.

En el verano de aquel año, me atreví a pedir a Ernesto que me redactara una carta para los hermanos que dejé en Zaragoza y otra destinada a Jorge. Gracias a lo que pudo enseñarme Nati en tiempos, era capaz de leer, aunque muy despacio y atascándome en las frases difíciles, pero ponerme a escribir era otro cantar. Él anotó de buena gana lo que le fui dictando. La primera la mandamos a nombre de Rubén al colmado de Faustino, para que no cayera en manos de padre. La respuesta llegó al cabo de varias semanas, cuando ya no la esperaba. En una escueta cuartilla, escrita sin duda por el tendero, Rubén aludía a las habladurías que circularon en el barrio tras mi fuga. Hasta hubo quien aventuró que me había ahogado en el pozo de San Lázaro, aunque él intuyó que me había escapado desde que encontró el dinero que le dejé en el bolsillo del pantalón. Tino había estado un tiempo muy triste por mi desaparición y se alegraba mucho, al igual que Amador y él, de saber por fin que me encontraba bien. Seguía descargando carros en el mercado y Amador había ascendido en la fundición. Rubén aún hacía recados para Faustino y le ayudaba a despachar en el colmado. Hacía tiempo que no sabían nada de Jorge. De padre, solo dijo que estaba hecho una piltrafa y ya ni les zurraba para sacarles los cuartos. Lloré lágrimas de nostalgia por mis hermanos y me prometí que, si alguna vez me sonreía el éxito, iría a verles.

Mi misiva para Jorge no obtuvo contestación. «Lo habrán trasladado a otra unidad», me animaba Ernesto cuando le confesaba mi inquietud, pero sus palabras de ánimo no me tranquilizaban. Sabía que las escaramuzas a las que aludía Jorge en sus cartas de años atrás no tenían relación con la guerra que se libraba en Europa, pero eso no significaba que no corriera peligro. ¿Por qué ya no escribía mi hermano mayor?

En el Salón Cocó, Rita y yo seguíamos estancadas en el cuerpo de baile, aunque ella, al ser la corista principal, estaba muy por encima de mí en el escalafón. A pesar de mi baja categoría, cantar y contonearme sobre el escenario me llenaba de vida. Lo que me resultaba insoportable era la imposición del Duende de acompañar a los carcamales del proscenio a los hoteluchos cercanos. Yacía con ellos tragándome la vergüenza y el asco que me daban sus carnes vencidas, los pellizcos de sus manos ansiosas y desconsideradas, su lujuria humillante y el aliento emponzoñado por la falta de limpieza y el alcohol pésimo del Cocó. Salía del *meublé*, como llamaban a aquellos antros, cuando ya amanecía sobre Madrid, con latigazos de dolor entre las piernas y sintiéndome sucia por dentro y por fuera. A veces me asaltaba el recuerdo del trato respetuoso que me dispensó Wolfgang y acababa llorando a moco tendido, tan cegada por las lágrimas que de puro milagro no me rompía la crisma de una caída. Seguía de berrinche cuando me echaba en la cama que compartía con Rita. Si ella había regresado esa noche antes que yo, se despertaba al oírme sollozar. Su mirada somnolienta se teñía de afecto. Me abrazaba y susurraba lo que parecía una plegaria.

—No hay otro camino. Aprieta los dientes y piensa en el éxito que nos espera. Y en las joyas. ¡Lo vamos a conseguir! Ya lo verás… —Acababa la arenga preguntando—: ¿Te has lavado bien ahí abajo?

A mí, la fama y las joyas se me antojaban cada día más lejanas, pero intuía en alguna parte del corazón que solo si mantenía la esperanza me salvaría de claudicar como la Bella Amapola.

Me despedí de mis dieciséis años bailando en la función especial de San Silvestre del Salón Cocó, mientras por dentro me roía el desánimo. En cuanto despuntara el nuevo día, cumpliría los diecisiete. Había huido de casa para ampliar mi pequeña vida sin horizontes. ¿Qué había conseguido? Ser corista en un teatro de tercera, donde nos obligaban a acostarnos con cualquiera que exhibiera una billetera bien alimentada. Siempre pendiente de que me alcanzara el dinero para pagar el alquiler y comer; temerosa de toparme cualquier mes con una preñez de consecuencias catastróficas; corriendo tras el señuelo de una fama que ni siquiera reparaba en alguien como yo. Lejos quedaba la niña inocente que debutó en La Pulga para suplir a otra cupletista cuyas fuerzas se habían agotado por el camino. Muchas veces sopesé la opción de dejar el Salón Cocó y buscar un taller de costura donde sacar partido a mi habilidad con la aguja. Pero el veneno del escenario es poderoso y ya me había calado hasta el corazón.

Llegó la primavera. Un día de marzo, los vendedores de periódicos vociferaron en las calles: «¡Abdicación del emperador Nicolás!». De nuevo, Ernesto se encargó de ilustrarnos. Explicó que en Rusia, uno de los países en guerra, tan lejano que se me perdía en el mapa que desplegaba el fotógrafo, los pobres se habían rebelado tras varios años de contienda sumados a siglos de hambre y malvivir. La revolución había obligado a abdicar a su rey, al que allí llamaban zar, y este había emprendido el exilio junto a su familia.

—Pero fijaos bien en lo que os voy a decir —añadió Ernesto.

Rita torció el gesto. Le aburrían esos temas.

—Los que quieren hacerse con el poder remueven a los pobres. Estos no tienen nada que perder y creen que, si se levantan y luchan, mejorarán sus condiciones de vida. Pero después del cambio, los nuevos mandamases los dejan en la estacada y los miserables acaban siendo tan desgraciados como antes. En Rusia pasará lo mismo. Ya lo veréis.

Rita me miró y puso los ojos en blanco. Ernesto ni se dio cuenta. Siguió disertando mientras nosotras sorbíamos su café, que estaba rico y calentaba el estómago.

Aquella primavera trajo consigo otros cambios que no afectaron a la marcha de ningún país, pero sí a la de Rita y la mía. Gracias a la habilidad de mi amiga para enterarse de todo lo que se cocía en nuestro mundillo, nos presentamos a una prueba en el Trianón Palace.

¡Y nos admitieron!

Cuando dijimos al Duende que nos marchábamos, este sacó su cara más desagradable. Auguró que pronto nos echarían y regresaríamos al Salón Cocó arrastrándonos cual gusanas. No logró desanimarnos. Estábamos dispuestas a pelear con uñas y dientes por no volver al purgatorio de don Facundo. Debutamos en la catedral del cuplé a finales de marzo, cuando el teatro inauguró una función de gran gala que pensaba ofrecer todos los jueves a partir de entonces. Las estrellas eran Gloria Alhambra y la Chelito, la cupletista a la que tanto odiaba la Bella Amapola por creerla usurpadora de *La pulga*. Aquella primera noche, me crucé en el pasillo con la Chelito. Ella ni me miró. Recordé las despectivas palabras de la Sultana sobre los defectos de las divas y la escruté con disimulo. Tenía una figura tirando a rolliza, pero todavía bonita. El cutis lucía impecable, sin rastro de granitos ni las ojeras de mochuelo que criticaba la Sultana. Tampoco andaba desgreñada.

Entendí al fin cómo trabaja la envidia de quien se sabe fracasado.

Rita y yo actuábamos seis noches a la semana. Nuestro cometido era distraer al público en los intervalos entre un número y otro. En el Trianón no nos obligaban a alternar con los clientes. «Ya anda más cerca la Bella Frufrú», repetía Rita durante los primeros días como quien reza el rosario. En lo económico también prosperamos. Recién cobrada mi primera paga, me atreví a entrar en los grandes almacenes de la Puerta del Sol. Gasté una peseta con ochenta en un corte de blusa de tul y eché el ojo a un bonito sombrero para cuando pudiera pagarlo. Rita fue más prudente que yo. Se decantó por seguir ahorrando.

Llevábamos quince días bailando en el Trianón cuando ocurrió algo que dio otro color a mi vida.

Estaba a punto de acabar la función de gala del jueves. Las chicas salíamos al escenario en fila india, retorciéndonos en una coreografía enrevesada, mientras la Chelito aguardaba entre bastidores para cerrar el espectáculo con el cuplé *Un paseo en auto*. Siempre merodeaba a nuestro alrededor un grupo de técnicos que cuchicheaban requiebros a nuestro paso, algunos bastante groseros. Entre nosotras imperaba el tácito acuerdo de no hacerles ni caso. Yo iba la penúltima, detrás de Rita. Estaba a punto de pisar la tarima cuando una voz masculina me dijo muy cerca, casi al oído:

—¡Ole esa mañica! ¡La más guapa de todo Madrid!

¡Qué a gusto habría abofeteado a ese impertinente! Giré la cabeza para verle. Era un chico joven, más o menos de mi edad. Su cabello oscuro estaba alborotado, como si no fuera muy aficionado a peinarse. La cara, de expresión traviesa, me recordó a alguien conocido. Por lo que pude apreciar en tan pocos segundos, tenía los hombros anchos y sus antebrazos asomaban musculosos bajo las mangas subidas de la camisola. Apostado junto al oficial tramoyista, me sonreía con descaro.

—¡Baboso!

Procuré no levantar demasiado la voz. Las desavenencias entre bastidores nunca deben llegar a oídos del público.

Andábamos por la mitad del número cuando caí en la cuenta de quién era el piropeador. De la impresión casi tropecé con Rita. Faltó un pelo para que echara a perder el número. Mi amiga me llamó al orden con una mirada furiosa. Me esforcé en acabar la coreografía sin nuevos errores, rezando por que no me echaran del primer teatro de verdad donde me habían admitido. La orquesta calló y despejamos el escenario para que la Chelito pusiera el broche de oro a la función. Me planté delante del sinvergüenza para cantarle las cuarenta, pero cuando le miré a los ojos, emergieron de ellos las callejas del Arrabal, el Puente de Piedra y la farola bajo la que me besó a traición en ese pasado que tan lejos se me antojaba ya. Recordé su enfado cuando me vio salir de La Pulga del brazo del pulcro Wolfgang, las palabras amargas que prácticamente me escupió a la cara.

¡Por todos los santos! ¿Qué hacía Andrés en el Trianón? Mi corazón empezó a latir sin control. Él mostró una sonrisa de oreja a oreja.

—Te gusta llamarme baboso, ¿eh? —me chinchó.

—¿Qué... qué haces aquí?

—Lo mismo que tú: ganarme la vida. Soy el nuevo ayudante del tramoyista.

Una mano tiró de mi antebrazo. Era Rita.

—¡Casi me haces caer ahí fuera! ¿Quieres que nos echen a las dos?

—Yo...

—Anda, vamos a cambiarnos y que sea lo que Dios quiera.

Me dejé arrastrar hacia donde estaban los camerinos. Rita parecía delicada, pero tenía más fuerza que yo.

Andrés nos siguió.

—Flori... —Estaba rojo como un ababol—. Fui muy grosero la última vez que nos vimos... Yo... —Me pasó por la cabeza que hablaba casi tan bien como Ernesto—. ¿Puedo... puedo invitarte luego al café de aquí al lado y charlamos?

Ahora fui yo quien enrojeció. Rita volvió a tirar de mí. Solo me dio tiempo a asentir con la cabeza.

—Te espero a la salida —exclamó él.

Mientras recorríamos el pasillo, Rita me preguntó en voz baja:

—Es guapete. ¿Lo conoces?

—De toda la vida. Somos del mismo barrio.

—Ten cuidado con él. Seguro que te querrá meter mano. —Rita intercaló una pausa, como siempre que se cargaba de razón—. Mira, Flor, los jóvenes guapos son más peligrosos que los vejestorios. Un carcamal rico puede contagiarte purgaciones, igual hasta hacerte un bombo, pero eso lo arreglas con los cuartos que consigas sacarle. Uno joven te da gustito en el cuerpo y, cuando despiertas de la tontuna, te ves pariendo un crío detrás de otro, sin dinero y sin futuro. Y no te digo nada si al maromo le da por beber...

—¡Qué cosas se te ocurren!

—Tú hazme caso. Llevo en esto más tiempo que tú y sé lo que digo. El amor no es para las chicas como nosotras.

Su mirada me recordó las advertencias de Nati, también la

sabiduría instintiva de la Sultana cuando me prevenía contra las intenciones de Rufino. Pero Andrés no era como Rufino. Solo era el viejo amigo del barrio que me robó un beso bajo una farola del Puente de Piedra y despertó en mi piel un burbujeo desconocido hasta entonces.

Un azucarillo bajo la lluvia

Al abandonar el teatro, la calle de Alcalá nos ofreció la estampa de cada madrugada. El tráfico era escaso a esa hora. Solo algún tranvía tempranero, abarrotado de obreros semidormidos que acudían a sus trabajos, y unos pocos carruajes de esos sin caballos. Ya había aprendido que la gente los llamaba automóviles. Iban ocupados por señoritos noctámbulos ataviados con buenos ternos y sombreros canotier. Entre los vehículos nos mezclábamos, sin orden ni concierto, las artistas que salíamos de los teatros y los rijosos que nos habían jaleado cuando exhibíamos carne. Ahora, muchos de esos calaveras buscaban un café donde tomar la última copa, o el *meublé* al que pensaban llevar a su conquista de esa noche.

Andrés me esperaba junto a la salida de artistas del Trianón. Al igual que en los tiempos de La Pulga, se apoyaba contra una farola cercana. Fumaba bajo la gorra que le ocultaba las cejas. Nada más verme, tiró al suelo el cigarrillo, lo aplastó con la bota y vino hacia nosotras. A mi lado, Rita le escrutaba con gesto adusto. Andrés se quedó parado delante de las dos, como si de pronto no supiera qué hacer ni qué decir.

—Esta es mi amiga Rita. Vivimos juntas —me apresuré a aclarar.

—Hola, Rita. —Andrés calló un instante y añadió, con evidente desgana—: ¿Vienes con nosotros?

—Estaréis mejor sin mí —replicó ella, seca como el esparto—. Seguro que tenéis mucho que contaros. Yo me voy a dormir. No tardes, Flor. Mañana tenemos sesión de fotografías y saldrás ojerosa.

Sin darme tiempo ni a abrir la boca, dio media vuelta y, muy digna ella, taconeó calle abajo. Andrés me ofreció el brazo. Cuando me enganché a él, un plácido cosquilleo me acarició la boca del estómago.

—Tu amiga es un poco sargento, ¿no?

—Está cansada —la defendí yo.

Andrés me llevó a un café próximo al teatro, donde recalaban los que podían permitirse el lujo de no madrugar: libertinos pudientes que habían visitado los espectáculos de variedades, chicas monas a la caza de un protector adinerado y algún artista pobre en busca de un primo al que sablear. Rita y yo no solíamos frecuentar esos locales. Desde que no nos obligaban a acostarnos con los clientes, mi amiga nos había impuesto a las dos una rutina monjil, aunque nuestro dios no era el de las iglesias y los conventos, sino la fama que perseguíamos. Junto a la puerta del local estaba apostada Pepa, la florista entrada en años y escasa de dientes que acudía cada madrugada a vender flores frescas a los lechuguinos. Cuando Rita y yo pasábamos junto a ella, de camino a casa, siempre nos deseaba que la Virgen del escenario se fijara en nosotras y nos concediera el don del éxito, porque éramos unas reales hembras donde las hubiera. A Rita le disgustaba su verborrea. Yo sentía agobio, pues Pepa me parecía un aviso de lo que sería de nosotras si no conseguíamos destacar.

Andrés se hizo a codazos con una mesita arrinconada. Se quitó la gorra, apartó una silla y me ayudó a sentarme. Se me acercó mucho cuando ocupó el asiento contiguo. El cosquilleo de mi estómago se intensificó.

—¿Qué toma una corista del Trianón?

Me encogí de hombros. Creía haber detectado sorna en su voz.

—¿Anís, que es más suave para una chica? —propuso él.

No me gustaba el alcohol, y menos después de haber tomado con los carcamales del Salón Cocó brebajes infectos que purgaba haciendo viajes furtivos a la letrina, donde me provocaba el vómito. Para mí, el alcohol solo era un espectro maligno que había sacado la bestia agazapada dentro de padre y había causado el declive de la Bella Amapola.

—Te va a costar un ojo de la cara.

—Creía que no volvería a verte en la vida y te encuentro en Madrid. Eso hay que celebrarlo, ¿no?

—Bueno...

Andrés pidió una copa de anís y otra de coñac. Cuando el camarero las depositó sobre el tablero de mármol, tras un rato de espera durante el que no hablamos ninguno de los dos, Andrés dio un sorbo a la suya. Por encima del cristal, me miró con ojos de borreguito lánguido. Yo también estaba cohibida. No me apetecía probar el anís. Me puse a juguetear con la copa. Él tomó otro trago.

—Cuando desapareciste del barrio —habló al fin—, creí que te había pasado algo malo y me sentí como un canalla. Tus hermanos mayores estaban que trinaban conmigo por no haberte protegido mejor. Tino hasta se presentó en el taller de mi padre y me pidió explicaciones. Casi llegamos a las manos. —Volvió a beber, ahora con un asomo de ansia—. Y entonces se corrió la voz de que te habían visto cruzar el puente de madrugada. Unos decían que llevabas una maleta, otros que un bolso...

—Lie mis cosas en una manta —le corregí.

Cuanto más hablaba Andrés, más patente quedaba que había aprendido a expresarse como los pudientes. Eso me hacía sentir zopenca y vulgar.

—Pensé que te habías largado con el extranjero ese...

—Era alemán y todo un caballero. No me tocó ni un pelo —salté en defensa de mi benefactor—. Me llevó a su alcoba de hotel y me invitó a desayunar. Después me dio dinero... y con eso pagué el tren a Madrid.

La alusión a la caballerosidad de Wolfgang no pareció gustarle a Andrés.

—El caso es que me propuse olvidarte, pero acabé preguntando por ti en La Pulga. —Alzó su copa y bebió largamente, como si necesitara darse valor—. La bailarina esa que anunciaban los carteles de la puerta, una con cara de gallina...

—La Sultana.

—Bueno, pues esa me contó lo de la subasta del Rufián. No dejé sin dientes a ese mal nacido porque no andaba por ahí, que si no...

—Los hombres lo arregláis todo a guantazos —le reproché—. El Rufián me amenazó con partirte las piernas si no me deshacía de ti. Era un chulo y te habría *matao* a palos. Menudas las gastaba.

Sentí de pronto el calor de la mano de Andrés sobre la mía. También el roce de las callosidades que endurecían su piel.

—Flori, ¿me perdonas que fuera tan injusto contigo?

—No hay *na*... nada que perdonar. —Bajé la mirada. Andrés se había vuelto tan hombre, las sensaciones que me transmitía su cercanía eran tan turbadoras...—. ¿Qué sabes de mis hermanos? Les mandé una carta *pa* decirles dónde estoy y me contestó Rubén... De eso ya hace meses... Es que... escribir no es... no es mi fuerte.

—Poca cosa —respondió él, sin retirar su mano—. Al poco de tu fuga, murió mi hermana y me marché del Arrabal. A veces vuelvo para ver a mi madre. Solo a ella. —Hizo una pequeña pausa—. Lo último que oí, cuando estuve por el barrio, fue que tu padre iba de curda en curda y que tus hermanos le escondían todo el dinero que ganaban para que no se lo bebiera. Ya no sé más.

Lo de Montse me había dejado helada. Sabía el apego que tenía Andrés a su hermana.

—¡Pobre Montse! ¿Fue por culpa de los ataques que le daban?

Andrés bebió antes de contestar.

—Sufrió uno muy fuerte cuando iba a la fuente a por agua. Se golpeó en la cabeza al caer y murió ahí mismo. Yo estaba solo en el taller cuando llegaron dos vecinos con su cuerpo. Mi padre había ido a soplar a la taberna.

—Te acompaño en el sentimiento —fue lo único que pude murmurar.

Él se encogió de hombros.

—Esas cosas les pasan hasta a los ricos.

—¿Y tú? ¿Dónde has *estao* todo este tiempo?

—Acá y allá... —dijo—. Primero en Sabadell, en lo de la lana. Después en una fábrica de telas de Terrassa. Manejo el telar como nadie.

La tristeza en su semblante dio paso al orgullo. Se me escapó una sonrisa.

—También fui estibador en el puerto de Barcelona. Y conocí el mar. ¡Es impresionante! Se mueve y respira como si fuera un ser vivo. Y las olas te susurran palabras bonitas al oído. A mí me decían: «Flori... Flori...».

—¡Sigues tan tonto como cuando éramos críos!

Andrés sonrió. Su mirada empezó a alejarse de mí y de aquel café.

—Ahora sé escribir sin faltas y puedo leer libros, hasta los más gordos. ¿Sabes?, los ricos nos mantienen pobres y hambrientos para tenernos dominados, pero lo peor de todo es que nos privan del conocimiento y de disfrutar de los libros y de saber pensar. Eso es lo que he ganado largándome del barrio. Y pienso luchar para que el conocimiento llegue a todos y les abra los ojos.

Regresó del lugar al que le acababa de llevar su ensoñación. Su mano trepó hasta mi mejilla y la acarició.

—¿Me darás una bofetada de las tuyas si te beso?

Un fuego voraz abrasó todo mi cuerpo. Solo fui capaz de negar con la cabeza. Sus labios se acercaron a los míos y los cubrieron. Eran cálidos y suaves, impregnados de un sabor dulce en el que se mezclaban coñac y tabaco. El incendio que me devoraba se concentró entre mis piernas. Aquello no era como el besuqueo baboso de don Facundo, ni el contacto impuesto con cuerpos anónimos, la mayoría de las veces viejos y fofos como la gelatina. El deseo inocente que despertó años atrás la cercanía de Wolfgang regresaba de pronto, convertido en una hoguera de gozo que me hizo olvidar los malos ratos que había pasado acostándome con los clientes del Salón Cocó. La advertencia de Rita se diluyó como un azucarillo bajo la lluvia. Me dejé llevar por el ardor que me incendiaba los labios y la lengua, consumía mis entrañas y hacía palpitar en mis partes más innombrables un placer desconocido hasta entonces.

Lo malo del amor es que nos atrapa en sus redes sin que nos demos cuenta, hasta que un buen día es demasiado tarde para huir.

Los jóvenes viejos

El reencuentro con Andrés iluminó mi vida como la llama suave y tenaz de un candil. Cuando salíamos del Trianón, Rita se marchaba sola a casa mientras él y yo nos sentábamos muy juntos en un café barato que acogía a obreros y bohemios, o caminábamos despacio hasta mi portal, sorbiéndonos a besos en cada rincón oscuro del camino. Nada más separar los labios para reponer fuerzas, nos contábamos lo que habíamos hecho en los últimos tres años. Ahora creo que ninguno de los dos fuimos sinceros de verdad. Estoy convencida de que Andrés se calló muchas de sus vivencias de cuando trabajó en los telares. Y yo le oculté mi repugnante experiencia con don Facundo y las noches que pasé en los *meublés* con clientes del Salón Cocó. Tampoco le dije nada de las postales eróticas de Ernesto. Callármelo me corroía por dentro, pero no me atrevía a abordar esos hechos vergonzosos por miedo a que Andrés me rechazara. Cuando Rita y yo teníamos sesión de posado, me inventaba excusas que él no parecía poner en duda. Mi vida gris se había coloreado al fin y no estaba dispuesta a regresar a la penumbra de lo anodino.

—No se lo digas —me aconsejaba Rita cuando le pedía consejo—. Lo que no se sabe, no duele.

—¿Y si cae en sus manos una postal de las que nos ha hecho Ernesto?

—Siempre puedes decirle que no eres tú, que es una tipa que se te parece —concluía ella.

Tenía respuestas para todo.

Andrés y yo adquirimos la costumbre de vernos también antes de la hora a la que empezábamos en el teatro. Él había hecho amistad con el portero que custodiaba la entrada al Trianón durante la función del cinematógrafo. Era el mismo hombre gruñón que me asustó cuando fui allí a buscar trabajo, recién llegada a Madrid. Por suerte, él no parecía acordarse de mí. Nos dejaba colarnos en la sala si no había nadie en la última fila. Poco pude deleitarme con lo que el Gran Balduino describía en La Pulga como un invento asombroso. En la oscuridad de la sala, los besos de Andrés sabían tan dulces, las caricias de sus manos callosas me provocaban escalofríos tan deliciosos que apenas conseguía fijar la vista en la pantalla.

Si Andrés no andaba sin blanca y no apretaba mucho el calor cuando salíamos de ensayar, nos llevaba a Rita y a mí al Retiro, nos invitaba a limonada o a barquillos y alquilaba un pequeño bote de remos para pasearnos por el lago como si fuéramos damiselas. Solo que nosotras no usábamos guantes ni sombrilla para escondernos del sol. También nos llevaba al Palacio de Cristal y nos contaba lo que había leído en los libros sobre esa asombrosa construcción de hierro y vidrio, lo más bonito que había visto en mi vida hasta entonces. Poco a poco, Rita fue deponiendo su actitud belicosa hacia él, aunque nunca se desprendió del todo de la desconfianza.

Así transcurrieron varias semanas de gozoso embobamiento. Por primera vez en mis diecisiete años de vida me sentía dichosa, pese a que Rita y yo seguíamos compartiendo una triste buhardilla, el dinero escaseaba igual que antes y la fama se negaba a fijarse en nosotras. Bastaba un beso de Andrés para olvidar todo lo desagradable o humillante que me había ocurrido desde que nací. Yo evitaba con mucho cuidado que nuestras conversaciones derivaran hacia mis puntos sombríos, pero eso cambió una calurosa madrugada de julio.

También aquella noche nos despedimos de Rita al salir del Trianón y emprendimos nuestro peregrinaje en busca de rincones oscuros donde besarnos y acariciarnos. Cerca de la Puerta del Sol, Andrés se paró delante de mí, encerró mi cara entre sus manos y susurró:

—Flori, sé que igual me gano un bofetón de los tuyos por lo que te voy a decir, pero... me vuelvo loco de amor por ti y... y me muero por... —Calló; pese a la mala iluminación, vi cómo enrojecía—. No pienses que no te respeto, ¿eh? —Boqueó como un pez moribundo—. Yo... yo... necesito estar contigo, quiero decir... ¿Vienes conmigo a la pensión donde vivo? Me he camelado a la dueña y no le importará que tú y yo... ya sabes. Está muy cerca de aquí..., pero, sobre todo, no creas que no te respeto. ¡Te quiero desde que éramos niños y me freías a sopapos!

Ya no era tan ingenua como para no captar a la primera lo que me estaba pidiendo. Me pasaron por la cabeza muchos pensamientos en muy pocos segundos. ¿Se habría enterado por algún conocido de lo que hacíamos las coristas del Salón Cocó para conservar nuestro trabajo? ¿Le habría hablado alguien de las postales eróticas? ¿Acaso me consideraba una chica fácil porque me había escapado de casa y luchaba por abrirme camino en las variedades?

Andrés me miraba como avergonzado de lo que me había propuesto.

Entonces me asaltó una idea: me había desflorado un hombrecillo déspota y repelente, había yacido con desconocidos repulsivos para que no me echaran del Salón Cocó, posaba para un fotógrafo que vendía postales de chicas en cueros... ¿y ahora iba a rechazar al joven idealista que me trataba como a una reina? ¿Qué sentido tenía fingirme intacta a esas alturas?

Una vocecita aguafiestas surgió de la nada y auguró que la noche acabaría mal en cuanto Andrés descubriera que ya no era virgen. «Cállate —le respondí en mi cabeza—, encontraré el modo de contárselo y lo aceptará.» «Te llamará zorra y te rechazará», insistió la voz. La ahuyenté como se hace con un tábano molesto.

—Subiré contigo —murmuré.

Él me cubrió la cara de besos hasta sellarme los labios con los suyos.

—Me haces tan feliz, Flor...

Tardamos poco en llegar a su pensión. Andrés llamó al timbre. Nos abrió la puerta una mujer mayor y regordeta. La mortecina luz eléctrica que bajaba del techo iluminaba su toca de lana sobre un camisón que le daba aspecto de mesa camilla. Una gruesa trenza entrecana le caía sobre el hombro izquierdo. Parpadeó cual lagartija con sus ojos adormilados.

—Perdone que la haya despertado, doña Manolita —dijo Andrés en voz baja, regalándole una sonrisa de hijo predilecto—. Aunque me haya dado permiso, no quiero hacer las cosas a sus espaldas. Le presento a Flor, mi prometida.

El rostro de doña Manolita se aureoló de luz.

—Quia, si ya estaba levantada, hijo. Sabes que madrugo como las gallinas. —Me escrutó con atención. No debí de gustarle gran cosa, pues me saludó con una inclinación de cabeza y se dirigió de nuevo a Andrés—. Sobre todo, no hagáis ruido, ¿eh?, que esta es una casa decente.

—Descuide, doña Manolita —respondió él—. No sabe cuánto le agradezco lo buena que es usted conmigo.

A la dueña solo le faltó ronronear de gusto. Andrés me guio hasta el final de un pasillo largo y estrecho, abrió una puerta desconchada y se apartó para dejarme entrar. Cerró con suavidad. Echó la llave. En la penumbra de la luz que subía desde la calle, le vi acercarse a lo que semejaba una cómoda. Quitó la tulipa a una lámpara, prendió un fósforo y encendió la mecha. Vi que estábamos en un cuarto pequeño, mucho más austero que el que me asignó doña Gertrudis. A fin de cuentas, la bruja debió de ser una mujer con posibles antes de enviudar. Andrés se acercó y me susurró al oído:

—No nos deja encender la luz eléctrica en las alcobas para ahorrar.

Yo estaba tan nerviosa que tardé en entender a quién se refería. Su aliento cálido me hizo cosquillas en la oreja. Un dulce estremecimiento me recorrió la espalda. Andrés me encerró la cara entre las manos y la giró hacia él. Mis labios se encontraron con los suyos, su lengua se abrió paso y me acarició el paladar. Me incendié desde el cabello hasta las plantas de los pies. ¿Cómo podía caber tanto placer en el mismo cuerpo que se entregó con repugnancia a los viejos verdes del Salón Cocó? El recuerdo de aquellas humillantes noches me trajo a la memoria la confesión que tenía pendiente.

—Me haces tan feliz... —oí musitar Andrés.

—Espera...

Le puse las manos sobre el pecho y le alejé un poco.

—¿Qué te ocurre?

—Tengo que decirte una cosa.

—¿Te arrepientes? ¿Quieres que te acompañe a tu casa?

Negué con la cabeza. Le tomé de la mano y le llevé hacia la cama. Él se dejó conducir con expresión lánguida. Nos sentamos al mismo tiempo sobre la raída colcha marrón. Me miró. Era la viva estampa de la desolación. Leí en sus ojos que no entendía nada. Sentí miedo. Iba a corromper un amor que nos había elevado a los dos por encima de nuestras decepcionantes vidas.

—No te preocupes, Flori —balbuceó él—. He ido muy rápido...

—No soy virgen —le espeté deprisa para no arrepentirme.

La desolación de Andrés dio paso a la sorpresa. Permaneció un buen rato contemplándose las manos. Después, posó la mirada sobre la pared de enfrente. De pronto, sus ojos se clavaron en los míos. Una leve sonrisa intentó curvar sus labios, pero no lo consiguió.

—¿Fue... fue con el extranjero ese?

—¡Ojalá hubiera sido con él! Ya te dije que no me tocó.

Andrés se retrajo en un silencio oscuro. Fui consciente de los celos que aún le provocaba la simple mención de aquel alemán rico y apuesto. Le acaricié la mano. Él no la retiró. Tomé aire y le conté, sin omitir ningún detalle, la encerrona de don Facundo, el alterne que nos imponían en el Salón Cocó, incluso le hablé de las fotografías licenciosas que nos sacaban de apuros cuando no alcanzaba el dinero. Recalqué que, desde mi incorporación al cuerpo de baile del Trianón, no me había tocado ningún hombre que no fuera él. Cuando acabé mi relato, Andrés permaneció mudo. Transcurrió un lapso de tiempo, que se me hizo eterno, hasta que le oí tragar saliva y aclararse la garganta.

—Flori, no soy tu juez, tampoco tu dueño. Y te quiero igual.

Conmigo olvidarás esa basura. En el mundo por el que luchamos no habrá sitio para alimañas como esos parásitos que te han explotado.

Su última frase me inquietó. ¿A quién se refería cuando decía «luchamos»? Intuí que las palabras de Andrés encerraban un significado que se me escapaba. Pero él no me dio tiempo a cavilar. Me besó con más energía que antes, casi rabioso. Saboreé de nuevo su lengua juguetona. La dulzura que inundó mi carne a oleadas desterró los malos recuerdos. Él me desabrochó los botones de la blusa nueva y me ayudó a soltarme el corsé que me había regalado Rita. Me dio tanta vergüenza lo raída que estaba mi ropa interior que me quité rápidamente la falda, la enagua, los zapatos que había comprado cuando empecé en el Cocó y las medias, para poder despojarme cuanto antes de mi vetusta lencería.

Andrés también había empezado a desnudarse. De pronto, se quedó parado y me contempló, tan embobado como si se le hubiera aparecido la mismísima Virgen del Pilar.

—¡Qué hermosa eres! —murmuró.

Inspiró, ansioso. Acercó las manos con inesperada timidez y me acarició los pechos. Me vi envuelta en una bruma de dicha y sensaciones físicas que jamás había experimentado: la anticipación de que algo bueno estaba a punto de ocurrir, un burbujeo abrasador en la piel, el aleteo de miles de pajarillos dentro del estómago y entre las piernas unos latidos vehementes que no eran de dolor ni de vergüenza.

Andrés dejó de tocarme y se arrancó su ropa con movimientos torpes. Vi lo que habían ocultado sus pantalones de pana y los calzones de un impreciso color rosado. Aquello no se parecía a la repulsiva culebra de don Facundo ni a los gusanillos, a veces moribundos, de los viejos que me llevaban a los hoteles por horas en las inmediaciones del Cocó. Era una serpiente henchida de juventud, orgullosa de su fuerza. Andrés apartó la colcha y dio palmaditas sobre las sábanas.

—Ven, amor mío.

No me hice de rogar. Le permití tumbarme de espaldas sobre la cama. Saboreé el tacto de sus músculos, la dulzura que su boca vertió entre mis labios sedientos, las miles de caricias diseminadas sobre mi piel por sus dedos callosos, el calor vigoroso de su miembro cuando lo abismó dentro de mí sin hacerme daño, paciente y apasionado a un tiempo. Andrés solo era un año mayor que yo, pero parecía haber gozado ya de muchas mujeres. Y sabía ser generoso. La falta de egoísmo en sus aproximaciones le elevó aún más por encima de los carcamales rijosos del Cocó.

Aquella noche de descubrimiento nos olvidamos de que éramos jóvenes viejos, criados en un mundo de pobreza, explotación y humillaciones donde la inocencia se evapora pronto y las dichas parecen siempre destinadas a otros. Fuimos solo dos jóvenes ilusionados que entrelazaban sus cuerpos por primera vez.

La neblina del amor

E res una inconsciente! —me espetó Rita por la mañana—. ¿No te he dicho que el amor no es para nosotras? ¿Y si te preña?

—No lo hará. Tiene mucho cuidado.

—¡Tú eres la que tiene que cuidarse, alma de cántaro! Como te haga un bombo, ¡adiós a tu carrera!

Estuve a punto de exclamar que nosotras no íbamos a ninguna parte en el mundo de las variedades, pero me mordí la lengua. No quería más reprimendas. Desde mi primera noche con Andrés, había abandonado la vida monjil en pos de la fama impuesta por Rita y me había consagrado a hacer lo que él deseaba. Solo mantuve la costumbre de posar para Ernesto, pese a que disgustaba a Andrés, porque necesitaba el dinero. Sin embargo, ya no me quedaba en el estudio a tomar café con leche ni a escuchar las explicaciones de Ernesto sobre la guerra, que llevaba tres años matando y mutilando a jóvenes en la flor de la vida.

—Mírala, se me ha vuelto boba —se mofaba Rita cuando me arreglaba deprisa para salir a la calle, donde me esperaba Andrés.

—El amor es como la muerte —sentenciaba el fotógrafo, en tono afectado—. No escapa ni el papa de Roma.

—Pues andamos listos…

A mediados de agosto de 1917, se convocó en Madrid una huelga general. Andrés me explicó que los sindicatos llamaban a paralizar todo el país a raíz de la huelga de ferrocarriles y tranvías iniciada en Valencia semanas atrás, y que debíamos apoyarla todos para derribar un régimen corrupto. Cuando pregunté qué eran los sindicatos, detecté suficiencia en su voz mientras aclaraba que esas organizaciones defendían a los obreros de los abusos de los patronos. Anunció, muy solemne, que él no pensaba acudir al Trianón, pues para un hombre no había mayor ignominia que traicionar a los de su clase. Y yo también haría bien en sumarme al paro. A fin de cuentas, las coristas éramos las obreras en el mundo de las variedades.

Pensé en el dinero que dejaríamos de cobrar y que Rita y yo necesitábamos para subsistir. Sopesé la posibilidad de que me echaran del Trianón. ¿Qué haría entonces? ¿Volver a peregrinar por los teatros de Madrid hasta caer en manos de otro don Facundo? ¿Y si no me contrataba nadie y acababa enterrada viva en algún taller de costura? Ahora ya no podría renunciar al escenario, aunque me quedara estancada de corista para toda mi vida. Tras un tenso tira y afloja, Andrés accedió a acompañarnos al ensayo a la mañana siguiente para protegernos de posibles disturbios.

Resultó extraño ver las calles sin tranvías, carruajes ni automóviles y con la mayoría de las tiendas cerradas. Grupos de obreros, entre los que se mezclaban algunas mujeres, recorrían el centro para instar a cerrar a los comerciantes que sí habían abierto, o convencer a secundar la huelga a los dependientes dispuestos a trabajar. Rita y yo bajábamos la mirada cuando atravesábamos esas concentraciones de gente, no fueran a leer en nuestras caras que íbamos a ensayar. Cuando faltaba poco para llegar al Trianón, Andrés se detuvo a hablar con un hombre al que parecía conocer. Les oímos comentar que, en la calle Santa Engracia, los huelguistas habían colocado palos y piedras en los raíles del tranvía para impedir que circulara. Una patrulla de militares a caballo pasó cerca de nosotros. No nos hicieron caso, pero dejaron en el aire una densa nube de amenaza. En cuanto se hubieron alejado, alguien exclamó que el ejército estaba ocupando la ciudad y era necesario defenderse por las armas. «Sí, asaltemos las armerías», clamaron varias voces masculinas. La repentina algarabía incrementó el miedo que nos atenazaba a Rita y a mí. Apretamos el paso. Andrés caminaba taciturno en medio de nosotras, agarrándonos a cada una de un brazo. Nos llevó un buen rato atravesar un piquete que hallamos en la calle de Alcalá.

—Parecemos esquiroles —refunfuñó Andrés en cuanto pudimos dejar atrás al grupo más alborotador, vigilado de cerca por militares a caballo preparados para cargar—. ¡Os podríais haber quedado en casa las dos!

Por fin llegamos al Trianón. La entrada de artistas estaba cerrada a cal y canto. Andrés miró con disimulo a todos lados antes de aporrear la puerta. Esta tardó en abrirse muy despacio. Andrés se retiró detrás de nosotras. A través de una pequeña rendija se perfiló la cara del dueño, al que solo habíamos visto una vez de lejos. Pareció reconocernos como integrantes de su cuerpo de baile, pues enseguida dijo:

—Hoy no hay ensayo ni funciones. No quiero arriesgarme a que me destrocen el local. Y vosotros ya podéis tener cuidado por dónde andáis. Dicen que, en la plaza de Cuatro Caminos, el ejército ha dispersado a los piquetes con fuego de ametralladoras. Van a declarar el estado de guerra... si no lo han hecho ya.

La puerta se cerró sin darnos tiempo a reaccionar. Los tres nos quedamos mirándonos los unos a los otros.

—Me voy a ver a Ernesto —decretó Rita al fin—. Igual hay suerte y me gano unos reales... porque, lo que es aquí, no hay nada que rascar.

Vi de soslayo cómo Andrés torcía el gesto. Nunca había hablado con Ernesto, pero le disgustaba que yo posara para un hombre cuyos ingresos provenían de retratar a chicas desnudas. Se encogió de hombros.

—Bueno, vamos donde el sátiro ese y luego...

Creí que su intención era pasar el resto del día conmigo en la buhardilla. No podía andar más equivocada.

—... dejo a Flori en casa...

Fui incapaz de ocultar mi decepción.

—¿Y tú?

—Me uno a los piquetes.

—¿Y si te disparan? Ya has oído...

—No voy a esconderme como una gallina. Mi sitio está con los míos... los nuestros... ¿No lo entiendes?

Negué con la cabeza. No asimilaba que prefiriera arriesgar el pellejo junto a los huelguistas a estar conmigo. Me invadió la bilis del despecho. Estuve a punto de echarle en cara que, en realidad, no me quería; que solo fingía amor para llevarme a su cama de la pensión y no era mejor que los vejestorios del Cocó. Entonces Rita intervino:

—Anda, quédate conmigo donde Ernesto. Ahí estaremos bien... y si nos ganamos unos reales, no habremos perdido el día.

Nos colgamos cada una de un brazo de Andrés, que avanzaba cabizbajo, dando zancadas furiosas. Las calles que enfilamos para ir a ver a Ernesto estaban desiertas y no tuvimos encontronazos con militares ni huelguistas. Al llegar ante la puerta del estudio, Andrés se desasió de nosotras y nos miró con expresión de mula díscola. No me atreví a pedirle que nos acompañara dentro. Sabía que por nada del mundo pisaría lo que consideraba el antro de un libertino aprovechado. Solo toleraba mis posados para Ernesto porque sabía que yo le superaba en terquedad.

Rita golpeó la puerta con su habitual ímpetu. La espera se hizo eterna hasta que oímos pasos arrastrados al otro lado y lo que sonó a forcejeo con cerrojos y llaves. Asomó nuestro fotógrafo con rostro ausente, los ojos velados por una pátina vidriosa y los movimientos lánguidos de quien camina en sueños. Esbozó una sonrisa morosa y nos invitó a pasar.

—Luego vengo a recogeros, chicas —exclamó Andrés; dio media vuelta y se marchó sin más.

—Ese anda en jaleos con los cabecillas que han discurrido esta huelga —dijo Rita—. Cualquier día te meterá en un lío con la autoridad..., si no te preña antes.

¡Lo que me faltaba! Rita y sus malos augurios. Como si no me sintiera bastante humillada viendo alejarse a Andrés sin volver siquiera la cabeza para mirarme, aunque solo fuera un poquito y de reojo.

—¡Cállate ya! Eres peor que un cuervo.

—Tiempo al tiempo.

En el vestíbulo nos asfixió un aroma espeso y dulzón que se intensificó al pasar al estudio. Sobre una mesita baja, junto al diván, reposaban una lámpara de aceite encendida y la pipa en la que fumaba Ernesto de un tiempo a esa parte. Era muy rara: de un recipiente de porcelana con forma de cebolla salía un tubo de madera rematado en una boquilla que parecía hecha de oro líquido. Mucho después supe que ese material es ámbar y está muy cotizado. Ernesto alzó la pipa a modo de invitación. Rita y yo rehusamos. Ella se negaba a probar cualquier cosa que pudiera distraerla de su búsqueda del estrellato. A mí, lo que Ernesto quemaba dentro del bulbo de porcelana al calor de la lámpara y luego aspiraba a través de la boquilla, una sustancia llegada de Oriente llamada opio, me recordaba al láudano que precipitó la caída de la Bella Amapola y me daba mucho miedo.

Pese a que la droga ralentizaba sus movimientos, Ernesto tardó poco en preparar la cámara. Dispuso muebles, almohadones y telas para crear un decorado extravagante ante el que nos retrató hasta agotarnos. Tiempo después, confesó que el material tomado aquel día salió fabuloso y se vendió como los churros calentitos. Al acabar la sesión, Rita y yo nos sentamos a esperar a Andrés. Ernesto nos pagó y compartió con nosotras la comida que guardaba en el anexo al estudio donde guisaba y dormía. Las horas se estiraron. Tomamos café del que colaba en su pequeña cocina de carbón y le dejamos explayarse sobre la guerra europea, su tema favorito. Finalmente cargó su pipa, la calentó sobre la lámpara de aceite, estiró sus largos huesos en el diván y empezó a fumar hasta que su mirada se tornó más vidriosa aún que antes.

El aroma mareante del opio comenzó a invadir la estancia y Andrés aún no había aparecido. Rita se impacientó.

—Tu novio no va a venir. A saber dónde andará ese.

—Vendrá —le defendí yo, más por tozudez que convencida.

—Pues yo digo que nos marchemos... o el tufo de esa pipa nos drogará como a este.

Señaló a Ernesto, desparramado en el diván con los ojos cerrados y una expresión de paz infinita en la cara.

—Vale..., vámonos —claudiqué.

En la calle, nos dimos cuenta de cuánto había avanzado la tarde. El calor estival empezaba a remitir. Los tranvías seguían sin circular. Las tiendas permanecían cerradas, al igual que cafés y otros lugares de esparcimiento. Aún patrullaban a caballo parejas de militares, reforzadas por guardias a pie. Durante el trayecto a la buhardilla, tuvimos que esquivar algún rifirrafe que otro entre piquetes y el ejército. Un guardia nos gritó cuando huíamos del jaleo cogidas de la mano: «¿Queréis saber lo que vale un peine, zorras? ¡Volved a la cocina, que es donde tenéis que estar!». La violencia se había adueñado de las calles y nada quedaba del alegre bullicio cotidiano.

Cuando subimos temblorosas el sinfín de escalones hasta nuestra buhardilla, yo ya había imaginado mil desgracias que podían haberle ocurrido a Andrés. ¿Y si le habían metido preso? O, peor todavía: ¿y si le habían disparado en algún enfrentamiento y se debatía entre la vida y la muerte?

Al caer la noche, la oscuridad exacerbó mis apocalípticos temores. No logré conciliar el sueño, mientras que Rita dormía a mi lado a pierna suelta. La luz del amanecer ya asomaba tímida por la claraboya del techo cuando varios golpes sacudieron la puerta. Mi amiga solo gruñó y se dio la vuelta. Yo salté de la cama. Corrí a abrir enredada en el camisón, la trenza de dormir echada sobre un hombro. Ante mis ojos desfiló la imagen de soldados malcarados disparando a Andrés, que expiraba en un charco de su propia sangre. ¿Quién aguardaría en el rellano para darme la mala noticia?

Giré la llave. Abrí de un tirón.

Andrés traía un aspecto lamentable. Iba empapado en sudor, la camisa sucia colgaba por fuera del pantalón, una manga estaba desgarrada y manchada de algo que semejaba sangre seca, el cabello revuelto le caía sobre la frente. Suspiré de alivio al no apreciar heridas visibles. Él se abalanzó sobre mí y me estrujó en un abrazo. Su aroma familiar, mezclado con el olor acre a transpiración reciente, ejerció sobre mí un efecto calmante.

—Flori, perdóname. No pude ir a por vosotras.

Encadenó balbuceos sobre asaltos a armerías, refriegas con el ejército y multitud de heridos, incluido un muchacho muy joven, casi un niño, que agonizó entre sus brazos. A mí solo me importaba él. Me acurruqué contra su pecho y dejé que me inundara su calor. La angustia se fue calmando hasta que, de pronto, sentí una ira tan intensa como la preocupación de antes. Me desasí de él y le golpeé el pecho con los puños.

—¡No vuelvas a darme un susto así! ¿Me oyes?

Él me agarró de las muñecas. Bajo su ternura, aprecié un poso de enojo.

—Amor mío, el mundo no somos solo nosotros dos. Un hombre tiene obligaciones...

—¡Tú y tus ideales! —le interrumpí—. ¿Y yo? ¿No cuento nada?

—Hay cosas más importantes que hacer manitas —replicó él, sin molestarse ya en disimular su creciente enfado—. ¿No ves que esta lucha te beneficia a ti también? ¿Piensas dejar que te sigan explotando en teatruchos de mala muerte hasta que seas demasiado vieja para bailar? ¡Despierta de una vez!

—¡No me hables así! —le grité—. El Trianón no es un teatrucho. ¡Y aún puedo triunfar!

—Flori —dijo Andrés, ahora con más suavidad—, el destino de los que nacemos pobres como ratones de iglesia siempre ha sido servir a los ricos de carne de cañón. Mulas de carga. Criados ignorantes. Y las muchachas como tú sois chicha fresca para darle gusto al vicio. Pero ¡tenemos dignidad! ¡Orgullo! Nos sobran cabeza y valor para decir «¡Basta!». Yo he aprendido a pensar y no pararé hasta que abra los ojos a los demás. El conocimiento es el arma con la que tumbaremos a los patronos, y ellos lo saben. Por eso nos mantienen analfabetos. Los pobres tenemos que atizarles donde más les duele: agrupándonos en organizaciones de obreros y mermando sus ganancias con huelgas bien dirigidas...

La voz somnolienta de Rita cortó su discurso.

—Si fueras mi novio, te abriría la cabeza con la sartén por sinvergüenza.

Miramos hacia la cama. Rita se había vuelto a ovillar, enredada en su espesa cabellera, que le gustaba dejarse suelta para dormir. Andrés y yo nos echamos a reír. Pero el alivio de haberle recuperado sano y salvo no borró la preocupación que había sentido poco antes por él. Intuía que, a partir de ese día, iba a vivir en perpetuo temor a que le ocurriera algo malo en sus correrías revolucionarias. Y una pregunta empezó a abrirse camino en mi mente: ¿por qué los hombres eran incapaces de entregarse por completo al amor, como hacíamos las mujeres?

El mosquito y la farola

La huelga dejó veintiún muertos en Madrid más numerosos heridos, según se rumoreó entre bastidores en el Trianón. El carácter de Andrés cambió después de ese día. Desde los tiempos del barrio, cuando empezamos a dejar atrás nuestra niñez, le había oído quejarse de las injusticias y defender a los anarquistas que tanto miedo me daban a mí, pero nunca perdió la alegría. A raíz de ver morir en su regazo a ese chiquillo desconocido, se volvió taciturno e inquieto, se le instalaron sombras negras bajo los ojos y le abatió un aire de seriedad que le hizo parecer mayor en cuestión de días.

—No pienses más en eso. No fue culpa tuya —intenté animarle una madrugada, de camino a la buhardilla, cuando me habló una vez más de lo ocurrido.

—¡No sabes nada! ¡Claro que no tuve la culpa! —replicó él con acritud, y se señaló el brazo derecho—. Pero aquí conservo la quemazón de su sangre para recordarme cómo nos dispararon los militares. ¡Ni a las ratas se las mata así!

Le miré de reojo. Ese semblante endurecido no era el del Andrés al que amaba.

Comenzó a encadenar ausencias en el teatro. Cuando acudía a trabajar, lo hacía con evidente desgana. Sé que el oficial tramoyista le apreciaba y Rita, que se enteraba de todo, me contó que este le defendió cuando su actitud llegó a oídos de los jefes, aunque no sirvió de nada. En diciembre dos noticias fueron comentadas a conciencia en cada rincón del Trianón. Una era que los Estados Unidos de América, un país de ultramar del que la mayoría ni habíamos oído hablar, había declarado la guerra al Imperio austrohúngaro. La otra era el despido del ayudante del tramoyista por haber dado una mala contestación al mismísimo dueño del teatro. Aquella noche bailé tan nerviosa que de puro milagro no hice caer a ninguna de las otras chicas.

—Ese te va a buscar la ruina —me dijo Rita al oído en el camerino, mientras nos cambiábamos de ropa—. Cuanto antes lo mandes a paseo, mejor.

—¡Yo le quiero!

—El amor es un engañabobos, Flor. Lo que necesitamos nosotras es un protector con posibles.

—Será que tú tienes muchos —salté.

—Por lo menos, no me lío con pelagatos.

Como de costumbre, mi amiga tenía que decir la última palabra.

Al acabar la función, Andrés me esperaba junto a la salida de artistas, mezclado entre los novios de las coristas y los calaveras que acechaban a su favorita para llevarla al huerto (las estrellas recibían a sus devotos en su propio camerino). Nos abrazamos. Volví a sentir en su cuerpo la desazón que le consumía desde la huelga de agosto. De soslayo, vi que Rita me decía adiós con la mano. Parecía muy enfadada conmigo.

—¿Cómo has podido enfrentarte al dueño?

—Qué más da…

—Y ahora ¿qué vamos a hacer?

Él se desasió de mí.

—Siempre encuentro trabajo. Además, tengo planes.

Me asustó su aire de misterio.

—¿Vas a irte de Madrid?

—¿Y dejar a la chica más guapa de España a merced de los crápulas de la capital? ¡Jamás!

Su tono desenfadado me sonó a falso. Andrés tramaba algo que no me incluía a mí. Él me ofreció su brazo.

—¿Tendrá la señorita la gentileza de acompañarme a la pensión esta noche?

Me enganché a él.

—Cuando hablas así, pareces un finolis.

—La única diferencia entre los finolis y nosotros es que ellos tienen dinero, educación y buena comida, mientras que a los pobres nos toca conformarnos con sus sobras —sentenció con resentimiento—. Pero ¡yo no pienso resignarme!

No supe qué decir. Recorrimos en silencio el trayecto hasta la pensión de doña Manolita. Aquella madrugada sus besos dejaron en mi boca un regusto amargo. Cuando se abismó dentro de mí, le noté menos entregado que antes. Como si la sangre de aquel muchacho al que abrazó mientras expiraba le estuviera alejando de mí.

En los meses que siguieron, Andrés me anunciaba con frecuencia que le había salido trabajo fuera de Madrid y pasábamos semanas sin vernos. Nunca conseguí sacarle adónde le llevaba esa vida itinerante, ni qué hacía para ganar dinero. Tras haber saboreado el cielo en su cuerpo y sus caricias, la hambruna sensual provocada por sus ausencias me sumía en ataques de melancolía y pesimismo. En esos períodos me peleaba incluso con Rita, cuya inquebrantable fe en el éxito que conquistaríamos me sacaba de quicio. Cuando Andrés reaparecía junto a la puerta de artistas del Trianón, con el humo del cigarrillo difuminándole los ojos entornados, recuperada por un rato la sonrisa que perdió el día de la huelga, me invadía la alegría con la misma intensidad que antes la tristeza. Corríamos a la pensión de doña Manolita. Nada más pisar la alcoba, nos abalanzábamos el uno sobre el otro y nos devorábamos engullidos por el colchón de lana lleno de bultos. Amordazando los gemidos en la garganta para que no nos echara la dueña, descuidábamos cualquier otra precaución que pudiera enturbiar el deleite. Yo sabía que estaba jugando con fuego. No necesitaba que me lo recordara Rita a la menor ocasión, como si fuera la voz de mi conciencia. Pero cuando volvía a ver a Andrés, solo me importaba él.

Todos nos aferramos alguna vez a luces que iluminan los rincones oscuros de nuestras vidas. La de mi amiga era el éxito que la aguardaba en algún recodo del futuro, acompañado de fama y joyeros rebosantes de alhajas. Mi señuelo en aquella época era el amor, que me tenía revoloteando como un mosquito alrededor del resplandor de una farola.

Tiempo de tormentas

Cumplí los dieciocho durante la función especial que dio el teatro el día de Año Nuevo. Al acabar, Rita me regaló en el camerino un pañuelo de muselina bordada y me dio un beso en cada mejilla. Las otras chicas me rodearon para felicitarme. Sus atenciones no aliviaron mi mal humor. Me hallaba en medio de un período de profunda negrura. Llevaba semanas sin saber nada de Andrés y en mi cabeza se mezclaba la preocupación con un sinfín de dudas. ¿Por qué se ausentaba tanto? ¿Le habría ocurrido algo malo? ¿O se habría encaprichado de alguna muchacha que supiera leer, escribir y hablar tan bien como él?

Nené, una morenita de cuerpo menudo que en realidad se llamaba Irene, nos propuso ir a la fiesta de un lechuguino bohemio que la rondaba. Aunque Rita y yo nos llevábamos muy bien con ella, rehusamos. Mi amiga evitaba todo lo que consideraba una distracción en su camino a la fama y yo no estaba de humor para celebraciones.

—Anda que no son presumidas estas… —se burló Gracia; era de Móstoles y se la tenía jurada a Rita, pues las dos competían por destacar en cuanto pisaban el escenario—. Ni que fueran de la realeza. Yo sí que me apunto…

—A ti nadie te ha *dao* vela en este entierro —la cortó Nené.

—¡Menudos humos tenemos! —Gracia puso los brazos en jarras—. Pues te puedes meter tu fiesta donde te quepa, so loro.

—¡Pedazo de burra! Si en vez de hablar, rebuznas. ¡En una cuadra tendrías que estar! —la increpó Nené.

—¡Burra será tu madre!

Gracia hizo ademán de saltar sobre ella para atizarle. Rita me cogió de un brazo y me empujó hacia el tocador que compartíamos.

—Déjalas que se saquen los ojos. Nosotras a lo nuestro.

Nos quitamos el espeso maquillaje de actuar y regresamos a nuestra buhardilla sin entretenernos. Hacía tanto frío que ni los lechuguinos más juerguistas andaban por la calle. Al llegar a casa, nos metimos en la cama, acurrucadas la una contra la otra para darnos calor.

—Cuando tenga dinero, haré que las criadas enciendan la chimenea y calienten la cama antes de acostarme… Porque me pienso comprar una casa grande llena de chimeneas y estufas —fue lo último que murmuró Rita antes de quedarse dormida.

Yo tardé un buen rato en conciliar el sueño. Durante el día, los muchos quehaceres a los que nos dedicábamos Rita y yo me mantenían la mente distraída, pero de noche la prolongada ausencia de Andrés me pesaba más y más. En la oscuridad de la buhardilla, mecida solo por la respiración acompasada de Rita, me torturaban visiones apocalípticas del cuerpo de Andrés malherido sobre los adoquines de alguna calle desconocida, o torturado por los guardias en un oscuro calabozo, como murmuraba la gente que acababan los que se atrevían a crear problemas a los poderosos.

En cuanto se presentaba la ocasión, preguntaba a Ernesto por los anarquistas, sus propósitos y si había alguna noticia nueva sobre ellos en los periódicos. Nuestro amigo siempre estaba al tanto de lo que ocurría en España y en la guerra europea. Tan grande era su afán divulgador que gozaba instruyéndome mientras tomábamos su café con leche después de las sesiones de fotografía.

—El anarquismo es el resultado de la pobreza y la opresión en la que se ha mantenido al pueblo desde tiempos inmemoriales —filosofó una tarde—. Nace de un propósito noble, sí, pero permitidme observar que sus métodos para luchar contra las injusticias no me lo parecen. Asesinar, hacer estallar bombas que matan a inocentes… ¿Qué nobleza hay en eso?

Rita frunció los labios en una mueca desdeñosa.

—A esta, la política se la trae al fresco —refunfuñó—. Solo quiere saber si habrán metido a su Andrés en el calabozo. ¡Lo que tiene que hacer es mandarlo a paseo en cuanto asome por aquí! Si es que asoma…

—Ay, niña —Ernesto esbozó una sonrisa picarona—, el amor no atiende a razones, ni se deja domar. ¿Cómo va a dejar Flori al muchachito que la ha hecho ponerse tan guapa y luminosa? Búscate un novio tú también, a ver si te dulcifica ese genio de sargento que estás echando.

—¡Solo faltaba que me líe yo también con un pinchaúvas!

Yo nunca intervenía en esos rifirrafes amistosos. Bastante me costaba controlar mi angustia, que crecía cada día un poquito más.

Andrés reapareció una madrugada de mediados de febrero. Me esperaba cerca de la puerta de artistas del Trianón. Su figura transmitía un aire furtivo, medio oculta detrás de la farola de siempre, como si quisiera evitar que le vieran los antiguos compañeros del teatro. Había enflaquecido y su semblante era más sombrío que en su última visita. Cuando alzó las manos callosas para acariciarme el rostro, vi que llevaba las uñas desportilladas y renegridas. Con lo aseado que había sido siempre en ese aspecto, incluso cuando remendaba zapatos en el taller de su padre. De camino a la pensión de doña Manolita, cumplimos con nuestro ritual de besarnos en todos los rincones a los que no llegaba la luz de las farolas. ¡Cómo ansiaba sus labios, su piel y su olor después de tanto tiempo! Y qué distinta me sabía su saliva a ratos. Parecía la de un extraño. ¿Se estaba convirtiendo Andrés en otro hombre, o era yo la que veía nuestra relación con ojos diferentes?

En los intervalos entre un beso y otro hablamos poco aquella noche. Estábamos ya cerca de la pensión cuando Andrés aminoró el paso y se me quedó mirando.

—Hace poco volví al barrio para ver a mi madre. Hablé con tu hermano Rubén.

La mención del Arrabal y de Rubén me hizo sentir culpable. Hacía tiempo que debería haberles escrito a mis hermanos a través de Ernesto, pero siempre lo dejaba para más adelante. Era tan poco interesante lo que podía contarles.

—Se ha hecho buen mozo. Ahora ayuda a Faustino en el colmado. Es despierto como una ardilla, pero me da en la nariz que va a ser un rata. Le brillan los ojos más que un candil cuando cuenta el dinero.

Andrés se rio. A mí no me hacía gracia el símil, pero me callé.

—¿Te contó algo de los otros? —pregunté.

Él me pasó el brazo por encima del hombro y me atrajo hacia sí.

—Amador festeja con una chica que no es del barrio. Tino sigue descargando carros en el mercado y tu padre... —Hizo una pequeña pausa—. Tu padre murió por Navidad.

La noticia me causó un pinchazo inesperado a la altura del corazón. Nunca había querido al hombre que nos amargó a todos con sus borracheras y sus palizas. ¿Por qué ahora me impresionaba su desaparición? ¿Acaso también abría un agujero en nosotros la ausencia de aquellos a los que aborrecíamos? ¿Tenía el odio la misma fuerza que el amor?

—Lo encontraron en la calle, de madrugada —continuó Andrés—. La gente cree que salió de la taberna como una cuba, se durmió o se desmayó... y murió de frío.

No fui capaz de decir nada de lo cerrada que tenía la garganta. Apenas hablamos durante el resto de la caminata. Doña Manolita se mostró tan encantada con Andrés como de costumbre. A mí apenas me miró. Eso tampoco era nada nuevo. En cuanto entramos en la alcoba, él me abrazó y me besó con urgencia. Yo había anhelado sus labios cuando bailaba en pos del éxito en el Trianón, durante el lapso que me costaba conciliar el sueño en las gélidas madrugadas invernales y cuando posaba en cueros para Ernesto. Ahora, al fin, su boca sorbía la mía mientras sus manos acariciaban mi piel y yo sofocaba los gemidos por no perturbar a los demás huéspedes. Amalgamamos nuestros cuerpos para saciar el hambre acumulada tras la larga separación. Pero algo había cambiado en Andrés. Sus movimientos mostraban una precipitación desconocida. En las rítmicas embestidas de su miembro noté un asomo de rabia donde antes solo había gozo y ternura. Al rato salió de mí, jadeando como un perro exhausto. Nos apretujamos el uno contra el otro hasta que recuperamos el resuello. Su cuerpo parecía haberse relajado. Aproveché su calma para hacerle la pregunta que me quemaba desde hacía semanas.

—Aparte del barrio, ¿dónde has *estao* tanto tiempo?

Él dio un respingo. Se incorporó a medias y recostó la espalda contra el cabezal de latón. Yo apoyé la cara sobre su torso. Sentí en la mejilla su calor y los latidos de su corazón, pero eso no mitigó mi creciente malestar.

—Por ahí...

—Nunca me dices nada... —osé reprocharle—. No andarás metido en algo... algo malo con los anarquistas esos...

—¡Qué bobadas se te ocurren! Trabajo en el campo, en los telares..., lo que va saliendo —dijo de mala gana.

—No tenías que haberte puesto a mal con el Trianón. Era un buen trabajo. Podrías haber *llegao* a jefe de tramoyistas...

—Sí, claro —me interrumpió con brusquedad—, y seguir dejándome explotar para comerme las migajas que caen de la mesa de los ricos. ¡No cuentes conmigo para vivir así!

Su última frase me enojó y abrió el tarro de los rencores, que se había ido llenando durante su ausencia. Me separé de él.

—¡Nunca piensas en mí! —le espeté—. Te marchas meses y meses sin decir esta boca es mía y solo vuelves *pa*... —moví la mano derecha abarcando la cama— *pa* esto. Tu perra, ¡eso es lo que soy! Debería hacer caso a Rita y... y dejarte...

Me arrepentí nada más pronunciar la última palabra, pero ya no había vuelta atrás.

Andrés dio un respingo. Me miró fijamente. Sus ojos se habían achinado por la ira.

—¡La que faltaba! —voceó—. ¡Bien que te ha calentado la cabeza la sargentona! Y tú... ¡tú no ves más allá de tus narices! Si quieres un novio manso que se case contigo, te llene de hijos hambrientos y se escape a la taberna para gastarse el jornal en vino, ya puedes buscarte a otro.

—¡Quiero un novio que me respete! Tú me tratas como a una bobalicona.

—¿Que yo no te respeto? —gritó Andrés—. ¿Cómo puedes decir eso?

—Mucho hablar de ideales, pero eres igual de mandón que los hombres de nuestro barrio. Las mujeres os importamos un pimiento.

Él ya tenía la boca abierta para replicar cuando nos sobresaltaron tres golpes cautelosos en la puerta.

—¡No arméis tanto escándalo! —Era la dueña—. Me vais a despertar a toda la casa.

Andrés saltó de la cama y se aproximó desnudo a la puerta.

—Perdone, doña Manolita —la tranquilizó a través de la madera—. No volverá a ocurrir, se lo prometo.

—Eso espero. ¡Esta es una pensión decente!

Los pasos de la dueña se alejaron. Andrés regresó a la cama. Se sentó en el borde y se me quedó mirando. Me entraron ganas de acariciar el vello oscuro que cubría su torso, pero me contuve. Una sonrisa surcó de pronto su cara. Alzó una mano y me acarició la mejilla.

—¿Así que soy igual que los hombres del barrio?

—Igual, igual, no..., pero con las mujeres haces lo mismo. Todos nos tratáis como si fuéramos tontas de capirote.

Él emitió un largo suspiro.

—No te cuento lo que hago porque no quiero complicarte la vida, Flori —susurró.

—Entonces... ¿andas metido en líos con los anarquistas esos?

—No son líos. Luchamos por cambiar la vida de los pobres..., la nuestra...

—Ernesto dice que ponéis bombas y... que matáis a la gente...

—Otro que te calienta la cabeza —ironizó Andrés, cuidando de no alzar la voz—. Cuando se lucha contra las injusticias puede haber muertos, claro. Esto no es un juego.

Se acostó a mi lado y se tapó hasta la barbilla. La noche era bastante fría y en ese cuarto solo había un brasero que siempre estaba apagado. Me apreté contra su cuerpo.

—No quiero que te pase nada malo —murmuré—. No podría vivir si… si te metieran preso, o algo… peor.

—Sé cuidarme —dijo él. Se colocó encima de mí y me besó—. Ay, Flori, sigues tan respondona como cuando éramos niños. Solo te ha faltado atizarme una bofetada de aquellas.

—Aún te la puedo dar.

Nada más decirlo, me entró la risa. Andrés se rio también. Me sujetó por las muñecas. Sus labios descendieron despacio por mi cuello hasta llegar al pezón izquierdo. Lo lamió con deleite, después pasó al derecho.

—No lo harás… —farfulló, con la boca llena—. Porque pienso dejarte sin pizca de fuerza esta noche.

Rodeé su torso con los brazos y me abandoné a esa dulce lujuria.

Mala entraña

Aquel año se me fue entre sufrir las ausencias de Andrés y entregarme a él a su regreso. Nada importaba cuando reaparecía después de semanas de melancolía, reconcomio y dudas que Rita no contribuía a disipar.

—Mándalo a paseo, Flor. Ese no anda en nada bueno —machacaba sin contemplaciones.

Yo no quería ni pensar en dejar al muchacho que había aportado alegría y placer a mi desmañada vida. Tras su marcha, le añoraba desde el agujero que se abría en mi corazón. Mientras estábamos separados, vivía acopiando rencores y esperando el próximo reencuentro. Estaba segura de que sucumbiría si él decidiera no regresar a mi lado, o si algo malo se lo impidiera.

En junio, cuando los días eran largos y el calor ya presagiaba un verano tórrido, Andrés llevaba al menos dos meses sin dar señales de vida. El tema de la guerra seguía causando discordia en las tertulias de la ciudad. La gente favorable a los alemanes se deshacía desde abril en lamentos por la muerte del Barón Rojo, un militar alemán que había aterrorizado al enemigo desde ese invento llamado aeroplano, más asombroso aún que los automóviles porque podía volar como un pájaro. Ernesto nos contaba en su estudio que los países enzarzados en la contienda poseían bandadas enteras de esas aves mecánicas gigantes, que se ametrallaban unas a otras desde más arriba de las nubes. Por esa época, yo ya no pensaba tanto en el alemán que me rescató de la subasta de Rufino, pero cuando el fotógrafo nos contó que el tal Barón Rojo había sido un apuesto joven perteneciente a la nobleza germana, recé por que no hubiera sido mi salvador el que halló la muerte en el cielo.

Durante aquel verano naciente se produjo un cambio en nuestra rutina de subsistencia. Una tarde, el portero del Trianón se dirigió a Rita nada más vernos traspasar la puerta. Pepón era un vejete que siempre dormitaba encogido dentro de su pequeña garita y solo alzaba los párpados para controlar quién entraba o salía. Pese a sus maneras de lagarto gandul, nos conocía a todos por el nombre, en especial a las chicas.

—Eh, Rita, el jefe quiere hablar contigo.

—¿Cómo?

Rita, que había pasado la primera con su habitual prisa, se paró tan de repente que no tuve tiempo de reaccionar y casi caí encima de ella.

—Que sí —insistió Pepón—, que vayas a su despacho en cuanto vengas…, eso me ha dicho. El mismo que viste y calza. A saber qué habrás hecho.

Rita se quedó aturdida. Pese a que el dueño del Trianón se sentaba con frecuencia en el patio de butacas para vernos ensayar, jamás nos había dirigido la palabra. Ni a nosotras, ni a ninguna de las coristas. Sus órdenes solían llegarnos a través del anciano que me hizo la ficha cuando fui a buscar trabajo tiempo atrás. Por supuesto, él no daba muestras de acordarse de mí.

Empujé a Rita por el pasillo. Nunca la había visto tan paralizada.

—¿Qué querrá? —musitó—. Mira que si me despide…

Yo temía más un asalto como el de don Facundo que el despido. Rita era muy guapa, sabía sacar partido a sus encantos y bailaba con más desparpajo que ninguna de las chicas. Seguro que el dueño se habría encaprichado de ella. Pero no le dije nada por no preocuparla más.

—¿Por qué te va a despedir, si bailas mejor que nadie?

—Ay, hija, ¿para qué me va a llamar si no?

Le puse la mano en el hombro y le di un empujoncito.

—Anda, no le hagas esperar, que ya sabes lo tiquismiquis que son los mandamases. Cuanto antes sepas lo que quiere, mejor.

Por primera vez desde que nos conocíamos, me hizo caso sin rechistar. Observé cómo se alejaba su silueta por el corredor penumbroso. Se me antojó frágil, tan volátil como la flor del diente de león. Entré en el camerino y empecé a arreglarme para la función. Pasó un buen rato hasta que se perfiló la imagen de Rita en el espejo del tocador. Ya reinaba el guirigay habitual entre unas que se vestían, otras que andábamos por la fase del maquillaje y alguna tardana que se quitaba la ropa de calle agobiada por las prisas. Rita se dejó caer sobre la mitad libre del taburete que compartíamos. No me dio tiempo a preguntarle cómo le había ido. Advertí que le costaba no alzar la voz cuando me dijo al oído:

—Flor, tienes delante a la Bella Frufrú.

Tardé unos segundos en comprender. Quise abrazarla, pero ella me contuvo.

—Chis, que no se enteren las otras aún. El jefe lo va a anunciar entre bastidores antes de que dé comienzo la función. Empezaré a ensayar mañana.

—¿Y no te ha *obligao* a hacerle cosas... como don Facundo?

—¡Qué va! Don Antonio es todo un caballero. Ha dicho que llegaré lejos en esto.

Rita comenzó a pintarse con manos temblorosas. Yo acabé de empolvarme la cara y me recogí el pelo. De pronto, se detuvo y me miró a través del espejo con sus ojos gatunos.

—¡Soy tan feliz!

Tragué saliva. Me alegraba mucho su suerte, merecida después de tanto luchar por destacar entre una pléyade de chicas que matarían a su madre en pos del triunfo; de soportar privaciones por haber nacido sin posibles y de complacer a ricos rijosos que se aprovechaban de nuestra pobreza. ¡Claro que me alegraba por ella! Pero en medio de la riada de buenos sentimientos, también se había filtrado alguna gota de hiel. ¿Seguiría guiándome Rita como una hermana mayor si triunfaba la Bella Frufrú? ¿O se distanciaría de la insignificante Florita que aún no había conseguido destacar? Ella me había enseñado a desenvolverme en el ambiente de las variedades, dirigía mis pasos con perspicacia a través del laberinto de envidias y zancadillas en el que nos movíamos...

¿qué haría si me abandonaba a mi suerte? Le apreté el antebrazo, que aún le temblaba.

—Y yo. Te vas a hacer más famosa que la Chelito.

Nos sobresaltó una voz chillona a nuestras espaldas.

—¡Ya andáis con vuestros secretitos! ¡Brujas, que sois unas brujas!

Rita y yo nos giramos al mismo tiempo. Gracia, su eterna rival sobre el escenario y enemiga encarnizada, se había plantado detrás de nosotras, con los brazos en jarras y una fea expresión en el rostro recién pintado. ¿Habría escuchado nuestra conversación susurrada?

—¡Bruja serás tú! —saltó Rita—. ¡Cualquier día sales de aquí volando! No necesitas ni montarte en la escoba, de lo bruja que eres.

—¡Te voy a dejar la cara que no te va a reconocer ni la madre que te parió!

Me levanté e intercepté la mano de Gracia, a medio camino de cumplir la amenaza. La alejé de un empujón.

—¡Ni te atrevas! ¿Quieres que nos echen a la calle a todas?

Varias chicas rodearon a Gracia y la arrastraron al otro extremo del camerino.

—Déjalas tranquilas, petarda —intervino Nené—, que enseguida nos toca bailar. Eres más rabanera…

Gracia nos lanzó una mirada asesina, pero no regresó para incomodarnos. Cuando me volví a sentar, Rita me miró con una expresión que oscilaba entre la diversión y la admiración.

—¡Vaya genio! A esa la has metido en cintura pero bien. Te has hecho toda una mujer, Flor.

Mi amiga debutó una semana después con el nombre artístico al que llevaba años sacando brillo en su cabeza. Aunque siguió formando parte del cuerpo de baile, le asignaron un hueco para cantar al comienzo de la función, en cuanto las coristas despejábamos el escenario. La noche de su estreno no corrimos a cambiarnos como de costumbre. Remoloneamos entre bambalinas para ver actuar a la única de nosotras que había logrado destacar. Rita ofreció una versión tan sentida de *Mala entraña*, cuplé que estrenó Raquel Meller tres años atrás en el mismísimo Trianón, que el público no reparó en un pequeño gallo que se le escapó hacia la mitad de la canción. Cuando entonó el estribillo, algunos caballeros de las primeras filas corearon «Serranillo, serranillo, no me mates gitanillo. ¡Qué mala entraña tienes *pa* mí, cómo *pue's* ser así!». Al acabar, fue recompensada con un aplauso ensordecedor y gritos de «¡Guapa!» y «¡Chulapona!». Regresó entre bambalinas con los ojos inundados de lágrimas. Por eso no advirtió que no solo se había ganado al público, también había hecho un puñado de nuevas enemigas entre las que se contaban las estrellas de esos días, que aún se hallaban lejos de poseer la fama de la Meller o la Fornarina y temían ser desplazadas. A mí me alegraba que mi amiga estuviera tan cerca de alcanzar su luz; solo temía que el resplandor del éxito nos distanciara.

Pero no fue su triunfo incipiente lo que nos separó.

Soldado de Nápoles

Ese verano de 1918, saltó la noticia de que los revolucionarios de Rusia habían asesinado al zar Nicolás II junto a su esposa y sus cinco hijos. En los corillos la gente se mostraba horrorizada ante la masacre de toda una familia. Al mismo tiempo, se percibía en el aire un atisbo de optimismo con respecto a la guerra europea. Los más atrevidos auguraban que, después de casi cuatro años de destrucción y muerte, se vislumbraba cerca el armisticio, aunque solo fuera porque ningún país podía resistir por tiempo indefinido semejante sangría de vidas humanas y gasto militar. Ernesto estaba entre los optimistas que pronosticaban la paz para antes de Navidad. Nadie contaba entonces con que la parca conoce muchas más maneras de matar que las armas.

Andrés fue a verme solo dos veces a lo largo de aquel verano. Se quedaba en Madrid como mucho un par de días y desaparecía. Cada vez me sorprendía más su frialdad y la dureza de su mirada. Era como si, desde el día de la huelga general, el Andrés del que me había enamorado se hubiera visto dominado por un extraño que solo permitía asomar al verdadero cuando nos enredábamos sobre la cama grumosa de su alcoba en la pensión de doña Manolita.

Rita fue mejorando su técnica vocal y siguió conquistando al público del Trianón. Entre los parroquianos asiduos se empezó hablar de ella como la próxima Raquel Meller. En octubre, la dirección del teatro le ofreció cantar otro tema poco antes de la actuación de la estrella que cerraba la función. Rita eligió *Flor de té* de la Meller. El nuevo número suponía para ella ganar más dinero y un paso gigante hacia la conquista de un camerino propio. Entre las coristas rivales se propagó el pánico, aunque ninguna se atrevía ya a manifestar envidia. Hasta Gracia se volvió lisonjera con ella. Rita, sin embargo, supo mantener la cabeza serena ante el súbito cambio de su suerte. No se mudó de la buhardilla que compartíamos, como yo había temido, y la paulatina mejora en su posición solo se notó en que compró algo de ropa nueva y dejó de posar para Ernesto, pero no de visitarle. El fotógrafo, cada día más prisionero de los vapores de su pipa de opio, se había convertido en un amigo que nos instruía y aconsejaba.

—Tú también triunfarás —me animaba Rita cuando me veía alicaída—. Aún eres muy joven.

Pese a sus buenas palabras, yo cada día veía el éxito más lejos de mi alcance. Empezaba a pensar que triunfar era como ganar un premio en la lotería: algo que solo les ocurría a las agraciadas, sin importar lo mucho que una luchara por merecer el éxito.

Una madrugada, ya casi acabado el mes de octubre, Rita y yo caminábamos de regreso a casa después de la función. Como siempre, íbamos a buen paso por las calles semidesiertas, hasta que ella se detuvo y me agarró de un brazo.

—No corras tanto, Flor, que no puedo más.

Aminoré el paso y la escruté. Bajo las débiles luces de la ciudad durmiente, la siempre enérgica Rita tenía un aspecto mortecino, incluso fantasmal. Vislumbré en su frente un mosaico de gotitas de sudor.

—Te veo rara. ¿No estarás mala?

—Ay, no sé —murmuró ella—. No ando nada católica hoy.

—Habrás *pillao* el catarro ese del que habla todo el mundo.

En primavera, varias chicas y algunos técnicos del Trianón habían enfermado de un fuerte catarro que llamaban gripe y obligaba a los afectados a guardar cama, con el cuerpo dolorido y consumido por la fiebre. Hasta Alfonso XIII, nuestro rey, se contagió. Entonces la gente empezó a llamar a la enfermedad «el soldado de Nápoles», por ser tan pegadiza como la pieza homónima de una zarzuela que hacía furor en el país. Yo no sabía muy bien qué era una zarzuela, salvo que las divas del Trianón cantaban a veces canciones que, según los entendidos, formaban parte de zarzuelas y operetas, otra cosa que desconocía. La del soldado la tarareaba todo el mundo y la tocaban hasta los organilleros en las calles. Con la llegada del otoño, esa gripe había regresado fortalecida, cobrándose incluso numerosas muertes. Nosotras, inmersas en nuestra persecución del triunfo, no nos habíamos preocupado mucho hasta que, dos días atrás, la enfermedad se había llevado a nuestro tendero, un hombrecillo amable que nos fiaba durante las malas rachas. Eso había depositado la misteriosa dolencia casi a las puertas de nuestra buhardilla y nos había abierto los ojos a la realidad.

—Bah, será algo que me ha sentado mal.

Percibí entre las palabras de Rita un jadeo que me inquietó. Tardamos mucho más de lo habitual en subir los cinco pisos hasta el palomar que compartíamos, pues ella se detenía en cada rellano a descansar como si fuera una anciana. En nuestro desván se nos echó encima un frío que nos pasmó. En lugar de apresurarse a encender la estufa, como hacía siempre, Rita se puso el camisón entre fuertes temblores y se metió en la cama. Encendí el fuego y recogí la ropa que mi amiga, rompiendo sus pulcras costumbres, había dejado tirada en el suelo. Cuando me acosté a su lado, ya se había abismado en un sueño inquieto. Le toqué la frente. Ardía mucho más que la pobre lumbre de la estufa.

Por la mañana desperté la primera. A mi lado, Rita tenía la cara enrojecida y la ropa empapada de sudor. Respiraba con dificultad y le castañeteaban los dientes. Alzó los párpados muy despacio, como si le pesaran.

—Tengo mucho frío.

Salté de la cama y busqué la gruesa manta que reservábamos para cuando irrumpieran los verdaderos rigores del invierno. La tapé bien con ella.

—A ver si me templo para la función —musitó, casi sin voz—. ¡Qué dolor de cabeza!

Encendí la estufa, que se había apagado durante la noche, eché en un cazo un poco de leche que nos quedaba y lo puse a calentar. Cuando le llevé un tazón a Rita, ella solo movió la cabeza.

—Agua...

Llené un vaso con la que guardábamos en el cántaro. Tuve que ayudarla a incorporar el torso para que pudiera beber. Tomó unos sorbos y volvió a sumirse en su preocupante letargo. Yo me vestí. Bajé a la fuente a por agua fresca. Cuando regresé, Rita yacía con los ojos cerrados, como si estuviera dormida, aunque a veces se removía inquieta y entre sus labios resecos escapaban sonidos ininteligibles. Me entró pánico. En el tiempo que llevábamos compartiendo vivienda y peripecias, era la primera vez que una de nosotras enfermaba de algo que tenía visos de ser más serio que un resfriado o los dolores del mes. ¿A quién podía pedir ayuda? Los vecinos nos miraban de reojo por ser coristas y regresar a casa de madrugada. Con las otras chicas del Trianón, salvo Nené, no nos llevábamos muy allá. Y Andrés..., a saber dónde andaría Andrés. Al acordarme de él, me inundó una oleada de rencor. ¿De qué me servía tener novio, si siempre estaba fuera?

Tal vez debería llamar a un médico. Pero ¿a cuál?

Me acordé de Ernesto. ¡Sí, él nos ayudaría sin titubear! Me incliné sobre Rita. Sus pómulos se habían teñido de un extraño tono rojo oscuro. Le toqué la frente con suavidad. Seguía quemando. Ella abrió muy despacio los ojos, cubiertos por un velo opaco que oscurecía su iris verde.

—Rita, esto no me gusta. Voy a buscar a Ernesto.

—Por la noche estaré bien para cantar —susurró ella—. Ponme otra manta. Tengo un frío...

No teníamos más mantas. La cubrí con las viejas batas en las que nos envolvíamos cuando salíamos de la cama y el abrigo que me dio Rita cuando se compró ropa nueva. No quise perder el tiempo en peinarme. Me recogí la trenza de cualquier manera y me eché un pañolón sobre los hombros.

—Vuelvo enseguida.

Desde la cama surgió un sonido tan débil que no llegaba ni a gemido.

Casi volé escaleras abajo. El estudio de Ernesto no estaba muy lejos y corrí tan deprisa que llegué enseguida. Golpeé la puerta muy fuerte con la aldaba. Al otro lado, nada se movió. Volvió a sacudirme el miedo. ¿A quién podría acudir si Ernesto no estaba en casa?

¡Pero si él apenas salía!, me dije. Tarde o temprano, tendría que abrir. Aguardé un rato, después volví a llamar. Más silencio. Cuando ya estaba a punto de dar media vuelta para regresar con Rita, creí oír pasos arrastrados dentro del estudio. Siguió un lento chirriar de cerrojos y llaves. La puerta se movió muy despacio, como temerosa. Apareció en el hueco la silueta de Ernesto. Estaba tan blanco como la leche, sus mejillas semejaban cuévanos y los ojos, hundidos bajo las cejas, me hicieron pensar en dos pozos en plena noche. Hacía muy pocos días que había posado para él, pero parecía el espectro de sí mismo. ¿Se habría excedido con el opio? Últimamente fumaba a todas horas.

Antes de que pudiera hablar, él me impidió pasar con un gesto de la mano. Retrocedí, asustada. Jamás nos había rechazado a Rita y a mí; su estudio siempre estaba abierto para nosotras.

—¡Ernesto, tienes que ayudarnos! —exclamé—. Rita se ha puesto muy mala y no sé qué hacer. ¡Estoy asustada!

—No entres, Flori. Llevo desde anoche con calentura, escalofríos y dolor de cabeza. Casi no me quedan fuerzas ni para moverme y esto va a más. —Una tos sibilante sacudió su cuerpo de cañaveral—. Creo que tengo la gripe esa que anda por ahí. Ayer murió un vecino mío. Sin salir de esta calle, sé de alguno más que ha acabado en el otro barrio. La gente está cayendo en Madrid y los periódicos le quitan importancia, pero esto es mucho peor que la gripe que hubo esta primavera. Seguro que esta plaga la ha traído el viento desde los campos de batalla franceses donde se descomponen los cadáveres de los desdichados. ¡Es el apocalipsis! ¡Moriremos todos!

La terrorífica visión de Ernesto fue lo único que me faltaba. Tal vez deliraba por culpa de la fiebre, pero a mí me dio la puntilla para echarme a llorar.

—¿Qué puedo hacer? —me lamenté entre hipidos.

Ernesto palideció aún más, si cabe. Parecía a punto de desmayarse cuando se agarró a la puerta.

—¿Tenéis cuartos para pagar a un médico?

—Guardo algo *ahorrao*.

—Espera…

Se arrastró adentro a paso de caracol y regresó al cabo de una eternidad. Sacó una mano cadavérica por el hueco de la puerta. Me engarzó entre los dedos unos cuantos billetes arrugados.

—Toma, que estoy de buena racha con las postales. En la casa de al lado hay un médico. —Señaló hacia la derecha—. Pregunta por don Marcial. Es amigo mío.

—¿Y tú?

—Ya me las arreglaré. Tú no te acerques mucho a Rita, o caerás también. —Se quedó meditabundo durante un instante—. Um, pensándolo mejor, cuando localices al médico, dile que pase a verme. ¿Te acordarás?

Asentí con la cabeza. Él cerró la puerta sin decir nada más.

Encontré al galeno sin tener que buscar mucho. Justo cuando me disponía a entrar en el portal que me había indicado Ernesto, salía un hombre con un maletín de cuero en la mano derecha. Parecía de la quinta de nuestro fotógrafo. De cuerpo era algo más recio y menos larguirucho. Bajo sus ojos se marcaban cercos oscuros y un abrumador aire de cansancio impregnaba todos sus movimientos.

—¿Don Marcial?

—El mismo que viste y calza —contestó él.

Su tono socarrón no disimuló el abatimiento.

—Me envía Ernesto, el fotógrafo.

—¿Qué le pasa al viejo crápula? ¿Está enfermo?

Asentí con la cabeza.

—Parece que tiene la gripe esa. No me da buena espina. Necesita que lo vea usted —respondí, limpiándome las últimas lágrimas que llevaba atrapadas entre las pestañas—, y…, señor, una amiga mía está muy mala. La he *dejao* sola *pa* buscar ayuda, pero… tiene que verla pronto. Por favor.

—¿Sabe cuántos avisos tengo, jovencita? Esa gripe del diablo anda por todo Madrid. Los médicos ya no damos abasto.

—Por favor, se lo ruego. Está débil, respira mal, tiene mucho frío y esto de aquí —me señalé los pómulos— muy rojo, tan oscuro como el vino. La mancha le llega hasta las orejas.

El semblante de don Marcial se nubló.

—¿Está muy lejos?

—No, señor. Vivimos al *lao* de la calle Mayor, aquí cerca.

—Vamos para allí. Luego veré a Ernesto. Mal tiene que estar ese granuja para requerir mis servicios.

Cuando abrí la puerta de la buhardilla, me invadió la nariz un hedor nauseabundo, como de vómito mezclado con algo más que aún hoy no sabría definir. Solo recuerdo que pensé en animales muertos. Me acerqué a la cama con aprensión. El médico me siguió. Rita yacía con los ojos muy cerrados. Su respiración era jadeante, más fatigosa aún que cuando la dejé. Alrededor de la boca y en la almohada se extendían manchas que parecían de bilis seca. Pero lo peor de todo fue la piel de su rostro: ¡se había teñido toda de un color entre granate y morado! El médico se paró a cierta distancia de la cama y me agarró de un brazo para impedirme avanzar. Sacó dos pedazos de tela blanca de un bolsillo y me entregó uno.

—Esto se llama mascarilla. Evita el contagio. Se pone así. —Dejó el maletín en el suelo y se colocó el extraño invento con movimientos premiosos, para que pudiera ver cómo lo hacía. La tela le cubrió la nariz y la boca como si hubiera decidido atracar a algún infeliz por la calle—. Es un bien escaso en la ciudad. Guárdela como oro en paño y úsela siempre que se acerque a su amiga, o a cualquier otro enfermo de gripe, si no quiere caer usted también. Las miasmas de estos enfermos son puro veneno.

Ahora sí que se acercó a la cama. Yo me tapé media cara con esa cosa, tal como había visto hacer a don Marcial, y me aposté a su lado. Él examinó con cuidado a Rita, que de tan quieta parecía desmayada, o incluso muerta. Al acabar la exploración, el médico me empujó lejos de la cama. Colocó el maletín sobre la mesa camilla. Lo abrió y rebuscó un rato hasta que sacó unos sobres.

—Dele esto disuelto en agua para bajarle la fiebre. Ahora el primero, los siguientes cada seis horas. —Se detuvo y me escrutó—. ¿Tiene reloj? —Ante mi respuesta negativa, añadió—: El próximo sobre cuando haya oscurecido, después otro cuando amanezca y el siguiente hacia mediodía. Empape un paño con agua fría y póngaselo en la frente. Cámbielo con frecuencia. Y procure que el agua sea recién traída de la fuente. Cuanto más fresca, mejor le controlará la fiebre. ¿Hay una fuente cerca?

Asentí en silencio. El médico paseó una mirada de desaprobación por nuestro cuchitril. Extrajo de su maletín una pastilla de jabón y preguntó dónde podía lavarse las manos. Me apresuré a llenarle de agua la jofaina del lavatorio. Él se arremangó la camisa e hizo unas abluciones rápidas, aunque muy exhaustivas. Se secó con una pequeña toalla que también llevaba consigo y luego se bajó las mangas.

—Por ser amiga de Ernesto, solo le cobro la visita..., de algo tengo que vivir —dijo—. Los medicamentos y la mascarilla corren de mi cuenta. No olvide ponérsela..., es por su bien.

Hurgué en el bolsillo de la falda y le pagué con el dinero de Ernesto. Nada más pisar el rellano, me miró muy serio.

—No quiero engañarla, joven —añadió—. Su amiga está muy grave. El color de su cara, la fiebre tan alta y ese letargo no presagian nada bueno. Este otoño la enfermedad ha venido cargada de un veneno nunca visto. Muchas veces el desenlace es fatal. Debe prepararse para lo peor y... por su bien, use la mascarilla, lávese las manos a menudo y deje una rendija de la claraboya abierta para que entre aire fresco y se lleve las miasmas. Esta noche será decisiva. Si la supera, es posible que viva, aunque podrían quedarle secuelas de por vida. No puedo hacer más por su amiga. Lo lamento.

—¿Irá a ver a Ernesto? —musité, tragando saliva amarga.

Si perdía a mis dos únicos amigos, ¿qué sería de mí?

—Ahora mismo.

Se tocó el ala del sombrero con los dedos a modo de saludo y se precipitó escaleras abajo.

Regresé junto a Rita. Pasé un trapo por la almohada, le quité el sudor y el vómito de la cara y coloqué un paño húmedo sobre su frente, según me había ordenado el médico. De pronto, ella abrió los ojos. Su iris, siempre tan verde y chispeante, se había vuelto inexpresivo como el vidrio.

—Agua…

Llené un vaso y le levanté la cabeza para que pudiera beber unos sorbos. Su mano se aferró a mi brazo. Ardía más que nuestra estufa.

—Es hora… ir al Trianón —balbució.

—Aún es pronto.

—Diles… diles… mañana… estaré bien… —Fue zarandeada por una tos tan violenta que acabó sangrando por la nariz—. Corre, llegas tarde… Nos… echarán.

Temblando de miedo, le limpié la sangre que se le escurría hacia el cuello. A mis dieciocho años, solo había sentido un terror semejante cuando me acerqué al carro donde yacía el cadáver de madre. Rita volvió a sumirse en el letargo. Bajé a la fuente y subí agua fresca. Le cambié el paño de la frente por uno recién humedecido. Acerqué una de las sillas y me senté junto a la cama. No sé cuántas horas pasé allí, arrebujada en el pañolón y una toca para mitigar el frío que entraba por la abertura de la claraboya, respirando un aire que me llegaba recalentado a través de la incómoda mascarilla y preguntándome cómo iba a acudir esa tarde al Trianón. Alguien tenía que avisar de que Rita estaba enferma, yo debía bailar si quería conservar mi trabajo, pero no podía dejar a mi amiga sola hasta la madrugada. Nunca me perdonaría si empeoraba en mi ausencia.

Las horas se deslizaron amenazantes. Rita alternaba momentos de profundo sopor con otros en los que se agitaba y farfullaba cosas ininteligibles. El color escarlata de su rostro, y ahora también el del cuello y los brazos, se oscurecía más y más. Cuando el sol otoñal empezó a entrar debilitado por la claraboya, me sobresaltaron varios golpes vehementes en la puerta. ¿Quién sería? Nosotras nunca recibíamos visitas en la buhardilla. ¿Habría olvidado algo el médico? Me levanté con las piernas entumecidas y fui a abrir. Descorrí el cerrojo. Me asomé con precaución.

La sonrisa de Andrés me iluminó desde el minúsculo rellano. Me bajé la mascarilla y abrí del todo. Mi primer impulso fue abrazarle, pero me pudo el rencor acumulado.

—¡Eres tú! A buenas horas…

Él me estrechó con fuerza entre sus brazos. Parecía tan ansioso como yo.

—Necesitaba saber si estás bien, Flori. Estos días pasan cosas terribles con esa gripe. En Zamora se está llevando a familias enteras.

El juicio final

Cuando Andrés se aproximó a la cama y vio el estado en que se encontraba Rita, retrocedió varios pasos y me arrastró con él.

—¡Por los clavos de Cristo! ¿Cuánto tiempo lleva así?

—Desde ayer...

—¿La ha visto un médico?

Afirmé con la cabeza.

—Esta mañana. Dice que... —Bajé la voz—: Dice que... se puede morir.

Tras haberle comunicado el vaticinio de don Marcial, me eché a llorar.

Andrés respiró ruidosamente.

—¿Tú estás bien?

Volví a asentir en silencio. Él miró alrededor. Sus ojos se detuvieron sobre la estufa casi apagada

—¿Has comido algo?

—No tengo gana...

Hurgó en un bolsillo de su pantalón de pana y sacó un puñado de monedas.

—Compra para hacer caldo y un poco de pan y queso. Nos vendrá bien a todos. Yo me quedo con Rita.

Fui a quitarme la mascarilla para dejársela.

—Toma, el médico ha dicho...

—Quédatela. Te hará falta luego. Yo me pongo un pañuelo. Voy a atizar el fuego de la estufa. Aquí hace un frío de mil demonios.

Cuando regresé con la comida, Andrés había echado más leña

a la estufa. Sentado a distancia de Rita, se había tapado la nariz y la boca con un pañuelo grande que llevaba anudado en la nuca.

—¿Cómo está?

—Igual. He intentado que beba agua, pero...

Se encogió de hombros. Yo preparé los ingredientes para el caldo, los eché en una cazuela con agua y sal y coloqué esta encima de la estufa, que ahora irradiaba un calor revitalizante. Arrastré la otra silla junto a Andrés. Me senté, bien arrebujada en todas mis capas de ropa.

—Tengo que ir luego al teatro *pa* avisar. Y tengo que bailar. Si no acudo, nos echarán a las dos.

Andrés me puso la mano sobre el brazo.

—Flori, creo que Rita no saldrá de esta —susurró a través del pañuelo—. En Barcelona dicen que nadie se recupera cuando la piel se pone tan renegrida como la suya...

—Con que estás en Barcelona —le interrumpí; era la primera vez que se le escapaba información exacta sobre su paradero—. Sigues con tus amigos, los anarquistas esos, ¿verdad?

—¡Qué más da ahora! —se escabulló él enseguida.

—No me gusta lo que haces, Andrés —le eché en cara—. Cada vez pasas más tiempo fuera, me tratas como un trasto que solo sacas del baúl cuando te apetece darle al asunto. Ya estoy harta de pasar miedo por si te meten preso o te matan.

—Para, mujer. No es momento de regañinas —me reprendió—. Anda, vete al teatro. Cuidaré de Rita hasta que vuelvas. Puedes ir tranquila.

Yo distaba mucho de sentirme tranquila cuando salí a la calle por la tarde, algo antes de la hora habitual, cargada con un cazo de caldo que pensaba llevar a Ernesto de camino al Trianón. Él se demoró lo suyo en abrir. Incluso más que por la mañana. Su aspecto había empeorado y tenía serias dificultades para mantenerse en pie.

—Florita, mi ángel de la guarda —susurró con un hilo de voz y la mirada vidriosa.

Me alivió ver que, al menos, su cara no se había convertido en una berenjena.

—Déjame entrar. Te traigo comida.

—No quiero contagiarte, pequeña. Mi casa estará emponzoñada a estas alturas.

—También lo está nuestro palomar... y toda la ciudad —repliqué.

Pese a sus objeciones iniciales, se apartó tambaleante para que pudiera pasar. Dentro olía muy mal. Poco quedaba del orden que Ernesto solía mantener en su estudio. Me coloqué la mascarilla de don Marcial. Busqué un tazón en el aparador de la pequeña cocina, lo llené de caldo y se lo llevé a Ernesto. Él se había dejado caer en el diván sobre el que nos hacía posar. Allí yacía, lánguido cual mujer fatal, solo que su desmadeje no tenía nada de artístico. Se esforzó por beber. Apenas logró tragar unos pocos sorbos.

—¿Cómo está nuestra Rita? —farfulló—. Marcial me ha dicho que esta plaga tiene querencia por la gente joven. Debes andarte con cuidado, Flori.

—Rita va... va mejor.

¿Cómo iba a decirle lo grave que estaba? Bastante tenía él con lo suyo. Cogí el tazón que me tendía. Lo deposité encima de la mesita redonda que había junto al diván. Ahí ya tenía extendidos, como si fueran naipes de una baraja, varios sobres de medicina como los que me había dejado el médico para Rita. Le llevé de la cocina un vaso de agua y dejé una palangana en el suelo por si vomitaba. Abrí también un ventanuco que daba a un patio trasero. Antes de marcharme, le arrebujé en una manta y le eché encima otra que me hizo buscarle en el cuarto donde dormía. No quiso saber nada de acostarse en la cama. Si le tocaba morir de esa peste, masculló, lo haría con la dignidad de un hombre, no encamado como una vieja beata.

—Tengo que ir al teatro. Volveré a verte en cuanto pueda.

—Flori, espera —me retuvo su voz cavernosa desde el diván—. En el cajón de mi mesita hay una llave. Cógela. Así podrás entrar cuando quieras. No sé... si me quedarán fuerzas para salir a abrirte otra vez.

Obedecí, me despedí de él y me precipité hacia la salida. No podía demorarme más.

—Que Dios te bendiga, criatura —le oí farfullar en su improvisado lecho de enfermo—. Y esto te lo dice un ateo recalcitrante y librepensador...

Al llegar a la puerta trasera del Trianón, me encontré con una extraña quietud para ser la hora a la que acudíamos a trabajar técnicos y artistas. Tampoco parecía funcionar el cinematógrafo, cuya sesión de tarde solía hallarse en pleno apogeo cuando entrábamos. Traspasé el umbral acalorada y nerviosa porque llegaba con retraso. Pepón, el vejete que custodiaba la puerta de artistas, sacó la cabeza de su cuchitril, con ademán de caracol huidizo.

—Eh, Flor, hoy no hay función.

Me paré en seco.

—Orden del jefe. La mitad de los técnicos y los músicos han caído enfermos, varias chicas han *mandao* aviso de que están en cama, el cinematógrafo tampoco ha abierto.

—Rita está mala también —fue lo único que se me ocurrió decir.

—Esta maldita plaga va a acabar con todos nosotros. Mi Matilde y yo somos viejos y Dios no nos dio hijos, así que ¡qué más nos da irnos ahora que en un mes! Pero los jóvenes... ¡Pobres de vosotros! ¡Es el juicio final!

Yo seguía inmóvil, sin saber qué hacer con mis huesos.

—Vuelve mañana, a ver si hay más suerte —añadió Pepón—. Y que se mejore tu amiga.

Alcé un poco la mano para despedirme y di media vuelta.

En la buhardilla, el panorama se había vuelto aún más sombrío. Hallé a Andrés cambiándole el paño húmedo de la frente a Rita, que se convulsionaba entre ahogos y espantosos sonidos guturales. Su piel se había oscurecido más aún. Poco quedaba de la Bella Frufrú y sus grandes ojos verdes que siempre sonreían. Andrés me miró muy serio por encima del pañuelo que le tapaba media cara. Movió la cabeza a izquierda y derecha. Yo me coloqué la mascarilla. Me aproximé muy despacio a ese cuerpo sufriente, que ya no se parecía al de mi amiga. Intuía que solo un milagro podría arrancarla de las garras de esa muerte traidora. De pronto, ella abrió los ojos y los clavó en mí.

—Flori... —Su voz se oía a duras penas.

—Estoy aquí.

Sofoqué una arcada y encerré sus manos gélidas, amoratadas e hinchadas, entre las mías.

—No... —Inspiró emitiendo un sonido sibilante—. No... renuncies... al... escenario... Nunca... Flor...

Un estertor escalofriante ahogó sus palabras. Le siguió una convulsión violenta que la arrojó a un sopor del que ya no regresó. Andrés y yo velamos su agonía sentados a una prudente distancia de la cama, ocupando las dos únicas sillas que teníamos, los cuerpos muy juntos y las manos entrelazadas, como si el calor que nos dábamos el uno al otro pudiera protegernos del inclemente avance de la parca.

Rita murió al amanecer, cuando una débil luz de otoño iluminó a través de la claraboya su cuerpo renegrido, retorcido en una postura siniestra que parecía corroborar las apocalípticas predicciones de Ernesto y Pepón. ¿Y si era cierto que se avecinaba el juicio final?

La lotería

No pudimos comunicar la mala noticia a la familia de Rita. Nunca habíamos hablado entre nosotras sobre los parientes de los que escapamos en pos de una vida distinta a la de las mujeres que conocíamos. El pasado era un tema que nos incomodaba. Nuestra meta consistía en subsistir en el presente para conquistar el futuro soñado. Yo solo sabía que Rita era de Cuenca, porque ella me lo contó cuando hablamos por primera vez en la pensión de doña Gertrudis. De poco servía eso para localizar a sus familiares.

Andrés afirmó que su sindicato podría ayudarnos a darle a Rita un entierro digno. Sus misteriosos amigos pronto se hicieron cargo del cuerpo y, gracias a su ayuda, pudimos costear con mis ahorros y los de Rita una caja modesta, un nicho en la zona pobre del cementerio y una espartana lápida. Yo no sabía en qué año nació Rita. Andrés desplegó de nuevo sus dotes de organizador. Calculó que ella debía de llevarme cuatro o cinco años. De acuerdo con eso, encargó una escueta inscripción para la lápida: RITA VEGA, LA BELLA FRUFRÚ, 1895-1918. No quiso ni oír hablar de celebrar una misa. «La religión es el opio del pueblo; además, nunca vi rezar a Rita», justificó su decisión. Tuve que darle la razón. Ninguna de las dos frecuentábamos las iglesias. El entierro de Rita fue uno de los muchos que hubo en Madrid durante la plaga que se cobró miles de vidas en la capital y, como supe tiempo después, millones en todo ese vasto mundo que yo desconocía. A despedir a Rita nos acompañaron dos chicas del Trianón. Una de ellas fue Nené. Por ella supimos que la pendenciera Gracia también había sucumbido al «soldado de Nápoles».

Yo había vivido la enfermedad y los últimos minutos de Rita envuelta en una incongruente parálisis, como si una campana de cristal gigante me impidiera asimilar la realidad. Pero cuando los enterradores sellaron con cemento el nicho en el que acababan de introducir la caja que albergaba su cuerpo, fui consciente de que jamás volvería a ver a mi amiga, la hermana mayor que me había guiado por el pedregoso camino en pos del éxito. El cristal que amortiguaba mi consciencia se resquebrajó en mil pedazos. Rompí a llorar. ¿Por qué esa muerte tan cruel había elegido precisamente a Rita, que nunca hizo daño a nadie? ¿Por qué había tenido que morir justo cuando empezaba a triunfar? Rita, mi compañera de fatigas en Madrid. ¡Mi única amiga! ¿Qué iba a hacer ahora sin su compañía y sus perspicaces consejos? Sentí cómo los brazos de Andrés me rodeaban y me estrechaban contra su pecho. Su mano me acarició la cabeza. «Flori, Flori...», me susurró al oído. Eso me hizo ser consciente de los gritos, parecidos a aullidos, que escapaban de entre mis labios mezclados con los sollozos. Intenté dominarme, pero no pude controlar el dolor que me zarandeaba por dentro. Oí cómo Andrés pedía ayuda a Nené. Entre los dos me arrastraron fuera del cementerio. Es lo último que recuerdo del entierro de Rita.

Andrés quemó en un descampado las sábanas contaminadas con el sudor y los humores malsanos de Rita. Compró en la botica unos polvos que llamó desinfectante, los disolvió en un cubo de agua y entre los dos limpiamos la buhardilla a conciencia. «Un médico del sindicato dice que hay que matar los gérmenes», aclaró. Yo no había oído esa palabra jamás, pero no quise delatar mi ignorancia con preguntas inoportunas. Mientras nos afanábamos en restregar espartos y cepillos sobre cualquier superficie limpiable, me mantuve en guardia por si esos gérmenes reptaban desde los rincones como los gusanos o las cucarachas. No apareció ninguno. De aquella operación solo saqué en claro que Andrés era el primer hombre en mi vida al que había visto empuñar un trapo para limpiar.

Ernesto anduvo varios días al filo de la muerte, atrapado en un limbo de delirios y letargos febriles. Pese a tan malos augurios, sobrevivió. Más flaco que nunca, casi transparente al trasluz. Él atribuyó su salvación a mis visitas, en las que le obligaba a tomar las medicinas de don Marcial y algo de caldo, si había podido comprar los ingredientes para prepararlo. También a que esa enfermedad diabólica prefería a los jóvenes en la flor de la vida y desdeñaba a los vejestorios como él.

Durante los días en los que se acumularon los enfermos y los muertos a causa de la gripe, el Trianón Palace y otros locales de esparcimiento cerraron sus puertas a cal y canto. En parte, lo hicieron por falta de personal y, en parte, por mandato de las autoridades, que habían llegado a la conclusión de que las concentraciones de gente favorecían la expansión de la enfermedad, a la que en otros países ya habían bautizado como «gripe española», lo que indignó a no pocos patriotas.

Andrés se quedó conmigo durante más tiempo de lo que tenía por costumbre. Mientras estuvimos juntos, olvidé mis resentimientos acumulados y no volví a hacerle reproches. Sobre la cama en la que expiró Rita, nos amábamos con ansia de perros en celo, revolviendo las sábanas limpias con nuestros cuerpos empapados en gozo y sudor. Era como si la muerte que nos rondaba, sumada a nuestro temor a ser los siguientes en caer, hubiera despertado una solitaria que se alimentaba de nuestra lubricidad descontrolada. Las caricias recorrían los contornos de nuestras pieles con miedo a ser las últimas; en los besos se agazapaba el temor a la despedida, y cuando Andrés se abismaba entre mis piernas con vehemencia teñida de tristeza, yo enroscaba los brazos alrededor de su cintura para impedirle que se retirara. No me inquietaba ni un ápice que derramara su semilla dentro de mi cueva. A veces recobraba la cordura y me sentía culpable por estar gozando así con Andrés, mientras el cuerpo de Rita aún no se habría enfriado del todo en su desangelada caja de madera. Pero ¿qué sentido tenían los escrúpulos cuando la vida era tan frágil como en aquellos días? ¿Para qué iba a preocuparme por no quedarme preñada, cuando cualquiera de nosotros dos podría estar muerto a la semana, incluso al día siguiente?

Sin embargo, la parca no reparó en nosotros. Ni siquiera enfermamos. Aún hoy, después de tanto tiempo, me pregunto a qué macabra lotería juega la muerte para designar a sus elegidos. ¿Por qué unos se contagiaron con aquel veneno desconocido y otros no? ¿Por qué falleció Rita y en cambio yo, que dormía cada noche a su lado y respiré el mismo aire contaminado que ella, me salvé? Nunca lo sabré. Nadie puede saberlo.

Andrés se marchó hacia mediados de noviembre. La idea de que me dejara sola estando tan reciente la muerte de Rita me exasperó tanto que, cuando me besó para despedirse, le llamé egoísta, infiel, incluso judas asqueroso. Me eché a llorar y le acusé de andar en amores con otra más espabilada que yo. Él se defendió envuelto en ternura, que pronto devino en ira desproporcionada. Nos gritamos como nunca. Acabé dándole puñetazos en el pecho. Él aguantó unos cuantos golpes sin inmutarse, hasta que me sujetó las muñecas y me apartó las manos.

—¡Ya vale, Flori! —voceó—. ¡Te quiero! ¡Solo a ti! ¿Me oyes? No hay otra en ninguna parte. ¡Solo tú! Eres la única para mí desde que éramos niños…

—Pues quédate conmigo.

—¡No puedo! —me cortó él—. ¿No lo entiendes? No puedo traicionar a mis compañeros en la lucha. Hay mucho en juego.

—Cuando se te ocurra volver, igual ya no me encuentras esperándote como una boba.

Andrés soltó mis muñecas, me acarició las mejillas y acercó sus labios a los míos. La dulzura de su beso y el suave baile de su lengua bajo mi paladar solo mitigaron un poco la amargura de aquella despedida. Me limpié las lágrimas y bajé a la calle con él. Tragándome la tristeza emponzoñada de resentimiento, le acompañé hasta la calle Mayor. Los vendedores de periódicos proclamaban ufanos la firma del armisticio por parte de Alemania y los aliados. La Gran Guerra había terminado tras una carnicería que duró cuatro años y en medio de una plaga que redondeó el trabajo de las armas, propagando la muerte hasta los países neutrales. Con el fin de la contienda, vaticinó Andrés, se acabaría la prosperidad de los especuladores que se habían lucrado en la España neutral a costa del infortunio ajeno, aunque esos carroñeros siempre encontraban desgracias con las que enriquecerse. Dicho eso, prometió regresar pronto a Madrid para verme. Me dio un beso infinito en medio de la calle y se perdió entre la multitud que empezaba a dar rienda suelta a su júbilo por el final de una guerra que en nuestro país se había librado con palabras aceradas en las tertulias de barberías y cafés.

Entre brumas

L a marcha de Andrés me hizo darme cuenta de todo el peso de mi soledad y el vacío que me taladraba por dentro. Privada del amparo de su cuerpo, de sus manos y de su boca, me aplastaba más y más la consciencia de que Rita se había marchado para siempre y me tocaba desenvolverme sola en el competitivo mundo de las variedades. Cuando reabrieron los teatros, me encontré con que la composición del cuerpo de baile del Trianón era diferente. Rita y su enemiga Gracia habían fallecido de la misma enfermedad, como si la muerte hubiera querido unirlas pese a sus continuas disputas en vida. Algunas chicas aún padecían las secuelas de la epidemia y nadie sabía si podrían volver a actuar algún día. El teatro se vio obligado a buscar nuevas coristas y a contratar a músicos para rellenar las bajas en la orquesta. De repente, me convertí en la bailarina principal, pues me sabía todas las coreografías y los pequeños trucos que agilizan la sucesión de los números. Incluso el coreógrafo me pidió ayuda para enseñar a las novatas. Lejos de animarme por el repentino reconocimiento, andaba todo el día brumosa de melancolía. Solo el rato que pasaba sobre el escenario y la agitación del camerino menguaban el dolor por la ausencia de Andrés y el recuerdo de las últimas horas de Rita, que me hicieron consciente de lo deprisa que se escapa la vida. Don Pedro, el vejete que me hizo una ficha cuando busqué trabajo en el Trianón, recién llegada a Madrid, me llevó un día aparte y alabó mis progresos; hasta me auguró un futuro glorioso si seguía esforzándome así. Sus palabras no borraron la tristeza que me acompañaba a todas partes, pero sí la aliviaron un poquito.

En lo más crudo del invierno actuó Raquel Meller en el Trianón. A lo largo de su carrera ya había cosechado grandes éxitos en ese y otros teatros de Madrid, pero era la primera vez que venía al Trianón desde que Rita y yo nos incorporamos al elenco de coristas. En primavera, la empresa ya había anunciado a bombo y platillo que la gran diva ofrecería varias sesiones con sus mejores cuplés, pero a última hora tuvo que sustituirla por otra artista porque la Meller se había puesto enferma. O eso se rumoreó entonces entre bambalinas. Toda la ciudad, y según decían el país entero, tarareaba *El relicario*, una pieza con la que la Meller había triunfado en Eldorado, un importante teatro de Barcelona. Sus detractores le echaban en cara que había copiado esa canción a otra cupletista llamada Mary Focela, quien la estrenó en 1914, aunque nadie recordaba ya aquella versión. La estrella arrastraba fama de apropiarse de temas que habían sido escritos para otras cupletistas. También decían que era arisca y tozuda. En el camerino que compartíamos las coristas se susurraba que se le iba la mano con facilidad y que era capaz de atizarle un sopapo a la mismísima reina Victoria Eugenia, si se terciaba.

Con esos antecedentes, las chicas aguardamos su llegada entre atemorizadas y expectantes. A mí me intrigaba saber qué tenía esa mujer, que salió de un pueblo de Zaragoza siendo una simple costurera y se había hecho sitio en el paraíso de la fama y las joyas que nunca iba a alcanzar la pobre Rita. Pero la diva evitaba a toda costa mezclarse con los de a pie. Por más que las coristas remoloneamos en los pasillos y entre bastidores para hacernos las encontradizas con ella, no logramos atisbar ni el dobladillo de sus vestidos. Cuando llegó la última noche de la Meller en el Trianón, Nené y yo decidimos espiar su actuación estelar, que debía poner el broche de oro a la función. En lugar de correr al camerino para cambiarnos y marcharnos a casa, nos escondimos entre bastidores. Desde allí fuimos testigos de cómo se apagaron casi todas las luces del escenario y esa mujer pálida, de ojeras pronunciadas y cutis inmaculado, aureolada por una mantilla de encaje negro que caía en luctuosa cascada desde una peineta descomunal, su cuerpo de formas rotundas enfundado en un sencillo vestido negro de volantes, cantaba con voz aguda, casi magra, su dolor por el torero de tronío que había muerto en el ruedo aferrado al relicario de su amada. El público escuchaba el plañido musical sin osar perturbarlo con toses sofocadas tras un pañuelo, ni carraspeos disimulados. Al acabar *El relicario*, la gente prorrumpió en aplausos y vítores cuyo eco devolvieron las paredes del teatro durante un buen rato. Y yo comprendí que para llegar a ser una estrella como Raquel Meller no bastaba con trabajar duro o aprovechar un golpe de suerte, ni siquiera servía haber sido agraciada con una voz poderosa. Había que poseer un don especial. Aún no lograba hacerme una idea de la naturaleza de ese don, pero me juré que lo averiguaría.

Mi decimonoveno cumpleaños coincidió, como de costumbre, con la función de Año Nuevo. Aquella de 1919 fue la más triste desde que pisé el escenario por primera vez. Al acabar, Nené me propuso ir con las demás chicas al café de al lado. Seguro que algún lechuguino forrado nos invitaría a celebrar el nuevo año con champán. A lo mejor, habría hasta algo de cocaína, un polvo blanco que se aspiraba por la nariz y tenía fama de levantar el ánimo más decaído. Se había vuelto tan popular como el champán entre los que podían pagarlo. Yo rehusé. Mi vida aún se regía por las rígidas costumbres de Rita y no había olvidado la triste estampa de la Bella Amapola hundida por las borracheras y el abuso de láudano. ¿Qué sentido tenía ahogar la tristeza tomando drogas que harían de mí un fiambre artístico antes de los veinte? Bastante duro era salir adelante sin Rita y sin noticias de Andrés, al que no había vuelto a ver desde que se marchó de Madrid, poco después de la muerte de nuestra amiga. Ni siquiera sabía si estaba vivo, lo que me causaba no pocas pesadillas. En lo económico, me veía obligada a hilar muy fino. Sin la aportación de Rita, mi paga del Trianón y lo que sacaba con las postales de Ernesto alcanzaban justo para abonar el alquiler y matar el hambre. La ropa se me estaba quedando holgada, llevaba dos meses sin sangrar y un constante malestar clavado en la boca del estómago. A veces, sentía pinchazos en los pechos. Yo atribuía esas molestias a lo mal que comía, pero prefería las penurias a compartir la buhardilla con una desconocida que igual me salía rana.

En esa madrugada recorrí abatida las calles habituales, animadas por el bullicio de los que festejaban el año recién nacido como si sus pobres vidas fueran a mejorar solo porque había cambiado un número. Escrutaba a conciencia los rostros de los desconocidos por si uno de ellos era el de Andrés. No perdí la esperanza de toparme con él hasta que llegué al portal y quedó patente que esa noche también la pasaría sola. Empujé la puerta, que siempre estaba abierta, y me desmoroné sobre el primer escalón de los muchos que debía subir hasta la buhardilla. Me entraron náuseas. Un súbito ahogo me estrujó el pecho y me eché a llorar. Añoraba a Rita dolorosamente y necesitaba sentir el cuerpo impetuoso de Andrés abrazado al mío, paladear sus besos de fuego, estremecerme con las caricias de sus manos encallecidas y oírle verter en mi oído sus apasionadas declaraciones de amor.

Alguien se sentó a mi lado. Noté el calor de una mano ligera sobre mi hombro. Me giré. En la oscuridad, malamente mitigada por la luz de una farola que entraba desde la calle, no había nadie. Entonces vi formarse ante mí la imagen de Rita, tal como era cuando la conocí en la pensión de doña Gertrudis. Sus ojos sonrientes brillaban más que las esmeraldas expuestas en los escaparates de las joyerías. Su voz, luminosa como la tarde en que cantó *Flor de té* para Dorita y para mí en la cocina, me rogó que no renunciara al escenario, pasara lo que pasase. Siempre podría contar con ella. No me dejaría sola con mi problema.

De golpe, lo comprendí todo: las inoportunas náuseas matutinas, la angustia perenne en la boca del estómago y, sobre todo, la ausencia del sangrado de cada mes no se debían a que malcomía.

Me había quedado embarazada.

Iba a tener un hijo de un hombre entregado en cuerpo y alma a una lucha que me excluía a mí. Un hombre que no era violento ni borracho como padre, que incluso perseguía ideales llenos de nobleza, pero del que tampoco podía esperar gran cosa. Ese hijo suyo me impediría consagrarme a buscar mi lugar en el mundo de las variedades. Y yo acabaría dejándome los ojos y los dedos cosiendo en un taller mal iluminado, o trabajando de criada para sacar adelante a una criatura condenada a ser pobre toda su vida. ¡No me había fugado de casa a los catorce años para consumirme igual que mi madre!

En la oscuridad de aquel portal, tomé mi decisión.

Negociando

E stás segura, Flori?

Ernesto se incorporó en el diván, donde fumaba desparramado bajo el letargo del opio. Se quedó sentado y me miró, con los ojos todavía vidriosos. Arrugada sobre un sillón, me encogí de hombros.

—Me lo dijo Rita anoche.

Él me miró incrédulo desde su bruma. Se rascó el pelo revuelto y carraspeó.

—¿Es de ese joven rebelde que te tiene el seso sorbido? ¿El que aparece y desaparece a voluntad?

Asentí con la cabeza. Ernesto se puso en pie muy despacio.

—Este asunto pide coñac. ¿Te pongo uno?

Rehusé. Solo de pensar en beber me daban arcadas. Él se tambaleó hacia el mueble donde guardaba coñac, absenta y otros licores. Regresó con una copa bien llena. Se dejó caer de nuevo sobre el diván y emitió un profundo suspiro.

—Confieso que no me sorprende. —Dio un largo sorbo—. La preñez es la cara oscura del amor. Ay, si inventaran algo para que pudiéramos retozar sin miedo... ¡Qué felices seríamos! —Se frotó los ojos con fuerza, como si pretendiera despejarse así—. ¿Lo sabe tu galancete?

—¡No pienso decírselo! —repliqué, y añadí casi sin voz—: ¡No quiero tener un hijo! Ni de Andrés ni de nadie...

—Pretendes deshacerte del bombo...

Más que preguntar, Ernesto parecía afirmar para sí mismo. Volví a decirle que sí sin hablar.

—Sabes lo peligroso que es, ¿verdad? Si algo falla, podrías morir desangrada.

—¡Antes muerta que acabar como mi madre! —le interrumpí.

En realidad, no las tenía todas conmigo. Había pasado la noche rumiando la decisión que había tomado sentada en el portal y mi única certeza a esas alturas era el miedo: al dolor, a la muerte, a verme condenada a una existencia sin esperanza.

Él vació media copa de un trago. La dejó sobre la mesita redonda en la que había abandonado la pipa de opio.

—Primero tenemos que asegurarnos de que hay preñez. Conozco a una partera en la Cava Baja que no se equivoca nunca. De muchachita fue una de mis modelos más guapas. Luego se lio con un maltrabaja y se revino. —Esbozó una sonrisa entre la perilla—. Voy a mandarle recado para que te examine aquí. Tú vuelve mañana por la mañana.

—No tengo dinero. Con el entierro de Rita… y ahora que estoy sola para pagar…

Él movió la mano derecha como si pretendiera escobar migas de pan.

—Eso déjalo de mi cuenta. Tú me cuidaste cuando caí enfermo con esa gripe diabólica, ahora me toca a mí corresponder. *Quid pro quo.*

Yo no había entendido sus últimas palabras, pero no osé preguntar qué había querido decir.

—Tú vente mañana. Con lo que nos diga la Jacinta, pensaremos qué hacer. Hala, ahora procura descansar un rato, que con semejante cara de muerta vas a asustar al público esta noche.

La partera era una mujer rechoncha, todavía tersa de cutis, que llevaba el cabello canoso recogido en un moño tirante a la altura de la nuca. De los lóbulos de sus orejan pendían unos minúsculos pendientes de oro con una piedra negra redonda en el centro. Me escrutó la cara a conciencia y leí el veredicto en sus ojos y su denso silencio. Me hizo tenderme sobre el diván y me ordenó desnudarme de cintura para abajo. Después me pidió que me abriera de piernas. Por un instante recordé a don Facundo y tuve la sensación de estar mareándome. Respiré hondo y me ordené a mí misma resistir. Jacinta se inclinó sobre mí. Me manoseó la tripa, los pechos y otras partes que me llenaron de vergüenza. Al fin, se incorporó frotándose los riñones y se dirigió a Ernesto, que se había retirado al otro extremo del estudio.

—Esta niña está preñada.

Él se aproximó. Yo me volví a poner la ropa y me senté en el diván.

—¿Puedes saber de cuánto? —inquirió Ernesto.

—Dos meses y pico, igual tres.

—No quiero tenerlo —me atreví a intervenir con un hilo de voz.

Jacinta me miró y sonrió. Le faltaba un diente de arriba.

—Nos ha salido lista la muchacha. Ojalá hubiera *pensao* yo lo mismo cuando me preñó mi Luis. —Miró al fotógrafo—. ¿Le has hecho tú el bombo?

—Eso no viene a cuento —protestó Ernesto—. ¿Puedes solucionarlo?

—No será difícil sacárselo si nos damos prisa antes de que avance la preñez, pero costará buenos cuartos. Y será peligroso para la chica. Yo soy buena en lo mío, ya lo sabes, pero siempre puede salir mal la cosa. Y si hay problemas, acabaré con mis huesos en el calabozo. Eso hay que pagarlo. No voy a arriesgar el pellejo y el pan de mis hijos por cuatro perras gordas.

—Me parece justo —observó él—. ¿Puedes hacerlo aquí?

—¡Ni hablar! En mi casa guardo todo lo que necesito. Si ando por la calle con el bolsón *cargao* y me pilla un guardia... —Meneó la cabeza—. Además, ya sabes que soy limpia como los chorros del oro. No encontrarás otra más *aseá* en toda la ciudad.

Yo había escuchado la negociación reprimiendo las náuseas. Dentro de mí se fue extendiendo un miedo que amenazó con hacer tambalearse mi decisión. A punto estuve de decirles que no se molestaran por mí, que lo había pensado mejor, pero me contuvieron el recuerdo de madre y su triste vida, además de las últimas palabras que me dijo Rita antes de morir. Finalmente acordamos que, a primera hora del día en que el Trianón no daba función, Ernesto me acompañaría a la corrala donde vivía la partera. Así dispondría de algún tiempo para recuperarme.

Mi suerte estaba echada.

La cueva de la Jacinta

A la hora convenida con Jacinta, Ernesto y yo entramos en un portal de la Cava Baja, angosto y oscuro como una covacha, que desembocó en una especie de patio interior cuadrado, bordeado por tres pisos de corredores con vigas y barandillas de madera. De estas pendían, puestas a tender en cuerdas, ropas de adultos y de niños, de hombre y de mujer. Era lo que llamaban en Madrid corralas, las viviendas en las que se hacinaban quienes carecían de posibles. No me sorprendió la mezcla de olores a fritanga, rancho y gente amontonada en espacios pequeños. Era lo que había vivido en mi casa natal del Arrabal. Sí me llamó la atención el bullicio que había por doquier. Desde que era corista en Madrid, apenas salía a la calle por la mañana y no me relacionaba con los vecinos. Ya no estaba habituada al trajín de niños zarrapastrosos que correteaban por un patio lleno de cachivaches variopintos, a los corrillos de vecinas que chismorreaban dando voces en las galerías, a las que sacudían esteras con vehemencia sin importarles dónde caía la polvareda ni a las que se peinaban bajo el sol matutino que lamía los pisos más altos del recinto.

Subí tras Ernesto por la empinada escalera de baldosas descascarilladas. De las viviendas fueron saliendo mujeres que nos observaron sin pudor, plantadas en los corredores con desconfianza. A mitad de ascenso, nos cruzamos con un hombre gordo y desgreñado que bajaba dando trompicones mientras con una mano se agarraba a la barandilla y con la otra se rascaba el barrigón. Olía a vino rancio. Me acordé de padre y me aparté todo lo que pude de él. Al llegar al último piso, Ernesto preguntó por Jacinta a dos mujeronas que se apoyaban en los palos de sus escobas y nos miraban como si fueran centinelas vigilando un cuartel.

—¿*Pa* qué la quiere? —preguntó la de aspecto más fiero.

—Señoras —replicó Ernesto en tono relamido—, somos...

—¡Está bien, Mari! Son amigos míos.

Jacinta brotó de una de las puertas cercanas. Por debajo de las mangas de su áspera blusa, subidas hasta más arriba de los codos, asomaron unos antebrazos gordos de piel enrojecida.

—*Pasar p'aquí.*

Dejamos atrás a las de las escobas y entramos en casa de la Jacinta. Vi enseguida que era una vivienda tan pequeña como nuestra planta baja del Arrabal. La partera no había mentido cuando afirmó ser limpia como los chorros del oro. La estancia, atiborrada de muebles vetustos, con una cocina de leña y una pila de granito en un rincón, relucía como recién fregada. Ni siquiera los dos pequeños, de unos cuatro y cinco años respectivamente, que jugaban acuclillados en el suelo, parecían atreverse a ensuciar. La Jacinta se plantó delante de ellos.

—Vosotros *pa'l* patio. No se os ocurra asomar el morro hasta que os llame.

Los niños se esfumaron silenciosos como ratones. Ella abrió una puerta y me indicó con la cabeza que pasara. Señalando una silla de las cuatro que rodeaban la mesa camilla:, ordenó a Ernesto.

—Tú ahí, quieto *callao*, que los hombres no hacéis más que estorbar.

Él no se hizo de rogar. Parecía incluso aliviarle que Jacinta le excluyera de la intervención. El cuarto al que entramos tenía un ventanuco pequeño. En el centro había una cama de matrimonio y junto a ella, adherida a la pared, una más estrecha. Jacinta extendió sobre el colchón de esta una tabla y la cubrió con una sábana.

—Túmbate ahí.

Obedecí temblando de miedo. Me visitó el recuerdo de madre, con más nitidez que nunca desde que murió. Y me vi a mí misma atrapada en una caja de fósforos como esa, rodeada de renacuajos churretosos como fuimos mis hermanos y yo, cosiendo y planchando para la gente bien y haciendo abortar a otras infelices para sobrevivir. Eso bastó para impedirme huir y mantenerme pegada a la improvisada camilla.

Vi de reojo cómo Jacinta sacaba de un armario un bolsón, del que fue extrayendo unos objetos que no había visto jamás y que me inspiraron muy poca confianza.

—Tranquila, muchacha, aún no me he *cargao* a ninguna. —Roció un pañuelo con un frasco que parecía de los que vendían en las boticas con medicinas. Cuando me lo acercó a la cara, percibí un olor penetrante y desconocido—. Tápate la nariz con esto. Es *pa* que te estés tranquila y me dejes trabajar. Hala, ábrete de piernas y piensa que te voy a librar de una buena. Ojalá hubiera sido yo tan lista como tú. ¡Otro gallo me habría *cantao*!

Poco más recuerdo de aquel trance. Supongo que el pañuelo de la partera estaba impregnado con cloroformo o alguna otra sustancia adormecedora. Cuando salí de aquel letargo inducido a traición, al principio no supe dónde estaba. Me sentía mareada y me dolía mucho la tripa. Una mujer canosa me daba golpecitos en la cara con la mano y me miraba desde arriba frunciendo el ceño. Reconocí a Jacinta y recordé que había ido a su casa para deshacerme del hijo de Andrés.

—Venga, bonita, que ya ha *pasao*.

Intenté incorporarme. Ella me sujetó por los hombros para impedírmelo.

—Aguanta un rato hasta que espabiles, o te pegarás el morrón. Voy a traer a Ernesto, que el pobre andará de los nervios. Con lo flojos que son los hombres *pa* estas cosas. —Hizo amago de ir hacia la puerta, pero se volvió enseguida—. ¿Era suyo el bombo?

Negué con la cabeza.

—Ya me parecía a mí. Está mayor *pa* eso —se burló ella.

—¡Cuánto has tardado! —se quejó Ernesto, nada más entrar como un vendaval.

—Estas cosas hay que hacerlas bien, que me juego mucho. ¡Y vosotros también!

Él me cogió una mano. Las suyas estaban pegajosas de sudor.

—¿Te encuentras bien, pequeña?

—Es joven y fuerte —intervino Jacinta, antes de que yo pudiera responder—. Dos o tres días de reposo y podrá revolcarse otra vez con algún mozo *apañao*. Pero ten más *cuidao*, reina, que las que pagamos la jarana siempre somos las mujeres.

—Mañana tengo que ir al teatro —murmuré medio adormilada—, o me echarán a la calle.

—De momento, te vienes a mi estudio. Mañana, veremos —dispuso Ernesto—. No querrás marcharte con Rita y dejarme sin amigas...

Cuando salimos de casa de la partera, yo ya no era la misma Flor que había entrado. Pese al atontamiento vaporoso que me envolvía como una niebla, intuía que el cambio no se debía a la flojedad de las piernas ni a mis movimientos torpes, que obligaron a Ernesto a sujetarme cuando bajamos por la escalera. Se trataba de algo mucho más grave.

En ningún momento de mi breve embarazo había llegado a percibir vida dentro de mí, como había oído comentar alguna vez a las vecinas del Arrabal cuando tertuliaban en la calle, o como afirmaba madre que le ocurrió durante todas sus gestaciones, incluidas las malogradas. Para mí, saberme preñada había sido una amenaza, acompañada de molestias físicas, que debía eliminar a toda costa. Sin embargo, tras haberme deshecho del problema, me invadía un intenso vacío, como si mi vientre añorara lo que le había sacado Jacinta y protestara en forma de un gran agujero en el estómago donde solo cabía culpabilidad. Deshacerse de un niño en ciernes siempre ha sido considerado un grave pecado por la sociedad, de los que la gente chismorrea bajando mucho la voz, como si su mera mención pudiera arrojar al infierno a quien habla. A las chicas, incluso a las que crecíamos medio salvajes como yo, se nos inculcaba desde todos los flancos que el destino natural de una mujer era casarse y parir un hijo tras otro, aunque su hombre fuera un vago borracho y le zurrara la badana día sí, día también. Nuestro sino era aguantar hasta que un buen día el cuerpo se rindiera, igual que le había ocurrido a mi madre. Yo llevaba rebelándome contra eso desde que me escapé de casa. ¿Por qué ahora, recién vaciado mi vientre por la partera, me sentía como si me faltara algo? ¿Por qué hervía en mi cabeza el rencor contra Andrés y sus largas ausencias, que hasta entonces se había ido gestando a fuego lento? ¡Él me había metido en ese lío! ¿Tan poco valía yo en su vida llena de nobles ideales? ¿Qué clase de amor era el suyo?

Ernesto me llevó a su estudio en un pequeño carruaje tirado por una mula que le había prestado un conocido. Me acomodó en el cuartito interior donde dormía y se marchó a devolver el carro. A su regreso, acarreó un sillón desde la estancia en la que hacía las fotografías y se sentó junto a la cama. Yo luchaba por que no se me cerraran los párpados. Me daba pánico dormirme y no volver a despertar. No quería irme a dondequiera que morasen ahora Perico, madre, Nati y Rita. ¡Era demasiado pronto!

—¿Por qué lo haces, Ernesto? —susurré—. Estaría mejor en la buhardilla. Si me pasa algo aquí, te echarán la culpa y te meterán preso.

—No puedes subir cinco pisos y quedarte sola —replicó él. Se acercó a la cama y me tapó hasta la barbilla—. Escucha, pequeña, aunque tenga esto siempre lleno de chicas guapas, en el fondo no soy más que un viejo calavera al que nadie hace caso y que ya no va a triunfar como pintor. Rita y tú me habéis dado amistad y vuestra compañía. Tú me cuidaste cuando enfermé. ¡Por la memoria de la pobre Rita que te retendré aquí hasta que te recuperes! ¡Y no se hable más!

El hecho de que Ernesto velara por mí con tal abnegación mientras Andrés andaba en alguna parte persiguiendo quimeras, ajeno al trance por el que acababa de pasar, me llenó los ojos de lágrimas. Me abismé en un llanto quedo, pero imparable. Él se sentó en el borde de la cama y me sostuvo una mano hasta que, al cabo de un buen rato, me calmé.

—Tranquila, chiquilla. Lo que ha ocurrido donde la Jacinta es duro, pero tú eres valiente. En unos días volverás a estar fuerte como un roble.

Pese a mi pugna por mantener los ojos abiertos, acabó venciéndome un profundo sueño. No recuerdo cuánto tiempo dormí, ni si era de día o de noche cuando desperté. El cuarto solo tenía un ventanuco que daba a un patio interior y los fraileros estaban cerrados. La única luz procedía de una lamparita que había en la mesilla junto a la cama. Ernesto cabeceaba en el sillón. Levanté las mantas y miré con aprensión. ¡Qué alivio cuando comprobé que no había rastro de sangre en las sábanas ni en la camisola de dormir que me había prestado mi enfermero! Volví a taparme y me quedé traspuesta de nuevo. Cuando abrí los ojos por segunda vez, una idea me surcó la cabeza como un rayo: ¡no debía volver a ver a Andrés! Si quería conquistar la fama y las joyas de las que tanto habló la infortunada Rita, tenía que mantenerme alejada del amor.

Al día siguiente desperté con más vigor. El dolor de la tripa se había mitigado. Ernesto abrió el ventanuco para que entrara aire fresco y me llevó a la cama un tazón de café con leche más una magdalena cuyo mero aroma despertó en mí un hambre feroz. Semejante desayuno era un lujo en mi vida, sobre todo desde que murió Rita y tenía que hacer frente yo sola a los gastos. Antes de incorporarme, miré bajo las mantas por si había sangrado mientras dormía. Todo estaba en orden. Me tomé el tentempié con ansia y me sentí fuerte para anunciar que iba a ir a casa a asearme y cambiarme de ropa antes de dirigirme al Trianón.

—¡De eso nada, jovencita! —me reprendió Ernesto—. Es pronto para dedicarte a bailar.

Él mismo fue esa tarde al teatro a decirles que me había puesto enferma. Me cuidó durante dos días más, obligándome a guardar cama sin permitirme rechistar. Cuando no dormitaba, oía desde la alcoba el ajetreo de las sesiones de fotografías a las que acudían las modelos por la tarde. Sus voces y las risas que les provocaban las ocurrencias de Ernesto me hicieron recordar el día en que Rita me llevó a posar por primera vez. Lloré hasta quedarme sin lágrimas, aunque aquellos accesos de llanto me ayudaban a aflojar el nudo que me cercaba el pecho. La memoria me trajo también las palabras de Nati cuando nos llevaron el cuerpo de madre en una carreta: «La vida te traerá otros golpes como este, pero nunca dejes que te acobarde. La gente cree que las mujeres somos débiles. No saben que podemos con todo lo que se nos venga encima».

Y cada vez que me visitaban mis muertas durante aquellos días confusos, yo les prometía que rompería con Andrés para seguir luchando por conquistar la vida digna que ellas no habían podido alcanzar.

La prueba

Regresé al trabajo recompuesta, pero con mucho miedo a que me echaran por haber faltado varios días. Hasta entonces, ni siquiera había llegado tarde a un ensayo. Nada más asomar por la entrada de artistas, Pepón estiró el cuello de lagarto y bramó:

—¡Flor, dichosos los ojos!

Le devolví el saludo e intenté deslizarme por delante de su garita.

—¡Espera, muchacha, que vas como una centella! —me contuvo él—. Don Pedro quiere hablar contigo. Ayer mismo me dijo: «Cuando vuelva la Flor, la mandas enseguida a mi despacho».

El estómago se me revolvió. Eso solo podía significar una buena bronca con merma de la paga, o incluso acabar de patitas en la calle. Recorrí los pasillos tan deprisa que enseguida me vi llamando a la puerta del despacho de don Pedro. No había entrado allí desde que se dignó a hacerme una ficha años atrás. Él estaba sentado tras su escritorio, cubierto de papeles como aquella vez. Alzó la cara surcada de arrugas y se rascó su cuidada barba blanca.

—Pasa y siéntate, jovencita. Tenemos que hablar.

Ocupé inquieta el borde de uno de los sillones tapizados de cuero que tenía don Pedro para las visitas. Ya me veía recorriendo de nuevo teatros y cafetines infectos en busca de trabajo. Él se reclinó en su asiento de respaldo alto y me miró fijamente. Bajé la vista hacia mis manos y me preparé para encajar la sentencia.

—Don Antonio y yo te hemos estado observando estas últimas semanas —empezó él—. Te desenvuelves muy bien sobre el escenario. Debo decir que has aprendido mucho desde que antaño viniste a buscar trabajo. Claro que entonces eras una niña asilvestrada. Aún guardo tu ficha.

Alcé la cabeza. Ya no estaba solo asustada, también asombrada. En el tiempo que llevaba bailando en el Trianón, don Pedro jamás había dado muestras de recordarme.

—Nunca olvido una cara —se jactó él, sonriente. Sacó de un bolsillo del chaleco su reloj de leontina y lo abrió—. Bien, al grano, que debes vestirte para la función y las prisas no son buenas. Necesitamos una joven promesa para un número que dé paso al de la estrella que cierra el espectáculo y hemos pensado en ti. Claro que antes debes hacer una prueba con música para demostrar que sabes cantar. Si desafinas, no hacemos nada.

—Entonces... —susurré—, ¿no me quieren echar?

—¿Por qué te íbamos a echar, ahora que has aprendido a bailar con estilo propio, criatura?

Noté cómo me ruborizaba y bajé la cabeza.

—¡Mañana te quiero aquí a mediodía! —Volvió a consultar el reloj—. A las doce en punto sobre el escenario. Habrá dos chicas más para la prueba. Hala, ahora corre a cambiarte. ¡Y suerte!

Abandoné el despacho rumiando sentimientos contrapuestos. Sabía muy bien que el número sería de relleno para que luciera mejor la estrella del momento, pero para mí suponía una oportunidad única y pensaba luchar por ella con uñas y dientes. Al mismo tiempo, me sentía triste porque esa oportunidad nacía de la ausencia de Rita. Si ella no hubiera muerto, seguro que la Bella Frufrú seguiría escalando airosa la montaña del éxito y el teatro no andaría buscando una joven promesa, como decía don Pedro.

Cuando llegué al Trianón al día siguiente, sin resuello de tanto trotar a ritmo de caballo, pensé que sería la primera en presentarse. Un craso error, pues mis rivales ya andaban remoloneando en una esquina del escenario sin dirigirse la palabra ni mirarse la una a la otra. Reconocí a una de ellas. Pertenecía a la remesa de coristas que se incorporaron después de los estragos de la gripe. Se hacía llamar Lilí, aunque se rumoreaba que su verdadero nombre era Carmilla. Era una chica pequeña y pizpireta que no disimulaba su feroz hambre de éxito. A la otra no la había visto nunca. Parecía muy joven y llamaba la atención su mirada bravía. Tuve claro que no solo yo pensaba luchar con todos los recursos que había aprendido. Las tres iríamos a matar. Invoqué la imagen de Rita y le rogué que me enviara fuerzas desde dondequiera que estuviese.

Don Antonio, el dueño del teatro, y Don Pedro estaban sentados en la primera fila del patio de butacas. Yo había pensado que cantaríamos acompañadas por la orquesta, pero solo disponíamos del pianista. Don Pedro se puso en pie con sus movimientos premiosos de anciano.

—¡Atentas, señoritas! Ha llegado la hora de demostrar lo que sabéis hacer. Podéis cantar lo que queráis, pero, ojo: ¡no queremos cuplés picantones! Buscamos algo fino y sentimental, como lo que hace la gran Raquel Meller. —Señaló a la desconocida—. ¡Tú, muchacha, dile al pianista lo que quieres cantar!

Ella se dirigió con aire resuelto a Arturo, un hombre amojamado, casi calvo, que hablaba poco y fumaba mucho. Este posó las manos sobre el teclado y arrancó a tocar el comienzo de *El relicario*. La fiera hinchó el pecho prominente y atronó, con voz estrepitosa:

El día de San Eugenio
yendo hacia el Pardo le conocí,
era el torero de más trapío
y el más castizo de to Madrid...

Todos nos estremecimos ante el torrente descontrolado que era esa voz. Oí murmurar a Lilí: «San Antonio bendito, ¿de dónde han *sacao* a esta burracona?». En el patio de butacas, los jefes intercambiaron una mirada de consternación. Me pregunté cómo habría conseguido esa niña que la admitieran para hacer la prueba. ¡Si poseía la gracia de un sargento de infantería! Don Pedro dio una palmada que cortó en seco los graznidos.

—¡Suficiente! —Miró a Lilí—. Ahora tú, muchacha.

Lilí se plantó junto al pianista, le dijo algo que no pude oír y se ahuecó como una gallina clueca en cuanto empezó la música. Cantó *Mala entraña* con una voz que me recordó a Rita, aunque la de Lilí necesitaba mucho adiestramiento. A pesar de la impericia, no pareció desagradar a los jefes. Le permitieron acabar la canción sin interrumpirla. Cuando Lilí y el piano callaron, los dos hombres deliberaron un rato que se me antojó interminable. Empecé a ponerme nerviosa. La del vozarrón no suponía ningún peligro pese a su energía desbordada, pero Lilí no lo había hecho mal del todo y le sobraba ambición para birlarme el número.

Al fin me llegó el turno. Yo estaba tan agitada como la noche de mi primera y accidentada actuación en La Pulga. Mientras arrastraba los pies hasta el piano, supliqué a mi amiga muerta que iluminara mi prueba. Pedí a Arturo *Flor de té*. Pronto me di cuenta de que no había sido una buena decisión. Con las notas iniciales, surgió el recuerdo de la primera vez que oí cantar esa canción a Rita en la cocina de doña Gertrudis y el de sus primeras actuaciones en solitario en el Trianón. Se me formó en la garganta un nudo que enseguida escaló hasta los ojos. El patio de butacas se fue difuminando tras una bruma acuosa. Me asaltó el pánico. Si no cortaba el avance de las lágrimas, echaría a perder la prueba y el número se lo llevaría Lilí. Cuando más perdida me sentí, oí dentro de mi cabeza la voz de Rita: «No dejes que la tristeza llegue a los ojos, concentra el sentimiento en la canción para que sea el público el que llore, no tú».

Inspiré hondo para aliviar el ahogo que me estrangulaba la voz. Al ver que no arrancaba, Arturo repitió el inicio de la canción. De reojo vi las caras de mis rivales. Parecían sabuesos olfateando el triunfo que les cedería mi fracaso y que ellas se disputarían como si fuera un apetitoso hueso de jamón. Una punzada de rabia me dio el impulso definitivo.

Flor de té es una linda zagala
que a estos valles ha poco llegó.
Nadie sabe de dónde ha venido,
ni cuál es su nombre ni dónde nació...

Y se produjo el milagro: mi voz se afianzó. Yo misma noté que la melodía nacía en mi garganta con enérgica dulzura y colmaba el escenario de sentimientos que jamás había osado expresar con palabras. El amor y la sensualidad que descubrí con Andrés, la añoranza manchada de rencor debida a sus inexplicables ausencias, el dolor por las humillaciones que había ido tragándome en la vida, el inmenso agujero troquelado por la muerte de Rita…

Todas mis lágrimas, las vertidas y las que me guardé, impregnaron esa canción sentimental que habían cantado las cupletistas más famosas del país.

Cuando acabé, fue como si despertara de un sueño reparador. Un profundo silencio reinaba en la sala. Dirigí la vista hacia donde las otras chicas aguardaban el veredicto de los jueces instalados en el patio de butacas. Ya no parecían tan ufanas. Miré a los jefes. Don Pedro se pasaba la yema del dedo índice por el ojo derecho. Don Antonio le decía en ese instante algo que no pude oír desde el escenario. El vejete asintió, se levantó y se dirigió a mis rivales.

—Esto es todo, chicas. Os podéis marchar.

Las caras de las otras se alargaron.

—¡Tú no, Flor! —añadió él.

—Pues vaya —oír rezongar a Lilí—. Se lo van a dar a esta.

—Estará *enchufá* —dijo la de la voz de corneta—, porque no sabe cantar…

Las dos hicieron mutis por el foro renegando entre ellas. Yo seguía plantada junto al pianista, que había empezado a liarse un cigarrillo nada más apagarse la última nota. Don Pedro se acercó al escenario. Alzó la cabeza y ordenó:

—Mañana te quiero aquí para ensayar, a la misma hora que hoy. Elegiremos tu nombre artístico y la canción. Seguirás bailando con las chicas y, además, tendrás tu propio número. ¡Chiquilla, si cantas como lo has hecho hoy, llegarás lejos, vive Dios!

El milagro

Debuté una semana después. Los jefes no se devanaron la sesera buscándome un nombre artístico. Me anunciaron como la Bella Florita. Decidieron que cantaría, acompañada solo por el piano, el cuplé *Flor de té* que había bordado durante la prueba. Me asignaron el vestuario que llevó Rita: un vestido vaporoso, de falda por encima de las rodillas, que ni siquiera hubo que arreglar, pues me sentaba como un guante. Cuando salí al escenario la noche de mi estreno como solista, no sabía qué hacer con las manos de tanto como me temblaban. Había ensayado muchas mañanas con el pianista fumador, pero eso no evitó que me reconcomiera por las noches cuando intentaba conciliar el sueño en la solitaria buhardilla. ¿Y si me quedaba en blanco y se me olvidaba la letra? ¿Y si el público no me aplaudía lo suficiente y me relegaban de nuevo a simple corista? ¿Y si me abucheaban? Los espectadores del Trianón no eran tan salvajes como los de La Pulga o el Salón Cocó, pero si un número no les gustaba, lo hacían saber con gestos y algún pitido que otro.

Sentí ganas de huir al verme escrutada por la mole silenciosa y sin rostro que aguardaba en la oscuridad a que la entretuviera yo sola, sin el amparo del cuerpo de baile. Recordé mi atribulado estreno en La Pulga, cuando Rufino amenazó con ofrendarme a la ira animal de padre si no lo hacía bien. En el Trianón no había ningún Rufino y la sombra de padre se había disipado para siempre. Solo me espoleaban mi orgullo y el recuerdo de Rita, que me reñiría esa madrugada en la buhardilla si no aprovechaba el privilegio de seguir viva y poder cantar en solitario. Hice a Arturo la señal que habíamos acordado. Él arrancó a tocar, con su cigarrillo encajado entre los labios. Un foco se centró en mí. La mole expectante se tornó aún más negra.

Mi voz entonó «Flor de té es una linda zagala que a estos valles ha poco llegó...».

Y se obró el mismo milagro que durante la prueba y los ensayos. Lo que me había herido a lo largo de mi vida se transformó en música que borró el miedo y los temblores. Cuando se apagó el eco del piano, habría seguido cantando hasta caer muerta allí mismo. Me despertó de la hipnosis el aplauso que atronó la sala, entre exclamaciones como «¡Bravo!», «¡Otra!», «¡Guapa!» y «¡Chulapona!». Don Pedro me sacó del escenario agarrada de un brazo y me preguntó si sería capaz de ofrecer al público otro cuplé, aunque solo hubiera ensayado uno. Le dije que sí sin pensármelo. Necesitaba regresar a la tarima para sentir de nuevo esa excitación que hacía olvidar las penas.

Canté *Mimosa*, una pieza que me había aprendido observando, escondida entre bambalinas, a las estrellas que pasaban por el teatro. Coseché otro aplauso tan estrepitoso que la tarima pareció moverse bajo mis pies. O quizá solo fue una ilusión causada por la embriaguez de mi inesperado éxito. Cuando recorrí el pasillo hacia el camerino, me topé con Nené. Debía de haber espiado mi actuación desde detrás del escenario. Tenía los ojos húmedos cuando susurró: «¡Qué bien has *cantao*, Flori!». Nené era la chica menos envidiosa que había conocido.

A partir de esa noche, me adjudicaron dos números como solista y me subieron la paga. Con el primer cobro semanal tras el aumento fui a los grandes almacenes de la Puerta del Sol. Me hice con un corte de falda y otro de blusa, más ropa interior nueva. Al fin cumplí mi sueño de comprarme un sombrero. No elegí un nido de pájaros ajardinado como los de la Sultana, solo un modesto canotier de paja. Aún hacía frío y tal vez no fuera el más apropiado para aquellas tardes de un invierno moribundo, pero ni el presupuesto ni mis preferencias admitían perifollos. Al admirar las prendas que lucían los maniquís de los almacenes, advertí que las faldas eran menos pomposas y, al mismo tiempo, más sueltas y cómodas de llevar. El bajo mostraba más pantorrillas que antes. Los corsés también parecían haberse aligerado. Se asemejaban más al remedo de camisón con el que la Bella Amapola cantaba *La pulga* que a la coraza que me regaló Rita años atrás. Salí de la tienda con la ilusión de las compras manchada de mala conciencia por haberme gastado tanto dinero de golpe. Seguro que Rita habría sido más prudente que yo.

Pese a mi repentina bonanza, seguí posando para Ernesto. No lo hacía solo porque pagaba bien y pronto. Los dos nos consolábamos mutuamente de la soledad y la tristeza. Él me retrataba ahora con mucho cuidado de que no se me viera la cara. Se las arreglaba para que quedara en una insinuante penumbra, o me hacía colocarme de perfil, con un mechón de pelo caído sobre la mejilla, como si me acabara de despeinar un galán.

—Algún día serás famosa —decía—. Es mejor que no te puedan reconocer.

—¡Qué cosas dices!

—Al tiempo, niña. Que a mí también me visita Rita por las noches.

Yo me reía, aunque me reconfortaba creer que Rita se comunicaba con nosotros desde el reino de los muertos.

Pasaron las semanas y seguía sin saber dónde estaba Andrés, ni si se encontraba bien o mal. En el teatro, oí cuchichear una tarde a los tramoyistas sobre la huelga que llevaba desde febrero paralizando La Canadiense, la empresa que abastecía de electricidad a Barcelona, y había dejado a las fábricas sin suministro eléctrico durante semanas y las cárceles llenas de detenidos. La alegría por mi ascenso en el teatro quedó enturbiada por el miedo a que Andrés se hallara en Barcelona, mezclado con los cabecillas de los desórdenes o incluso encerrado en alguna lóbrega prisión. Había decidido tras el aborto que me convenía alejarle de mi vida, pero el sentido común no basta para dejar de amar a un hombre.

Al irrumpir la primavera, la Bella Florita se había convertido en una pequeña atracción en el Trianón. Los jefes se mostraban contentos, aunque no tanto como para concederme el lujo de un camerino propio. Muchas noches me encontraba sobre mi tocador suntuosos ramos de flores que despertaban admiración, y también envidia, entre las otras chicas. Iban acompañados de tarjetas de papel bueno que llevaban escritas, con letra abigarrada, nombres larguísimos que me costaba una eternidad leer. Ante la puerta de artistas me acechaban caballeros atildados, de aspecto acomodado. No todos eran lo que Rita llamaba vejestorios. Había entre ellos lechuguinos que no serían mayores que Andrés. Yo me los quitaba de encima con más o menos diplomacia, según el humor de cada noche. Bien podría haber elegido entre ellos al protector con posibles que tanto anhelaba mi amiga, pero tras haber visto cómo los sueños pueden reducirse en pocos días a un cadáver renegrido y de haberme deshecho de la semilla de Andrés a manos de Jacinta, no quería convertirme en el perrito faldero de un ricachón, por muchos cuartos que pudiera llegar a sacarle.

Así andaba mi vida cuando todo cambió.

Bebiendo las estrellas

Una madrugada de verano incipiente, creo que a finales de junio de ese 1919 que me había deparado una de cal y otra de arena, abandoné el teatro envuelta en tristeza mezclada con irritación, pese a la avalancha de aplausos que habían cosechado mis números. Aunque había decidido tiempo atrás cortar con Andrés, su inexplicable desaparición me pesaba como si cargara una roca gigante a la espalda. También añoraba la amistad incondicional de Rita y cómo me guiaba a través del abrupto camino de las variedades, donde resultaba tan fácil tropezar. La bruma melancólica se despejaba cuando cantaba, pero regresaba en cuanto me retiraba del escenario. Aquella noche solo quería subir a la desangelada buhardilla, arrojarme sobre la cama y no parar de llorar.

Ante la salida del Trianón se congregaba la parroquia habitual. Distinguí a los novios de algunas coristas y a los admiradores que me acechaban allí al acabar la función. Me resigné a esquivarles. No estaba de humor para aguantar a pelmazos. Nada más pisar la acera, vi que un hombre espigado se separaba del corrillo y se acercaba a mí con paso decidido. Decidí deshacerme de él antes de que se pusiera insistente. Él se paró delante de mí. Se quitó su sombrero canotier con banda marrón, a juego con la corbata moteada de lunares amarillos que combinaba con un traje claro cuya chaqueta llevaba cuidadosamente abotonada.

—Señorita Florita, ¿me concedería unos minutos de su tiempo?

La sorpresa me impidió reaccionar. Nunca había oído a nadie

hablar con ese acento extraño, tan distinto del de los madrileños y del que recordaba del Arrabal. Y qué redicho era el condenado. Me fijé en su cara. Era bastante más viejo de lo que me había hecho creer su delgadez. Un caballero de cierta edad o, como habría dicho Rita, un tipo al que faltaban dos cuplés para tener palco en el cementerio. Antes de que pudiera recuperarme del estupor, él abrió el primer botón de su chaqueta, metió la mano derecha en el bolsillo interior y sacó una tarjeta que me tendió. No sé por qué la cogí. Fingí leer lo que ponía.

—Octavi Montagut Rius —me ayudó él.

Inclinó el torso levemente. Tuve que admitir que se movía con ágil elegancia, pero había llegado la hora de mandarle a freír espárragos. Le devolví la tarjeta.

—No alterno con los clientes, señor.

—No pretendo invitarla a que alterne conmigo, señorita —respondió él con una sonrisa irónica. Pese a ser mayor, no le faltaba ningún diente. Debía de ser muy acaudalado—. Me gustaría hablarle de... digamos que de negocios.

—Tampoco me vendo a cuenta de otros.

Me pasó por la cabeza que Rita se habría sentido orgullosa al oírme hablar así de bien.

El hombre se quedó consternado. Se llevó el sombrero al pecho con las dos manos y lo mantuvo delante como si fuera un escudo.

—Oh, disculpe si la he ofendido, señorita. Debería haberle aclarado enseguida que los negocios que le quiero proponer son meramente musicales. ¿Se siente más tranquila ahora?

Asentí con la cabeza, aunque estaba desconcertada, no tranquila.

—Si me permite invitarla a una refrescante copa de champán, estaremos más cómodos para hablar.

Aún no las tenía todas conmigo cuando acepté cogerme del brazo que me ofrecía. Me llevó a un café cercano, al que no había entrado nunca con las chicas. En el Trianón circulaba entre los de a pie el rumor de que era demasiado caro para la plebe. El interior del local, entre elegante y bohemio, confirmó la fama. El desconocido me condujo hasta una mesa libre. Pidió el mejor champán de la casa al estirado camarero que se acercó en cuanto nos sentamos. Se reclinó por encima del tablero redondo y me miró a los ojos. Los suyos, de párpados un poco caídos y rodeados de arruguitas, eran de un extraño color entre verde y gris, algo desvaído a la suave luz del café.

—Bien, señorita, empecemos por el principio: ¿Florita es su verdadero nombre?

—Me llamo Florencia Lacasa... y también me pusieron Adoración, Juliana y Silvestra, pero todos me dicen Flor... o Flori.

—*Déu meu!* —exclamó él—. Esos no son nombres para una estrella.

Ese hombre vocalizaba de un modo cada vez más raro. El camarero rancio apareció con un cubo que me recordó a los de fregar, aunque este estaba tan limpio y reluciente que vi mi cara reflejada en él cuando lo colocó sobre la mesa. Un chico joven llegó con una bandeja de la que tomó dos copas de boca ancha. Puso una delante de cada uno. El engreído abrió con mucho aspaviento una botella tan bonita que me la habría llevado bien a gusto para adornar la buhardilla. Se oyó un suave plop y el camarero nos llenó las copas de un líquido de color miel en el que danzaban burbujas diminutas. Mi desconcertante galán tomó un sorbo y entrecerró los ojos.

—Ah, el champán es un elixir de dioses —murmuró—. ¿Sabe que lo inventó un monje benedictino por accidente hace casi quinientos años?

Negué con la cabeza. ¿Cómo iba a saber cosas que ocurrieron tanto tiempo atrás?

—Según cuentan —prosiguió tras otro sorbo—, al monje le explotó una botella de vino en la bodega porque había fermentado mal. El buen hombre, que era ciego como un topo, probó algo del líquido derramado en el suelo. Le supo raro y abrió otra botella de la misma cosecha que tenía almacenada. Y de pronto, los otros monjes le oyeron gritar, extasiado: «¡Venid, venid todos! Estoy bebiendo las estrellas». Hermosa leyenda, ¿verdad?

Me encogí de hombros. Si él lo decía...

—Regálese un puñadito de estrellas, *noia*. Le ayudará a pensar en lo que le voy a proponer.

Obedecí sin bajar la guardia. ¿Y si había dado con una versión refinada y acaudalada de don Facundo, que solo me quería emborrachar para clavarme mejor su culebra? De pronto, noté en la bóveda de la boca el estallido de diminutos fuegos artificiales, como los que iluminaban el cielo nocturno en las fiestas populares. En el paladar me quedó un sabor a fruta mezclado con el de la miel que me dio a probar una vez Faustino, el del colmado del Arrabal. Jamás había sentido en la lengua algo tan delicioso. No se parecía a lo que llamaban champán en el Salón Cocó, ni a los brebajes que pedían algunos clientes con los que en aquel tiempo me tocó acostarme en los hoteles por horas.

—Como ya le he dicho, me llamo Octavi Montagut. Soy de Barcelona...

Barcelona. La ciudad junto al mar en la que se suponía que estaba Andrés. El corazón me dio un vuelco. Alcé de nuevo la copa. El cristal era tan fino que tuve miedo de que se partiera entre mis labios mientras bebía.

—Heredé de mi padre una fábrica textil a las afueras de la ciudad que, gracias a la ayuda del fiel administrador de la familia, funciona a las mil maravillas. Ahora acabamos de pasar unos meses muy difíciles por culpa de la huelga de La Canadiense, la empresa que suministra electricidad a la ciudad. Tuvimos la maquinaria parada durante semanas. Un desastre que, gracias a Dios, ya está resuelto. —Bebió de su copa y se lamió los labios con deleite—. Bien, a lo que iba. Gracias a la buena marcha de la fábrica, puedo dedicar parte de mi tiempo a lo que de verdad me apasiona: la música... y, en especial, descubrir talentos sin pulir. Y aquí entra usted, joven.

Me molestó que me considerara un talento sin pulir, pero guardé silencio.

—Me ha fascinado esta noche cómo se desenvuelve sobre el escenario y cómo maneja esa magnífica voz que tiene sin saber nada de música. Porque... no me equivoco si supongo que nunca ha estudiado canto, ¿verdad?

Una vez más, solo pude responder con la cabeza.

—Tampoco sabe leer… ni escribir.

Me entró tal vergüenza que por un instante estuve a punto de levantarme y salir corriendo.

—Sé leer…, bueno…, me cuesta un poco —susurré.

—No se avergüence, *noia*. La vida es cruel y reparte los privilegios al azar, como si fuera la lotería. Pero ahí nos surge un excitante desafío: el de burlar al destino que nos ha sido asignado. Usted posee un talento extraordinario, una belleza sublime de la que no parece ser consciente y un desparpajo que me hace presuponerle inteligencia. Venga conmigo a Barcelona, sea mi pupila y la convertiré en una gran estrella. Bajo mi tutela aprenderá a cantar, a leer y escribir y a comportarse como una dama de alcurnia.

—Y… ¿qué me tocará hacerle *pa* pagar todo eso?

—¡Ah, qué expresión tan inapropiada! —me reprendió él; en sus ojos creí ver destellos de sonrisa—. No le pediré nada que usted no quiera darme, querida. Digamos que disfruto burlándome del destino. Mi sueño de juventud fue ser concertista de piano. Por desgracia, me sobraba oposición por parte de la familia y, lo que es peor, me faltaba el talento necesario para llegar a ser un buen músico. Por eso me gusta descubrir a jóvenes bonitas y talentosas a las que ayudar a conseguir lo que la vida les ha negado. Gozo puliendo a niñas vulgares hasta que las veo convertidas en artistas refinadas de primerísima fila. Créame, los dos obtendríamos un beneficio con este acuerdo. Por supuesto, si usted decidiera hacerme el regalo de permitirme… um…, ya sabe…, me haría muy feliz. Pero ¡jamás la forzaré a nada que no sea estudiar y aprender! Tiene mi palabra de caballero.

La cabeza me daba vueltas y apenas había bebido de ese delicioso champán. Lo que me ofrecía ese hombre resultaba muy tentador. Pero entonces me acordé de Andrés y la tentación se esfumó. Él me habría instado a no permitir que un ricachón me llamara vulgar a la cara. A fin de cuentas, habría dicho con toda seguridad, el orgullo era lo único que poseíamos los pobres.

—Señor —salté—, no soy un perro faldero *pa* llenarlo de lazos. Búsquese otra muñeca *pa* entretenerse.

Me puse en pie. Mi intención era hacerlo con desafío, pero el cansancio tras la función y el efecto de los sorbos de champán, o tal vez el vértigo causado por esa extraña proposición, me hicieron tambalearme. Él sacó con calma la tarjeta de visita que le había devuelto cuando me abordó y me la alargó por segunda vez.

—Piénselo bien, señorita —dijo, sin borrar su sonrisa de gato astuto. Pese a la edad que aparentaba, poseía cierto atractivo. Debió de haber sido apuesto de joven—. En este oficio suyo, muy pocas llegan a lo más alto por sí mismas. Ahora es una *noieta*, pero puedo asegurarle que la juventud pasa volando... y la belleza se esfuma sin remedio. Incluso la voz se resiente cuando no hay una buena técnica. Consúltelo bien con la almohada, se lo ruego. —Se detuvo un instante, como pensativo, y añadió—: Puesto que me quedaré unos días más en Madrid, mañana volveré al Trianón. Me gusta verla cantar. Si cambia de opinión, esa será su última oportunidad.

Se levantó, me tomó una mano y la besó con una leve inclinación del torso. Cuando se enderezó, recalcó:

—Recuerde: Octavi Montagut... para servirle y enseñarle los misterios del arte y de la vida.

Se volvió a acomodar en su silla. Yo me apresuré a abandonar el café. Antes de salir, el desconcierto me empujó a mirar atrás. Reclinado en su silla, el sorprendente y redicho caballero apuraba su copa de champán con sumo deleite. Aún atesoro en el recuerdo esa última imagen suya de aquella noche.

Otra oportunidad

Estás loca, muchacha! ¿Cómo has podido desperdiciar una oportunidad como esa?

La languidez de opio en la que encontré a Ernesto cuando acudí a la mañana siguiente a contarle mi extraña conversación con don Octavi se había ido disipando conforme me escuchaba. Se incorporó en el diván donde fumaba y se quedó sentado, mirándome mientras se arreglaba con los dedos el cabello revuelto.

—Tú ya sabes bien lo que cuesta despuntar como cantante, de eso no me cabe duda. Pero me parece que no te has parado a pensar en el futuro. Son muy pocas las que llegan a lo más alto. El resto acaba fregando suelos o vendiendo castañas asadas en la plaza Mayor cuando se les esfuma la juventud. ¿Quieres acabar de castañera con las manos renegridas y llenas de sabañones?

—¿Y si triunfo por mí misma? —repliqué, picada ante el futuro tan oscuro que me pintaba.

—Ay, Flori... —murmuró él, como quien intenta apaciguar a una mula testaruda—, es posible que estés destinada a entrar sin ayuda en la élite del cuplé como la Meller o la Fornarina. Quién sabe. Pero ese hombre te ofrece una educación, una carrera musical y el acceso a otro mundo donde la vida es mucho más fácil. No desdeñes esas ventajas.

—Quiere un perro faldero. Una muñeca *pa* entretenerse cuando se aburra.

—Pues lo entretienes y le sacas lo que puedas. Así marchan esas cosas.

—¿Y aguantar a otro viejo *degenerao* como los carcamales del Cocó? ¡Ni hablar!

—A veces pecas de ingenua para trabajar en las variedades, criatura. ¿Cuántos años tienes ahora?

—Diecinueve.

—Una cupletista ya es vieja a los treinta, incluso mucho antes. ¿Qué harás cuando caigas en la cuenta de que no has triunfado ni triunfarás ya? ¿Cuando veas que no queda lugar al sol para ti, porque lo ha ocupado gente más joven y hambrienta de éxito? Ese y no otro es el sino de los que nos quedamos por el camino. Di que yo me defiendo con las postales y no vivo mal, pero una cupletista vieja sin futuro ni ahorros… ¿Qué vida crees que le espera?

—Sé coser como nadie.

—Entonces ¿por qué no dejas el teatro ya y buscas un taller de costura donde destrozarte los ojos y los dedos? ¿Por qué sigues cantando?

Escruté a Ernesto con atención. Por primera vez desde que le conocía, vi a un hombre agotado de luchar. Nunca me había parado a pensar en los sueños que se le habrían escurrido entre los dedos a lo largo de su vida. Y ahí estaba de pronto: una enorme grieta abierta en su coraza de vividor cariñoso que dejaba a la vista su tristeza por lo que no había logrado en la vida. Era el fracaso sin adornos.

—Anda, si esta noche aparece ese pollo por el teatro —prosiguió él arrastrando las sílabas—, dile que sí y márchate con él. Rita no habría dejado escapar una oportunidad así… ¡Seguro!

—No sé… —susurré.

¿Qué habría hecho la pobre Rita en mi lugar?

Ernesto se levantó del diván muy despacio, fue hacia un mueble con cajones que estaba cerca de donde tenía montada la cámara, sacó papel y lápiz y garabateó algo. Regresó y me tendió la nota.

—Escucha, Flori, si el tipo te sale rana, busca un aparato de esos modernos para hablar a distancia y pide que te comuniquen con este número de Madrid. Es de mi amigo Marcial, el médico, que tiene uno en su casa. Le dices dónde estás y yo mismo iré a buscarte. Te lo prometo.

Se me llenaron los ojos de lágrimas. Entre brumas vi cómo él se echaba de nuevo en el diván. Su larga silueta transmitía un cansancio infinito.

—No te me pongas sentimental, muchacha —le oí reprenderme—. Los amigos estamos para ayudarnos. Y para dejar que el otro disfrute con calma de la paz del opio.

Sus párpados empezaron a descender hasta ocultarle los ojos. Salté del sillón que había ocupado y salí del estudio. Cerré la puerta de la calle con cuidado de no hacer ruido. Caminé hacia mi casa bajo los toldos de la calle Toledo, que paraban el sol de aquel mediodía caluroso. Subí a la buhardilla rumiando los consejos de Ernesto. Allí rosigué sin hambre algo de pan y queso. Desde que estaba sola, sin la férrea disciplina de Rita, me complicaba bien poco con las comidas. Me eché en la cama. Dejé vagar la mirada por las vigas de madera que sustentaban el techo, moteadas por agujeros de carcoma. Cualquier día se me desplomarían encima. ¿Y qué decir de las paredes agrisadas por el humo que escapaba del tubo oxidado de la vetusta estufa? ¿Ese iba a ser mi horizonte hasta que se me cayeran los dientes y los pechos? ¿Seguiría viviendo allí cuando fuera una viejita endeble como Nati, tras haber consumido mi juventud esperando a que Andrés se acordara de dedicarme unas horas hurtadas a sus nobles causas? Sacudí la cabeza. Andrés era un hombre bueno, sin duda, pero no merecía ese sacrificio, por mucho que aún le amara entre mi creciente resentimiento.

Busqué en el armario la caja donde guardaba los pocos recuerdos de mi vida en el Arrabal: la última carta de mi hermano Jorge, la servilleta de buen hilo en la que aquel apuesto alemán llamado Wolfgang envolvió los bollos sobrantes del desayuno y la fotografía amarillenta de una joven cupletista en la que antaño creí reconocer los rasgos de Nati. Me senté en la cama y el tiempo se me escurrió contemplando el desvaído retrato bajo la luz que asomaba por la claraboya.

Cuando me vestí para ir al Trianón, ya había tomado una decisión.

En el camerino me aguardaba una sorpresa: un precioso ramo de flores ocupaba mi parte del tocador. Las chicas que habían llegado antes que yo revoloteaban alrededor de él como abejas zumbonas. Nené era la más entusiasmada.

—¡Te ha salido un admirador rico, Flori! —Señaló el arreglo floral—. ¡Son dalias! Habrán *costao* un Potosí.

Yo no entendía de plantas ni flores. Solo sabía nombrar las rosas y los claveles, aparte de los dientes de león que soplaba de niña. Estas estaban formadas por una profusión de pétalos color malva ribeteados de violeta, que se aglutinaban en un curioso pompón vegetal. Resultaban delicadas y, a la vez, transmitían fuerza. Arranqué la tarjeta prendida al papel crepé que envolvía el ramo. Entre Nené y yo nos afanamos en descifrar lo que ponía. Ardua tarea, porque en esa cartulina había muchas palabras escritas con una letra hermosa, pero muy pequeña.

—Aquí pone Oct... a... —balbuceó Nené con el índice plantado en la tarjeta— v... i...

—Octavi Montagut —completé.

—¡Qué nombre tan raro!

—Es de Barcelona.

—¡Ay, Flor! ¿Es joven? ¿Es guapo?

Me encogí de hombros. No me apetecía darle explicaciones.

—Hala, vamos a cambiarnos —la apremié—, que el tiempo vuela.

—¡Qué emocionante, Dios mío! —insistió ella.

No hice caso de su entusiasmo y me preparé para la actuación introductoria de las coristas, en la que aún me tocaba participar como bailarina principal. Mientras cantaba en solitario mis dos números propios, intenté encontrar entre el público al caballero redicho que me había abordado la noche anterior, pero la penumbra en el patio de butacas y la disposición de los focos, centrados en mí de un modo que me cegaban, me impidió distinguir las caras de los espectadores. Al acabar la función, me limpié el pesado maquillaje a toda prisa y me cambié de ropa sin hablar con ninguna de las chicas que pululaban por el camerino. Me encajé el canotier y cogí mi ramo de flores. Esquive por los pelos a Nené, empeñada todavía en tirarme de la lengua sobre mi admirador. Escapé a la calle.

Nada más salir, paseé la vista sobre el grupito congregado ante la puerta. ¡Qué decepción! No había ni rastro de don Octavi. Descartada quedaba mi segunda oportunidad. ¡Qué tonta había sido mandándole a paseo la noche anterior! Apreté el ramo de flores contra el pecho, bajé la cabeza y serpenteé entre los que esperaban. De repente, oí a mi lado una voz masculina que vocalizaba con un acento peculiar.

—Buenas noches, señorita Flor. ¿O son ya buenos días?

Alcé la cara y me giré. Don Octavi sostenía el sombrero en la mano y se inclinaba ligeramente a su manera refinada.

—Debo decir que ha cantado incluso mejor que anoche. Posee un talento natural.

—Gracias, don Octavi.

—Veo que he acertado con las flores —observó, señalando el ramo que yo aún apretaba contra mi pecho.

—Son preciosas, don Octavi.

Él esbozó su sonrisa de felino que no conoce el hambre.

—¿Ha consultado con la almohada el asunto que nos ocupa?

Tomé aire. Me aclaré la garganta. No me convenía sucumbir de nuevo al orgullo.

—Sí… —musité, sin saber cómo continuar.

Don Octavi no parecía dispuesto a ayudarme.

—¿Y? —fue lo único que preguntó.

Tragué saliva y lo que quedaba de mi orgullo.

—Yo… acepto ser su pu… pu… —¿Cómo seguía esa palabra tan fina que había empleado él anoche?

—Pupila.

Asentí con la cabeza. Don Octavi se esponjó de satisfacción. Me recordó un pájaro cuando ahueca el plumaje.

—Magnífico. Es lo que deseaba oír. —Me ofreció el brazo—.

Permítame que le explique en detalle los términos de nuestra futura relación.

Me llevó al mismo café de la noche anterior. Pidió de nuevo el mejor champán al camarero de la cara de palo, que nos lo sirvió con una diligencia rayana en lo milagroso. Cuando en nuestras delicadas copas burbujeaba el líquido que, según la leyenda, descubrió por accidente un fraile cegato, don Octavi alzó la suya.

—¡Por nuestra provechosa asociación musical! —exclamó.

No supe qué hacer con las manos. Cada vez que encerraba entre los dedos ese cristal tan frágil, temía que estallara en mil pedazos.

—Debe sujetar la copa por el tallo, querida. Resulta más refinado... y el calor de la mano no caldea la bebida.

Tuve serias dificultades a la hora de seguir sus instrucciones, pero logré beber sin destrozar la fina cristalería de ese café. Don Octavi se relamió tras haber tomado un sorbo y dejó su copa sobre el tablero de mármol.

—En primer lugar, hay que comprarle algo de ropa mañana. La alojaré en mi hotel hasta que vayamos a Barcelona y deberá vestir con propiedad, o no la dejarán entrar.

¿Alojarme en su hotel? ¿No intentaría convertirme en su entretenida después de tanta palabrería hueca sobre ser su pupila? Él captó mi alarma al vuelo. En aquel tiempo, mi cara aún era muy transparente.

—No tema, querida. Tendrá su propia habitación, al igual que en mi casa de Barcelona, donde va a vivir y formarse. —Pasó revista a mi sombrero y mi peinado—. Ese canotier no está mal del todo, es sencillo y está de moda, aunque habrá que recurrir a la peluquera del hotel para que le arregle ese cabello ciertamente hermoso, pero recogido en un peinado salvaje y un tanto *démodé*.

Yo no había entendido la última palabra. Como de costumbre, disimulé.

—Además, habrá que hacerle la manicura. —Alzó de nuevo su copa—. Poco a poco iremos refinando también esos modales. *Temps al temps*. Ahora, debemos centrarnos en una cuestión de vital importancia: su nombre artístico.

—Siempre he cantado como la Bella Florita —osé intervenir.

—¡Una vulgaridad! —se exasperó él—. ¿Sabe cuántas Bellas algo hormiguean por el mundo del espectáculo? Chicas ordinarias que cantan cuplés picarones y enseñan carne las hay a miles en los teatros del país y del extranjero. ¡Nosotros no queremos eso! El cuplé está ahora en la cresta de la ola, pero no tardará en pasar de moda, como todo en la vida. ¿Qué ocurrirá entonces con todas esas Bellas algo que no saben ofrecer otra cosa?

Me encogí de hombros.

—Yo se lo diré: las pobres acabarán vendiendo castañas en las esquinas, o flores a las puertas de los teatros donde antes las jaleaban los gañanes.

Otro que sacaba a relucir a las castañeras. Ni que se hubiera puesto de acuerdo con Ernesto.

—Debemos buscar algo distinto —prosiguió don Octavi—. Algo especial cuyo mero sonido acaricie los sentidos allá donde vaya; algo que de entrada sugiera categoría y misterio; algo que advierta al público de que usted no es una de tantas.

Tomé un buen trago de champán. Semejante locuacidad ajena me estaba secando los oídos y la boca.

—Fíjese en Raquel Meller. ¿Habría triunfado igual si hubiera conservado su nombre verdadero: Francisca Marqués López? ¿O si se hubiera puesto la Bella Frasquita?

Recordé la actuación de la Meller en el Trianón que tanto me impresionó. La intuición me decía que aquello no era solo fruto de un nombre exótico.

—Raquel Meller canta muy bien —susurré.

—Ciertamente, pero ha sabido crear a su alrededor una aureola de misterio y glamour que la hace especial. Créame, el envoltorio es tan importante como la mercancía que pretendemos vender, por muy buena que esta sea. Y en el caso de una cantante, empieza por el nombre. Más adelante tendremos que pensar una puesta en escena original, como hizo la Meller con *El relicario*. Desde que se apropió de ese cuplé vestida de luto, nadie se acuerda ya de que lo estrenó Mary Focela… Y volviendo al nombre —tomó aire y me miró como hacen los magos de las variedades antes de realizar su truco—, me he permitido pensar uno apropiado... por si aceptaba mi propuesta, *noia*.

El buen hombre no había perdido el tiempo desde nuestra conversación de la noche anterior.

—Nada de Flor, ni Flori. Eso suena a lavandera o modistilla de corrala madrileña. ¡Quiero algo distinguido e internacional! Le anuncio que, a partir de esta noche, se llamará Nora... y después Garnier, como la maravillosa ópera de París.

¿Quién sería esa señora Ópera? ¿Tal vez alguna conocida suya?

—Queridísima Nora Garnier: prepárese para trabajar duro. Usted tiene mucho que aprender y no seré un preceptor indulgente. Pero puede tener por seguro que, si cumple mis exigencias, la convertiré en una gran estrella.

¡Qué redicho era! De nuevo tantas palabras que no entendía...

—En los días que quedan hasta que nos marchemos a Barcelona, tendrá tiempo de despedirse del teatro y de sus amigos, también de recoger las cosas que piense llevarse. Le aconsejo que deje atrás todo lo que no le sirva. No queremos lastres. Y ahora, brindemos por nuestra provechosa asociación, jovencita.

Cerré los dedos alrededor del tallo de mi copa y la acerqué a la que alzaba él. El tintineo del cristal cuando las chocamos me hizo temer de nuevo un estropicio, pero no ocurrió nada. Creí que ese momento distendido era el idóneo para hacerle una pregunta que me quemaba la lengua. Saqué del bolsillo de mi falda la tarjeta que había acompañado al ramo de flores.

—Don Octavi, ¿me puede decir lo que ha escrito aquí? No... no lo entiendo todo... Sé leer, pero... la letra es tan... pequeña...

Él me ofrendó otra de sus sonrisas felinas.

—Querida, le prometo que, cuando acabe mi formación, no necesitará que nadie le lea un texto tan sencillo. —Hizo una pausa, sin duda para incrementar mi expectación; a veces, sus maneras me recordaban a las de un prestidigitador—. Pone: «Para la dalia de arrabal más hermosa que jamás conocí».

TERCERA PARTE

Nena

...

Nena, me decía loco de pasión.
Nena, que mi vida llenas de ilusión,
deja que ponga con embeleso
junto a tus labios la llama divina de
[*un beso.*

...

Nena,
cuplé de Pedro Puche/
Joaquín Zamacois, estrenado por
Salud Ruiz en 1919-1920

Caricias de mar

L o primero que me impresionó de Barcelona fue la corriente de aire que me acarició la cara nada más abandonar la estación del brazo de don Octavi. Era húmeda y suave, como los dedos de Andrés cuando se recreaban deslizándose por mis pómulos antes de besarme, y la impregnaba un aroma que no había conocido nunca. Me recordaba un poco a fruta fresca y flores silvestres, pero mi nariz detectó algo más que no supe identificar.

—La ciudad la recibe con su maravillosa brisa del mar —comentó don Octavi; aunque parecía andar siempre en Babia, había resultado ser muy observador. Me habría visto olfatear como un podenco—. Es un buen comienzo, querida Nora.

No supe qué decir. Me concentré en vigilar al hombrón que se había hecho cargo de nuestro equipaje y nos precedía empujando el carro de mano donde había amontonado los maletones. Don Octavi me había susurrado que los mozos de estación eran de fiar y, aunque este quisiera robarnos, no llegaría muy lejos con tanto peso. Aun así, yo no las tenía todas conmigo. Por primera vez en mi vida poseía ropa nueva y bonita, incluso algunos sombreros, y creía que todo el mundo debía codiciar ese tesoro.

Nos dirigimos hacia un automóvil oscuro, cuadradote y brillante, del que se despegó un hombre rechoncho de pelo cano, ataviado con uniforme y gorra de plato. Vino hacia nosotros, se dobló en una respetuosa reverencia delante de don Octavi y dijo algo que no entendí.

—En castellano, Ferran. La señorita Nora no habla nuestra lengua.

El uniformado me dedicó otra inclinación de torso. Su mirada era inexpresiva.

—Sea bienvenida, señorita.

Hablaba con un acento parecido al de don Octavi, pero mucho más fuerte. Se dirigió al mozo de equipajes y le dio instrucciones en la extraña lengua que compartían. El mozo afianzó las maletas en la parte trasera del automóvil, aguardó a que le pagara el tal Ferran, que parecía ser el chófer de mi protector, se tocó la gorra a modo de despedida y se esfumó. Ferran me ayudó a subirme al vehículo. Don Octavi se encaramó con agilidad juvenil y se sentó a mi lado. El chófer se instaló delante de nosotros, encajado detrás de una rueda que, según supe con el tiempo, hacía el mismo papel que las riendas en un coche de caballos. Cuando el armatoste empezó a moverse, me eché a temblar de miedo. Apenas había viajado en carruajes de caballos, no digamos ya en un automóvil. ¿Y si chocábamos contra otro de esos cacharros? Don Octavi me puso una mano sobre el antebrazo. Eso me asustó aún más. Ahora empezaría a propasarse, después de haberme tratado como a una reina durante dos días.

—Tranquila, *noia*. —Me dio unas palmaditas y retiró la mano—. Estos caballos no se desbocan... y yo tampoco. Las cosas a su debido tiempo.

Su última frase me provocó una inquietud difusa. A la vez, me sentí fatal por desconfiar de él. El rubor de la vergüenza me abrasó la cara. No me atreví ni a abrir la boca mientras Ferran nos alejaba de la estación por calles bulliciosas en las que se mezclaban peatones apresurados, algunos vehículos modernos como el de don Octavi y carruajes tirados por equinos con distinto grado de lustre. Miré por la ventanilla, cuyo cristal estaba abierto. No solo el aroma de esa ciudad era diferente al de Madrid, también su luz, que envolvía la mañana tardía en un velo entre naranja y amarillo. Como los colores con los que Ernesto retocaba algunas de sus fotografías más preciadas. Al recordar a mi amigo, me abrumó la nostalgia. Solo hacía tres días que le había dicho adiós, pero parecían haber transcurrido al menos tres vidas.

Recordé cómo, tras la despedida de Ernesto, que nos hizo llorar a los dos, fui a la buhardilla y metí mis escasas pertenencias en un vetusto bolsón de tela de gobelino que había pertenecido a Rita. Don Octavi me recogió ante el portal en un automóvil con chófer que le había facilitado el hotel donde se alojaba. El mismísimo Ritz, al que doña Gertrudis enviaba a don Helio cuando este se quejaba de la monotonía de los menús. Y, de pronto, me vi atravesando un vestíbulo enorme del brazo de mi inesperado protector, pisando un brillante suelo de mármol y alfombras mullidas con los botines que pertenecieron a Rita y me comprimían los dedos de los pies. Me pareció que la gente que pululaba por el vestíbulo miraba con desaprobación mi ropa ajada y el inapropiado calzado. ¡Qué a gusto me habría escondido detrás de una de las gruesas columnas de mármol que se erguían al otro extremo como centinelas! O habría huido de allí. Pero don Octavi me sujetaba con fuerza y no pude hacer ni lo uno ni lo otro.

Me dejé conducir como un corderito hacia lo que él llamó «suite», que era como una vivienda con un salón descomunal del que partían dos alcobas. Don Octavi me asignó una de ellas, también gigantesca. Más grande incluso que la habitación donde el joven extranjero llamado Wolfgang me invitó a tomar chocolate cinco años atrás. El corazón me dio un vuelco al recordarle. ¿Qué habría sido de él? Si había sobrevivido a la Gran Guerra, como llamaba la gente al conflicto que tantas muertes causó, podría estar casado con una dama de su nivel o, lo que sería terrible, lisiado, incluso enloquecido como los veteranos de los que hablaban los periódicos de Ernesto. Intenté recordar sus ojos de color cielo, pero no lo conseguí.

—Bien, querida Nora —anunció don Octavi desde la puerta de mi cuarto—, siéntase cómoda. Pasaremos dos días entre estas paredes. Le recomiendo que descanse hasta la hora de la cena. Mañana la despertaré temprano. Hay mucho que hacer antes de que salgamos para Barcelona. Le adelanto ya que la joven que subirá conmigo al tren será una dama hermosa y elegante.

Aquella noche me acosté desorientada y muy asustada. La cama era inmensa, el colchón se me antojó una nube esponjosa y las sábanas, suaves y tan bien planchadas que me acordé de madre, olían a limpio y a flores. Habría podido ser dichosa, pero el miedo me lo impidió. ¿Y si don Octavi no era un ricachón excéntrico y benefactor, sino un sátiro que me había atraído a su guarida para hacer como don Facundo y los viejos del Cocó? No aguantaría caer de nuevo en eso. Como no me atreví a cerrar la puerta con llave por si se enfadaba mi anfitrión, dejé junto a la mesilla de noche un enorme jarrón que encontré en un rincón. Le atizaría sin piedad si se atrevía a tocarme al amparo de la oscuridad y de su riqueza. Pero nadie perturbó el profundo sueño en el que caí.

Al día siguiente comprendí las crípticas palabras de don Octavi. Poco después del opíparo desayuno, que nos sirvieron dos camareros en la sala de estar, se presentó en la suite una señora mayor, elegante y a todas luces mandona. La seguían dos chicas jóvenes con aire de ratitas asustadas. Empujaban un armazón como los que usábamos en los camerinos del teatro para colgar la ropa. Solo que de la barra horizontal de este no colgaban trajes de escotes desmesurados, mechados de lentejuelas y lazos de colores, sino vestidos, faldas y blusas que habrían hecho palidecer de envidia a las damas a las que yo admiraba antaño en la calle Alfonso. Detrás de las muchachas entró un botones, medio oculto tras una torre de sombreros y cajas. Depositó su carga sobre uno de los mullidos sofás y se esfumó a la orden de la mandona.

—Hoy elegiremos algunas prendas para salir del paso —aclaró don Octavi—. En Barcelona completaremos su guardarropa, Nora.

—Traemos los modelos directamente de París para nuestras clientas, caballero —dijo la señora; su tono respetuoso no ocultó lo agraviada que se sentía por eso de «salir del paso»—. Siempre seleccionamos lo mejor.

Se colocó enfrente de mí y me pasó revista con el ceño fruncido. Yo me había puesto lo mejor que tenía: mi vestido celeste tobillero de cuello marinero. Había pertenecido a Rita y siempre había creído que estaba en buen uso, pero la mirada de esa bruja me convirtió en un escarabajo pelotero pintado de azul.

Ella murmuró «Ummm...».

Y empezó el lío.

Me empujó dentro de mi alcoba. Las chicas nos siguieron con la colección de ropa. Don Octavi se quedó sentado a la mesa, sobre la que aún se extendía el desayuno. Le vi llenarse una taza de café y encenderse uno de esos cigarrillos impecables que enganchaba a una boquilla negra.

Entre las tres me ayudaron a probarme los vestidos, varias combinaciones de falda y blusa complementadas con el sombrero que la mandona consideró adecuado, botines y zapatos tan ligeros que mis pies, siempre doloridos por llevar calzado que no era de mi talla, se transformaron en mariposas. Con cada conjunto me hacían salir al salón para que don Octavi, en su papel de pagador, diera el visto bueno. Tras una agotadora sesión de pruebas y posados, él eligió lo que calificó de guardarropa de emergencia. Dos vestidos de verano con el talle algo más alto que los heredados de Rita, la falda un poco más corta y un escote que se detenía justo antes de llegar al canalillo. Un traje de chaqueta muy estilizado, generoso a la hora de mostrar los tobillos. Varias faldas junto a sus blusas y ropa interior de seda, tan cómoda que el corsé que compré con mi primera paga de solista se me antojó una jaula para pájaros. Los sombreros a la última moda habían reducido la anchura del ala y sus adornos eran tan discretos que la Sultana se habría muerto de pena al verlos.

Cuando me permitieron ponerme de nuevo mi ropa, desfallecida de hambre y abrumada por tanta elegancia, la mandona salió al salón. La oí dirigirse a don Octavi.

—Aquí acaba nuestro cometido, caballero. Para que la señorita luzca estas creaciones con propiedad, le recomiendo que la ponga en manos de la peluquera del hotel.

Aún parecía resentida con él por lo del guardarropa de emergencia. No pude oír la respuesta de don Octavi. Las chicas colgaron en el armario los modelos seleccionados y se llevaron el resto. Yo no salí de la habitación hasta que oí cerrarse la puerta. Esa

mujer me intimidaba con sus aires refinados y su mirada de desaprobación.

—Siéntese, criatura. Está pálida como un fantasma.

Me dejé caer en uno de los sillones.

—He pedido que nos sirvan el almuerzo aquí. Estaremos más
tranquilos y podré explicarle con calma algunas cuestiones. Después, le permitiré descansar un rato antes de la sesión de pelu-
quería.

Por los pelos

Las peluqueras irrumpieron en la suite con el mismo brío que las modistas. Eran dos: una señora mayor muy repeinada y una chiquilla pizpireta que no tendría más de quince años. A instancias de don Octavi, me había puesto uno de los vestidos nuevos con medias y zapatos a juego, pero volví a sentirme como un escarabajo cuando me llevaron a un cuarto de baño donde aguardaba un trasto que parecía una jofaina con patas. La señora lo llamó «lavacabezas portátil». Me obligaron a sentarme en una silla y apoyar la nuca en esa cosa. La pizpireta me enjabonó el pelo con algo espumoso cuyo perfume me sumió en una plácida duermevela. Oí decir a la jefa que mi cabello era bonito y abundante, pero fosco como el esparto de no cuidarlo. Y demasiado largo para los peinados modernos. Habría que cortar las puntas estropeadas.

Cumplió su amenaza en cuanto la chica me secó el pelo con una toalla que también olía muy bien. A mi alrededor, el suelo se cubrió de guedejas largas como longanizas. Cuando la bruja acabó con las tijeras, la melena ya no me llegaba hasta la cintura. La pizpireta me trazó una raya al lado, extendió el cabello sobre los hombros cubiertos por un paño y me enganchó una hilera de largas pinzas metálicas a los mechones que bordeaban las sienes. Don Octavi no hizo ningún gesto de extrañeza al verme regresar a la suite de esa guisa. Pidió café y un tentempié dulce para reponer fuerzas. Mientras merendábamos, me adoctrinó en el arte de comer sin hacer ruidos molestos. El bollo que había empezado a devorar me supo de pronto a estopa.

Las peluqueras regresaron al cabo de un buen rato. Me hicieron sentarme ante el tocador de mi alcoba. La aprendiza me quitó las pinzas y cepilló el cabello con tal ímpetu que debió de quedarle el brazo dolorido.

—¡Qué pelo tan bonito, señorita!

—Vale, Elenita. —La bruja la apartó—. Ahora, fíjate bien en el peinado. A ver si aprendes.

Sus dedos ágiles me construyeron un enrevesado moño a la altura de la nuca, al que dieron un toque airoso las ondas troqueladas a los lados por esas extrañas pinzas. Al acabar, la peluquera suspiró. Parecía satisfecha.

—Ya no se llevan postizos ni tirabuzones exagerados —le explicó a su pupila—. La Gran Guerra ha traído sencillez y comodidad a la moda femenina…, gracias a Dios… —Lo último lo había dicho en un susurro.

Cuando osé mirarme al espejo, de la Bella Florita criada en un arrabal solo quedaban los ojos, que me miraban entre atónitos y asustados. Los demás rasgos pertenecían a una joven elegante, incluso hermosa, a la que un extraño que fumaba en el salón había bautizado como Nora. Me acordé de Rita y sentí una punzada de culpa en la boca del estómago. Si no se la hubiera llevado la gripe, ¿la habría elegido don Octavi a ella como pupila? ¿Y Andrés? Si pudiera espiarme a través de una rendija, ¿me reprocharía haberme convertido en el juguete de un rico? La evocación del hombre que desapareció cuando más necesitaba su amor transformó la culpa en rencor. Andrés no tenía ningún derecho a hacerme reproches.

Don Octavi se quedó como un pasmarote, con el cigarrillo detenido a medio camino de la boca, cuando la bruja de las tijeras me empujó ante él para exhibirme como si fuera su muñeca. Pronto recobró la compostura.

—*Noia*, está deslumbrante —murmuró entre dientes.

Por la noche apenas fui capaz de probar bocado en la cena, que tomamos, como siempre, en la sala de estar. Me acosté tan agotada que ni siquiera me acordé de colocar junto a la cama el jarrón destinado a protegerme de un hipotético asalto lujurioso.

Aunque, de momento, mi protector cumplía su promesa de no exigir peaje carnal.

Al día siguiente, antes de que el servicio de habitaciones hubiera recogido la mesa del desayuno, llamó a la puerta una joven que invirtió un buen rato en arreglarme las uñas de las manos. Para mi asombro, al acabar hizo lo mismo con las de los pies.

Y así fue como una sucesión de mujeres enérgicas me transformó en Nora Garnier, la joven dama que, tras dos días recluida en el lujoso hotel Ritz, subió en compañía de un caballero catalán a un vagón de primera clase que parecía un hotel rodante y llegó a Barcelona tras muchas horas de traqueteo.

Un viaje muy distinto del que hice a Madrid con catorce años y un hatillo de bollos regalados.

La Pedrera

Don Octavi vivía en la finca más rara que había visto en mi vida. Se hallaba en el paseo de Gracia, la avenida más importante y concurrida de la ciudad. Hacía chaflán con una calle más estrecha llamada Provenza. Todo esto lo supe tiempo después. Cuando la vi por primera vez desde el automóvil, pensé que estaba a punto de derrumbarse por lo arqueada que resultaba la disposición de sus balcones. Tampoco se veían rectas las gruesas columnas que sustentaban la estructura desde la planta baja. Las rejas de hierro de los balcones se enmarañaban como zarzas. ¿Osaría alguien asomarse a través de esas enredaderas férreas? Pese a tanta rareza, las líneas curvas del edificio eran de una belleza insólita, como si hubieran sido concebidas tras un delirio de fiebre. No me tranquilicé hasta que el chófer adentró el automóvil en las tripas de ese lugar y comprobé que no se desmoronaba sobre nosotros.

Ferran me ayudó a bajar del coche. Nos hallábamos en un vestíbulo muy grande que desembocaba en un umbrío patio interior, de líneas tan retorcidas como la fachada. Las paredes las cubrían abigarradas pinturas multicolores que representaban, según don Octavi, escenas de la mitología griega. Asentí cuando dijo eso, aunque tardé meses en descubrir qué era la mitología. Él añadió que la finca era obra de un arquitecto de ideas innovadoras llamado Antoni Gaudí. Sus detractores la apodaban La Pedrera, pues decían que parecía una cantera. El nombre real era Casa Milà, por el matrimonio que la había mandado construir y ocupaba una amplia vivienda en la planta principal, y alquilaba las demás a precios desorbitados que los inquilinos pagaban gustosamente. Habitar allí era señal de buena posición social.

Don Octavi vivía en el segundo piso. Ya en su recibidor me abrumó un lujo desmesurado. La calidad de los muebles, las alfombras mullidas, las paredes cuidadosamente pintadas y una araña de lágrimas de cristal que acechaba desde el techo..., nada desmerecía de la opulencia del Ritz que tanto me desnortó. Ante una puerta (según supe después, daba a las dependencias del servicio) aguardaban dos mujeres en uniforme gris marengo con delantal blanco almidonado y cofia. Mantenían las espaldas tan tiesas que solo les faltaba cuadrarse como soldados. Hicieron una genuflexión perfecta y exclamaron a la vez:

—Bienvenido a casa, don Octavi.

Él respondió con un movimiento de cabeza y me presentó como la señorita Nora Garnier, su nueva pupila. Las criadas corearon, tras doblar las rodillas a la vez:

—Bienvenida, señorita.

Ninguna de las dos mostró curiosidad hacia mi persona. Era como si estuvieran habituadas a recibir a jóvenes pupilas en ese piso. ¿A cuántas habría alojado mi benefactor antes que a mí?

—Nurieta, deshaz el equipaje de la señorita mientras cenamos —ordenó don Octavi a la más joven, una muchacha pálida y delgaducha que debía de tener mi edad. Luego se dirigió a la otra criada, bien entrada en años y carnes, con pechuga de tórtola bajo el delantal—. Hoy nos sirves tú la cena, Roser. La señorita Nora tendrá ganas de retirarse a descansar pronto. Muchas impresiones nuevas, ¿verdad, querida?

Me dirigió una mirada comprensiva. Yo solo pude asentir con la cabeza. En tan solo dos días, mi vida había dado tal vuelco que no me quedaban fuerzas para digerir más novedades.

Aquella noche tardé en conciliar el sueño. Cuando por fin me dormí, me visitó madre. Llevaba un vestido gris marengo con delantal blanco y cofia almidonada. Me sonrió mostrando sus dientes estropeados y me encerró en un abrazo como no hizo nunca cuando vivía. De repente, me empujó lejos con violencia. Me eché a llorar. Le rogué que me volviera a abrazar, pero ella no me hizo caso. Sus rasgos se tornaron borrosos, su cuerpo se estilizó y frente a mí se irguió Andrés, mucho más alto de lo que era en realidad, vestido con el uniforme del guardia que me atemorizó años atrás en la estación de Atocha. Su boca se abrió hasta transformarse en una sima gigantesca, de la que brotó su voz como un trueno: «¡Puta!».

Me desperté gritando. Yacía en mi nueva alcoba, enredada en el elegante camisón de seda que me había comprado don Octavi en el Ritz y empapada en sudor. Encendí la lamparita que había sobre la mesilla de noche y permanecí un rato escuchando los latidos de mi corazón en aquella noche húmeda de Barcelona. Atenta a la puerta, que no me había atrevido a cerrar con llave. Pero mi protector no acudió. Tampoco asomaron las criadas. ¿A lo mejor solo había soñado que gritaba? Los nervios se fueron calmando. El miedo no desapareció.

Nuevas obligaciones

M i vida en La Pedrera obedecía a rutinas inamovibles, al igual que los meses de servidumbre en la pensión de doña Gertrudis por culpa de mi deuda. Solo que ahora nadie me obligaba a limpiar ni a ayudar en la cocina. De eso se encargaban Roser y Nurieta. Con el paso de los días, me enteré de que a las dos las había traído don Octavi de Terrassa, el pueblo donde tenía la fábrica textil. Roser reinaba en la cocina, aunque sus oídos y sus ojos podían controlar hasta el vuelo de una mosca en la alcoba más alejada de los fogones. Nurieta desempeñaba el resto de las tareas. Varios días a la semana acudían dos externas para hacer la colada, planchar y coser. Mi presencia sumó a las obligaciones de Nurieta la de ayudarme a vestirme y peinarme por las mañanas. Ella me acicalaba con la alegre destreza de quien ya domina un trabajo por haberlo repetido mil veces. Hicimos buenas migas. Como Nurieta era de naturaleza parlanchina, pronto se convirtió en mi confidente y fuente de información. Mis deberes ahora se condensaban en uno solo, que nadie me había exigido jamás: aprender.

Don Octavi me impuso unos horarios rígidos de los que solo quedaba dispensada los domingos, cuando podía levantarme una hora más tarde y tenía algo de tiempo libre antes de repasar los deberes dictados por mis preceptores. De lunes a sábado, venía cada mañana un añoso maestro llamado don Licinio. Me enseñaba durante tres horas a completar mis humildes nociones de lectura, a escribir y a resolver asombrosos problemas de números. Al inicio, mis dedos se dejaban burlar por un objeto cruel que escupía goterones de tinta sobre el papel. Don Licinio llamaba al monstruo pluma estilográfica y me obligó a usarla desde el principio. Viví en perpetuo sobresalto por si cualquier día mi mecenas me expulsaba de su casa por negada. Pero él no me atosigó.

Después de la siesta, acudía un músico a darme clases de canto. Se llamaba Andreu Viladecans. Rondaba la edad a la que Rita le habría calificado de «casi vejestorio». Era famoso en Barcelona por haber compuesto infinidad de cuplés, tangos y foxtrots. Algunas de sus piezas habían cosechado incluso éxito internacional. Aparte de tan ingente producción musical, el Maestro, como le llamaba hasta don Octavi, regentaba una academia de variedades en la calle del Conde de Asalto. Mi mentor me explicó que allí proliferaban esa clase de escuelas, de las que se nutrían los teatros del Paralelo, famosa avenida donde se concentraba toda clase de teatros y locales de esparcimiento. También me contó que en las salas importantes del Paralelo podían llegar a realizarse números de baile con hasta cien coristas sobre el escenario, por lo que los empresarios siempre andaban a la caza de carne fresca. Eso atraía cual moscas a la miel a *noietes* pobres de los pueblos, o de otras regiones de España, que destinaban lo que ganaban haciendo faenas en las casas burguesas a pagar su formación musical en una de esas academias. Sacrificio que no les rentaba a todas, pues muchas eran demasiado analfabetas y vulgares para destacar.

Aún recuerdo muy bien que me ruboricé al oírle decir eso. Yo era pobre como una rata, apenas sabía escribir y mi ritmo de lectura era penoso. Me hacía un lío con la plétora de cubiertos y copas que cubrían la mesa del comedor y mi protector tenía que instruirme una y otra vez en los usos de cada pieza de cubertería. ¿Por qué perdía tiempo y dinero conmigo?

Don Octavi debió de leerme el pensamiento.

—Usted posee un don especial, Nora —se apresuró a decir—. Es un diamante en bruto. Por eso la elegí. Y por eso he acudido al Maestro, que solo da clases particulares cuando olfatea un talento fuera de lo común. No nos decepcione, se lo ruego.

Sus palabras me tranquilizaron de momento, pero añadieron

más presión a la que ya me atenazaba. Pese al trato respetuoso que me dispensaba don Octavi, no acababa de fiarme de él. No entendía por qué me ofrecía tanto sin mostrarse ansioso por cobrarse cuanto antes su inversión en carne. Empecé a vislumbrar algo oscuro en su persona, agazapado bajo esa capa de caballerosidad y elegancia, aunque no sabía explicarme racionalmente qué era. Algunas madrugadas, me despertaba con la idea fija de escapar y buscar el éxito por mi cuenta. Pero entonces surgía el recuerdo de Rita y me reprochaba no apreciar una oportunidad que ella habría aprovechado sin dudar. Y yo decidía amoldarme a mi nueva existencia de buenos modales y estómagos llenos, si bien monótona como imaginaba la de una monja.

Cuando el Maestro llevaba unas semanas educándome la voz, anunció que me iba a enseñar solfeo. Me mordí la lengua justo a tiempo para no preguntarle qué era eso. Iba aprendiendo que es mejor abrir ojos y oídos en lugar de delatar la ignorancia con preguntas, pues quien se fija acaba averiguando las respuestas por sí mismo. Así fue aquella vez. El Maestro sentenció enseguida que una cantante que se precie debía saber leer música, algo tan importante como dominar las letras y los números. A partir de entonces, tuve que hacer sitio en mi saturada cabeza para alojar pentagramas, claves, corcheas, semicorcheas, fusas y otros conceptos que compitieron en mis pesadillas con letras y números. Sin embargo, superado el primer pánico, me di cuenta de que el intenso aprendizaje, lejos de volverme tarumba, me regalaba un placer desconocido hasta entonces. Comprendí el orgullo de Andrés cuando se vanagloriaba de su habilidad con la lectura.

También fui consciente de cuánto le echaba de menos, a pesar de haberme dejado sola y embarazada cuando más necesitaba su apoyo. Conforme pasaban los días, crecía la nostalgia de nuestros últimos y apasionados retozos sobre la cama de la buhardilla. Sacaba de la memoria cada caricia, cada beso, el calor vigorizante de nuestros cuerpos, el gozo de sentir su piel ardiente contra la mía... y los mezclaba en un manjar anhelante que saboreaba depurado del dolor y del miedo a aquella gripe diabólica que nos dejó la muerte de Rita. A veces, mi carne añoraba tanto la sensualidad perdida que llegaba a desear a don Octavi. Pese a ser un hombre mayor (según mis cálculos, debía de andar por los cincuenta), se conservaba bien, era extremadamente limpio y su rostro resultaba agradable. No me habría resultado difícil encamarme con él. Incluso habría preferido ese desahogo carnal a la incertidumbre de no saber a qué atenerme con respecto a sus intenciones. Sin embargo, mi benefactor mantenía las distancias.

El *terrat*

A unque don Octavi no me presionaba, seguía mis avances muy de cerca. Sé que interrogaba a mis profesores sobre mis progresos y, a veces, asistía durante un rato a las clases del Maestro en la salita de música, lo que me intimidaba sobremanera. Algunas tardes se sentaba al piano y me pedía que cantara cuplés sentimentales de Raquel Meller, acompañándome con unas cascadas de notas llenas de pasión. Después, él y Viladecans diseccionaban a conciencia mis errores y aciertos.

Tras la cena, don Octavi y yo nos sentábamos en el salón, cada uno en un sillón, igual que un matrimonio de conveniencia. Él leía *La Vanguardia* o documentos que supuse relacionados con la fábrica de telas. A mí me correspondía practicar la lectura con libritos para escolares, de los que me hacía leerle fragmentos en voz alta. Algunas noches cenaba con nosotros su abogado, don Arcadi Donat. A la hora del coñac, los tres nos retirábamos al salón y don Octavi ponía en el gramófono una canción dulzona llamada *Dardanella*, muy de moda entonces. Le gustaba hasta la obsesión. A mí, esa melodía de cadencia exótica me recordaba a los bailes sinuosos de la Sultana y las historias que me contaba sobre la ciudad de oro y jazmín donde la amaba su fiero sultán. Al acabarse el disco, mi mentor me hacía una señal para que apagara el gramófono y se enredaba con su invitado a debatir sobre los cambios que estaba originando el final de la Gran Guerra en la sociedad, sobre el conflicto de Marruecos, que no solo no terminaba sino iba a peor, y sobre el peligro que corrían los empresarios de

Barcelona ante la creciente radicalización de los pistoleros anarquistas, aunque también los sindicalistas recibían lo suyo de parte
de los esbirros contratados por los patronos para amedrentarles.
Una situación que empezaba a ser muy preocupante, rubricaba
siempre don Octavi. Yo fingía leer mientras escuchaba lo que decían y me preguntaba si Andrés andaría mezclado con esos malhechores.

Don Octavi no me permitía salir a la calle. Según el, distaba
mucho de estar preparada para ser vista en público. A fin de que
tomara el aire y estirara las piernas, me mandaba subir a la azotea
con Nurieta en cuanto acababan las clases del Maestro. El *terrat*,
como le decían ellos, era un lugar de belleza fantasmal salpicado
de chimeneas que, según el color del crepúsculo, podían parecer
monstruos al acecho o gigantes piadosos velando por nosotras
desde sus ojos de piedra. La azotea tenía diferentes alturas y se
retorcía alrededor de los barrancos que eran los patios interiores
del edificio. A las dos nos daba miedo asomarnos a esas simas
umbrías ribeteadas por hileras de ventanas. Sin embargo, nos gustaba subir y bajar las escaleras que se ondulaban entre las chimeneas, con las faldas bien arremangadas para no tropezar. Según
la zona del *terrat* donde nos parábamos, veíamos los tejados de
los edificios colindantes o podíamos admirar el monte que dominaba la ciudad y que Nurieta llamaba el Tibidabo. En los atarde-
ceres despejados, cuando el cielo se teñía de un rojo irisado, se
vislumbraba a lo lejos la promesa azul del mar. Yo aún no lo había conocido en todo el tiempo que llevaba en Barcelona, pero
sentía en la piel su húmeda huella empapada de sensualidad.

Cuando surgía en la fábrica alguna crisis, como definía don
Octavi a los conflictos con los trabajadores, se marchaba a Terrassa y permanecía allí durante días, a veces semanas. También
hacía frecuentes escapadas a París —nunca supe si motivadas por
sus negocios o por puro esparcimiento—, de las que regresaba
relatando la obsesión de los franceses por recuperar la alegría de
vivir tras la guerra y cómo las mujeres, en especial las parisinas,
se resistían a retomar su antigua vida consagrada al varón. Las
ausencias del dueño de la casa no incitaban a la anarquía en el

piso de La Pedrera. Mis clases seguían los horarios establecidos, los profesores llegaban con la puntualidad habitual y las criadas se comportaban como si el amo las vigilara a través de alguna mirilla. La mano de don Octavi era firme y manejaba los hilos de sus títeres desde cualquier lugar.

Sonsacando a Nurieta mientras me peinaba por las mañanas, un día supe por fin que no era la primera pupila que traía don Octavi a su casa, aunque no logré que me dijera cuántas chicas me habían precedido ni qué había sido de ellas. También me contó que mi Pigmalión poseía un magnífico palacete que su abuelo, el fundador de la fábrica textil, mandó construir en Terrassa. En realidad, él no iba destinado a ser el *hereu*, pero su hermano mayor murió muy joven y, tras faltar también el padre, se tuvo que hacer cargo del negocio. Conservaba el palacete por respeto a la tradición familiar, con una dotación de sirvientes que lo mantenían cual tacita de plata, pero desde sus años mozos prefería vivir en Barcelona, incluso después de ocurrirle aquello.

Tardé mucho tiempo en averiguar qué entendía Nurieta por «aquello», pues nada más pronunciar esa palabra, se cerró en banda con cara de culpabilidad y no volvió a aludir al asunto.

Empecé a preguntarme si mi mecenas mantendría una esposa e hijos en el retiro de Terrassa y alojaba a sus entretenidas en el piso de La Pedrera. Pero, si me había elegido para convertirme en su amante, ¿por qué aún no había intentado acostarse conmigo?

Cumplí veinte años sabiendo leer de carrerilla, interpretar una partitura sencilla y escribir sin emborronar el papel con goterones de tinta. La noche de San Silvestre no la pasé actuando en ningún teatro, sino sentada a la mesa de la cocina con las criadas, compartiendo con ellas la cena y la botella de champán que les había regalado el amo antes de salir para la fiesta que daban don Arcadi y esposa en su piso, a solo tres patios de La Pedrera. Había sido Roser quien me había invitado a acompañarlas para que no estuviera sola. Viniendo de ella, que detestaba verme entrar en su feudo, el detalle casi me hizo llorar.

Al día siguiente, don Octavi madrugó como de costumbre. Mientras desayunábamos, anunció que, dado que ya leía bien y apenas cometía faltas de ortografía, aunque habría que seguir puliendo ese tema, don Licinio pasaría a enseñarme también cultura general. Torció un rictus de desagrado y añadió:

—No hay nada más exasperante que esas niñas ricas que, pudiendo ampliar su intelecto, se conforman con maltratar el piano y poner ojitos detrás de un abanico mientras van a la caza de un marido.

Me habría gustado decirle que yo era pobre, no buscaba marido y vivía a expensas de su buena voluntad, por lo que no me dedicaba a tontear con abanicos, pero me mordí la lengua.

—Ah, y dentro de unos días vendrá una modista a tomarle medidas. Pronto estará preparada para salir de casa y deberá llevar un vestuario adecuado.

La ilusión de salir de La Pedrera me animó, pero no disipó mi creciente sensación de que don Octavi ocultaba algún propósito oscuro. ¿Por qué si no me ofrecía tantas ventajas sin tocarme ni un solo pelo?

Entre dos mundos

U na modista de postín me confeccionó un guardarropa que hizo parecer humildes las prendas que compró don Octavi en el Ritz de Madrid. Mi ojo de costurera, desarrollado por Nati a badilazos, observó que las faldas se habían acortado un poquito más y el talle seguía bajando. Las alas de los sombreros continuaban por la senda de reducirse. La sombrerera que acudió al piso recomendó que los eligiéramos de paja, pues la primavera estaba a la vuelta de la esquina. Sus maravillas no tenían nada que ver con el sencillo canotier que compré en Madrid. Estaban teñidas de verde oscuro, gris o negro y llevaban discretos adornos de flores secas, lazos o plumas, según el modelo. Cuando me miraba al espejo, vestida como una señorita de buena familia y peinada por la hábil Nurieta, no reconocía a la Flori del Arrabal. ¿Quién era esa joven elegante que escribía sin borrones y ya leía libros sin que se le cerraran los ojos?

En marzo, don Octavi me otorgó su beneplácito para salir a pasear al atardecer, siempre acompañada por Nurieta. Nos marcó unos límites: media hora, sin alejarnos del paseo de Gracia; como mucho podíamos adentrarnos en alguna calle adyacente. Ante todo, quedaba prohibido alentar a galancetes y no debíamos entablar conversación con nadie, ni siquiera con los vecinos. «No quiero ver moscones rondando a la señorita Nora. A ti te hago responsable», le dijo a Nurieta. La criada puso cara de susto y se apresuró a responder: «Descuide, señor».

En ese momento, no di gran importancia a esas restricciones.

Tras nueve meses de reclusión, sin más horizonte que estudiar, comer y dormir, fui feliz cuando al fin Nurieta y yo nos mezclamos entre el gentío variopinto que abarrotaba las amplias aceras o nos detuvimos a contemplar el tráfico de tranvías, carruajes de caballos y automóviles. La vida que bullía en el paseo de Gracia nos maravillaba a las dos: a la criadita de uñas castigadas por el trabajo y a mí, que ya no sabía a qué mundo pertenecía. Mi vestuario no difería del de las damas que lucían palmito en la avenida más elegante de Barcelona, pero yo no era como ellas. Dentro de mí se mezclaban, sin orden ni concierto, Flor y Nora, Nora y Flor, sumiéndome en una caótica confusión. Para no volverme loca, me afanaba en retener los recuerdos de mi antiguo mundo. Cuando paseaba con Nurieta, escrutaba los rostros de los hombres jóvenes con los que nos cruzábamos, por si la casualidad me reunía de nuevo con Andrés. Pero él ya no formaba parte de mi vida. Solo me quedaban añoranza y un rencor que engordaba cada día.

Una mañana decidí escribir a Ernesto. Aproveché la quietud a la hora de la siesta para redactar una carta hablándole de mi rutina, de todo lo que estaba aprendiendo y de las dudas que me corroían. Para mi sorpresa, me costó escribirla menos de lo que había temido. Nurieta sisó del despacho de don Octavi un sobre y sellos y esa misma tarde eché la misiva a un buzón, ilusionada con la idea de que el único amigo que conservaba de mi antigua existencia se sintiera orgulloso de mis progresos y me sirviera de agarradero al que aferrarme.

Con don Licinio aprendí que el final de la Gran Guerra había traído consigo la ruina económica y la humillación de Alemania, el nacimiento de nuevas naciones en Europa, el despegue económico de los Estados Unidos de América y el deseo de recuperar la alegría de vivir en los países europeos devastados, en especial Francia. Todo eso sobre los cadáveres de millones de jóvenes sacrificados y con el incómodo recordatorio que suponían los veteranos que habían regresado horriblemente mutilados, o los que presentaban síntomas de una demencia desconocida hasta entonces, a la que los médicos empezaban a llamar «locura de trinchera». Para España, la paz había supuesto el final de un espejismo de prosperidad lograda con la venta de armas, víveres y artículos de primera necesidad a los ejércitos beligerantes. Desde que acabó la guerra, se habían multiplicado en las fábricas españolas despidos, reducciones de salarios y protestas de los obreros. También a don Octavi le había afectado el cese de las exportaciones a los países en guerra. Según me enteré una noche después de la cena, cuando él conversaba con don Arcadi en el salón mientras yo fingía leer, durante la contienda había engrosado su ya considerable fortuna heredada fabricando mantas que vendía a los ejércitos de varios países. Al acabar las hostilidades, ese negocio se había terminado para él, al igual que para muchos otros industriales españoles. Pero mi protector, hombre de recursos, había adaptado su maquinaria con el propósito de producir tejidos finos destinados a la confección de prendas de alta costura.

—Ahora que ya no silban los obuses en sus campos y ciudades, las mujeres ricas de Francia quieren volver a vestir terciopelos, sedas, gasas, muselinas… Ahí veo yo el negocio, Arcadi.

—Sin duda, amigo —corroboró el abogado, dando un sorbo a su coñac—. Sin duda…

—Nora, querida.

La voz de don Octavi me hizo dar un respingo. ¿Se habría dado cuenta de que estaba escuchando? Alcé la vista del libro.

—Mañana intercalaremos un pequeño descanso en sus quehaceres diarios.

Yo solo acerté a pensar que al día siguiente no era domingo.

—Nurieta la despertará un poco antes de lo habitual. Póngase ropa cómoda y un sombrero para el sol. Nurieta sabe de esas cosas. Ferran nos llevará de excursión en el automóvil. Hay que ir ampliando sus horizontes.

Aquella noche apenas dormí. ¿Adónde pensaría llevarme don Octavi?

Un día azul

A la mañana siguiente Nurieta me despertó muy temprano. Me hizo uno de sus elaborados recogidos a la altura de la nuca y me acicaló con el discreto maquillaje que tan bien se le daba aplicar. Me aconsejó ponerme un conjunto claro de cuello marinero, de corte similar al vestido que heredé tras morir Rita, aunque ni su caída ni el tejido guardaban parecido con aquella prenda desgastada. Los zapatos, también claros, tenían un tacón alto que se ensanchaba hacia abajo. Caminar con ellos era como pasear sobre un lecho de nubes. Rematamos el conjunto con un sombrero de paja azul oscuro, a juego con los ribetes que adornaban el cuello de la blusa. Por más que lo intenté, no conseguí sonsacarle a Nurieta adónde íbamos. La criada era una apasionada del chismorreo, pero sabía callar cuando le convenía.

—Está usted arrebatadora, querida Nora —masculló don Octavi cuando me vio salir de la alcoba.

Él iba ataviado con un primaveral traje de color marfil y sostenía un canotier en la mano izquierda.

Ferran entró con el automóvil (entonces ya sabía yo que era de la prestigiosa marca Hispano-Suiza) hasta el vestíbulo de la finca, cuyas pinturas murales me fascinaban con su misterioso colorido, aunque todavía no sabía qué representaban. El chófer me ayudó a sentarme en la parte trasera. Don Octavi se encaramó al asiento, con esa energía que le hacía parecer mucho más joven. Salimos al paseo, que a esa hora aún estaba en calma. Ferran nos llevó por un sinfín de calles desconocidas. Circulamos por una avenida que desembocó en una explanada dominada por una altísima columna sobre la que la estatua de un hombre apuntaba hacia la lejanía, con el brazo extendido y el dedo índice afilado cual aguja. Creí vislumbrar una franja azul a lo lejos. Quise preguntar a don Octavi si era el mar, pero él no me dio tiempo.

—Nuestro homenaje a Cristóbal Colón, el descubridor de América —dijo, antes de encerrarse en un silencio hermético.

Abandonamos la ciudad por una carretera en la que nos cruzamos con carros de mulas y muy pocos automóviles. Al cabo de un buen rato atravesamos un pueblo. Un grupo de chiquillos corrió junto al vehículo entre gritos de júbilo hasta que los dejamos atrás. Yo apenas respiraba en mi aturdimiento. Era la primera vez que salía de La Pedrera para ir más allá del paseo de Gracia y nunca había pasado tanto rato sentada en un automóvil. Cuando empecé a perder el miedo a la máquina que avanzaba controlada por las fuertes manos de Ferran, recibí el siguiente susto. La carretera se estrechó. Comenzó a ascender entre curvas enmarañadas cual hilo de coser en manos de una costurera inexperta. El aire que entraba por las ventanillas abiertas era muy húmedo. Olía igual que cuando bajé del tren en Barcelona con don Octavi. Una espesa sucesión de pinos y arbustos nos escoltaba a ambos lados. De repente, el muro verde desapareció a la izquierda, la tierra se retiró y me vi asomada a un precipicio cuyo fondo no era oscuro como el de los barrancos, sino una infinita llanura azul que se fundía con el cielo. La surcaban rayas blancas que avanzaban hacia la tierra. Me asaltó el pánico. ¿Y si Ferran cometía un error y nos despeñábamos por esa ladera al abismo azul? La voz de don Octavi me devolvió a la realidad.

—Le presento el mar, Nora —dijo en tono afectado—. El Mediterráneo, también llamado Mare Nostrum en la antigüedad. He de decir que Barcelona, mi amada ciudad, se mira en el espejo de París y vive de espaldas a esta maravilla de la naturaleza, pero estoy seguro de que algún día se volverá hacia estas aguas divinas. A mí, en cambio, la cercanía del mar y su inconfundible aroma me dan la vida. Por eso la he traído aquí. Quiero que sienta lo mismo que yo.

Yo no sabía si me impresionaba más el vertiginoso desnivel a nuestra izquierda o la apabullante belleza de ese mar que no era como me lo habían hecho imaginar las descripciones de Andrés y Jorge. El estómago se me anudó. Empecé a marearme.

—Y quería que lo conociera desde la costa del Garraf. Es donde mejor se aprecia su inmensidad.

Tragué saliva. Asentí con la cabeza. Hablar no podía.

No recuerdo cuánto tiempo duró aquel retorcernos entre la sucesión de curvas que competían por ofrecernos la vista más hermosa de la mole azul que le lamía los pies a la montaña. El vértigo se me agarraba al estómago, pero eso no me impidió caer rendida ante tamaña belleza y serenidad. Al fin, se acabaron las curvas. La carretera se fue enderezando. Vislumbramos a lo lejos las primeras casas de un pueblo. Don Octavi lo llamó Sitges. Se inclinó hacia delante y ordenó al chófer:

—Ferran, vamos a detenernos en la playa de San Sebastián.

El aludido acató la orden con un respetuoso movimiento de cabeza. Adentró el automóvil entre varias casitas de un solo piso y lo detuvo junto a la arena. Bajó, abrió la portezuela a mi lado y me ayudó a bajar. Me envolvió la tenue humedad del mar, que olía a sal y también a misterio. Recordé vagamente el aroma que nos enviaba el río de mi infancia. Una brisa juguetona hizo aletear mi falda alrededor de las piernas. Don Octavi, que se había acercado rodeando el vehículo, me tomó del brazo y me condujo hacia donde se extendía la arena. Era la primera vez que me tocaba desde nuestra llegada a Barcelona. Sentí extrañeza, aunque no desagrado.

—Esta playa siempre me ha fascinado —comentó en voz baja—. Antiguamente, cuando las murallas protegían el pueblo, quedaba fuera de las mismas y, todavía hoy, los veraneantes con posibles apenas vienen por aquí. Ellos se lo pierden.

Sobre la arena había tres barcas, cuyo mástil pelado apuntaba al cielo. Junto a ellas, un racimo de ancianas se sentaba en sillas de anea. Remendaban redes como las que veía usar de niña a los que pescaban en el Ebro. La playa no era larga. La delimitaba en el extremo que quedaba a nuestra izquierda un montículo coronado por una pequeña iglesia y, en el contrario, un muro sobre el que se asomaba al agua un conjunto de casonas de aire palaciego.

—A esta hora, la mayoría de los pescadores están faenando —explicó él—. Irán regresando a lo largo de la tarde. Aquí solo quedan las barcas que hay que reparar y las viejas recosiendo las redes. Venga conmigo.

Me entró desasosiego cuando mis zapatos se hundieron en la arena y se llenaron de diminutos granos. De niña no me importaba mancharme de barro los zapatones, que ya habían usado mis hermanos mayores, mientras jugaba en la orilla del río. Ahora padecía por mi precioso calzado. Pero al acercarnos al agua, que invadía la arena en disciplinadas oleadas ribeteadas de espuma, me olvidé de zapatos y medias de seda, me desligué de don Octavi y se me fue el tiempo persiguiendo las olas huidizas, hasta que cambiaban las tornas y era el agua la que me quería cazar a mí. Grité de júbilo. Reí a carcajadas. Aquel mediodía, el mar me liberó de ataduras y añoranzas. El recuerdo de Andrés se replegó a lo más hondo de mi ser. Ni siquiera mis muertos se atrevieron a asomar.

La voz de don Octavi interrumpió mi idilio con las olas.

—Dentro de usted arde un fuego poderoso, Nora.

Su mano se cerró de nuevo alrededor de mi brazo, ahora con una fuerza que me inquietó. Le miré a los ojos. El mar los hacía brillar más verdes que nunca. Dentro de sus pupilas apareció un destello turbador cuando me acarició una mejilla.

—Para llegar a buen puerto, debe subyugar esa pasión —susurró—. He tenido bajo mi protección a *noietes* prometedoras que se malograron por no saber sujetar sus instintos. A usted le sobran mimbres para convertirse en mi diosa del Olimpo. Y yo la guiaré gustoso por la senda adecuada. A cambio, le exijo obediencia y lealtad absoluta. No quiero en su vida a otro hombre que no sea yo. Si cumple su parte del trato, le prometo que la haré muy feliz. De lo contrario...

Me soltó y se alejó un poco. Yo no supe qué responder a esa sorprendente parrafada de final críptico. Me limité a asentir con la cabeza. Él tomó aire y exclamó:

—Es hora de comer, querida. Vamos a tomar un *suquet* en el paseo marítimo y regresamos a Barcelona. Conviene que no se nos haga de noche en las curvas del Garraf.

Todavía desconcertada, le seguí hasta el automóvil, donde nos esperaba Ferran. ¿Qué había querido decir con eso de convertirme en su diosa del Olimpo?

Nena

Después de la excursión a Sitges, don Octavi volvió a sumergirme en la rutina del aprendizaje. Ya no hubo más salidas que los paseos vespertinos con Nurieta. Una noche anunció que estaba preparada para aprender francés, el idioma que debía dominar cualquier cantante que aspirara a triunfar fuera de España. A partir de entonces, por las mañanas acudieron dos profesores a darme clases. El primero seguía siendo don Licinio. Hacia las once, tras un receso para tomar café con leche y galletas, llegaba monsieur Dupont, un hombre mayor, enjuto como una hoja de papel, vestido siempre con impecable elegancia. La angulosidad de su rostro huesudo la suavizaba a duras penas una barbita canosa, recortada con primor. Al principio, me asustó la nueva lengua cuya pronunciación se me atrancaba en la garganta, pero pronto me conquistó su musicalidad y empecé a disfrutar en las clases de monsieur.

El maestro Viladecans parecía contento con mis avances. Empezó a llevar en su cartera de cuero, aparte de las partituras de las canciones que ensayábamos, discos con grabaciones de sopranos prestigiosas. Los reproducía en el gramófono y entre los dos diseccionábamos la técnica de las cantantes. Según él, mi voz no alcanzaba la categoría de soprano, pero era buena y poseía un timbre especial que me convenía refinar, pues eso me distinguiría de mis rivales. También me hacía escuchar discos de cupletistas caídas en el olvido, advirtiéndome de los errores que jamás debía cometer. Era ferviente admirador de Mistinguett, una cantante

339

francesa que triunfaba en París, y me hacía escuchar a todas horas su canción de moda: *Mon homme*. Aún adoraba más a Raquel Meller. Yo no sabría decir cuántas veces me hizo analizar grabaciones suyas, en especial *El relicario* y *Nena*, uno de sus últimos éxitos, que me gustaba y entristecía por igual. Cuando la Meller desgranaba el estribillo:

Nena, me decía loco de pasión.
Nena, que mi vida llenas de ilusión,
deja que ponga con embeleso
junto a tus labios la llama divina de un beso.

... me acordaba de Andrés y de los días, brumosos de dolor, en los que pretendimos alejar a la parca amándonos sobre la cama donde falleció Rita. Más de una tarde tuve que tragarme las lágrimas despertadas por el recuerdo. El Maestro no parecía percibir mi tristeza e insistía con esa canción.

—¿Diría usted que la voz de esta señora es mejor que la suya? —me preguntó en una ocasión.

Mi primer impulso fue decir que no era mejor. A esas alturas había escuchado tantas veces a la Meller que, aunque la seguía admirando, conocía sus flaquezas a la par que vislumbraba mis propios puntos fuertes. Sin embargo, negué con la cabeza. No quería que el Maestro me regañara por presumida. Para mi sorpresa, el chaparrón vino por otro lado.

—¡No quiero falsas modestias! —me reprendió—. En el mundo del espectáculo, el exceso de humildad es tan pernicioso como la soberbia. Una cantante debe estar convencida de su valía, de que tiene algo único que ofrecer, o naufragará. —Me miró muy serio desde sus ojillos negros, diminutos y redondos como dos botones—. Quiero una respuesta sincera. ¿Cree que Raquel Meller posee mejor voz que usted?

—No —susurré.

—Entonces ¿qué es lo que la hace tan especial? ¿En qué radica su éxito?

Me pasó por la cabeza que meses atrás no habría entendido el lenguaje relamido del Maestro. Se me escapó una sonrisa. Él debió de pensar que tenía la respuesta.

—¿Por qué tanta gente adora a Raquel Meller, o a Mistinguett, si no cantan mejor que otras que acaban condenadas al anonimato? —insistió.

—Por su... su... despar... pajo —aventuré. Esa palabra aún se me resistía.

—¿Solo eso?

—Porque actúan cuando cantan —se me ocurrió.

—¿Qué más?

—Porque... porque... —Recordé las imágenes que despertaba en mí *Nena* y murmuré—: Porque nos hacen llorar.

—¡Efectivamente! —corroboró el Maestro—. Escenifican lo que cantan como si actuaran en un teatro. Se lo creen, lo sienten dentro y remueven las entrañas del público. Nadie queda indiferente. Eso es lo que distingue a una artista de una cantante del montón. Y eso es lo que quiero sacar de usted: ¡la artista que lleva dentro! ¡La que intuyó, con el olfato que le caracteriza, su mentor don Octavi!

Recordé la noche en la que espié, escondida entre bastidores, la actuación de la Meller en el Trianón. El escenario iluminado por un solo foco centrado en la cantante, pálida y ojerosa bajo la enorme peineta negra que sujetaba una mantilla igual de tétrica. Sus gestos de dolor cuando evocaba al torero que expira en el ruedo agarrado al relicario de su amada. El hechizo que cautivó al público, inmóvil y embelesado hasta el final de la canción y el aplauso descomunal que estalló cuando la gente fue capaz de reaccionar.

¿Sería posible que yo, una flor de arrabal, lograra algo así?

Años convulsos

A lgunas semanas después de haber escrito a Ernesto, Nurieta me entregó a escondidas la respuesta de mi viejo amigo. La leí apresuradamente mientras aguardaba la llegada de don Licinio. Ernesto se mostraba orgulloso de lo bien que había aprendido a escribir y afirmaba que mi letra era delicada, a la par que elegante. Me contó anécdotas de sus sesiones de fotografía, chismorreó acerca de algunas modelos, se explayó sobre la situación del país y añadió chascarrillos que no enmascararon la melancolía que asomaba entre líneas. Concluyó la carta afirmando que Rita también se habría sentido orgullosa de mí. Nos echaba mucho de menos a las dos. Yo vertí algunas lágrimas, que disimulé como pude cuando entró mi profesor. A partir de entonces, quedó instaurado un furtivo intercambio de misivas con el fotógrafo que abrió una ventana a mi antiguo mundo. Pese a su dureza, no me convenía olvidarlo por si aquella pobreza decidía regresar cualquier día.

Mi existencia en La Pedrera se desarrollaba con plácida laboriosidad. Vivía como una señorita de buena familia: vestía ropa hermosa, iba bien peinada, me alimentaba con delicias dignas de un sibarita como don Octavi y seguía unos hábitos de limpieza que jamás se me habrían ocurrido dos años atrás. Pese a tantas comodidades, cada día añoraba más la excitación del escenario, el calor de los focos sobre el rostro y la respiración del animal de múltiples cabezas que me observaba desde la oscuridad y expresaba su veredicto con aplausos o pitidos. Comprendía que aún me quedaba mucho por aprender para volver a cantar en un teatro, pero eso no mitigaba mi impaciencia. El piso de don Octavi se me antojaba a esas alturas una jaula de oro entre cuyos barrotes empezaba a ahogarme. Por las noches tardaba en conciliar el sueño. Para matar la ansiedad, evocaba las facciones de madre o rescataba de la memoria los sinuosos bailes de la Sultana, los ojos claros de aquel alemán que cambió el rumbo de mi vida, las correrías por Madrid con Rita y las caricias de Andrés, cuya semilla abandonó mi vientre con rumbo a las cloacas de una corrala madrileña.

Mi contacto con el mundo exterior se limitaba a los breves paseos vespertinos con Nurieta y a escuchar las conversaciones sobre política que mantenían don Octavi y su amigo Arcadi cuando este cenaba con nosotros. Conforme avanzaba 1921, vi crecer su miedo a los pistoleros anarquistas radicales que asesinaban en Barcelona a empresarios, capataces y obreros contrarios al sindicato. Pese a que don Octavi se sentía amenazado y había contratado a un grandullón de aspecto chulesco para que le protegiera cuando salía de casa, no era partidario del Somatén, un cuerpo de civiles armados creado por los empresarios más furiosos, cuya misión era defender sus intereses respondiendo a los ataques anarquistas con redoblada virulencia y más muertes. «El Somatén no es la solución, Arcadi —se quejaba—. Solo añade leña al fuego. Habrá más violencia, morirá mucha más gente… ¿y para qué? ¡Para nada! ¡Que Dios nos coja confesados!»

A principios de marzo asesinaron a tiros en Madrid, junto a la Puerta de Alcalá, a Eduardo Dato, el presidente del Consejo de Ministros, cuando hacía su recorrido habitual en automóvil. Los autores del atentado eran tres jóvenes anarquistas. Al enterarse don Octavi, no cesó de murmurar: «*Déu meu, què passarà ara?*». Siempre hablaba en catalán cuando se ponía muy nervioso. Yo no respiré tranquila hasta que se conocieron los nombres de los pistoleros. Ninguno de ellos se llamaba Andrés.

Si grande fue la consternación generada por el asesinato del político, mayor aún fue la desolación que sacudió al país cuando ocurrió lo que en adelante toda España llamaría «el Desastre de

Annual». La situación en Marruecos llevaba meses complicándose para las tropas españolas. Abd el-Krim, el caudillo de una tribu asentada en el Rif, había logrado unir a diferentes pueblos para alzarse contra el protectorado de España. Había vivido mucho tiempo en Melilla y conocía bien la mentalidad y las debilidades de los españoles. Sus guerreros se deslizaban cual lagartijas por el terreno escarpado del Rif y combatían con fiereza, empleando tácticas de emboscada para las que el ejército español no estaba preparado.

La arriesgada ofensiva de un general llamado Fernández Silvestre para someter a las tribus rebeldes acabó con varias posiciones españolas cercadas por los rifeños, hasta el extremo de que en algunas de ellas los sitiados, privados de comida y agua, acabaron bebiendo tinta, restos de colonia y sus propios orines mientras los francotiradores enemigos sembraban la muerte tiroteando sus cuerpos debilitados. Lo peor llegó cuando Fernández Silvestre ordenó la retirada en un clima de pánico general. Las tropas acabaron atrapadas en una posición llamada Annual. Huyendo de los disparos de los rifeños apostados en las montañas circundantes, el pavor hizo que los españoles se atropellaran unos a otros para escapar de ese infierno, muriendo incluso más hombres aplastados que por culpa de los proyectiles enemigos. Los periódicos que compraba don Octavi, y ya me permitía leer, hablaban de más de diez mil muertos estimados, aunque la gente murmuraba que podían ser muchos más. Don Octavi no ocultaba su indignación por la ineptitud de un ejército anticuado y corrupto. El gentío con el que nos cruzábamos Nurieta y yo durante los paseos caminaba con la cabeza gacha, como abatido por un profundo desánimo. Yo pensaba en Jorge, que llevaba tantos años sin responder a mis cartas, y en mis otros hermanos. Amador y Tino ya tenían edad para haber sido llamados a filas. También Andrés. Ojalá no hubiera acabado ninguno de ellos atrapado en ese matadero.

Mundos diferentes

En septiembre, mientras el verano se apagaba sin prisa, don Octavi me llevó de nuevo de excursión a Sitges. A diferencia del viaje que hicimos en primavera, en este nos escoltó un gigantón que había contratado para protegerle de posibles asaltos. Emili, como se llamaba aquel bruto taciturno, ocupó el asiento delantero del automóvil al lado de Ferran. Bajo su americana se marcaba el bulto del arma con la que debía proteger la vida de su patrón y, por añadidura, la mía. Emili me daba mucho más miedo que los anarquistas radicalizados de los que hablaba todo el mundo. Nos detuvimos en la playa de San Sebastián, vigilados por él. En aquella ocasión, mis juegos con las olas acabaron pronto. Don Octavi parecía nervioso y ordenó enseguida regresar al vehículo para comer en el pueblo. Tras esa breve escapada, nada perturbó la rutina de mi vida de reclusión y estudio.

Una tarde del otoño barcelonés, que tan pronto puede ser templado como azotado por lluvias tormentosas, Nurieta y yo disfrutábamos de nuestro ratito de libertad paseando por los alrededores de La Pedrera. Las hojas de los árboles del paseo de Gracia empezaban a amarillear, algunas ya alfombraban la acera y crujían bajo nuestros pies, aunque la temperatura aún permitía salir a la calle llevando una chaqueta ligera sobre un vestido de entretiempo. Una alegre brisa marina serpenteaba entre los edificios y me barnizaba la cara de humedad bajo el sombrero afelpado, con forma de campana, que integraba el nuevo guardarropa adquirido por don Octavi de cara al invierno inminente. Yo caminaba con desasosiego al lado de Nurieta. Desde hacía días tenía la sensación de que alguien seguía nuestros pasos en cuanto pisábamos la acera. Si me volvía hacia atrás, no veía nada que desentonara en el paisaje diario de tranvías, automóviles y peatones, pero eso no me tranquilizaba. Había oído demasiadas historias de pistoleros que acechaban a industriales de Barcelona para asesinarles, a veces incluso junto a sus familias. Los periódicos hablaban constantemente de muertes violentas de uno u otro bando, al igual que de atracos y secuestros perpetrados por anarquistas. El ambiente en la ciudad resultaba plomizo y amenazante hasta para alguien que vivía tan encerrado como yo.

En otras circunstancias, los paseos con Nurieta solían ser entretenidos, incluso instructivos, pues ella me ponía al corriente de los chismorreos que contaban los sirvientes sobre los vecinos de La Pedrera. De sus historias, la que más me gustaba era la del príncipe moro que tuvo alquilado un piso en el edificio, donde vivió con sus muchas esposas y una pléyade de sirvientes, algunos de ellos negros como la pez. El príncipe falleció en el 18 y Nurieta no sabía qué había sido de su séquito ni del harén, que me hizo acordarme de la Sultana y del palacio cargado de oro donde su impetuoso sultán la amaba fieramente. A esas alturas, ya no me creía las pintorescas aventuras que amenizaron mi duro trabajo en La Pulga, pero me hacía gracia rescatarlas del olvido.

Aquella tarde, la conversación no llegó a despuntar. Nurieta hablaba por los codos, como siempre, pero yo le respondía con monosílabos. Estaba asustada. Nada más abandonar el portal de La Pedrera, me había vuelto a sentir observada por la presencia amenazante de todos los días, aunque, si me giraba, no veía nada fuera de lo normal. No saboreé el paseo y me alegré cuando nos aproximamos al portal de La Pedrera. Faltaba muy poco para llegar, cuando una sombra se acercó por el lado donde no caminaba Nurieta. Una mano grande se posó sobre mi brazo derecho, con firmeza y suavidad a la vez. El corazón me dio un vuelco.

—Flori...

Conocía de sobra esa voz, evocadora de una vida y unos sueños que ya quedaban muy lejos. Volví la cabeza. Él caminaba a mi lado, adaptando su paso al de Nurieta y el mío. Sus ojos me miraban, oscurecidos por la visera de su gorra raída y por unas ojeras que antes no estaban. La chaqueta, igual de gastada que la gorra, abrochada hasta el último botón y con las solapas subidas, apenas disimulaba la flacura de su cuerpo. Siempre había sido delgado, pero ahora estaba escuálido. Me paré en seco.

—¿Qué le pasa, señorita? —exclamó Nurieta, alarmada.

Aún se asustó más cuando reparó en la mano que se cerraba alrededor de mi brazo. Vi cómo abría la boca para pedir auxilio a gritos. Se lo impedí de un cachete.

—No pasa nada, Nurieta. Espérame en el portal.

—Pero, señorita Nora...

—¡Haz lo que te digo! Enseguida voy. —Al ver que no se movía, añadí para tranquilizarla—: Es un conocido. No tardaré. Te lo prometo.

Nurieta se alejó a regañadientes, girándose cada dos pasos.

Andrés torció un asomo de sonrisa.

—Conque un conocido. —Me soltó el brazo—. Creía que significaba más para ti.

—No tienes buen aspecto —fue lo único que conseguí decir.

Dentro de mí hervían el rencor acumulado, la pena por su triste estampa y el deseo vehemente de acurrucarme entre sus brazos flacos y besarle como antes.

—Tú, en cambio, estás hecha una belleza de la burguesía encopetada. Nadie diría que fuiste corista. Si hasta has aprendido a hablar —replicó él con sarcasmo—. Señorita Nora, nada menos. Se ve que te cuida, tu amante explotador de obreros.

Se me quitaron las ganas de abrazarle o besarle. De no haber estado en medio de la avenida más elegante de Barcelona, le habría abofeteado. Los modales que me había enseñado don Octavi me ayudaron a mantener la compostura.

—El hombre que me dejó sola y embarazada cuando más le necesitaba no es quién para hablarme así.

Andrés se quedó inmóvil. Sus ojos me miraron, de pronto vidriosos como los de los peces que pescábamos en el Ebro de niños. Tragó saliva con un violento sube y baja de nuez.

—¿Tenemos un hijo?

Yo no tenía ganas de dar explicaciones.

—Lo perdí —me limité a responder.

La nuez de Andrés dio dos saltos más bajo su barbilla mal afeitada. De repente, alzó la mano izquierda y la puso delante de mi cara. Retrocedí un paso por la impresión. Le faltaban tres dedos, cuyo lugar ocupaban muñones deformes. Los que le quedaban, índice y pulgar, formaban un garfio acabado en dos uñas renegridas.

—Un recuerdo de Annual, el lugar más infernal que he conocido —murmuró.

—Has estado en Annual... —fue lo único que pude articular.

Mi resentimiento se esfumó en un instante. Tuve que reprimir el nuevo impulso de colgarme de su cuello y apagar a besos la amargura que irradiaba.

La mano sana de Andrés temblaba cuando sacó una pitillera gastada, de la que extrajo un cigarrillo muy mal liado. En los dedos supervivientes de la izquierda apareció un chisquero que manejó con desconcertante soltura.

—No te abandoné, Flor. ¡Jamás habría hecho algo así! —Dio una calada apresurada. Su mano aún tiritaba. Exhaló el humo con vehemencia. Me agobió el olor a tabaco barato. Mi olfato ya no estaba habituado a la pobreza—. Me metieron preso cuando la huelga de La Canadiense. ¿Te ha hablado tu amante de aquello? A él seguro que le dio donde más les duele a los explotadores.

Estuve a punto de exclamar que don Octavi no era mi amante, pero me refrené. Si ni siquiera yo sabía qué clase de relación mantenía con el hombre que me exigía fidelidad absoluta sin haberme llevado a la cama. Además, ¿qué habría cambiado una rectificación? Andrés se había formado su juicio y estaba dispuesto a condenarme. No podía reprochárselo. Yo también le juzgué cuando desapareció.

—Estuve meses en la cárcel —continuó él—. Cuando me faltaba poco para salir, le dio por hurgar a un guardia mal nacido que me tenía manía. Averiguó que no había hecho el servicio militar y acabé embarcado para Marruecos. Casi tres años en el purgatorio, hasta que nos arrojaron al infierno cuando ordenaron la retirada de Annual. Los que vivís tranquilos en la península nunca os podréis imaginar lo que fue aquello. Muertos desperdigados por todas partes, hombres y mulos agonizando juntos, soldados que habían sido amigos míos tirados en el suelo sin piernas, sin brazos, con la cara desfigurada. Todo porque ninguno teníamos dinero para pagar por librarnos de ir a Marruecos. Los pobres, como siempre, éramos carne de cañón para que los mandamases se colgaran medallas.

—¿Viste a Jorge? Estaba en Melilla. Hace años que no sé nada de él.

Andrés sacudió la cabeza.

—A Jorge no le vi nunca. Tino y yo preguntamos por él, pero nadie sabía nada. Debió de desertar. —Se detuvo un rato y me miró a los ojos. Su mano sana volvió a cubrir mi brazo—. Flori, tengo que decirte algo. Coincidí con Tino en el barco y nos destinaron al mismo batallón. —Tomó aire y siguió hablando de carrerilla—: Tu hermano murió durante la evacuación de Annual. Aquello fue una desbandada sin orden ni concierto. Acabamos encajonados en un desfiladero, atropellándonos entre nosotros mientras el enemigo nos disparaba desde las laderas. A él le alcanzaron en el pecho y murió en el acto. —Los ojos se le llenaron de lágrimas—. Fue tan rápido que no pude hacer nada por salvarle. Nada… —Se pasó furtivamente los dedos de garfio por los ojos—. Al menos, no sufrió. O eso quiero creer.

—¿Y de Amador… sabes…? —logré farfullar.

Él se encogió de hombros.

—También lo enviaron a Marruecos. Pregunté por él en Melilla, cuando estuve en el hospital. Al parecer, no pasó por allí. En cuanto salí, averigüé que lo habían licenciado y había embarcado de vuelta a la península. Supongo que ya estará tiznándose otra vez en la fundición.

A duras penas reprimí el llanto. Jorge desaparecido sin dejar rastro y el pobre Tino, que tanto disfrutaba viéndonos coser a Nati y a mí, acribillado sin haber hecho otra cosa que obedecer toda su vida a lo que otros disponían por él. Primero padre, después ese ejército que enviaba a la muerte a hombres jóvenes sin posibles mientras los ricos seguían con su vida tras haber pagado por no ir a Marruecos. Según comentó un día don Licinio de pasada, librarse costaba entre dos mil y cinco mil pesetas. Respiré hondo, me tragué las lágrimas y aparté como pude la imagen de mis hermanos. Ya lloraría la ausencia de Tino cuando estuviera sola en mi alcoba. Hasta entonces, reprimiría los sollozos como fuera. No era cuestión de presentarme ante don Octavi con ojos de besugo. Tampoco convenía que Nurieta, a la que de reojo veía pendiente de nosotros, fuera testigo de mi dolor.

—¿Cómo has dado conmigo?

Andrés se encogió de hombros.

—Por casualidad. Cuando volví de Marruecos, te busqué en Madrid. Nadie supo decirme dónde andabas. Pregunté a ese fotógrafo vicioso, pero no le saqué nada. Creo que me toreó. Él sí que conocía tu paradero, ¿verdad?

Asentí con la cabeza. No sabía si aplaudir o censurar el afán protector de Ernesto.

—Te había vuelto a perder y me resigné —prosiguió Andrés—. Y cuál fue mi sorpresa cuando te vi hace poco sentada en el automóvil de ese ricachón. Me dije que no podías ser tú, pero los siguientes días pude comprobar que esa señoritinga que salía de paseo con su criada era mi Flor. —Su boca se curvó en una mueca despectiva—. El mismo perro con collar de perlas.

Palpé el aderezo de dos vueltas de perlas que me había regalado don Octavi para Reyes. De repente, tuve claro que no era la casualidad lo que había conducido a Andrés cerca de mí en una ciudad tan grande como Barcelona.

—Estás espiando a don Octavi... —conseguí articular—. Has vuelto a enredarte con esa gente. Vais a por él, ¿verdad?

—Esa gente —repitió él con retintín— lucha por un futuro mejor para los pobres. ¡Y yo también!

—Matar a los patronos no trae un futuro mejor para nadie. Solo conseguiréis llenar la ciudad de muertos... ¡y que os maten a vosotros!

—Hablas como ellos, pero no te engañes —saltó él—. Tú solo

eres la entretenida de un burgués. Cuando se canse de ti, te echará a la calle y tendrás suerte si algún teatro de tercera te quiere como corista.

Había tanto dolor, tanta amargura en sus palabras, que ni siquiera me enfurecí con él.

—Don Octavi es... —murmuré—, no es un mal hombre.

—¡Ya, claro! —se mofó Andrés—. Es un santo varón que se enriquece sin dar golpe, exprimiendo el sudor de los desfavorecidos.

—A mí me está dando una educación. ¡Es algo que nadie hizo por mí jamás! —Noté que había alzado la voz. Procuré dominarme—. Gracias a él, leo de corrido y escribo sin faltas. Ya no se me resisten los libros. ¡Y son bien gordos, Andrés! He aprendido a cantar, sé interpretar una partitura y empiezo a hablar francés. Aunque solo sea por todo lo que me ha ofrecido..., ¡no le hagáis daño! ¡Sálvale, por favor! Hazlo por mí.

Andrés entrecerró los ojos y me miró fijamente a través de sus espesas pestañas. Contuve la respiración. Sabía que lo que él decidiera en ese instante, plantado delante de mí como un perro flaco y rencoroso, podría suponer la sentencia de muerte para don Octavi. Y el final de mi vida acomodada. Al cabo de una penosa eternidad, abrió la boca como si le costara un gran esfuerzo y murmuró:

—Creo que podré convencer a los compañeros de que hay objetivos más interesantes en la ciudad.

Se me escapó un suspiro de alivio. Pese a que aún me inquietaba la turbiedad que intuía en el carácter de don Octavi, había llegado a apreciarle en cierto modo. También me horrorizaba regresar a una vida de buhardillas desangeladas, frío en los huesos y un estómago siempre hueco. Aún me avergüenzo del poso de egoísmo con el que rogué por mi benefactor. Pero no es fácil retornar a la pobreza tras haber conocido la vida cómoda que me brindaba don Octavi, aunque a veces se pareciera mucho a la de una reclusa.

—Gracias —susurré.

—Que sepas que esto lo haré por ti —machacó él—. Por la

Flori a la que quiero desde que éramos niños. Salvar a tu amante será mi regalo de despedida. —Se tocó la gorra con la mano derecha y torció una sonrisa—. Ahora pertenecemos a mundos diferentes. Que tenga una buena tarde, señorita Nora. No la volveré a molestar, se lo prometo.

Dio media vuelta para alejarse. Me quedé mirando su espalda encorvada, que se adivinaba huesuda bajo la chaqueta de pana. A punto estuve de correr tras él y rogarle que me llevara a alguna pensión para recuperar nuestro amor y los arrumacos del pasado. Pero no me moví. Andrés ya no era el joven del que me enamoré, solo un hombre vencido por el odio y la amargura. También yo había cambiado. Y aunque quedáramos en vernos, sería muy difícil burlar la vigilancia de don Octavi. ¿Y si me echaba a la calle? No debía poner en peligro el brillante futuro que me había prometido por volver con un hombre que nunca sería mío.

De pronto, Andrés se detuvo. En un santiamén volví a tenerle delante.

—¿Perdiste a nuestro hijo, o te deshiciste de él? —me soltó de sopetón.

No tuve valor para contestarle. ¿En qué podía beneficiarle conocer la verdad a esas alturas? Me alejé corriendo hacia la esquina donde me esperaba Nurieta, con la cara desencajada por la inquietud.

—¡Ay, señorita Nora, qué sinvivir! *No torni a fer-me això*, por favor. Si se entera don Octavi…

Yo estaba tan desmadejada que me costó hablarle en tono autoritario.

—No vamos a decirle nada de esto, ¿verdad que no?

—Claro que no, señorita. Seré una tumba.

—Eso espero.

Durante la cena, apenas probé las exquisiteces de Roser. Al acabar, me retiré a mi alcoba con la excusa de que me dolía la cabeza, lo que no era del todo mentira. Las lágrimas contenidas me pesaban en la garganta y me latían en la frente, que parecía a punto de estallar en mil pedazos. Aquella noche lloré durante horas por la vida que le fue arrebatada a Tino a cambio de nada, por la desaparición de Jorge y por el hombre amargado que había suplantado al idealista que me descubrió el amor y me enseñó a disfrutar del cuerpo de un hombre. Ojalá lograra salvar a don Octavi de la ira de los pistoleros anarquistas. A esas alturas, yo no soportaría volver a ser pobre.

Caballitos sobre fondo rojo

Se sucedieron días difíciles. Llevaba alojada en la boca del estómago una bola de tristeza que me cortaba la respiración y me paralizaba a oleadas. Hasta me costaba tragar las delicias que cocinaba Roser. Solo dejaba de pensar en Andrés y en mis hermanos durante las clases, por lo que me consagré al estudio con tesón. Añoraba a Rita como nunca, pues no me atrevía a confiar mi pena ni a Nurieta, la única en esa casa con la que tenía algo de confianza. Tampoco osé advertir a don Octavi de los planes de mi antiguo novio y sus correligionarios anarquistas. Confiaba en la promesa de Andrés y en que, si la amenaza se mantenía, el guardaespaldas de mi mentor le protegería. Sospecho que don Octavi se enteró del reencuentro forzado por Andrés. Una noche en la que me sentía especialmente abatida, colocó el disco de *Dardanella* en el gramófono, le dio cuerda y bajó la aguja. Cuando la melodía se expandió por el salón, se sentó a mi lado. Clavó sus ojos verdosos en los míos. Me costó sostener su mirada.

—A veces, el pasado regresa y nos tienta con cantos de sirena —dijo, sin dejar de mirarme—. No se deje embaucar. Yo le brindo un presente magnífico y un futuro esplendoroso. A cambio, solo debe sujetar sus instintos de hembra y mantenerse alejada de tentaciones peligrosas. Obediencia y lealtad. Es lo único que le pido. No lo olvide.

Estuve a punto de echarme a llorar delante de él. Me levanté, le pedí disculpas por ausentarme y me encerré en mi alcoba. Allí di rienda suelta al llanto por mis hermanos y por el Andrés tierno y enamorado que ya no existía. Aquella noche un ingrediente más alimentó mis sollozos: el agobio. La sofocante tutela de don Octavi empezaba a ahogarme. Pese a que la razón me aconsejaba plegarme a sus planes y aprovechar la educación que me ofrecía, el alma ansiaba volver a pisar un escenario, cantar para un público y sentir la excitación que provocan los aplausos entusiastas. Y a mi piel le faltaban las hogueras que prendieron en ella las caricias de Andrés. Por primera vez, me pregunté si había hecho bien en seguir a don Octavi. El sueño me venció sin que hubiera hallado una respuesta.

El otoño moribundo se desvaneció en los brazos de diciembre. En las desapacibles tardes de invierno, Nurieta y yo tiritábamos de frío al unísono durante nuestros paseos. Nunca sacamos a colación mi conversación con Andrés que tanto la angustió. Tras aquel inesperado reencuentro, me mantuve en guardia por si él merodeaba alrededor de La Pedrera, pero no volví a sentirle cerca. Tampoco me dio la sensación de que nos espiara alguno de sus correligionarios anarquistas. Poco a poco, me fui relajando. Andrés siempre había cumplido sus promesas. ¿Por qué no iba a hacerlo ahora?

Una noche, don Octavi y yo reposábamos en el salón después de la cena, cuando él alzó la mirada de *La Vanguardia* y anunció, a su manera pausada:

—Querida Nora, llevamos más de dos años formándola para pulir aquel diamante en bruto que descubrí en el Trianón. Debo decir que ha demostrado poseer, aparte del primitivo talento musical que me impresionó, una buena cabeza y una extraordinaria aptitud para aprender. Ha llegado el momento de que la presentemos en sociedad. La llevaré a un lugar al que no me ha acompañado ninguna de mis anteriores pupilas.

Cerré la novela que me había mandado leer don Licinio. Ni siquiera me acordé de marcar la página. Tan grande fue la impresión causada por la perspectiva de salir de mi jaula de oro.

—Vendrá conmigo al Liceo. Será nuestro ensayo general antes de iniciar el ambicioso proyecto de preparar el debut de Nora

Garnier. Debemos crear expectación ante el descubrimiento musical del siglo… que va a ser usted.

¡El Gran Teatro del Liceo! Tanto don Octavi como mis preceptores me habían hablado de la joya donde la burguesía barcelonesa se congregaba durante la temporada, acicalada con sus mejores galas, para disfrutar de la ópera, que era un género musical y no una señora, como creí antes de que las clases de don Licinio ampliaran mis horizontes. Noté la garganta reseca.

—Disfrutaremos, en el palco de mi familia, de una gran obra de Giuseppe Verdi que se desarrolla precisamente en Zaragoza —continuó don Octavi, impávido como si no advirtiera mi zozobra—. ¿No le parece un buen augurio que su primera ópera esté ambientada en su ciudad natal? Aunque en un tiempo muy remoto, debo añadir.

El Maestro me había hablado de Verdi. Incluso me había hecho cantar algunas arias suyas que se adaptaban a mi voz, pero… ¿una ópera ambientada en Zaragoza?

—Me he tomado la libertad de encargar a un atelier parisino la ropa que llevará esa noche. Mañana vendrá la modista para que se la pruebe, por si hay que hacer algún ajuste. Mi gran descubrimiento musical tiene que dejar boquiabierta a toda Barcelona.

Por el momento, la que andaba boquiabierta era yo.

Al día siguiente, las clases de monsieur acabaron antes de hora por la llegada de la modista a la que don Octavi encargaba mi nuevo guardarropa cada temporada. Las prendas que llevaba no las había confeccionado su taller. A instancias de mi mentor, ella las había pedido a una famosa casa de modas de París utilizando mis medidas, que guardaba en su archivo. Pasamos a mi alcoba, seguidas de una aprendiza que llevaba la ropa protegida dentro de fundas de algodón. La modista me pasó revista con atención.

—Si me permite opinar, señorita Nora…

Me demoré en contestar. No me caía simpática esa mujer, que se dirigía con desdén a las aprendizas y se deshacía en halagos a quienes podían pagar sus servicios. A mí me trataba con un respeto forzado que me incomodaba. Por supuesto, lo de pedir permiso era cuento, porque continuó hablando sin esperar mi respuesta.

—Cuando don Octavi me encargó este modelo de la gran Madeleine Vionnet, me preocupé. No hay muchas mujeres que puedan lucir con elegancia una obra de arte así. Pero me atrevo a decir que su... —dudó durante unos segundos— protector ha hecho una magnífica labor con usted. Brillará como una princesa con este atuendo. —Se dirigió a la aprendiza y le ordenó—: Àngels, prepara el vestido y los accesorios.

No había esperado ese halago y me ruboricé. Fui al otro extremo de la alcoba. Sin mirar a las dos mujeres, me quité el conjunto de falda y blusa que llevaba y me quedé en combinación. La ropa interior se había vuelto muy liviana ese año y era una delicia moverse sin ser prisionera de un rígido corsé. Alcé la mirada con cautela. Àngels sostenía ante mí un sueño rojo de un tejido que no conocía, similar al crepé de seda, sin mangas y con adornos en negro y azul oscuro. Sentí tanto respeto ante esa magnífica obra de costura que Àngels tuvo que ayudarme a ponérmela. Yo apenas me atrevía a tocarla por miedo a romper alguna puntada.

La modista me hizo colocarme frente al espejo de la alcoba... y no pude creer que fuera yo la chica reflejada en él. Sobre el cuerpo, el vestido aún lucía más magnífico que en la percha. Un ancho fajín azul marino, adornado con círculos rojos, marcaba el talle, que era bajo y quedaba a la altura de la cadera. Alrededor del torso se ondulaban dos cenefas bordadas con cristalitos azules y negros, cuyo dibujo me recordó a las reproducciones de vasijas griegas que me enseñó don Licinio en sus clases. A la altura del pecho había otra greca mucho más amplia que no se componía de formas geométricas, sino de siluetas de varios caballitos de perfil, cada uno con las patas delanteras alzadas sobre la espalda del que tenía delante. Su postura se parecía a cómo nos colocaban a las coristas en el Salón Cocó para el número de *Don Procopio*. La parte superior de la falda la recorría otra cenefa de caballitos. A partir de ahí, la tela caía a modo de plisado, entre cuyos pliegues se abrían rajas desde las rodillas hasta el bajo irregular de la falda, acabada en picos. La hechura del vestido era tan extravagante que una costurera tradicional como Nati lo habría echado a la basura, o me habría mandado rehacerlo. A mí me pareció una pieza magnífica. El solo tacto de la tela y la perfección de la costura lo elevaban por encima de cualquier prenda que hubiera conocido en mi vida.

La aprendiza me puso unos guantes de seda negros que llegaban por encima de los codos. Me ayudó a calzarme los zapatos, también negros, adornados con una cinta de pedrería granate alrededor del tobillo. Cuando me vio la modista, dio varias palmadas entusiastas y abandonó la alcoba como una centella. Antes de que me diera tiempo a pestañear, regresó con don Octavi.

—Tiene un ojo magnífico, caballero —gorjeó en su tono de paloma aduladora—. No hace falta hacerle ningún arreglo al vestido. ¡La señorita será la joven más hermosa que ha visto el Liceo en años!

Empecé a asustarme ante la magnitud de lo que me aguardaba. Mi corazón batió sus alas cual mariposa agonizante. Miré a mi protector. Lo que vi no apagó la inquietud. Don Octavi se había colocado detrás de mí. Contemplaba, con la expresión mística de un santo de estampita, la imagen de la desconocida en rojo, azul y negro que nos devolvía el espejo. La que se suponía que era yo, aunque aún no me reconocía en ella. Un inquietante silencio espesaba el aire de la habitación. Ni las modistas ni yo osábamos hablar y, menos aún, movernos. Era como si ese vestido nos hubiera embrujado a todos. Fue don Octavi quien rompió el hechizo susurrando, muy cerca de mi oído:

—Leonora…

El trovador

Aún guardo el programa de mano que me dieron la noche en la que me deslumbró el Liceo, el 22 de diciembre de 1921. La ópera representada era *El trovador*. María Llácer interpretaba a Leonora e Hipólito Lázaro, a quien don Octavi consideraba al nivel artístico del recientemente fallecido Enrico Caruso, a su enamorado Manrique, el trovador. El maestro Viladecans me resumió a grandes rasgos su trágica historia de amor, enturbiada por un siniestro secreto del pasado, la sed de venganza y la maldad del poderoso. Ni él ni don Octavi quisieron reproducir las arias más importantes en el gramófono. Afirmaron que eso aguaría mi primera noche de ópera, a la que me convenía llegar cual lienzo en blanco. Solo así saborearía plenamente un bautizo musical del que nadie salía indiferente. Don Octavi insistió en que varias escenas importantes se desarrollaban en el palacio de la Aljafería de Zaragoza, y yo, que nunca había ido más allá del Mercado Central y el Coso, me pregunté dónde demonios se ubicaría ese palacio. Como de costumbre, me callé por no delatar mi ignorancia.

Aquella mañana me desperté nerviosa y a punto de vomitar. Solo recordaba haber estado tan histérica cuando Rufino me obligó a sustituir a la Bella Amapola en La Pulga. De buena gana me habría fingido enferma para quedarme en la cama, pero sabía que don Octavi jamás me perdonaría semejante cobardía. En los dos años y pico que vivía bajo su tutela, nunca le había visto así de ilusionado. A la hora de desayunar, debí de parecerle tan enferma que hizo salir de la cocina a Roser. Esta decretó que mi mal se curaba con tilas y tazones de caldo de gallina para asentar el estómago. Tardó poco en preparar la primera infusión. Aguanté en clase de don Licinio más muerta que viva, mientras él repasaba conmigo cómo debía comportarse una dama en el Liceo. Las lecciones de monsieur y las del Maestro quedaron suspendidas.

Sobreviví hasta la hora de vestirme para el Liceo. Nurieta me ayudó a ponerme las medias de seda y a enfundarme el fastuoso vestido de París sobre la combinación, también de seda. Me onduló el cabello y me lo recogió en un moño cuya complicada elaboración le llevó un buen rato. Me maquilló con la discreción que caracterizaba a las damas que admirábamos durante nuestras caminatas por el paseo de Gracia. Al contrario de lo que ocurría en el mundo de las variedades, donde nos pintábamos para llamar la atención, las mujeres burguesas se aplicaban los afeites procurando que su rubor pareciera natural y que la mirada quedara subrayada por un aire de misterio pretendidamente inocente. Nurieta afirmó que don Octavi odiaba los perifollos y, como único adorno, me engarzó en el pelo un pasador de brillantes alrededor del recogido. El colofón fueron unos fastuosos pendientes de rubíes que pertenecieron a la difunta madre de don Octavi. Seguro que habrían adornado los lóbulos de muchas de las pupilas que me precedieron. A la hora de salir, don Octavi me cubrió los hombros con una estola de piel de visón. En sus ojos brillaba el mismo embeleso que la mañana en la que me llamó Leonora. Llevaba un elegante frac, cosido a medida e impecablemente planchado, que resaltaba su porte aristocrático.

Ferran nos llevó al teatro en el Hispano-Suiza. Yo nunca había visto Barcelona por la noche y me pareció hermosa como una ensoñación. Pese a ser invierno, el paseo central de la avenida que don Octavi llamó la Rambla hervía de gente que deambulaba a la luz de las farolas entre los puestos de flores, aún abiertos. Tardamos en llegar a la puerta del Liceo. Al detenerse cada automóvil ante la entrada para que bajaran sus ocupantes, se había formado una larga fila. Yo controlaba los nervios a duras penas. Cuando se me aceleraba el corazón, recurría a los trucos aprendidos en mis tiempos de cupletista. Esa noche no me sirvieron de mucho.

Al fin, Ferran pudo parar delante del teatro. Saltó del automóvil, abrió mi puerta y me ayudó a bajar. Don Octavi me ofreció el brazo y me guio bajo los soportales de la entrada. La espléndida iluminación hacía resplandecer las joyas de las damas admitidas en el santuario de los que Andrés llamaba despectivamente «burgueses». Don Octavi saludó a dos parejas de su edad. Me presentó como su pupila más talentosa. No me pasó inadvertida la malicia que destelló en la mirada de las señoras. Antes de franquear la puerta de madera acristalada, me volví hacia atrás. Vi cómo la gente humilde se agolpaba a prudente distancia para admirar el desfile de riqueza representado por automóviles de lujo y burgueses engalanados. De pronto, mi corazón pareció detenerse. Desde el paseo central de la Rambla, un obrero con pelliza y gorra, cuya mano izquierda semejaba un garfio a la luz de las farolas, me miraba fijamente. No tuve tiempo de cerciorarme de si era Andrés. Cuando quise reaccionar, mis tacones ya se deslizaban sobre el brillante suelo de mármol de baldosas blancas y negras del vestíbulo, cuya disposición me recordó a la del tablero de ajedrez de don Octavi. Me dejaron sin aliento las columnas doradas, iluminadas desde el techo por multitud de arañas cuyas patas parecían de oro. Ascendí del brazo de mi mentor por una escalera majestuosa, cubierta en todo su recorrido por una alfombra roja y mullida. Él me explicó que esa escalinata llevaba a la platea y a los palcos que la rodeaban. Allí era donde se reunían las familias más ricas.

Entré en el palco de don Octavi dando pasos de sonámbula. Me sorprendió hallarme en un habitáculo amueblado con un sofá y dos sillones, tapizados de terciopelo rojo. Las paredes estaban empapeladas con discretos motivos florales, muy acordes con los gustos de don Octavi. En el centro se erguía una mesa redonda cubierta por un mantel blanco de encajes. Sobre este había varias bandejas de plata, unas con los caprichos culinarios que don Octavi llamaba canapés y otras con dulces. También vi delicadísimas copas en forma de flauta y uno de esos recipientes para mantener frío el champán, del que sobresalían los cuellos de tres botellas. En la pared de enfrente se ondulaba un cortinaje de terciopelo, tan carmesí como los sillones. Delante de él sorbían champán don Arcadi y una señora pequeña y delgaducha, el cuerpo de ratita lastrado por un ostentoso vestido de terciopelo azul oscuro y la mitad de las joyas de Barcelona. ¿Dónde diablos estaba el escenario?

No sé si hice la pregunta en voz alta, o si don Octavi percibió mi desconcierto. El caso es que me susurró al oído:

—Estamos en el antepalco. Es como nuestra segunda casa. Aquí nos visitamos unos a otros para hacer vida social, algunos incluso se refugian en su sofá para echar un sueñecito si la ópera les aburre. Huelga decir que ese nunca ha sido mi caso.

Me condujo ante la ratita y don Arcadi. Este se inclinó, alzó mi mano derecha e insinuó un beso sobre la seda negra del guante.

—Señorita Nora, esta noche luce usted espectacular —farfulló, como aturdido; se giró hacia la ratita enjoyada—. Neus, permíteme que te presente a Nora, una joven de gran talento musical a la que apadrina nuestro querido Octavi.

La escuchimizada me dedicó un cicatero movimiento de cabeza. Su cabello, de un rubio sucio veteado de canas, confluía en un moño tan abultado que parecía postizo. El rostro puntiagudo lo aureolaba una profusión de rizos lacios como los flecos de una colcha vieja. Creí distinguir entre sus párpados un destello hostil impregnado de soberbia. No supe cómo saludarla. Don Licinio no me había preparado para enfrentarme a ese modo tan sutil de colocarme en mi sitio: el de la intrusa a la que un insensato pretendía colar en el paraíso de los elegidos. Me limité a inclinar la cabeza con toda la dignidad que pude reunir.

—Me maravilla la gran labor que hace nuestro querido Octavi con sus pupilas. He conocido a tantas ya…

Don Arcadi le dedicó una mirada punitiva que ella ignoró. Mi mentor llenó una copa con el líquido burbujeante que tanto le gustaba y me la tendió. La cogí. Fingí tomar un sorbo. ¡Qué difícil me resultaba desenvolverme con esos guantes resbaladizos!

—Nosotros tenemos nuestro propio palco. Pertenece a la familia desde hace generaciones —cotorreó la vocecita ponzoñosa de doña Neus—. Aquí al lado. Pero Octavi insistió en tenernos con él esta noche. No quiere que se quede usted solita cuando se escape con mi marido a fumar y hacer negocios...

—Sentémonos —intervino don Octavi—. La ópera está a punto de empezar.

Abrió la cortina de terciopelo y me invitó a pasar. Eso sí que era el palco: un conjunto de cómodas butacas tapizadas en rojo con vista a la sala. Me asomé por encima del antepecho. La estructura del teatro era similar a la del Trianón: al fondo estaba el escenario, delante de este la platea y alrededor de la misma la herradura formada por los diferentes niveles de galerías. Pero ahí acababa el parecido. En ese suntuoso lugar había cinco pisos y dondequiera que posara la vista veía terciopelo escarlata y arácnidos de oro fijados a las balaustradas llenas de volutas, también doradas. Todas las butacas estaban ocupadas. ¿Cuántos miles de personas cabrían en el Liceo? ¿Qué se sentiría al cantar para tantísima gente?

Los hombres nos cedieron las primeras butacas y se sentaron detrás de nosotras. Las luces se apagaron suavemente. Empezó a tocar la orquesta mientras se alzaba el telón. Cuando Ferrando entonó *All'erta*, rodeado de soldados y sirvientes del conde de Luna, olvidé lo incómoda que me hacía sentir la estirada doña Neus, incluso dónde me hallaba, y me trasladé a ese palacio de mi ciudad natal del que nunca había oído hablar. La voz de Leonora confesó a su dama de confianza el amor que sentía por el misterioso caballero al que coronó vencedor en un torneo y que ahora la rondaba cantándole desde el jardín. Caí en un éxtasis manchado de envidia negra. Todo lo que había aprendido con el Maestro me pareció muy poca cosa. Mi voz, insuficiente. En ese instante, habría pagado cualquier precio por ser capaz de cantar como María Llácer.

El coro de los gitanos y la irrupción de Azucena me pusieron la carne de gallina. Se me aceleró el corazón. Creo que hasta el vello de la nuca se me erizó. Di un brinco cuando don Octavi me dijo al oído que él y su amigo iban a salir a fumar. Me pareció extraño en él. No era un gran fumador. En cuanto los dos abandonaron el palco, doña Neus acercó la cabeza y dijo, reduciendo su vocecita aguda a un susurro:

—Los hombres nunca aguantan quietos. Tarde o temprano se

escapan al salón de fumar para hacer negocios. Claro que alguien como usted no puede saber la de decisiones importantes que se toman aquí.

La miré. En mi estómago revivieron las náuseas. Pese a las reparadoras sopas de Roser, aún acusaba los nervios acumulados. Sin la protección de don Octavi, esa mujer ya no se me antojaba una ratita escuálida. Me recordaba a las ratas hambrientas que se colaban en la casa de mi infancia y había que ahuyentar a escobazos. Forcé una sonrisa. Intenté concentrarme otra vez en el escenario. Pero la rata había matado el hechizo.

—¿Sabe una cosa, querida?

La miré de nuevo. ¿Es que no pensaba callar hasta que regresaran su marido y don Octavi?

—Cuanto más la estudio, más comprendo por qué Octavi la ha traído al Liceo. ¡Nada menos que al palco de su familia, cuando este lugar no lo ha pisado ninguna de sus muchas... pupilas!

¡Cuánto desdén se había atrincherado en la última palabra!

—Todas las nenas que sacaba Octavi de los teatruchos de España, y van unas cuantas ya, se parecían a Leonora, pero usted... usted es un calco de la pobre *noieta*. Burdo, eso sí. Le falta su buena cuna. —Insertó un breve suspiro—. Pobre Octavi. Nunca levantó cabeza después de la tragedia.

Me puse en guardia. Algo me decía que esa Leonora no era la enamorada del trovador. Y que estaba a punto de averiguar qué era lo que, mucho tiempo atrás, Nurieta llamó «aquello» y no volvió a mencionar.

—¿No le ha hablado Octavi de Leonora?

Negué con la cabeza. Ya no escuchaba la música que me había embrujado poco antes. Solo existía el susurro de esa mujer malévola... y la sombra de una desconocida a la que yo por lo visto me parecía.

—Leonora era la prometida de Octavi. La desdichada lo tenía todo: belleza, talento y buena cuna. Su familia era una de las más ricas de Barcelona.

Detrás de sus palabras almibaradas detecté envidia, incluso algo que hedía a odio soterrado.

—¡Cómo la quería Octavi! Y ella le correspondía con toda su alma. ¡Y lo que les apasionaba la música a los dos! Leonora tenía una bonita voz de soprano y a Octavi le gustaba acompañarla al piano cuando ella cantaba en las fiestas que daban sus padres. Los dos querían consagrar sus vidas a la música. A las familias les horrorizaba, claro. Y esa pareja de infelices no entendía que una cosa es entretener a los invitados con melodías agradables y otra, muy distinta, renunciar a todo para andar malviviendo por esos teatros de Dios...

Los espasmos en mi estómago se intensificaron. No abandoné el palco por respeto a don Octavi. Y por no dar a esa rata el gusto de saber que había convertido el paraíso de la ópera en un purgatorio donde empezaba a ahogarme.

—Cuando pasó lo de la bomba, en el 93, los dos estaban sentados en la platea, en las primeras filas. Preferían estar cerca del escenario y del foso de la orquesta para empaparse de la música, como decía ella. Si se hubieran quedado en alguno de los palcos de sus familias..., quién sabe si la pobre no estaría ahora aquí, en el lugar que usurpa usted.

A esas alturas, yo ya abría los ojos como platos. Por mi espalda resbalaban escalofríos violentos. Alcé la estola de visón, que había dejado sobre la butaca libre a mi lado, y me arrebujé en ella.

—¿No le han hablado en casa de Octavi de las bombas que lanzó un anarquista mal nacido desde el quinto piso?

Moví la cabeza. No tenía fuerzas para más. ¿Por qué don Licinio nunca lo había mencionado en sus clases de cultura general?

—Una de las dos bombas no explotó, pero la otra estalló en el patio de butacas y causó una hecatombe de muertos y heridos. Hasta los pisos de arriba llegaron las esquirlas de metralla y madera. Yo estaba a punto de casarme con Arcadi y él ya frecuentaba nuestro palco. Mi padre fue herido en un brazo. No quedó manco de milagro. Los demás salimos ilesos, pero ninguno hemos olvidado aquel infierno de cuerpos desmembrados y sangre.

El recuerdo del atentado había humanizado la voz de doña Neus.

—¿Y... Leonora? —osé musitar.

—A la pobre le destrozó la cabeza. Octavi cargó con su cuerpo hasta el Salón de los Espejos, donde Arcadi y yo cuidábamos de mi padre. No hubo modo de separarle de Leonora. Pedía a gritos un médico, cuando se veía a la legua que estaba muerta.

—¿Y... él?

—Octavi sufrió algunas heridas leves de las que se recuperó pronto, pero nunca volvió a ser el mismo. Perder a la mujer amada a los veinticinco años, y de una manera tan trágica... ¿Quién puede soportar algo así? Cuando sanó su cuerpo, se marchó a París. No regresó hasta siete años después. Su padre y su hermano mayor, el *hereu*, habían muerto muy seguidos y tuvo que encargarse de la fábrica. Desde entonces, se escapa de *temps en temps* por esos teatros de Dios y se encapricha de alguna chica tosca en la que cree ver a su Leonora y a la que se empeña en educar hasta que la nena da la espantada y vuelve a su mundo de gañanes.

Por fin, alguien me insinuaba qué había sido de mis predecesoras. No albergué ninguna duda de que esa mujer y otras como ella habrían disfrutado amedrentando a las anteriores pupilas de don Octavi y que harían lo mismo conmigo. Me habría gustado convertirme por un instante en la Bella Amapola y abofetear a doña Neus, hundir los dedos en su peinado y desgreñarlo hasta dejarla como una gallina desplumada. Aunque, dada la elegancia del lugar, me habría conformado con haber sido capaz de susurrarle palabras ponzoñosas, desplegando suaves maneras y una sonrisa inocente. No hice ni una cosa ni la otra. Me quedé muda, rumiando mi humillación y temblando bajo la estola de piel. De modo que era eso lo que don Octavi llamaba burlar al destino: recoger a chicas como yo para revivir a su difunta prometida. Nuestra carrera musical le importaba un bledo.

Ella me miró desde sus ojos de búho malévolo.

—No se engañe, querida. Por mucho que las quiera refinar ese infeliz, ninguna de ustedes podrá ocultar jamás su baja extracción. La categoría social no se aprende en unos meses.

Sus últimas palabras resucitaron mi orgullo pisoteado. ¡Decidí resistir lo que fuera menester! Vivía de prestado, a expensas de un hombre cuyas intenciones se perfilaban cada día más retorcidas, pero me juré que no permitiría a esa mujer, ni a otras como ella, enviarme de vuelta a una vida de buhardillas ruinosas y viejos verdes acechantes. Y menos después de todo lo que había aprendido con don Octavi.

—¿Leonora vestía de rojo esa noche? —se me ocurrió preguntar, con voz ronca.

—Oh, sí. —En el iris oscuro de doña Neus destelló otro brillo maligno—. Era una chica extravagante, una rebelde que se negaba a llevar colores suaves como nos correspondía a las jóvenes casaderas de buena familia. La noche de la bomba iba como usted... de rojo, azul y negro.

En mi pecho estalló un fogonazo de furia contra don Octavi y el omnipresente fantasma de la difunta, pero naufragó enseguida en la envidia que me daba Leonora, pese a su cruel y temprana muerte. Cuánto llegaría a amarla don Octavi, si después de tantos años seguía buscándola en otras mujeres. ¿Cómo iba a aborrecerle por retorcido y tramposo, si lo que me había contado la maligna rata Neus le humanizaba?

El regreso al palco de don Octavi y su amigo puso fin a las ponzoñosas revelaciones de doña Neus. Intenté concentrarme de nuevo en la ópera. Fue inútil. La magia se había apagado sin remedio.

Ha pasado mucho tiempo desde aquella noche, pero aún no he perdonado a esa mujer que me aguara mi primera ópera en el Liceo. Ni la perdonaré jamás.

Leonora

De regreso a La Pedrera, un apabullante silencio invadía el habitáculo del Hispano-Suiza. Don Octavi parecía ausente, como si su alma se hallara muy lejos de su cuerpo, tal vez enquistada en la butaca de platea donde murió Leonora. Ni siquiera me preguntó si me había gustado *El trovador*. Tampoco hizo ninguno de sus comentarios instructivos. Yo andaba tan humillada y rabiosa por cómo me había tratado la horrible esposa de don Arcadi, que agradecí su mudez. No se me habría ocurrido qué responderle si me hubiera hablado. Primero necesitaba digerir todo lo que había sabido esa noche. La espantosa Neus había dicho que don Octavi tenía veinticinco años cuando perdió a su prometida. Me dediqué a calcular su edad actual: ¡cincuenta y dos! Todo un vejestorio, pese a su esbeltez juvenil y su estampa atildada.

Nurieta nos abrió la puerta con cara de sueño. Le entregué la estola de visón, que me pesaba sobre los hombros como si fuera de piedra. Don Octavi le dio permiso para retirarse. Pasamos al comedor. Allí, las criadas habían preparado un tentempié similar al que tomamos en el antepalco del Liceo. Yo tenía el estómago cerrado. Solo deseaba quitarme ese vestido de caballitos rampantes que no correspondía a alguien como yo y echarme a dormir. Plantada ante la mesa cubierta de pequeñas delicias, me devané la sesera buscando cómo excusarme sin ofender a don Octavi.

De repente, olí su perfume muy cerca de mí. Era un hombre

extremadamente limpio, quisquilloso con su propio aseo y el de los demás. Me giré. Su rostro estaba casi pegado al mío. Sus ojos me miraban con un embeleso que jamás había visto en ellos. Un profundo desconcierto, mezclado con miedo, me invadió cuando una de sus cuidadas manos empezó a acariciar mi mejilla derecha.

—Leonora...

Un escalofrío se arrastró por mi espalda como un ciempiés.

—Por fin has vuelto a mí.

¿Qué debía hacer? ¿Seguirle el juego o explicarle que yo era Flor, la muchacha zafia a la que sacó del Trianón con la promesa de convertirla en una estrella de la canción? Le escruté disimulando mi temor. No parecía haberse vuelto loco. Tampoco le vi agresivo. Solo se hallaba en otro lugar.

—¡Sabía que, si perseveraba, te encontraría! —me susurró al oído—. Que algún día podría ofrecerte mi brazo para volver conmigo al Liceo, vestida de rojo, azul y negro como la noche en la que te marchaste. Ahora que te he recuperado, haremos grandes cosas juntos. Ya lo verás...

Me tomó de la mano y me condujo por el pasillo hasta su alcoba. Activó el interruptor de la luz. Nos iluminó desde el techo una lámpara de lágrimas de cristal. Yo nunca había entrado en ese cuarto. Pese a la zozobra y el temor a lo que me aguardaba, que no podía ser otra cosa que acabar en su lecho, reparé en que era grande, amueblado con la austera elegancia de don Octavi. La cama, con cabezal de barrotes de latón, tenía una anchura considerable. Él cerró la puerta, se pegó a mí y me besó suavemente en los labios. Los suyos no sabían frescos como los de Andrés, pero tampoco repugnaban como los de aquellos viejos que me sobaban en un *mueblé* cuando trabajaba en el Salón Cocó.

—Amor mío, te he esperado tanto...

Tras más de dos años preguntándome por qué nunca me tocaba, al fin tenía la respuesta delante de mí: iba a pagarle mi adiestramiento haciéndole creer en la alcoba que era su prometida muerta. Mientras él me contemplaba con ojos ansiosos, sopesé rápidamente mis posibilidades. Si deshacía el hechizo y me negaba a suplantar a la difunta, era muy probable que esa misma noche acabara de nuevo en la calle, sin plumas y cacareando cual gallo de Morón, como solía decir la Sultana. Adiós a la oportunidad de volver a pisar un escenario convertida en una estrella llamada Nora Garnier. Adiós a mi vida sin estrecheces y a la posibilidad de lograr algún día el éxito. Cuando don Octavi encendió la lamparita de noche y fue a apagar la del techo, yo ya estaba más que decidida a seguirle el juego.

Él me quitó los guantes negros y acarició mis brazos desnudos con las yemas de los dedos. Se me erizó el vello de la nuca cuando me despojó lentamente del fastuoso vestido de Madeleine Vionnet y lo arrojó lejos, convertido en un revoltijo de tela roja, azul y negra. Me dejé hacer, paralizada por una incongruente mezcla de desasosiego y placer que aún hoy me resulta difícil de entender. Cuando quise darme cuenta, me hallaba completamente desnuda ante él. Percibí su respiración agitada cuando me condujo hasta la cama, preparada para la noche por Nurieta, y me hizo sentarme sobre las sábanas de hilo bordado. Soltó las horquillas de mi peinado y las dejó caer al suelo una a una. Me ahuecó la melena y la extendió sobre mis hombros. De pronto, fue hacia la cómoda y abrió un cajón. Regresó sujetando en la mano derecha un cepillo para el pelo, que emitía destellos de plata a la tenue luz de la lamparita. Se situó junto a mí y comenzó a cepillarme el cabello con tierna fruición. Sus movimientos repetitivos prodigaron caricias sobre mi cuero cabelludo y despertaron un excitante cosquilleo que se extendió al resto de la piel. Mi cuerpo era joven, había vivido mucho tiempo sin sentir las manos de un hombre sobre él y no tardó en despertar del letargo en el que había estado sumido. Oí los suspiros que brotaban de mi propia boca y se amalgamaban con los extasiados jadeos de don Octavi. No recuerdo cuánto tiempo estuvo peinándome con suavidad. Solo que aquel placer fue sosegando mi intranquilidad y preparándome poco a poco para gozar.

—Me decían que estabas muerta —musitó él en mi oído—. Señalaban el agujero de tu cabeza, la sangre que te corría por la espalda, tus ojos de espanto clavados en mí, pero yo sabía que mentían. Que solo te habías ausentado para ponerme a prueba. Te he buscado sin cesar, amor mío. Ahora nadie nos volverá a separar.

Soltó el cepillo. Me hizo tenderme boca abajo y me apartó el pelo de la nuca. Noté cómo se inclinaba sobre mí. Sus labios siguieron la línea de mi columna vertebral a mordisquitos mezclados con suaves besos. Una efervescencia, deliciosa como las burbujas que deslumbraron al fraile cegato descubridor del champán, invadió todo mi cuerpo. Cuando su boca llegó adonde acaba la espalda, su lengua me barnizó una nalga de calor húmedo, después la otra.

—Dulce Leonora —le oí susurrar—. Mi amor...

Me instó a darme la vuelta y recorrió mi escote con los labios, luego los abismó entre los pechos y los hizo deslizarse por mi vientre hasta detenerlos en el pubis. Entonces se separó, se despojó de la ropa con movimientos apresurados y se colocó encima de mí. A esas alturas, mis recelos ya habían dado paso a una profunda excitación. Me dejé mecer por el placer y olvidé que estaba suplantando a una muerta y que, tras años de tregua, volvía a caer en la indignidad de dejarme sobar por manos de viejo a cambio de beneficios. Don Octavi ya no poseía el vigor de la juventud; su desnudez delataba la pérdida de firmeza de la carne. Al tener su rostro tan cerca, distinguí con más claridad que nunca las arrugas alrededor de sus ojos, pero sus caricias revelaron una profunda sabiduría. Dirigidas a los rincones donde más gozo despertaban, suplieron con creces su energía mermada de hombre mayor. Mientras su pene se introducía dentro de mí, los dedos trazaban dulces escalofríos sobre la piel de mi cuello. Temblé de puro placer bajo su cuerpo maduro y llegué a convulsionarme hasta la frontera del desmayo. Lo que aprendí con él aquella noche endulzó mi iniciación en la malsana tarea de sacar del tártaro a Leonora, la prometida asesinada en la flor de la vida.

Al romper el día, desperté sola en la cama de don Octavi. La vergüenza aprovechó mi vulnerabilidad mañanera para asaltarme. Mi primer pensamiento fue que ahora Andrés sí que podría echarme en cara que era la amante de un burgués. Y no uno cualquiera, sino un hombre trastornado que me había preparado durante años, con siniestra paciencia, para representar en su alcoba el papel de una muerta. Aquella reflexión me resultó tan incómoda que la espanté como si fuera un insecto. Cubrí mi desnudez con la ropa interior, recogí el vestido y los zapatos y abandoné la habitación de puntillas. Casi choqué con Nurieta, que andaba en ese momento por el pasillo. Ella no dio la menor muestra de asombro al verme salir de esa guisa de la alcoba del amo. Me deseó buenos días con naturalidad y dijo que don Octavi se había marchado muy temprano a Terrassa para resolver algunos problemas surgidos en la fábrica.

Como de costumbre, la ausencia de nuestro dueño y señor no afectó a la vida en La Pedrera. Al quinto día, regresó a la hora de cenar. Roser debía de conocer la fecha de su vuelta, pues en los platos que sirvió no aprecié indicios de improvisación. Mientras tomábamos sus manjares, él dijo de pronto:

—Tengo que comunicarle algo, Nora.

Me puse en guardia. ¿Y si, saciada su lujuria morbosa tras tanto tiempo de espera, me echaba a la calle? Apoyé los cubiertos en el borde del plato, me di un toquecito en los labios con la servilleta y tomé un sorbo de agua para aliviar el susto.

—Estos días he reflexionado y…

«Ahora lo dirá», pensé. ¿Me daría al menos algo de dinero para ir tirando hasta que encontrara donde cantar? Sé que mi reacción fue de todo menos digna, pero, como habría dicho Rita, la dignidad no se deja estofar en la cazuela.

—Creo que su aprendizaje ha llegado a su fin… —prosiguió él—. Con un resultado más que brillante, debo añadir. Por eso, es hora de preparar su debut.

¿Cómo es que la losa que me comprimía el corazón no hizo ruido al desprenderse?

—Mi… ¿debut?

—Así es. La otra noche, en el Liceo, se desenvolvió de maravilla. Incluso resistió la compañía de Neus cuando la dejamos sola con ella tanto rato. Créame, la esposa del pobre Arcadi es una prueba difícil de superar. Y usted aprobó con creces. La talentosa Nora Garnier ya está preparada para cantar ante un público selecto. La lanzaré a lo grande, querida. Va a ser la sensación de la temporada.

Una dalia para una flor

Tras la noche del Liceo, la relación con mi Pigmalión se desdobló. Durante el día, él me llamaba señorita Nora y me trataba de usted. Para mí, era don Octavi a todas horas. Cuando me conducía a su lecho al amparo de la oscuridad, me dejaba convertir por él en la difunta Leonora y acababa fascinada, a la par que repelida, por sus grandes y pequeños trucos para el goce, pues poseía una inmensa sabiduría en los asuntos de la carne. Vista desde la perspectiva del recuerdo, aquella lascivia necrófila podría calificarse de insana, incluso perversa, pero a la vez me deparaba sensaciones que no había conocido ni con Andrés: un placer líquido que me hacía deslizarme entre sus manos como una prenda de seda oriental. Él iniciaba el juego cepillándome el cabello con su paciencia deleitosa, me limaba las uñas de las manos mejor que Nurieta y se embelesaba arreglándome las de los pies, tarea que concluía aplicándome crema perfumada con movimientos acariciantes que trepaban por mis piernas y me ponían la carne de gallina. Cuando creía llegado el momento de fundir su cuerpo con el de Leonora, me trataba con la delicadeza que merecen los objetos únicos y muy valiosos. Incluso se preocupaba de no dejarme embarazada. Al acabar, caía en un éxtasis que le hacía olvidarse por completo de mi presencia.

Sentir su cuerpo desnudo a mi lado, vuelto de espaldas e indiferente, trocaba en repulsión el goce que sus dedos me habían regalado poco antes. La elegante alcoba burguesa, sumida en la media luz de la lamparita, adquiría un aire mórbido que me asfixiaba. Saltaba de la cama, me cubría con las prendas que él me había quitado y salía de allí sin que se diera cuenta siquiera. Mientras intentaba conciliar el sueño en mi habitación, tras haberme lavado y haber cubierto mi desnudez con el camisón, luchaban dentro de mi cabeza las ganas de escapar de esa servidumbre degradante y el sentido práctico. Me repetía que, si había aguantado casi tres años de reclusión en la jaula dorada de don Octavi, lo que menos me convenía era abandonarle ahora, cuando estaba a punto de convertirme en una cantante de primera fila. Y recurriendo al señuelo del éxito, lograba tragarme los escrúpulos

Así, una noche tras otra.

Entretanto, la meta de mi debut cambió el enfoque de mi aprendizaje. Monsieur se esmeraba más que nunca en pulir mi pronunciación en francés; cada canción que ensayaba con el Maestro iba dirigida a mi estreno como Nora Garnier; incluso don Licinio se sumó a la causa y empezó a contarme anécdotas sobre cantantes famosas que, en lugar de animarme, me hundían en la zozobra. ¡Estaba segura de que yo jamás lograría ponerme a la altura de esas magníficas mujeres! Don Octavi se asomaba muchas tardes a la salita del piano y permanecía allí mientras el Maestro impartía sus clases. Los dos convinieron en que la fecha ideal para debutar sería en abril. El tiempo primaveral ayudaría a que la gente abandonara el calor del hogar para escuchar a una desconocida. Además, añadió don Octavi, el recital sería benéfico. Lo recaudado se donaría a un orfanato de los muchos que había en la ciudad. Así, lo más granado de la sociedad barcelonesa acudiría al evento para ver y ser visto. Y si la prensa empezaba a caldear el ambiente varias semanas antes, dando al concierto un barniz cosmopolita y cultural, nadie en su sano juicio se lo perdería, salvo que le hubiera dado una apoplejía el día anterior. Al decir eso, se rio de buena gana y yo me pregunté qué tenía de gracioso un patatús. Mi mentor estaba de excelente humor desde que revivía a Leonora entre mis piernas. Siempre había sido un hombre amable, pero ahora enarbolaba a todas horas una sonrisa que le daba un aire de jovencito bobo.

Las semanas se fueron sucediendo a un ritmo vertiginoso. Celebré mi vigésimo segundo cumpleaños en el salón de baile del recargado piso de don Arcadi y esposa. Don Octavi me había comprado para celebrar esa Nochevieja un vestido de terciopelo verde musgo, sin mangas, con unos guantes del mismo color que cubrían los brazos hasta por encima del codo. Se empeñó en que me adornara el cabello con una cinta de bordados y lentejuelas. Sé que los invitados a la fiesta chismorrearon lo suyo sobre la cupletista a la que el infeliz de Octavi Montagut había sacado de un tugurio y presentaba como su pupila más talentosa. No albergué ninguna duda sobre la contribución de doña Neus al despellejamiento. Pero nada de eso me importó. La ilusión de volver a pisar un escenario restaba importancia incluso a mi vasallaje de cada noche en el dormitorio de mi descubridor.

Entre las canciones programadas por el Maestro y don Octavi para mi recital estaban *Mala entraña*, *Ven y ven*, *Flor de té*, *Mimosa*, *Tus ojos* y *Nena*. Al Maestro se le ocurrió que también debía ofrecer al público algún tema en francés. Me hizo aprenderme *Mon homme*, popularizado por la estrella gala Mistinguett y, como colofón, la habanera de la ópera *Carmen*, una pieza difícil de cantar que me hizo sudar tinta hasta que el Maestro por fin exclamó, parapetado tras el teclado del piano, que mi versión resultaba sublime.

Una tarde de finales de febrero, don Octavi irrumpió en la salita a mitad de mi ensayo con el Maestro. Blandía, entusiasmado, un montoncito de hojas. Se acercó a mí, separó unas cuantas y me las tendió. Era una partitura. Don Octavi no me dio tiempo a leer el nombre de la pieza. Fue hacia el piano y se plantó delante del músico, que dejó de tocar.

—¡Esto es magnífico, Maestro! ¿Me permite?

—Pues no faltaría más...

Viladecans se levantó y le cedió el taburete. Don Octavi tomó asiento. Extendió su partitura en el atril. Me miró con ojos brillantes. Colocó los dedos sobre el teclado y tocó algunos acordes.

—Intente seguir la melodía, querida. Demuéstrenos lo bien que sabe leer música.

Observé de soslayo al Maestro. Apoyando un codo en el piano, parecía igual de ilusionado que mi mentor. Acoplé mi voz a las notas que tocaba don Octavi. Tenían un tono sentimental, de grave densidad. Me recordaron a los tangos de los que me había hablado el Maestro en clase, una música surgida en los bajos fondos de Buenos Aires que empezaba a conquistar los más elegantes salones de baile europeos. También había algo de la melancolía que la Meller imprimía a *Nena*. La letra hablaba de una muchacha criada en un arrabal pobre, maltratada por la vida y los hombres, que se ve incapaz de entregar su corazón cuando surge quien la ama de verdad. Era una composición soberbia que me dejó al borde del llanto cuando se acabó.

—¿Qué le parece la maravilla que ha creado el Maestro para su presentación, Nora? Usted tendrá el honor de estrenar este tango.

Los dos hombres me miraron con expectación.

—Es... es impresionante —balbuceé—. Pero ¿los tangos no los cantan los hombres?

—No siempre —terció Viladecans—. La Mistinguett ya incorporó uno a su repertorio hace doce años, en París. Y en Barcelona hubo una artista que cantaba tangos vestida de hombre. Linda Thelma se llamaba. *La recordes, Octavi?*

El aludido asintió con la cabeza.

—Aunque, ciertamente, aún no es frecuente que los cante una mujer —continuó Viladecans—. *Però temps al temps.*

—Nosotros iremos más allá, Nora —dijo don Octavi, mostrando la sonrisa más grande que había visto en su cara desde que le conocí—. Ofreceremos al público algo nuevo de lo que hablará durante días. Recuerde lo que le comenté a propósito de Raquel Meller y *El relicario*. Hay que distinguirse ofreciendo al público algo original. Tengo pensado algo muy especial para la puesta en escena de esta pieza, que cerrará su recital. Algo que nadie olvidará así como así. Créame, va a ser la sensación de Barcelona.

Caímos en un silencio solemne. Ellos parecían dos jovenzuelos que acaban de fumar a escondidas su primer pitillo. Yo solo estaba aterrada.

—¿No quiere saber cómo se llama su canción? —preguntó don Octavi.

Asentí con la cabeza, más aturdida que curiosa. Él tomó aire, me miró a los ojos y anunció:

—*Dalia de arrabal.*

Eldorado

El día de mi debut amanecí hecha un flan. Llevaba semanas presa de los nervios, había adelgazado y muchas noches, cuando dormía en mi alcoba tras haber rendido el vasallaje lúbrico a don Octavi, soñaba que se me olvidaban las canciones y un público malcarado me abucheaba sin compasión. Despertaba temblando, sudada como un pollo. Llegué a estar tan angustiada que confesé mis pesadillas al Maestro. Él me tranquilizó argumentando que todos los grandes artistas se agobiaban antes de un estreno importante; los más sensibles, incluso antes de cada función. Solo los necios no tenían miedo. Yo era una persona responsable y cumplidora, de ahí los nervios. Pero estos desaparecerían en cuanto se alzara el telón y arrancara a cantar. Sus palabras me calmaron por unas horas, aunque, pasado su efecto balsámico, regresaron la agitación y los malos sueños.

Don Octavi nombró a Nurieta mi ayudante de camerino y peluquera. Salimos los tres en automóvil hacia Eldorado, la criada sentada al lado del chófer y tan alterada como yo. Esa misma mañana me había confesado que yo era la primera pupila de don Octavi que había llegado tan lejos. El teatro se hallaba en la plaza de Cataluña, haciendo chaflán con la calle Bergara. Su fachada era un cúmulo de ventanales y adornos recargados, con un balcón corrido ribeteando todo el primer piso. En Eldorado se ofrecían espectáculos de todo tipo: variedades, zarzuelas, obras dramáticas, óperas y sesiones de cinematógrafo. Sobre sus tablas habían cosechado éxitos clamorosos Raquel Meller con su inolvidable versión de *El relicario* y Pilar Alonso, la cupletista que cantaba en catalán y era venerada por los barceloneses. También tenía allí su sede la Orquesta Sinfónica de Barcelona. Desde que el Maestro me puso en esos antecedentes, el miedo me tenía en un sinvivir. Máxime cuando don Octavi había financiado una importante campaña de difusión en la prensa y llevaba semanas exhibiéndome en las fiestas de la alta sociedad, donde anunciaba mi recital a amigos y conocidos con elocuencia digna de un charlatán de feria. ¿Y si me fallaba la voz o me olvidaba de la letra, dejando en ridículo a todos los que confiaban en mí?

Ante la entrada al teatro, la acera se ensanchaba en un generoso triángulo sobre el que se erguía una columna rematada por un tejadillo. Cuando salíamos de los ensayos, había visto que servía para anunciar en grandes letras los nombres de los artistas que actuaban, acompañados de sus fotografías. El día de mi presentación, llegamos a Eldorado en pleno crepúsculo, iluminado por las farolas urbanas y las llamativas luces de la fachada. Una estrella radiante coronaba la columna con un centelleo eléctrico formando dos palabras: NORA GARNIER. No me desmayé de puro milagro.

Los nervios me impidieron disfrutar del enorme camerino que ocupaba yo sola. Don Octavi había mandado distribuir ramos de rosas de varios colores sobre todas las superficies lisas de la estancia. El aroma a flores era mareante. Me cambié de ropa detrás de un biombo decorado con motivos orientales, mientras él y Viladecans me arengaban a dúo desde el otro lado. El vestuario lo había confeccionado la modista altiva de siempre, basándose en figurines de París. Estaba previsto que luciera dos modelos. Para la parte principal del espectáculo, Nurieta me ayudó a ponerme un vestido cuyo corte se inspiraba en la Grecia clásica. La seda de color marfil susurraba insinuante cada vez que me movía. La parte superior cubría un solo hombro; el otro quedaba al aire. Un fajín con greca bordada en hilo de oro, similar a las de las vasijas griegas, partía el vestido en dos a la altura de las caderas. La parte de abajo, rematada también con una cenefa dorada, caía en sinuosa cascada sobre los zapatos adornados con pedrería.

—¡Maravillosa! —exclamó don Octavi cuando abandoné el

refugio del biombo—. Ese color resalta el contraste entre la blancura de su piel y el negro del cabello. ¡Va a causar sensación!

Yo me sentía exangüe. ¿Cómo iba a causar sensación un fantasma? Me senté ante el tocador. Nurieta me repasó el maquillaje y adornó con hojas doradas el moño bajo que me había hecho en casa de don Octavi. No recuerdo si caminé hacia el escenario, o me arrastraron hasta allí. No quise ni espiar al público por el agujerito que suele haber en el telón para ese fin. Estaba demasiado asustada. Recuerdo vagamente que don Octavi me susurró palabras de ánimo y me dejó sola. Por unos segundos, volví ser la niña zarrapastrosa que debutó cantando *La pulga* en un antro de Zaragoza.

Mientras se abría el telón, no supe si salir corriendo o caerme muerta allí mismo. La orquesta inició en el foso los primeros acordes de *Flor de té*. La iluminación del escenario era tenue, pensada para destacar mi figura con la ayuda del vestido claro. La sala estaba a oscuras, pero percibí la respiración del monstruo de las mil cabezas que puede entronizar o destruir a un artista en un solo segundo. De pronto, un calambre de energía me recorrió el cuerpo de abajo arriba, como si hubiera emergido de las tablas. ¡Cuánto había añorado esa sensación! Mi voz brotó, profunda y cristalina a la vez, como la definía el Maestro. El monstruo de las mil cabezas acopló su respiración al ritmo de la canción que tantos recuerdos me traía:

Flor de té es una linda zagala
que a estos valles ha poco llegó.
Nadie sabe de dónde ha venido,
ni cuál es su nombre ni dónde nació...

No hubo toses, ni siquiera un tímido carraspeo. Supe que había sometido al monstruo cuando acabé la pieza y la sala se llenó de aplausos entreverados de exclamaciones como «¡Bravo!», «¡Divina!» y «¡Excelente!». El clamor tardó un buen rato en extinguirse. La orquesta tuvo que esperar para arrancar el siguiente tema. Canté mi repertorio abismada en un estado de sugestión donde se sucedían música y aplausos. A la hora de entonar *Mon homme*, el monstruo ya era mi cómplice. La inseguridad solo regresó durante la introducción orquestal de la habanera de *Carmen*, que tanto me costaba cantar. Pero todo fluyó sin una sola nota en falso. Me sorprendió el descenso del telón al acabar la habanera. Habría seguido cantando toda la noche. El escenario se llenó de coristas vestidas con bombachos orientales, velos y tules etéreos. Sus trajes recordaban a los que Rufino llamaba de *ordalista*, pero estos eran nuevos y suntuosos. Don Octavi surgió de entre bastidores, me agarró de un brazo y me condujo fuera del escenario.

—¡Ha estado sublime! ¡Maravillosa! Ahora cámbiese para el plato fuerte. Tiene siete minutos.

Don Octavi y el Maestro habían dispuesto un complejo número de baile con el que entretener al público mientras me vestía para estrenar *Dalia de arrabal*. El propio Viladecans había hecho los arreglos para alargar *Dardanella*, de modo que cubriera el tiempo que yo estaría alejada del escenario. En el camerino, Nurieta me recibió arrobada.

—¡Ay, señorita, qué bien canta! Se me ha puesto la *pell de gallina*.

—Los elogios luego, Nurieta —la reprendió don Octavi—. Encárguese del pelo de la señorita. ¡Rápido! Y usted, Nora, póngase el traje.

Me desnudé sin esconderme detrás del biombo. Poco quedaba que él no conociera de mi cuerpo. El atuendo que se le había ocurrido para el plato fuerte era un traje de satén negro, compuesto por pantalones anchos y una americana cruzada con doble hilera de botones, como las de los hombres. Debajo no llevaba más que el corsé menguado que ahora llamaban sujetador, aunque la chaqueta solo mostraba el inicio del canalillo. Lo único femenino eran los zapatos revestidos de satén negro, con tacón alto adornado de piedrecitas de Strass. Don Octavi aseguró que el público quedaría más impactado que cuando Raquel Meller cantó *El relicario* en ropa de luto. Yo no las tenía todas conmigo. Con lo bien que había salido todo, y ahora íbamos a echarlo a perder con semejante extravagancia.

Nurieta me deshizo el moño, cepilló la melena y la remetió bajo un sombrero azabache cuya banda llevaba cristalitos brillantes. Don Octavi lo ladeó con garbo y me arrastró de regreso a las tablas. Las coristas ya despejaban el escenario en metódica desbandada. Me coloqué en el sitio convenido justo cuando empezaba a alzarse el telón.

El monstruo policéfalo reaccionó con murmullos de sorpresa en cuanto me enfocaron las luces. La orquesta no le dio tiempo a digerir la impresión. Un bandoneonista argentino, contratado por el Maestro, tocó el inicio de *Dalia de arrabal*. La melodía sensual, un poco triste, me hizo olvidar que cantaba vestida de hombre para miles de desconocidos.

...
No esperes que mi amor te quiera dar.
Mi alma es fiera como el mar,
nadie puede deshojar los pétalos
de una dalia de arrabal.

Al acabar ese tango, me quedaron los reflejos justos para el final discurrido por don Octavi. Me arranqué el sombrero. Lo lancé a las primeras filas de platea mientras sacudía la melena, que me llegaba por debajo de los omóplatos. El público se desató en una ofrenda de aplausos. Se volvieron a oír gritos de «¡Divina!», «¡Artista!», «¡Sublime!». El Maestro salió de entre bambalinas y se colocó a mi lado. Esa noche vestía una extravagante americana roja de solapas negras, a tono con la pajarita que le ceñía el cuello. Se dobló en una reverencia.

—Damas y caballeros —exclamó—, acaban de asistir al nacimiento de una estrella luminosa: ¡Nora Garnier! ¡La voz más intensa de la década! Qué digo yo... ¡del siglo!

Su tono embaucador me recordó a Rufino cuando me presentó antes de abandonarme a mi suerte sobre la tarima de La Pulga. Pensándolo bien, en esos lugares tan dispares todos buscábamos lo mismo: seducir al público. Solo que, en el mundo de don Octavi, la gente no conocía el hambre, vestía ropas de buena hechura, las joyas refulgían cual estrellas en el firmamento y nadie lanzaba alimentos podridos a los artistas.

Las palabras del Maestro generaron otra ovación. Nosotros respondimos con reverencias y sonrisas. Don Octavi apareció a mi lado y me entregó un gigantesco ramo de rosas rojas. No sabría decir cuánto rato disfrutamos del baño de vítores ofrendados por la alta sociedad barcelonesa. Apenas conservo recuerdos de la fiesta que dio después don Octavi en un lujoso restaurante. Solo retengo alguna imagen aislada de vestidos de noche y joyas, de copas de champán sostenidas por manos enguantadas y de doña Neus fingiéndose amiga mía ante damas estiradas que dos años atrás me habrían despellejado en mi cara.

La noche acabó en el dormitorio de don Octavi. Mi agotamiento era tal que apenas me tenía en pie cuando él me fue despojando de la ropa deleitándose con cada prenda que me arrebataba. Una vez desnuda, me hizo sentarme en el borde de la cama, sacó de la cómoda el cepillo con empuñadura de plata e inició el ritual de deslizarlo por mi pelo una y otra vez. Yo estaba muerta de sueño, me hastiaba repetir la misma liturgia escabrosa en cuanto oscurecía, pero no podía escapar. Me resigné a mantenerme despierta como fuera.

Tras haberme peinado durante un buen rato, don Octavi fue de nuevo hacia la cómoda. Abrió un cajón. Vi que sacaba una prenda doblada. Parecía de seda roja. Regresó, se plantó delante de mí y extendió el revoltijo de tela. Era un camisón, similar al que me obligaba a ponerme Rufino para cantar *La pulga*, aunque este era de mejor hechura. Sin decir palabra, cubrió mi desnudez con él, manejando mis brazos como quien viste a una muñeca. Resignada, me dejé hacer. Solo deseaba acabar pronto para poder echarme a dormir.

—Siempre has estado tan hermosa de rojo, Leonora...

Me indicó que me acostara boca arriba. Cuando estuve en la posición exigida, vi que sujetaba en cada mano una larga cinta de seda carmesí. Se entretuvo un buen rato arreglándome el camisón con tierno esmero. Y, de pronto, hizo algo que no se les había ocurrido ni a los viejos verdes del Cocó: me rodeó las muñecas con las cintas y las ató muy fuerte a los barrotes del cabezal. Sentí miedo ante mi súbita indefensión. Él se desnudó con parsimonia mientras yo evitaba mirar su cuerpo añoso. Cuando se hubo despojado de toda su elegante ropa de etiqueta, se sentó en el borde de la cama y se inclinó sobre mí.

—Sabía que Barcelona acabaría a tus pies, mi amor —susurró—. Cuando regresaste, te prometí que juntos haríamos grandes cosas. Lo de hoy ha sido un mero aperitivo. ¡Habrá más! Solo debes confiar en mí… y no mirar nunca a otro hombre. Si me traicionas, no dudaré en usar estas manos para devolverte al tártaro de donde te saqué. —Alzó ambas extremidades en un movimiento que me aterró de puro amenazante—. Me debes tu nueva vida, Leonora. Da un solo paso en falso y yo mismo te la arrebataré.

Alzó el camisón. Enseguida le tuve encima de mí. Su miembro se abismó entre mis piernas y abrió la puerta que le conducía hasta Leonora. Una punzada de aprensión se unió al cansancio y me revolvió el estómago. Hacía tiempo que mis sentimientos hacia don Octavi habían virado del agradecimiento inicial hacia un asomo de atracción despertada por sus profundas artes amatorias, que se tornaba en asco y vergüenza en cuanto él, saciado de Leonora, me daba la espalda y se olvidaba de mi presencia. Ahora, su idea de vestirme de seda roja y atarme a la cama añadió miedo a mi incongruente mezcla de emociones. Si al menos él hubiera mostrado algún sentimiento humano hacia mí; cualquier pequeña prueba de que me veía como a una persona. Eso habría hecho menos degradantes aquellas sesiones de espiritismo lujurioso en busca de su muerte. Pero yo solo era un pajarillo atrapado en la soledad de su jaula de oro. La muñeca que él había moldeado a su gusto para burlar al destino, que no era otro que la trágica muerte de Leonora.

Tomé aire para aliviar la desazón y me sometí, una vez más, al hombre cuya alma había muerto tres décadas atrás al estallar una bomba anarquista en el Liceo. Era de madrugada cuando me deslicé de puntillas hasta mi alcoba. Esa noche la extenuación me ayudó a conciliar el sueño nada más refugiarme entre mis sábanas.

Por la mañana, a Nurieta le costó despertarme. Una vez arreglada y peinada, me dirigí al comedor. Hallé a don Octavi tan fresco, disfrutando del desayuno con visible apetito. Me deseó buenos días, alzó *La Vanguardia* y me leyó en voz alta la reseña de mi recital. Lo que más elogiaba el artículo, entre una sucesión de epítetos laudatorios, era la osadía de cantar *Dalia de arrabal* vestida de hombre. Una idea que el crítico definía como refrescante y sumamente original. En la cara de mi mentor se dibujó una sonrisa. A mí solo me alcanzó la energía para dar sorbos al café con leche. No podía creer que esas alabanzas se refirieran a mí, la Flor criada en el Arrabal.

—¡Magnífico, Nora! —Don Octavi cerró el periódico con gesto satisfecho—. Su primer gran éxito. Barcelona se ha rendido a su arte. Y es una ciudad muy exigente. Ahora no le conviene dormirse en los laureles. ¡Empieza el trabajo de verdad!

La jaula dorada

M i triunfante debut trajo consigo un contrato para cantar una semana en Eldorado como estrella del espectáculo, con derecho a camerino propio y a cerrar la función. La semana se alargó a varios meses, en los que el teatro se llenó cada noche. *Dalia de arrabal* se convirtió en un éxito tan grande que hasta los organilleros callejeros la tocaban en plazas y esquinas. La partitura del Maestro empezó a venderse en las tiendas de música como pan recién horneado. Muchas cupletistas consagradas incluyeron la canción en su repertorio, aunque ninguna osó interpretarla vestida de hombre. Llegó a mis oídos que hasta Raquel Meller había ido a verme camuflada en un palco y decía de mí que cantaba con voz de estibador portuario. Don Octavi se erigió en mi representante artístico y cerró una gira estelar por los teatros más importantes del país. Antes de iniciar el viaje, recibimos una oferta de la Compañía del Gramófono de Barcelona para grabar un disco. Cuando acudimos al estudio el Maestro, don Octavi y yo, aún no podía creerme que a esa empresa le interesara reunir a toda una orquesta para que mi voz quedara registrada y llegara a la gente comprimida en discos como los que reproducía Viladecans durante sus clases.

En los siguientes dos años, me moví entre el ensueño y la pesadilla. La vida y la muerte. Don Octavi, Nurieta y yo viajábamos de una ciudad a otra. Nos alojábamos en hoteles lujosos; mi mentor y yo en las mejores suites y la criada en la parte más modesta del edificio, como era habitual entre los ricos. La Flor criada en el

Arrabal se mimetizó con la decoración elegante, las camas mullidas de sábanas perfumadas y las reverencias respetuosas de recepcionistas y botones. Durante el día, se escondía tras el glamour de Nora Garnier, la estrella del momento. Por las noches, cobijaba entre sus piernas a un hombre extraviado en busca de lo imposible; temblando de angustia y de placer cuando se plegaba a sus enfermizas extravagancias destinadas a una muerta. Creo que fue la música lo que me salvó de naufragar en aquel mar de contradicciones. La música y el éxito. No solo se me permitía cantar en teatros prestigiosos, encima iban a admirarme personas de todos los estratos sociales: aristócratas de ilustre linaje, burgueses acompañados de sus enjoyadas esposas, obreros que habían ahorrado durante meses para sentarse en el gallinero... Incluso el rey acudió a ver mi espectáculo de Madrid en la primavera del 23. Nada más acabar la función, me visitó en el camerino, medio oculto tras un suntuoso ramo de flores.

Alfonso XIII era un hombre alto al que la ropa de primerísima calidad, sin duda confeccionada a medida como correspondía a un monarca, no lograba suavizar el aire desgarbado con el que se movía. Tenía la cara larga de caballo de tiro, toda boca y barbilla prominente. Los ojos me parecieron tristones hasta que se plantó delante de mí, me besó la mano con ademán galante y me pasó revista sin disimular. Entonces los iluminó un inquietante destello de lujuria. Se rumoreaba que las mujeres eran su pasión y por su lecho habían desfilado desde cupletistas hasta actrices de primer nivel. En ese momento, las lenguas viperinas le atribuían como amante oficial a la actriz Carmen Ruiz Moragas, aunque al parecer él no hacía ascos a ninguna hembra resultona si la carne le apremiaba. A mí no me atraía nada como hombre. No respiré tranquila hasta que abandonó el camerino sin haberme hecho ninguna proposición. Incuso a un cancerbero tan obstinado como don Octavi le habría resultado imposible sustraerme a la voracidad del «rey mujeriego», como le llamaba la gente.

Pese a lo mucho que viajábamos, las noticias del mundo exterior me llegaban por los comentarios que hacía don Octavi cuando leía los periódicos durante el desayuno, en el salón que separaba nuestras respectivas alcobas de las suites. Al igual que nos seguíamos tratando de usted durante el día, ocupábamos cada uno su propia habitación. Tal vez a don Octavi le resultaba más fácil revivir a Leonora cuando me conducía a su cuarto en la quietud de la noche. En septiembre, estábamos descansando de la gira en La Pedrera cuando el capitán general de Cataluña, Miguel Primo de Rivera, accedió al poder mediante un levantamiento militar que, según mi protector, se veía venir desde hacía tiempo. La intención de Primo de Rivera era reinstaurar el orden en una sociedad que él definía como azotada por el terrorismo anarquista, las protestas obreras y la interminable guerra de Marruecos. Su golpe de Estado se asentó fácilmente, pues contaba con el apoyo del rey, del ejército y de las clases pudientes, mientras que apenas hubo reacción entre los trabajadores.

En Europa, la gente solo deseaba recuperar la alegría de vivir tras la sangría de la Gran Guerra. Eso no resultaba nada fácil en la vencida Alemania, ahogada por las deudas contraídas para financiar la contienda y por las reparaciones exigidas en el Tratado de Versalles por los vencedores, tanto en forma de pagos desorbitados a los aliados como de concesiones militares y territoriales. «No es bueno humillar así a un pueblo, por más atrocidades que perpetrara durante el conflicto en el que, por otra parte, todos los países implicados hicieron de las suyas. Esto traerá consecuencias», mascullaba don Octavi meneando la cabeza. La población alemana malvivía sin trabajo, hambrienta y viendo cómo su moneda se devaluaba a un ritmo vertiginoso a lo largo de un mismo día. En noviembre, un tal Adolf Hitler, en nombre de un partido autodenominado nacionalsocialista, encabezó un levantamiento militar en una región del sur de Alemania llamada Baviera. El golpe fracasó y Hitler dio con sus huesos en la cárcel, pero las ideas que sembró no murieron ni él se amilanó, como comprobaría el mundo años después.

En París y otras grandes ciudades europeas, muchas mujeres habían reanudado tras el final de la Gran Guerra su lucha por el derecho al voto y a trabajar fuera de casa para ganarse la vida. Ese cambio de mentalidad se reflejaba en los vestidos, cada vez más cómodos de llevar, y en la ropa interior, que en nada se parecía a los corsés de antaño. Las faldas ya mostraban casi las rodillas y se fue extendiendo la moda de cortarse el pelo *à la garçonne*, una melenita que nunca llegaba más abajo de la barbilla. Yo no me planteé un cambio tan radical. Estaba orgullosa de mi cabello, negro y abundante, y no me habría atrevido a dar ese paso sin permiso de don Octavi. En aquella época, vivía cobijada bajo el ala protectora de mi Pigmalión, que guiaba a Nora Garnier con su mano de hierro por el abrupto camino de los escenarios. Las jaulas de oro, incluso las más malsanas, suelen ser confortables; tanto que hasta el pajarillo cautivo olvida cómo abrir la puerta hacia la libertad.

Y así, recorriendo los teatros más prestigiosos de España, llegó el momento de cantar en Zaragoza.

Castañas asadas

M e reencontré con mi ciudad natal una fría tarde de febrero de 1924. El cierzo nos azotó sin piedad cuando don Octavi y yo abandonamos el edificio de la estación del Norte, precedidos por el mozo que transportaba nuestro voluminoso equipaje. Fuera nos aguardaba el automóvil enviado por la dirección del Parisiana, donde iba a actuar seis noches. Nurieta se había puesto enferma a última hora y habíamos tenido que dejarla en La Pedrera al cuidado de Roser, con fiebre alta y una tos de perro. Su ausencia nos planteaba el problema de tener que enseñar a la chica que nos iba a ceder el teatro. Don Octavi había pedido ese favor al director del Parisiana usando el aparato moderno que llamaban teléfono. Pese a que detestaba algunos avances técnicos, en especial ese, había instalado uno en su casa para poder negociar mis contratos con mayor celeridad.

El chófer nos acomodó en los asientos traseros de un elegante Mercedes-Benz y se afanó en cargar el equipaje. Cuando nos alejamos de la estación del Norte y enfilamos el Puente de Piedra, me dio un vuelco el corazón. A nuestra derecha, al otro lado de la ventanilla, se extendía el barrio del que hui a los catorce años. Surgió del recuerdo la casucha húmeda donde padre nos aterrorizaba con sus palizas hediondas de alcohol. Los rasgos de madre se dibujaron ante mis ojos con una nitidez que se había borrado hacía tiempo. El chapoteo histérico de Perico cuando se lo llevó el río, las tardes de costura en casa de Nati, el interés con que el pobre Tino nos observaba mientras manejábamos las telas... Todo reptó desde la memoria como las hormigas de un hormiguero. ¿Qué habría sido de Amador y Rubén, los hermanos que me quedaban? Hacía tanto tiempo que escribí a Rubén por última vez… Empecé a temblar.

Noté la mano enguantada de don Octavi sobre la mía.

—¿Se encuentra mal, querida?

Negué con la cabeza y tomé aire para tranquilizarme.

—Estoy bien —susurré—, solo es que… —Giré un poco la cara hacia el barrio que íbamos dejando atrás—. Eso es el Arrabal. Allí nací y crecí hasta que… me escapé de casa.

Tragué saliva. Era la primera vez que le hablaba de mi vida anterior a la noche en la que me abordó en el Trianón. Él nunca me hacía preguntas. Solo parecía interesarle la copia de Leonora que había creado. Y yo no me sentía impelida a hacerle confidencias. Me dio unas palmaditas en la mano.

—Olvide el pasado. Es un lastre que no conduce a ninguna parte.

Circulábamos ya por el puente, casi llegando a la orilla del Ebro donde se perfilaba la basílica del Pilar, el castillo encantado que de niña veía emerger de la niebla desde la arboleda de Macanaz. Anhelé con toda mi alma regresar al barrio y preguntar por mis hermanos, pero no me atreví a confesárselo a don Octavi. Él no lo habría aprobado. Aún me aguardaba otra impresión cuando el automóvil se detuvo ante el hotel donde nos íbamos a alojar, en la plaza de la Constitución. Reconocí enseguida el edificio en cuyo interior un guapo extranjero llamado Wolfgang cambió mi destino. Habían pasado diez años desde aquella madrugada. A veces me acordaba de él por las noches, antes de dormirme, aunque me costaba recomponer con exactitud sus facciones en la memoria. Me preguntaba a menudo si habría sobrevivido a la Gran Guerra, el matadero de tantos jóvenes deseosos de no perderse lo que creían que sería la aventura de su vida.

Una vez instalados en el hotel, don Octavi dispuso dar un paseo hasta el teatro, que estaba cerca. Así estiraríamos las piernas tras el largo viaje, cenaríamos temprano y nos retiraríamos a descansar. A la mañana siguiente debía ensayar en el Parisiana y explicar a la ayudante de camerino los pormenores de mis cambios de atuendo y de peinados. «Espero que nos asignen a una *noia* despierta», añadió. Caminando bajo los arcos del paseo de la Independencia, que en mi otra vida apenas había pisado, llegamos hasta la fachada del teatro, situado en el número veintitrés. Varios carteles de grandes dimensiones anunciaban ya mi actuación. Incluso había fotografías mías expuestas en una vidriera iluminada. Una de ellas me mostraba posando con el traje negro de corte masculino y el sombrero bien calado sobre la frente. Me las había hecho un retratista afamado de Barcelona cuyo trabajo se cotizaba muy caro, pero a mí me parecían mucho más artísticas las composiciones de Ernesto. Hacía tiempo que mi viejo amigo no respondía a mis cartas, lo que empezaba a preocuparme.

Don Octavi y yo permanecimos un buen rato contemplando el frontal del teatro. Ver las fotografías de Nora Garnier siempre me hacía sentir como si alguien retirara el suelo bajo mis pies. Alejé el asomo de vértigo inspirando el aire gélido de la tarde. Bajo los arcos estábamos resguardados del cierzo, pero el frío había arreciado. Me arrebujé en el cuello de visón del abrigo de terciopelo azul oscuro.

Reparé en un reducido cubil hecho de maderos junto a una de las columnas. Entre sus paredes mal ensambladas se resguardaba una mujer, afanada en calentarse las manos al calor del fogón sobre cuyas brasas se asaban castañas. Iba envuelta en capas de ropa raída, la cabeza y los hombros cubiertos por una mantilla de lana gruesa. Miraba absorta el fogón, o tal vez vigilaba que no se quemaran los frutos que le daban de comer.

A mi lado, don Octavi se frotaba las manos enguantadas.

—Aquí está todo en orden —dijo, señalando las fotografías—. Mañana comprobaré si el interior del teatro cumple con lo que les pedí. Vamos, querida Nora, le compro un cucurucho de castañas. Evitará que se le caigan los dedos a trozos hasta que lleguemos al hotel. Estoy por cogerme yo otro. ¡Qué tiempo tan infernal!

Me ofreció su brazo y nos acercamos a la vendedora de castañas. Ella alzó la cabeza y voceó:

—¡Castañas asadas! ¡Las mejores de la ciudad! —Fijó una mirada tristona en don Octavi—. Caballero, cómprele un cucurucho a su señora, que hace mucha helor. No querrá que se le resfríe una dama tan joven y hermosa.

Don Octavi metió la mano derecha bajo las solapas del abrigo y sacó la billetera.

—Póngame dos, buena mujer.

En un santiamén, ella formó un par de conos con papel de periódico y empezó a llenar el primero de castañas que cogía de las brasas con una pala de hierro. Sus dedos asomaban de los mitones, renegridos en las yemas. Las uñas estaban cuarteadas por el contacto con las brasas. Me acordé de cuando Ernesto me preguntó, años atrás, si quería acabar vendiendo castañas con las manos llenas de sabañones. También don Octavi aludió una vez a ese triste final de las que no triunfaban en el mundo del espectáculo. Sentí pena por esa mujer… e inquietud ante mi propio futuro. La miré a la cara. Era mayor, pero no tan vieja como me había hecho creer su estampa encogida y derrotada. Sus facciones me recordaron vagamente a Mari Pili, mi infortunada gallina masacrada por la brutalidad de padre. De repente, se me encendió una luz en la cabeza.

—¡Sultana! —exclamé.

La castañera dio un respingo. Me miró, desconcertada. El cucurucho que estaba llenando se le escapó entre los dedos y cayó sobre las brasas, donde se chamuscó el papel. También don Octavi se volvió hacia mí, con cara de sorpresa.

—¿Nos conocemos, señora? —preguntó ella, escrutándome con desconfianza, pero antes de que pudiera decirle quién era, musitó—: Dios bendito, la pequeña Flor. —Se llevó una mano a la boca—. Virgen del Pilar, si eres… —Miró de soslayo a don Octavi, que nos observaba con aire de reprobación—. Usted es Nora Garnier, la estrella que anuncia el Parisiana. —Sus ojos se inundaron de lágrimas. Se limpió con los dedos, maniobra que le dejó la cara tiznada de churretes negros—. ¡Cuánto me alegro de que le vaya tan bien, señora! Está tan bella… tan elegante…

Don Octavi sacó del bolsillo del abrigo un pañuelo y se lo

tendió con ademán rígido. Le disgustaban las efusiones sentimentales, que consideraba propias de seres inferiores.

—Tenga, mujer. Guárdese las lágrimas para los funerales.

Ella se frotó los churretes con la tela inmaculada, que acabó en condiciones penosas cuando se la quiso devolver. Don Octavi puso cara de asco.

—Quédeselo.

—¿Cómo es que no estás en La Pulga, Sultana? —pregunté—. ¿Te despidió Rufino?

La Sultana suspiró.

—Rufino murió hace muchos años. Lo mató otro rufián en una de sus peleas. ¡Le estuvo bien *empleao* por canalla!

—¿Y La Pulga?

—Se la quedó uno tan sinvergüenza como él. A mí me echó enseguida. Que era un loro más *anticuao* que una tartana, me soltó. Lo mismo me dijeron en todas partes, así que acabé de castañera.

—Vaya… —logré murmurar.

—Estoy bien, señora —afirmó ella, en un arranque de orgullo—. Tengo *pa* comer y calentar mi buhardilla. Cuando llega el buen tiempo, vendo flores. No necesito más.

La Sultana de las historias fantasiosas y los sombreros extravagantes viviendo en una buhardilla y vendiendo castañas. ¡Qué destino tan cruel! Ella lio un nuevo cucurucho con papel de periódico y reanudó en silencio la tarea de llenarlo. Cuando acabó, nos tendió los dos y dijo el precio a don Octavi. Él le entregó un billete, con cuidado de que sus dedos no se rozaran. Le indicó que se guardara el cambio. La Sultana se lo agradeció con expresión digna. Aún le quedaban churretes en la mejilla izquierda.

—Nora —dijo don Octavi—, debemos regresar al hotel. Mañana será un día de mucho ajetreo.

Asentí con la cabeza. Sonreí a la Sultana.

—Vaya con Dios, señora —murmuró ella.

¡Qué raro resultaba oírla dirigirse a mí con tanta ceremonia!

—Pondré velas a la Pilarica para que el éxito no la abandone nunca.

Ahora fui yo quien estuvo a punto de deshacerse en lágrimas.

—Cuídate, Sultana.

Don Octavi me ofreció el brazo. Nos alejamos del puesto de castañas sujetando cada uno su cucurucho, que calentaba los dedos entumecidos. Tras haber caminado unos pocos pasos, me paré en seco.

—Don Octavi —arranqué, tras un breve titubeo—, soy muy consciente de lo mucho que le debo. Usted sabe que nunca le he pedido nada. Pero hoy... —Me demoré unos segundos para buscar las palabras adecuadas—. Por favor, contrate a la Sultana como mi ayudante de camerino. Así Nurieta no irá tan agobiada, y si una de las dos se pone enferma, tendremos a la otra para no depender de la mujer que nos ceda el teatro.

Él no ocultó su sorpresa.

—¿Una castañera para ayudarla en el camerino?

—La Sultana fue bailarina oriental. Sabe muy bien cómo marcha un teatro y es muy hábil con los peinados. Será una gran ayuda. Se lo aseguro. —Me armé de valor para suplicar—: Por favor, don Octavi.

Mi mentor se tomó su tiempo para pensar. Cuando ya creí que se negaría a complacerme, admitió:

—Puede que tenga razón. Pero antes de instalarla en Barcelona y llevárnosla de gira, tendrá que demostrarme su valía. Y tenga por seguro que no seré indulgente, que la vida no es un bazar de caridad. Empezará mañana por la mañana y estará de prueba hasta que nos marchemos de Zaragoza. Eso, suponiendo que acceda a trabajar a mis órdenes, claro, que esa clase de mujeres son muy suyas. Hable con ella antes de que me arrepienta.

La Sultana no se hizo de rogar. Aceptó mi propuesta, convertida de nuevo en plañidera. Mirando sus lagrimones negruzcos con desaprobación, don Octavi le ordenó que se presentara en el teatro al punto de la mañana.

—¿Posee ropa más... apropiada que esas sayas?

—Sí, señor...

—Póngasela —le ordenó—. Mañana le concretaré mis condiciones. —Se volvió hacia mí—. Y ahora, mi querida Nora, sí debemos regresar al hotel. Y usted... um... Sultana, no me falle.

—Descuide, caballero. Estaré en la entrada de artistas como un clavo y hecha un brazo de mar.

La dejamos con sus castañas y una sonrisa alada en la boca.

Así fue como la Sultana de Constantinopla se convirtió en mi ayudante de camerino.

Los ecos del pasado

L a Sultana se empleó a fondo en su cometido y venció pronto las reservas de don Octavi. Mis recitales cosecharon estrepitosos aplausos y se publicaron reseñas entusiastas en el *Heraldo de Aragón*. Por las mañanas, acudía al teatro con mi mentor y ensayaba un rato para depurar los fallos que él, tan puntilloso, me señalaba durante el desayuno. Después de comer, me obligaba a descansar para estar fresca cuando me subiera al escenario. Tras la siesta, salíamos hacia el Parisiana y el tiempo echaba a volar en cuanto me envolvía el hechizo de la música. Poco espacio me quedaba para pensar entre tanta actividad. A pesar de eso, no olvidaba a mis hermanos. El éxito de Nora Garnier no solo me había conducido de vuelta a Zaragoza, también me había llevado tan cerca de mi antiguo barrio que habría podido ir andando. Sabía que, si regresaba a Barcelona sin haber intentado hablar con Rubén y Amador, lo lamentaría toda la vida. Aun así, dejé que se consumieran los días sin atreverme a pedir permiso a don Octavi. La última tarde, por fin, me armé de valor. Le sorprendí con mi petición mientras caminábamos hasta el Parisiana. Argumenté que llevaba muchos años sin ver a mis dos hermanos que aún vivían y necesitaba saber cómo estaban. Él masculló, desconcertado, que al día siguiente debíamos regresar a Barcelona y no había tiempo para reencuentros familiares.

—Por favor, don Octavi. —Si suplicarle me había dado resultado días atrás con la Sultana, tal vez así lograría sacarle su permiso para la visita—. Nuestro tren sale por la tarde. Puedo ir al

Arrabal nada más desayunar. No me entretendré mucho. Se lo prometo...

—¡No apruebo estas sensiblerías! —me cortó él—. Si quiere ser una estrella, debe olvidar su miserable pasado. ¡Para siempre! —Se calló y, tras una breve reflexión que me tuvo sobre ascuas, añadió—: ¿Sabe qué le digo? Voy a ir con usted. No quiero que deambule sola por ese barrio. Estará lleno de patanes y maleantes.

Sus palabras me cayeron como un jarro de agua fría. ¿Cómo era capaz de exigirme el olvido, si él revivía su pasado casi todas las noches sobre mi piel? Disimulé la contrariedad y gorjeé:

—Gracias, don Octavi. No volveré a pedirle nada más. Se lo prometo.

Él meneó la cabeza.

—No habrá más excursiones como esta.

—Sí, don Octavi.

A la mañana siguiente, el automóvil cedido por el director del Parisiana nos llevó bien temprano a la calle Sobrarbe. El chófer detuvo el Mercedes-Benz, me abrió la puerta y me ayudó a bajar. Don Octavi descendió por el otro lado y ordenó al conductor que nos esperara allí mismo. Tardaríamos poco en regresar, masculló. Me agarró fuerte de un brazo, como si temiera una fuga, y nos adentramos en las callejas del Arrabal.

El reencuentro con el lugar del que hui con un hato de ropa y otro lleno de bollería me conmocionó más de lo que habría podido imaginar. El corazón me dio un vuelco cuando pasamos por delante del taller donde Andrés ayudaba a su padre a remendar zapatos. Ahora estaba abandonado, con la puerta tapiada por dos gruesos tablones de madera. Noté la aprensión de don Octavi cuando le guie por las calles que solía recorrer de camino al colmado. La taberna donde padre se emborrachaba estaba abierta. A través del ventanuco, vi que ya había parroquianos afanados en ahogar sus penas en vino barato. Uno de ellos alzó la cabeza y clavó en nosotros una mirada vidriosa. Creí reconocer al padre de Andrés, menguado y arrugado como una pasa, aunque podría haber sido cualquier otro.

La casa de mi infancia nos saludó con su fachada desconchada y las ventanas de cristales sucios, algunos incluso rotos. Logré que don Octavi me soltara y me dirigí al portal. Estaba abierto, como siempre. Nada más entrar, vi la puerta de la vivienda ínfima donde nací. Tampoco se habían molestado en cerrarla. Golpeé la madera con los nudillos. Al no responder nadie, me decidí a entrar. Recorrí el pasillo, mucho más corto y estrecho que en el recuerdo. Olía a humedad rancia, a guisos y humores retestinados. Me asomé a la cocina.

Madre se sentaba a la mesa, absorta en desplumar a la gallina Mari Pili para que yo la guisara en pepitoria. Alzó la cara y me miró, con expresión de alarma, o tal vez solo sorpresa. El moño negro entreverado de canas amarillentas, el cuerpo ensanchado por embarazos y miseria, el rostro fláccido de ojos tristes...

No era madre. Solo otra mujer avasallada por la vida.

—¿Qué se le ofrece, señora? —preguntó.

Las palabras me salieron entrecortadas cuando le expliqué que era hermana de Rubén y Amador, los dos jóvenes que vivían ahí. Ella me escudriñó de arriba abajo. Su mirada se detuvo en mi abrigo de terciopelo negro con cuello de visón y el sombrero acampanado a juego. Tuve la impresión de que calibró hasta los pendientes de oro y brillantes que me había regalado don Octavi poco antes de emprender ese viaje. Después, le pasó revista a él, que había entrado detrás de mí. Meneó la cabeza.

—Aquí no viven.

Los describí tal como los recordaba. Le hablé de mi familia. Saqué a colación a Nati y a otras vecinas de antaño. Ella volvió a negar con la cabeza.

—No los conozco. Llevo aquí años y no sé *na* de esa gente. ¡Márchense de aquí!

Decepcionada, apenas logré susurrar unas palabras de despedida. Don Octavi tiró de mí hacia el exterior.

—¿Ve por qué no apruebo la sensiblería? —machacó, nada más pisar la calle.

Yo estaba a punto de echarme a llorar. En eso, me acordé de Faustino, el del colmado. ¿Cómo no se me había ocurrido preguntar primero allí? Igual Rubén aún trabajaba para él. A lo mejor solo se había mudado a otra calle. Expuse mi idea a don Octavi. Este frunció la nariz e insistió en regresar al hotel. Su seguridad en sí mismo parecía menguar a cada minuto que pasábamos en el barrio. Me costó convencerle para ir a la tienda antes de regresar adonde nos aguardaba el automóvil. Dentro del colmado, un hombre joven se sentaba detrás del mostrador. Llevaba guardapolvo gris y gafitas de montura redonda bajo el cabello repeinado. Al vernos entrar, se levantó, apoyó las manos sobre el tablero de madera y esbozó una sonrisa servicial. Por un instante creí haber encontrado a mi hermano pequeño, pero enseguida tuve claro que no podía ser él, por mucho que hubieran cambiado sus facciones al convertirse en adulto.

—¿Qué desean, señores?

—¿Ya no lleva el negocio Faustino? —balbuceé.

En los ojos del muchacho apareció un destello de desconfianza.

—Soy su sobrino.

La mano de don Octavi volvió a ejercer presión sobre mi brazo. El del mostrador examinó nuestras ropas, igual que había hecho antes la mujer que se parecía a madre. En este causó mejor efecto.

—¿*Pa* qué lo quieren, señores?

Le expliqué que buscaba a mi hermano, que en tiempos hacía recados para Faustino y le ayudaba a atender a los clientes.

—¡Ah, el Rubén! —exclamó el de las gafitas—. Hace mucho que se fue.

—¿Sabría decirnos dónde está ahora, joven? —intervino don Octavi, con impaciente autoridad.

El otro se encogió de hombros. Las maneras de mi protector impresionaban poco en el Arrabal. Una voz cascada sonó a nuestras espaldas.

—¿Qué pasa, Gregorio?

—Nada, tío, unos señores que buscan al Rubén.

Don Octavi y yo nos volvimos hacia el rincón de donde había salido la voz. Había un viejo gordo sentado en una silla de anea. Sus dedos se cerraban como garras alrededor de la empuñadura del bastón que apoyaba en el suelo, delante de él. Fui hasta allí y posé mis manos sobre las suyas. Él me miró desde sus ojos opacos.

—Faustino, soy Flori, la hermana de Rubén. ¿Me recuerda?

Negó muy despacio con la cabeza.

—Desde que me dio el paralís, no veo mucho. —Olfateó en el aire como si fuera un perro—. La Flori no olía tan bien.

—Soy la misma, Faustino. ¿Recuerda que me escribía cartas para mi hermano Jorge, que hacía el servicio militar en Melilla?

Él no respondió. Su sobrino salió de detrás del mostrador y se acercó.

—El Rubén… ¡Buen chico! —murmuró Faustino.

—¿Sabe dónde puedo encontrarlo?

Parpadeó como un lagarto.

—Se marchó cuando vino mi sobrino. La tienda no da *pa* tanta gente. —Hizo una pausa que me tuvo sobre ascuas hasta que susurró—: Fue a vendimiar. No lo he vuelto a ver.

—¿Sabe adónde?

—Un pueblo de donde el vino, Aguarón, creo, por ahí por Cariñena. No sé… ando muy *desmemoriao* desde el paralís…

—Señores —protestó el sobrino—, ya ven cómo está mi tío. Déjenlo tranquilo.

—Ya nos marchamos, joven.

Don Octavi tiró de mí con tal energía que apenas pude decir adiós al pobre Faustino. Atravesamos el barrio a toda prisa. En un santiamén, nos hallamos junto al automóvil del Parisiana. De reojo, le vi respirar aliviado. Antes de que pudiera bajar el chófer, que dormitaba sentado al volante, me miró muy serio.

—No debí permitir este despropósito, pero una vez iniciado, hay que zanjarlo. Cuando lleguemos al hotel, preguntaré cómo se va a ese pueblo de Dios. Si no está muy lejos, nos quedaremos un día más en Zaragoza. Mañana, bien temprano, viajaremos hasta ese lugar en busca de su hermano vendimiador. Y con eso, se acabó mi indulgencia. ¡No habrá más excursiones estériles como esta!

La disciplina de las viñas

Al día siguiente, el chófer del Parisiana nos recogió delante del hotel cuando la luz del día ni siquiera se insinuaba aún en el cielo oscuro. Durante más de dos horas, nos condujo en incómodo traqueteo a través del invierno aragonés. Pasamos tanto frío que don Octavi mandó parar varias veces para estirar las piernas, pensando que el movimiento nos haría entrar en calor. En la fonda de un pueblo que ya estaba cerca de Cariñena, según explicó el conductor, tomamos un tentempié que mi protector calificó de tristemente primitivo. Poco después de reanudar la marcha, empezamos a ver a ambos lados de la carretera jirones de nieve entre los que brotaban hileras de plantas peladas que se perdían en el horizonte. A nuestra derecha, se perfilaron en la lejanía los picos nevados de una montaña.

—Todo eso son viñas, señores —masculló el chófer, señalando los vegetales calvos con un impreciso movimiento de la mano—. Y allí lejos empieza la sierra de Algairén. En la falda está el pueblo que buscan.

Yo nunca había visto tantos viñedos. Mi contacto con el vino se reducía al brebaje inmundo que tomaba padre y al líquido de intenso color rubí con el que a don Octavi le gustaba acompañar las comidas en La Pedrera. ¿Cómo podían tener ambos su origen en unos ramajes mochos como ese batallón de esqueletos que nos escoltaba?

—*Déu meu* —se quejó don Octavi—, ¡qué frío! Espero que no acabemos helándonos en la cuneta. —Meneó la cabeza—. ¡Nunca debí consentir este terrible despropósito!

—No padezca, señor —le tranquilizó el chófer—. Es una miaja de nieve *namás*. Soy de por aquí y sé lo que es una buena nevada. Esto no es *na*.

Atravesamos el pueblo llamado Cariñena y pronto dejamos atrás sus calles y casas. Conforme avanzábamos hacia la montaña que el conductor llamaba sierra de Algairén, las viñas parecían haber sido espolvoreadas con azúcar glasé. Para nuestra tranquilidad, la nieve del suelo no se espesó. Don Octavi se arrebujó como una vieja en el cuello de su abrigo. Le oí murmurar algo, en voz tan baja que no entendí lo que dijo. Mientras el Mercedes-Benz trepaba afanoso por la estrecha carretera, solo nos cruzamos con un carro tirado por mulas. El hombre del pescante, envuelto en capas de ropa superpuestas y con la gorra encajada hasta las mismísimas pestañas, se nos quedó mirando con cara de asombro. Era más de mediodía cuando entramos en el pueblo donde nos habían dicho que trabajaba ahora Rubén. Nuestro conductor dirigió el automóvil por una cuesta empinada y se detuvo en una plaza. A un lado se erguía una iglesia majestuosa con dos torres. Al otro, casi tocando la fachada de la misma, me llamó la atención un edificio grande que hacía chaflán. El frontal tenía dos generosos ventanales rematados en capilla. Entre ambos se abría una maciza puerta de madera acristalada, coronada por una bonita vidriera. El chófer saltó del automóvil, dio la vuelta, abrió la portezuela y me ayudó a bajar. Don Octavi descendió por el otro lado y vino hacia nosotros sorteando temeroso los restos de nieve helada que cubrían el suelo. Señaló la puerta con gesto de estar de pésimo humor.

—Esto debe de ser el casino del lugar. Todo pueblo que se precie debe tener uno, aunque esté en el fin del mundo. Seguro que hay borrachos de sobra a los que preguntar por su hermano. Si anda cerca, alguno le conocerá.

Me molestó su tono soberbio. Pese al frío que habíamos pasado, a mí me gustaba el paisaje de tierra rojiza y viñas durmientes que habíamos atravesado. Don Octavi me ofreció el brazo y me guio hacia la puerta. El chófer se adelantó afanoso para abrirla. Nada más franquearla, tuvimos que subir una escalera muy empinada. Arriba, otra puerta acristalada nos dio paso a un extenso recinto. El techo era alto y lo sostenían varias columnas entre las que se alineaban mesas con tablero de mármol, bañadas por la débil luz invernal que se colaba a través de los ventanales. Algunas estaban ocupadas por parroquianos que trasegaban vino acompañado por lo que parecían torreznos. En otras, grupitos de ancianos jugaban al dominó en escandalosa algarabía. Todos alzaron la vista a la vez cuando nos vieron entrar. Sus miradas convergieron en mí llenas de desaprobación. Seguro que andarían preguntándose qué se le había perdido a una mujer en ese santuario masculino. Me fijé en tres hombres sentados ante uno de los ventanales, que ni comían ni se distraían con juegos de mesa. Más bien parecían estar negociando. Dos eran de mediana edad, de cuerpos recios y rostros surcados de arrugas. El tercero, mucho más joven, tenía una planta que me resultó familiar. Los tres me examinaban desde su mesa con la misma curiosidad reprobadora que los demás. Seguro que pronto se nos acercaría alguno de los parroquianos para echarme de allí. Convenía darse prisa en preguntar por mi hermano.

Sin esperar a don Octavi, caminé hacia los hombres de la ventana. El más joven se puso en pie en cuanto me vio acercarme. Era bastante alto, de cuerpo esbelto y bien formado. Tanto el cabello como sus pobladas cejas eran de color azabache. Pese a que iba bien rasurado, se le adivinaba cerrado de barba. Conforme le fui pasando revista, sus facciones se fueron fusionando con las que recordaba de mi hermano pequeño. ¡Ese hombre era Rubén! ¡Tenía que ser él! Pero ¿y si me equivocaba? Cuando le vi por última vez, aún se hallaba en plena niñez.

—¿Qué se le ofrece, señora? —preguntó él, con visible incomodo.

Tragué saliva. Me hacía sentir muy violenta ese lugar donde las mujeres no éramos bienvenidas. Vi de soslayo que don Octavi se había colocado junto a mí, como si fuera mi perro guardián.

—Busco... —balbuceé—, estamos... buscando a... Rubén Lacasa Gracia.

El joven se frotó la barbilla mientras me escudriñaba de arriba abajo. Los segundos se me antojaron lustros hasta que sus ojos llegaron a mi cara y se abismaron en los míos. Una chispa destelló en su iris marrón oscuro. Sus labios se expandieron lentamente en una sonrisa, entre cálida e incrédula.

—¿Flo… Flori…? —murmuró.

Solo pude asentir con la cabeza. Parpadeé para despejar la repentina bruma trabada entre las pestañas. En eso, él voceó a todo pulmón:

—¡Hermana!

Me aprisionó en un abrazo vehemente. ¿Dónde se había metido el niño que dormía a pierna suelta cuando le vi por última vez? Él me liberó, colocó sus grandes manos sobre mis hombros y exclamó:

—¡Dios mío, Flori, estás hecha una señora! ¡Y más guapa que un sol! —Se dirigió a los parroquianos y aulló—: ¡Atentos todos! ¡La próxima ronda corre de mi cuenta! —Me señaló con su manaza—. Esta señora es mi hermana. No la veía desde que era un mocoso.

Entre los presentes se extendió un murmullo de aprobación. Ya no parecían dispuestos a echarme de allí con cajas destempladas. En medio de la emoción, Rubén reparó en don Octavi. Su mirada reflejó un atisbo de desconcierto.

—¿Es tu mar…?

Don Octavi no le dejó terminar.

—Soy su descubridor y representante —aclaró, tieso como un palo de escoba—. Le agradecería que se dirija a mi protegida por el nombre con el que está triunfando en los mejores teatros de España: Nora Garnier.

Rubén le miró boquiabierto, después a mí.

—Vaya, vaya, mi hermanica es la famosa Nora Garnier. —Mostró una sonrisa de oreja a oreja—. Mi suegro va mucho a la ciudad y siempre me trae periódicos. Mira que he leído cosas sobre Nora Garnier… y nunca me olí que esa es mi Flori. Claro que cualquiera te reconoce en esas fotos donde vas vestida de hombre.

—¡Mi hermano pequeño casado y leyendo periódicos! —Debía de haber perfeccionado sus pobres rudimentos de lectura desde que me marché de casa, supuse.

Él se rio a carcajadas.

—Faustino me enseñó a leer y escribir bien. *Pa* eso fue seminarista. Siempre hablaba de dejarme el *colmao* cuando se hiciera viejo, a cambio de que yo lo cuidara. Pero le dio la embolia y, como no había nada *firmao,* el buitre del sobrino arrambló con la tienda. —Se encogió de hombros—. Así es la vida. Te quita una cosa y acaba dándote otra mejor. —Sacó del bolsillo del chaleco un elegante reloj de leontina. Lo abrió con un movimiento que parecía estudiado para impresionar—. Hora de comer. Venid a mi casa. Quiero que conozcas a mi mujer.

Miré a don Octavi, que dio su visto bueno con gesto agrio. Rubén descolgó de un perchero una pelliza con cuello de piel y se despidió de sus amigos. Sentí muchos pares de ojos clavados en nuestra espalda mientras nos dirigíamos a la puerta del casino. En el exterior, Rubén evaluó el automóvil del Parisiana con aire de entendido.

—Mi suegro también tiene una máquina de estas, pero no es tan buena —observó.

Añadió que vivía en la calle Mayor, a escasa distancia de allí. Don Octavi dio instrucciones al chófer, que entró en el casino en cuanto nosotros empezamos a caminar en dirección contraria. Mientras andábamos sorteando retazos de nieve y hielo amontonado ante las casas, resumí a Rubén nuestra decepcionante visita al Arrabal y le pregunté por Amador. Él respondió que, a su regreso de África, Amador se casó y se mudó más cerca de la fundición Averly, donde al poco tiempo le ascendieron a capataz. Un nubarrón ensombreció de pronto su semblante risueño. Supuse que iba a hablarme de Tino y me anticipé contándole que Andrés me comunicó años atrás la muerte de nuestro hermano. A Rubén tampoco debía de apetecerle profundizar en el tema. Se limitó a comentar que, cuando se marchó del Arrabal, hacía tiempo que el hijo del zapatero no asomaba por ahí. Su mirada delató que estaba al corriente de mi noviazgo con Andrés… y que intuía de sobra la naturaleza de mi relación con don Octavi. Me invadió una vergüenza densa y pegajosa. ¿Qué pensaría si conociera mis juegos nocturnos con ese hombre en busca de Leonora? Para disimular mi incomodo, le pregunté por Jorge.

—Nadie sabe de él. *Pa* mí que se largó con viento fresco del matadero ese. Yo tengo suerte. Mi suegro ha *pagao* buenos cuartos *pa* librarme de ir a Marruecos.

Se detuvo ante una casona de fachada pintada de un blanco inmaculado. Sobre la puerta de entrada había un escudo nobiliario y a un lado se abría un ventanuco tapado por una cortina blanca de ganchillo. Rubén empujó la madera con fuerza y se apartó para dejarnos pasar. Entró detrás de nosotros y voceó a todo pulmón:

—¡Tensi!

Al vestíbulo apenas llegaba un poco de luz a través de la cortina de la pequeña ventana. Mi nariz apreció el apetitoso aroma de comida recién guisada que flotaba en el aire. Distinguí en la penumbra un arcón y una cadiera ante la única pared donde no había puertas. De una de estas salió una joven bajita y regordeta. Reparó en nosotros y se quedó parada, la viva imagen de la sorpresa. Me sentí un poco violenta. ¿Sería Tensi el diminutivo de Hortensia? Rubén cerró el portón de la calle, le dio un beso en la frente y exclamó:

—No te lo vas a creer, Tensi: mi hermana Flori ha venido a verme. Ahora es una cantante famosa. ¡Nada menos que Nora Garnier, esa que sale en los papeles vestida de hombre!

La chica esbozó una sonrisa y se acercó con timidez. Pensé que me daría un beso, pero no se atrevió. Yo tampoco supe qué hacer, por lo que nos limitamos a intercambiar sonrisas. Rubén le presentó a don Octavi, que no depuso su humillante frialdad. Me di cuenta de que mi hermano ahora también estaba cohibido. Él y su mujer nos hicieron pasar al comedor, amueblado con un aparador de encimera de mármol sobre el que pendía un enorme espejo. El espacio central lo llenaba una gran mesa rectangular, cubierta por un mantel de hilo blanco muy bien planchado y dispuesta para dos comensales. Las sillas que la rodeaban eran macizas, de respaldo alto y aire señorial. Ante la ventana se ondulaba una cortina de suave gasa blanca que no impedía el paso de la luz. Estudié a Tensi con toda la discreción que me permitió la curiosidad. En su cara redonda y poco agraciada solo destacaba el luminoso iris verde de los ojos, pequeñitos y hundidos. Su vientre abultado me hizo pensar que se encontraba en estado de buena esperanza. Rubén seguía siendo tan observador como lo fue de niño. Al ver cómo yo miraba a Tensi, le puso la mano sobre la tripa y anunció:

—Dentro de dos meses, o así, voy a ser padre, hermanica.

La chica se ruborizó con una sonrisita breve. Irrumpió una mujer grandota, de rostro rubicundo y labio superior sombreado de bozo.

—Lupe, tenemos visita. Pon dos cubiertos más.

—Enseguida, don Rubén.

En cuanto la criada hubo preparado la mesa, mi hermano nos invitó a sentarnos con ademán patriarcal. Don Octavi ocupó su silla sin hablar ni mostrar un ápice de humanidad. La criada apareció portando una sopera. Al destaparla, emanó de su interior un aroma delicioso. Nos llenó los platos en abundancia. Tensi sorbió su sopa, cohibida como un ratón. Creo que la pobre no se atrevía ni a parpadear. No me costó imaginarme cómo habría aprovechado Rubén su apostura y perspicacia para convertirse en esposo de esa chica feúcha y tímida, a la que no le habrían sobrado pretendientes. Me invadió un incongruente afecto por ella.

Fue mi hermano quien forzó una conversación que amenazaba con estancarse en cualquier momento. Me dio las señas de Amador en Zaragoza; habló de su suegro, que se hallaba esos días en la ciudad por asuntos del vino; nos contó que Tensi no tenía hermanos y su padre, viudo desde hacía décadas, ya le consideraba a él su mano derecha para administrar las viñas y la bodega familiar, situada a las afueras del pueblo. Nada de lo que nos contó Rubén consiguió derribar la altivez de mi retorcido Pigmalión. Cuando Lupe sirvió el segundo plato, una gallina en pepitoria que me recordó a las que me enseñó a hacer madre, la charla ya había muerto sin remedio. Acabamos la comida atrapados en un silencio incómodo. De postre, la criada sacó apetitosos dulces de moscatel que ni llegué a probar, pues don Octavi se puso en pie de repente y decretó que convenía volver a la ciudad antes de que arreciara el frío, no fuera a impedirnos alguna helada inoportuna regresar a Barcelona, que era donde debíamos estar. Rubén sugirió, con la boca más bien pequeña, que nos quedáramos a pasar la noche, pero don Octavi rechazó la invitación categóricamente. Mi hermano no logró disimular del todo su alivio ante esa negativa.

Ya en el recibidor, Tensi se acercó y me dio un tímido abrazo de despedida. Se ruborizó cual amapola cuando don Octavi le besó la mano con gélida cortesía. Rubén descolgó su pelliza del perchero e insistió en acompañarnos al automóvil. Al salir a la calle, todos nos arrebujamos bien en los abrigos, pues la temperatura había bajado considerablemente. Antes de que alcanzáramos el vehículo, que seguía aparcado ante la fachada del casino, el chófer salió apresuradamente, con el chaquetón y la gorra ya puestos. Debía de haber estado pendiente de nuestra llegada tras la ventana. Se sentó al volante, arrancó el motor y volvió a bajar para ayudarnos a sentarnos.

En eso, Rubén asomó por la ventanilla y exclamó que no debía marcharme sin ver las viñas de la familia. Me sorprendió que don Octavi accediera sin poner ninguna pega. Creo que pudo más el cansancio que su altivez. Mi hermano se acomodó en el asiento al lado del conductor y le dio indicaciones para ir a la carretera por la que habíamos llegado al pueblo. Por allí circulamos hasta dejar atrás las últimas casas de Aguarón. Al cabo de muy poco tiempo, mi hermano pidió al chófer que se detuviera. Saltó a tierra con la agilidad de saltimbanqui que siempre tuvo, abrió de un tirón la puerta de mi lado y me ofreció la mano para bajar. Sin hacer caso a don Octavi, me tomó de un brazo y me alejó del vehículo.

—Mira —dijo, señalando con el brazo extendido.

De la tierra marrón, entreverada de piedras y retazos de nieve, brotaban infinidad de viñas esqueléticas que confluían a lo lejos en una llanura que semejaba infinita.

—Ahora está todo *pelao* y las viñas duermen, pero en unos meses saldrán las hojas y se pondrá todo verde. Cuando llega el verano, da gusto ver el paisaje, y *pa'l* otoño, ni te digo el colorido que cogen los viñedos antes de quedarse pelochos, Flori.

Me di cuenta de que Rubén había evitado todo el tiempo llamarme Flori delante de don Octavi, pero tampoco había usado el nombre de Nora.

—Se respira mucha paz aquí... —murmuré.

—Esta tierra da fuerza —dijo mi hermano—. Te aseguro que de aquí ya no me mueve ni Dios bendito. No he tenido donde caerme muerto en mi puta vida, igual que tú y nuestros hermanos, pero ahora soy alguien. La gente me trata con respeto porque tengo dinero y soy poderoso. Y cuando falte mi suegro, todo esto que ves será solo mío...

Le miré de reojo y me vino a la memoria Andrés cuando le calificó años atrás de rata porque disfrutaba manejando dinero. ¿Merecía ese calificativo alguien que solo aspiraba a dejar atrás la pobreza absoluta? En el fondo, todos los que habíamos nacido con las manos vacías, incluso el propio Andrés, buscábamos dejar atrás el hambre y mejorar nuestras vidas. Mi hermano se había aferrado a un matrimonio provechoso, Andrés perseguía su salvación pasando a los ricos por las armas y yo me dejaba mantener por un hombre atormentado que me sobaba por las noches susurrándome al oído el nombre de una muerta. ¿Quién era más rata de los tres?

—Tensi parece buena chica. ¿La quieres?

No sé qué me había empujado a mencionar a la cuñada que acababa de conocer. Rubén emitió una risa burlona entre dientes.

—¿Y tú? ¿Quieres al viejo *estirao* ese que no te deja ni a sol ni a sombra?

—No es tan viejo... —quise matizar.

—El amor no es *pa* los pobres, hermana. Lo sabes igual que yo. No te dé pena sacarle todo lo que puedas a tu vejestorio, ahora que eres joven y tan guapa. Se ve a la legua que ese tipo está *forrao*.

La voz de don Octavi a nuestras espaldas nos sobresaltó a los dos. Ni nos habíamos dado cuenta de que se acercaba. ¿Habría oído las últimas palabras de Rubén?

—Nora, es hora de regresar —ordenó, con la voz afilada por el frío y un ostentoso mal humor.

A regañadientes, Rubén y yo le seguimos de vuelta al automóvil. Delante del Mercedes-Benz nos fundimos en un último abrazo de despedida. De reojo vi que don Octavi nos observaba con expresión desaprobadora, pero no le hice caso. A saber cuándo volveríamos a vernos mi hermano y yo.

—No tengas miramientos con tu viejo; él no los tendrá contigo cuando se canse de ti —me susurró Rubén al oído—. Y cuídate mucho, hermanica.

—Tú también. Y sé bueno con Tensi. Ella sí que está enamorada.

Don Octavi y yo nos acomodamos de nuevo en el vehículo. Mientras nos alejábamos, volví atrás la cabeza y vi a Rubén a través de la luna trasera. Plantado a orillas de la carretera bordeada de nieve helada, me decía adiós con su enorme mano en un movimiento que irradiaba tristeza. O eso me pareció a mí. Yo no dejé de mover la mía hasta que de su figura solo quedó un puntito que se comió la lejanía. Cuando me recliné en el asiento, don Octavi sentenció:

—Se acabó mi indulgencia, Nora. No cuente con visitar a su otro hermano. Mañana volveremos a Barcelona y no quiero oírla hablar de su familia nunca más.

De pronto, no solo me avergonzaba la naturaleza malsana de nuestros juegos nocturnos. Por primera vez desde que me sacó de la pobreza, el agradecimiento por lo que le debía no me impidió ver con nitidez al arácnido que me mantenía cautiva en su lujosa tela de araña, ni la implacable crueldad que se acumulaba bajo su fachada de caballero refinado. ¿Cuánto tardaría en dirigirla contra mí?

Grandes planes

Cuando subimos al tren para Barcelona, la Sultana vino con nosotros, exultante en el modesto guardarropa nuevo que le había financiado el jefe. Costaba relacionar a esa mujer regordeta y canosa con la bailarina del perfume mareante, el ombligo entregado a la danza y los extravagantes sombreros, cuyo vergel artificial daba cobijo hasta a pajarillos disecados. Como en La Pedrera las dos criadas compartían la habitación de servicio grande, Roser asignó a la nueva un cuartito junto a la cocina, poco más que un escobero, similar al cubil donde me confinó doña Gertrudis en su pensión de Madrid. La Sultana se mostró feliz con su alojamiento. Liberada de pasar frío encorvada sobre el brasero de las castañas, se reveló como una trabajadora hacendosa que no rehuía ninguna tarea, por incómoda que fuera. Se ganó incluso la amistad de Nurieta, que al principio receló de ella por sentirse apartada del privilegio de viajar. Nadie, ni siquiera el puntilloso don Octavi, se interesó por saber su verdadero nombre. Para todos fue siempre la Sultana.

Poco después del viaje a Zaragoza, Nurieta me entregó una carta a la hora de la siesta. Me senté en la cama y rasgué el sobre sin comprobar el remitente. Estaba segura de que era de Ernesto. Nadie más me escribía. Extraje una cuartilla que apenas contenía unas pocas líneas. La letra no era la de mi amigo. Inquieta, busqué quién la firmaba: Marcial Ramírez de Vergara. ¡El médico amigo de Ernesto! El escrito lo encabezaba un parco «Distinguida señora». Me empezaron a temblar las manos conforme seguí leyendo. Don Marcial aducía que por las cartas con mi nombre que guardaba Ernesto, me suponía una buena amiga suya. Por eso lamentaba verse en el deber de comunicarme que Ernesto había fallecido a finales de diciembre. Fue él quien halló su cuerpo tendido en el sofá del estudio. El examen *post mortem* concluyó que había muerto de un ataque al corazón.

Yo sospeché que la pipa de opio no andaría muy lejos de mi amigo.

Tomé aire y releí las escuetas líneas de don Marcial, ahora difuminadas por una bruma lacrimosa. El bueno de Ernesto, que tanto nos ayudó a Rita y a mí, ya no existía. Se había roto otro eslabón que me unía a mi vida anterior. Reprimí el llanto como pude durante lo que quedaba de tarde. Esa noche, tuve que hacer un gran esfuerzo para no llorar mientras don Octavi me sometía a su inquietante ritual nocturno. De un tiempo a esa parte, tras haberme atado al cabezal de la cama con las cintas de seda roja, le gustaba pasar una esponja húmeda y perfumada por mi cuerpo desnudo, refrotándome en la nuca y la espalda con tal saña que después la piel me escocía durante horas.

—Hay que limpiarte bien la sangre, mi amor... —murmuró entre dientes.

Me tragué las lágrimas y el ansia de escapar de mi carcelero. Cada día me costaba más permanecer quieta bajo sus manos. Ya no sentía el morboso placer, entreverado de desazón, que despertaron sus primeras aproximaciones lujuriosas. Desde el reencuentro con mi hermano, solo experimentaba un profundo hastío. Cuando, al fin, don Octavi quedó saciado y pude escabullirme a mi cuarto, di rienda suelta al dolor por la muerte de Ernesto, con la cara bien hundida en la almohada para no despertar a mi carcelero ni a las criadas en el silencio de la madrugada.

A la mañana siguiente, don Octavi me observó muy atento durante el desayuno. Nurieta me había peinado y maquillado como de costumbre, pero no había logrado disimular del todo la hinchazón y el enrojecimiento de los párpados.

—¿Le ocurre algo, Nora?

—No es nada, don Octavi. Creo que me estoy resfriando.

—Um… —murmuró él, visiblemente contrariado por mi respuesta—. Aunque pretenda ocultarme la causa de su angustia, tenga por seguro que la averiguaré. En cualquier caso, resfriada o melancólica, ¡no se me distraiga ahora! La necesito fresca, con la mente bien centrada. Tengo planes.

Dos semanas después, irrumpió en la salita del piano durante uno de los exigentes ensayos de Viladecans. La voz le tembló cuando anunció que el Casino de París estaba interesado en que Nora Garnier cantara durante una semana en su prestigioso escenario. Yo me quedé sin aire.

—Será en mayo —añadió él—. Tenemos tiempo para preparar un espectáculo que impresione a los parisinos. Pero no debemos confiarnos. El público de París es aún más exigente que el de Barcelona. Eso sí, Nora: si lo conquista, se le abrirán las puertas de los mejores teatros de Europa. ¡Se convertirá en una artista de renombre internacional! ¡A cambio, el Maestro y yo la haremos trabajar sin descanso!

A los tres nos embargó una euforia que contagió incluso a las criadas. En los meses siguientes, todo cuanto hacíamos en la salita de música iba enfocado hacia mi debut en París. ¿Cómo íbamos a saber entonces que la ciudad del Sena cambiaría el rumbo de nuestras vidas?

CUARTA PARTE

Morir bajo tus ojos

No sé qué tienen tus bellos ojos
que triunfan siempre fascinadores,
tanto si hieren mostrando enojos,
como si brillan brindando amores.
Y son tan dulces en su cariño
y tan perversos en la quimera
que son a veces ojos de niño
y son a veces ojos de fiera.

Mírame fijamente hasta cegarme,
mírame con amor o con enojos,
pero no dejes nunca de mirarme
porque quiero morir bajo tus ojos.
...

Mírame siempre (Tus ojos),
cuplé de P. Puche/Padilla
estrenado por Raquel Meller
en 1919

Buenas noches, París

París me provocó un vértigo que jamás olvidaré. Bajo el ala de don Octavi había viajado por toda España; me había alojado en los mejores hoteles de las ciudades cuyos teatros llenaba el reclamo de Nora Garnier; conocía los barrios donde vivían los más ricos y por los que se desplazaban en sus grandes automóviles. Ya no era la Flori del Arrabal que siempre andaba por las mismas calles. Sin embargo, no estaba preparada para digerir el tráfico de vehículos, carruajes de caballos, ómnibus, tranvías y peatones que se apresuraban como hormigas por las anchas avenidas troqueladas entre edificios majestuosos. El sol de París era menos anaranjado que el de Barcelona, más inclinado a lo grisáceo, pero no me predispuso hacia la melancolía. En cada esquina de la ciudad bullían las ganas de vivir. La *joie de vivre* parisina era el elixir con el que pobres y ricos pretendían mitigar los estragos de la Gran Guerra. Por las aceras podía uno toparse con hombres mutilados por los proyectiles que pocos años atrás aún barrían las trincheras, pero los parisinos se habían propuesto desterrar los malos recuerdos y recuperar el tiempo perdido. ¡Y vaya si lo hacían!

Don Octavi y yo nos alojamos en una suite del Ritz. A través de las ventanas se veía la plaza Vendôme, con la espigada columna desde cuya cúspide nos vigilaba la estatua de Napoleón. La suite era tan grande que pudimos acomodar a la Sultana en uno de los dormitorios para tenerla más cerca. No solo la antigua bailarina oriental se quedó sin habla nada más pisar las mullidas alfombras del vestíbulo. Yo tuve que hacer acopio de todo mi autodominio para disimular lo mucho que me impresionaba tamaña profusión de lujo. Solo don Octavi permaneció inalterable. No en vano llevaba años frecuentando ese hotel cuando viajaba a París.

Mi vida estaba centrada en cantar y nunca me había tentado explorar las ciudades en las que actuaba. Mi mentor me llevaba del hotel al teatro y viceversa. Como mucho, me acompañaba a fiestas frecuentadas por la alta sociedad y por artistas de renombre, si eso contribuía a promocionarme. La música se había convertido en mi razón de existir. Era la droga que endulzaba mi cautiverio en la jaula de don Octavi y me ayudaba a someterme a su lascivia enfermiza. Cada noche me resultaba más difícil permanecer inmóvil cuando empezaba sus toqueteos dedicados a resucitar a Leonora por unas horas. Hacía tiempo que ansiaba con toda mi alma escapar de mi perverso Pigmalión, pero no me atrevía. Al llegar a París, sin embargo, me sorprendí sopesando por primera vez la posibilidad de burlar su vigilancia para pasear sola por esas calles animadas y mezclarme con la gente que mataba el tiempo en las terrazas de los cafés. Algo impensable, pues él decretó que me convenía reposar. Debía cuidar la voz, y también la mente, de cara al preestreno que ofreceríamos a la noche siguiente en el Casino de París para la prensa y personalidades de la élite cultural y aristocrática. Me plegué a sus órdenes, una vez más, pero la llama de la rebelión permaneció viva dentro de mí.

El evento lo había organizado Claude Lefèvre, un viejo amigo de don Octavi que gozaba de gran prestigio en Francia como representante de artistas famosos. Fue él quien seleccionó escrupulosamente a los invitados al preestreno de Nora Garnier. Canté para ese público de elegidos algunos cuplés sentimentales, varios éxitos franceses que había preparado con el Maestro durante semanas y concluí con *Dalia de arrabal*. Cuando me quité el sombrero y agité la melena, el aplauso que inundó la sala fue tan clamoroso que hasta el escenario pareció temblar bajo mis pies. Don Octavi y la Sultana me esperaban entre bastidores. Mi mentor farfulló, emocionado, que había estado sublime y ordenó a la Sultana que me acompañara al camerino. Esta me agarró de un brazo y me condujo por los pasillos, ahuyentando cual cancerbero a todo el que intentaba acercarse a mí. En el tocador, de dimensiones más que generosas, un sinfín de jarrones con flores competían por un pedacito de espacio. Yo estaba tan nerviosa que ni leí las tarjetas que acompañaban a los ramos. La Sultana me asistió a la hora de trocar el traje masculino negro por un vestido de seda verde botella que la modista de Barcelona encargó a la casa Chanel. Era una magnífica creación que resaltaba la figura sin resultar vulgar. Mostraba los brazos hasta los hombros, un generoso trecho de espalda e incluso las rodillas, según imponía la moda ese año. Cuando me ayudó a deslizar las manos dentro de los guantes, no cesó de susurrar, con los ojos húmedos:

—La pequeña Flori... ¡Dios mío, qué maravillosa!

Al abandonar el camerino, arreglada para la fiesta que había preparado Lefèvre en el Ritz, hallé a don Octavi rodeado de periodistas que blandían su bloc de notas y no se dejaban amedrentar por su autoridad natural. En cuanto me vieron, me acribillaron a preguntas en francés. La voz de mi protector se oyó a duras penas en aquella algarabía.

—Caballeros, mademoiselle Garnier les responderá dentro de un rato en la rueda de prensa del Ritz. Ahora, si nos permiten...

Entre él y la Sultana me escoltaron hasta el automóvil que nos condujo al hotel. En uno de los salones, dispuesto para recibir a los periodistas, aguardaba Lefèvre. Me felicitó calurosamente. Dejó caer, en tono de broma, aunque percibí que hablaba en serio, que si alguna vez me cansaba de su amigo Octavi, él estaría encantado de representarme. Pronto el salón se llenó de hombres que indagaron en mis comienzos como artista; algún osado preguntó incluso por mi infancia. Don Octavi se había inventado una escueta biografía con más falsedad que verdad, donde lo único que coincidía con la realidad era mi origen zaragozano. El resto estaba pensado para desvelar lo mínimo y crear misterio. Fue él quien condujo la rueda de prensa con astucia de zorro.

En un salón contiguo ya bullía la animación cuando los dos entramos, nada más despedir a los periodistas. Una pléyade de hombres en frac y mujeres vestidas con sensual elegancia, cubiertas de joyas deslumbrantes, me dedicó un estruendoso aplauso que me desconcertó. Ahora que conozco a los parisinos, me atrevo a afirmar que era sincero. Al público de París le seduce todo lo que huela a novedoso o exótico, como comprobé apenas un año después cuando Josephine Baker revolucionó la escena de la ciudad, pero no se deja engatusar por cualquier bobada con pretensiones.

Lefèvre había invitado a lo más egregio de la ciudad. Políticos, banqueros, empresarios, miembros de las familias aristocráticas, mecenas de la cultura, artistas de primera fila: ninguno de los elegidos quiso perderse la fiesta. Lefèvre se esfumó con don Octavi y me dejó al cuidado de su esposa Madeleine, una rubia escuálida, más pizpireta que bella. Aparentaba bastante menos edad que él y se movía en sociedad como pez en el agua. Ella me presentó a quienes me convenía conocer, según me dijo al oído cuando nos quedamos a solas por un instante. Viví aquella noche envuelta en una bruma de irrealidad que me impidió retener en la memoria los nombres de muchos de los invitados. Sí recuerdo a Paul Derval, el propietario y gerente del Folies Bergère, que me galanteó y me invitó a cantar alguna vez en su teatro. Conocí a Sergei Diaghilev, el fundador y director de los célebres Ballets Rusos, que había hecho famosos en Europa a bailarines como Vaslav Nijinski y Anna Pavlova. Diaghilev era un hombre mayor y rechoncho, con el gordezuelo labio superior orlado por un bigote en forma de tejado, al que jamás se me habría ocurrido asociar con la danza. Hubo otro ruso que ya se había hecho un nombre como músico: Sergei Prokofiev. Su esposa, Lina, resultó ser española. También se acercó a olfatearme, como si fuera una perra, una dama mayor de formas orondas y perfil afilado. Madeleine me la presentó como la princesa Edmond de Polignac, apasionada de la música y mecenas de artistas. Cuando la dama se alejó, tras haberme alabado con ímpetu, mi cicerone explicó que se llamaba Winnaretta y había llegado a ser princesa por matrimonio. Era uno de los muchos vástagos de Isaac Singer, el inventor de las máquinas de coser que llevaban su apellido y con las que amasó una fortuna pero nunca llegó a hacerse con un título nobiliario. Me rondó un rato un hombre joven, no demasiado alto, que llevaba el cabello oscuro peinado hacia atrás y se movía con ademanes gatunos. Resultó pertenecer a una rama de los riquísimos Rothschild. Supe después que la alta sociedad de París se reía de él por su afán de sacar adelante una propiedad vinícola que la familia había tenido medio abandonada durante décadas en el Médoc. Sus detractores afirmaban que poseía más dinero que sentido común. Pero el barón Philippe de Rothschild estaba destinado a revolucionar muy pronto el mundo del vino de Burdeos y a ocupar, con el tiempo, un lugar privilegiado entre los viticultores franceses.

Hacia el final de la noche, me presentaron a la mítica Mistinguett. De tanto oír las apasionadas alabanzas del maestro Viladecans, la había imaginado etérea y bella como una diosa de la mitología griega que me hizo leer don Licinio. Cara a cara no resultaba etérea, ni especialmente guapa. En su rostro de ojos claros, inclinados hacia las orejas en un arco tristón, destacaba la boca gruesa, que revelaba unos dientes equinos al sonreír. Según Madeleine, mostrar sus bien formadas piernas sobre el escenario había contribuido a cimentar su fama. A mí, me llamó la atención su arrolladora personalidad, que me hizo sentir como si volviera a ser corista en el Salón Cocó. Esa Mistinguett no necesitaba ser guapa ni exhibir los muslos para marcar su territorio. Cada uno de sus gestos, hasta el parpadeo más insignificante, proclamaba que era una estrella y no pensaba ceder protagonismo a nadie.

Don Octavi y yo subimos a la suite bien entrada la madrugada, sin mediar palabra de lo agotados que estábamos. Él tenía cercos violáceos bajo los ojos. Por primera vez desde que me abordó ante el Trianón, se me antojó viejo. La Sultana salió a recibirnos, vestida pero somnolienta cual marmota. Don Octavi se dirigió en silencio a la puerta de su alcoba y la Sultana me acompañó a mi cuarto. Me ayudó a despojarme de la ropa de fiesta y las joyas y lo guardó todo en el armario. Yo le di permiso para retirarse. No tuve que decírselo dos veces. En un santiamén me vi sola, luchando contra la tentación de meterme en la cama y dar plantón a don Octavi. Pero venció el miedo a contrariarle. Crucé el salón, sintiendo al andar cómo el camisón de seda me acariciaba la piel. Di golpecitos en la puerta de don Octavi. No hubo respuesta. Abrí sigilosamente y entré de puntillas. La suave luz de la mesilla de noche envolvía a mi mentor en un aire fantasmal. Yacía boca arriba en ese enorme lecho, tapado hasta el cuello y respirando fatigosamente. Me acerqué, con mucho cuidado de no hacer ruido. Permanecí un rato junto a la cama por si despertaba, pero su sueño era tan profundo que solo el leve ronquido que brotaba de su garganta daba fe de que estaba vivo. Al cabo de unos minutos, abandoné la habitación del hombre añoso y agotado que regía mi vida. ¡Estaba tan harta de vivir bajo su yugo! Al principio de acostarme con él, sus excentricidades carnales me habían proporcionado un placer desconocido y morboso. Ahora solo le estaba agradecida por las cosas buenas que le debía. Pero la gratitud ya no bastaba para acallar mi creciente repugnancia.

Cuando al fin pude hacerme un ovillo en mi cama, concilié el sueño sin tiempo para cavilar ni para repasar en la mente mi prodigioso debut ante la élite parisina.

Cambio de planes

Eran las once de la mañana cuando salí de mi alcoba, vestida y recién peinada por la Sultana, para desayunar con don Octavi en el salón, como de costumbre. Él ya estaba sentado a la mesa redonda que había preparado el servicio de habitaciones. Solía empezar el día con buen apetito. Por eso, me extrañó encontrarle sorbiendo café sin ganas. Ni siquiera parecía haber tocado las delicias, dulces y saladas, que servía el Ritz. Estaba pálido y aún más ojeroso que por la noche. Sobre su regazo reposaban varios periódicos. Esbozó una sonrisa desganada y me tendió uno. Yo lo cogí y me senté enfrente de él. Don Octavi se dirigió a la Sultana, que me había seguido desde el dormitorio.

—Desayuna con nosotros, Sultana. Estás siendo una ayuda muy valiosa para la señorita Nora. Me alegro de haberte contratado.

No tuvo que insistirle. Ella se dejó caer sobre la silla más próxima a mí, con la cara colorada como una amapola.

—Gracias, señor.

Vertió café en una taza y atrapó un cruasán con dedos ávidos. Don Octavi me miró con unos ojos que parecían dos botones de vidrio.

—Querida Nora, su presentación a la prensa ha sido un éxito. Todos los periódicos la alaban con entusiasmo. Anoche me dijo el gerente del Casino que las entradas se van vendiendo a buen ritmo y que las de hoy ya estaban a punto de agotarse...

Estalló en un ataque de tos que arrancó silbidos a su pecho.

La Sultana y yo intercambiamos una mirada de pánico. Aparté el periódico. Ya leería la prensa después. Él tardó un rato en recuperar la compostura.

—¿Se encuentra mal, don Octavi? —murmuré cuando cesó la tos.

—Me temo que me estoy resfriando —graznó él.

—Señor —intervino la Sultana con inesperada energía—, no me riña por meterme donde no *m'han dao* vela, pero debería llamar un médico *pa* que lo vea, no se nos vaya a poner malo *pa'l* estreno de la señorita esta noche.

La alusión a mi debut parisino hizo mella en él. Asintió con la cabeza e hizo ademán de levantarse. Me adelanté y le apreté el brazo derecho.

—Yo me encargo.

Él no se opuso a que bajara a recepción para pedir que nos enviaran a un médico cuanto antes. El galeno no tardó en presentarse. Era un francés espigado, de edad madura, con bigotillo entrecano y las sienes de plata vieja. Se llevó a don Octavi, más pálido aún si cabe, a la alcoba para examinarle. De allí salió al cabo de un buen rato. Solo. Con ademán solemne, me dijo que mi esposo había contraído un fuerte resfriado que le afectaba a los bronquios y debía guardar cama durante los próximos días para evitar que degenerara en una peligrosa pulmonía. Sacó de su maletín un taco de papeles que llevaban su nombre en la parte superior. Lo apoyó sobre la mesa del desayuno. Apuntó con letra cuidadosa los medicamentos que debía tomar el paciente y la dosificación. Insistió en la importancia de que guardara reposo y prometió volver a la mañana siguiente, aunque podíamos avisarle si el enfermo empeoraba.

Cuando entré a ver a don Octavi, le encontré embozado en la ropa de cama, pálido y con expresión desvalida. No parecía dispuesto a rebelarse contra las indicaciones del doctor. ¡Qué mal debía de encontrarse!

—Me temo que no podré acompañarla esta noche —se quejó—. ¡Qué contrariedad! Avisaré a Lefèvre para que se encargue de todo. Entre él, la chiflada de Madeleine y nuestra Sultana la arroparán tan bien como yo.

—Pero ¡no podemos dejarle solo!

—¡Estoy acatarrado, no moribundo! —protestó él—. Usted cumpla con su deber de embelesar a los parisinos y yo con el de curarme. ¡Y no se acerque más a mí! Si le contagiara el resfriado... ¡Eso sí que sería una catástrofe! Ahora envíe a un botones a comprar los medicamentos. —Sacó una mano temblona de entre las sábanas, abrió como pudo el cajón de la mesita más próxima y extrajo su billetera. Me entregó un montoncito de francos—. Y déjeme sudar en paz, que quiero recuperarme pronto.

Salí de la alcoba sin rechistar. Nunca había visto a don Octavi enfermo, ni tan abatido. El resto del día lo pasó sumido en un duermevela febril que me hizo recordar cuando enfermó la pobre Rita, lo que no resultaba nada tranquilizador.

Claude Lefèvre acudió temprano para recogernos a la Sultana y a mí y llevarnos al Casino. Sentada en la parte trasera de su espacioso Mercedes negro nos esperaba Madeleine. A la Sultana le correspondió viajar al lado del chófer. Lefèvre y yo nos acomodamos detrás junto a la rubia escuálida. Había sitio de sobra en ese automóvil. Yo iba acogotada por el miedo, como siempre antes de un estreno. Al fin y al cabo, no era lo mismo convencer a un grupo de espectadores escogidos, como en la presentación, que a un público que se había gastado su dinero y acudía al teatro con muchas expectativas a cuestas. El no poder contar con la escrupulosa organización de mi mentor tampoco ayudó a calmarme. Me molestaba hasta la cháchara de Madeleine, que me había resultado agradable en la fiesta de la noche anterior. No empecé a respirar hasta que la pareja me dejó a solas con la Sultana en el camerino, me puse la bata y ella comenzó a maquillarme en silencio. Seguía siendo tan parlanchina como en La Pulga, pero ya había aprendido que no convenía hablarme cuando estaba a punto de enfrentarme al público de una ciudad desconocida.

Vi a Claude y Madeleine aguardando entre bastidores cuando subí al escenario, con las rodillas temblorosas y los dientes convertidos en castañuelas. La Sultana vertió en mi oído un eufórico «¡A por ellos, señorita!», el matrimonio Lefèvre me besó las mejillas deseándome suerte y me vi sobre las tablas, deslumbrada por unos focos cegadores. Percibí la respiración de los espectadores, cuyos rostros, sumidos en la oscuridad, no podía ver. Pero mi cuerpo sentía su expectación y su energía, que podían convertirme esa noche en objeto de adoración o volverse contra mí. No tuve más remedio que consagrarme a seducir al Minotauro sin cara para salvarme de su ira.

Empecé cantando *Mon homme*, la canción que popularizó la Mistinguett, con algo de miedo por si los parisinos consideraban mi versión un sacrilegio. Sin embargo, cuando se apagó el último acorde, el Minotauro agazapado en la negrura estalló en un estruendo de aplausos y bravos que retrasó el arranque de la siguiente pieza. Conforme fue avanzando el espectáculo, percibí que había embelesado al público. Me inundó una euforia que se derramó a raudales cuando cerré el recital con *Dalia de arrabal*, ataviada con el habitual traje masculino negro y el sombrero fedora, que me quité al final para agitar la melena.

El público enloqueció. Tuve que ofrecerle dos bises antes de que comenzara a descender el telón. El matrimonio Lefèvre salió de entre bastidores y me anegó otra vez de besos. Entre felicitaciones entusiastas me condujeron fuera del escenario. El gerente del Casino nos abordó, me besó la mano y afirmó que había estado sensacional. Apoyada contra una columna, la Sultana se pasaba un pañuelo por los ojos. Cuando se acercó para acompañarme al camerino, vi que le brillaban igual que dos pozos negros. Eché de menos el veredicto de don Octavi. Estaba tan habituada a buscar su aprobación después de cantar que me faltaba su presencia como a un perro la de su amo.

La Sultana aún no había acabado de peinarme y cambiar el maquillaje de cantar por el de calle cuando llamaron a la puerta. Eran los Lefèvre. Se sentaron en el sofá y anunciaron sus planes para esa noche: íbamos a celebrar juntos mi debut. Aunque el pobre Octavi no estuviera en condiciones de acompañarnos, añadió Claude, tenían que enseñarme la vida nocturna de París. Me lo había ganado.

Sacudí la cabeza, pese a que me tentaba sobremanera la invitación.

—Ya hemos dejado mucho rato solo a don Octavi —me excusé en el francés que me había enseñado monsieur.

Me resultaba fácil comunicarme con los franceses en su lengua.

—Oh, Octavi sabe cuidarse —dijo Madeleine.

Tuve la impresión de que mi Pigmalión no le inspiraba demasiada simpatía.

—Venga con nosotros, Nora —insistió Claude—. De lo contrario, mi amigo Octavi la llevará de vuelta a España sin haberle enseñado nuestra ciudad en todo su esplendor. Eso sería imperdonable.

Yo me moría por mezclarme con la vida excitante que latía en París, pero aún no me atreví a aceptar.

—No sé si le parecerá... —Me mordí la lengua a tiempo y corregí—: Tengo que ver primero si se encuentra bien.

Me avergonzaba confesar a esos parisinos tan modernos que no hacía nada sin el permiso de don Octavi.

—Por supuesto, *chérie*. —Claude se puso en pie—. Yo también quiero saber cómo está mi amigo. La acompañamos al hotel y hablaré con él. Seguro que no le importará que salgamos a celebrar su éxito. —Se volvió hacia su mujer—. Dejemos que Nora se acabe de arreglar, Madeleine. La esperamos fuera.

En cuanto hubieron salido, la Sultana dijo:

—Yo no entiendo lo que hablan estos franchutes, señorita..., pero si quiere salir con ellos esta noche, cuidaré del jefe como si fuera hijo mío mismamente. ¡Palabra de honor!

Costaba imaginar a don Octavi convertido en hijo suyo. Me eché a reír.

—¿Seguro que no entiendes el francés?

—Le juro por mi madre, que en paz descanse, que no entiendo ni papa. Pero tengo un ojo *pa* estas cosas...

—Eres una caja de sorpresas, Sultana.

—La vida, que es muy perra. Tanto muerde que aprende una hasta latín. —Se puso muy seria de repente—. Flori... —había dicho mi nombre en un susurro, como con miedo a ser reprendida—, acepta el consejo de esta vieja: disfruta del éxito y de las cosas buenas que trae, pero sin perder nunca la cabeza. Recuerda a la Amapola.

No me molestó que me hubiera llamado Flori contraviniendo las estrictas órdenes de don Octavi, pero la alusión a la Bella Amapola, de la que no me había acordado en años, fue como si me hubiera echado por encima un jarro de agua helada.

—La Amapola era una cabeza de chorlito. Yo tengo más sesera.

—Claro que sí, señorita Nora. *Usté* perdone. Si es que me pierde la sinhueso.

La Sultana bajó la vista y no volvió a abrir la boca hasta que llegamos al hotel.

Cuando entramos en la alcoba de don Octavi, le hallamos encamado, con el rostro enrojecido por la fiebre. Pese a la modorra febril, recibió de pésimo humor la propuesta de Lefèvre de enseñarme el París nocturno. El francés tuvo que desplegar toda una batería de argumentos para obtener su consentimiento, otorgado muy a regañadientes.

—No la hagáis trasnochar mucho —advirtió—. Es malo para la voz y no puede permitirse decepcionar al público parisino.

—¿Cómo no vamos a cuidar de tu tesoro, Octavi? Te la devolveremos sana y salva.

—Sultana se quedará con usted, don Octavi —le prometí para endulzarle la píldora.

Él respondió con un bufido impaciente y se arrebujó aún más entre las sábanas. Los Lefèvre aguardaron en el salón mientras la Sultana me ayudaba a arreglarme en mi alcoba. La ilusión de conocer París recorría mi cuerpo en dulce efervescencia, como si todo mi ser estuviera hecho de burbujas de champán. ¡Iba a pasar un buen rato lejos de mi carcelero! Y, si tenía suerte, a mi regreso le hallaría durmiendo el sueño de los justos y los afiebrados, lo que me eximiría una noche más de suplantar a Leonora. No podía creerme tanta dicha.

Elegí uno de los vestidos de fiesta que la modista de Barcelona encargó a la casa Chanel antes del viaje. Era de terciopelo granate, con transparencias de encaje que dejaban entrever la zona de las clavículas y el nacimiento de los pechos. Siguiendo la moda de aquel año, enseñaba los hombros y parte de los brazos por encima de los guantes negros. Me adorné con un largo collar de perlas y la Sultana me ciñó alrededor de la frente la cinta de lentejuelas que combinaba con el vestido. Del relente de la noche primaveral me protegí poniéndome un abrigo de terciopelo, también de color vino, con bordados en negro y cuello de visón.

—Está guapísima, señorita —me alabó la Sultana.

Lo mismo exclamaron en francés los Lefèvre, en cuanto me vieron salir de la alcoba. Di instrucciones a la Sultana para que no descuidara a don Octavi y abandoné junto al matrimonio la suite del Ritz.

Iba a encontrarme con mi destino. Pero aún no lo sabía.

El destino llama a la puerta

Los Lefèvre y yo nos acomodamos en el Mercedes y el chófer nos condujo un buen rato a través del París noctámbulo. Aunque era de madrugada, la ciudad seguía pareciendo un hormiguero por el que pululaban automóviles y un gentío variopinto que llenaba las terrazas de los cafés e invadía las aceras. Por su aspecto sofisticado, supuse que serían ricos como los Lefèvre en busca de diversión. Ningún obrero obligado a madrugar andaría por ahí a esas horas.

Fuimos a un restaurante llamado Au Caneton, donde Claude y Madeleine habían quedado con dos matrimonios amigos, cortados por el mismo patrón que ellos. Los hombres rozaban la edad madura e iban ataviados con la impecable elegancia que les permitían sus altos ingresos. Ellas parecían más jóvenes que sus esposos. Damas rubias de belleza ociosa, piel de porcelana y caderas estrechas que apenas llenaban los vestidos de talle bajo. Cuando me insinuaron besos huidizos en las mejillas para saludarme, percibí su aroma a perfume caro. Las dos debían de usar el mismo, pues olían igual. De la boca del estómago surgió el recuerdo de madre y sus canas prematuras, el cutis ajado y su cuerpo deformado por los embarazos. El mundo me pareció más injusto que de costumbre esa noche. Según fui sabiendo durante la cena, Michel de Villefranche pertenecía a la nobleza y era banquero, aunque extendía sus tentáculos a negocios de toda índole. El otro, Henri Perrault, apodado «el rey de la metalurgia», poseía plantas metalúrgicas y explotaba varias minas en el norte de Francia. Fueron muy galantes y simpáticos conmigo, pero no puedo afirmar que me sintiera a gusto en su compañía.

Au Caneton era uno de esos establecimientos parisinos con espejos en las paredes, largos sofás de capitoné pegados a las mismas, mesas de manteles blancos colocadas muy juntas delante de los sofás y mamparas de madera con vidriera en la parte superior para separar las hileras de mesas. Un camarero con mandil blanco nos guio a través del local abarrotado hacia el espacio que había reservado Claude por teléfono. Madeleine se empeñó en que yo conociera la especialidad por la que era famoso Au Caneton. Nos sirvieron una pila de dos tortitas redondas a cada uno. El camarero echó sobre la de arriba varias cucharadas de una masa grumosa de gránulos negros y, encima de esta, un pegote de crema blanca. Mis anfitriones extendieron el mejunje con el cuchillo. Haciendo gala de gran destreza con los cubiertos, cubrieron todo colocando arriba la tortita de abajo. Poco tardaron en comerse el engendro, regándolo con el champán que pidió Claude. Cohibida por si me tiznaba los labios de negro, empujé gaznate abajo ese puré oscuro que dejaba en el paladar un intenso sabor a pescado y sal. Aquel fue mi primer contacto con el caviar ruso. No me impresionó en absoluto.

Nada más acabar la cena, las mujeres corrimos al tocador para arreglarnos… y comprobar si nos habíamos manchado. Ninguna aludió al respecto, pero todas examinamos nuestros dientes por si se habían pringado de negro y nos limpiamos los labios en el lavabo antes de repasar el carmín. De regreso con los hombres, Madeleine, que disfrutaba llevando la voz cantante, propuso ir al Jockey, según ella el sitio más original que se había visto en París en años. Michel se quejó de que no le gustaba el ambiente de Montparnasse y que el Jockey era un antro lleno de excéntricos, vividores y artistas de medio pelo. Madeleine le echó en cara que no tenía sensibilidad para el arte. Huelga decir que acabamos en el Jockey.

Acostumbrada a mi vida ordenada, donde don Octavi no dejaba el menor resquicio para la improvisación, el Jockey me resultó estrambótico y fascinante a la vez. Se hallaba en una bocacalle del bulevar de Montparnasse, en una vieja casa esquinera con planta baja y un piso. La fachada la adornaban coloridas pinturas de indios tocados con plumas y montados a caballo, vaqueros que llevaban sombrero de ala ancha y, acá y allá, calaveras de toro. En la penumbra del interior, una neblina de humo difuminaba los contornos de la concurrencia que abarrotaba el local apiñada en grupos, como las ovejas cuando buscan cobijo a la sombra de un árbol. Madeleine se erigió, una vez más, en jefa de la expedición y nos arrastró a través del gentío abriéndonos paso a codazos. De pronto, señaló a un grupo que se apelotonaba ante la barra. Por encima del zumbido de voces y la música que brotaba desde algún rincón y parecía ser de guitarra, exclamó:

—Oh, mirad quién está ahí.

A Danielle, la calladita esposa de Henri, se le incendiaron los ojos en brasas golosas. Se dirigió a su marido.

—Henri, ¿tú no querías hablar de negocios con él?

Ahora fue el aludido quien puso cara de gato taimado.

—Um, tenemos que presentarle a nuestra maravillosa Nora —dijo él mirándome—. No todos los días puede uno conocer a una artista de su categoría.

Entre todos tiraron de mí hacia donde estaba el objeto de su interés: un hombre joven y alto que reparó en los Perrault y esbozó una sonrisa de cortesía. Conforme nos fuimos acercando a él entre la muchedumbre, pude examinarle mejor. Era delgado pero musculoso, de cabello muy rubio, pulcramente retirado de la cara con fijador. Los ojos parecían claros en la penumbra, al igual que la tez. Tenía una cicatriz corta, aunque llamativa, en la mejilla derecha. Se despegó de su grupo y se abrió paso hacia nosotros.

Entonces supe que le conocía.

Me flaquearon las rodillas.

Habían pasado diez años desde la noche en la que un joven y generoso extranjero me rescató de la humillante subasta de Rufino en La Pulga. Era mucho tiempo, pero no albergué la menor duda: ese hombre era el caballeroso alemán llamado Wolfgang. ¡No había muerto en la Gran Guerra! Tampoco parecía haber quedado lisiado. Y los Perrault me lo iban a presentar en un instante. ¿Debía darme a conocer?

Llegó a nuestra altura. Henri y su esposa se abalanzaron sobre su presa. Tras un efusivo saludo al que él respondió con una afabilidad que me pareció algo forzada, Henri le presentó a los Villefranche. Al parecer, los Lefèvre y él ya se conocían. Cuando me tocó el turno, el rey de la metalurgia exclamó:

—He dejado para el final a nuestra joya de esta noche: le presento a Nora Garnier, la artista española de la que habla maravillas todo París. —Henri posó en mí su mirada de felino astuto—. Nora, tiene ante usted al agregado militar de la embajada alemana, Wolfgang von Aschenbach.

Yo estaba como un flan. Alcé la vista con precaución. Había olvidado lo alto que era. Mis ojos se abismaron en su mirada azul, que me escudriñaba con turbadora atención. ¿Me habría reconocido? Tonterías, me respondí. Era imposible que se acordara de la niña tosca que cantaba *La pulga* vestida como si acabara de salir de la cama. Decidí que era mejor no darme a conocer. Él inclinó el torso, alzó mi mano derecha y posó un beso sutil sobre el guante de seda. Pese al ambiente cargado del Jockey, donde se mezclaba el humo del tabaco con olor a sudor concentrado y a alientos alcohólicos, percibí su aroma a limpio, a perfume suave y a hombre en plenitud de facultades. Toda la sangre del cuerpo se me arremolinó en la cara.

—Es un honor conocer a la gran Nora Garnier, a la que alaban todos los periódicos parisinos —dijo él en perfecto francés, con un acento gutural como el que yo recordaba de cuando me habló en español aquella noche lejana.

Seguía sin apartar sus ojos de mí. De repente, vi destellar en ellos una chispa que se extendió a su sonrisa, tiñéndola de una calidez que no había ofrendado a los demás. Murmuré unas cuantas fórmulas de cortesía que me había enseñado monsieur, sin saber ni lo que decía.

—Voy a por algo de beber —se ofreció Henri—. ¿Qué desea tomar, Wolfgang?

—Nada, gracias. Ya he bebido bastante por esta noche. De hecho, estaba a punto de marcharme a casa.

—Acepte un pequeño whisky, al menos —insistió Henri.

Debía de interesarle mucho hacer negocios con su presa.

Percibí un ápice de resignación en la mirada de Wolfgang cuando accedió. El rey de la metalurgia se abrió paso hacia la barra. Claude le siguió. Los demás nos quedamos defendiendo el espacio que habíamos conquistado en el centro del local, rodeados de desconocidos, vocerío y esa música que yo aún no había averiguado de dónde salía. Madeleine no se resignó a dejarse engullir por el murmullo abejorril que se intensificaba por momentos y empezó a parlotear. Danielle y Mireille, la esposa de Michel, fingieron seguir su cháchara, aunque dudo mucho que pudieran enterarse de lo que decía. Michel huyó del parloteo femenino hacia donde estaban sus amigos. Wolfgang permaneció a mi lado, tan cerca que volví a percibir su aroma. Nuestros brazos se tocaron. Me sacudió un escalofrío bajo el abrigo de terciopelo. Su voz se coló de pronto dentro de mi oído.

—¿Todavía le gusta el chocolate con bollos, señorita Flor?

Tragué saliva. ¿Había entendido bien? ¿De verdad me había hablado en español y me había llamado señorita Flor, o me estaba jugando el cerebro una mala pasada en ese galimatías de conversaciones gritadas? Le miré a los ojos. No, no me había equivocado.

—¿Cómo… cómo me ha reconocido?

Él mostró una sonrisa cálida, en la que distinguí una brizna de picardía.

—No he olvidado esa noche… y a usted tampoco. Desde entonces, me he preguntado muchas veces qué habría sido de aquella niña tan guapa. Ahora que he conocido a Nora Garnier, puedo decirle que me gusta lo que veo.

Claude y sus amigos regresaron con las bebidas. Repartieron a cada uno un vaso de whisky que olía a perro vagabundo enfangado. Yo seguía desconfiando del alcohol. Me hacía recordar las palizas ebrias de padre. En el ordenado reino de don Octavi solo se servía vino o champán, aparte del coñac que él tomaba con sus amigos cuando se sentaban a charlar después de la cena. No me atreví a probar aquel brebaje por temor al efecto que pudiera causarme. Me limité a mojarme los labios. Eso fue un acierto, pues con el tiempo me enteré de que las bebidas del Jockey eran de pésima calidad. Los demás empinaron el codo con alegría. Salvo Wolfgang. De soslayo, le vi sorber con prudencia mientras resistía estoico el acoso de Henri y Danielle, que parecían más que achispados a esas alturas. Cuando Madeleine atrajo la atención de la pareja y Wolfgang quedó libre, volví a oír su voz en mi oído.

—Voy a marcharme ya. ¿Le apetece dar un paseo conmigo para charlar sobre los viejos tiempos?

Mi cuerpo se encendió al instante. Fui consciente de que los años en la jaula dorada y malsana de don Octavi no habían apagado los instintos que antaño despertó Andrés, solo los habían domesticado. Si me marchaba ahora con Wolfgang, existía una alta probabilidad de que no nos limitáramos a charlar. El miedo, disfrazado de prudencia, me avisó de que ese hombre prendería dentro de mí un fuego imposible de apagar. El deseo, en cambio, gritó que, si le dejaba salir de mi vida por segunda vez sin tocarme, me arrepentiría hasta la hora de mi muerte. Me apresuré a asentir con la cabeza. Él se volvió hacia el grupo y anunció, en su cuidado francés:

—Deben perdonarme, pero es hora de que me retire. —Se dirigió a mí—. Madame Garnier, como me ha comentado que tiene prisa, puedo acercarla a su hotel si lo desea. Me viene de camino.

Capté la mirada pícara de Madeleine cuando aduje que debía volver al Ritz para comprobar si don Octavi se encontraba bien; le había dejado solo demasiado tiempo. Los demás, incluido Claude, parecieron tragarse la mentira. O quizá andaban demasiado borrachos para darse cuenta de nada.

Al poco rato, abandoné el Jockey en compañía del joven que una noche pagó ciento cincuenta pesetas por desflorar mi virginidad y se limitó a invitarme a un opíparo desayuno. Me sentía como si no hubieran pasado diez años desde entonces. Volvía a ser la pequeña Flori del Arrabal y él, el extranjero guapo y generoso que apareció en La Pulga sabe Dios por qué y cuyo dinero abrió la puerta a mi nueva vida. Solo que ahora ninguno de los dos nos conformaríamos con café y chocolate. De eso estaba bien segura.

La tentación acecha en París

Al salir del Jockey, me aprovisioné los pulmones del aire fresco de la noche. Me sirvió para limpiar la nariz de los olores concentrados en aquel antro y calmar un poco los nervios.

—Tengo el automóvil muy cerca, en el bulevar —dijo Wolfgang.

¡Qué guapo estaba con su canotier y el abrigo de entretiempo sin abotonar! Caminamos unos metros en silencio. Yo me sentía incapaz de articular palabra y él tampoco parecía muy dicharachero, aunque al final fue quien habló primero.

—¿Es muy amiga de los Perrault?

Me faltó tiempo para sacudir la cabeza, horrorizada ante la idea de que me creyera inseparable de esos pesados.

—Les he conocido esta noche. Claude Lefèvre es amigo de don Octavi. Al caer enfermo don Octavi, Claude se ha encargado de que todo saliera bien en mi debut de hoy. Después, él y su mujer se han empeñado en enseñarme París y...

Callé, sin aliento. ¿De qué me habían servido las clases de dicción de don Licinio, si ahora hablaba a borbotones? Él emitió una risita que me hizo desearle con mayor vehemencia, si es que era posible.

—Entonces puedo ser sincero. Henri es un hombre muy insistente..., demasiado. Me pide que le presente a algún militar de alto rango de mi país para hacer negocios con el ejército. Como si el ejército que nos queda ahora en Alemania pudiera hacer negocios. Sospecho que Henri persigue algo que me oculta y no me gusta que me usen como a un tonto. Aunque, gracias a él, usted y yo nos hemos vuelto a ver. Eso es bueno, ¿no le parece? —Se detuvo de pronto y añadió—: Ya hemos llegado. Este es mi automóvil. Bueno, el que me ha asignado la embajada.

Su coche se me antojó modesto comparado con los de don Octavi y los Lefèvre. Era un modelo de Citroën que entonces se veía mucho por las calles de París. Más bien corto, de carrocería roja y capota negra, que estaba echada. Él abrió la puerta del lado derecho y me ayudó a subir. El contacto con su cuerpo me hizo estremecerme de nuevo. Vi que solo había un asiento continuo en el que cabían dos personas a lo sumo. Wolfgang dio la vuelta al vehículo y se sentó al volante. Puso en marcha el motor, que arrancó con un suave ronroneo, y enfiló el bulevar.

—¿Conoce bien París? —me preguntó.

—Llegué hace dos días. Apenas he visto nada.

—Eso es imperdonable.

Condujo en silencio por las calles de la ciudad, que al fin empezaba a adormecerse. Yo no sabía qué hora era, ni me importaba. Tampoco le pregunté adónde me llevaba. Me bastaba con estar sentada a su lado y embeberme de su aroma y del calor que despertaba en mí la proximidad de su cuerpo. Pasamos cerca de la torre Eiffel. Siempre recordaré cómo las luces que adornaban su estructura de hierro hacían guiños en la negrura del cielo nocturno. Circulamos por los Campos Elíseos hacia el Arco de Triunfo, iluminado también. Cuando pasamos por delante del Moulin Rouge, aún tenía encendidos todos sus letreros luminosos. Incluso pude recrearme en contemplar desde el automóvil la fachada del Casino de París desde una óptica distinta a la puerta por donde entrábamos los artistas. Su estructura me recordó a la de una estación de ferrocarril. También en el Casino centelleaban todavía las luces anunciando un nombre: NORA GARNIER.

—¿Puedo mostrarle un sitio que me gusta mucho? —preguntó Wolfgang.

—Me encantaría —musité.

Tras otro zigzagueo por calles laberínticas, él detuvo el Citroën junto al Sena, en la orilla llamada Quai Saint-Michel. Pegadas al murete, se alineaban casetas de madera similares a los puestos de un mercado, cerradas a cal y canto a esa hora. Wolfgang me explicó que allí se vendían libros de segunda mano. Él acudía muchos domingos a buscar tesoros bibliográficos. Su pasión siempre habían sido la literatura y los idiomas. De no haberse visto abocado a la carrera militar por imperativos familiares, tal vez ahora estaría enseñando en alguna universidad alemana.

Al otro lado del río, las dos torres de la catedral de Notre-Dame se perfilaban contra el cielo, convertido por la luna llena en un lienzo jaspeado de nubes. Caminamos despacio junto a las casetas cerradas. Apenas nos cruzamos con unos pocos noctámbulos que, a juzgar por su semblante fantasmal, debían de andar de regreso a sus madrigueras tras una intensa farra.

—París es una ciudad maravillosa —observó Wolfgang—. El mejor lugar del mundo para olvidar la guerra.

—¿Estuvo… estuvo en las trincheras?

—No, yo luché en el aire —respondió—. Cuando empecé a pilotar un Fokker, la guerra me parecía una aventura. Las trincheras estaban abajo, muy lejos. Dejábamos caer la metralla sobre los objetivos y desde el cielo no veíamos el mal que hacían. —Detecté un asomo de tristeza en su voz. También me di cuenta de que hablaba español con mayor fluidez que años atrás—. A veces, volar era como jugar un partido de fútbol con el enemigo. Pero pronto empezaron a morir compañeros y amigos, derribados por los pilotos aliados. Otros quedaron inválidos por las graves heridas. Ya no pude engañarme a mí mismo. Los aviadores no éramos elegidos ni héroes. Matábamos y nos perseguía la muerte. Solo eso.

—Pero salió ileso —aventuré.

—No del todo —matizó él, en el mismo tono melancólico—. Me derribaron en el verano del 18, en el valle del Somme. El avión se incendió, pero conseguí arrastrarme fuera del fuselaje con algunas quemaduras, unos cuantos huesos rotos y una herida en la cara. Nada irreparable. Sigo vivo y no tengo secuelas. Solo esto... —Señaló con el dedo índice la cicatriz de la mejilla, bien visible pese a la penumbra de la madrugada—. Los franceses me hicieron prisionero y no pude volver a casa hasta enero del 19. Ah, nuestra Gran Guerra... ¡Un gran matadero que se podría haber evitado! Tantos muertos y mutilados... ¿para qué? Ahora Alemania es un país arruinado lleno de deudas, el marco no tiene ningún valor y el pueblo vive en la miseria. Para eso nos ha servido la guerra.

Me pareció tan vulnerable a la dubitativa luz del alba que no pude resistir el impulso de acariciarle la cicatriz de la cara. Él se estremeció. Su agitación sacudió las yemas de mis dedos y se propagó a cada rincón de mi cuerpo. Ahí se erguía ante mí: alto, apuesto y distinguido. Percibí en sus manos un leve temblor cuando las posó sobre mis mejillas. ¡Le deseaba tanto! Me di cuenta de que ya le había deseado, a la manera inocente de mis catorce años, la madrugada en la que me salvó de la inmunda subasta de La Pulga. Habían pasado dos lustros desde entonces y la vida me había ido despojando de aquella ingenuidad. Mi carne, sometida durante años a la lujuria atormentada de un hombre mayor, solo ansiaba fundirse con ese cuerpo que intuía vigoroso. Cuando los labios de Wolfgang se posaron sobre los míos, libé su esencia como hice antaño con el chocolate que vertió en mi taza: consciente de estar degustando algo muy especial.

No puedo decir si aquel beso duró segundos o minutos. Los momentos felices no se dejan medir. Sí recuerdo el sabor dulce de su lengua cálida, el fuego que diseminó mil hogueras voluptuosas sobre mi piel y me hizo hervir la sangre en las venas, la súbita sensación de desamparo que taladró mi pecho cuando su boca se separó de la mía sumiéndola enseguida en la añoranza.

—No sabes lo que me costó no besarte hace diez años, Flor —susurró Wolfgang—. Eras tan bella, tan joven, tan inocente. Me sentí como un monstruo por tener ganas de acostarme con una niña.

—Ya no soy una niña —fue lo único que se me ocurrió musitar.

Él sonrió. ¡Cómo me excitaba aquella sonrisa!

—Eso salta a la vista. Ahora eres una mujer hermosa y refinada... y yo no soy un monstruo por desearte.

Fui yo quien inició el segundo beso, ávida por sentir de nuevo el cosquilleo de sus labios sobre los míos. Oleadas de escalofríos dulces recorrieron mi espalda, se expandieron por mi cuerpo y palpitaron entre mis piernas. Don Octavi, Leonora, el Casino de París y mi obsesión por cantar se fugaron de mi mente. Solo codiciaba que ese hombre no se alejara nunca de mí. De repente, su boca rozó mi oreja y le oí proponer, en un susurro inseguro, que le acompañara a su casa, donde podríamos estar tranquilos. No me hice de rogar. De no haberse atrevido él, habría acabado sugiriéndolo yo.

Mientras su coche circulaba por la ciudad durmiente, su mano derecha soltaba a veces el volante y se posaba sobre la mía, o me acariciaba la mejilla, atizando el fuego que me consumía. Nos detuvimos en una calle de aspecto elegante. Me llevó a un portal con doble puerta de cristal, protegida por un complejo enrejado de forja que me recordó al velo que llevaban las beatas para ir a misa. Nuestros pasos resonaron sobre el suelo de mármol cuando recorrimos el vestíbulo hacia el ascensor. Dentro del cubículo forrado de madera, él me acarició la cara con las puntas de los dedos y fusionó de nuevo sus labios con los míos en un beso vehemente. Yo le colgué los brazos alrededor del cuello, me apreté contra él y me abandoné al placer. Salimos al rellano fundidos en un solo cuerpo. Wolfgang se apartó lo justo para buscar las llaves en algún bolsillo. Abrió con ellas la puerta de su piso. La cerró, encendió la luz y se quitó sombrero y abrigo. Los arrojó lejos, me tomó en brazos y me llevó por un pasillo interminable mientras yo apresaba sus labios y me consumía de fiebre gozosa. Me depositó con delicadeza en una cama grande, sobre la que convergían los hilos de luz que entraban desde la calle y los del pasillo. La colcha tenía un tacto tan sedoso como su boca. Nos besamos entrelazando las lenguas, su cuerpo temblando de excitación sobre el mío, sus manos deslizándose por mi piel cual plumas de pájaro y revolviéndome el cabello a intervalos, la mirada azul abismada entre mis párpados. Habría podido morir de dicha bajo el cielo límpido de aquellos ojos.

Nos separamos al mismo tiempo y empezamos a despojarnos el uno al otro de la ropa. Alrededor de la cama acabaron mezclándose su traje y mi vestido, su camisa con mi combinación, sus calcetines y mis medias de seda. Pude admirar el vigor de su miembro altivo antes de que lo sumergiera dentro de mí, ansioso y tierno a la vez. Me anegó una excitación que no había conocido jamás, ni siquiera cuando descubrí el amor carnal con Andrés. Era una fuerza animal que no obedecía a la razón y actuaba por su cuenta. Y sentí algo más entre las súbitas ganas de llorar de felicidad: un cosquilleo burbujeante en la boca del estómago, como en el instante de salir al escenario y empezar a cantar, aunque infinitamente más intenso.

Cuando nos despegamos, exhaustos y jadeantes, supe lo que significaba esa efervescencia en las vísceras. ¡Amaba sin remedio a un hombre al que apenas conocía y no sabía si volvería a ver! Mi gozo se trocó en pánico. Noté el calor de su brazo sobre mis pechos. Giré la cabeza para mirarle. Yacía a mi lado, las largas piernas enmarcando el pene en reposo, los músculos tensados bajo la piel, el pubis cubierto por su vello rubio y el torso surcado de pequeñas cicatrices nacaradas que parecían de quemaduras. Sonreía bajo los ojos velados de humedad.

—Esto ha sido lo mejor que me ha ocurrido en la vida —le oí susurrar—. Te has convertido en una mujer maravillosa, Flori de La Pulga.

Mi corazón arrancó a latir sin control. En mi mente empezó a perfilarse la imagen de Rita cuando me prevenía contra los jóvenes guapos que nos encandilan y nos atrapan como la miel a las moscas, preñándonos una y otra vez hasta transformarnos en un pellejo exhausto. Si mi amiga estuviera viva, seguro que me reñiría por poner en peligro mi lucrativa vida con don Octavi que, aunque me exigía alimentar sus odiosas extravagancias carnales, no me ataba con los lazos del amor. Yo era consciente de que las sensaciones de esa noche eran puro fuego que acabaría abrasándome. Al mismo tiempo, me angustiaba la idea de separarme de ese cuerpo poderoso para regresar al Ritz con el atormentado don Octavi y la Sultana.

Acordarme de mi carcelero fue como recibir de sopetón una ducha de agua helada. Caí en la cuenta de que debía de ser muy tarde. ¿Qué iba a contarle si me esperaba despierto? Me liberé del abrazo de Wolfgang y me incorporé.

—Tengo que regresar al hotel. He dejado mucho tiempo solo a don Octavi. Espero que no haya empeorado.

Él se levantó también.

—¿Ese hombre es tu…?

No acabó la frase. Tampoco hizo falta. Entendí perfectamente cuál era la palabra que no había pronunciado.

—Es mi representante y mi mentor —me apresuré a aclarar—. Soy Nora Garnier gracias a él. Me ha enseñado todo lo que sé y se encarga de llevar mi carrera…

Me callé. La mirada de Wolfgang no dejaba lugar a dudas sobre cómo interpretaba mis palabras. Me vi de pronto chapoteando en un maloliente charco de vergüenza. ¿A quién pretendía engañar? Si yo solo era una entretenida de segunda, que de noche fingía ser una joven muerta treinta y tantos años atrás para reconfortar al infeliz de su prometido, que no había sido capaz de superar aquella pérdida.

Wolfgang saltó de la cama, reunió sus ropas y empezó a vestirse.

—Te llevo al hotel. Es muy tarde.

Me despegué con desgana de las sábanas que nos habían cobijado y me fui poniendo las prendas que me había arrancado. Restauré mi peinado como buenamente pude y me arrebujé en el abrigo de terciopelo. Hicimos el trayecto hasta el Ritz en silencio. Dentro de mí luchaban la razón y una pasión que intuía indómita. Al cabo de un rato, él detuvo el vehículo a prudente distancia de la entrada al hotel. Otra señal de que no le había engañado mi cuento del representante y mentor. Me demoré en bajar. Sentada a su lado, me debatí entre seguir jugando con fuego o proteger la degradante comodidad que me brindaba vivir con don Octavi. Entonces sentí el calor de su mano sobre la mía.

—¿Puedo volverte a ver, Flor? —susurró—. Por favor…

La razón ni siquiera protestó cuando le dije que sí, con una sonrisa sesgándome el rostro encendido y la lengua paralizada. La tentación me había atrapado. No había vuelta atrás.

Alianza inesperada

Al entrar en la suite, lo primero que vi fue a la Sultana dormitando en uno de los sillones del salón. Aún iba vestida con la ropa que había llevado esa noche en el teatro. Para mi alivio, no había rastro de don Octavi. La puerta de su alcoba estaba cerrada. Cabía la esperanza de que estuviera durmiendo y me salvara de prestarme a sus juegos nocturnos. Ojalá no saliera de su cuarto justo en ese momento. Después de haber estado con Wolfgang, la mera idea de dejarme atar a la cama como si fuera una res me espeluznaba. Mientras subía en el ascensor, me había preparado una mentira muy elaborada, pero seguro que mi carcelero leería en cada segmento de mi cuerpo lo que había ocurrido. Era un hombre muy sagaz.

La Sultana abrió los ojos cual lagartija somnolienta. Al verme, se puso en pie de un brinco. Se alisó las arrugas del vestido, puso el índice en vertical ante los labios y susurró:

—Don Octavi está como un tronco, señorita.

—Vamos a mi habitación —le dije.

Ninguna de las dos abrimos la boca hasta que hubimos entrado y cerrado la puerta.

—¿Cómo está, Sultana?

—Pachucho. Esta noche le he tenido que dar la medicina esa *pa* la fiebre que le ha *mandao* el médico gabacho. Ha dormido *to'l* tiempo como un recién nacido.

Me senté ante el tocador. La Sultana me quitó la cinta del pelo y fue sacando con celeridad las horquillas que sostenían el recogido, mustio tras mi escaramuza amorosa.

—¿Y la fiebre?

—He *entrao* hace un rato y no estaba tan fiebroso. La ha *agarrao* buena, vive Dios.

Nuestras miradas se cruzaron en el espejo. Tuve la impresión de que había olido el paso de un hombre por mi cuerpo. Recogió las horquillas en una bandejita de plata y empezó a cepillarme el cabello.

—No le digas que he vuelto tan tarde. ¿Me lo prometes?

—¡Faltaría más, señorita! —afirmó contundente—. La Sultana de Constantinopla es una tumba cuando hay que serlo, ya lo sabe.

Noté cómo la sangre se me arremolinaba en la cara. Ella siguió pasándome el cepillo por el pelo. Ninguna de las dos hablamos. Cuando el placentero cosquilleo en el cuero cabelludo empezó a relajarme, la Sultana murmuró:

—¡Qué pelo tan hermoso ha tenido siempre! ¡Se ha convertido en una belleza de toma pan y moja, señorita! —Se me quedó mirando con esa expresión que le hacía parecerse a una gallina clueca. Creí detectar en sus ojos una chispa de picardía—. Tenga *cuidao* con los franchutes. Dicen que les gusta encandilar a las españolas guapas.

De nuevo sentí en las mejillas el fuego acusador.

—No digas bobadas, mujer.

—Yo no he salido de España más que ahora, con don Octavi y *usté*, pero los pálpitos nunca *m'han engañao*. Los asuntos del fornicio son lo mismo en todos *laos*.

Alejé la cabeza de sus manos y del cepillo.

—No seas ordinaria —la reprendí—. Anda, acuéstate y descansa.

—Lo que *usté* mande. ¿La despierto a la hora de siempre?

Sopesé la posibilidad de dormir un poco más, pero entonces don Octavi sospecharía. Ya hallaría un rato para recuperar sueño antes de ir al Casino.

—Sí. Espero que don Octavi pueda levantarse para desayunar.

La Sultana me deseó buenas noches y me dejó sola. Me dormí evocando las caricias, la piel y el aroma de Wolfgang. Hacía poco que me había separado de él y ya le añoraba.

Por la mañana, entré a ver a mi protector. Embotado por la fiebre, apenas me prestó atención. Abandoné la alcoba de puntillas y me senté a desayunar con la Sultana. ¿Se habría levantado Wolfgang ya? Miré el reloj de cerámica que reposaba sobre la repisa de la chimenea. A esa hora, seguro que estaría trabajando en la embajada. ¿Cuáles serían las obligaciones de un agregado militar? Me di cuenta de que estaba sonriendo. Una lengua de fuego me abrasó la cara. Alcé la vista. La Sultana me escrutaba por encima de su taza de café. ¿Estaría sintiendo uno de esos pálpitos de los que tanto se preciaba? No logré sostenerle la mirada.

En ese instante, alguien llamó a la puerta con los nudillos.

La Sultana saltó de la silla y corrió a abrir.

En el umbral se perfiló la escuálida silueta de Madeleine. Yo no estaba habituada a recibir visitas y menos por la mañana. Por suerte, me había pillado vestida y bien peinada. Aun así, me sentí tan incómoda como si la sofisticada parisina me hubiera sorprendido en salto de cama. Me puse en pie para recibirla. Ella me saludó con una sucesión de besos y empezó a parlotear en su acelerado francés.

—*Chérie*, espero no ser inoportuna al presentarme sin avisar. Tenía una prueba esta mañana en la Maison Chanel... Oh, debe usted acompañarme algún día. Coco siempre sabe lo que mejor sienta a cada mujer...

Mi incomodidad aumentó. ¿Me estaría insinuando que el estilo de mi vestuario dejaba que desear?

—Al salir de Chanel —continuó Madeleine—, dije a nuestro *chauffeur* que me trajera aquí para ver cómo se encuentra el querido Octavi. ¡Qué mala suerte la suya, enfermar y perderse su maravilloso debut, Nora! Claude y yo hemos leído esta mañana lo que dicen los periódicos de usted. ¡Se ha convertido en la sensación de París!

Logré interrumpir su torrente de palabras y la invité a desayunar conmigo. Ella solo aceptó café sin azúcar. Cuando tomó asiento, la Sultana le llenó una taza.

—Voy a ver cómo anda don Octavi, señorita.

Se esfumó escrutando a la visitante de soslayo; me pareció

448

que con escasa simpatía. En cuanto nos quedamos a solas Madeleine y yo, el interés de esta por el enfermo desapareció. Tras haber dado un sorbo diminuto, dejó la taza de porcelana sobre el platillo y exclamó:

—¡Cómo me gusta el café del Ritz! —Enseguida añadió, en un susurro casi inaudible—: ¿Verdad que Wolfgang von Aschenbach es un hombre encantador? ¡Y tan guapo! Con alemanes como él, es fácil olvidar que fueron nuestros enemigos en la guerra...

Me puse en guardia. No me hacían falta pálpitos como los de la Sultana para adivinar cuál era la verdadera finalidad de esa visita. Me dediqué a beber mi café para ocultar el rubor que anegó mi rostro. Ella se echó hacia delante y me dio varias palmaditas en la mano libre.

—No temas, Nora. Claude no sospecha nada y los otros tampoco. Estaban muy borrachos...

Tragué saliva. ¿Ahora empezaba a tutearme? Me desembaracé de la taza de porcelana traslúcida.

—No sé a qué te refieres.

Ella rio entre sus dientes marfileños.

—Conmigo no hace falta que disimules. Yo también me habría marchado con él.

Se abrió la puerta de la alcoba de don Octavi y salió la Sultana.

—¿Cómo está? —le pregunté, aliviada por la pequeña tregua que suponía su regreso.

—Pachucho, señorita. Le he *dao* un poco de leche y la medicina de la fiebre, a ver si espabila.

Forcé una sonrisa.

—¿Nos dejas a solas, Sultana?

Ella asintió con la cabeza, más gallina clueca que nunca.

—Voy a preparar su ropa *pa* esta noche, señorita.

Madeleine volvió al ataque en cuanto desapareció la Sultana.

—Mira, Nora, creo que eres muy joven y aún no dominas el arte de compaginar la obligación con el placer —musitó con su vocecita de niña—. Para poder ser felices, las mujeres necesitamos un marido rico que nos dé una buena vida. O un protector como tu querido Octavi. A cambio, nuestro deber es satisfacer sus deseos…, ya sabes cuáles… Y, por supuesto, no dejarles en ridículo. Créeme, a ellos no les importa hacer la vista gorda ante nuestros pequeños devaneos… siempre que seamos discretas. Y para eso, es muy importante tener buenas amigas que nos cubran las espaldas. Sobre todo en París, donde los rumores tienen alas.

No supe qué decir ante semejante razonamiento. Guardé silencio.

—Claude no debe sospechar que te… um, que te relacionas con Von Aschenbach. Se lo contaría a Octavi y no sabemos cómo reaccionaría tu Pigmalión. Siempre ha sido muy controlador con sus… digamos pupilas, aunque no hay más que ver cómo te mira para darse cuenta de que eres más importante para él que las anteriores. Pero yo te ayudaré a verte con tu guapo boche sin que nadie se entere.

—Madeleine, yo… —farfullé.

Ella volvió a palmearme la mano.

—Mientras Octavi siga enfermo, será fácil arreglarlo todo para que disfrutes de tu boche hasta que os marchéis de París. Si se recupera antes de lo previsto, habrá que trazar planes más complejos, pero no te preocupes. Tu amiga Madeleine tiene mucha experiencia en estas cosas. ¡*Mon Dieu*, qué emocionante!

No me entusiasmaba que Madeleine se inmiscuyera así en mis asuntos, aunque intuía que, mientras se divirtiera haciendo de celestina, sería de fiar. Y, en cualquier caso, resultaría más fácil de controlar si la tenía de aliada que si se ponía en mi contra. Claudiqué y le regalé una sonrisa que selló la inesperada alianza.

Sin escapatoria

Tampoco esa tarde pudo acompañarnos don Octavi al teatro. Como el día anterior, Claude subió a la suite para recogernos a la Sultana y a mí. Madeleine nos aguardaba sentada en el Mercedes, acicalada hasta las pestañas. Me saludó y me guiñó un ojo a escondidas de su marido. Era como una niña excitada ante la perspectiva de cometer una travesura. Solo cabía esperar que no nos pillaran por su culpa.

En el Casino de París, me siguió hasta el camerino mientras Claude se quedaba entre bastidores para asegurarse de que estaba dispuesto todo lo necesario para mi actuación. Madeleine se sentó en el sofá. Guardó silencio hasta que la Sultana, con la cara larga como un palo, acabó de arreglarme ante el tocador. Como vi que Madeleine se impacientaba, envié a la Sultana a buscarme un vaso de agua. El personal del teatro dejaba cada noche una jarra con agua fresca y varios vasos sobre una mesita pequeña, pero ella cazó la intención al vuelo y salió sin rechistar. Con ojos brillantes, Madeleine se apresuró a exponerme su descabellado plan. O, quizá, no tan descabellado. Nada más acabar el recital, nos desembarazaríamos de Claude diciéndole que íbamos a divertirnos con las amigas de Madeleine; una escapada solo para mujeres. Claude era muy liberal y no le importaría. Además, se hacía mayor y le cansaba salir muchas noches seguidas.

—¿Tus amigas son de fiar? —osé interrumpir.

—No habrá amigas —fue su impaciente respuesta—. Cuando

nos quitemos de encima a mi marido y a tu sirvienta, nosotras nos separaremos. Yo también tengo planes.

De modo que en eso consistía su alianza. Con el pretexto de ayudarme, iba a utilizarme de coartada. Por otro lado, me tranquilizó saber que ella también era vulnerable.

—Nos reuniremos otra vez a las tres y media —prosiguió—. Así no hay peligro de que se nos haga tarde y podremos ponernos de acuerdo para contar la misma historia si a Claude le da por indagar. No sabes lo retorcido que puede ser cuando quiere. ¿Dónde has quedado con tu boche?

—Dijo que andaría por aquí —respondí a regañadientes.

No me gustaba hacerla partícipe de lo que había acordado con Wolfgang antes de despedirnos en su automóvil. Y empezaba a molestarme que le llamara siempre boche.

—Perfecto. Todo irá bien, ya lo verás. Voy con Claude.

Madeleine se esfumó como una exhalación. Enseguida regresó la Sultana. Depositó el vaso de agua sobre el tocador y se me quedó mirando largamente.

—Tenga *cuidao* con esa mujer. Me da en la nariz que es una lianta.

No respondí. Faltaba poco para salir al escenario y empezaban a atacarme los nervios, agravados por la alborotada presencia de Madeleine en el camerino y mi ansia de Wolfgang. Aún no habían pasado veinticuatro horas desde que nos separamos delante del Ritz y todo mi ser le añoraba con la avidez que debía de sentir Ernesto cuando le tentaba la pipa del opio. Nunca había sentido semejante adicción al cuerpo de un hombre.

Cuando recorrí los pasillos hacia el escenario, necesité toda mi disciplina para concentrarme en el recital. Las piernas me temblaban como flanes mientras se alzaba el telón. Tras el clamoroso triunfo del estreno, no podía decepcionar a los parisinos. Jamás me lo perdonarían. Una suave penumbra mecía la sala y difuminaba los rostros del público, salvo en las primeras filas, a las que llegaba algo de luz de los focos que me iluminaban. Arranqué entonando *Mon homme*. Esa noche, el recuerdo de Wolfgang me hizo sentir la letra como nunca. Era a él a quien dedicaba cada nota, cada sílaba que pronunciaba. Al terminar, miles de manos arrancaron un aplauso ensordecedor que se prolongó durante varios minutos.

Continué con un cuplé sentimental que había popularizado Raquel Meller cinco años atrás: *Mírame siempre*. El veneno del escenario ya circulaba a raudales por mi sangre. Me sentía segura, en sintonía con el público, dispuesta a entregarle hasta el último aliento. Algo me empujó a deslizar la vista sobre la primera fila. Allí estaba Wolfgang, justo delante de mí. Sus ojos brillaban claros en la penumbra, pendientes de cada uno de mis movimientos. El estribillo de la canción que tantas veces había cantado, cobró pleno sentido esa noche en París.

Mírame fijamente hasta cegarme,
mírame con amor o con enojos,
pero no dejes nunca de mirarme
porque quiero morir bajo tus ojos...

Surgió del pasado la chiquilla que interpretó a su manera *La pulga*, hechizada por un joven de aspecto extranjero que se mezclaba entre los parroquianos y a quien todos tomaban por espía. Aquella niña se amalgamó con Nora Garnier para ofrendar cada pieza del repertorio al supuesto espía que, diez años después, había irrumpido en su vida para encrespar las aguas que don Octavi estancó. Tras haber probado las mieles de ese hombre, sabía que nada volvería a ser como antes. Esa noche, el sombrero fedora que me quité al acabar *Dalia de arrabal* fue a parar al regazo de Wolfgang. Él lo alzó, se lo acercó al pecho y me sonrió con tal embeleso que, pese a mi obnubilación, recé por que Claude anduviera demasiado distraído entre bastidores para atar cabos.

Tras una ovación entusiasta del público y dos bises, al fin pude derrumbarme en el sillón de mi tocador. La Sultana me estudiaba con esa sagacidad desconcertante de quien ha visto de todo y poco bueno. Ya estaba a punto de abrir la boca para decirme algo cuando irrumpió Madeleine sin haber llamado antes a la puerta, jadeando como si hubiera venido corriendo por los pasillos.

—Todo arreglado, Nora. Claude dejará en el Ritz a tu criada y se marchará a casa. La noche es nuestra.

Yo estaba nerviosa. ¿Cómo me reuniría con Wolfgang? Ella debió de adivinar mis pensamientos. ¿Por qué todos leían en mí como si fuera un libro abierto?

—Tienes a tu galán delante de la puerta de artistas. Le he dicho que se lleve el coche al callejón de atrás y te espere dentro. Cuando se hayan marchado todos, os podréis escabullir.

Me incomodó que una mujer casi desconocida se inmiscuyera así en mis asuntos, pero no podía deshacerme de ella. La Sultana miraba a una, después a la otra. A veces me daba la sensación de que sí entendía algo de francés y se hacía la tonta. El tiempo reptó con lentitud hasta que pude asomarme a la entrada de artistas, arreglada y peinada por las sabias manos de mi ayudante de camerino, que acababa de alejarse en el Mercedes de los Lefèvre, tras haberme susurrado al oído: «Ándese con ojo, que la lianta esa la meterá en un follón».

Wolfgang había aparcado el Citroën en una calleja cercana. En cuanto nos sentamos dentro, me arrojé a sus brazos y le besé. Percibí en él un ansia como la que me había consumido a mí desde que nos separamos. Arropada por su cuerpo, mecida por su perfume de hombre elegante, abrasada por el calor que emanaba de su piel mientras me conducía hasta su piso, comprendí que mi destino me había atrapado sin remedio.

Sombras

D on Octavi tardó en recuperarse. Aunque al tercer día de enfermedad ya no tenía tanta fiebre, el médico le aconsejó permanecer de reposo en la suite para evitar una recaída. Yo seguí cantando para Wolfgang, que se las arreglaba cada noche para conseguir asiento en las primeras filas, desde donde me acompañaba su imborrable sonrisa de embeleso. Tras las actuaciones, cosechaba aplausos prolongados y peticiones de bises, los periódicos de París no cesaban de llenar páginas alabándome y empezaron a asediarme admiradores de aspecto distinguido, de los que Claude me libraba con su diplomacia digna de un embajador. Yo ni me fijaba en los lechuguinos engalanados. Solo me importaba Wolfgang. Descubrir su rostro entre la penumbra del proscenio me inundaba de gozo, pues era la antesala a la dicha que nos regalábamos después entre sus sábanas.

Gracias a las experimentadas artimañas de Madeleine, que planificaba cada noche su propia diversión utilizándome de coartada, pude saborear el amor, tierno y a la vez tejido de instinto animal, que sentía por Wolfgang y nunca había despertado en mí ningún hombre. Le amaba desde las vísceras, le sentía en cada poro de la piel, le deseaba hasta con el olfato y la lengua. Al mismo tiempo la cabeza, tan reticente a confiar en los demás, aprobaba sus maneras tranquilas, la honestidad que insinuaba su comportamiento conmigo, su ternura cuando recorría mi pubis con los labios para abismar la lengua donde nadie la había internado jamás. ¿Cómo aceptar que pronto se acabaría aquel paraíso y tendría que regresar a mi sucia servidumbre en la alcoba de don Octavi? ¿Cómo no iba a sucumbir al hechizo de un hombre que, tras regalarme intensas muertes de placer, me hacía confidencias sobre la angustia que sentía cuando ametrallaba o bombardeaba objetivos franceses desde el cielo? O me hablaba de Otto, el hermano mayor que murió de difteria siendo un niño y cuya temprana desaparición le obligó a él, más aficionado a la lectura y a soñar despierto que a la acción, a entregarse a la carrera militar por tradición familiar. O comentaba lo provechoso de su destino diplomático en París, que le permitía disfrutar del ambiente único de la ciudad y enviar dinero a su familia que, aunque perteneciente a la aristocracia prusiana, se había visto empobrecida tras la guerra y acuciada por la incontenible devaluación del marco que llevaba años azotando a Alemania. Yo le conté cómo me escapé a Madrid con el dinero que me dio en aquel hotel de Zaragoza. Le hablé del infortunio de Rita, incluso de nuestras correrías cantando en cafés concierto de mala muerte o posando para Ernesto, aunque pasé de puntillas por mi noviazgo con Andrés y apenas dediqué unas palabras crípticas al aborto en la corrala donde vivía la partera llamada Jacinta. Él no mencionó que hubiera ninguna mujer en su vida. Yo no le pregunté.

No, no es fácil mantenerse anclada a la realidad si a una la consume un fuego como el que prendió Wolfgang en mí.

Tras nuestros encuentros, regresaba al Ritz con pánico a encontrarme a don Octavi levantado y que sus manos borraran de mi piel la huella dejada por Wolfgang. Afortunadamente, la fiebre le mantenía atado a la cama y yo solo hallaba a la Sultana dormitando en uno de los sillones del salón. Ella se ponía en pie con marcialidad militar y me seguía hasta la alcoba. Mientras guardaba mi ropa en el armario y me cepillaba el pelo, me informaba sobre el estado del enfermo. A mí no me pasaban inadvertidas sus miradas inquisitivas, a veces incluso de preocupación. Una madrugada, cuando solo me quedaban dos funciones en el Casino de París, oí cómo me llamaba, en voz baja, Flor. Me puse en guardia. Si esa mujer sacaba a relucir mi nombre verdadero, significaba que habría sermón bienintencionado.

—Flor —insistió—, hace muchos años que nos conocemos. Sabes que me pierde la sinhueso. Haría mejor en callarme la boca, pero estos ojos —en el espejo, su índice derecho apuntó hacia su cara somnolienta— han visto mucho y detectan el amor a la legua. Ten mucho *cuidao* que, igual que viene, se va.

—No sé de qué me hablas.

—Ten *cuidao* y no hagas tonterías. Vale que don Octavi tiene un no sé qué de *trastornao*. Y en el piso de La Pedrera, hasta las moscas saben *pa* qué te metes cada noche en su alcoba. Pero a su manera, te da buena vida. Gracias a él, ahora eres una estrella. No arriesgues lo que tienes por un hombre que te llene la cabeza de pájaros y luego te deje tiradica como el gallo de Morón, sin plumas y cacareando.

—¿Como tu sultán de Constantinopla? —le espeté, molesta.

Su expresión se ensombreció. Siguió peinándome en silencio.

—No he *pisao* Constantinopla en mi puñetera vida —murmuró al fin—. Eso lo sabía hasta la chafardera de la Amapola. Pero lo del sultán no es todo mentira, aunque le puse algún lacito a la historia, *pa* qué negarlo.

—¿Entonces…?

—Lo conocí siendo corista en un teatro de Madrid. Era un antro de mala muerte, pero iban muchos señoritos finos a divertirse. Él se encaprichó de mí… —La Sultana intercaló una sonrisita entre pícara y melancólica—. Yo no era una belleza como tú, pero tampoco era fea y andaba prieta de carnes. Me puso un pisito coqueto y me hizo aprender a bailar con el vientre, como se ve que hacían las bailarinas en su país. —Se encogió de hombros—. Que pertenecía a la familia real de Constantinopla, decía. No sé si me metió una trola, lo que sí sé es que era guapo a rabiar: morenazo, de ojos más negros que la *maldá*, y manejaba sus buenos cuartos. Me tuvo como una reina hasta que se cansó de mí y me dio el pasaporte. Y lo peor de todo, Flor, es que de tan *colaíta* que estaba por él no le saqué ni un real. *Pa* eso sirve el amor.

No supe qué decirle. Ella aprovechó mi indecisión.

—Sé que andas en amores con algún franchute *espabilao* —siguió susurrando— y que esa lianta de la Madelén te hace de alcahueta. Por eso te recuerdo que más vale pájaro en mano que mil volando, y don Octavi es un pájaro que ya me habría *gustao* pillar a mí... y a cualquiera que salga de donde venimos nosotras. ¡Qué más da que esté *p'allá* y te haga pagarle los lujos dándole vicios en el catre!

Su sagacidad me había desarmado. ¿Qué diría si supiera que no era un francés quien estaba poniendo mi vida patas arriba, sino aquel alemán al que todos en La Pulga tomaron por espía años atrás? Seguí muda. Ella dejó el cepillo del pelo sobre el tocador.

—Perdóneme si la he *molestao*, señorita Nora. Yo... la aprecio mucho, le estoy agradecida por haberme *sacao* de criar sabañones con las castañas y la admiro por lo gran artista que es. No quiero verla sufrir por culpa de un hombre. —Bajó aún más la voz, hasta el punto de que me costó oír lo que añadió—: Sobre todo, mantenga la cabeza en su sitio. Sáquele los cuartos a don Octavi sin que le dé pena, que *pa* eso sirven los carcamales viciosones como él. Y aquí paz y después gloria.

Me di la vuelta y apreté su brazo. El tacto fláccido me inspiró una pena borrosa. ¿Cuándo me llegaría a mí la hora de marchitarme así?

—No padezcas, Sultana. No haré tonterías.

Ella sonrió.

—Buenas noches, señorita Nora. Que duerma bien.

Visos de despedida

Tras mi última actuación en el Casino de París, que cosechó una ovación interminable con todo el público de pie, en la habitación de Wolfgang se amalgamó nuestra lujuria con una melancolía tan espesa como el chocolate al que me invitó diez años atrás. La proximidad de la despedida nos hizo saborear con mayor intensidad cada caricia, cada beso, cada roce de nuestras pieles. Pero, por más que intentamos retrasarla, llegó la hora de pensar en abandonar la cama y vestirnos para que él me llevara al hotel. Hice un desganado amago de separarme de Wolfgang y levantarme, pero él me retuvo.

—Espera. Quiero... debo decirte algo...

No me hice de rogar. Me acurruqué de nuevo al calor de su piel.

—Yo... —arrancó él, como indeciso—, lo que hemos hecho todas estas noches no es solo placer para mí. Es mucho más. Me he enamorado de ti, Flor. No quiero que nos separemos. Me duele saber que te marcharás con tu amante y me olvidarás.

—¿Cómo voy a olvidarte? Te quiero desde que te vi por primera vez en La Pulga, hace diez años.

—¡Quédate conmigo en París! —exclamó él, de sopetón.

Su propuesta me cortó la respiración.

—No puedo quedarme, así como así —objeté, aunque con la boca pequeña.

—No necesitas a ese hombre con el que vives. Eres una gran artista. ¡Has triunfado nada menos que en París! Saldrás adelante sin él.

—No es tan fácil. Don Octavi ha hecho mucho por mí.

—Me gustaría ser tu esposo, Flor —me interrumpió—, despertarme a tu lado por las mañanas, vivir contigo, pero hay algo... que... —Se detuvo de pronto.

A mí me dio un vuelco el corazón al pensar en la posibilidad de no tener que amarle a escondidas. Por una parte, me seducía la idea; al mismo tiempo, despertaba en mí un miedo visceral. ¿De qué les había servido el matrimonio a mi madre y a tantas mujeres como ella? ¿Acaso casarme enamorada hasta las trancas me libraría de acabar atrapada? Recordé a la Sultana, afirmando la noche anterior que el amor igual que viene se va. ¿Y si el ardor que nos daba la vida ahora se convertía con el tiempo en el fuego del infierno? ¡No!, no debía precipitarme.

Abrí la boca para poner más objeciones, cuando él dijo de carrerilla:

—Ya estoy casado.

¡Eso no me lo había esperado! Me separé de un brinco y me quedé haciendo equilibrios en el borde de la cama.

—Entonces ¿por qué dices que quieres casarte conmigo? Yo no soy de esas mujeres a las que se engatusa proponiéndoles matrimonio.

—Debo ser sincero. —Posó una mano sobre mi cintura para atraerme hacia él. Yo se lo permití. No era capaz de mantenerme alejada de su cuerpo desnudo. Él tomó aire y murmuró—: Katharina y yo nos casamos en el 17, cuando volví a casa en un permiso largo. Estábamos prometidos desde que empezó la guerra. Ella es de buena familia y nuestros padres siempre quisieron casarnos. Entiende que, antes de la guerra, para un hombre de la aristocracia prusiana no era fácil escapar de la tradición. Ahora que mi país está derrotado y en la ruina, van cambiando muchas cosas, pero yo no tuve elección.

—¿Por qué no vive contigo? ¿O es que este piso lo tienes para traerte a tus conquistas?

—¡Tú no eres una conquista! ¡Y vivo aquí solo! —enfatizó él—. Katharina y yo somos muy diferentes. Ella es guapa, elegante y tradicional... y me aburro a muerte con ella. Creo que yo tampoco la hago feliz. Cuando me destinaron a París, prefirió quedarse en Berlín con Konrad..., nuestro hijo. Los dos viven con mis padres.

—Tienes un hijo... —susurré, anonadada por esa inesperada paternidad.

Wolfgang se desenredó de entre las sábanas, se levantó y fue hacia donde había arrojado su americana cuando nos desnudamos. Hurgó en el bolsillo interior hasta sacar la billetera, de la que extrajo un papel que me puso delante cuando se dejó caer de nuevo junto a mí. Era una fotografía. Una joven rubia, de porte etéreo, vestida y peinada con la distinción innata de las ricas de cuna, se inclinaba detrás de un niño y le agarraba de los hombros en un gesto protector. ¿O, quizá, dominante? El pequeño tenía el cabello pajizo y sus rasgos parecían copiados a los de Wolfgang. Hasta el corte de pelo era similar.

—Esta fotografía me la envió Katharina hace poco. Es de cuando Konrad cumplió seis años.

Me quedé mirando a madre e hijo, sin saber qué decir. Los dos parecían haber nacido para la elegancia. Seguro que fueron bebés con porte angelical y no habrían caído jamás en la vulgaridad de vomitar ni mancharse. Recordé mi infancia y la de mis hermanos: siempre hambrientos, vestidos con ropas remendadas y sucias, las caras tiznadas de churretes y mocos. Me sentí como un cardo brotado al borde de un camino pedregoso. ¿Qué hacía una flor de arrabal enamorada hasta el tuétano de un hombre como Wolfgang?

Él dejó el retrato encima de la mesilla de noche, se inclinó sobre mí y me besó.

—¡Te amo! Nunca había sentido esto por ninguna mujer. Sé que no tengo derecho a proponer que te quedes conmigo, pero te prometo que pediré el divorcio a Katharina y nos casaremos... si tú quieres.

Enredada de nuevo en su poderoso abrazo, me debatí entre lo que deseaban mis sentidos y lo que argumentaba la razón, mientras él me cubría de besos vehementes. Ansiaba tanto dejarme secuestrar por aquella locura..., pero me frenaba el miedo a arrojarme a una vida prisionera como madre. «El amor no es para las chicas como nosotras», me dijo Rita una vez. Entonces me acordé de don Octavi. De pensar que pronto me tocaría reanudar mis visitas a su alcoba, se me hizo un nudo en el estómago. Sí, le agradecía que me hubiera dado estudios, cultura y un futuro como cantante de primer nivel, pero la gratitud no bastaba para regresar a la penumbra de la relación interesada que me ataba a él. Por otro lado, si le abandonaba, ¿sabría mantenerme en la cumbre sin su ayuda?

—Necesito... necesito pensar —murmuré—. Esto no es fácil... nada fácil...

—Pero os marcháis mañana. —La voz de Wolfgang sonó como la de un niño triste.

Me desligué de su cuerpo y me levanté. Empecé a ponerme la ropa para regresar al Ritz. Él emitió un suspiro de resignación y me imitó. Acabamos de vestirnos en silencio. Cuando me senté en la cama para enfundarme las medias de seda, tuve de pronto una sola idea clara en aquel mar de dudas. Me volví hacia él.

—Si decido quedarme en París, no me casaré contigo —recalqué—. ¡No pienso casarme nunca!

Él se dejó caer a mi izquierda, me rodeó los hombros y me estrujó. Sus labios se posaron sobre mi oreja y sentí un cálido cosquilleo que viajó por toda mi piel cuando susurró:

—Yo solo quiero estar contigo, Flor..., mi amor.

Me acurruqué entre sus brazos, saboreé el calor de su cuerpo y aspiré su olor. ¿Sería capaz de prescindir de esas sensaciones y regresar a mi vida de noches malsanas junto a don Octavi?

La perra

En la suite del Ritz me aguardaba una sorpresa. En lugar de dormitar la Sultana en el sillón de siempre, quien lo ocupaba era don Octavi. Calentaba entre las manos una enorme copa con forma de balón, llena hasta la mitad de lo que parecía coñac. No le había visto levantado desde que cayera enfermo. Se me antojó más delgado y su semblante lucía ceniciento por encima del cuello almidonado de la camisa, ceñido por una corbata oscura que combinaba con su traje confeccionado a medida. ¿Por qué me esperaba de madrugada, vestido como si fuera a salir? Mi mala conciencia por los encuentros furtivos con Wolfgang me llenó de inquietud. Intenté disimular.

—Don Octavi, ¿qué hace levantado a estas horas?

—¡Siéntese!

Su actitud áspera y la expresión de su cara me dieron muy mala espina. Me quité el abrigo y el sombrero acampanado. Me escurrí cautelosa sobre el sofá. Él no perdió el tiempo.

—No voy a andarme con rodeos. Sé que se... ve... —había pronunciado el verbo con mordacidad— con el agregado militar de la embajada alemana...

—Don Octavi, yo... —le interrumpí, por puro reflejo.

Él me impuso silencio con un imperioso movimiento de la mano derecha.

—¡Déjeme acabar!

No fui capaz de sostener su mirada y la dejé caer sobre mis manos.

—Esta noche me sentía bastante fuerte y decidí ir al Casino a observar cómo se desenvolvía sin mí. Me coloqué entre bastidores para verla cantar. Lo que vi fue su juego de indiscreto coqueteo con un hombre del público. ¡Vaya dos ilusos! ¿Creían que no se daría cuenta nadie?

Entendí que su pregunta no pedía respuesta y me mantuve callada.

—Sonsaqué a Claude —prosiguió él—. Resultó que él sabía lo que se trae entre manos y con quién, pero no había querido inmiscuirse.

—¿Claude sabía...?

—Al parecer, es un secreto a voces en el Casino, quién sabe si en todo París. La gran Nora Garnier escapándose cada noche con un militar alemán que trabaja en la embajada. ¡Qué estúpida puede llegar a ser la carne!

Su comentario despectivo me dolió. Salté en defensa de lo que había nacido entre Wolfgang y yo.

—Don Octavi, no crea que soy una ingrata. Soy consciente de lo mucho que ha hecho por mí y le estoy muy agradecida. Si no fuera por usted, aún estaría cantando cuplés de relleno en el Trianón y viviendo en una buhardilla. No he querido ofenderle, ni engañarle, solo es que... —tuve que pararme a respirar—, es que... no puedo evitar sentir... lo que siento por ese hombre... Le juro que no es solo carne...

—Ahórreme sus explicaciones de modistilla simplona.

Avergonzada, me mordí el labio inferior.

—¡No nos desviemos de lo esencial! —siguió él; poco a poco había ido alzando la voz—. Sabe que aborrezco divagar. Y odio que me tomen por estúpido. Hace años ya, la primera vez que la llevé a Sitges, le expuse mis condiciones: Yo la guiaría por la senda adecuada, la convertiría en mi diosa del Olimpo y haría de usted una estrella. A cambio, usted solo debía sujetar sus instintos y alejarse de los hombres. ¡Lealtad absoluta hacia mi persona! Ese era el trato. Yo he cumplido mi parte con creces. Usted, en cambio...

—Perdóneme, don Octavi —musité; volvía a sentirme muy ingrata.

—¿Tan difícil es controlar a la hembra en celo que lleva dentro? —me espetó él—. Creía que usted era diferente a las otras zorritas que saqué del arroyo. Le presuponía más inteligencia, pero ha resultado ser igual que todas. ¡O incluso más golfa!

Un brote de ira, mezclado con el hastío que llevaba meses sofocando, barrió mis sentimientos de culpa en un santiamén. El haberme sacado de la pobreza no le daba derecho a insultarme así. Tuve que morderme la lengua para no saltar. Había que mantener la cabeza fría.

Don Octavi tomó un generoso trago de coñac. Vi que sus mejillas se habían teñido de rosa.

—Me ha demostrado que no es más que una perra indigna —prosiguió—. Confieso que mi primer pensamiento esta noche fue echarla a la calle, desnuda y a puntapiés, si era necesario. Lo merece de sobra. Pero he invertido mucho dinero en su formación y no permitiré que otros se lleven las mieles. Por eso, estoy dispuesto a darle otra oportunidad.

Hizo una pequeña pausa para beber más coñac. En ese instante, le odié con toda mi alma.

—Huelga decir que, para merecer esa oportunidad, deberá ganarse mi confianza de nuevo. ¡No volverá a ver a ese hombre, ni a ningún otro! Se acabaron las escapadas con chifladas como Madeleine. —Meneó la cabeza—. ¡Qué pésima influencia ha ejercido esa casquivana sobre usted! Nunca debí permitir que los Lefèvre la exhibieran como una mona por los antros de París. —Inspiró, antes de añadir—: A partir de ahora, solo saldrá conmigo. Yo la acompañaré a los teatros donde cante y a las fiestas en las que le convenga ser vista. El resto del tiempo lo dedicará a completar su formación y a complacerme como hasta ahora. Tal vez así vuelva a creer en su lealtad.

Dentro de mí empezaron a hervir toda clase de sentimientos. Humillación, furia y también desencanto por la mezquindad que estaba demostrando el hombre a quien, pese a sus morbosas exigencias en la alcoba, había considerado mi redentor. Y en medio de mi desorden de ideas, emergió la voz de Wolfgang: «No necesitas a ese hombre con el que vives. Eres una gran artista. ¡Has triunfado nada menos que en París! Saldrás adelante sin él».

Ya no pude ni quise sujetar la lengua.

—¿Y si no me interesa recuperar su confianza?

Él se me quedó mirando fijamente. No supe discernir si estaba sorprendido, furioso o las dos cosas.

—Usted es mi creación —recalcó tras un breve parpadeo—. Sin mí, Nora Garnier morirá. No lo olvide.

Me pasó por la cabeza que, en realidad, él me necesitaba a mí para sacar a Leonora del tártaro por el que llevaba vagando más de treinta años, pero eso no osé decírselo en voz alta. Don Octavi dejó la copa vacía encima de la mesita y se levantó. De pie, se apreciaba aún más lo que había adelgazado con la enfermedad. Viéndole tan consumido, seguro que Rita no habría dudado en calificarle de vejestorio caduco.

—Dese un buen baño para quitarse el olor de ese hombre. Es repugnante.

Fue hacia el mueble bar y agarró con brusquedad una de las botellas del coñac selecto que proporcionaba el hotel. Con ella en la mano, entró en su cuarto y cerró de un portazo. Sorprendida por el hecho de que no me hubiera ordenado seguirle hasta su cama, se me escapó un suspiro de alivio que debió de oírse en todo el Ritz. Me caía de sueño y solo deseaba echarme a dormir sintiendo la huella que habían dejado los dedos y los labios de Wolfgang en mi piel y rememorando cada minuto que habíamos pasado juntos.

¡Qué ilusa fui creyendo que la noche acabaría así!

Los ojos son puñales

Fui a mi habitación. Me desnudé con dedos atolondrados, me puse el camisón y me senté ante el tocador. Mi cabeza daba vueltas; el disgusto por el trato degradante que acababa de recibir se mezclaba con el recuerdo de Wolfgang. Tras haber probado el amor entreverado de pasión física, puramente animal, que pueden despertar el alma, la piel y el miembro de un hombre, no podía someterme de nuevo a mi carcelero. Y menos entonces, cuando el resentimiento por considerarse traicionado convertiría cada palabra suya en un arma para herirme, como había ocurrido esa noche. ¿Merecía la pena renunciar a Wolfgang por recuperar una relación, ya de por sí enfermiza, que se había emponzoñado sin remedio? Despedirme de él sería como perder una parte de mi cuerpo. Surgió la imagen de los dedos amputados de Andrés. Le había querido y había gozado con él, pero nunca me había proporcionado la plenitud que alcanzaba con Wolfgang. Tampoco los primeros tiempos con don Octavi, cuando sus peculiares juegos de alcoba aún me descubrían placeres desconocidos, me hicieron traspasar jamás el umbral del delirio. Lo mirara como lo mirase, ya no soportaría sentir las manos de ese hombre sobre mi piel. Se me revolvía el estómago solo de pensarlo.

Me sobresaltaron varios golpecitos en la puerta. Enseguida se abrió y entró la Sultana. Aún iba vestida con ropa de calle, pero se había soltado el moño y el pelo le caía sobre el hombro derecho en una trenza fina y canosa. Su semblante puntiagudo reflejaba preocupación. Cerró sin hacer ruido, se colocó detrás de mí y empezó a sacarme las horquillas del peinado. Deshizo el historiado recogido y me cepilló el cabello. De repente, la oí susurrar:

—Flori... señorita Nora..., quiero decirle que... si decide dejar a don Octavi, me gustaría quedarme con *usté*. Si me acepta, claro.

Se abismó en un abrupto silencio y se concentró en seguir peinándome. Emocionada por su lealtad, tardé en reaccionar.

—Aún no he decidido nada, Sultana.

Ella se encogió de hombros.

—El amor tira mucho. Y *usté* está *colaíta* hasta el tuétano. No hay más que verla...

No supe qué decir. Las dos permanecimos calladas un buen rato.

—Piénsalo bien —dije al final—. Sin don Octavi, las cosas se pondrán muy difíciles. Con él no te faltará un buen techo sobre la cabeza, ni dejará de pagarte tu jornal.

—Yo no pinto un pepino en casa de ese hombre. Me gusta el tejemaneje de las variedades, el jaleo que se lía en el camerino antes de la función... Es como volver a ser la Sultana de Constantinopla que bailaba con el vientre. El teatro me da vida, aunque sea de carabina. No sabe lo que me aburría vendiendo castañas.

—Seguro que don Octavi recogerá pronto a otra chiquilla hambrienta para convertirla en estrella y te nombrará su ayudante de camerino —comenté, procurando dar a mis palabras un tono desenfadado.

—Nosotras hemos *pasao* de todo y juntas saldremos de esta —enfatizó ella—. Si es que decide dejar al jefe y me quiere con *usté*, claro.

Me oí suspirar.

—Estoy hecha un lío. Necesito pensar con calma.

Ella esbozó un comprensivo movimiento de cabeza.

—¿La llamo mañana más temprano? Así le da tiempo *pa* preparar... una cosa o la otra...

Me giré y le apreté el antebrazo. Un súbito cansancio me impidió añadir palabra. La Sultana esbozó su sonrisa de ave de corral y se retiró. Vi que tenía los ojos húmedos.

Me metí entre las sábanas e intenté conciliar el sueño, pero estaba tan agitada que me fue imposible. No recuerdo cuánto tiempo permanecí en vela, cambiando de postura cada poco rato mientras cavilaba cómo resolver la peliaguda situación en la que me hallaba. Tenía claro que no debía, ni quería, seguir con don Octavi. Cada rincón de mi cuerpo se rebelaba ante la mera idea de reanudar mi servidumbre carnal interrumpida por su enfermedad. Pero ¿cómo librarme de su tutela sin sentirme como una ingrata? Además, intuía que él no aceptaría mi marcha así como así. Debía hilar muy fino para protegerme de su ira.

La madrugada estaba bien avanzada cuando empezó a invadirme una dulce somnolencia. Me hice un ovillo e intenté aspirar el aroma que había dejado Wolfgang en mi piel. Justo cuando parecía que al fin conciliaba el sueño, me sobresaltó un haz de luz que se proyectaba sobre mi cama. Alcé la cabeza y miré hacia la puerta. Alguien la había abierto sin hacer ruido. En el umbral se perfilaba una silueta espigada y flaca, que enseguida cerró y se deslizó hacia mí en la penumbra del cuarto. Por el modo de moverse, no era la Sultana. Una inquietud difusa me mordió la boca del estómago. La sombra se sentó en el borde de la cama y encendió la lamparita.

¡Don Octavi!

Su bata granate con solapas de terciopelo, pulcramente anudada con el cinturón, se abrió y mostró sus piernas flacas y peludas. Su silencio y la postura del cuerpo no presagiaban nada bueno. Me entró pánico. ¡Qué tonta había sido al no encerrarme con llave! Quise incorporarme, pero sus manos, inesperadamente fuertes, se posaron sobre mis hombros y me empujaron hacia abajo.

—¡Zorra indigna! —murmuró entre dientes. Apestaba a alcohol, algo inusual en él. Debía de haber vaciado la botella de coñac que se había llevado a la alcoba—. Te di cobijo en mi propia casa, te busqué los mejores maestros, pulí tus detestables modales barriobajeros hasta convertirte en una estrella internacional de la canción... ¿Y cómo me agradeces mis desvelos? Revolcándote con un boche sinvergüenza a la vista de todo París.

Nunca le había oído emplear ese lenguaje, ni se había comportado así conmigo. El pánico se mezcló con repugnancia y me paralizó. Tenía la boca seca, la lengua mustia y el cerebro de corcho. No era capaz ni de hablar. De todos modos, ¿qué respuesta merecían sus crueles palabras?

—¿Cómo has podido humillarme así? —machacó él.

Su rostro crispado se acercó tanto al mío que me mareó su aliento corrompido de alcohol y rencor. Reprimí una arcada. Hice otra tentativa de incorporarme. Don Octavi me volvió a aplastar contra la cama, con la fuerza que le daba el despecho. Intenté quitármelo de encima de una patada. Él ni se inmutó. Una de sus manos se separó de mi hombro para desanudarse el cinturón de la bata. Asomó su cuerpo enflaquecido por los días de enfermedad y fiebre. Comparado con el de Wolfgang, se me antojó un saco de carne vieja.

De pronto, un inesperado embeleso barrió el rencor de los ojos de don Octavi. Sus dedos me acariciaron las mejillas como si no me acabara de empujar e insultar. Esa delicadeza resultaba hasta repugnante. ¿A qué jugaba conmigo?

—Te quiero tanto, Leonora. Mi único propósito desde que te fuiste aquella noche en el Liceo ha sido traerte de regreso. Te juro que algún día daré con una *noieta* cuyo cuerpo sea digno de alojar tu alma sin par.

Las caricias cesaron y su mirada volvió a revestirse de crueldad. Sacó del bolsillo de la bata las cintas de seda roja que solía usar para sus juegos lúbricos. Me presionó las muñecas contra los barrotes del cabezal de la cama y las ató muy fuerte. A esas alturas, el pánico me impedía hasta parpadear.

—Hace años te dije que, si me traicionas, no dudaré en usar estas manos para devolverte al tártaro del que te saqué —siseó—. ¿Lo recuerdas, golfa?

Yo seguía paralizada.

—¡Contesta!

Solo pude mover un poco la cabeza hacia abajo y hacia arriba.

Don Octavi se quitó el batín y lo arrojó al suelo. Me subió el camisón hasta la barbilla. En un patético esfuerzo se colocó encima de mí. Solo de pensar que ese cuerpo odioso iba a borrar la huella de Wolfgang, me retorcí de repugnancia como una culebra. Intenté darle otro puntapié. Fue inútil. Él se coló dentro de mí y empezó a moverse a sacudidas violentas, pero el miembro no le respondió esa noche. Se separó con brusquedad. Percibí la rabia que le abrasaba. Sus ojos verdosos se clavaban en los míos como puñales. Entonces incorporó el torso, apoyó las rodillas en la cama y levantó las manos. Cuando quise darme cuenta, se habían cerrado alrededor de mi cuello. Atada al cabezal de la cama y apresada bajo su carne marchita, no pude ni flexionar las rodillas para hincárselas en el bajo vientre. Ni siquiera conseguí gritar, porque la presión de sus manos me cortaba el suministro de aire. En el interior de mis párpados fueron naciendo miles de estrellitas que iniciaron una danza macabra. Se me nubló la vista. Nunca, ni siquiera cuando la enfermedad de Rita me hizo ser consciente de la fragilidad de la vida, llegué a sentir la muerte tan cerca. Acabó invadiéndome una paz desconocida y me resigné a morir a manos del hombre al que una vez había creído mi redentor. Tenía su ironía que la vida hubiera decidido enviarme donde mis muertos justo cuando la aparición de Wolfgang la había llenado de pasión.

Hundida en la negrura, noté de pronto que volvía a entrarme una brizna de aire en los pulmones. Dejé de sentir el peso de don Octavi sobre mi cuerpo. Su voz ya no sonó cerca de mí cuando le oí farfullar:

—Tienes razón, Leonora. No merece la pena que me manche las manos con esta perra en celo. Debo concentrarme en buscar otra *noieta* que sea digna de ti.

Yo luchaba por respirar con tal desesperación que me sacudió una tos furibunda. Le siguieron náuseas igual de violentas. Acabé vomitando una bilis amarga que cayó sobre mi pecho, empapó el camisón y me dejó envuelta en hedor. Retorcí los brazos para liberarme de las cintas de seda. Estaban apretadas con tanta fuerza que se me clavaron en las muñecas. Me eché a llorar de rabia. Di patadas al aire de pura furia, con la esperanza de alcanzar a don Octavi, pero él ya no estaba en la alcoba. Debió de deslizarse fuera mientras yo peleaba por el aire. Hice otro intento de soltarme, que aún apretó más las cintas. Me reproché no haber cerrado la puerta con llave. Aunque ¿cómo iba a prever la terrible transformación que había sufrido mi Pigmalión al sentirse traicionado? Las rarezas que venía observando en él desde la primera vez que me llamó Leonora no anticipaban lo que me había hecho esa noche. ¿O había pecado de descuidada?

Me resigné a esperar el amanecer amarrada a la cama como un perro, manchada con mi propio vómito y sin poder mover las manos ni para limpiarme las lágrimas, que acabaron secándose en las mejillas. A ratos caía en una duermevela marcada por el miedo a que regresara don Octavi. Le odiaba y, al mismo tiempo, le compadecía. En el fondo, pese a su inmensa fortuna, solo era un pobre hombre atormentado que se tambaleaba al borde del abismo de la soledad y la vejez.

Las horas se arrastraron como caracoles indolentes. Al cabo de una eternidad angustiosa, la luz del alba empezó a filtrarse por la ventana. A esas alturas, yo ya no albergaba la menor duda sobre mi futuro. ¡No pensaba desperdiciar ni un minuto más de mi vida bajo el ala de don Octavi! Si eso me devolvía a la pobreza, saldría adelante como fuera.

Llamaron a la puerta: tres golpes breves y enérgicos. Entró la Sultana como una centella, se detuvo a mitad del cuarto y se santiguó dos veces seguidas.

—¡Jesús, María y José! ¿Qué le ha hecho ese *trastornao*?

Yo estaba muerta de vergüenza, con el camisón sucio arremolinado todavía bajo la barbilla, atada como un chucho pulgoso y con la boca demasiado seca para poder hablar. La Sultana se recuperó de la impresión, corrió hacia la cama y se afanó en desatarme. Pese a mi embotamiento, observé que iba vestida y peinada con esmero, aunque sus ojeras de mochuelo daban fe de que su sueño no debió de ser nada reparador. La vi forcejear con las cintas hasta que consiguió liberarme. Las tiró al suelo con rabia y se dirigió a la cómoda. Allí dejaba el hotel cada noche una jarra con agua fresca. Llenó un vaso y me lo acercó. Al alargar los brazos adormecidos para cogerlo, vi que un surco rojo me marcaba cada muñeca. Vacié medio vaso, se lo devolví y me froté la piel dolorida.

—¿Se encuentra bien, señorita? —Las manos de la Sultana se deslizaron con cuidado sobre la zona de mi cuello que don Octavi había apretado en su arrebato—. ¡Dios mío! Está más loco de lo que parecía. Le va a quedar un cardenal hermoso.

Yo seguía masajeándome los brazos, entumecidos tras tantas horas inmovilizados en la misma postura.

—¿Se ha levantado ya?

—Aún no. Es tan temprano que no se han *despertao* ni las gallinas. —La Sultana frunció la nariz—. Voy a llenarle la bañera, señorita, con muchas sales...

Un modo muy sutil de decirme que olía mal.

Ya dentro de la bañera, me froté con la esponja hasta que la piel me quedó casi en carne viva. Cuando salí y me sequé, la Sultana me ayudó a vestirme. Se esmeró con el peinado y ocultó bajo una buena capa de polvos las marcas rojas que iban apareciendo en mi cuello.

—Pase lo que pase hoy, quiero que ese malnacido la vea guapa como una reina —razonó.

Dispuesta a plantarle cara a don Octavi, fui al salón donde solíamos desayunar. Él aún no había salido de su alcoba. Me tomé la libertad de encargar el desayuno al servicio de habitaciones. Poco tardó en presentarse un botones con la comanda. Preparó la mesa en un santiamén y se retiró. Me senté a esperar sorbiendo el excelente café del Ritz, sin tocar las delicias que lo acompañaban. Mi estómago no admitía nada sólido. La cabeza me trabajaba como una locomotora de vapor a máxima velocidad, preparando argumento tras argumento para comunicarle a don Octavi que no iba a seguir con él. Así estuve un buen rato. De vez en cuando, la Sultana asomaba la cabeza desde donde debía de estar apostada para no perderse el desenlace del sainete y se retiraba enseguida.

Aún tuve que esperar hasta que vi abrirse la puerta de don Octavi. El corazón se me aceleró de puro nervio. Por muy decidida que estuviera a alejarme de ese hombre, a la hora de la verdad no resultaba fácil zanjar una dependencia de cinco años. Él se acercó a la mesa con paso cansino. Su cara tenía el mismo color ceniciento de la noche. Los cercos negruzcos bajo sus ojos se habían agrandado. Apartó una silla y se sentó en silencio, fulminándome con una mirada torva que me indignó. Después de lo que me había hecho, ¿cómo podía comportarse como si todo fuera culpa mía?

—Buenos días, don Octavi —le espeté para provocarle.

Él no respondió. Alzó la cafetera, se llenó la taza y la vació sin mirarme siquiera. Después, se sirvió más café. Yo estaba ansiosa por acabar con esa tortura, pero no sabía por dónde empezar. Varias veces abrí la boca para hablar. Siempre me frenó el miedo. Al fin controlé la angustia, me aclaré la garganta y le espeté a bocajarro:

—¡No vuelvo a Barcelona con usted!

Don Octavi alzó la cabeza y abismó sus ojos en los míos. Su iris verdoso se había oscurecido y le daba un aire diabólico. En su semblante se reflejó primero la sorpresa, después un profundo desdén.

—¿Cómo ha dicho?

Volví a carraspear de lo nerviosa que estaba.

—Yo... le agradeceré toda mi vida lo que me ha dado..., la cultura de la que carecía, mi formación musical, una carrera como cantante, incluso los buenos modales a los que aludió anoche..., pero después de... de lo que me hizo —me señalé el cuello dolorido—, no seguiría a su lado ni por todo el oro del mundo. ¡Me quedo en París!

Vi cómo su nuez subía y bajaba cuando tragó varias veces seguidas. Dejó la taza sobre su platillo con tal violencia que temí por la porcelana.

—¿Con ese... canalla? —profirió.

Me limité a asentir con la cabeza. Él me escrutó de arriba abajo, en gélido silencio. Leí en sus ojos que preparaba algo muy humillante para herirme.

—Vaya, la *noieta* a la que tomé por inteligente —arrancó al fin con voz meliflua—, la que creí distinta a las demás, me da con la puerta en las narices por seguir revolcándose con un tipo al que acaba de conocer. ¿Cómo cree que reaccionará su galán cuando la vea chapoteando de nuevo en la cloaca de miseria de la que yo la saqué? Se lo voy a decir: ¡pondrá pies en polvorosa!

—Saldré adelante —objeté, con más tozudez que convicción.

—¡Usted no es nadie! ¡Yo creé a Nora Garnier! Sin mí, se disolverá en la nada.

—¡Correré ese riesgo! Ya no soporto estar bajo el mismo techo que usted. Se las da de caballero y no es más que un viejo trastornado. ¡Me da asco!

Me arrepentí enseguida de lo que le había dicho. Pese a la crueldad que me estaba demostrando, era mucho lo que yo le debía. Pero las palabras pronunciadas no pueden ser enrolladas y guardadas como una alfombra en verano. Vi que su rostro se tornaba aún más ceniciento. Tomó aire y volvió a tragar saliva, con el correspondiente vaivén frenético de la nuez.

—¡Arrabalera ingrata! —Se vio sacudido por un violento ataque de tos que le dejó el rostro congestionado. Tuvo que beber agua para poder hablar—. ¡La hundiré en el estercolero del que la saqué! Cuando acabe con usted, ¡Nora Garnier será un cadáver putrefacto! —Inspiró como si se estuviera ahogando y prosiguió con voz temblorosa—: En cuanto al dinero que ha ganado bajo mi tutela, una suma nada desdeñable, *per cert*, quedará en mi poder. He invertido una fortuna en su formación. Es justo que recupere una parte. —Volvió a tomar aire—. ¡El tango del maestro Viladecans no lo quiero para nada! Puede seguir cantándolo, si es que encuentra dónde le paguen por escuchar sus graznidos. —Trazó un movimiento desdeñoso con la mano derecha—. Y quédese con la ropa y las joyas que trajo a París. Ni en la beneficencia aceptarán unas prendas contaminadas con su olor a perra en celo.

Estuve a punto de decirle que no necesitaba su limosna, pero el sentido práctico se impuso al orgullo. Necesitaría ponerme algo vistoso cuando saliera a buscar trabajo. Él se levantó y me miró desde arriba. Creí detectar un destello de tristeza entre el rencor que había aniquilado sus maneras caballerosas. Movió la cabeza hacia donde los dos sabíamos que se escondía la Sultana para escuchar.

—Su amiga podrá continuar a mi servicio. Es trabajadora y no tiene la culpa de sus desmanes. —Me miró y añadió—: Recuerde que esta suite debe quedar libre hoy. Le recomiendo que empiece a recoger sus cosas ya, porque antes de marcharme ordenaré que la echen del hotel como a la pordiosera que es.

Regresó a su alcoba arrastrando los pies. Volví a sentir pena al verle tan viejo, flaco y encorvado. Era consciente de que acababa de zanjar cinco años bajo la malsana protección de ese hombre, aunque justo era admitir que entre sus barrotes había recibido una educación que ahora me permitía desenvolverme en ambientes donde antes nadie me habría aceptado.

La Sultana no tardó en brotar de su madriguera. Se dejó caer a mi lado y me dio palmaditas en el brazo.

—Bien hecho, Flori. Ahora, lo primero es llamar al marido de la Madelén esa *pa* que te represente, que una artista sin representante es como un huevo frito sin sal ni pan *pa* mojar.

Tenía razón. Me convenía hablar con Claude sin perder más tiempo, pero me reconcomía la añoranza de Wolfgang. La madrugada anterior no le había dado una respuesta clara. ¿Y si lo había tomado como una despedida? Necesitaba oír su voz para calmar mis dudas y el miedo al futuro. Me tapé con un fular el hematoma del cuello, que se iba haciendo más y más visible, dejé a la Sultana recogiendo nuestras pertenencias y bajé a recepción. Allí pedí al pulcro empleado que averiguara el número de teléfono de la embajada alemana. El chico tardó poco en establecer la conexión desde su centralita y pasó la llamada a uno de los cubículos que había en la planta baja para telefonear sin ser molestado. Me resultó violento preguntar por Wolfgang von Aschenbach a la eficiente voz femenina que brotó del auricular. En La Pedrera nunca me había comunicado mediante ese artefacto, que aún me parecía siniestro. Mi esfuerzo por hablar a través del teléfono obtuvo una respuesta decepcionante.

—Monsieur Von Aschenbach ha salido —dijo la voz, en un francés de marcado acento que supuse alemán.

Colgué sin dejar recado ni revelar mi nombre. Cuando me repuse de la decepción, decidí no demorar más el momento de hablar con Claude. Anoté al uniformado del mostrador el número de teléfono de los Lefèvre, que Madeleine me dio cuando me convirtió en cómplice de sus correrías nocturnas. Esta vez fui más afortunada. Claude aún no había salido de casa para ir a la oficina donde tenía su agencia de artistas. Le resumí mi ruptura con don Octavi y le recordé que días atrás me ofreció representarme. Tras unos segundos de sorprendido silencio, se declaró encantado de llevar mi carrera y aseguró que acudiría enseguida al Ritz. En menos de media hora estaría conmigo. Quedamos en reunirnos en el bar del hotel.

Según el reloj, la espera fue breve, pero a mí se me hizo eterna. Me tomé dos cafés seguidos para combatir el decaimiento que empezó a invadirme. Claude se presentó con Madeleine, cuyos ojos azul cielo me lanzaron una mirada pícara cuando nos saludamos. Los dos se sentaron conmigo y pidieron sendos whiskies al camarero. Yo preferí seguir tomando café. Claude no se anduvo con rodeos. Reiteró cuánto le alegraba que hubiera pensado en él para dirigir mis pasos artísticos. Sin lugar a dudas, nuestra asociación iba a ser muy fructífera. Ni él ni Madeleine se sorprendieron cuando les expliqué mi situación, sin ocultarles el papel de Wolfgang en la ruptura con quien fuera mi mentor. Solo me callé lo ocurrido por la noche en mi alcoba, aunque me di cuenta de que a los dos se les escapaba de vez en cuando la mirada hacia el fular que me ceñía el cuello. ¿A lo mejor no me había tapado bien el hematoma?

«Octavi puede llegar a ser muy mezquino», fue el escueto comentario de Claude. Madeleine emitió su risita de niña y exclamó que había hecho muy bien en no dejar escapar al boche más atractivo de todo París. Claude la reprendió con la mirada. Decretó que me concedería un anticipo para que dispusiera de dinero hasta que me consiguiera nuevos contratos, y me convenía encontrar cuanto antes un apartamento bonito a la altura de una artista internacional. Mientras sus empleados lo buscaban, me alojaría con la Sultana en un hotel. Mirándome muy serio, añadió que, si me había pasado por la cabeza mudarme con Von Aschenbach, como llamaba él a Wolfgang, debía desaconsejármelo encarecidamente. Sería un desatino que despertaría habladurías perjudiciales para todos los implicados. Él, por su parte, iba a empezar ya a mover los hilos a fin de conseguirme trabajo. Tras mi sonado éxito en el Casino de París, no le cabía duda de que los empresarios de la ciudad se disputarían a Nora Garnier. Además, pensaba pedir a su amigo Octavi una lista de los conciertos que me quedaban pendientes en España. Él sabía cómo manejar a su amigo y conseguiría sacarle esa información pese a su enfado. Se atrevía a asegurarme que mi antiguo mentor ya no podía hacerme ningún daño y que, a mi regreso de la pequeña gira española, me aguardarían varios escenarios de primera categoría en la Ciudad de la Luz.

No recuerdo cuánto tiempo estuvimos hablando. Solo que ellos trasegaron whisky como si nos halláramos de juerga en el Jockey, en lugar de estar decidiendo mi futuro. Cuando abandonamos el bar, cargaba dentro de mí una mezcla de esperanza y miedo. Bajé la mirada a la mullida alfombra que tanto me impresionó la primera vez que entré en el Ritz y ahora se me antojaba mortecina. Volvía a ser tan pobre como cuando don Octavi me abordó ante la puerta de artistas del Trianón. Y ni siquiera había localizado aún a Wolfgang. Claude interrumpió mi lúgubre reflexión recalcando que, dentro de dos horas, enviaría un automóvil al Ritz para trasladarnos a la Sultana y a mí, más nuestro equipaje, al otro hotel. Con los ánimos por el suelo, me despedí de los Lefèvre y me dispuse a subir a la suite para recoger las cosas que ya habría preparado la Sultana. Cuando hube dado unos pasos hacia el ascensor, cambié de opinión y me dirigí al mostrador de recepción. Antes debía hacer otro intento de localizar a Wolfgang. De pronto, una voz de hombre dijo, muy cerca de mi oído:

—Flor…

Alcé la vista. A mi lado estaba Wolfgang. No llevaba abrigo y giraba el canotier entre sus dedos crispados. Los ojos me miraban con aire vacilante.

—Disculpa que me presente aquí. No quiero causarte problemas con tu… am… con tu representante. Solo es que… no aguanto más sin saber qué has decidido. Si me dices que hemos terminado, me marcharé y no volveré a… a molestarte. ¡Te lo prometo!

Los objetos a mi alrededor se vistieron de colores luminosos.

—¡Soy libre! —exclamé—. ¡Me quedo en París!

El apocamiento abandonó a Wolfgang en un santiamén. Me encerró entre sus brazos y me estrujó con una fuerza que casi me dejó sin respiración. Nuestras bocas se fusionaron en un beso de labios cálidos y lenguas enredadas. De reojo, vi que la gente que se movía por el vestíbulo andaba pendiente de nosotros. No me inquietó lo más mínimo servir de pasto a la curiosidad morbosa de desconocidos en el hall del Ritz. Estaba con Wolfgang y eso era lo único que contaba. Mi nueva existencia acababa de empezar.

La vida late en París

L a vida nos obsequia a veces con momentos en los que el universo entero parece confabularse para hacernos dichosos. A Wolfgang y a mí nos regaló en París los mejores años de nuestra existencia. Éramos jóvenes, estábamos locamente enamorados y vivíamos en una ciudad cuya religión era adorar el latido de la vida renacida tras la guerra; donde las luces de la diversión nunca se apagaban hasta que empezaba a desperezarse el sol; donde se asentaron artistas de todo el mundo para cortarse su rodajita del pastel de la gloria. Algunos lo lograron, otros nunca pasaron de vivir durante un tiempo el sueño de la bohemia, cuyo recuerdo tal vez endulce en su madurez las noches tristes de añoranza. Todos vamos atesorando vivencias que acariciamos cuando se espesan las sombras. Hubo quien fue feliz y no se dio cuenta hasta mucho tiempo después. Nosotros fuimos felices en París y lo sabíamos.

Claude no tardó en hacerme llegar el anticipo prometido. Acostumbrada a mis años de pobreza y al lustro de tutela durante el que no había manejado ni una moneda, se me antojó una fortuna. En realidad, no lo era, pero lo administré con prudencia y me ayudó a salir del paso durante los primeros meses de mi independencia. Claude encontró pronto un apartamento al que me mudé con la Sultana. Estaba en la rue Cambon, entre la rue de Rivoli y la tienda de Coco Chanel, que era uno de los paraísos donde se vestían las damas ricas de París y provincias. El piso no era demasiado grande, aunque la alcoba principal disponía de un generoso vestidor que, de momento, no logré llenar con las ropas salvadas del naufragio. Junto a la cocina había un cuarto pensado para alojar a una criada. Lo ocupó la Sultana y desde allí se hizo cargo de la intendencia. Se reveló como una buena ama de llaves, capaz de sacar provecho hasta al último céntimo del dinero que yo le asignaba para la compra, además de cocinar y mantener el apartamento como los chorros del oro.

No permanecí mucho tiempo ociosa disfrutando de cada instante que pasaba con Wolfgang. Pronto viajé en compañía de la Sultana a Madrid, Barcelona, Bilbao y Valencia para cumplir con los conciertos contratados por don Octavi. Al principio me bloqueaba cuando debía solucionar sobre la marcha los pequeños contratiempos que pueden surgir en un viaje, pero acabé disfrutando de mi libertad. Aquellas actuaciones heredadas del reinado de don Octavi consolidaron mi fama en España. Al regresar a París, Claude me había conseguido una temporada completa en el Folies Bergère, que enlazaría después con otra en el Casino de París. Contrató a un músico de mediana edad, muy reputado en Francia, para que se hiciera cargo de la tutoría musical que el maestro Viladecans había realizado en Barcelona. También encargó a un letrista la versión francesa de *Dalia de arrabal*, que estrené sobre el escenario del Folies Bergère y se convirtió enseguida en un sonado éxito. Madeleine siguió utilizándome de coartada para sus descabellados amoríos. Era una niña alojada en el cuerpo escuálido de una mujer sofisticada, que gozaba de aventuras supuestamente furtivas cuando en realidad Claude le consentía esas andanzas porque le dejaban a él libre para entregarse a sus propios placeres.

Pese a la reticencia que no se molestó en disimular al principio, la Sultana hizo buenas migas con Wolfgang. Una mañana me dedicó una mirada inquisitiva mientras me servía el desayuno en la cocina.

—*Pa* mí que su galán se parece mucho al maromo jovenzano que pagó por usted en La Pulga, cuando la subasta del sinvergüenza del Rufián —dijo—. Me acuerdo de él talmente como si fuera ayer. —Me miró con más atención si cabe—. ¿Es el mismo, señorita? Cosas más raras se ven en esta vida, digo yo.

Nunca había hablado con ella de lo que ocurrió después de marcharme de La Pulga con Wolfgang. Sopesé si convenía sacarla de dudas. Al final, decidí que su lealtad merecía que le contara cómo se comportó Wolfgang conmigo aquella noche. Ella recibió la historia con una sonrisa de satisfacción.

—Ya me parecía a mí. Tengo una memoria *pa* las caras… —murmuró—. Hala, por lo menos no se ha *liao* con un canalla. Pero no se confíe, que los hombres son como son. Hasta a los más buenos se les escapa alguna coz.

Un cielo azul

M i despegue definitivo como cantante, y también el de mi peculio, coincidió con los años de bonanza generalizada. La economía europea salió del letargo de la posguerra. Incluso la moribunda Alemania empezó a despertar de su agonía causada por las reparaciones que le exigieron los aliados tras la guerra, la constante devaluación de su moneda y la miseria en la que malvivían hasta los que habían sido ricos antes del conflicto. Los territorios de Renania y la cuenca del Ruhr, ocupados por franceses y belgas entre los años 1923 y 1924, ya habían quedado libres. Desde Estados Unidos, que sacó buen provecho económico de la Gran Guerra, llegaron a París oleadas de jóvenes con aspiraciones artísticas y músicos negros que llevaron a los escenarios parisinos un ritmo de frenética sensualidad llamado jazz. Artistas, bohemios de medio pelo y *bon vivants* ricos se mezclaban en la ciudad con aristócratas rusos huidos de la revolución bolchevique, algunos de los cuales no habían logrado salvar sus patrimonios y se habían convertido en proletarios. Los hombres sobrevivían conduciendo taxis mientras que las mujeres bordaban o cosían en los talleres de los modistos de élite. Algunos trabajaban en el servicio doméstico, y en los palacetes de las grandes fortunas parisinas se puso de moda tener a un antiguo miembro de la corte de Nicolás II ejerciendo de mayordomo.

Como dijo don Octavi en su día, Claude Lefèvre era un magnífico representante de artistas. Bajo su avispada tutela me convertí en uno de los ídolos a los que rendía pleitesía la ciudad más exigente del mundo. Los periódicos parisinos empezaron a llamarme *la plus belle chanteuse espagnole* y poco tardaron en llegar a mis oídos nuevos comentarios desdeñosos de Raquel Meller, siempre celosa de todas las que creía rivales suyas. Gané tanto dinero que a veces me entraba vértigo. Empecé a fumar cigarrillos atrapados en una boquilla interminable; siempre con moderación por no castigar la voz. Me aficioné a vestirme en el atelier de Coco Chanel, a pocos minutos de mi apartamento, y a ponerme también en las sabias manos de Madeleine Vionnet. Fui llenando mi vestidor de prendas exclusivas sin llegar a ser manirrota. El miedo a volver a ser pobre y mi escaso interés por las joyas, con las que soñaba a todas horas la infortunada Rita, me salvaron de malgastar sin criterio.

Cuando llevaba un tiempo viviendo en París, me rendí a la moda del pelo corto. La Sultana refunfuñó un buen rato al verme llegar a casa con mi nuevo peinado. Se estaba volviendo cada vez más chapada a la antigua y poco quedaba de la bailarina macerada en perfume que se mimetizaba con sus sombreros abigarrados. Poder peinarme sin su ayuda supuso una liberación, sobre todo después de haber retozado con Wolfgang, que disfrutaba revolviéndome el pelo cuando alcanzábamos la cumbre del placer. Pese a mi negativa a casarme, él se empeñó en pedir el divorcio a su esposa. En vano, pues Katharina le ponía trabas una y otra vez. Pero nosotros no escondíamos nuestra relación. Él pasaba más tiempo en mi casa que en la suya. Sin embargo, en el ambiente nocturno que me descubrió, a nadie le importaba si estábamos casados o no. Solo veían a una pareja que se amaba, como lo eran por entonces el fotógrafo Man Ray y Kiki de Montparnasse, la musa de la bohemia que cantaba en las noches del Jockey sin llevar ropa interior.

En 1925, la irrupción de Josephine Baker nos hizo temer por nuestro cetro a todas las artistas que triunfábamos en París por entonces. La Baker, como acabó llamándola con reverencia toda la ciudad, no dejaba a nadie indiferente con su desbordada energía. Verla retorcerse sobre el escenario al son de un jazz selvático, con la piel de chocolate cubierta por un escueto taparrabos adornado con plátanos de fieltro que se estremecían a cada movimiento de sus caderas, invitaba al público parisino a amarla o aborrecerla. Y este, dispuesto a adorar todo lo novedoso, optó por amarla sin reservas. Al menos durante el tiempo que suele durar el amor, que también en el arte viene y se va a su antojo. Yo logré mantenerme en lo alto de la escalera pese a la amenaza que suponía la Baker. Si una sabía conservar el fervor del espectador, en los teatros de París había sitio para todas.

En mayo de 1926, leí en el periódico la noticia de que había terminado la guerra de España con Marruecos tras la rendición de Abd el-Krim. Me alegré, claro, pero al mismo tiempo me entristeció el recuerdo de Jorge, del que no sabía si estaba vivo o muerto; el de Tino, que perdió su vida en Annual junto a miles de jóvenes tan humildes e infortunados como él; incluso regresó la imagen de la mano mutilada de Andrés. ¿Para qué había servido el sacrificio de tantos hombres? ¿A quién beneficiaban las guerras? A los de a pie, no, desde luego.

Por esas fechas, decidí que debía aprender a hablar la lengua natal de Wolfgang. Él se entusiasmó con la idea y me buscó a través de la embajada una profesora de alemán. Fräulein Straubinger era una mujer entrada en años, alta y rasa como una tabla de planchar, de expresión ceñuda y con el cabello, de color gorrión entreverado de canas, recogido en un severo moño. Pese a su aspecto adusto, cuando la conocí mejor descubrí a una docente extraordinaria, de trato sorprendentemente dulce. Al principio me costó familiarizarme con la pronunciación y el sonido del alemán, tan diferentes del francés. También se me resistieron las declinaciones y la conjugación de algunos verbos. Pero al cabo de un tiempo me ocurrió igual que con Fräulein Straubinger: tras una fachada severa descubrí una lengua bella y rica en matices.

Para las mujeres, la segunda mitad de la década de los veinte supuso un período de relativa libertad, sobre todo en las ciudades inmersas en su propia ebullición como París. Las jóvenes ricas se rebelaron definitivamente contra la tiranía del corsé, los vestidos que limitaban los movimientos y los peinados artificiosos. Con el pelo cortado *à la garçonne*, se consagraron a divertirse trasnochando en los cabarés de Montparnasse o Montmartre, mientras trasegaban alcohol y fumaban como parte de su desafío a las normas establecidas. Las chicas de clase trabajadora hicieron su revolución incorporándose al mundo laboral en calidad de mecanógrafas, secretarias u obreras fabriles. Todas llevábamos cómodos vestidos de corte recto y talle bajo que exhibían las rodillas y, según la época del año y la ocasión, los brazos y la espalda. La diferencia entre unas y otras estribaba en la calidad del tejido y la hechura de las prendas, que dependían del presupuesto de cada una. Comprar una *petite robe noire* original, el vestido negro que presentó Coco Chanel en octubre del 26, no estaba al alcance de cualquier bolsillo.

La Gran Guerra quedó al fin desterrada al rincón más oscuro de la memoria colectiva. Todo invitaba a mirar hacia el futuro con optimismo, incluso a través del cristal distorsionador de la euforia. El progreso parecía imparable. Los automóviles seguían ganando terreno. Los aeroplanos ya no pertenecían en exclusiva al ámbito militar y, en mayo del 27, los vendedores de periódicos de todo el mundo vocearon la hazaña del piloto estadounidense Charles Lindbergh, que había cruzado el océano Atlántico en un vuelo sin escalas y, para redondear la gesta, en solitario. El cinematógrafo incorporó el sonido. En otoño del mismo año en que Lindbergh asombró al mundo, se estrenó *El cantor de jazz*, la primera película que incluía temas cantados por el protagonista, Al Jolson.

Durante aquel tiempo prodigioso, Wolfgang y yo frecuentamos por igual las extravagancias del Jockey y las deslumbrantes fiestas en la mansión del compositor norteamericano Cole Porter y su millonaria esposa Linda; la Ópera Garnier y el pequeño cabaré Le Grand Duc en Montmartre, famoso por las actuaciones de su estrella Ada Smith, una cantante negra a la que los clientes apodaban Bricktop (cabeza de ladrillo) por su llamativo pelo rojo. Acudíamos a escuchar al clarinetista de Nueva Orleans Sidney Bechet cuando este tocaba su jazz primigenio en la ciudad. Nos contorsionábamos al ritmo del charlestón junto a un escritor norteamericano llamado F. Scott Fitzgerald y su esposa Zelda hasta que la pareja, aficionada a empinar el codo sin límite, empezaba a tambalearse en la pista de baile. Sí, fuimos felices en París. Lo malo cuando el cielo luce tan azul es que nos olvidamos de que pueden desatarse tormentas.

El norte

Seguí alternando temporadas cantando en el Casino de París y el Folies Bergère con recorridos por los teatros de las grandes ciudades españoles. El dineral que gané en aquellos años me permitió comprar sin esfuerzo el apartamento de la rue Cambon y redecorarlo con la ayuda de Madeleine, tan dotada para el interiorismo como para buscarse placeres extramatrimoniales. A instancias de Claude, mandé instalar un aparato telefónico, pese a que el artilugio aún me inspiraba desconfianza. También contraté a una criada para descargar de trabajo a la Sultana.

En la primavera del 27, Claude anunció que había llegado la hora de ampliar horizontes artísticos con una breve gira por el norte de Europa. Ya había recibido una oferta en firme para cantar una semana en el Nelson-Theater de Berlín, donde Josephine Baker había cosechado un éxito clamoroso el año anterior, y estaba negociando con importantes teatros de otras ciudades como Londres, Viena y Copenhague. Si todo salía bien, conseguiríamos más contratos en el extranjero que cimentarían mi fama internacional. Yo me alegré a medias. Las giras me provocaban sensaciones contradictorias. Por un lado, disfrutaba viajando. Me gustaba el ajetreo de los trenes, conquistar a públicos con una cultura y unas expectativas diferentes y conocer otros lugares, aunque los ensayos y los recitales apenas me dejaban tiempo para callejear. Por el otro, salir de París significaba alejarme de Wolfgang. Esas separaciones me resultaban muy dolorosas. Llevábamos casi tres años juntos y aún no me saciaba de él. A diferencia de los hombres desconsiderados a los que me vi obligada a complacer cuando trabajé en el Salón Cocó, de la tendencia de Andrés a desaparecer durante meses y del carácter tortuoso de don Octavi, con Wolfgang tenía la sensación de saber a qué atenerme. Nunca había conocido a nadie como él: bebía con moderación, jamás se volvía violento y sus manos me elevaban a una nube de placer con solo rozar mi piel. Ninguno de los dos queríamos que un embarazo a destiempo enturbiara aquella felicidad. A instancias de Wolfgang, empezamos a protegernos de sorpresas con un método contraceptivo novedoso para mí: el condón. Se trataba de una funda de goma fina con la que se recubría el pene para evitar la salida del esperma. También había quien lo usaba para no contraer purgaciones. A Wolfgang se los enviaba su tía Gabi desde Berlín, donde se ubicaba una prestigiosa fábrica regentada por un judío emprendedor.

Me habría gustado que él me acompañara en mi primer viaje a la ciudad donde creció, pero no pudo desatender su trabajo en la embajada.

La Sultana y yo partimos para la capital de Alemania acompañadas por Claude y Madeleine, que adoraba Berlín y no quiso perderse lo que para ella era un viaje de placer. Yo había pensado que ningún lugar me impresionaría tanto como París, pero Berlín me impactó a su manera. Había imaginado una ciudad pequeña y aletargada, marcada aún por las cicatrices de la guerra. Nada más lejos de la realidad. Me encontré con una metrópoli frenética donde, al igual que en París, la gente luchaba por dejar atrás los malos recuerdos de la contienda, el hambre que trajo consigo y la inflación galopante de 1923. Por sus calles y plazas se movían, respetando el orden impuesto por guardias urbanos tocados con un casco rígido cuyo frontal adornaba una estrella, tranvías, automóviles, bicicletas y peatones entre carros de transporte tirados por percherones. Empezaban a proliferar las motocicletas, parecidas a las bicicletas pero impulsadas por un motor muy ruidoso que sustituía la fuerza de las piernas. Los escaparates de las tiendas situadas en los grandes bulevares, como el Kurfürstendamm, atraían al transeúnte mostrando artículos que nada tenían que envidiar a los que se vendían en los barrios más lujosos de la capital francesa. Las terrazas de los cafés céntricos las llenaban ociosos bien vestidos, aunque también era posible ver, casi al lado, a mujeres marchitas o a mutilados de guerra mendigando para subsistir. De camino a nuestro hotel pasamos por una extensa plaza —Claude me dijo el nombre: Potsdamer Platz— en la que confluía un maremágnum de trenes de cercanías, ómnibus, tranvías y vehículos particulares. El tráfico no se convertía en caos gracias a una torreta pentagonal desde la que una secuencia de luces de tres colores imponía las preferencias de paso.

Nos alojamos en el Adlon, entonces el hotel más importante de la ciudad. Cuando bajamos de los taxis ante su lujosa fachada, escuché a lo lejos una melodía que me resultó familiar. A prudente distancia de la entrada al Adlon, protegido de las inclemencias del tiempo por un toldo, un hombre vestido con gabardina raída giraba con su única mano la manivela de un organillo, del que brotaba la anticuada melodía de *Dardanella*. Recordé mi primer día en Madrid, siendo una niña de trenzas apelotonadas en un moño medio deshecho, muerta de miedo y con tres reales como único peculio. Ahora era una estrella, ganaba una fortuna y me sabía amada por un hombre al que en mis tiempos de pobreza jamás habría podido conquistar. Un escalofrío de vértigo me bajó por la espalda. Había dejado atrás la indigencia, pero ahora me sentía más vulnerable, pues tenía mucho que perder.

Como en los tiempos de don Octavi, los Lefèvre y yo ocupamos sendas suites en el ala noble del edificio. En una habitación de la mía alojé a la Sultana, que se había convertido en compañera de fatigas y confidente discreta, lejos de los disparates de cuando fue bailarina coleccionista de sombreros ajardinados. Desde las ventanas de mi alcoba se veía la Puerta de Brandemburgo. Según Claude, en tiempos había sido uno de los accesos a la ciudad. Sus seis columnas delimitaban cinco entradas. En el pasado, las tres del centro estuvieron reservadas para los miembros de la realeza, mientras que la plebe debía conformarse con las dos laterales. La abdicación del káiser Guillermo y la conversión de Alemania en república las había abierto a todos por igual. Durante nuestra estancia en el Adlon, me aficioné a contemplar desde la ventana cómo la luz incidía sobre la imponente escultura de cobre que coronaba el conjunto y representaba a una mujer con alas montada en una cuadriga romana tirada por cuatro caballos.

Madeleine quiso salir la misma noche de nuestra llegada a disfrutar de la diversión berlinesa. Había visitado varias veces la ciudad y llevaba todo el viaje hablando de una tal Marlene Dietrich, conocida por enseñar sobre el escenario de un cabaré sus bonitas piernas, enfundadas en relucientes medias de seda, moviéndolas como si pedaleara en bicicleta. Mencionó a una joven bailarina llamada Anita Berber, que durante los años más crudos de la inflación gozó de una fama pecaminosa por danzar en clubes nocturnos como su madre la trajo al mundo, aunque ahora su aura se hallaba en declive y la pobre no levantaba cabeza. Sacó a relucir los cabarés donde actuaban hombres disfrazados de mujeres lascivas y las salas de baile en las que podían solazarse con absoluta libertad parejas del mismo sexo, algo inaudito incluso en París. «Berlín es mi Sodoma y Gomorra favorita», concluyó tras su entusiasta retahíla, y puso los ojos en blanco. Yo observé de soslayo a la Sultana, que viajaba a mi lado y seguía sin tragar a Madeleine. Tuve que aguantarme la risa ante el estoicismo con el que la antigua Alisa, Sultana de Constantinopla, se protegía de la imparable, y para ella incomprensible, verborrea de la francesa.

En el tren, Claude se mantuvo en silencio resignado, pero nada más pisar el vestíbulo del Adlon, salió de la apatía y frenó de raíz los planes de su esposa. Había que ir al teatro a comprobar si todo estaba en orden, yo debía ensayar con la orquesta y después convenía retirarse temprano para llegar a la noche del estreno en perfectas condiciones. Madeleine no disimuló un mohín de contrariedad, aunque se abstuvo de protestar. Sabía que de nada servían las quejas cuando su perfeccionista esposo se sumergía en el papel de representante. A fin de cuentas, a esa actividad debían la fortuna que les costeaba su opulento tren de vida.

Al día siguiente, canté ante un público tan exigente como el de París. Eso sí: muy bien dispuesto hacia mí por la campaña de prensa costeada conjuntamente por el Nelson-Theater y Claude. Los berlineses habían padecido los rigores de la guerra, las posteriores luchas sangrientas entre extremismos de derecha e izquierda y la miseria causada por la inflación galopante; sus mujeres habían llorado la muerte de hijos y esposos en los campos de batalla, o habían visto regresar a sus hombres horriblemente mutilados. Ahora que Alemania empezaba a remontar, andaban sedientos de diversión y experiencias novedosas. Me acogieron con los brazos abiertos y durante mi estancia fui la reina de la ciudad.

Tras el estreno, se celebró una fiesta por todo lo alto en uno de los salones del Adlon. Como de costumbre, Claude y el dueño del teatro habían invitado a lo más selecto de la alta sociedad, de la prensa y del mundillo artístico. Yo ya sabía desenvolverme entre notables y famosos, pero los nervios del debut siempre me embrollaban los rostros de la gente en la memoria. Sí recuerdo con nitidez a Rudolf Nelson, el propietario del Nelson-Theater, famoso compositor y pianista judío, redondo como una bola y sin un solo pelo de tonto (tampoco de listo) en la cabeza, creador de fastuosas revistas musicales e introductor de Josephine Baker en Alemania. Yo nunca había conocido a tantos judíos como en Berlín. En aquel tiempo destacaban en sus respectivas actividades, ya se dedicaran a la música, la ciencia, las finanzas o la literatura. Las nubes de cenizas que iban a caer pronto sobre ellos aún revoloteaban ligeras como pavesas y muy pocos presentían el alcance que iban a tener en el futuro las soflamas de los nacionalsocialistas gritones, embutidos en uniformes de opereta, que empezaban a verse por las calles berlinesas.

Aquella noche me presentaron al conde Harry Kessler, un maduro dandi prusiano de modales exquisitos, mecenas y coleccionista de arte, al que apodaban el «coleccionista de personas» porque, según decían, conocía a todo el mundo. En cuanto se alejó *Graf* Kessler para integrarse en otro grupo, Madeleine dio rienda suelta a su afición al cotilleo. Me susurró al oído, sofocando su risita de niña traviesa, que al conde le gustaban las mujeres, pero solo como objetos artísticos. Para los menesteres de dar gusto a la carne prefería a los hombres.

Conocí al prestigioso director teatral Max Reinhardt. También al actor de teatro Gustav Vollmoeller y su amante, una joven de pelo cortísimo embutida en un traje masculino a la que todos llamaban Fräulein Landshoff. Pero quien me impresionó fue Asta Nielsen, la diva danesa del cine alemán cuyas fotografías brindaron consuelo en las trincheras tanto a los soldados franceses como a los alemanes. Wolfgang me había llevado a ver películas suyas en París. A los dos nos impresionaba su capacidad para expresar cualquier sentimiento con gestos certeros, que resultaban contenidos en comparación con las exageraciones de otras actrices del cine mudo. En persona me pareció igual de imponente. Cuando me saludó, me ocurrió como con la Mistinguett: retrocedí de golpe a mis tiempos de niña impresionable. Solo fui capaz de pensar en la cara que pondría Wolfgang cuando le contara mi encuentro con nuestra estrella favorita.

Claude se empeñó en que conociera a Fritz Lang y su esposa, Thea von Harbou. El matrimonio se dedicaba a rodar películas para el cinematógrafo. Ella escribía las historias y él las dirigía. En enero habían estrenado una película futurista titulada *Metrópolis*, que había despertado en Berlín más desconcierto que pasiones. Fritz murmuró apresuradamente que mis rasgos estaban hechos para seducir a una cámara, me besó la mano y se llevó a su mujer hacia donde *Graf* Kessler platicaba con un grupo de aduladores.

Por fin acabó el desfile de celebridades. Madeleine se retiró a coquetear con dos jóvenes rubios a los que llevaba un rato comiéndose con los ojos. Claude se ofreció a buscarme una copa de champán, que aquella noche corría entre los invitados en ríos de oro. Yo estaba agotada y me sentía fuera de lugar. La mayoría de la gente que me habían presentado chapurreaba algo de francés, pero con otras había tenido que actuar Claude de intérprete. Aunque yo iba haciendo progresos en las clases de alemán, aún me sentía insegura para mantener una conversación fluida en ese idioma. Me dejé caer en un sillón cercano. Pese a que el calzado impuesto por la moda en aquellos años era cómodo, me dolían los pies. Entrecerré los ojos y dejé la mente en blanco. La tranquilidad fue breve. En la nada acolchada de mi cerebro irrumpió una enérgica voz femenina.

—Señorita Garnier, ¿le importa si me siento con usted?

Alcé la mirada. Una señora elegante, que aparentaba tener alrededor de cuarenta años muy lustrosos, me sonreía con unos labios pintados de llamativo carmesí que destacaban en su cutis blanco. Llevaba un vestido negro con bordados cuya hechura me recordó a la *petite robe noire* de la Maison Chanel, aunque algo en él no acababa de encajar en el estilo de Coco, como si fuera una imitación. Por encima de sus guantes de seda, también negros, asomaban unos brazos tersos. Su cabello, cortado *à la garçonne*, era oscuro y no parecía teñido. Un largo collar de dos hileras de perlas iluminaba su sobrio atuendo. Sostenía en la mano derecha un cigarrillo sujeto a una larga boquilla azabache. Caí en la cuenta de que me había hablado en español con levísimo acento alemán. Sin esperar mi respuesta, ella ocupó el sillón contiguo.

—Ha sido tan emocionante verla cantar, querida. Ese tango, *Dalia de arrabal*, es lo más sugerente que se ha visto desde el baile de Asta Nielsen en *El abismo*. ¡Es usted una gran artista! ¿Sabe?, me moría por conocerla.

Le agradecí la alabanza con una cortesía banal. Estaba tan cansada que su energía me apabullaba.

—Perdóneme, no me he presentado. Soy Gabriela von Aschenbach. Mis amigos me llaman Gabi. Wolfgang me habla mucho de usted en sus cartas y cuando viene a ver a su hijo. Salta a la vista que mi sobrino tiene muy buen gusto.

¡La tía española de Wolfgang! Mi modorra dio paso a la prevención. ¿Vendría esa mujer en calidad de emisaria de la familia, o la habría enviado la esposa reacia a divorciarse? Ella captó mi alarma al vuelo. Don Octavi me había enseñado a moverme en sociedad, pero mis reacciones seguían siendo demasiado transparentes.

—No tema —dejó caer—. No me manda la familia. Yo siempre actúo por mi cuenta... y desde que murió mi pobre Oskar me he vuelto aún más independiente. Es lo que nos ocurre a las viudas que no nos convertimos en beatas.

Wolfgang me había contado que su tío Oskar, el hermano pequeño de su padre, con quien siempre se había llevado muy bien, había seguido también la tradición familiar de ingresar en la Academia de Guerra y murió en la batalla de Verdún sin haber cumplido aún los cuarenta años. La observación de esa mujer me arrancó una sonrisa. Empezaba a caerme simpática.

—No voy a ocultarle que la familia anda muy preocupada por lo que considera un devaneo que está durando demasiado tiempo —añadió ella—. Yo, en cambio, pienso que mi sobrino hace bien en seguir los dictados de su corazón. Él es como mi Oskar: no está hecho para la vida militar ni para vivir con una mujer tan convencional como Katharina. Entiéndame, es una buena chica prusiana, educada según los principios de la Alemania del káiser, los de antes de la guerra. Pero siempre ha aburrido a las piedras. Si ni siquiera ha aprendido a bailar el charlestón.

No pude evitar reírme, pese a que me desasosegaba la mención de la esposa de Wolfgang.

—¿Es consciente de que Katharina hará lo posible para evitar que Wolfgang y usted lleguen a casarse algún día? Siempre estuvo enamorada de él, desde bien niña, y mientras pueda, obstaculizará el divorcio como sea, incluso utilizando al pequeño Konrad.

Volví a retraerme como un caracol dentro de su concha.

—Señora...

—Gabi, por favor.

—Gabi, el matrimonio no entra en mis planes y Wolfgang lo sabe. Le quiero con toda mi alma, pero no necesito que nadie me mantenga. Gano mi dinero y lo administro con sensatez. Le aseguro que los dos estamos muy bien como estamos.

Una calurosa sonrisa surcó su rostro. No parecía fingida y me relajé.

—Sabía que hoy me encontraría con una mujer muy especial. Tiene que serlo para haber hechizado así a Wolfgang.

Guardé silencio. De reojo vi que Claude se había parado a prudente distancia de nosotras, aferrado a una copa de champán como si no supiera si interrumpir o no. Gabi se inclinó hacia mí y me presionó el antebrazo enguantado.

—Créame, no vengo a causarle problemas. Solo quería conocerla... A todo esto, ¿y si nos tuteamos?

Asentí con la cabeza. Vaya vendaval de mujer.

—Tengo una idea: ¿te gustaría que te enseñe el Berlín real? Amo esta ciudad, pero no es solo diversión y vanguardia artística. Tiene sus luces y sus sombras, como cualquier urbe, por otra parte. Para mí sería un placer guiarte por la capital en la que se crio Wolfgang, aunque ha cambiado mucho después de la guerra. Ya lo verás.

Accedí a su propuesta. Gabi von Aschenbach sabía envolver a su interlocutor y anular cualquier atisbo de desconfianza.

El lado oscuro

Al día siguiente, Gabi me recogió a media mañana ante la entrada del Adlon. Su plan era enseñarme la ciudad y, después, invitarme a comer en uno de los cafés emblemáticos del momento: el Romanisches Café, frecuentado por artistas e intelectuales. Ella misma conducía un automóvil grande y destartalado, de líneas anticuadas, que debía de ser un modelo de mucho antes de la guerra. La capota retirada auguraba un recorrido fresco y me subí el cuello del abrigo de terciopelo de Chanel. Me costó encaramarme al vehículo, de tan alto que estaba el estribo. El cacharro hacía un ruido diabólico mientras Gabi lo dominaba desde el volante con una fuerza que nadie habría asociado a sus delicadas manos enguantadas en piel de cabritilla. Iba vestida con sencillez. Su abrigo de paño fino estaba un poco gastado en algunas zonas. Lo llevaba desabrochado y por la abertura asomaba un vestido de terciopelo azul oscuro. Un sombrero cloche le ocultaba la melenita. Yo me había engalanado a conciencia en honor a la tía de Wolfgang y me sentí fuera de lugar.

Nos integramos en el enloquecido tráfico matinal que saturaba calles y avenidas.

—Antes de la guerra teníamos chófer y varios criados —observó Gabi, sin dejar de vigilar el trasiego de vehículos a nuestro alrededor—. Cuando murió Oskar, despedí a la mayoría de ellos y me quedé con una sirvienta y la cocinera. Tuve que aprender a conducir este trasto. Fueron tiempos duros…, aunque después del armisticio todo se volvió aún más difícil. Durante los años de la inflación vivimos un verdadero infierno. Imagínate que el marco se devaluaba varias veces al día hasta no valer casi nada. En el 23, un dólar de Estados Unidos equivalía a más de cuatro millones de marcos. Las fábricas pagaban los jornales dos veces al día o en especie, porque los precios de los artículos de primera necesidad podían ponerse por las nubes en cuestión de horas. Una hogaza de pan llegó a costar doscientos mil millones de marcos. Los que habían invertido en bonos de guerra, de pronto solo poseían papel que no servía ni para que dibujaran los niños. Lo mismo pasó con el dinero ahorrado. ¿Te imaginas?

Wolfgang hablaba poco de los tiempos de la inflación, cuyos peores años pasó en París ayudando a su familia con gran parte de lo que ganaba en francos franceses. Incluso a mí, criada en la pobreza más descarnada, aunque siempre invariable, me costaba hacerme una idea de cómo debieron de enfrentarse los alemanes a tanta incertidumbre.

—Ahora todos somos más pobres, incluso los que pertenecíamos a familias ricas antes de la guerra. Solo han hecho fortuna los especuladores y los delincuentes, como siempre. A veces, pienso que Oskar tuvo suerte de no vivir estos tiempos. Aunque él habría sabido salir adelante. Siempre encontraba la solución para todo. Wolfgang también es así. Se parece más a su tío que a su padre.

—¿Cómo es su padre?

Gabi sacudió la cabeza desde su puesto de mando al volante.

—Es un militar prusiano de alta graduación, muy rígido en sus principios, próximo a Paul von Hindenburg, nuestro canciller desde que murió Ebert en el 25. No acepta la república, a la que culpa de la pérdida del nivel adquisitivo de nuestra clase. Tengo la sospecha de que participó de algún modo en el golpe de Estado de Kapp hace siete años… y que sigue conspirando. Es un hombre que nunca comprendió a sus hijos. Un poco más a Otto, creo, que apuntaba maneras de llegar a convertirse en un calco de su padre, pero Wolfgang sigue siendo un extraño para él.

No pude contener la tentación de seguir indagando. Wolfgang me hablaba muy poco de sus padres.

—¿Y la madre?

—Elsa es una mujer buena y triste, que nunca se recuperó de la muerte de Otto y vive a la sombra de su marido. —Giró la cabeza hacia mí por un instante—. ¿No te cuenta mi sobrino estas cosas?

—No mucho —admití.

—No me extraña. Para él, el traslado a París fue una liberación y conocerte le ha hecho mucho bien. —Intercaló un suspiro que sonó a enérgico punto y final—. Ahora, Nora, prepárate para descubrir la cara y la cruz de Berlín.

Mientras hablábamos, habíamos entrado en el Kurfürstendamm, el bulevar donde se ubicaba el Nelson-Theater. Ya lo conocía de cuando me llevaban en automóvil al teatro, pero no había podido recrearme en contemplar las casas señoriales que lo bordeaban, la sucesión de marquesinas de cinematógrafos, teatros y tiendas elegantes, así como las terrazas de los muchos cafés, cuyas mesas estaban casi todas ocupadas. Por las aceras se deslizaban con indolencia paseantes bien vestidos, a todas luces adinerados, a los que Gabi llamó *Flaneure*.

—Aquí viene todo el que es o se cree alguien en Berlín, para ver y, sobre todo, ser visto. También se han trasladado a vivir a esta parte los notables de la ciudad y los que aún conservan su fortuna. El Ku'damm, como lo llamamos los berlineses, tiene las mejores tiendas, los cafés más elegantes… Aquí vienen todos los grupos políticos a manifestarse por una causa u otra. Hace unas semanas, seguidores del partido nacionalsocialista se hicieron fuertes en el Ku'damm, se metieron con los transeúntes a los que vieron aspecto de judíos y entraron en un café donde se liaron a pegar a los clientes. —Gabi suspiró, ahora con pesar—. Esa gente me da mucho miedo. Si nadie los frena, crearán problemas a Alemania.

La conversación se estancó. Recorrimos el bulevar sin hablar. Me arrebujé aún más en el abrigo. No hacía demasiado frío esa mañana, pero la temperatura tampoco alentaba a circular sin capota. Aproveché el silencio de Gabi para observar la ciudad desde la atalaya de ese saltamontes con ruedas. Conforme nos fuimos alejando del bullicio del Ku'damm y del centro elegante, advertí que las calles eran cada vez más angostas, las fincas más destartaladas y las fachadas tan deslucidas como quesos manchados de moho. La gente no paseaba por las aceras, más bien se apresuraba con el desánimo enquistado que había visto tantas veces en el Arrabal de mi infancia. Los hombres no llevaban sombreros canotier, sino gorras que ya de lejos se veían ajadas, algunas incluso grasientas. La mayoría de las mujeres lucían el pelo corto, pero no en un elaborado peinado *à la garçonne*. El de ellas asomaba greñudo bajo sus viejos sombreros. Empezaron a abundar los carros tirados por percherones de patas gordas. Gabi me condujo un buen rato a través de un laberinto de calles estrechas, entre bloques desangelados y sucios de seis pisos. Las ventanas eran pequeñas, sus cristales opacos. Empezó a acongojarme ese inesperado reencuentro con la pobreza.

—Te presento el Berlín de los obreros y de los que, por no tener, no tienen ni trabajo —anunció Gabi—. En estos bloques, que aquí llamamos *Mietskasernen*, en español podríamos decir «cuarteles de alquiler», se hacinan familias muy numerosas en viviendas diminutas. Solo hay un baño por bloque, dos si tienen suerte, y lo comparten todos los vecinos. Hay quienes son tan pobres que prostituyen a sus hijas en edad de merecer para poder comprar comida.

Me vino a la memoria mi infancia en la planta baja del Arrabal. También nosotros compartíamos el retrete con los vecinos, y si padre no me obligó entonces a vender mi cuerpo fue porque era demasiado niña y enclenque para que un vicioso se animara a pagar por manosearme... hasta que desarrollé formas de mujer y Rufino tuvo la idea de subastar mi virginidad. Nada de lo que decía Gabi, ni de lo que delataban esas callejas, me sorprendía. Solo me pregunté por qué razón me había llevado a ese lugar.

Gabi detuvo el automóvil delante de uno de esos bloques tristes y me invitó a bajar. Confieso que salté del saltamontes con miedo: iba demasiado bien vestida para que me sintiera segura en un suburbio como ese. Gabi me guio hacia un portal junto a una taberna que, según aclaró, frecuentaban los hombres del barrio, la mayoría de ellos militantes de partidos obreros de tendencia socialdemócrata, socialista o incluso comunista. Entramos en un vestíbulo desconchado del que nacía una escalera estrecha y empinada. Pero no subimos por ella. Salimos por una portezuela a un patio trasero oscuro que olía a col cocida, orines enquistados en los rincones y suciedad añeja. Lo atravesamos y entramos en otro vestíbulo, más cochambroso aún que el que daba a la calle. Este también lo abandonamos por la parte de atrás y cruzamos un nuevo patio, que me pareció el *summum* de lo siniestro y maloliente. Un enjambre de niños sucios arengaba a dos chiquillos que se peleaban a puñetazos dignos de Max Schmeling, el campeón de boxeo alemán. Me acordé de la corrala madrileña donde Jacinta me sacó la semilla que había sembrado Andrés. Mi desagrado creció con la fuerza descontrolada de un hierbajo.

—¿Por qué me has traído aquí, Gabi? —se me escapó.

—Tranquila. No nos pasará nada. Los habitantes de Neukölln son pobres, no bandidos. Solo quiero que veas el Berlín que seguro que no te enseñarán tu representante ni la muñequita de su mujer.

Como si no hubiera conocido bastante pobreza en mi vida, pensé yo, pero me mantuve en silencio. Era evidente que Wolfgang no había revelado a su tía mis orígenes.

—También quiero enseñarte el sitio donde ayudamos a las mujeres sin posibles —prosiguió ella—. Espero no haberte incomodado, Nora. Es que estoy muy orgullosa de lo que hacemos. No puedo evitar hablar de este proyecto a las personas de mente abierta, como creo que eres tú.

Se detuvo ante una puerta de madera, bien pintada en comparación con el entorno. En la pared había una placa de cerámica donde ponía algo en alemán. No me dio tiempo a leerla, pues Gabi abrió y me empujó dentro con suavidad. Vi un pasillo largo, escasamente iluminado. A intervalos regulares entraban débiles cuñas de luz desde puertas blancas con cristal en la parte superior. De una de ellas asomó de pronto una mujer alta y robusta, de mejillas sonrosadas. El pelo, de un rubio casi blanco, se enroscaba alrededor de la cabeza en trenzas que me hicieron pensar en culebras amorosas. Calculé que tendría treinta y pocos años. Su bata blanca desabrochada revelaba la austeridad de su ropa de calle. Saludó a Gabi con una sonrisa y reparó en mí. Noté su gesto de extrañeza cuando pasó revista al atuendo elegante que me había puesto para ese día.

—La doctora Schmitz —me aclaró Gabi—. Viene tres días a la semana sin cobrar. Ninguna percibimos dinero por lo que hacemos aquí.

La doctora vino hacia nosotras. Dijo algo en alemán. Su acento era muy diferente del de mi profesora de alemán y no entendí gran cosa. Gabi le respondió y la otra me saludó en un francés dubitativo. Después explicó que estaba atendiendo a una joven embarazada y que tenía otras pacientes esperando, pero que Gabi iría enseñándome el resto del centro, pues lo conocía al dedillo. Ella se reuniría con nosotras en cuanto quedara libre. Volvió a adentrarse en la consulta de la que había salido.

Gabi me condujo por el corredor y me hizo entrar en un cuarto que no estaba ocupado. Se trataba de una estancia espartana de paredes blancas, desnudas de cualquier tipo de adorno. Como único mobiliario había un escritorio de madera en un extremo, en el otro una camilla cubierta por una sábana muy limpia, una mampara blanca a medio plegar y, apoyado contra una de las paredes, un armario alto y estrecho cuya puerta de cristal custodiaba frascos de medicamentos e instrumental de formas caprichosas que me recordó al que había usado Jacinta conmigo, aunque este tenía más lustre.

—Aquí las médicas exploran a las mujeres que vienen en busca de ayuda. Aparte de la doctora Schmitz, hay otras dos y tres enfermeras. Todas voluntarias. Existen muchas dolencias que, si fueran tratadas a tiempo, no se llevarían por delante a tantas mujeres pobres. —Gabi tomó aire y continuó—: También enseñamos a nuestras pacientes el uso del condón para evitar embarazos y enfermedades venéreas. Tiene gracia que haya en Berlín una importante fábrica de condones y la mayoría ni lo sepa. Y aunque lo supieran, muchas no tendrían dinero para comprarlos ni se atreverían a pedir a sus hombres que los usen. Aquí les ayudamos en lo que podemos. Hay tanto por hacer para que las mujeres aprendan a protegerse…

Me llevó a una sala más grande que las anteriores. Las paredes estaban alicatadas hasta la mitad con azulejos blancos que brillaban pese a la escasa luz que entraba por un ventanuco. Ante una de ellas se alineaban dos armarios acristalados que alojaban frascos e instrumental. En el centro se alzaba una camilla similar a las anteriores, aunque esta era de altura regulable y en uno de sus extremos sobresalía en cada lateral una barra de acero acabada en una especie de argolla cromada. Desde el techo, una enorme lámpara redonda dominaba el conjunto, que se me antojó frío y siniestro.

—Aquí es donde hacemos pequeñas operaciones que no se pueden permitir las mujeres pobres… y que a veces salvan vidas, incluso la dignidad.

—¿Abortos?

No sé cómo pude ser tan indiscreta. Aún me azotaba a veces la picazón de la curiosidad, como cuando era niña, pero a esas alturas ya había aprendido a no rascar. O eso había creído.

Gabi sonrió sin inmutarse.

—También ayudamos a abortar, sí.

Recordé cuando Ernesto me llevó a casa de la partera y sentí algo que se parecía mucho a la envidia. Esa sala podía resultar siniestra en su aséptica fealdad, pero seguro que ahí las mujeres se expondrían a menos peligro del que corrí yo en manos de Jacinta.

—¿Eso es legal aquí?

Ella sacudió la cabeza.

—Claro que no. Hace unas semanas cambiaron la ley y ahora se permite el aborto por recomendación médica, aunque aún es insuficiente. Muy pocos médicos se comprometen con este asunto. Abortar sigue siendo peligroso… para las chicas y también para nosotras. Nos arriesgamos a que nos metan en la cárcel y nos cierren el centro, con lo que hemos luchado por montarlo. Pero estamos convencidas de que lo que hacemos merece la pena. Las mujeres que vienen aquí están desesperadas. La mayoría ya tienen en casa más bocas de las que pueden alimentar, un marido borracho, violento o sin trabajo… o las tres cosas a la vez. Físicamente están agotadas de tanto parir y trabajar. Y de ánimo, andan aún peor. Luego tenemos a las jovencitas, casi niñas, que se prostituyen para poder comer y se quedan preñadas de un cliente. O las que se embarazan de un novio tan niño como ellas, que las llenará de mocosos y acabará zurrando la badana a toda la familia cuando la furia le muerda por dentro. ¿Qué futuro espera a esas madres y a esos hijos?

Me pregunté qué habría sido de mí si hubiera seguido adelante con mi embarazo. Deshacerme de aquella criatura no fue plato de gusto. Después de haberlo hecho, me sentí vacía y muy culpable. Pero de haberla tenido, me habría visto atrapada en la misma trampa que madre. Mi hijo habría sido carne de pobreza, destinado a perpetuar la maldición de los que nacemos sin oportunidades. Eso me daba más miedo que la culpa, incluso ahora que tenía dinero.

—La vida es muy injusta repartiendo sus favores —observó Gabi con repentina melancolía—. Yo no pude dar descendencia a Oskar y estas mujeres están dispuestas a correr los riesgos que sea para no traer más hijos a su vida de miseria, incluso a desangrarse si la operación se tuerce. —Una risita suavizó su aire triste—. Pobre Nora, ¿te he asustado al traerte aquí? Wolfgang me riñe por meterme en estos líos. Dice que acabaré en la cárcel o algo peor. Pero yo sé que hago algo útil.

Le apreté el antebrazo. Si ella supiera…

—No me asusto tan fácilmente.

Nos miramos y nos dio por reír. Cuando agotamos las carcajadas, le dije:

—A propósito, puedes llamarme Flor. Es mi verdadero nombre.

Esa mañana, la tía de Wolfgang y yo nos hicimos amigas en el quirófano de un centro semiclandestino para controlar la natalidad en un barrio obrero de Berlín.

El fantasma del 29

Después de mi estancia en Berlín, canté en Londres y Viena. A continuación, conocí Copenhague, urbe situada tan al norte que a mediados de agosto el sol, ya de por sí débil, empezó a palidecer y el cielo lloró aguanieve, fenómeno que la Sultana tomó por presagio del apocalipsis. Tras haber triunfado en esas ciudades, se sucedieron otras por toda Europa. Llegó un momento en que fui incapaz de asimilar tantas impresiones nuevas y las imágenes de cada viaje se me mezclaban en la memoria. Desde mi estancia en Berlín me carteaba con Gabi, consolidando así nuestra amistad. Escribirles a ella y a Wolfgang cuando viajaba hacía más llevadera la melancolía que me asaltaba al caer la noche, pese a contar siempre con la compañía abnegada de la Sultana. Cuando regresaba de las giras, París era el paraíso donde me esperaba Wolfgang para gozar de nuevo estando juntos.

En 1929, Claude tanteó a sus contactos para introducirme en Nueva York. Cantar allí era un hito solo al alcance de unas pocas estrellas europeas como mi paisana Raquel Meller, que tres años atrás había actuado en el Empire Theatre y cobró por ello el vertiginoso importe de cincuenta mil dólares. Yo deseaba y a la vez temía cruzar el Atlántico, pues eso implicaría separarme durante semanas del hombre que me había enseñado a amar sin miedo. Aun así, estaba más que dispuesta a aprovechar lo que suponía un gran salto adelante. En octubre, Claude ya había apalabrado, a través de ese invento diabólico llamado teléfono, un suculento contrato para cantar en diciembre y enero en el Carnegie Hall.

Pero aquel acuerdo nunca llegó a formalizarse. Antes de que el empresario neoyorquino pudiera enviarnos por correo el documento para la firma, una catástrofe financiera segó la bonanza económica y la *joie de vivre* recuperada tras la Gran Guerra, iniciando su labor destructiva en Estados Unidos.

A finales de octubre, los periódicos difundieron la noticia del hundimiento de la Bolsa de Nueva York. Tras unos años de especulación salvaje, en los que hasta los trabajadores habían invertido sus modestos ahorros en acciones, y obtenido beneficios considerables, el castillo de naipes se había derrumbado estrepitosamente. Estados Unidos se hundió en una profunda crisis económica que trajo consigo años de desempleo, miseria y hambre, tanto en las ciudades como en el campo. La llamada Gran Depresión se extendió a Europa y allí se propagó como el virus de la gripe española en el 18.

En París, el primer efecto visible del *crash* de la bolsa fue la progresiva desaparición de los norteamericanos, que habían acudido a la ciudad para cumplir sus sueños artísticos o, simplemente, desfogarse antes de sentar cabeza en su país. Habían llegado a Francia después de la guerra, amparados por la fortaleza del dólar, y de la noche a la mañana tuvieron que regresar a casa porque sus familias no podían seguir enviándoles su asignación, o porque se habían esfumado los beneficios de las inversiones en bolsa que les habían costeado la estancia. La Ciudad de la Luz se oscureció de tristeza. Aunque lo peor aún estaba por llegar a Europa.

Desde que, cinco años atrás, fui con don Octavi a buscar a Rubén en el pueblo donde vivía, mi hermano y yo nos escribíamos de vez en cuando. Rubén tenía ya dos hijos y gestionaba los negocios vinícolas del suegro. Por él supe que Amador seguía de capataz en la fundición Averly y era padre de cuatro vástagos. Al parecer, la recesión económica todavía no había afectado a mis hermanos.

Pese al avance de la crisis, Wolfgang y yo despedimos la década de los veinte sin sobresaltos en lo económico. Celebramos mi trigésimo cumpleaños cenando con la Sultana en mi apartamento y después nos encerramos en la alcoba. Enfilábamos nuestro sexto año juntos y aún no nos cansábamos el uno del otro. A nuestra relación le sobraba fuerza para desafiar la intromisión de la rutina y las convenciones sociales, además de capear las continuas zancadillas que desde Berlín nos ponían su esposa y sus padres. En París éramos libres y no necesitábamos la aprobación de la sociedad para amarnos.

Las cosas cambiaron de golpe una tarde de enero de 1931.

Yo disfrutaba de un descanso de varias semanas entre giras. Solía aprovechar esos espacios de tiempo para ensayar las canciones nuevas con mi profesor de música e intensificar mi aprendizaje de alemán con Fräulein Straubinger. Wolfgang acudía a mi apartamento después del trabajo y se quedaba a dormir casi todas las noches. Aquella tarde, no entró en casa con la sonrisa palpitando en los labios, los ojos y hasta en la cicatriz de la mejilla. Me dio un beso desganado y se dejó caer en su sitio favorito del sofá. Preocupada, le serví una copa de coñac. ¿Nos habría preparado su familia alguna jugarreta nueva? ¿Y si le había ocurrido algo al pequeño Konrad? Wolfgang idolatraba a su hijo.

Me acurruqué junto a él, segura de que tarde o temprano me revelaría la causa de su mal humor sin necesidad de preguntarle. La Sultana, avispada como siempre, se esfumó. Wolfgang tardó solo dos sorbos de coñac en hablar.

—Tengo que volver a Berlín.

Hacía poco que había estado allí visitando a Konrad. De regreso, me enseñó una fotografía del niño, que ya había cumplido once años, me contó las andanzas de Gabi en la clínica de mujeres, pero no mencionó ni a su familia ni a Katharina. ¿A qué venía ahora un nuevo viaje?

—¿Ha pasado algo? ¿Estarás muchos días?

Él dejó la copa en la mesita redonda que tenía delante. Abismó su mirada en la mía. Había en ella tanta tristeza…

—Debo marcharme de París, Flor. Me trasladan.

Me quedé de piedra. En los años que llevábamos juntos, nunca había pensado en la posibilidad de un traslado. ¡Qué tonta! Siendo militar, era de esperar que no permaneciera mucho tiempo en el mismo sitio.

—Me han ascendido y no puedo seguir en París. —Inspiró con fuerza por la nariz—. Dentro de un mes tengo que presentarme en el Ministerio de Guerra, mi nuevo destino. Lo he intentado todo para quedarme. Hasta he sugerido renunciar al ascenso a cambio de seguir aquí, pero me han dicho que eso es indigno de un oficial prusiano y ni se discute.

Le cogí de las manos. Las tenía heladas.

—¡Mi padre está detrás de esto! —se lamentó Wolfgang—. En mi último viaje a Berlín, tuvimos una discusión. Me llamó irresponsable por la vida que llevo en París. Inmoral, según él. Dijo que soy la vergüenza de la familia, que mi sitio está con Katharina y Konrad y es hora de volver a casa.

De pronto, yo también tuve frío.

—¿Piensas regresar con… tu mujer?

—¡Tú eres la mujer que amo, Flor! Te quiero a ti, no a ella.

Los ojos se me llenaron de lágrimas. En eso, le oí decir:

—No podré vivir lejos de ti. Ven conmigo a Berlín…

—¿Cómo…?

—No permitamos que mi familia se salga con la suya. Podemos buscar una casa para los dos… ¡Viviremos como marido y mujer! ¡Al infierno con todos ellos!

¡Qué insensato estaba siendo! ¡Y cuánto le amaba por ello! Sin embargo, me creí obligada a mostrarme prudente.

—Amancebarte con una cantante extranjera perjudicará tu carrera. Todos te darán la espalda. Lo sabes tan bien como yo.

Apoyando los codos en las rodillas, Wolfgang se revolvió el pelo con los dedos. Solo de pensar que iba a regresar a la ciudad donde su esposa aguardaba paciente para echarle el lazo otra vez, me consumía por dentro. ¡No soportaría perderle! El miedo me empujó a tomar una decisión impulsiva.

—¡Me iré contigo! —exclamé—. Pero viviremos igual que aquí: tú tendrás tu casa y yo la mía. Así guardaremos las formas.

Nada más acabar la frase, me pasó por la cabeza otra posibilidad aterradora: ¿y si tomaba mi propuesta como una invitación a instalarse con su mujer? La primera sonrisa de la tarde iluminó el semblante de Wolfgang.

—No volveré con Katharina. Te lo prometo.

Aún hoy me asombra la facilidad con la que leyó mi mente. Él se volvió hacia mí, me estrechó en un abrazo y me besó en la boca, convirtiéndome en el ente acuoso y vibrante que solo él sabía despertar.

Y así, por sorpresa, como irrumpen los cambios importantes, nuestras vidas tomaron un nuevo rumbo que trajo luces y también sombras de densa negrura.

QUINTA PARTE

Amante de pies a cabeza

Ich bin von Kopf bis Fuß
auf Liebe eingestellt,
denn das ist meine Welt
und sonst gar nichts.
Das ist, was soll ich machen
meine Natur.
Ich kann halt lieben nur
*und sonst gar nichts.**

Ich bin von Kopf bis Fuß
auf Liebe eingestellt,
canción de Frederick Holländer
que canta Marlene Dietrich en
El ángel azul de
Josef von Sternberg (1930)

* Estoy preparada de pies a cabeza / para el amor, / pues ese es mi mundo / y nada más. / Es mi naturaleza, / qué le voy a hacer. / Y es que solo sé amar / y nada más.

Una luz gris

M e mudé a Berlín el 16 de abril de 1931. La Sultana y yo viajamos en tren con nuestro equipaje más urgente, compuesto de varios maletones y un baúl gigante. Por otra vía mandé a mi nuevo destino una buena remesa de baúles de ropa recién confeccionada en la Maison Chanel y en el atelier de Madeleine Vionnet, a cuyas magníficas prendas cortadas al bies me había aficionado. También envié infinidad de cajas de madera con los objetos que deseaba tener en mi nuevo piso de Berlín. Dentro del apartamento parisino dejé los muebles y la mayoría de los enseres, con la idea de alojarme allí cuando regresara a París para cantar. Le había cogido mucho cariño a esa vivienda, pues había sido testigo de mis horas más felices con Wolfgang, que llevaba ya un mes instalado en su ciudad natal.

La Sultana se pasó el viaje refunfuñando desde que le conté las noticias sobre España que daban los periódicos del día. El 12 de abril, los partidos republicanos habían ganado las elecciones municipales en la mayoría de las capitales, lo que provocó la abdicación de Alfonso XIII y su abandono de España con rumbo a París. El día 14 fue proclamada la República, hecho que conmocionó sobremanera a mi ayudante de camerino, devota del rey y de los fastos propios de la monarquía, aunque jamás había visto a Alfonso XIII de cerca; ni siquiera de lejos.

—¡Jesús, María y José! —la oía rezongar entre dientes, igual que si rezara el rosario—. Un país necesita un rey, aunque sea un calavera como el nuestro. Vamos a ir de mal en peor, ya lo verá.

¡Y nosotras perdidas en una tierra donde no entendemos ni papa! Ahora que había aprendido a hablar con los franchutes esos... —Llegada a ese punto, fruncía la nariz—. Claro, como *usté* está estudiando la lengua de esa gente... Pero... ¿y yo? Voy a parecer sorda, muda y boba.

—No seas agorera, mujer. Si tú eres más lista que el hambre. Ya verás como te pones al día enseguida —le decía yo para calmarla.

Eso la acallaba durante un rato, hasta que se acordaba de la abdicación del rey y reanudaba la retahíla.

Claude Lefèvre no había recibido de buen grado mi anuncio de que me trasladaba a Berlín. Al principio intentó disuadirme pintando un panorama desolador: perdería al público parisino, al que debía mi éxito; me mudaría tras un hombre casado a una ciudad desconocida donde me considerarían una disoluta, pues el entorno de Wolfgang era más conservador que el ambiente en el que nos movíamos en París. En conclusión: acabaría echando por la borda mi carrera. Sin embargo, cuando vio que yo seguía en mis trece, se resignó a llevar mis asuntos desde la distancia, con la ayuda del teléfono y de un representante de artistas berlinés, que estaría pendiente de mí para las cuestiones más urgentes, rindiendo cuentas a Claude, por supuesto.

Madeleine derramó ante lo inevitable unas cuantas lagrimitas que se me antojaron sinceras. Se lamentó de que perdería a una buena amiga, pero prometió que me visitaría pronto en mi nueva ciudad. Dada su pasión por la vida nocturna berlinesa, no albergué la menor duda de que cumpliría su promesa.

Cuando la Sultana y yo nos disponíamos a bajar del tren en la estación Bahnhof Zoo de Berlín, el andén hervía de gente que esperaba a algún viajero. Me vi invadida por un frío intenso. Abroché el abrigo de terciopelo entallado y me subí el cuello de visón. Añoraba la ropa holgada y cómoda que llevábamos las mujeres tan solo pocos años atrás. Ahora los vestidos se confeccionaban con el talle más alto y marcaban la cintura. Me coloqué bien el sombrero y me atusé los mechones de pelo que asomaban bajo sus alas. El corte *à la garçonne*, tan popular durante la efervescencia anterior al *crash* del 29, estaba siendo desplazado por una cabellera más larga y troquelada con ondas al agua, cuyo cuidado dejaba en manos de la Sultana porque era muy laborioso. Desde lo alto de la escalerilla recorrí con la mirada aquel hervidero de rostros. No encontré a Wolfgang. Me tragué la desilusión y bajé con cuidado de no trabarme los tacones.

Nada más pisar el andén, un hombre vestido de uniforme surgió de la multitud y me abordó. ¡Wolfgang! Parecía más alto, más imponente que en París. También mucho más serio. Pensé que se debería a que nunca le había visto en uniforme, pues yo no frecuentaba los actos de la embajada a los que él asistía ataviado de esa guisa. Me impresionaba verle con tantas insignias de oficial. Por un instante, me sentí como si mirara a un desconocido, hasta que él sonrió y depositó un beso en mis labios, tan rápido y fugaz que ansié colgarme de su cuello y sorber su boca como hacía en París. Me contuvo la masa de desconocidos que nos rodeaba. De detrás de Wolfgang surgió un mozo de equipajes, que enseguida subió al vagón con la Sultana para hacerse cargo de nuestras pertenencias. También se aproximó una señora vestida con sencilla elegancia, la media melena entrecana marcada con fluidas ondas al agua. Cuando se paró delante de mí, reconocí a Gabi. Habían pasado cuatro años desde que nos hicimos amigas. En ese tiempo, solo nos habíamos visto una vez durante un viaje que hice a Berlín en el 29, aunque sí nos habíamos carteado con regularidad. Ahora me costaba casar su imagen actual con la que había conservado en la memoria. Seguía siendo una mujer delgada, cuyos rasgos permitían intuir la belleza de su juventud, pero en esos veinticuatro meses parecía haber atravesado el umbral invisible que separa la edad madura del camino a la vejez.

Gabi me encerró en un enérgico abrazo y me besó cada mejilla, derrochando su habitual energía. También dio un beso a la Sultana, que acababa de bajar del tren y tras ese gesto se convirtió en admiradora incondicional de la tía española de Wolfgang. Antes de que él tuviera tiempo de ofrecerme su brazo, Gabi se colgó del mío y le dijo:

—Déjamela un rato, que tenía muchas ganas de ver a Flor.

Wolfgang le respondió con un mohín que no supe interpretar.

—Luego tendréis tiempo para saludaros como es debido. De todos modos, aquí hay demasiada gente. —Gabi me guio a través del gentío—. Alemania ya no es lo que era cuando viniste la última vez. Desde que se hundió la Bolsa de Nueva York, vamos de mal en peor. Al reducir Estados Unidos las importaciones de productos alemanes y retirar sus préstamos a Alemania para salvarse ellos mismos, aquí han cerrado muchas empresas y se han multiplicado los desempleados y la pobreza. La gente anda decaída y resentida con todo. No sé cómo acabará esto. Francamente, es una pena que os hayáis tenido que venir de París.

Celebré que, pese a su llamativo cambio físico, en lo demás siguiera siendo mi amiga Gabi de siempre.

Seguidas de cerca por Wolfgang, la Sultana y el mozo que empujaba el carro con el equipaje, llegamos al exterior. A juzgar por el cielo encapotado y la baja temperatura, allí aún no había asomado la primavera. Como si quisieran corroborar lo que me acababa de contar Gabi, enseguida nos rodearon varios mendigos que habían aguardado apostados junto a la puerta. Yo estaba habituada a ver durante mis viajes a menesterosos rondando las estaciones de ferrocarril en busca de limosna, pero aquellos formaban un verdadero enjambre. Gabi sacó algunas monedas del bolsillo de su abrigo, las repartió entre los más cercanos y me arrastró lejos de aquellos desdichados.

—Hemos venido en mi viejo automóvil. Por suerte, aún rueda —comentó—. Y ahora, hablemos de cosas más alegres. Verás cómo te gusta el piso que te he buscado. Está muy cerca de mi casa y de donde vive ahora Wolfgang. —Intercaló una carcajada mordaz—. Solito. Su padre no ha podido llevárselo a la vera de Katharina… y yo me alegro. Ojalá consiga divorciarse de ella pronto. Merecéis estar juntos.

El piso elegido por Gabi se hallaba en Berlin Mitte, el barrio céntrico donde ella vivía desde que se casó con Oskar von Aschenbach. Era una zona elegante, con casas nobles de no más de tres pisos, algo venidas a menos porque los berlineses con aspiraciones y posibles se asentaban ahora en el Kurfürstendamm y las calles adyacentes. Mi nueva vivienda estaba amueblada con buen gusto y era bastante más grande que el apartamento de París. Ocupaba el entresuelo de una finca con fachada señorial y disponía de una cocina espaciosa de la que salía un cuarto para el servicio. Había tres dormitorios, uno de los cuales era inmenso y alojaba una cama de llamativa anchura. Para mi regocijo, la vivienda también ofrecía un vestidor de dimensiones generosas. El salón, con chimenea ribeteada por una artística franja de mármol, era tan grande que hasta cabía un reluciente piano de cola negro.

—Lo hemos mandado afinar para que puedas ensayar aquí con el profesor que te busque Lefèvre —dijo Wolfgang.

Era su primera frase completa tras un recorrido en automóvil lleno de silencios y monosílabos. Una sensación de amenaza me mordió la boca del estómago. ¿Acaso no se alegraba de mi llegada?

Gabi me arrastró del brazo hacia el ventanal por el que entraba la luz grisácea de ese día. Me invitó a asomarme. Daba a un jardín trasero, cuya frondosa vegetación hizo que me enamorara al instante de mi nueva residencia.

—Bonito, ¿verdad? —me alentó ella—. Desde tu terraza puedes bajar y disfrutar de este oasis. Los dueños del piso han dejado muebles de bambú y todo. Eres la única inquilina que tiene acceso al jardín. Se puede decir que es solo tuyo. —Volvió a posar su mano sobre mi brazo y me miró con expresión de conspiradora—. Me voy a ayudar a la Sultana a deshacer el equipaje y os dejo solos. La cama de tu cuarto tiene sábanas limpias y perfumadas. Anima a mi sobrino, te lo ruego. El pobre te echaba tanto de menos que apenas le he visto sonreír en el tiempo que lleva aquí.

Gabi se retiró apresuradamente. Me aparté de la ventana y busqué con la mirada a Wolfgang. Había levantado la tapa del piano y deslizaba la mano sobre el teclado, sin animarse a pulsar ninguna tecla. Atravesé el imponente salón, me paré delante de él, me aupé de puntillas y le besé. Él me rodeó con los brazos y me apretó muy fuerte contra su pecho. Ahí estaba de nuevo su aroma a limpio, el sabor de sus labios, el tacto de su cuerpo poderoso. En mi piel despertó la efervescencia que tanto había echado en falta durante nuestra separación. Sin alejar mis labios de los suyos, le arranqué la gorra de plato y la arrojé al suelo. Por fin le recuperaba tras ese uniforme distanciador. No recuerdo el tiempo que duró la dulzura de aquel beso, solo que, al cabo de un tiempo, él apartó su boca y farfulló:

—¡Cuánto te he añorado! —Tomó aire y añadió—: Echo mucho de menos nuestra vida en París. Me asusta hacia dónde va este país.

De nuevo la tristeza en sus ojos transparentes…

—Nosotros haremos que esto sea como París. —Procuré sonar convincente, aunque no las tenía todas conmigo—. Vamos a la alcoba.

Él me regaló la primera sonrisa. Me tomó en brazos y me llevó al dormitorio. ¡Me gustaba tanto colgarme de su cuello, apoyar la cabeza en su pecho y dejarme transportar por él hacia el edén! Wolfgang me depositó sobre la cama con su ternura de hombre sensible, desanudó el cinturón de mi abrigo y empezó a desabotonarlo. Yo me quité el sombrero de un tirón rápido. Él me revolvió el pelo con sus manos largas y finas, que pasaron a desnudarme con creciente prisa. Me dejé desvestir.

Por fin volvíamos a ser los amantes de París tras nuestra separación forzosa.

La telaraña

Me costó adaptarme a vivir en un Berlín que ya no era la metrópoli bulliciosa y transgresora que me sorprendió cuatro años atrás. La que ofrecía los espectáculos de cabaré más atrevidos de Europa, la de los cafés donde artistas negros de Norteamérica tocaban música de jazz importada de su tierra, la que no se escandalizaba si dos personas del mismo sexo danzaban en las salas de baile entrelazadas como ramas de hiedra. Ahora emponzoñaba el aire una neblina de desolación manchada de ira, que parecía emanar de los miles de nuevos pobres que hacían fila a las puertas de las oficinas de empleo o de la beneficencia, o de los que abordaban a los transeúntes para pedirles limosna, preguntándose quizá por qué ellos, obreros y oficinistas honrados, respetuosos de Dios y de las leyes, habían sido despojados de trabajo, dignidad y futuro. Los que aún conservaban el empleo lidiaban con jornadas interminables y sueldos menguantes, acumulando capas y capas de resentimiento. Las mujeres, que durante la década anterior se habían hecho un hueco en fábricas y oficinas, se veían encerradas de nuevo en el hogar, condenadas a la dependencia económica de padres y maridos. Berlín se había teñido de gris. O de pardo, como le gustaba puntualizar a Gabi, en alusión al color de los uniformes de las temidas SA, que desfilaban por las calles de la ciudad provocando altercados e intimidando a los viandantes, en especial a los que les parecían sospechosos de ser judíos o comunistas.

SA eran las siglas de Sturmabteilung —Sección de Asalto—, el brazo paramilitar del partido nacionalsocialista. Aglutinaba a jóvenes sin trabajo ni horizontes, a obreros descontentos con sus vidas, a violentos de tendencias fascistas y a antiguos miembros de los Freikorps —Cuerpos Libres—, las milicias armadas que surgieron tras la derrota de Alemania en la guerra y a las que recurrió alguna vez el propio Gobierno de la República de Weimar para mantener el orden en momentos de crisis. La misión de las SA se centraba en la lucha callejera. Desfilaban con antorchas y banderas entonando cánticos, acudían a los actos de los que consideraban enemigos políticos para sabotearlos y atacaban negocios cuyos dueños eran, al parecer, judíos o de ideología contraria al nacionalsocialismo. Habían logrado sembrar el miedo en las calles, incluso en barrios obreros como Neukölln, cuyos habitantes eran en su mayoría comunistas y socialistas, curtidos en todo tipo de refriegas, que no se dejaban amedrentar fácilmente. También Gabi temía a las SA, que habían colonizado la taberna situada en la fachada principal de los bloques donde se hallaba la clínica para mujeres a la que dedicaba la mayor parte del día. El local, llamado Richardsburg, había sido siempre punto de encuentro de los rojos del barrio, hasta que el desempleo hizo mella en sus bolsillos y el dueño del establecimiento, ante el dramático descenso de sus ingresos, llegó a un lucrativo acuerdo con las SA, que convirtieron el Richardsburg en su feudo. «¡Se han metido en nuestra propia casa! ¿Qué será lo siguiente? ¿Invadirnos el centro?», se desahogaba Gabi conmigo, sin disimular lo preocupada que estaba.

—Las SA son basura —me decía Wolfgang bajando la voz—. Han reunido a lo más infame de Alemania para hacerles el trabajo sucio a los nacionalsocialistas y a ese fantoche de Hitler. Lo peor es que gran parte de los altos mandos del ejército está con ellos. No sé cómo acabará todo esto.

Cuando hablaba así, sus palabras, incluso su mirada, se teñían de angustia y transmitían una soledad que me llenaba de temor al futuro. ¿Qué nos aguardaba en ese país convulsionado por la crisis económica y una deriva política preocupante? La primera impresión que tuve al reencontrarme con Wolfgang en la estación Bahnhof Zoo no me había mentido. Él se sentía desplazado en su propio país y, a juzgar por sus palabras, también en el ejército al que le destinó la tradición familiar. Ya no fumaba por placer, como un juego, sino con ansia. Convirtió en medicina la copa de coñac que yo le servía en cuanto entraba en casa. En París había gozado de una libertad que ahora, presionado por su rígido padre, su esposa y sus superiores, se había esfumado y que él añoraba tanto como yo. Si Wolfgang conseguía unos días de permiso, aprovechábamos mis giras para reunirnos en París. Dentro de los límites de Montparnasse y Montmartre podíamos movernos sin preocuparnos por el qué dirán. En Berlín debíamos conformarnos con vernos en mi piso y, si salíamos juntos, era siempre a lugares donde no hubiera peligro de encontrarnos con conocidos suyos. Ya no íbamos al cinematógrafo, ni a los restaurantes de moda, ni siquiera nos sentábamos solos en la terraza de un café, a no ser que nos acompañara Gabi. Me había convertido en su amante clandestina. Una de tantas mujeres enamoradas de un hombre casado que ya no quería a su esposa, pero visitaba a su hijo casi todos los días. Una mujer enredada en la telaraña de la hipocresía. Yo amaba a Wolfgang como jamás había amado a ningún hombre, estando con él me sentía a salvo de cualquier mal, pero la súbita ilegalidad de nuestra relación empezó a agobiarme.

En esas circunstancias, las giras artísticas se convirtieron en mi válvula de escape. Claude Lefèvre organizaba mi agenda desde París y viajaba a Berlín cada dos meses en compañía de Madeleine para comprobar si mi carrera marchaba bien (no en vano, me había convertido en una de sus clientas más lucrativas). Un día me atreví a indagar sobre don Octavi. Desde que escapé de la tutela de ese hombre atormentado, me había preguntado muchas veces que habría sido de él. Claude me contó, con cierta desgana, que mi antiguo mentor había estado muy enfermo de los pulmones, pero que, en cuanto se vio recuperado, había recogido en su piso de La Pedrera a una corista que bailaba en el Paralelo y se había consagrado a la labor de convertirla en una estrella. «Mi amigo Octavi no puede vivir alejado del mundo del espectáculo», apostilló zanjando el tema, sin disimular una brizna de retintín.

El representante de artistas berlinés al que había recurrido

Claude para que resolviera *in situ* los asuntos más urgentes se llamaba Gustav Edelstein. Ya al día siguiente de mi llegada a Berlín acudió a presentarme sus respetos. El colaborador de Claude era un hombrecillo pequeño y flaco, de unos cuarenta años, con rostro puntiagudo de pajarillo y ojos cegatos que parpadeaban al otro lado de unas gafas de culo de vaso. Me expuso, en un correcto francés impregnado de un fuerte acento alemán, los planes que habían confeccionado para mí entre Claude y él. Seguiría cantando en las grandes ciudades españolas, donde mi fama permanecía intacta pese a los años que llevaba viviendo fuera. También en París y otras metrópolis europeas me aguardaban contratos suculentos. En cuanto al público alemán, habían pensado que me convenía conquistarlo definitivamente incluyendo en mi repertorio alguna canción en su idioma. Los berlineses eran tan exigentes como los parisinos y, ya que iba a vivir en su ciudad, debía mostrar interés por su cultura. Máxime en esos tiempos de patriotismo renacido. Por lo pronto, y siguiendo las indicaciones de Claude, él había buscado a un letrista para que escribiera la versión alemana de *Dalia de arrabal*. Conservaríamos la puesta en escena con traje masculino y poca luz, al igual que el detalle de lanzar el sombrero al público. También creía que podría cantar *Ich bin von Kopf bis Fuß auf Liebe eingestellt* (Estoy preparada de pies a cabeza para el amor), el famoso tema de *El ángel azul*, película que el año anterior había lanzado al estrellato a Marlene Dietrich, la bailarina que empezó enseñando las piernas pedaleando sobre la tarima de un cabaré y ahora se abría camino en el mismísimo Hollywood. Como yo llevaba ya un tiempo recibiendo clases de alemán, Claude estaba convencido de que no me resultaría difícil aprenderme las letras en ese idioma.

Antes de despedirse aquella mañana, Gustav Edelstein me miró como indeciso durante unos segundos.

—Estoy muy agradecido a Herr Lefèvre por contar conmigo —dijo al fin en su francés germanizado—. A él no le importa que sea judío. ¿Usted tiene algún problema con eso, Fräulein Garnier?

—¿Por qué iba a suponer su religión un problema, Herr Edelstein?

—Ay, estos tiempos no son nada buenos para nosotros. A los judíos siempre nos han mirado mal en todas partes, pero desde que los nacionalsocialistas de Hitler suben como la espuma, en Alemania empiezan a hacernos responsables de todos los males del país: la crisis económica que vino de Estados Unidos, las quiebras de empresas y negocios, el desempleo..., todo es de pronto culpa nuestra. —Edelstein suspiró brevemente—. Disculpe que le hable de esto, Fräulein Garnier, pero me parece conveniente aclarar el asunto. Yo no soy judío practicante, ni siquiera creyente, y me siento tan alemán como el que más, pero en los últimos meses he perdido algunos clientes por culpa de este tema. Creen que su carrera se resentirá si les representa un judío. Tengo entendido que usted mantiene una relación con un oficial alemán y... permítame que le comente que el ejército no nos mira con buenos ojos. No quisiera que la religión en la que fui bautizado enturbie nuestra relación laboral.

Vaya, las noticias volaban. ¿Le habría puesto Claude al corriente? Decidí no hablarle de Wolfgang a un hombre al que acababa de conocer. Al menos, de momento.

—Le aseguro que solo me interesa que trabaje bien. Lo que piensen esos nacionalsocialistas de los judíos me importa bien poco.

En el rostro puntiagudo del representante contratado por Claude se dibujó la primera sonrisa. Se cuadró delante de mí, hizo una reverencia y añadió un enérgico apretón de manos que selló una colaboración destinada a ser fructífera.

La vida en gris

Gabi, tan previsora como buena organizadora, eligió entre las muchachas que acudían al centro de mujeres de Neukölln a una para que viniera a casa durante el día. Hertha era jovencísima, de cabello pajizo y piel lechosa moteada de pecas. Trabajar de criada suponía para ella la oportunidad de dejar de prostituirse en cafetines de baja estofa para aportar dinero al raquítico peculio familiar. En su carácter enérgico y trabajador vi reflejada a la Flor que fui en otro tiempo, aunque físicamente nos parecíamos como el blanco y el negro. Hertha hablaba un alemán que me resultaba ininteligible, muy distinto del que me había enseñado Fräulein Straubinger en París. Según Gabi, era el habla de las clases populares de la ciudad, lo que allí llamaban *Berliner Schnauze*, que podría traducirse como «hocico berlinés».

—A mí también me cuesta entender lo que me dicen estas chicas cuando se presentan en nuestro centro —solía responder entre risas si se lo comentaba.

Quien mejor se comunicaba con Hertha era la Sultana. Le daba las instrucciones en español, acompañadas de una mímica digna de Asta Nielsen. La otra le respondía en su extraño alemán y ejecutaba las órdenes a la perfección dejando a la Sultana admirada, lo que no era nada fácil; con los años se estaba volviendo muy puntillosa.

—Esta chica es más lista que el hambre y limpia como los chorros del oro —decía—. Es una pena que no se le entienda nada de lo que dice.

Desistí de matizar que Hertha pensaría lo mismo cuando nos oyera a nosotras hablar en español. Me bastaba con que ella y la Sultana se llevaran bien.

Mi vida en Berlín se llenó de horas de ensayos musicales y clases de alemán. Los ensayos corrían a cargo del profesor de música y canto que me envió Edelstein. Herr Sacher, un severo y maduro caballero austríaco de barba blanca y frondosa cabellera igual de nívea, se tomó muy en serio su cometido y me enseñó algunas técnicas nuevas para sacar mayor partido a la voz sin castigarla. De las lecciones de alemán se encargó Frau Luise von Bülow, una amiga de Gabi cuyo marido murió en el primer año de la Gran Guerra dejándole, en lugar de hijos, un título nobiliario, una montaña de deudas y una economía paupérrima que Luise nunca remontó. Desde que enviudó, se ganaba el sustento alquilando habitaciones de su antaño lujoso piso en Berlin Mitte e impartiendo clases particulares de idiomas. De su familia había recibido una esmerada educación y dominaba el inglés y el francés.

—Como ves, las hay que salieron peor paradas que yo tras la dichosa guerra —observó Gabi—. Aunque creo que a la pobre Luise le vino bien perder de vista a su marido. Bruno era un calavera y un vicioso. Se gastó toda su fortuna en juego y mujerzuelas. Muy mal hombre.

Luise tenía la edad de Gabi, aunque parecía mayor. Como profesora era concienzuda y metódica. Pulió mi acento y logró que me atreviera más y más a hablar la lengua que la Sultana calificaba de diabólica. Lo mejor fue que nos hicimos amigas y empezamos a salir muchas tardes con Gabi a merendar café y repostería en el Romanisches Café.

Me vino bien estar tan ocupada. Así aliviaba la monotonía en la que había caído mi existencia desde que Wolfgang y yo dejamos París. Él acudía a verme casi todas las tardes en el automóvil con chófer que le habían asignado con el nuevo cargo. Siempre tras haber visitado a su hijo. Se quedaba a dormir la mayoría de las noches, por lo que dejó ropa y artículos de aseo en mi casa. Mientras nos acariciábamos en la enorme cama de mi alcoba, nos succionábamos a besos y entretejíamos nuestros cuerpos, mi vida se volvía efervescente como las burbujas del champán, pero tornaba a apagarse en cuanto él se marchaba por la mañana. Le echaba de menos cuando no estaba conmigo y añoraba dolorosamente nuestra vida en París. En Berlín, me invitaban a fiestas frecuentadas por actores famosos, músicos de élite y personajes de la alta sociedad, pero sin Wolfgang me sentía perdida y acabé acudiendo solo a aquellas de las que no podía zafarme. Empecé a evocar la calidez anaranjada de aquella Barcelona que olía a mar, las tardes que pasaba con Nurieta correteando entre las oníricas chimeneas que vigilaban la azotea de La Pedrera y los tiempos azarosos de Madrid, cuando Rita y yo buscábamos entre las tinieblas de los cafés cantantes nuestra parcelita al sol. ¿Qué pensarían Rita y Ernesto de la vida que me había deparado el amor? ¿Me reñiría Rita por haberme convertido en el satélite de un hombre casado? Ahora podía comprarme las joyas con las que soñaba mi amiga muerta, me mantenía en la cima de mi carrera y seguía ganando mucho dinero. Sin embargo, me faltaba algo... y no alcanzaba a ver qué era. Solo sabía que necesitaba a Wolfgang como el aire que respiraba. Mi amor por él era lo que me impedía hacer las maletas y regresar a mi apartamento de París.

Claude y Gustav Edelstein no se equivocaron en sus pronósticos: el público de Berlín recibió con alborozo las canciones alemanas que incluimos en mi repertorio. Tardamos poco en recibir una oferta de la discográfica Electrola para grabar la versión germana de *Dalia de arrabal*. A mí, cada vez me disgustaba más el ambiente de los estudios de grabación, donde en lugar de un público entregado se enredaban marañas de cables entre los pies de músicos absortos y técnicos mandones, mientras un micrófono me succionaba la energía sin darme nada a cambio. Pero pese a mis reticencias a la hora de grabar, el disco gustó mucho y se vendió como los panecillos recién horneados y crujientes, por expresarlo en palabras de la Sultana. Aparte de la canción de *El ángel azul*, mis representantes me hicieron aprenderme *Das gibt's nur einmal*, el éxito que la actriz Lilian Harvey había popularizado recientemente en la opereta *Der Kongress tanzt* (El congreso se divierte) de la poderosa productora alemana Ufa. Edelstein llegó incluso a hablarme de un director de cine amigo suyo quien, a pesar de las limitaciones con las que de un tiempo a esa parte se estrangulaba a los judíos en Alemania, aún mantenía una buena posición en la Ufa y andaba interesado en que la famosa Nora Garnier participara en una película suya. Yo recibí su anuncio con mucho recelo. El cinematógrafo era un pasatiempo al que me llevaba Gabi, a modo de premio de consolación, cuando no podía visitarme Wolfgang, pero ¿qué papel iba a interpretar yo en una película alemana, ahora que el público podía oír las voces y los acentos de los actores?

Claude me organizaba cada año largas *tournées* por ciudades españolas, que me permitieron observar cómo estaba cambiando mi país desde la proclamación de esa República que la Sultana aborrecía con toda su alma. Aprecié una nueva ilusión en las calles, incluida una combatividad en los obreros que había sustituido la mansedumbre con la que la gente como mis padres se había resignado siempre a la pobreza. Los periódicos hablaban de reformas en el ejército y la Iglesia, de iniciativas por parte del nuevo Gobierno para mejorar las condiciones de los trabajadores urbanos y los campesinos. Por primera vez en la historia de España, se permitió votar a las mujeres, algo impensable hasta entonces. Pero los intentos de cambio, muchas veces titubeantes y llevados a cabo con más voluntad que organización, despertaban fuertes tensiones entre quienes los celebraban y quienes sentían amenazada su posición de privilegio y deseaban mantener las cosas como antes. En Madrid fui testigo, desde el automóvil que me trasladaba al teatro de la Comedia, de una algarabía callejera entre anarquistas y guardias civiles. No recuerdo qué la originó, solo que aquella tarde surgió de la memoria la imagen de Andrés tal como le vi por última vez en Barcelona: avejentado, con su mano mutilada en Marruecos y lleno del rencor acumulado desde nuestra infancia hambrienta en el Arrabal. ¿Qué habría sido de él? ¿Seguiría luchando por sus ideas anarquistas?

En París, Madeleine parecía haberse propuesto tomarme bajo su jaranera protección. Después de mis actuaciones en el Casino de París, me arrastraba, en compañía de su grupo de amigos fieles, hacia la vida nocturna de Montparnasse.

—Olvida a tu Wolfgang estos días y diviértete. Me parece que os habéis vuelto muy serios desde la mudanza. ¡Ay, Berlín, *mon amour*, quién te ha visto y quién te ve! Ya no es la misma ciudad desde que está llena de esos estrafalarios camisas pardas.

En uno de los cafés de Montparnasse a los que me llevó Madeleine, coincidimos con Josephine Baker y su séquito de amigos. La Baker, como la llamaban en París, se hallaba entonces en la cúspide de su carrera. Se había aupado al nivel de la Mistinguett en cuanto a fama, lo que la veterana diva francesa no le perdonaba, al igual que el hecho de que la Baker cosechara más éxito que ella sobre el escenario del Casino de París. Madeleine se empeñó en presentarnos a las dos estrellas, como nos llamó aquella noche. Josephine y yo simpatizamos enseguida. Ella no se comportaba en absoluto como una diva. Más bien transmitía la imagen de un felino salvaje, domado a duras penas para poder ser presentado en sociedad. Era un torbellino de energía, capaz de ponerse a bailar en cualquier lugar si le apetecía, también muy divertida cuando se reía y parloteaba en su peculiar mezcla de inglés y francés. Tuve la sensación de que procedía de un purgatorio de pobreza y crueldad como el arrabal donde yo me crie y del que muy pocos lográbamos escapar.

A mi regreso a Alemania, Wolfgang y yo nos amábamos, recluidos en mi alcoba hasta la hora en la que él debía marcharse al trabajo, sin sentir más hambre que el de nuestros cuerpos mientras estábamos juntos. Esos reencuentros eran como el agua que calma el ansia del sediento, pero una vez saciados los dos, regresaba la melancolía al rostro de Wolfgang y yo volvía a ser consciente de mi ingrato papel de amante. Empecé a rumiar la posibilidad de proponerle que nos marcháramos de Alemania. Al final, nunca me decidía a plantearle la idea. Así fueron encadenándose meses que se agruparon en años.

En enero de 1933, Paul von Hindenburg, el ya senil militar prusiano que era presidente de Alemania, nombró canciller a Adolf Hitler. Berlín se tiñó aún más de pardo y acabó invadido por las esvásticas de los nacionalsocialistas.

Entre Wolfgang y yo estalló la primera discusión seria.

La densidad de las nubes

E l día de la disputa, Wolfgang se presentó en casa mucho más tarde de lo habitual. Yo le esperaba devorada por los nervios. Solía ser muy quisquilloso con la puntualidad y siempre me llamaba por teléfono si se iba a retrasar o algo le impedía ir a verme. De un tiempo a esa parte, me consumían toda clase de miedos: a que le ocurriera algo malo, a que se cansara de mí, a que decidiera volver con Katharina y su hijo. Este último me atormentaba de un modo especialmente irracional. Al fin, sonó el timbre. La Sultana corrió a abrir. Enseguida irrumpió Wolfgang en el salón. Yo le aguardaba sentada en el sofá, fingiendo que estudiaba la partitura de una canción nueva que había propuesto Edelstein, aunque era incapaz de concentrarme. Él se quitó el abrigo y la gorra de plato. Los arrojó sobre un sillón. Yo ya me había acostumbrado a verle de esa guisa, pero aquella noche me volvió a incomodar el uniforme. Tuve la sensación de que le distanciaba de mí. Wolfgang se inclinó, me besó en los labios y se dejó caer a mi lado. Sus movimientos revelaron desaliento cuando me rodeó los hombros con el brazo y me atrajo hacia él.

—Hoy es imposible circular por Berlín. Las calles están llenas de seguidores de Hitler que celebran su nombramiento como canciller. ¿Por qué a esa gente le gustan tanto las antorchas y esas banderas espantosas? Parecen comparsas de una opereta de aficionados. Son unos... ¿Cómo es aquella palabra que me enseñaste? ¿Mamarrachos?

Me eché a reír. Acurrucada entre sus brazos como un ratón,

aspiré su aroma y me embebí de su calor. La cercanía de su cuerpo desintegraba todos mis miedos irracionales.

—Ahora estás aquí —susurré—. Hertha ha dejado preparada la ensalada de patatas que te gusta. Y *Strudel*. Tenemos toda la noche por delante.

Él me estrujó sin alegría.

—Esa gente me ha quitado el apetito —murmuró—. Van a convertir a Alemania en una prisión. No maté por mi país en la Gran Guerra, ni vi morir a mis mejores amigos, para que ahora caigamos en manos de esos nazis.

Wolfgang no era de los que disfrutaban sacando a relucir la guerra. Alcé la cabeza y le miré. En sus ojos se reflejaba angustia entreverada de miedo.

—Están por todas partes. En el ejército tienen muchos partidarios entre los altos mandos. Esos idiotas creen que los nacionalsocialistas salvarán a Alemania de esta crisis y nos protegerán de los comunistas y los judíos. Ya no puedo hablar claro ni con mis amigos de la academia que sobrevivieron a la guerra, porque casi todos aplauden a Hitler. Igual que los industriales importantes del país y los terratenientes. Piensan que podrán manejar a ese loco y sus seguidores. ¿Es que nadie ve que esos malditos nazis nos llevarán a la ruina, hasta puede que nos metan en otra guerra?

Su desazón me espoleó a sugerirle lo que llevaba posponiendo muchos meses. ¡Era ahora o nunca!

—¿Y si nos marchamos de Alemania? Regresemos a París. Allí fuimos felices.

—No puedo irme de Alemania.

—¿Por qué no? Seguro que encontrarás un buen trabajo.

—¿De qué? —respondió el, con una acritud cortante que me asustó—. Me educaron para servir a mi país, para protegerlo. ¿Qué puedo hacer en Francia si lo dejo todo y me marcho de Alemania?

—Eres un hombre con estudios, hablas varios idiomas…

—Tú no lo entiendes…

—¡No me trates como si fuera estúpida! —estallé.

—Flori —dijo él, en tono apaciguador—, para mi familia, el ejército ha sido siempre más que un trabajo. Es una misión. Una cuestión de honor. Ningún Von Aschenbach ha renunciado jamás a su carrera militar para dedicarse a otra cosa. No puedo ser la deshonra de mi padre, ni la de mi hijo. Ya he dado bastante que hablar.

—¿Por estar conmigo? —me piqué.

—*Mein Gott!* ¡No! Porque nunca he sido como mi padre esperaba de mí. Para él soy una decepción. Su gran fracaso. Si dejo la carrera militar, morirá de pena. ¡No puedo hacerle eso! Aunque no nos llevemos bien, es mi padre.

—No merece tener un hijo como tú. Eres demasiado bueno para tu remilgada familia.

—Yo no la elegí, pero es mi familia. Tampoco elegí nacer alemán, pero estoy orgulloso de serlo, a pesar de lo que están haciendo los matones de Hitler con mi país. Y tengo un hijo en una edad muy difícil. Si me marcho, no me lo perdonará nunca…

—¡Y está tu mujercita! —le interrumpí con amargura.

—¡No metas a Katharina en esto! —saltó Wolfgang con repentina furia—. Ella solo es mi esposa en el papel. ¡Yo te quiero a ti!

—Pues desde que estamos en Berlín, me tienes recluida como a una entretenida. ¡Te avergüenzas de mí!

—¿Cómo voy a avergonzarme de lo mejor que me ha pasado en la vida? ¡Te quiero, Flor! Pero ¡debemos ser discretos hasta que consiga el divorcio! Tú misma me lo aconsejaste antes de venir a Berlín.

—Tu mujer nunca te soltará. —Sabía que me estaba comportando como una estúpida, pero había abierto la caja de Pandora con mis reproches y no la podía cerrar—. ¡Si tanto me amas, volvamos a París!

—Sé razonable. ¡Eso es imposible!

—¡Llevo dos años siendo razonable! ¡Estoy harta de esconderme!

Wolfgang se puso en pie de un brinco. Me miró desde arriba, con los ojos brillantes de ira contenida.

—¡Yo también estoy harto! —explotó—. ¡De sentirme cada

día más extraño en mi propio país! ¡De no poder gritar lo que pienso de esos nazis, porque mis superiores me harían la vida imposible, me degradarían o hasta me meterían en prisión! ¡De no saber cómo frenar lo que va a ocurrir en Alemania, ahora que Hitler ha llegado a canciller! ¡Se avecinan malos tiempos y tú... tú me atosigas con histerias! —Se encajó la gorra, cogió el abrigo del sillón y se apresuró hacia la puerta—. ¡Me marcho a mi casa!

—¡Sí, vete! —le grité desde el sofá—. ¡Sal corriendo! Es lo más fácil.

La única respuesta que recibí fue el golpe de la puerta del rellano al cerrarse. El súbito vacío que dejó su ausencia me hizo ser consciente de lo virulenta y absurda que había sido nuestra discusión. En los años que llevábamos juntos, habíamos tenido alguna desavenencia sin importancia, pero nunca nos habíamos gritado con semejante saña. Una sucesión de espasmos me sacudió el pecho y me extendió un escozor húmedo por los ojos. Deslicé los dedos sobre los párpados. Los retiré mojados. ¿Cuándo había empezado a llorar?

Alguien se sentó a mi lado y me envolvió en un abrazo de gallina clueca.

—Flori, mi niña, no llores así, que se me parte el alma en dos. —Cuando la Sultana saciaba conmigo su instinto maternal frustrado, me llamaba Flori y parecía que nos cubría de nuevo el aire viciado del camerino de La Pulga—. Don Wolfgang te quiere con locura. Volverá antes de que acabe la noche. ¡Ya lo verás!

—No sé por qué le he dicho todas esas cosas —gemí—. Yo no soy tan ñoña...

Ella me despegó de la cara varios mechones pegajosos de lágrimas.

—Es el ambiente que se respira de un tiempo a esta parte. Yo no entiendo de casi *na*, pero las cazo al vuelo. Cuando el chófer nos lleva al teatro, huelo el veneno que hay en las calles. No sé si es por los chuletas esos de las camisas pardas, porque cada día veo más miseria, o por cómo anda la gente, tan encogida que parece gibosa, tan mustiales...

Me tendió un pañuelo, planchado y perfumado por la pulcra Hertha.

—Ay, Sultana... —suspiré, antes de sonarme—. Hace años, en París, le dije a Wolfgang que no me casaría con él aunque consiguiera el divorcio. Y ahora me doy cuenta de que tengo celos de su mujer y... y... de que me gustaría ser yo su esposa. ¿No te parece absurdo?

—Él no quiere a esa tipa. Se ve a la legua —afirmó la Sultana, cargada de razón.

—¡Qué difícil se ha vuelto todo desde que vivimos aquí!

—Don Wolfgang está muy *preocupao*. Él es listo y se codea con los que cortan el bacalao. A saber lo que verán sus ojos donde los militares esos.

No me dio tiempo a responder. Ni siquiera a limpiarme de nuevo la nariz, pues nos sobresaltó un timbrazo ansioso. La Sultana corrió a abrir todo lo deprisa que le permitieron las carnes acumuladas en los últimos años. Al cabo de unos segundos, entró Wolfgang. Tiró abrigo y gorra en dirección a uno de los sillones. Falló y las prendas cayeron sobre la alfombra. De reojo, vi cómo la Sultana las recogía y se alejaba hacia el pasillo de los dormitorios. Wolfgang se sentó a mi lado, me encerró la cara entre sus manos y la giró de modo que nuestros ojos se encontraran.

—Perdóname. No volveré a hablarte así.

—He sido una tonta.

—No lo has sido. Esto es difícil para una mujer como tú..., libre, rebelde..., lo sé. —Esbozó una sonrisa a medio camino entre la disculpa y el abatimiento—. Yo también echo de menos París. Pero debo quedarme aquí. Si nos marchamos todos los que no somos nazis, mi país quedará en manos de ese Hitler y sus secuaces. Sería la muerte de Alemania. ¡No puedo ser tan irresponsable! —Me secó las lágrimas dándome pequeños besos en los párpados—. Tú eres lo mejor que me ha ocurrido en la vida, Flor. ¡No me dejes solo en este desierto, por favor! Los malos tiempos pasarán. Volveremos a ser libres y nos exhibiremos juntos, con la cabeza bien alta, para que todos vean lo mucho que te quiero. Te lo prometo.

Yo sabía que las nubes eran demasiado densas y oscuras para que regresara la vida despreocupada de París. Y él también lo sabía. Pero ¿cómo imaginar siquiera un día sin Wolfgang? Dadas las circunstancias, decidí concentrarme en disfrutar de estar con él. Era lo único que podía hacer por el momento.

Camisas pardas en el café

T ras la tempestad de la riña, regresó la calma. Nos resignamos a aceptar lo que eran nuestras vidas desde que nos mudamos al ojo del huracán. Con la reconciliación, nuestros cuerpos sellaron en la alcoba un pacto que nos unió incluso más que el lustro de felicidad desmesurada en París. El amor se convirtió en nuestro refugio, mientras los malos tiempos avanzaban tan rápido como los camisas pardas cuando recorrían las calles de Berlín a la caza de judíos o rojos a los que intimidar.

Acepté la rutina de ver a Wolfgang de tapadillo cuando iba a mi casa y se quedaba a dormir. Si algo le impedía visitarme, la buena de Gabi acudía en mi rescate y me llevaba al cinematógrafo. Cada vez ponían menos películas de Hollywood; también iban desapareciendo sigilosamente de las carteleras las obras de Josef von Sternberg y Fritz Lang para hacer sitio a musicales de la Ufa como *Die drei von der Tankstelle* (El trío de la bencina) o *Der Kongress tanzt* (El congreso se divierte), entretenidos pero demasiado almibarados para verlos varias veces seguidas. Acabamos prefiriendo las tardes de charla con Luise von Bülow en el Romanisches Café, a las que se acabó uniendo la doctora Schmitz, con su historiado andamiaje de trenzas rubias enroscado alrededor de la cabeza. A esas alturas, yo ya entendía bastante alemán para seguir nuestras conversaciones e incluso me atrevía a intervenir. Si me atascaba, siempre contaba con la ayuda de Gabi.

Beate Schmitz procedía de Dresde. Su padre, próspero dueño de tres carnicerías, quiso casarla con el hijo de otro carnicero para consolidar el imperio de codillos y salchichas proyectado por los dos comerciantes. Sin embargo, ninguno de los futuros prometidos estaba por la labor y los casamenteros tuvieron que desistir de sus planes. Beate, tenaz como un lebrel, logró que su progenitor le financiara la carrera de medicina, por pura desesperación más que por confiar en ella. Con la tinta del diploma todavía húmeda, se trasladó a Berlín en busca de trabajo. Tras un tiempo de penuria económica coleccionando rechazos, logró que la admitieran en el hospital de la Charité, el más antiguo de Berlín, y se unió a las voluntarias de la clínica de Neukölln. Lo que no había conseguido ninguna de las amigas que hizo en la ciudad, entre ellas Gabi, había sido persuadirla de que cambiara su complicado andamiaje de trenzas por un corte de pelo más manejable y a la moda.

—Parece una de esas nazis que predican que el destino natural de la mujer es *Kinder, Küche, Kirche*, o sea: niños, cocina, iglesia —me dijo un día Gabi entre risas—. No hay manera de que se deshaga de sus trenzas de aldeana. Con lo moderna que es para todo lo demás...

El Romanisches Café se hallaba en una de las dos casas de estilo neorrománico erigidas, junto con la iglesia Memorial Kaiser-Wilhelm, la Gedächtniskirche, en la plaza donde desembocaba el Kurfürstendamm. Ocupaba la planta baja y el primer piso del edificio que hacía chaflán, con su señorial fachada principal rematada en cada lado por una esbelta torre de tejado puntiagudo. El resto del edificio se dividía en viviendas para familias pudientes. El café disponía de una terraza que se llenaba cuando hacía buen tiempo y un porche acristalado. Se entraba por una puerta giratoria custodiada por un portero con cara de perro guardián. El interior presentaba una decoración recargada de columnas coronadas por capiteles ornamentados, mucha madera oscura y mesas redondas cuyo tablero era de mármol. La iluminación languidecía mortecina y la luz que entraba por los ventanales no bastaba para alegrar esa cueva anegada siempre de humo de cigarrillos, puros y tabaco de liar. Había quien afirmaba que el lugar resultaba tan inhóspito como el vestíbulo de una estación de ferrocarril. El café que servían era pésimo y solo podía tomarse añadiendo unas cucharadas de nata y alguna galleta para proteger el estómago. Sin embargo, el establecimiento era una institución entre la bohemia y los intelectuales de Berlín. Llevaba años atrayendo a los que disfrutaban de ser vistos cerca de personajes de las letras como Bertolt Brecht, Alfred Döblin, Joseph Roth, de científicos como Albert Einstein o de cineastas que con el tiempo se harían un nombre en Hollywood, como Fritz Lang o Fred Zinnemann. Aquel año del imparable avance nacionalsocialista, el desfile de pensadores, cineastas y escritores por el café andaba de capa caída. En vista del panorama político, muchos ya se habían marchado con rumbo a Francia o Estados Unidos. Pero Gabi y Luise tenían especial querencia por el Romanisches Café e insistían en seguir tertuliando allí pese a la proliferación de camisas pardas entre sus paredes. Al fin y al cabo, recalcaba Gabi, el portero cascarrabias ya nos saludaba doblándose en una reverencia y nos asignaba mesa en la zona de los clientes importantes, lo que no dejaba de ser una alegría en esos días grises y convulsos.

El 24 de febrero, un destacamento de la policía asaltó y destrozó las oficinas centrales del partido comunista en Berlín, con la excusa de que había descubierto un complot para hacerse con el poder. Solo tres días después, un fuego voraz devoró por la noche gran parte del edificio del Reichstag, donde se reunía el Parlamento alemán. La policía detuvo a un albañil holandés desempleado llamado Marinus van der Lubbe y le acusó de haber provocado el incendio. Sin embargo, por Berlín se extendió el rumor de que Van der Lubbe era el chivo expiatorio de una trama mucho más compleja en la que podía andar implicado el propio Hermann Goering, uno de los hombres fuertes del partido nacionalsocialista, condecorado aviador de la Luftwaffe durante la Gran Guerra y, según Wolfgang, que le conoció entonces, un aventurero movido por la ambición que podía llegar a ser rematadamente cruel. En cualquier caso, la destrucción de ese lugar emblemático para Alemania sirvió como pretexto para promulgar el Decreto para la Protección del Pueblo y el Estado, que la gente llamaba también el «decreto del fuego del Reichstag». Entre otras cosas, suprimía el derecho a la libre expresión, la libertad de prensa y la libertad de manifestación. La policía podía intervenir las comunicaciones personales, allanar viviendas y detener a la gente sin necesidad de formular cargos.

Las últimas jornadas de la campaña previa a las elecciones del 5 de marzo se desarrollaron en un ambiente de violencia exacerbada, con luchas callejeras entre nazis y comunistas que sembraron el asfalto de muertos de ambas partes. El ceño de Wolfgang se oscureció aún más de preocupación en esos días. Me rogó que no saliera a la calle por si me veía atrapada en un altercado, pero yo seguí quedando con Gabi y las amigas para tomar café. Si nos encerrábamos en casa, habríamos permitido que nos arrebataran también la alegría de vivir.

El resultado de las elecciones no supuso el incremento de votos que esperaban los nazis para consolidarse, aunque no tuvieron que pasar muchas semanas para que supiéramos que Adolf Hitler guardaba un as en la manga.

Mientras tanto, una tarde de principios de marzo, el refugio que conservábamos mis amigas y yo en el Romanisches Café quedó definitivamente profanado por un suceso ingrato. Aquella tarde, Gabi, Luise y yo fuimos las primeras en llegar a la tertulia. El portero nos condujo hacia nuestra mesa de la zona noble, que los asiduos llamaban la «piscina de nadadores» para distinguirla de la de «no nadadores», donde se sentaban los que no eran clientes fijos. Al cabo de unos minutos, llegó Beate. Estaba pálida y muy nerviosa, algo nada habitual en ella. Tenía fama de no perder la calma ni cuando se enfrentaba a operaciones complicadas en la Charité. Se dejó caer sobre una silla.

—Acabo de ver a un grupo de camisas pardas en el Ku'damm. Espero que no vengan aquí a hacer de las suyas otra vez. ¿Es que no hay nadie que frene a esa gente?

—Ya sabes que no —replicó Luise, con semblante serio—. Hay muchos interesados en acabar con la República y esos nazis les vienen de maravilla para hacer el trabajo de demolición. Que Dios ayude a Alemania.

En ese instante la puerta giratoria escupió, en disciplinados grupitos de dos, a una sucesión de camisas pardas. La cara intimidante del portero se volvió sumisa cuando los guio hacia una mesa grande situada en la zona de «nadadores», cerca de donde estábamos nosotras. Conté diez chicos muy jóvenes, de rostro y ademanes altaneros, ataviados con botas de caña alta impecablemente lustradas, brazaletes con la esvástica y un correaje de cuero que les cruzaba el torso. Les acompañaba un hombre vestido con ropa de civil. Destacaba su hirsuta cabellera negra, las cejas boscosas y una nariz prominente que atraía la mirada como un imán. Cuando se quitó el abrigo, quedó a la vista un traje de excelente hechura.

—Ese hombre es Erik Hanussen —susurró Gabi.

—¿Quién es Hanussen? —pregunté.

—Es hipnotizador, adivino, astrólogo, echador de cartas…, de todo un poco —me aclaró Gabi en español—. Tiene un consultorio esotérico con el que gana una fortuna y está muy bien relacionado con los nazis. Ya ves la escolta que arrastra. Llena como nadie el teatro Scala con su espectáculo mentalista y suele venir al Romanisches sobre todo por las noches, después de la función. Por eso no solemos coincidir con él.

—¿Y si nos marchamos? —Nunca había oído hablar tan bajo a la resuelta Beate.

—¡No pienso dejar que esos *Scheißkerle* me echen de aquí! —se enfureció Luise, aunque tuvo mucho cuidado de no alzar la voz.

—¡Yo tampoco! —me oí afirmar en alemán.

No sé por qué lo hice. En realidad, esos muchachos con aspecto de bestias me inspiraban terror.

De pronto, irrumpió desde la calle un hombre en buen terno combinado con camisa y corbata oscuras. Su nariz de pico de pájaro sobre unos labios mínimos quedaba resaltada por el modo en que llevaba el cabello pegado al cráneo con fijador disciplinante. Su entrada causó un revuelo considerable en la mesa de los miembros de las SA. El hipnotizador llamado Hanussen saltó de su silla.

—¡Ahí viene! —voceó—. ¡Cerrad las puertas! ¡Que nadie abandone el local!

Los uniformados corrieron a bloquear la salida ante la pasividad complaciente del portero y el temor de la clientela. El del pelo engominado, acorralado de repente como un conejo durante una cacería, sacó fuerzas de flaqueza y exigió que le dejaran salir. Entre los muchachos pardos estalló una hilaridad relinchante que me puso los pelos de punta. El hipnotizador se plantó delante del recién llegado. Alcancé a entender solo parte de lo que le espetó.

—¿Me conoce?

—¡Hanussen! —exclamó el otro.

A partir de ahí, los dos se enzarzaron en un intercambio de palabras airadas de las que no pude asimilar todo por lo deprisa que hablaban. La escena culminó con los camisas pardas pateando el trasero del de la gomina por orden de Hanussen para que el desdichado corriera sin descanso entre las mesas del local. Algunas mujeres gritaron. Hubo hombres que se levantaron con intención de salir. Los paramilitares se lo impidieron. Con las orejas gachas, los clientes volvieron a sentarse. Apareció el encargado del local e intentó poner orden. Nadie le hizo caso.

Después de muchas patadas en el trasero e innumerables carreras de un extremo a otro del café, el rostro agónico del engominado adquirió un tinte violáceo. Entre el violento jolgorio de los miembros de las SA quiso mezclarse un tímido murmullo de protestas, proferidas por los clientes más intrépidos. El hipnotizador, embravecido ante la humillación del otro, mandó callar a la parroquia y ordenó a sus secuaces que subieran a la víctima a una mesa. Una vez instalado el hombre sobre el improvisado escenario, encogido como un ratón por el miedo, la cara brillante de sudor, le obligaron a gritar: *Heil Hitler!*

Ponía la piel de gallina ver cómo el pobre se desgañitaba, cada vez más enroscado sobre sí mismo, más abochornado y más ronco, mientras sus hostigadores se reían a carcajadas.

—Pero ¿es que nadie va a parar esto? —exclamé en español.

La mano de Gabi me apretó el brazo derecho. Beate me sujetó con fuerza el izquierdo. Me di cuenta de que había estado a punto de saltar de la silla.

—Quieta, Flor —musitó Gabi—. No conseguirás detenerles y, si alguno te reconoce, te harán la vida imposible. Piensa en Wolfgang. ¿Y si te relacionan con él? Esta ciudad es muy grande, pero en el círculo donde nos movemos nosotros todo se sabe. Incluso lo vuestro.

—¡Ahora el gallinero! —berreó el hipnotizador, el brazo derecho extendido en el saludo que habían adoptado los acólitos de Hitler—. *Heil Hitler!*

El café se llenó de voces coreando la arenga de los nazis. Sobresalían los graznidos del engominado, al que los muchachos de pardo obligaban a gritar dándole un pescozón tras otro. Incluso nosotras fingimos seguir la consigna por no atraer la atención de esos cabestros. El indigno espectáculo se prolongó durante un rato que se nos hizo eterno, hasta que el hipnotizador se cansó de hostigar a su víctima y decidió dar por concluido el escarmiento. Abandonó el local hinchado como un sapo, seguido por su vociferante tropa. El de la gomina, acurrucado bajo las greñas pringosas en que se había convertido su cabellera, permaneció hecho una rosca sobre el mármol de la mesa hasta que por fin le ayudaron a bajar de allí entre el portero y un cliente.

Nosotras tardamos en recuperar el temple para ponernos en pie y marcharnos. Yo salí del Romanisches Café detrás de mis amigas, con una roca de indignación, vergüenza y temor estrangulándome la boca del estómago. A las demás debía de ocurrirles lo mismo, pues ninguna habló.

La terraza se hallaba sumida en una quietud fantasmal. La irrupción de los camisas pardas debió de haber causado la desbandada de los clientes que sí podían marcharse por no verse atrapados en el interior. Dos hombres subían en ese instante desde la calle. Sus rostros reflejaban cuánto les extrañaba la inesperada tranquilidad. Uno de ellos era alto y flaco, de rasgos afilados y rizos rubios domados a duras penas con gomina. Su acompañante ofrecía un vivo contraste: recio, moreno y tan bajito que llegaba al otro justo a la altura del hombro. Su cara de batracio desdeñoso y sus grandes ojos saltones me resultaron conocidos, aunque no lograba situarle entre las escasas amistades que había hecho desde que me trasladé a Berlín. Más bien tenía la sensación de haberle visto en las tonalidades blancas y negras de una fotografía.

—Es Peter Lorre —murmuró Beate—. ¿Sabéis que dicen que es muy amigo de ese Hanussen?

¡Claro! ¡El protagonista de *M, el vampiro de Düsseldorf*! La película de Fritz Lang, con guion de su esposa Thea von Harbou, en la que un repugnante asesino de niños aterroriza a toda una ciudad, involucrando en su persecución incluso a los peores hampones de los bajos fondos. La vi con Gabi en el cine, dos años atrás, y quedé impresionada por el talento interpretativo de ese hombre tan poco agraciado. Al tenerle delante en carne y hueso, me sentí muy pequeña. Ni siquiera recordé que, en los últimos dos años, yo ya había conquistado mi propia celebridad en esa ciudad plagada de artistas famosos.

En eso, el espigado de los rizos se despegó del actor y vino derecho hacia mí. Antes de que pudiera recuperarme del asombro, se quitó el sombrero, juntó los talones en un golpe marcial y me ofrendó una respetuosa reverencia.

—Fräulein Garnier, disculpe que la aborde así —dijo en alemán con un fuerte acento berlinés—. Permítame que me presente —añadió con una reverencia más breve—: Bernd Jung, director de cine y rendido admirador suyo desde que la vi cantar por primera vez en el Nelson-Theater, hace algunos años. —Abarcó con la mirada a mis amigas y señaló hacia su acompañante—. *Meine Damen*, supongo que habrán reconocido a mi amigo Peter Lorre, el mejor asesino del cine alemán.

El aludido torció su boca de batracio en una sonrisa irónica y dobló el torso en un saludo mucho menos marcial que el de Jung.

—*Meine Damen...*

—Herr Jung, ¡qué honor poder hablar con usted y con Herr Lorre! —exclamó Gabi—. ¡Hemos visto su última película! Es grandiosa. En cuanto a Herr Lorre, ¿cómo no íbamos a reconocerle? Les aseguro que pasamos mucho miedo con ese asesino despiadado que tan bien supo interpretar.

Los dos agradecieron los cumplidos de Gabi con sendas sonrisas. Jung me volvió a dedicar toda su atención.

—Fräulein Garnier, me tomo la libertad de hablarle de un asunto que propuse hace algún tiempo a su representante en Berlín, mi buen amigo Edelstein. Espero no importunarla. Soy consciente de que abordar a una artista de su talla en la terraza del Romanisches Café no es lo más elegante...

Hizo una pausa que me pareció innecesaria. Supuse que sería para crear expectación. Recordé la oferta que me expuso tiempo atrás Gustav, al que llevaba dando largas desde entonces.

—No sé si le comentó Edelstein que me propongo rodar con la Ufa una versión libre de la *Carmen* de Mérimée —continuó Jung—. Un poco en la línea estética de *El ángel azul*, por describir de algún modo mi proyecto, aunque sin intención de copiar, naturalmente. Y desde que concebí la idea, usted, Fräulein Garnier, me parece la persona idónea para el papel de Carmen.

Tragué saliva. Expuesto así por el propio director, el proyecto de pronto resultaba atractivo. Y nada menos que trabajar con la Ufa, la productora de cine más importante de Alemania. Al mismo tiempo, me entró pánico. ¿Qué se me había perdido a mí en el cine alemán?

—Por el modo en que escenifica sus canciones sobre el escenario, estoy seguro de que no solo es una cantante tan magnífica como hermosa, sino también una gran actriz. Me haría un inmenso honor si aceptara trabajar en esta película.

—Herr Jung —arranqué, con la boca seca, aunque mi alemán salió inesperadamente fluido—, en este momento no me siento capaz de tratar asuntos de trabajo. Acabamos de presenciar en el café un incidente muy desagradable provocado por miembros de las SA y aún estamos consternadas. Le ruego que explique los detalles a Herr Edelstein.

—Oh, naturalmente, Fräulein Garnier —replicó Jung, pesaroso. Sacudió la cabeza y murmuró, con un hilito de voz—: Estos nazis andan por todas partes. No sé qué va a ser de nosotros. —Se inclinó de nuevo y se tocó el sombrero—. No la molesto más, *gnädiges Fräulein*. Edelstein y usted tendrán noticias mías en breve. *Meine Damen...*

Él y Lorre se adentraron entre las fauces acristaladas de la puerta giratoria. Las cuatro abandonamos la terraza del Romanisches Café, algo recuperadas del incidente por la emoción de aquel inesperado encuentro con los cineastas. Luise y Beate comentaron entre ellas el privilegio que suponía haber hablado con el mismísimo Peter Lorre, aunque fuera amigo de ese horrible Hanussen.

—*Mein Gott!* —me susurró Gabi al oído—. Vas a ser actriz. Cuando se lo digas a mi sobrino, con lo que le gusta el cine...

Yo quise responderle que no diera nada por hecho, pero me callé. Tal vez debería volver a consultar el asunto de la película con la almohada.

Al día siguiente, supimos por los periódicos que el hombre al que humillaron en el Romanisches Café era Max Moecke, hipnotizador, adivino y mentalista, además de encarnecido rival de Erik Jan Hanussen y simpatizante del Partido Socialista de Alemania. ¿Por qué ninguno de los que estábamos en el local hicimos nada para detener aquella cobarde demostración de fuerza? ¿Por qué mis amigas y yo hasta fingimos vitorear al hombrecillo con bigote de mosca al que detestábamos las cuatro? Simplemente, tuvimos miedo. Poco a poco, el temor a los desmanes de los muchachos de las SA, la propaganda nacionalsocialista que Joseph Goebbels, otro de los hombres fuertes de Hitler, llevaba años difundiendo en prensa y radio, y la creciente represión que ejercían sobre los ciudadanos las SS, abreviatura de Schutzstaffel, una especie de escuadrón creado originalmente para proteger a los líderes nazis, nos había atrapado a todos en una vergonzante parálisis. Cuando quisimos despertar del embotamiento colectivo, ya era demasiado tarde.

Neubabelsberg

L a visita de Gustav Edelstein no se hizo esperar. Se presentó en mi casa a la mañana siguiente. Ante una taza de café bien cargado, sin leche y acompañado de un delicioso *Strudel* de manzana recién sacado del horno por Hertha, me expuso en detalle las condiciones que acababa de negociar con Bernd Jung.

—Es un buen camino para hacerse un hueco en el cine, Nora.

—A esas alturas, ya habíamos dejado atrás el tratamiento ceremonioso—. Jung es un gran director. Muy exigente, sí, pero le aseguro que con él aprenderá mucho. Y le pagarán un buen dinero. —Gustav cayó en uno de esos silencios indecisos que preludiaban revelaciones de naturaleza delicada. Al fin, murmuró—: Sinceramente, me maravilla cómo se las arregla Jung, siendo del dominio público que su padre es judío, para que la Ufa no le dé el pasaporte como está haciendo con tantos otros. —Sacudió la cabeza—. Las cosas se ponen cada día más feas para nosotros.

Le relaté el desagradable incidente en el Romanisches Café, del que aún no me había recuperado. Edelstein suspiró.

—Ese Hanussen ha vendido su alma al diablo del nacionalsocialismo. Lo curioso es que corren rumores de que él mismo es judío y que Erik Hanussen no es su verdadero nombre. Haría bien en cuidarse de tener socios como esos. Pero la ambición y la codicia no le dejan ver el peligro. Algún día pagará muy cara su soberbia.

Pasamos a charlar de trivialidades que no disiparon la sensación de amenaza que la alusión a los nazis había dejado en el aire.

Al cabo de media hora y un segundo trozo de pastel, que saboreó con traza de gato goloso, Gustav se despidió tras haberme arrancado la promesa de no demorarme más de dos días en darle una respuesta.

A Wolfgang le entusiasmó la idea de verme convertida en actriz. Pese a que le expuse mis muchas dudas cuando le relaté al detalle mi conversación con Gustav, él dio por hecho que aceptaría.

—Lo harás de maravilla —me animó—. Mejor que Asta Nielsen, Marlene Dietrich y Greta Garbo juntas. ¡Ya lo verás!

Me cubrió de besos, me alzó del sofá donde habíamos estado hablando, me llevó a la alcoba y me tumbó sobre la cama. Desde nuestro primer encuentro carnal en París, a los dos nos excitaba sobremanera ese proceder, digno de una escena del cinematógrafo. Aquella noche recuperamos la pasión desbordada de las primeras veces, cuando el cielo sobre nosotros aún era azul y luminoso.

También le pedí su opinión a la Sultana. Como ella misma decía, las cazaba al vuelo y yo me fiaba cada vez más de su instinto.

—¡Virgen del Pilar! La pequeña Flori en el cinematógrafo... —murmuró mientras se enjugaba las lágrimas que le brillaban de pronto entre los párpados—. ¡Ay, señorita, va a dejar a la Raquel Meller a la altura del betún! Ojalá pudiera verla el sinvergüenza del Rufián desde el infierno donde andará chamuscándose con otros canallas como él. A veces, la vida es justa y todo.

El entusiasmo que me rodeaba me empujó a aceptar la oferta de Jung. Sin embargo, en cuanto firmé el contrato, me arrepentí. ¿Quién me mandaba meterme en camisas de once varas? Pero ya no había vuelta atrás.

Una semana después de haberme comprometido a hacer la película, Jung y Edelstein me llevaron a conocer los estudios que tenía la Ufa en Neubabelsberg, una localidad cercana a Potsdam y a los lagos adonde acudían los berlineses en verano a navegar o practicar deportes acuáticos. Jung nos recogió en su automóvil, un vetusto cacharro de la marca alemana Horch. Lo conducía él mismo con ademanes eufóricos, bajo los que percibí un punto de desasosiego. Pronto empezó a hablar hasta por los codos. Pese a la rapidez con la que encadenaba palabras, entendí que el rodaje iba a comenzar en tres días. Eso nos favorecía, añadió. Cuanto antes arrancáramos, más metraje hubiéramos filmado y más dinero hubiera invertido la Ufa, más probabilidades tendríamos de que nos dejaran acabar la película en paz.

—Ay, Nora —sus ojos buscaron los míos a través del retrovisor—, ahora que el viejo Hindenburg ha nombrado a ese fideo contrahecho de Goebbels ministro de Propaganda e Ilustración Popular, debemos prepararnos para lo peor. El cine es un bocado muy apetecible para esa gente y querrán limpiar la Ufa a conciencia de judíos y rojos. Yo soy las dos cosas. —Intercaló una risotada que sonó de todo menos alegre—. No se asuste, querida. Mi guion tiene tanta fuerza que esperarán a echarme hasta que la película esté lista.

A mí se me encogió el corazón. Desde el asiento trasero miré a Edelstein, sentado al lado de Jung. Su perfil de pajarillo se había afilado en una mueca de angustia que parecía decir: «Empezamos bien».

—He oído por ahí que Peter Lorre se acaba de marchar de Alemania —dejó caer.

—Sí, se ha ido a París —admitió Jung, como sin darle importancia—. Yo haré lo mismo en cuanto acabe este proyecto que me tiene obsesionado desde hace años. ¿Y tú, Gustav?

Mi representante berlinés se encogió de hombros y no respondió. La conversación se ahogó en una balsa de inquietud.

Yo había pensado que me encontraría algo similar a los estudios de grabación de las discográficas, pero lo que hallé fue una pequeña ciudad que albergaba varios edificios donde estaban montados los decorados para filmar escenas de interior, infinidad de construcciones al aire libre que reproducían fortalezas con sus fosos y almenas, aldeas compuestas por casitas de paredes entramadas y varias torres de tres o cuatro pisos que, tras serles aplicados en el laboratorio los efectos fotográficos, pasaban en la pantalla por rascacielos. En aquel tiempo, la joya más valiosa de Neubabelsberg era lo que llamaban *Tonkreuz*, la Cruz de Sonido. Constaba de un grupo de cuatro estudios dispuestos en forma de cruz alrededor de un patio, que la Ufa había construido en respuesta a la irrupción del cine sonoro, incorporando todos los adelantos técnicos necesarios para registrar el sonido sin impurezas ni interferencias.

Nos asomamos a una de las naves donde estaban rodando los interiores de *Saison in Kairo* (Idilio en El Cairo). Los exteriores ya se habían grabado antes en Egipto. Se trataba de una comedia de amor, música y lujo protagonizada por Renate Müller y Willy Fritsch, el galán más famoso del momento en Alemania. Me intimidó la profusión de cámaras, grúas, micrófonos y focos orientados hacia el decorado, que representaba un suntuoso salón alrededor del que se afanaba un hormiguero de técnicos. El director acababa de decretar un descanso y hallamos a Fritsch sentado cerca de una cámara, en una silla de tijera que llevaba su nombre escrito en la parte de atrás del respaldo de lona. La que correspondía a Renate Müller estaba vacía. Jung corrió a saludar al galán y nos presentó. Fritsch resultaba tan simpático al natural como en la pantalla. Me dedicó la misma aristocrática caballerosidad que exhibía en sus películas: un leve taconeo acompañado de reverencia y beso fugaz en la mano. Regalándome su famosa sonrisa, afirmó que me había visto cantar recientemente y había quedado impresionado por tanto arte y sensualidad. Mi versión de *Ich bin von Kopf bis Fuß auf Liebe eingestellt* no tenía nada que envidiar a la de Marlene Dietrich y *Dalia de arrabal* llegó a conmoverle hasta las lágrimas. Le haría muy feliz si quisiera asistir al estreno de su película, que estaba previsto para julio. Él mismo se ocuparía de hacerme llegar una invitación. Era innegable que Fritsch derrochaba encanto y sabía lisonjear a una mujer. Olvidé mi aversión a las fiestas y acepté encantada.

Jung nos llevó a Edelstein y a mí fuera del estudio. En la siguiente nave, nos guio a través de los decorados recién construidos para nuestra película. Uno de ellos me dejó sin habla. Representaba un cabaré de mala muerte, con una tarima minúscula bordeada por un cortinón granate, de aspecto polvoriento, ante la que se alineaban varias filas de mesitas rodeadas por sillas tan decrépitas que parecían a punto de deshacerse. Nunca habría esperado reencontrar mi pasado precisamente en un estudio cinematográfico alemán. ¿Cómo habrían logrado reproducir la pátina de humo enquistado y de derrota añeja que impregnaba cada objeto en La Pulga? Tuve que respirar muy hondo para deshacer el desasosiego que me invadió.

—Aquí es donde actúa nuestra Carmen. —Jung se había aupado de un salto a la tarima y gesticulaba como hacía antaño Rufino. Me pregunté si el Rufián no se habría escapado del infierno para reencarnarse en ese alemán medio judío y obsesionado hasta las cejas con un proyecto que podía irse al garete en cualquier momento—. Seductora, calculadora y libre, como la de Mérimée. Pero esta se mueve en Berlín, la Babilonia del siglo xx.

Desde lo alto del escenario, nos recalcó con aire de ilusionista que su versión de la obra se iba a desarrollar en Berlín. La rodaríamos íntegra en Neubabelsberg, incluidas las escenas de exteriores, ambientadas en los bajos fondos que se extendían más allá de la bulliciosa Alexanderplatz. La productora no se atrevía a trasladar el carísimo equipo de rodaje a calles tan inseguras y había optado por reconstruirlas al aire libre dentro de los terrenos de la Ufa. El decorado incluía una maqueta con automóviles en miniatura, que los técnicos desplazarían fotograma a fotograma para crear la sensación de que circulaban por las calles. El método ya se había empleado, con excelentes resultados, en esa maravilla tan poco reconocida por el gran público que era *Metrópolis*, de Fritz Lang.

La historia podía resumirse en pocas palabras, prosiguió. El equivalente de don José, un honrado policía alemán llamado Joseph Hanke, se enamora de una fogosa gitana española que canta y baila en un cabaré de los bajos fondos. Para interpretar a Hanke había pensado desde el principio en Conrad Veidt, al que admiraba de todo corazón, pero este andaba ahora abriéndose camino en Estados Unidos. Además, todo el gremio estaba al corriente de sus ideas izquierdistas y, para redondear su posición delicada dentro del cine alemán, su esposa era judía de pura cepa. Dada la reciente tendencia de la Ufa a marginar a quienes consideraba antialemanes, los jefes le habían sugerido que contratara a Manfred Juergens, un actor de segunda fila, curtido en el teatro y sin devaneos políticos conocidos, que no crearía a la empresa conflictos con los nacionalsocialistas.

Al torero, el guion le había convertido en un *playboy* de la nobleza prusiana llamado Bobby von Waldhofen, aficionado a las carreras de automóviles y a las mujeres guapas. Jung había perseguido para ese papel a Willy Fritsch, cuya pasión por los coches veloces era legendaria. El bueno de Willy habría supuesto un filón para la carrera comercial de la cinta, a la par que un seguro contra cancelaciones, pero ya habíamos podido comprobar que estaba muy ocupado. Incluso tenía comprometida otra película para cuando acabara esa fantasía egipcia que estaba rodando. Dada la inestabilidad política, razonó Jung, convenía empezar a filmar nuestra cinta cuanto antes, por lo que había aceptado la propuesta de la Ufa de fichar a Oskar Hagen, un joven poco conocido, libre de máculas raciales e izquierdistas, al que se pretendía lanzar como nuevo galán romántico alemán.

El bandolero apodado el Tuerto pasaría a ser un delincuente berlinés de la peor estofa. Ladrón, asesino y proxeneta, cabecilla de la temida banda de Los Lobos de Prusia, atormentaba a la ciudad desde su cuartel general en uno de los barrios más peligrosos de Berlín. Lo interpretaría Theo Seifert, otro fichaje del teatro.

Y a mí me correspondería seducir a todo aquel que llevara pantalones y empujar al íntegro Joseph Hanke a la perdición entre devaneos con otros hombres, canciones descocadas y generosa exhibición de piel sobre la tarima de ese cabaré de mentira que tanto se parecía a La Pulga.

Tras su entusiasta exposición, Jung regresó de golpe a la realidad. Se bajó de la tarima al más puro estilo de un saltimbanqui circense.

—¿Qué me dicen? —preguntó.

Edelstein se limitó a regalarle un aplauso flojito, como con sordina. Yo sonreí y murmuré que la historia sonaba fascinante. Cuando los tres nos subimos a su Horch para volver a Berlín, estaba tan asustada por el lío en que me había metido que los latidos del corazón me azotaban por dentro como latigazos.

La *Carmen* de Berlín

E l rodaje comenzó a los pocos días de la visita a Neubabelsberg. Fue un purgatorio.

Pronto pude comprobar que no es lo mismo cantar ante un público devoto, enfatizando las letras con gestos y mímica, que fingir ser otra persona delante del ojo indiscreto de la cámara, sabiéndome observada por el director y esa pléyade de técnicos que pululaban afanosos detrás de unos focos cegadores. Me resultaba incómoda hasta la presencia de la Sultana, que no se perdía detalle desde el rincón del plató al que la había confinado el regidor para que no estorbara colándose en los planos. Las tomas del cabaré me hacían regresar de golpe a La Pulga. Tal vez fuera esa la razón por la que me salían mejor, pero a la hora de rodar las escenas en las que debía seducir a Joseph Hanke, o cuando me tocaba tortolear con Oskar Hagen sin figurantes que distrajeran la atención, las cámaras y los operarios que trabajaban detrás de ellas se convertían en sombras amenazantes que me atoraban.

Las reprimendas de Jung no se hacían esperar. En cuanto sonaba el chasquido de la claqueta al inicio de cada toma, el amable joven de rizos querubínicos se transformaba en un tirano que jamás quedaba satisfecho. Ni siquiera Rufino me hizo sentir tan humillada, el día en que me sobó bajo las faldas dentro del cubil que él llamaba despacho. El orgullo era lo único que me salvaba de echarme a llorar delante del equipo de rodaje, pero conforme acumulábamos sesiones, cada vez se volvía más difícil tragarme las lágrimas. Un día Jung estalló. Empezó a gritar a través del megáfono que le servía para atronarnos desde su puesto de mando.

—Nora, *verdammt nochmal!* No me asuste a Bobby poniéndole ese ceño de gendarme con úlcera de estómago. ¡Para intimidar ya tenemos a Emil Jannings! Recuerde que Bobby von Waldhofen es un hombre fascinante, de modales exquisitos, que derrocha el dinero a espuertas. Una pesca magnífica para nuestra Carmen. —Intercaló una risotada, cuyo eco resonó cruel en el silencio que invadía el set—. Recuerde, ella no quiere meterle entre rejas, sino atraparle en sus redes. ¿Tan difícil es ponerle ojitos de fiera embelesada? ¡Suéltese, por Dios! ¡En qué mala hora pensé que sabría actuar! ¡Ojalá hubiera contratado a Renate Müller! ¡Malditas diletantes!

Miré a Hagen. Era un muchachote de movimientos lánguidos y pálido como Nosferatu, el vampiro de la película de F. W. Murnau. Su propensión a ruborizarse en los momentos más inoportunos obligaba a la maquilladora a aplicarle en la cara varias capas de polvos como si fuera una cupletista. ¿Y yo debía fingir embeleso cuando estaba deseando escapar corriendo hasta llegar a la avenida Kurfürstendamm? Ese tipo se me antojaba tan viscoso como los peces que sacábamos del Ebro cuando era niña.

Tampoco me resultaron fáciles las escenas con el proxeneta. Theo Seifert era un hombre tan malencarado como su personaje, aunque extremadamente quisquilloso con su aseo personal. El problema era la nube de perfume espeso que le envolvía y tumbaba hasta a las moscas que osaban colarse en el plató. A mí me hacía toser, a veces incluso estornudar. Las broncas de Jung no se hacían esperar.

—Querida Nora. —Cada día creía percibir mayor retintín en sus palabras—. ¿Sería tan amable de acercarse al Tuerto? Nuestra Carmen está acostumbrada a tipos como este y otros aún peores. No le teme. Sabe de sobra cómo manejar a los de su calaña. ¡Actúe de una vez! *Mein Gott!* ¡Ojalá la Dietrich no se hubiera marchado a hacer las Américas! ¡Malditas diletantes!

De todo el elenco, solo me sentía a gusto con Manfred Juergens, el intérprete del infeliz Joseph Hanke. Manfred frisaba en los cuarenta. Flemático y siempre de buen humor, tal vez era el único actor de raza, junto al perfumado Seifert, de los que participábamos en la película. Los técnicos comentaban por lo bajini que habría merecido ocupar un lugar entre los más grandes del cine alemán. Sospecho que él mismo albergaba la esperanza de ascender con ese papel en la escalera de la fama y mejorar su caché, algo que por supuesto no confesaba. Cuando acabábamos las escenas del día y me retiraba al camerino, donde la Sultana me limpiaba el maquillaje de Carmen para devolverme mi aspecto habitual mientras ponía como hoja de perejil al zángano del altavoz que me mortificaba, Juergens solía aparecer portando una bandeja con café y pastelitos para las dos. Mi asistente y yo dábamos buena cuenta de sus ofrendas y él aprovechaba para arengarme.

—Lo está haciendo muy bien, Nora. No haga caso de las valentonadas de Jung. Es de esos directores que sacan al monstruo cuando ruedan. Debería protagonizar él mismo una versión alemana de *Doctor Jekyll y mister Hyde*, ¿no le parece?

De reojo, veía a la Sultana mover la cabeza con aquiescencia desde el rincón al que se retiraba para no estorbar. No sé hasta qué punto entendía lo que decía Juergens, pero era evidente que nuestro proveedor de pastelitos le resultaba muy simpático.

El único que disfrutó de la película como un niño fue Wolfgang. Nunca se presentó en el estudio, ni siquiera acompañando a Gabi cuando ella acudía a visitarnos, pero le excitaba tanto la idea de verme pronto en la pantalla de un cinematógrafo que no quise preocuparle contándole mis humillaciones diarias. La *Carmen* berlinesa le había devuelto la ilusión que había ido perdiendo desde que le obligaron a regresar de París. No iba a ser yo quien le aguara esa humilde fiesta en medio de la tormenta que amenazaba a Alemania.

Río revuelto

Seguimos sumando metraje sin descanso. Aprendí a encajar las reprimendas de Jung, adquirí algo de soltura y acabé por descubrir que, si lograba controlar el miedo, me gustaba coquetear con la cámara. Manfred Juergens perseveraba en su papel de paño de lágrimas y dispensador de café, pastelitos y buenos consejos. Hacia finales de marzo, se propagó por el set el rumor de que Ludwig Klitzsch, el director de la Ufa en persona, había expedido a Jung un permiso especial para que pudiera seguir al frente de la película. Eso le convertía en uno de los pocos judíos que se hallaban a salvo de los despidos que estaban vaciando la Ufa de artistas y oficinistas considerados racialmente impuros o subversivos. Todo parecía marchar sobre ruedas para nuestra *Carmen* berlinesa.

El 24 de marzo, recuerdo muy bien la fecha, una noticia perturbó la rutina de la película. Yo rodaba con Manfred y varios figurantes una escena en la que debía cantar sobre la tarima del cabaré acompañada por una escuálida orquestina de tres músicos, mientras el desdichado Joseph Hanke contemplaba a Carmen desde un extremo del escenario y sucumbía sin remedio a sus pérfidos encantos. Esa mañana me sentía incluso a gusto reviviendo la picardía canalla que aprendí en La Pulga. Al fin y al cabo, ese viaje al pasado era de mentira y podía regresar al presente sin haber sufrido daños. Jung nos observaba con inusual placidez desde su silla de tijera. Medio cegada por el foco que me alumbraba, vi cómo alguien se le acercaba. No pude distinguir la cara del intruso, solo que se inclinó sobre la cabeza querubínica y le dijo algo al oído. Jung saltó de la silla como si le hubiera picado una avispa, alzó su inseparable megáfono y gritó:

—¡Corten!

La música cesó. En su lugar, una ola de desconcierto invadió el plató.

—¿Qué ocurre, Bernd? —oí exclamar a Manfred—. Nos estaba saliendo tan bien...

—¡Descanso! —berreó el jefe, de muy malos modos—. ¡Quiero a todos en sus puestos dentro de media hora!

—A este hombre no hay quien lo entienda —murmuró Manfred—. Estabas sublime, Nora. Ay, *Mädel*, si no supiera que ya suspiras por un hombre que lleva uniforme, me enamoraría de ti como el pobre Hanke. Pero no me gustan las causas perdidas.

Me pregunté cuánto sabría Manfred de mi relación con Wolfgang. Y cuántos más estarían al corriente en esa ciudad inmensa y, al mismo tiempo, de círculos sociales estancos en la que todo acababa sabiéndose. Él encadenó varias carcajadas pícaras y me guio hacia la mesa donde el estudio nos solía preparar el refrigerio. Habíamos empezado a rodar muy temprano y la inesperada pausa nos vino bien para aprovisionar el cuerpo de café y algo comestible. Mientras Manfred llenaba nuestras tazas, reparé en Jung. Muy cerca de nosotros, fumaba a caladas ávidas, apoyado contra una falsa pared de escayola que alguien debía de haber retirado de un decorado y olvidado en nuestro plató. Una columna de humo ascendía desde su boca y cubría en densa nube su ceño fruncido. Manfred también le divisó. Se dio prisa en entregarme mi café y se acercó al jefe. Era el único de todo el elenco que no temía sus exabruptos.

—¿Por qué has cortado? —le oí preguntar—. Unos minutos más y ahora tendrías la mejor escena de tu vida.

Nuestro director tiró al suelo lo que quedaba del cigarrillo, lo aplastó de un pisotón rabioso, dio tres palmadas y voceó:

—¡Atentos todos!

Los que revoloteábamos alrededor del bufet nos concentramos delante de Jung, cuya expresión no anticipaba nada bueno.

—El Reichstag ha aprobado la Ley de Habilitación propuesta por Adolf Hitler con la única oposición de los socialdemócratas. Al parecer, a los comunistas no les han dejado ni entrar a votar. A los que no habían metido en la cárcel días antes, entiéndase. Para que os enteréis: a partir de ahora, el Gobierno podrá promulgar leyes sin necesidad de contar con la aprobación del Reichstag ni con la firma del presidente de la nación. Sacad vuestras propias conclusiones.

Nadie se atrevió a hacer comentarios. Jung encendió otro cigarrillo y se marchó, fumando con la cabeza gacha. Manfred se colocó a mi lado.

—Una jugada maestra de ese Hitler —murmuró entre dientes—. Ahora tiene en sus manos todo el poder sobre el país. ¿Qué piensas? ¿Nos dejarán acabar nuestra película?

Me encogí de hombros y tomé un sorbo de café. Me supo a hiel.

A partir de aquel día, Jung aceleró el ritmo de trabajo y sus reprimendas se volvieron aún más hirientes.

Wolfgang acudió esa noche a mi casa con expresión de haber asistido al entierro de su mejor amigo. Se dejó caer en el sofá y dio varios sorbos tristones al coñac que le había preparado. Al cabo de un rato de mutismo, por fin habló.

—¿Qué dicen en la Ufa de la Ley de Habilitación?

—Hay preocupación. Creo que Jung tiene miedo de que nos dejen sin película. Intenta disimularlo, pero cada vez le sale peor.

—No me extraña. Esos nazis han acaparado todo el poder. Desde ahora, podrán aprobar las leyes que se les ocurran. Y no hace falta ser adivino para profetizar que, entre las SA, las SS y esa policía secreta nueva de Goering que llaman Gestapo, nos van a controlar hasta los pensamientos. No sé qué va a ser de este país.

Posé la mano sobre su brazo y lo estrujé. Una vez más, estuve tentada de proponerle que nos marcháramos de Alemania, pero me mordí la lengua. Sabía que nunca lograría hacerle olvidar la lealtad que él creía adeudarle a su país, ni su sentido del deber hacia el hijo al que veneraba.

Pocos días después, Gabi nos impactó con otra noticia cuando tomábamos café en la terraza del Romanisches. Tras el incidente provocado por aquel mentalista enloquecido y su escolta compuesta por miembros de las SA, nos sentábamos siempre en la terraza para poder escapar si volvían a presentarse esos brutos con sus camisas pardas. Ya no estábamos tan a gusto como antes en ese establecimiento, pero teníamos muy arraigada la costumbre de reunirnos allí y no nos decidíamos a cambiar.

—¿Sabéis que han asesinado a Hanussen? —nos espetó Gabi en cuanto nos sentamos todas alrededor de una mesita próxima a los escalones que bajaban a la calle.

—¿El hipnotista, adivino y no sé qué más? —preguntó Beate, con algo de sorna.

—El mismo —confirmó Gabi—. Se rumorea que lo han matado sus propios amigos de las SA. Lo sacaron de casa hace dos días, en plena noche, lo condujeron fuera de la ciudad y le dispararon en el arcén de una carretera. Dicen que el conde Helldorff anda metido en esto.

En español, Gabi me explicó en un breve inciso que Helldorff era un aristócrata perteneciente a la misma élite prusiana que los Von Aschenbach. Al igual que Wolfgang y su tío Oskar, había combatido en la Gran Guerra, aunque Helldorff se había integrado después en varios Freikorps y había participado en conspiraciones contra la República de Weimar. Era un pájaro de mucho cuidado.

Luise realizó un desdeñoso encogimiento de hombros.

—Le está bien empleado a Hanussen por codearse con esa gente —sentenció mirando a Gabi—. Las dos sabemos bien cómo es ese Helldorff. No olvides que el degenerado de mi marido era un gran amigo suyo. —Posó la mirada sobre Beate y después sobre mí—. Ya os podéis imaginar qué clase de hombre es el conde. Yo no le dejaría acompañarme ni a la vuelta de la esquina por si no llegaba viva.

Todas nos reímos, aunque sobre nosotras se espesó la nube de amenaza que llevaba muchos meses aplastando la ciudad.

En el Kaiserhof

E l Kaiserhof fue el primer hotel de lujo que se construyó en Berlín, décadas antes que el Esplanade y el Adlon. Formaba una mole cuadradota llena de ventanas distribuidas sin ninguna gracia y ocupaba un chaflán entero en la plaza llamada Wilhelmsplatz. Disponía desde el principio de habitaciones con cuarto de baño propio y luz eléctrica, así como de ascensores. En la ciudad se comentaba que había nacido bajo el influjo de una estrella maligna, ya que ardió por completo pocas semanas después de su inauguración y hubo que reconstruirlo. Ahora se había convertido en el cuartel general del partido nacionalsocialista, que tenía alquiladas varias plantas y organizaba sus campañas electorales en las instalaciones del hotel. Además, Adolf Hitler vivía permanentemente en el Kaiserhof.

Allí nos dirigimos a última hora de la tarde del 28 de marzo en el viejo Horch de Bernd Jung. En el asiento de atrás se apretujaban Manfred, Hagen y Seifert, perfumado a conciencia para la ocasión. A mí me habían cedido el sitio del copiloto. Eso me salvó de asfixiarme con las emanaciones aromáticas de Seifert. Íbamos a asistir a la velada que había convocado Joseph Goebbels para intercambiar impresiones sobre el futuro de la industria cinematográfica alemana con directivos, técnicos prestigiosos y actores de la Ufa, así como de otras productoras poderosas como Terra Film y Tobis. Lo de intercambiar impresiones resultó ser un eufemismo, pues el evento estuvo cargado de discursos interminables, de los que el más indigesto fue el de Goebbels. Pero no tuvimos más remedio que aguantar hasta el final. Jung nos había insistido el día anterior en que convenía hacer acto de presencia si no queríamos quedarnos sin película y, para colmo, acabar engrosando alguna lista negra.

Yo elegí para la ocasión un vestido de cóctel de terciopelo negro que había comprado en la Maison Chanel durante mi última estancia en París. La *petite robe noire* seguía siendo la estrella de sus colecciones, aunque ya no era amplia como años atrás ni mostraba las rodillas. La moda de ese año imponía un corte ajustado en la cintura y las faldas se habían alargado hasta las pantorrillas. Combiné el atuendo con un collar de tres vueltas de perlas y un sombrero diminuto de raso, más bien un tocado, que me permitía lucir el peinado de ondas que me había hecho la Sultana. Prescindí de más perifollos. Por nada del mundo deseaba llamar la atención de Goebbels y sus secuaces esa noche.

El vestíbulo del Kaiserhof hervía de gente. Jóvenes altos como catedrales, embutidos en los uniformes y correajes de las SA, vigilaban con cara de pocos amigos a los que entrábamos. Hombres maduros, de pelo rapado al máximo en la nuca y el penacho de arriba echado hacia atrás con gomina, se movían con el aplomo altanero de los que se saben poderosos. Alrededor de ellos pululaba un enjambre de chicas guapas, muy emperejiladas, que tenían toda la traza de ir a la pesca de un benefactor con posibles.

—Me jugaría el cuello a que esos tipos son del partido —me susurró Manfred al oído—. Esto es un nido de…

Una mirada punitiva de Jung le hizo callar. Nuestro director debía de tener el oído tan fino como un perro. Esa noche se le veía muy nervioso. Había fumado un cigarrillo tras otro durante el trayecto en su automóvil y parecía haber encogido varios centímetros. Hasta sus rizos de angelote caían lacios y tristones. Tampoco Oskar Hagen derrochaba serenidad, con las mejillas teñidas de profundo carmesí como si se hubiera aplicado colorete. Solo Seifert observaba el ir y venir de la gente sin mover ni un ápice sus facciones esculpidas a hachazos caóticos. Jung se encargó de llevar al guardarropa mi abrigo y los sombreros de los hombres.

Cuando entramos en el salón de banquetes, faltaban quince

minutos para la hora a la que estaba prevista la llegada de Joseph Goebbels. En la sala aún se apretujaba más gente que en el vestíbulo. Se me anudó el estómago al ver la abundancia de uniformes pardos de las SA y negros de las SS. Manfred me señaló con disimulo a varios directores de cine que se agrupaban en un rincón. «Arios de pura cepa», me susurró al oído, pues muchos judíos ya habían empezado a poner pies en polvorosa y dudaba mucho que asistieran al evento los que aún andaban por Berlín. No todos tenían el valor, o la obsesión, de Jung.

—No veo a la Riefenstahl —dejó caer en voz alta, sin abandonar su sorna—. Qué raro, con lo que le gusta codearse con los nazis. Habrá ido a empolvarse la nariz.

—He oído decir que Leni está en los Alpes —aclaró Seifert.

—¿Queréis callar la boca? —los reprendió Jung—. Vais a conseguir que acabemos en la lista negra.

—Si no nos han incluido ya... —se burló Manfred.

Jung meneó la cabeza. Parecía a punto de estallar.

Para aligerar el malestar que me consumía el aire de los pulmones, dejé vagar la vista por la sala. Al otro extremo distinguí a Willy Fritsch. Con él estaban Conrad Veidt, Hans Albers y el contundente actor de carácter Emil Jannings. Los cuatro se apiñaban cerca de la pared como si pretendieran pasar desapercibidos. Fritsch reparó en mí y saludó alzando la copa de champán que sujetaba en la mano. Le devolví el gesto acompañado de una sonrisa. Era difícil resistirse a la simpatía de ese hombre.

—Por ahí anda Klitzsch. Voy a presentarle mis respetos —oí decir a Jung.

—Claro, hay que congraciarse con el jefe —se mofó Manfred.

Jung le ignoró y serpenteó entre los grupitos en busca del director de la Ufa. Hagen y Seifert escaparon a buscar algo de beber.

—No sé cómo se atreven a presentarse aquí esas zorras —dijo una voz masculina detrás de mí.

Me giré con disimulo. Tres hombres, uno de ellos en uniforme negro de las SS, miraban ceñudos hacia un cuarteto de mujeres vestidas con sedas y rasos, y los cabellos troquelados en disciplinadas cascadas de ondas al agua. Dos de ellas sostenían, con gesto desafiante, cigarrillos que brotaban de boquillas marfileñas. Yo no conocía a ninguna, aunque por su estilo supuse que serían actrices. A Manfred tampoco se le había escapado el desagradable comentario. Siempre estaba en todo.

—Las tildadas de zorras —me aclaró susurrando— son esas dos que fuman. La más morena es Lucie Mannheim, la pizpireta Grete Mosheim. Las dos son judías... —Chasqueó la lengua—. Mira, ahí está Fritz Lang. Me asombra que aún aguante en Alemania. Sabes que sus dos últimas películas ya no las consiguió hacer con la Ufa, ¿no?

Asentí. La buena de Gabi me mantenía al corriente de los chismorreos culturales. El súbito revuelo causado por la llegada de Joseph Goebbels cortó los susurros de Manfred. Yo había oído decir a Wolfgang que el ministro de Propaganda e Ilustración era un hombrecillo enclenque, muy poco agraciado, pero su fealdad superó con creces mis expectativas. Era diminuto y chupado de carnes; un esqueleto andante que debía de pesar menos que la ropa que llevaba puesta. Su rostro de mejillas cóncavas, ojos de susto y labios casi inexistentes se expandía hacia arriba en una frente descomunal y huidiza. Cojeaba del pie derecho, aunque se apreciaba su afán por disimular el problema.

—Procura no llamar la atención de Goebbels —cuchicheó Manfred—. Ahí donde lo ves, tan poca cosa, tan lagartija, dicen que es un sátiro. Mujer que se le antoja, mujer que cae. ¿Entiendes?

Dije que sí con la cabeza. Demasiado bien conocía yo a esa clase de tipos.

Acompañaban a Goebbels dos hombres. Uno vestía el uniforme pardo de las SA. Era bastante alto, de porte aristocrático, incluso altivo. Los ojos pequeños, algo inclinados hacia las sienes, le daban un aire cruel, acentuado por la profunda cicatriz que le hendía la frente. Toda su persona emanaba peligro. El otro era mayor. También iba uniformado como SA, pero su rostro de mofletes caídos a ambos lados del mostacho no transmitía fiereza, más bien un talante melancólico. Manfred, que debía de guardar un archivo completo en la cabeza, no tardó en explicarme que el de la frente marcada era Wolf Heinrich, conde de Helldorff. Recordé lo que dijo Gabi de él cuando comentamos su posible implicación en el asesinato del mentalista Erik Hanussen. Un escalofrío me recorrió la espalda. Por la crueldad reflejada en su cara, no me costó imaginarle cosiendo a balazos a cualquiera que se interpusiera en su camino. El hombre de aspecto tristón resultó ser el príncipe August Wilhelm de Prusia, Auwi para los amigos, el cuarto hijo del viejo káiser defenestrado tras la derrota de Alemania en la guerra. Según Manfred, un bobo redomado que les resultaba útil a los nazis.

El productor y director Carl Froelich hizo una breve alocución introductoria y cedió la palabra al jefe Klitzsch. No entendí todo lo que dijeron, pero tuve la impresión de que ambos medían con sumo cuidado sus manifestaciones para no disgustar al ministro Goebbels. El discurso de este fue menos agresivo de lo que todos habíamos esperado. Mis conocimientos de alemán dieron de sí para comprender partes sueltas en las que afirmaba que el arte era libre y debía seguir siendo libre, aunque ateniéndose a unas normas sin las que la convivencia nacional resultaba imposible. Y que el Estado debería intervenir si esas normas eran quebrantadas. Declaró que ellos no pretendían amargarnos la vida, que los hombres jóvenes que gobernaban ahora apreciaban de corazón a los cineastas alemanes. Se me quedó grabado en la memoria, casi palabra por palabra, cuando rubricó: «Ahora estamos aquí. Lo que hay, se queda. Ya no nos marcharemos».

Al día siguiente, la realidad asomó su verdadera faz tras tanta diplomacia huera. La oficina de censura cinematográfica prohibió *Das Testament des Doktor Mabuse* (El testamento del doctor Mabuse) de Fritz Lang. Según afirmó Goebbels, esa película demostraba que un grupo de hombres decididos a todo es muy capaz, si de verdad lo desea, de desestabilizar cualquier Estado usando la violencia. En las productoras de cine arreciaron las purgas de los artistas y empleados judíos que aún estaban en nómina. Sus contratos fueron rescindidos sin contemplaciones. En ese embate, la Ufa se deshizo del antaño poderoso productor Erich Pommer, de Erik Charell, que había dirigido el éxito *Die drei von der Tankstelle* (El trío de la bencina), y de muchos guionistas y actores que aún no se habían decidido a abandonar Alemania. También eliminó de los créditos de las películas recién acabadas los nombres de los judíos que habían intervenido en su gestación.

Por el plató corrió como la pólvora el rumor de que Fritz Lang había escapado a París.

Los que rodábamos la *Carmen* berlinesa a las órdenes de Bernd Jung empezamos a temer por nuestra película.

El avance de la araña

Dos días después del evento en el Kaiserhof teníamos previsto grabar varias escenas de cabaré que quedaban pendientes. Tanto actores como técnicos fuimos puntuales. Jung solía llegar siempre el primero y reprendía con rudeza a quien se presentara con retraso. Esa mañana nuestra sorpresa fue mayúscula. ¡El director aún no había llegado! Apareció tras un largo rato de espera, que elevó nuestro desconcierto a la cota más alta. En lugar de ocupar su lugar junto a la cámara, alzar el megáfono y empezar a gritarnos sus órdenes, encadenó varias zancadas hacia la tarima, se aupó dando un brinco con sus piernas cigoñinas y dio dos palmadas que resonaron como latigazos. Alguien encendió un foco que le vistió de inclemente nitidez. Jung parecía haber envejecido varios lustros desde que nos despedimos al acabar de rodar la tarde anterior. En su cara demacrada se dibujaban unas ojeras violáceas de tísico en estado terminal.

—¡Atentos todos! —exclamó.

Nos arremolinamos delante del escenario cual público entregado, aunque nosotros no emanábamos la expectación gozosa de quien acude a ver a su estrella favorita.

—¡La película queda cancelada! También mi permiso especial para seguir trabajando en la Ufa. Desde ahora, soy *persona non grata*. Se acabó. ¡Es el fin!

La voz de Jung se quebró. Estuvo unos segundos haciendo pucheros hasta que recuperó el dominio de sí mismo.

—Quiero darles las gracias a todos por su esfuerzo. Sé que he sido muy exigente, en especial con nuestra querida Nora. Les pido a todos perdón por mi brusquedad. No pretendía herir a nadie. Solo quería sacar lo mejor de cada uno.

Un gallo le quebró la voz. Al cabo de una serie de boqueos agónicos, tomó aire y graznó:

—Buenos días...

Bajó del escenario y se dirigió hacia donde nos habíamos concentrado los actores y unos cuantos figurantes. Se inclinó delante de mí, me alzó la mano y rozó el dorso con los labios. Rezumaban tanta tristeza que estuve tentada de dar un paso atrás.

—A sus pies, Fräulein Garnier.

Dio media vuelta y abandonó el plató cabizbajo y en silencio, hurtándonos la mirada a todos. Manfred se sentó en el borde de la tarima. Por primera vez desde que le conocí le vi abatido, sin rastro de su perpetuo buen humor. Me dejé caer a su lado. Debíamos de componer una estampa de lo más peculiar. Manfred en uniforme de policía berlinés y yo con la cara enlucida de maquillaje estridente, vestida con un corpiño de raso negro que mostraba un canalillo descomunal y una falda corta preparada para abrirse a cada movimiento y mostrar las piernas hasta el liguero de encajes que sujetaba las medias negras transparentes. Ni en mis tiempos de corista me habían obligado a vestir ropa tan descocada.

—Los nazis empiezan a segar cabezas —susurró Manfred—. Es una lástima que no nos dejen acabar las escenas que quedan pendientes. Creo que estábamos haciendo algo bueno. —Exhaló un suspiro, a medio camino entre el abatimiento y la ira—. *Verdammt nochmal!* No soy judío y nunca me ha interesado la política, pero empiezo a estar hasta las narices. El aire de este país se está volviendo muy tóxico.

—¿Piensas marcharte? ¿Como Lang y Lorre?

Manfred sacó la pitillera que llevaba encima incluso cuando rodaba; era un fumador empedernido. La abrió y me la puso delante. Yo fumaba poco y siempre con boquilla para no castigar la voz. Más que una necesidad de nicotina, para mí sostener entre los dedos un cigarrillo emboquillado era una cuestión de imagen con la que pretendía mostrarme como mujer moderna. Pero esa mañana acepté uno con ansia. Manfred tomó otro y prendió los dos acercándoles la llama de su mechero. Dio una larga calada, se tomó su tiempo para expulsar el humo y respondió, con un hilo de voz:

—Adoro Berlín, adoro a mi país y mi idioma…, pero a esos nazis ya no hay quien los frene. —Sacudió la cabeza—. Para serte sincero… no sé lo que haré. ¿Adónde voy a ir si dejo Alemania? No soy una estrella que pueda interesar en Hollywood. Además, mi inglés no es nada bueno. Seguro que no me harían ni caso.

Una densa nube de perfume nos envolvió de pronto. Alcé la vista. Seifert se erguía delante de nosotros. Con la ropa del Tuerto y el parche del ojo recogido sobre la frente, a modo de diadema, era la viva imagen del hampa.

—¿Puedo pedirte uno? —le preguntó a Manfred.

Este le alargó la pitillera y el mechero.

—Claro…

Seifert se sirvió, encendió su pitillo y se sentó al lado de Manfred. Durante un buen rato, los tres fumamos en abatido silencio, envueltos en humo mezclado con el denso aroma a perfume que derrochaba Seifert. Aquella mañana ni siquiera me molestó.

No hizo falta explicarle lo ocurrido a la Sultana. A su manera, siempre se enteraba de todo, cualquiera que fuera el idioma en el que se hablaba delante de ella.

—Este país está *endemoniao* —me susurró en el automóvil del estudio, con el que hicimos por última vez el trayecto desde Neubabelsberg a Berlín—. Yo que *usté* cogería a don Wolfgang y me largaría de aquí. Él no es como esos fantoches de pardo.

—Sabes que nunca se alejará de su hijo, ni de lo que considera su deber hacia su país.

—Ay, Señor, Señor —suspiró ella—. *Demasiao honrao* es. Aquí van a pasar cosas muy malas. Tengo el pálpito *clavao* en el corazón…

Se cubrió la tripa con las manos. Yo tenía la misma sensación, pero no repliqué. La cancelación de nuestra película me había dejado sin ganas de hablar.

Wolfgang no pudo ocultar su desilusión cuando, aquella misma tarde, le conté lo ocurrido. Permaneció un buen rato abismado en un silencio que rezumaba rabia e impotencia.

—En momentos como este, me arrepiento de haberte arrastrado hasta aquí —murmuró al fin—. Esos nazis son como un tumor. En lugar de extirparlo cuando aún era pequeño, entre todos hemos dejado que crezca y ahora está tan extendido que es tarde para operar. Acabarán con todo lo bueno que ha dado Alemania. Deberíamos hacerles frente, en vez de bajar la cabeza y callar. Si quitáramos de en medio a ese Hitler…

Tuve miedo al oírle hablar así. ¿Qué estaría pasando por su cabeza?

—No digas insensateces, por favor.

Él me regaló una sonrisa triste.

—Debería convencerte de que te marches de Alemania. Pero no puedo imaginar mi vida sin ti. Soy un maldito egoísta, lo sé.

Me arrebujé entre sus brazos y hundí la cara en su pecho. Aspirar su aroma siempre lograba animarme, incluso cuando la situación no invitaba al optimismo.

—Abrázame fuerte… hasta que me crujan todos los huesos del cuerpo —musité.

Él me estrujó con delicada vehemencia, me besó los párpados, las mejillas, los lóbulos de las orejas y finalmente en la boca. Acabé hirviendo entre burbujas de gozo que estallaban y se expandían alegres por todo mi cuerpo. Saltamos del sofá y nos apresuramos al dormitorio. Mientras retozábamos sobre esa cama ancha como un mundo, brazos y piernas enredados cual ramas de hiedra, las lenguas entrelazadas en un baile bajo la bóveda del paladar, las manos en busca de rincones por acariciar, se nos fue de la cabeza la araña negra que se cernía sobre Alemania y nos tenía atrapados en su tela tejida con ponzoña. Incluso nos olvidamos de cenar.

Correr hacia la luz

Dada mi personalidad contradictoria, por un lado, el abrupto final de mi carrera como actriz se me antojó una liberación. No había tenido oportunidad de ver el material rodado (tras la cancelación, los rollos de película desaparecieron), pero estaba segura de que mi participación habría sido de todo menos loable y merecía ser desterrada a algún lóbrego sótano de la Ufa. Al mismo tiempo, me apenaba la aniquilación de los sueños de Manfred Juergens, Oskar Hagen, Theo Seifert y el propio Bernd Jung. Los cuatro habían puesto muchas esperanzas en ese proyecto truncado por la apisonadora nazi. Manfred y Seifert estaban más que curtidos en los sinsabores de los actores segundones. Se fumaron la decepción con los cigarrillos que compartimos en el plató y regresaron al teatro. De todo el equipo de aquel rodaje solo me mantuve en contacto con Manfred, que me invitaba cada cierto tiempo a tomar café en el jardín del Esplanade, el lujoso hotel situado en la Potsdamer Platz que ejercía una extraña fascinación sobre él. Sentados a una de las mesitas colocadas alrededor de la pista de baile, observábamos a las parejas que se mecían al son de la música aportada por una pequeña orquesta mientras Manfred me ponía al corriente de los últimos chismorreos en el mundo de la interpretación. Según me contó un día, Oskar Hagen pasó unos meses ahogando su frustración en el *Schnapps* barato de los locales más canallas de Berlín, hasta que le ofrecieron el papel de galán en una película patriótica de la Ufa, que se rodó en muy poco tiempo y se iba a estrenar pronto. De Jung solo sabía que, al día siguiente de ser suspendido el rodaje, se había embarcado en el puerto de Hamburgo en un transatlántico con destino a Nueva York.

La nube que cubría Alemania se fue haciendo más densa y más negra. Se intensificó el goteo de judíos que se deshacían de sus pertenencias por cuatro perras y abandonaban el país con lo puesto. También tomaron las de Villadiego muchos artistas e intelectuales sin máculas raciales, que habían caído en desgracia por atreverse a cuestionar las soflamas nazis, o simplemente por no seguirlas. El Romanisches Café perdió definitivamente a su clientela bohemia, que acabó desertando cuando el lugar se llenó de muchachos de las SA y las SS. También mis amigas y yo trasladamos nuestras tertulias al café Kranzler. Allí eran de mejor calidad tanto el café como los pasteles, pero nunca llegamos a sentirnos igual de a gusto.

La persecución de escritores a los que el Gobierno nazi consideraba antialemanes culminó con la quema de libros que tuvo lugar el 10 de mayo en varias ciudades del país. En Berlín, el mismísimo Goebbels asistió al aquelarre de la plaza de la Ópera aportando un discurso más encendido que la hoguera donde ardieron las obras de autores judíos como Sigmund Freud, o de aquellos con fama de comunistas, pacifistas o simplemente díscolos, como Bertolt Brecht, Alfred Döblin, los hermanos Heinrich y Thomas Mann y hasta Erich Kästner, que se había hecho un nombre publicando libros infantiles.

Manfred era un buen amigo de Kästner. En el jardín del Esplanade, me contó que este tuvo el insensato valor de acercarse a la plaza de la Ópera. Allí vio con sus propios ojos cómo muchachos jovencísimos en uniformes pardos de las SA, estudiantes universitarios tocados con las gorras de sus fraternidades y hasta venerables profesores arrojaban al fuego pilas enteras de libros mientras recitaban proclamas que sonaban a conjuro de brujos. En una de las arengas, Kästner oyó su propio nombre. Manfred la reprodujo, susurrando para que no le oyeran desde las mesas vecinas, aunque sin renunciar a su afectación de actor teatral: «¡Contra la decadencia y la ruina moral! ¡Por la decencia y las buenas costumbres en la familia y el Estado entrego a las llamas los escritos de Heinrich Mann, Ernst Glaeser y Erich Kästner!».

—¿No es espeluznante? —concluyó—. Menos mal que nadie le reconoció y pudo esfumarse mientras esos bárbaros cantaban a gritos el himno de Horst Wessel.

Pese al tono socarrón de Manfred, detecté mucho miedo en sus ojos.

Antes de que acabara el año 1933, el Gobierno de Hitler promulgó decretos que enrarecieron aún más el ambiente y restringieron los derechos de los judíos hasta arrinconarles en la marginación. Prohibió por ley la incorporación de judíos a la abogacía y expulsó de la misma a los que ya ejercían. Lo propio se aplicó a los médicos judíos, que ya no pudieron trabajar en hospitales públicos ni para el seguro de salud estatal, quedando relegados a ganarse el sustento con la medicina privada. Echó a los judíos de la administración pública y, al decretar la Ley de Desnacionalización, revocó la ciudadanía de judíos nacionalizados y «personas indeseables». Incluso estableció un cupo máximo de estudiantes judíos que podían asistir a escuelas y universidades públicas.

Se prohibieron en Alemania los sindicatos, los partidos políticos fueron abolidos y creció el miedo a hablar con franqueza incluso entre amigos de toda la vida, por si alguno interpretaba lo dicho como antialemán y corría a denunciarlo a las autoridades. Wolfgang se volvió taciturno, el azul de sus ojos adquirió el color de un cielo de tormenta. La cicatriz de su mejilla se tornó más afilada. Cuando llegaba a mi casa, ojeroso y serio, debía hacerle muchas carantoñas para arrancarle la sonrisa que tanto me gustaba.

—No entiendo este odio —se lamentaba en la intimidad de nuestra alcoba—. Tengo amigos judíos que fueron conmigo a la Kriegsakademie. Son alemanes de pies a cabeza, buenos oficiales que lucharon por nuestra patria en las trincheras, o pilotando aviones… y ahora les hacen la vida imposible. ¿En qué nos estamos convirtiendo?

Gustav Edelstein perdió aún más clientes por ser judío. Sin embargo, pese a las dificultades cotidianas y a que su economía se resentía cada día más, estaba decidido a permanecer en la ciudad donde nació y se hizo hombre. Por nada del mundo pensaba abandonar a su anciana y enferma madre, la única familia que conservaba, a merced de esa pandilla de mentecatos resentidos.

—Los nazis no tienen consistencia —solía asegurarme con énfasis, como deseoso de convencerse a sí mismo—. Se desinflarán pronto y recuperaremos lo perdido. ¡Yo soy tan alemán como ellos! O incluso mejor. ¡No dejaré que me echen de mi propio país!

Yo le habría aconsejado marcharse antes de que la situación empeorara aún más, pero viéndole tan audaz, siempre acababa mordiéndome la lengua. ¿Quién era yo para interferir en sus decisiones?

Nuestras vidas comenzaron a desenvolverse entre continuos sobresaltos. Comprobé que el tiempo pasa volando cuando se instala la infelicidad. Como si la mente quisiera hacernos más llevadera la grisura, dándonos la sensación de que corremos hacia la luz.

La semilla del miedo

En el año 34, Claude Lefèvre programó varias giras que me permitieron escapar del ambiente opresivo que reinaba en Alemania, aunque también hallé tensiones en otros países. Canté en Roma durante una semana y percibí en sus calles, en mi hotel, incluso en el teatro, el miedo que los fascistas de Mussolini llevaban sembrando desde hacía varios lustros. Cuando regresé a España, observé que se habían agudizado los enfrentamientos entre los que pretendían introducir reformas en la Iglesia y el ejército, así como mejoras en las condiciones de obreros y campesinos, y los que querían que todo siguiera como en tiempos de la monarquía. En el terreno de los gustos musicales del público español, se estaba cumpliendo la profecía de don Octavi sobre la decadencia del cuplé. En los teatros de variedades, el género con el que había debutado sobre las tablas, especialmente en su vertiente picarona, iba perdiendo su hegemonía en favor de otros como la tonadilla y la copla andaluza. Raquel Meller se conservaba en lo más alto gracias a su genio y su gran versatilidad, pero ya despuntaban chicas muy jóvenes como Conchita Piquer y Estrellita Castro, que incluso habían llegado a hacer sus pinitos en el cine. Los nombres artísticos de «la Bella algo», como los definía don Octavi con su refinada ironía, ahora resultaban más antiguos que el corsé.

Fui a París a principios de junio con un contrato para cantar cuatro semanas en el Folies Bergère. Madeleine no tardó en arrastrarme a la vida nocturna de Montmartre y Montparnasse, que seguían siendo sus lugares de diversión favoritos. Al cabo de unos días, Claude se hartó y la llamó al orden en mi suite, donde él y yo repasábamos la agenda del resto del año mientras Madeleine ojeaba una revista de moda y bebía champán como si fuera agua de Perrier. La regañina acabó en un vehemente sermón sobre los peligros de la noche para la voz de una cantante.

—¡Más peligroso es que siga viviendo en Berlín —contraatacó ella—, con los nazis destruyendo todo lo que siempre amé de esa ciudad!

Claude puso los ojos en blanco, resopló y se levantó para ir al cuarto de baño.

—Se está volviendo muy gruñón —se mofó Madeleine en cuanto su marido nos dio la espalda. De repente, me miró con una seriedad inusual en ella—. Tienes que dejar Alemania, Nora. Ahora la han tomado con los judíos, pero ¿qué grupo será el siguiente? ¿Todos los extranjeros? ¿Las artistas que se acuestan con oficiales casados? Sé lista y vuelve a tu apartamento en la rue Cambon. Tu boche puede venir a verte a París. Seguro que le sentará bien alejarse de ese polvorín.

Me molestó su incorregible manía de llamar boche a Wolfgang y, más aún, que aludiera a nuestra relación como si fuera un simple asunto de cama. Sin embargo, no la reprendí. Madeleine le daba un barniz frívolo a todo, hasta a una preocupación que parecía sincera.

—Le quiero y no puedo vivir separada de él —murmuré—. Wolfgang no es nazi. Sufre viendo lo que hacen con su país. Si le dejo solo, se consumirá. ¡Y yo también!

Madeleine me regaló una sonrisa entre burlona y compasiva.

—Pobre Nora. ¡Qué malo es el amor! —Liberó una cascada de risas—. Te creías una mujer libre y mírate ahora: esperando como cualquier tontita a que tu amante se divorcie y se case contigo. Por cosas así he dejado de enamorarme.

El regreso de Claude interrumpió la conversación. Madeleine se sirvió otro lingotazo de champán y se abismó de nuevo en su revista.

—Esa Madelén no cambia —se exasperó la Sultana por la noche, mientras me ayudaba a vestirme para ir con mi amiga a

573

Montparnasse pese a la oposición de Claude. Debió de haber escuchado, incluso entendido, lo que habíamos hablado—. Es más lianta que la chafardera de la Amapola.

Resultaba evidente que tampoco había cambiado la antipatía que le tenía la Sultana a Madeleine.

Regresé a Berlín el último día de junio, tras haber viajado toda la noche en un compartimento con cama del Nord Express. Al contrario de la Sultana, que no pegaba ojo en los trenes y amanecía con cara de moribunda a punto de recibir la extremaunción, yo dormía de maravilla acunada por el rítmico traqueteo de las ruedas sobre las vías. Cuando el convoy entró en la estación Bahnhof Zoo, rebosaba energía y ganas de llegar a mi piso, darme un baño espumoso y esperar la llegada de Wolfgang. Tras casi cuatro semanas lejos de él, mi cuerpo ansiaba desesperadamente reencontrarse con el suyo. El corazón me dio un salto cuando le descubrí entre la multitud que se apiñaba en el andén. Dada nuestra táctica de disimulo, él casi nunca acudía a recogerme a la estación. Iba vestido de civil, con uno de los elegantes trajes que llevaba cuando hacíamos nuestras escapadas a París. Su semblante era serio. ¿Qué hacía allí, sin uniforme y exponiéndose a que nos viera juntos alguno de esos representantes hipócritas de la nueva Alemania, que consideraban viril tener una amante siempre que se la mantuviera bien escondida?

Se aproximó al vagón y extendió una mano para ayudarme a bajar la escalera del tren. En cuanto pisé el andén, se inclinó y me dio un beso rápido en la boca. Un ejército de hormigas recorrió hasta el último rinconcito de mi cuerpo. Tuve que contener las ganas de apresar allí mismo sus labios para seguir besándole. Él me apartó del paso de los viajeros y esbozó una sonrisa teñida de desasosiego.

—¿No deberías estar en el trabajo, vestido con tu uniforme de valiente oficial prusiano? —dejé caer, procurando sonar despreocupada.

—Anoche ocurrió algo muy grave. La ciudad está revuelta y quiero asegurarme de que llegas bien a casa. Te lo cuento en cuanto salgamos de aquí.

Abandonamos la estación seguidos, como siempre, por la Sultana y el mozo que transportaba en un carro nuestro abundante equipaje. Una vez fuera caminamos hacia donde nos guio Wolfgang. Alrededor del edificio hormigueaban hombres vestidos con el uniforme negro de las SS. Cuando Wolfgang se detuvo, vi que había ido a recogerme en el vetusto sonajero con ruedas de Gabi.

—¿Dónde está tu coche oficial y el soldadito que lo conduce?

Él no respondió. Dio instrucciones al mozo para que acomodara nuestras cosas en el automóvil, le entregó un billete y nos ayudó a subir a la Sultana y a mí. Circulamos unos cuantos minutos en silencio. Por fin, empezó a hablar.

—Anoche, Hitler ordenó asesinar a Ernst Röhm y otros cabecillas de las SA. También fue eliminado en su casa, junto a su esposa, el general Kurt von Schleicher, nada menos que un antiguo canciller de Alemania. A Gregor Strasser, que fue el segundo de Hitler hasta hace dos años, lo mataron a tiros...

—¡Jesús, María y José! —exclamó la Sultana en el asiento de atrás.

Yo no fui capaz de decir nada.

—Según mi informador, cayeron más de doscientos miembros de las SA. Otros están prisioneros, a la espera de ser ejecutados. El pretexto para esta... —Wolfgang hizo una breve pausa, como buscando la palabra apropiada— esta carnicería es que Röhm planeaba un golpe de Estado, pero todo el mundo sabe que las SA, y en especial Röhm, estaban acumulando demasiado poder. Eso los hacía peligrosos para Hitler y para los industriales importantes de Alemania, que apoyan a los nazis desde el principio, pero ya no ven con buenos ojos la violencia de las SA...

—¿Y tú? —le interrumpí—. ¿Estás en peligro?

—Yo no tengo nada que ver con esa basura de las SA —recalcó él—. Pero, en este país, ahora todos estamos en peligro.

Pese a mi propósito de no insistirle en abandonar Alemania, no pude contenerme.

—Marchémonos de aquí.

—No puedo irme. ¿Cómo crees que me sentiré si huyo igual

que un delincuente o un desertor? Mi obligación sigue siendo proteger a mi país, por muy feas que nos pongan las cosas esos nazis.

No pude contenerme.

—¿Y qué puedes hacer tú solo?

—No estoy solo, Flor.

La críptica respuesta de Wolfgang me provocó un vuelco en el corazón, y me sumió en una honda inquietud.

—Si huyo —continuó él—, ¿qué pensará Konrad de su padre? Ya es bastante difícil que me quiera y me respete viviendo con Katharina en casa de mi familia, donde seguro que no dejarán de ponerle en mi contra. —Posó la mano derecha sobre mi antebrazo—. Sé que no debo retenerte aquí. En París estarías más segura. —Calló y arrancó de nuevo, con voz dubitativa—: Por ahora. Esos dementes están rearmando el ejército y acabarán desencadenando otra guerra.

La idea de vivir sin él me cortó la respiración.

—¡No te dejaré a merced de esta gente! —exclamé; entonces me pasó por la cabeza una posibilidad que me aterró—. ¿O quieres que me vaya?

—¿Cómo voy a querer eso? Tú eres lo mejor que hay en mi vida. No sabes lo que te echo de menos cuando sales de gira. Pero esto se está poniendo muy feo…

—¡Me quedo contigo!

La mano de Wolfgang ascendió hasta mi mejilla y la acarició dulcemente.

—Jesús, María y José… adónde vamos a ir a parar —oímos farfullar detrás de nuestras cabezas.

Wolfgang y yo nos echamos a reír. ¡Qué tristes fueron aquellas carcajadas!

El 2 de agosto murió Hindenburg y Hitler perpetró otra de sus astutas jugadas: asumió la presidencia de Alemania junto con la cancillería, obligó al ejército a jurarle lealtad como comandante supremo y se autoproclamó líder del Estado nazi: el Führer.

Tras el juramento de lealtad del ejército, Wolfgang pasó varios días apático y ensimismado. También Gabi y Beate andaban con los ánimos por el suelo. La taberna Richardsburg, frecuentada años atrás por miembros de las SA que aterrorizaban a los vecinos de Neukölln y molestaban a las mujeres que acudían a la clínica, llevaba clausurada desde el 32, tras un tiroteo en el que hubo varios heridos y falleció el propietario del local. Aunque eso no había eliminado el peligro al que se exponían las doctoras, enfermeras y voluntarias empeñadas en mejorar las condiciones de vida de las mujeres pobres. Cuando no entraba algún funcionario con brazalete del partido nazi para dejarles caer amenazas veladas, tenían que bregar con las trabas burocráticas que les ponía la administración. Las dos acudían a nuestras tertulias en el Kranzler exhaustas y ojerosas. Pero aún dolía más comprobar que en su firmeza empezaba a germinar la semilla del miedo que atenazaba a todo el país.

El judío errante

En mayo de 1935, el Gobierno promulgó una ley que expulsaba a los oficiales judíos del ejército. En septiembre, las Leyes Raciales de Nuremberg privaron a los judíos de los derechos mínimos y de la ciudadanía alemana, prohibieron las relaciones sexuales entre «personas de sangre aria y no aria» y los matrimonios mixtos, quedando anulados los que ya habían sido contraídos. Tampoco se permitía a los judíos emplear a sirvientes arios. Los que infringieran esas leyes podían ser sancionados con una multa o condenados a duras penas de cárcel. Así se estrechó aún más el lazo que estrangulaba a los que todavía no se habían decidido a abandonar Alemania, o ya no podían hacerlo.

La tarde en la que me visitó Edelstein por sorpresa, empezaba a consolidarse el frío otoñal. Yo leía sentada en el sillón más próximo a la chimenea, que Hertha había encendido poco después del mediodía. Aún faltaba un buen rato para la llegada de Wolfgang. De pronto, el sonido del timbre interrumpió aquella placidez somnolienta. Oí cómo Hertha corría a abrir. Enseguida entró en el salón y anunció, con su cerrado acento berlinés, que Herr Edelstein deseaba verme. Le ordené que preparara café con *Strudel* y salí a recibir a mi representante alemán. Hacía solo una semana que le había visto por última vez, pero se me antojó muy avejentado. En su cara se marcaban profundos surcos y unas ojeras moradas entristecían su mirada, ya oscurecida desde hacía tiempo por las dificultades a las que se enfrentaba a diario. Manoseaba con dedos nerviosos su sombrero fedora. Se lo saqué con suavidad de las manos y se lo di a Hertha. Ella pidió a Edelstein la gabardina y se llevó todo para colgarlo en el guardarropa del vestíbulo.

—No le esperaba hoy —murmuré, cohibida por su lamentable aspecto—. Siéntese, por favor.

Él se dejó caer en uno de los sillones. Yo ocupé el otro. Edelstein pasó la punta de la lengua por los labios como si tuviera la boca seca.

—Mi madre murió anoche... —musitó.

Sabía que la salud de la anciana era muy frágil, pero de ninguna manera había esperado un desenlace tan repentino.

—¡Cuánto lo siento, Gustav!

Un brillo doliente se enredó entre sus pestañas. Con lánguido disimulo se pasó una mano por los ojos.

—Vengo a decirle que... no aguanto más. Como bien sabe, no estoy casado ni tengo hijos. Mi trabajo y cuidar de mi madre eran mi vida. Yo lo elegí así. Estaba a gusto. Pero, ahora que la pobre se ha marchado, nada me ata a un país que ya no reconozco y donde no paran de humillarnos a los de mi condición.

Volvió a humedecerse los labios. A mí no se me ocurrió qué decirle. Guardé silencio.

—Aún no consigo entender lo que está pasando —continuó él, tras haber tomado aire—. Soy alemán, igual que lo fueron mis padres, mis abuelos y muchas generaciones de Edelstein. Luché en las trincheras, me envenené el cuerpo y la mente en aquel barrizal pestilente, entre gas tóxico, cadáveres y pedazos de miembros arrancados por los obuses. Entonces nadie nos rechazaba por ser judíos. Para servir de carne de cañón sí nos querían. —Sacudió la cabeza en un movimiento que me recordó a una marioneta—. Amo a mi país. Adoro esta ciudad... o lo que fue antes de que aparecieran Hitler y su pandilla de oportunistas. Siempre he sido un buen alemán. ¿Por qué ahora me han convertido en un apestado?

Yo seguí muda. ¿De qué podían servir unas palabras de ánimo hueras a quien había sido despojado paso a paso de su dignidad y su futuro? Irrumpió Hertha llevando en una bandeja las tazas, una cafetera, crema de leche y un plato con *Strudel* de manzana. Depositó todo sobre la mesita pequeña que había entre los sillones, sirvió el café y se alejó. Edelstein ni siquiera tocó el dulce que tanto le gustaba. Vació su taza de un trago, sin haberse echado azúcar ni leche, la volvió a dejar sobre el platillo y reanudó el monólogo.

—¡Qué iluso fui pensando que esta plaga nazi pasaría pronto! Alemania tardará décadas en recuperar lo que esos criminales están destruyendo. —Inspiró haciendo un ruido sibilante y anunció—: Esta misma noche me marcho a Hamburgo, Nora. He conseguido en el mercado negro un pasaje a Nueva York y mañana me embarcaré en un transatlántico que zarpa desde el muelle de ultramar. Hablo inglés bastante bien y tengo contactos neoyorquinos que me han prometido ayudarme a encontrar trabajo.

—No sé qué decirle, Gustav —fui capaz de susurrar al fin—. Esto es... es... —Me callé porque no encontraba las palabras adecuadas para expresar mi consternación—. ¿Me permite ayudarle con los preparativos? ¿Tal vez enviarle más adelante las cosas que no pueda llevarse en el barco?

—Se lo agradezco de corazón, Nora, pero es mejor que no la crean amiga de un judío. Eso podría traerle problemas. A usted y a su... —carraspeó—, a su... novio militar ario. Ahora hay que andarse con pies de plomo.

Noté cómo me ruborizaba al oírle mencionar a Wolfgang sin tapujos. Edelstein era tan discreto que solo aludió a él con gran tiento cuando fue a mi casa a presentarse, cuatro años atrás.

—No me llevaré gran cosa. Lo imprescindible y algunos recuerdos. No necesito más —añadió Edelstein, con los ojos otra vez brillantes—. Hace un rato me he despedido de Claude por teléfono. Le he recomendado a un buen amigo para seguir con mi labor. Günther Fischer es un magnífico agente de artistas, con la ventaja de que es ario de pies a cabeza. No es nazi, pero sabe llevarse bien hasta con los de la cruz gamada. Hará un buen trabajo. —Se puso en pie de un brinco que me sobresaltó por inesperado—. Debo irme. No me gustaría perder el tren.

Le imité y nos quedamos frente a frente. Él se inclinó, me alzó la mano derecha y depositó sobre el dorso un beso lleno de resignación. Cuando se incorporó, hacía pucheros como un niño pequeño.

—Nora, es usted una gran artista y una buena persona. Ha sido un placer trabajar para usted.

—Le echaré de menos, Gustav —murmuré—. Y Claude también, estoy segura.

—Dígale a Hertha que añoraré su delicioso *Strudel*.

Edelstein hizo una rápida inclinación de cabeza y se apresuró hacia el pasillo. Cuando quise reaccionar y salir a despedirle, oí el chasquido de la puerta del rellano al cerrarse. Tuve la corazonada de que no volvería a ver a ese hombre. Me costó reprimir las lágrimas que me nublaron los ojos.

Primera hecatombe

A lo largo de 1936 siguieron sucediéndose los atropellos a disidentes políticos y judíos. Eran cada día más los que abandonaban Alemania tras haber malvendido sus propiedades a los especuladores, nazis o no, que se aprovechaban de la creciente desesperación de esos proscritos.

De mediados de junio a primeros de julio hice, en compañía de la Sultana, una breve gira por varias urbes españolas: Madrid, Barcelona, Valencia y Zaragoza. En mi ciudad natal me alojé en el Gran Hotel, un establecimiento suntuoso que había sido inaugurado tan solo seis años atrás. Se hallaba en una bocacalle del paseo de la Independencia, en una zona que jamás pisé cuando viví en Zaragoza, pese a que no estaba lejos del Arrabal; incluso se podía ir caminando. Aproveché aquella estancia para buscar a Amador en la dirección que me dio Rubén cuando le visité en Aguarón, pero esa vez tampoco tuve suerte. Mi hermano se había mudado dos años atrás y sus antiguos vecinos no sabían adónde. Sí me contaron que Amador aún trabajaba en Averly cuando se marchó de esa casa y que él y su familia parecían gozar de cierta holgura económica. No me quedó tiempo para visitar a Rubén y Tensi en su pueblo. Me prometí ir a verles sin falta la próxima vez que cantara en Zaragoza. Si alguien me hubiera anticipado, en aquellos primeros días de julio, la hecatombe que estaba a punto de abonar la tierra española con la savia de cientos de miles de muertos, tal vez me habría empleado más a fondo en buscar a Amador, incluso habría alargado mi estancia unos días para visitar a Rubén y su familia. Pero no lo hice y aún me arrepiento de no haber insistido.

Regresé a Berlín el 20 de julio tras haber pasado dos semanas en París, donde había cantado en el Casino, además de repasar mi agenda y repertorio con Claude e ir de compras a las tiendas elegantes en compañía de Madeleine. En París me enteré por la prensa de lo que había ocurrido en España: durante la madrugada del 17 al 18, una parte del ejército de Marruecos se había sublevado en Melilla contra el Gobierno de la República. A lo largo de la jornada siguiente se habían ido sumando al golpe las guarniciones militares de otras ciudades españolas. En cuanto llegamos a la estación de Berlín, corrí a comprar un ejemplar del *Berliner Tageblatt* mientras la Sultana se encargaba de buscar un mozo de equipajes. El periódico decía que la rebelión militar en España había sido sofocada en varias capitales importantes, quedando en otras todavía focos rebeldes que seguían batiéndose. Durante las semanas siguientes, España se dividió en dos bandos que acabaron enzarzándose en una guerra civil en la que incluso llegarían a intervenir Hitler y Mussolini para ayudar a los sublevados a consumar lo que denominaban su «cruzada anticomunista».

En agosto del 36, Hitler y sus secuaces concedieron a los judíos una breve tregua de dos semanas, el tiempo que duraron los Juegos Olímpicos. Estos se celebraron en Berlín y los nazis se afanaron en transmitir a los visitantes extranjeros la sensación de hallarse en un país donde la gente vivía en armonía y tolerancia. Retiraron en toda la ciudad los puestos de venta del periódico de propaganda nazi *Der Stürmer* y resucitaron temporalmente el cosmopolitismo berlinés que ellos mismos habían exterminado. En los cabarés y las salas de baile se volvieron a escuchar hasta bien entrada la madrugada melodías de swing y jazz, una música que el Gobierno de Hitler había declarado no grata por considerarla un subproducto creado por negros. Ese lavado de cara no fue óbice para que los símbolos nazis ondearan por doquier. Cuando Hitler se dirigió en un Mercedes descapotable desde la cancillería en la Wilhelmstraße al nuevo estadio olímpico para presidir la inauguración de los juegos, la multitud que le vitoreó durante el recorrido agitó entusiasmada banderines con la cruz gamada y otros con el símbolo olímpico. Dentro del estadio, el Führer fue recibido por miles de brazos extendidos en el saludo nazi. Durante la ceremonia ensombrecieron el cielo veinte mil palomas que fueron liberadas para simbolizar la paz, mientras la majestuosa silueta del zepelín Hindenburg, que medía más de doscientos cuarenta metros, sobrevolaba la fiesta. Todo esto me lo contó Wolfgang, que tuvo que asistir a la ceremonia vestido de uniforme entre otros oficiales elegidos. Yo recibí una invitación enviada desde el Ministerio de Propaganda, pero me excusé a última hora con el pretexto de una indisposición fingida.

Celebré la humillación que supuso la cosecha de medallas de oro lograda por el atleta negro de Estados Unidos Jesse Owen para los propagandistas nazis, que habían pretendido demostrar en las Olimpíadas la superioridad de la raza aria. Claro que solo me atreví a comentar la hazaña de Owen con Gabi y Wolfgang. No era cuestión de atraer sobre nosotros la atención de los delatores o la policía secreta.

En otoño del 36, la guerra que asolaba España desde julio ya había atraído el interés de los países más poderosos y en la opinión pública mundial despertaba pasiones como las que habían dividido a España durante la Gran Guerra, cuando hasta los huéspedes de la modesta pensión de doña Gertrudis tomaron partido por uno u otro bando. De pronto, mi país pasó a representar la lucha entre las corrientes políticas que se enfrentaban en el mundo por entonces: el fascismo y el comunismo. La Unión Soviética envió sus primeros tanques en defensa de la República. Aviones alemanes e italianos lanzaron bombas sobre Madrid en apoyo a los sublevados de Franco. La Internacional Comunista reclutó a jóvenes idealistas de todo el mundo, que viajaron a España para luchar por la democracia frente a la amenaza del fascismo. Alemania e Italia aportaron material de guerra y un sinfín de militares profesionales. Según Wolfgang, entre unos y otros estaban convirtiendo el país que le fascinara de joven en un campo de pruebas para perfeccionar el armamento con miras a la nueva guerra que él veía fraguarse a diario en el Ministerio de Guerra alemán.

Ante las amenazas que acechaban desde el exterior, Wolfgang y yo nos encerramos en la burbuja de nuestro amor, disfrutando de las pequeñas alegrías cotidianas. Bailábamos en el salón con la denostada música de los negros girando en el tocadiscos a volumen casi inaudible, leíamos a escondidas libros que ya no se vendían en las librerías y buscábamos nuevos placeres en la alcoba. Nos creíamos habituados a lidiar con sobresaltos y temporadas de desánimo. Pero nada nos preparó para encajar lo que iba a suceder en la primavera de 1937.

Nubes de color sangre

Habían pasado diez años desde que Gabi, la tía de Wolfgang, me abordó en la fiesta preparada en mi honor por Claude y por Rudolf Nelson, el dueño del Nelson-Theater, que se marchó de Alemania en cuanto los nazis se hicieron con el poder. En ese tiempo, Gabi se había transformado mucho físicamente. Seguía siendo una mujer esbelta, pero las canas se habían apoderado por completo de su cabellera. Ahora la llevaba recogida en un airoso moño que le confería distinción aristocrática. En su cutis, antaño juvenil, se habían marcado arrugas y los párpados caídos le daban aire de cansancio. Lo que no había cambiado eran su sentido de la justicia y su espíritu combativo, tan vehementes como dos lustros atrás. Trabajaba casi todo el día en la clínica de mujeres de Neukölln, encargándose de tareas administrativas y de las gestiones que iban surgiendo. Cuando acababa, todavía conservaba ganas de acompañarme al cine o de reunirnos a las amigas en el Kranzler, donde tomábamos café y nos contábamos chismes, hablábamos de temas culturales o dábamos rienda suelta a nuestra preocupación por la fuerza imparable de los nazis. Esto último en voz baja, casi susurrando. No estaba el horno para bollos.

Por mediación de Beate, se incorporó un nuevo miembro a la tertulia: una enfermera de la Charité que colaboraba con el centro en sus horas libres. Lotte Heinrich era una rubia pequeña y pizpireta de mi edad. Nunca se había casado ni tenía intención de hacerlo, según le gustaba recalcar. «No pienso atarme a un hombre para acabar lavando calzones sucios y pariendo mocosos. Si necesito cariños, sé dónde proporcionármelos» era su argumento. Gabi me dijo un día, en confidencia y algo cohibida, que corrían rumores de que Lotte prefería las curvas femeninas a los músculos de un hombre. Yo había visto besos y soboteos entre chicas cuando aún compartía camerino con toda clase de artistas y ni siquiera me inmuté. ¿Qué había de malo en que cada cual eligiera su propio camino hacia la felicidad, o simplemente hacia el placer?

Beate, la chica modosa de aspecto campesino, se había convertido por sorpresa en un remedo de vampiresa. Por fin había sacrificado sus trenzas, cambiando el peinado de aldeana por una media melena al estilo de Jean Harlow, la famosa actriz de Hollywood. A Beate le hacía la permanente una peluquera del Ku'damm. Se había depilado las cejas y las llevaba igual que la Harlow: dos hilitos oscuros arqueándose sobre los ojos inmensamente azules. Incluso se aplicaba pintalabios de un rojo rabioso. Gabi me confió que se veía con un compañero médico del hospital, una eminencia en cardiología mayor que ella, y estaba enamorada de él hasta la línea de sus podadas cejas.

Yo había sustituido las ondas al agua por una melena al estilo de Greta Garbo que me barría los hombros, con un ondulado mínimo en las puntas y partida por una raya lateral, de modo que amagaba con cubrirme el ojo derecho sin llegar a hacerlo. Aunque me iba acercando a la cuarentena, aún no necesitaba teñirme el pelo. Wolfgang disfrutaba alborotándolo cuando retozábamos en la cama, como hacía desde que pasamos juntos nuestra primera noche en París. Tampoco había disminuido su pasión carnal. Se mantenía delgado, pero la presión ejercida por su familia y la constante pesadumbre por lo que veía dentro del ejército ya había empezado a dibujarle arrugas alrededor de los ojos y a ambos lados de la boca. Él sí que peinaba canas. Había sido ascendido a *Generalmajor* de la Wehrmacht, como se llamaba el ejército alemán desde que lo reorganizó Hitler en el 35. Sin embargo, eso no le hacía feliz. Cuando andaba bajo de ánimos, me confesaba que ese ascenso le hacía sentirse cómplice del crimen que los nazis estaban perpetrando con Alemania. A mí me partía el alma ver su impotencia y su frustración, aunque no sabía qué hacer para aliviarle. La única solución que se me ocurría era abandonar Alemania, pero no me engañaba sobre cuál sería su respuesta si se la planteaba.

Wolfgang seguía muy preocupado por no perder a su hijo a manos de Katharina y la familia Von Aschenbach. Konrad tenía ya diecinueve años. Había concluido sus estudios en el *Gymnasium*, la escuela de bachillerato alemana, aprobando el examen de *Abitur* con la nota máxima. Wolfgang peleó a fondo por que su hijo fuera a la universidad, incluso propuso que estudiara en el extranjero, tal vez en Inglaterra o Estados Unidos, pero el patriarca Von Aschenbach logró que el chico siguiera la tradición de la familia y se decantara por la carrera militar. Wolfgang consideró esa intromisión como una derrota humillante y se distanció aún más de su padre.

Las noticias sobre España eran tan preocupantes que Claude decidió no enviarme más de gira por el país. Se hablaba de batallas cruentas como la del Jarama y la de Guadalajara, luchas entre civiles armados en las calles de las ciudades y en el campo, que regaban adoquines y bancales con la sangre aún burbujeante de los contendientes de ambos bandos. Yo me acordaba de mis hermanos y sufría por ellos. Escribí a Rubén varias cartas que no obtuvieron respuesta. Para tranquilizarme, me dije que la guerra habría deteriorado el servicio postal español. La posibilidad de que ese remolino de muerte hubiera atrapado a mis hermanos me hacía sentir culpable de no haber sacado tiempo para visitarlos cuando estuve por última vez en Zaragoza. También recordaba con frecuencia a Andrés, tal como le vi cuando me abordó en Barcelona años atrás, cargado con las secuelas físicas y anímicas que le dejó la guerra de Marruecos. Estaba segura de que ahora se habría unido a los milicianos anarquistas que habían tomado las armas para hacer su revolución dentro del caos. Pese a que de mi amor por él solo quedaba un débil recuerdo, deseaba de todo corazón que no le ocurriera nada malo. Ni él, ni mis hermanos, ni el resto de mis compatriotas merecían esa guerra cruenta en la que se mataban entre sí familiares, amigos y vecinos que antes habían convivido en paz.

Y entonces, una mañana de abril, los tentáculos del mal traspasaron el muro que Wolfgang y yo habíamos erigido para protegernos de un mundo que se desmoronaba.

Eran casi las doce. La primavera aún no había hecho acto de presencia. El cielo sobre Berlín tenía un color plomizo y los árboles desnudos se resistían a vestirse con hojas nuevas. Hacía una semana que yo había regresado de cantar en París, cuyo público me seguía agasajando como a uno de sus mitos junto con Josephine Baker, la Mistinguett y Maurice Chevalier. Como de costumbre, dedicaba el tiempo que pasaba en Berlín a aprenderme las canciones nuevas, continuar mis clases de alemán con Luise y ensayar bajo la batuta del venerable Herr Sacher. El músico y yo estábamos tan enfrascados preparando un tema recién incorporado que ninguno de los dos reparamos en que Wolfgang había entrado en el salón hasta que sentí su mano sobre mi brazo y dejé de cantar. Los dedos de Herr Sacher quedaron paralizados sobre el teclado, sus ojos pendientes de la sorpresiva irrupción del oficial uniformado con el que nunca había coincidido.

En presencia del músico no me atreví a besar a Wolfgang. Reparé en su semblante desencajado. Nunca le había visto tan pálido, ni tan tenso.

—¡Qué temprano vienes! —le dije en español.

—Ha ocurrido algo… —farfulló.

Al darme cuenta de que estaba a punto de echarse a llorar, me apresuré a despedir a Herr Sacher, que se dio buena prisa en desaparecer. Cuando regresé al salón, hallé a Wolfgang sollozando en el sofá. Con un agujero en el estómago, me senté a su lado y le quité la gorra de plato. Le sujeté las manos mojadas. Ver llorando a lágrima viva a un hombre como él, que irradiaba firmeza y aplomo en todo momento, me partió el corazón. Él alzó la cara y me miró a través del agua que le anegaba los ojos.

—Gabi… ha… muerto —balbució.

Boqueé, incapaz de articular palabra. «¡Imposible!», me dije. La había visto solo dos días atrás y derrochaba salud por todos sus poros. Debía de tratarse de un error. Seguro que, en cualquier momento, sonaría el teléfono y sería la propia Gabi quien nos aclararía el malentendido.

—¡La han asesinado!

Wolfgang sacó un pañuelo del uniforme y se limpió la cara. Advertí su esfuerzo baldío por cortar el flujo de lágrimas.

¿Cómo iba a querer matar alguien a Gabi? Precisamente a ella, que jamás había hecho daño a nadie. Empecé a temblar. Quise preguntar si la habían atracado por la calle, si había irrumpido un ladrón en su casa, si tal vez se había visto atrapada en una refriega callejera de las que abundaban últimamente. No me salió la voz. En su lugar, brotaron de algún punto entre el estómago y la garganta unos sollozos cuyo eco devolvieron enseguida las paredes. Wolfgang me encerró entre sus brazos. No sé cuánto tiempo estuvimos llorando, pegados el uno al otro, hasta que él alzó el pañuelo y me secó con ternura mejillas y párpados. Se sonó, inspiró y arrancó a hablar, titubeante.

—Esta mañana entró un grupo de hombres en la clínica de Neukölln. Sacaron armas que llevaban escondidas bajo las gabardinas, recorrieron las salas y dispararon a las voluntarias que pasaban consulta y a las pacientes. Gabi estaba en la oficina archivando documentos. En el quirófano había una operación. Mataron a la médica, a la enfermera y a la mujer a la que estaban interviniendo. Hay ocho muertas y dos heridas a las que han llevado a la Charité. Su estado es muy grave, pero a una de ellas aún le quedaban fuerzas para contar cómo fue el ataque al primer policía que acudió. Él es quien me ha dado los detalles... —Se pasó los dedos por el pelo—. Le dije tantas veces que dejara la clínica, que en estos tiempos es peligroso...

—Ella estaba orgullosa de la labor que hacía.

—Y ahora está muerta —machacó Wolfgang, con voz trémula—. En cuanto me enteré del asalto, llamé a casa de Gabi. Su criada dijo que había salido al trabajo. Acudí a Neukölln, con la esperanza de que mi tía no hubiera ido hoy, o de encontrármela sana y salva. —Hizo una pausa llena de angustia—. En la clínica había sangre por todas partes: el suelo, las paredes, hasta las lámparas tenían salpicaduras. El olor a muerte daba náuseas. Aún no se habían llevado los cuerpos. Estaban ahí, tapados con sábanas. Entré en todos los cuartos y levanté las sábanas una a una. Di con

Gabi en la oficina. —Sofocó un nuevo sollozo—. En la guerra vi muchos cadáveres, algunos en muy malas condiciones, pero esto... esto... ha sido...

Su voz se quebró. Al verle llorar otra vez, yo también me deshice en lágrimas. Cuando nos calmamos un poco, vi desde el rabillo del ojo cómo se acercaba la Sultana. Con gesto torpe, dejó sobre la mesita pequeña una bandeja en la que humeaban dos tazas. En su cara y sus ojos hinchados se marcaban las huellas de lagrimones.

—Les he *preparao* unas tilas, señorita Nora —dijo con voz gangosa—. Pobre doña Gabi. Una señora tan buena...

—Gracias, Sultana —fue lo único que pude farfullar.

Se retiró sin añadir nada más. Wolfgang hundió el rostro entre las manos y se abismó en un agujero de silencio. Yo di un sorbo desganado al líquido caliente. Me quemé la lengua y volví a dejar la taza en la bandeja.

—Mi tía era mi segunda madre; a veces parecía la hermana mayor que me habría gustado tener —se lamentó—. A ella podía contarle lo que no me atrevía a confesar a mis padres. Ella y tío Oskar se ocuparon de mí cuando mi madre sufrió un colapso nervioso después de morir mi hermano. Viví con mis tíos casi un año. Gabi y yo hablábamos mucho y eso me ayudó a aceptar que Otto se había ido para siempre. Ahora ya no está ninguno de los tres.

Solo reuní fuerzas para acariciarle la espalda encorvada. El tiempo se estancó entre lapsos de sollozos y de calma. Agotadas las lágrimas, comencé a asimilar lo ocurrido. La consciencia de que la pesadilla era real me mordió las entrañas como cuando descubrí el cadáver de madre en la zona de carga de una carreta, o cuando vi escaparse la vida del cuerpo renegrido en que la gripe había convertido a mi amiga Rita. Si al menos hubiera podido despedirme de Gabi...

—Quiero ir a su funeral —me oí musitar—. Me mantendré lejos de ti para no incomodar a tu familia, pero me despediré de ella como es debido.

—¡No! —exclamó él.

Me quedé helada. ¿Acaso le molestaba que me presentara en

el funeral de quien se había convertido en mi mejor amiga? Él alzó la cabeza y me miró a través del velo que aún empañaba su iris azul.

—¡Se acabó! Irás conmigo. A mi lado. Tú eres la mujer a la que amo y es hora de que mi familia abra los ojos a la realidad. En los últimos tiempos, Gabi me decía que Konrad ya no es un niño y que ha llegado el momento de pelear por lo nuestro. Y tenía razón. Mi hijo debe empezar a comprender. Y Katharina debe saber que, por mucho que entorpezca el divorcio, nunca volveré con ella.

—¿Y tu carrera?

—¡Al diablo con todos! Cualquiera de nosotros puede morir mañana. Ya está bien de someternos a las reglas de los demás. ¿Estás dispuesta a desafiar a los Von Aschenbach? Te aviso de que será desagradable para ti.

—Sabes que no me asusto así como así…

Sus labios se arrugaron en una sonrisa mínima. Vaciamos nuestra tristeza en un abrazo de los que hacían crujir los huesos.

Konrad

El día del funeral de Gabi amaneció plomizo. Nubarrones grises aplastaban la ciudad e impedían el paso de los rayos del sol, pero ni eso ni el desconsuelo que sentíamos pudo apagar la actitud desafiante de Wolfgang. Acudimos a la ceremonia en el coche oficial del que disponía. Él vestido de uniforme, yo con traje de chaqueta negro y un sombrerito cuyo velo de rejilla me cubría escasamente los ojos. Era la primera vez que me subía a ese automóvil y el rostro pecoso del soldado conductor no cesaba de examinarme furtivamente a través del espejo retrovisor. Nada más bajar, Wolfgang me ofreció el brazo, me colgué de él y entramos en la iglesia Memorial como un venerable matrimonio bendecido por un cura y por la buena sociedad. Había pasado muchas veces con Gabi por delante de esa construcción llena de torres puntiagudas. Ahora, semejaba una burla que mi primera visita a una iglesia alemana fuera para despedir a mi buena amiga. En el interior, ya ocupaba los bancos un nutrido grupo de personas vestidas de luto con la sobria elegancia de los ricos. Tras la ceremonia, estaba previsto que los asistentes acudieran al cementerio, donde el patriarca había dispuesto alojar el ataúd de Gabi en el panteón familiar, dentro del nicho que supuestamente acogía a Oskar von Aschenbach, aunque nadie estaba seguro de que fueran suyos los restos enviados en su día desde Verdún. Después la familia tenía pensado ofrecer un refrigerio en el hotel Esplanade.

Wolfgang me guio a través de los enlutados. Nos sentamos en

la primera fila, donde se desplegaban los Von Aschenbach al completo. No pude ver bien sus rostros, pero percibí la desaprobación que emanaba de sus cuerpos como una energía maligna, sus miradas de reojo y los cuchicheos airados del patriarca. También los que abarrotaban los otros bancos de aquella iglesia, entre los que se veían muchos uniformes de oficial, habían murmurado mientras Wolfgang y yo recorríamos el pasillo central. Él saludó a sus padres, a Katharina y a su hijo. Luego intentó presentarme. Solo cosechamos un ostentoso desaire.

Me había creído curtida en encajar las coces que puede dar la gente, pero aquella situación humillante convirtió la ceremonia en un suplicio. Por mucho que Wolfgang me acariciara las manos, por mucho que los dos irguiéramos las espaldas para insuflarnos fuerza, tuve que hacer acopio de todo mi autodominio y evocar a la desafortunada Gabi para no levantarme de un salto y escapar de la hostilidad que espesaba el ambiente. ¡Qué alivio sentí cuando acabó aquel tormento!

Ya en el exterior, tuve la oportunidad de pasar revista a la familia de Wolfgang. El padre iba engalanado con su uniforme y un abigarrado ramillete de insignias y medallas. Era un hombre alto, de constitución robusta, con el pelo blanco casi rasurado a los lados y en la nuca, pero más largo en la parte superior. Su porte aristocrático, que recordaba al de Paul von Hindenburg, quedaba reforzado por una espalda tan tiesa como si alguien le hubiera forzado a tragarse un sable. Guardaba un gran parecido con Wolfgang, excepto en la expresión cruel de su rostro sanguíneo. La madre era una señora delgada, encogida sobre sí misma como un ratoncito y envuelta en un halo de tristeza enquistada. Le llegaba a su marido a la altura del hombro. Katharina no lucía tan lozana como en la fotografía que me enseñó Wolfgang años atrás en París. Sí reconocí los pómulos marcados y el gélido refinamiento que ya me llamó la atención cuando contemplé aquel retrato. Ese aire de las ricas de cuna que hacía aflorar en mí a la niña asilvestrada que limpiaba la porquería de La Pulga, hasta que la caída de la Bella Amapola le brindó su modesta oportunidad. Había conquistado desde entonces a los públicos más exigentes de Europa, me hallaba situada entre la élite artística y ganaba mucho dinero, pero aún no había logrado aniquilar el complejo de inferioridad que anida en los que nos criamos en la pobreza más descarnada. Me di cuenta de que ella también me estudiaba, como intentando averiguar qué era lo que había cautivado a su esposo hasta el extremo de llevarme a una ceremonia en la que mi presencia no era grata. Cuando nuestros ojos se cruzaron, las dos desviamos la mirada al mismo tiempo.

Quien me impresionó fue Konrad. Era buen mozo, casi tan alto como Wolfgang. Vestía uniforme de cadete y en su rostro predominaban los rasgos que compartían su padre y su abuelo. De Katharina parecía haber heredado poco. Tal vez los pómulos, más pronunciados que los de Wolfgang. Por lo demás, me hizo recordar la primera vez que vi a Wolfgang sentado entre el vociferante público de La Pulga, tan fuera de lugar en aquel ambiente que entre bastidores todos le tomaron por un espía. Los Von Aschenbach, capitaneados por el patriarca, nos dejaron a un lado y se colocaron juntos, alineados en formación casi militar, para recibir el pésame de los asistentes. Solo Konrad dedicó a su padre varias miradas furtivas, mientras seguía al abuelo con un paso en el que creí apreciar cierta reticencia. Sentí la mano de Wolfgang apretando la mía con fuerza; creo que más por darse ánimo a sí mismo que a mí.

De pronto, el muchacho se despegó del grupo compacto formado por la familia legal y vino hacia nosotros. Temerosa de un enfrentamiento entre padre e hijo delante de la flor y nata berlinesa, casi dejé de respirar. También el cuerpo de Wolfgang se tensó a mi lado. Ahora fui yo quien le estrujó la mano. El muchacho se plantó delante de mí. Visto de cerca, sus ojos eran igual de azules que los de Wolfgang. Tragué saliva. ¿Qué respuesta sería la correcta si me decía algo desagradable? ¿Cómo reaccionaría Wolfgang? La tensión se me hizo insoportable.

En eso, Konrad juntó los talones y me ofrendó una respetuosa inclinación del torso.

—Frau Garnier…

Sonrió a su padre y se ubicó a su lado. En el bando del patriarca se extendió una contrariedad que ninguno de ellos se molestó en disimular. Seguro que el chico recibiría una buena reprimenda en cuanto acabaran las exequias. A mi lado, Wolfgang se fue esponjando visiblemente de orgullo. Dio a su hijo unas palmaditas en la espalda con la mano libre y apretó la mía con la otra. Su estrujón ya no transmitía nerviosismo, sino euforia contenida. El gesto espontáneo de Konrad nos había proclamado vencedores en ese forcejeo absurdo.

A mí me invadió un sentimiento que nunca había conocido y me dejó sin aliento. A mis treinta y siete años deseé por primera vez gestar una vida en mi vientre. Un hijo de Wolfgang que estableciera con él un vínculo tan intenso como el que le unía a Konrad.

Días de ira

La masacre de Neukölln dio lugar a toda clase de rumores y conjeturas en la ciudad. Hubo quien afirmó que los atacantes eran miembros camuflados de las SS y que el asalto había sido orquestado desde las altas esferas para dar un escarmiento a todas las mujeres díscolas; otros dijeron que los asesinos pertenecían a milicias civiles de ideología nazi; algunos incluso aprovecharon la desgracia para culpar a los judíos y a los comunistas. Durante semanas corrieron de boca en boca las especulaciones más peregrinas y aparecieron artículos sensacionalistas en los periódicos, pero las investigaciones de la policía no dieron ningún fruto. Poco a poco, el asesinato de nueve mujeres (una de las heridas expiró en la ambulancia) cayó en el olvido más ostentoso. Nunca se llegó a saber quiénes fueron los culpables... y a nadie pareció importarle demasiado. Las fallecidas solo eran parteras y médicas subversivas, se comentaba en los corrillos, que metían ideas inadmisibles en las seseras femeninas y practicaban abortos clandestinos; ya era hora de que alguien acabara con semejante desenfreno, indigno de la nueva Alemania.

Beate tuvo suerte. Se salvó de ser una de las víctimas porque trabajaba de mañana en la Charité y solo acudía al centro por la tarde. Lotte fue menos afortunada. Estaba ayudando a una de las médicas que pasaba consulta cuando la alcanzó parte de la ráfaga de ametralladora que mató a la doctora y a la paciente en el acto. Beate y yo visitamos a Lotte en el hospital. Su pequeño cuerpo, cubierto de vendajes, apenas abultaba bajo la ropa de cama. Tenía un ojo tapado por un parche blanco, el otro nos miraba sin vernos entre los párpados hinchados y cárdenos. Creímos ver un amago de sonrisa cuando alzó un dedo de la mano que no estaba vendada y regresó enseguida a sus tinieblas. Tuve que escapar al pasillo para disimular el mareo que me invadió. Yo no estaba tan curtida como Beate.

—La han llenado de morfina, por eso no reacciona —susurró Beate, que me había seguido fuera de la habitación.

—¿Se recuperará?

Ella se encogió de hombros.

—Espero que sí. Pero le costará. —Inspiró ruidosamente—. ¿Cómo puede ser la gente tan mala?

No supe qué decirle. Yo llevaba días haciéndome la misma pregunta.

Después de aquel crimen, a Wolfgang y a mí nos engulló un agujero muy negro. Gabi, tan observadora y sensible, más una amiga que un simple miembro de la familia, la única que osó llevar la contraria al viejo Von Aschenbach apoyando nuestra relación desde el principio, ya no estaba para darnos consejos o animarnos si nos veía decaídos. De repente, debíamos encajar que no volveríamos a verla nunca más. Los dos habíamos perdido a lo largo de nuestras vidas a personas muy queridas, pero el dolor acumulado no nos protege de los que van llegando después. En Wolfgang, la impresión sufrida ante lo que vio en la clínica y la desolación por la violenta muerte de Gabi despertaron una actitud desafiante que sustituyó el apático descontento que le había ido invadiendo desde su regreso a Berlín. La pequeña victoria lograda durante el funeral de su tía dio alas a esa audacia. Yo aún lograba apaciguarle cuando se exasperaba, pero cada vez tenía más miedo a que hiciera alguna tontería y acabaran deportándole al campo de concentración de Dachau, adonde iban a parar desde hacía algunos años los disidentes políticos, aunque también testigos de Jehová y homosexuales.

En España, el monstruo de la guerra seguía devorando vidas con avidez. Cuando aún estábamos llorando por Gabi, nos llegó la noticia de que aviones alemanes habían bombardeado Guernica, una localidad vasca de unos cinco mil habitantes que no disponía de defensas aéreas. En pleno lunes de mercado, cuando la población y mucha gente llegada de fuera se aprovisionaba de víveres, llovieron del cielo bombas explosivas e incendiarias rematadas por ráfagas de ametralladora, que causaron miles de muertos, la destrucción de Guernica y el pánico de los supervivientes. Con el ceño sombrío, Wolfgang dijo que esa masacre le hacía avergonzarse de ser militar, pues el ejército alemán había usado a Guernica como conejillo de Indias para probar armamento nuevo y ensayar la táctica del bombardeo masivo sobre objetivos civiles a fin de aterrorizar a la población y provocar la rendición del enemigo. Ya aludía sin tapujos a la guerra que se avecinaba.

El año 1937 se deslizó hacia su final entre decretos que seguían marginando a los judíos de la sociedad alemana. Ahora el ensañamiento se había extendido a los niños, que quedaban excluidos de las escuelas públicas.

El 38 trajo consigo la anexión de Austria, que fue engullida por el Reich, y la incorporación de los Sudetes en septiembre. A nosotros, en cambio, nos ofrendó una pequeña alegría que serenó por un tiempo la cólera que borboteaba dentro de Wolfgang. O eso creí.

Desde el funeral de Gabi, Wolfgang y yo nos dejábamos ver con frecuencia en los lugares que antes habíamos evitado por discreción. Si nos encontrábamos con conocidos suyos, él me presentaba sin disimular la naturaleza de nuestra relación. Había dejado su piso alquilado, en el que apenas había llegado a dormir unas pocas noches, y se había mudado definitivamente a mi casa. Apenas se hablaba con su padre cuando acudía a la villa familiar para visitar a su madre y a Konrad. Por lo que me contaba, sus encuentros con Katharina también eran tensos, de pocas palabras murmuradas entre largos silencios hostiles. Sin embargo, la unión con su hijo se había fortalecido tras el espontáneo apoyo del muchacho ante la iglesia Memorial. Gesto que, como habíamos temido Wolfgang y yo, granjeó al chico una colosal reprimenda del patriarca Von Aschenbach.

Una tarde de mayo, Wolfgang llegó a casa antes de lo habitual. Alemania se hallaba en plena crisis con Gran Bretaña, Francia y la Unión Soviética por sus pretensiones sobre Checoslovaquia. Por eso me asusté al ver a Wolfgang tan nervioso. ¿Qué habría ocurrido ahora en el inquietante panorama político? Él me tomó de las manos y me hizo sentarme en el sofá.

—Tengo que darte una noticia.

Le miré a los ojos. La alegría que destellaba en ellos calmó buena parte de mi ansiedad. Él tomó aire y aún se demoró unos segundos, como si deseara crearme expectación. Cuando empecé a impacientarme, por fin habló.

—Katharina quiere el divorcio.

No pude contenerme.

—¿Ahora es la señora quien te pide el divorcio, después de tantos años poniendo trabas?

Wolfgang sonrió con ademán pícaro.

—Me he enterado de que está enamorada de un oficial de las SS. Al parecer, los dos tienen prisa por casarse y Katharina quiere verse libre cuanto antes. Por supuesto, he accedido enseguida. Al haber acuerdo por las dos partes, creo que pronto seré un hombre casadero. —Abismó su iris celeste hasta el fondo de mis ojos—. Sé que no crees en el matrimonio y tu rebeldía es una de las muchas cosas que amo en ti... También sé que haría mejor convenciéndote de que te marches bien lejos de Alemania, dada la situación, pero... pero... soy un insensato y un egoísta... y te amo tanto que no me imagino vivir sin ti. Por eso, Flor, ¿quieres ser mi esposa?

Tragué saliva. Llevaba más de media vida luchando por mi independencia porque los hombres como padre me habían enseñado a desconfiar del matrimonio. ¿Qué había sido para madre, sino un infierno que la llenó de hijos y la arrojó a la tumba antes de tiempo? Recordé a Rita cuando afirmaba que los jóvenes guapos eran más peligrosos que los vejestorios. «Uno joven te da gustito en el cuerpo y, cuando despiertas de la tontuna, te ves pariendo un crío detrás de otro, sin dinero y sin futuro.» Pero desde aquellos tiempos mi existencia había cambiado mucho. Me mantenía en la cima de mi carrera, con cada gira ganaba una fortuna y llevaba catorce años amando a Wolfgang sin haberme quedado encinta, pues los dos poníamos todos los medios a nuestro alcance para evitar un embarazo inoportuno. Ni él ni yo éramos ya jovencitos ingenuos. Y a mí, además, me ocurría algo muy desconcertante: desde que había conocido a Konrad durante el funeral de Gabi, soñaba por las noches que sostenía en mis brazos a un recién nacido de ojos claros y piel suave. Cuando salía a la calle, me fijaba en los cochecitos de bebé que niñeras uniformadas empujaban por el vecindario. A veces, osaba asomarme bajo la capota del carrito para admirar los rasgos de la criatura que dormía envuelta en mantillas. Ya no era aquella Flori asustada de diecinueve años que abortó en el cuchitril de una mujer avejentada llamada Jacinta. Ahora ansiaba tener un hijo de Wolfgang y era consciente de que no me quedaba mucho tiempo para concebir, suponiendo que mi fertilidad no se batiera ya en retirada. ¿Acaso no me había demostrado él de sobra que no era como mi padre? ¿Por qué no había de casarme con él, ahora que por fin iba a ser un hombre libre?

—¡Sí, sí, sí! —me oí exclamar.

Su boca selló la mía con un beso en el que el sabor a derrota de los últimos años había sido sustituido por el de la felicidad.

La fragilidad del cristal

W olfgang y yo contrajimos matrimonio el 9 de noviembre de 1938, en una ceremonia sencilla en el ayuntamiento de Berlín. Nada más acabar, Wolfgang me llevó al estudio de uno de los fotógrafos más afamados de la ciudad. Mientras posábamos para nuestro retrato de boda, me acordé de Ernesto y de aquellas fotografías licenciosas que nos ayudaban a sobrevivir a Rita y a mí. ¿Qué habrían dicho mis amigos de haber podido verme tan modosa al lado de Wolfgang, que resplandecía de felicidad en su uniforme de gala, como se esperaba de un oficial de su rango en el día de su boda, aunque se casara en segundas nupcias con la que había sido su amante durante casi tres lustros? Yo había comprado mi atuendo a la Maison Chanel, en uno de mis viajes a París. Ya hacía tiempo que me atendía la propia Coco. En esa ocasión, me recomendó un sobrio vestido negro de seda, con un corpiño bordado en hilos de oro que estilizaba la cintura, las mangas ligeramente abullonadas y esas hombreras que habían invadido sigilosamente la moda femenina. Lo único que rompía la sencillez era un pronunciado escote en la espalda. El abrigo era de terciopelo azabache y llevaba un llamativo cuello de visón blanco. Para no deslucir el peinado, elegí un tocado de seda del que salía un velo de redecilla que me caía sobre los ojos. Habíamos invitado a algunos amigos de confianza de Wolfgang y sus esposas, a mis amigas del Romanisches Café, incluido el cardiólogo de la Charité con el que se había prometido Beate, al eterno optimista Manfred Juergens, a mi nuevo representante Günther Fischer y, por descontado, a Claude y Madeleine, que se presentaron en Berlín por separado. Ella acudió desde Biarritz, donde pasaba últimamente largas temporadas de esparcimiento sin Claude. Durante el ágape que ofrecimos en uno de los salones del hotel Adlon, a la Sultana le correspondió sentarse entre Hertha y Madeleine. Creo que jamás nos perdonó la proximidad impuesta de «la Madelén», como la seguía llamando con desprecio. De los Von Aschenbach solo acudió Konrad, al que dieron permiso en la Kriegsakademie para asistir a la segunda boda de su padre. Wolfgang le reservó sitio a su izquierda. Observar la armonía entre padre e hijo reforzó mi deseo de quedar encinta y decidí no demorarme en plantearle a Wolfgang el asunto de la paternidad.

La Sultana se había comprado para la ocasión un sombrero tan aparatoso como los que usaba en los tiempos de La Pulga. Hacía años que no se llevaban aquellas alas inmensas, ni selváticas islas de flores entre las que anidaban pajarillos embalsamados, pero ella se las arregló para llamar la atención con un engendro de terciopelo negro que integraba un conjunto de rosetones morados y, a la altura de la coronilla, una especie de platillo del mismo color del que brotaban plumas teñidas de granate. El artefacto se balanceaba sobre su cabeza cada vez que la movía, o cuando se daba toquecitos en los ojos con su pañuelo de encaje. Al día siguiente le pregunté si acaso se había emocionado. Ella se puso colorada y atribuyó ese gesto a que le había entrado una pestaña en el ojo derecho y se le había quedado encajada allí durante toda la comida.

Mis amigas del Romanisches Café se sentaron juntas en un extremo de la larga mesa. Lotte aún arrastraba secuelas de las heridas sufridas durante el asalto a la clínica de Neukölln. Ya no se tapaba el ojo dañado, pero el párpado superior se resistía a abrirse del todo. Según Beate, los médicos no osaban vaticinar si llegaría a recuperar alguna vez su posición natural. A Lotte no parecía amargarle el precario estado de salud que le había dejado el tiroteo. Celebró su resurrección de entre los muertos bromeando y riendo con Manfred, que ocupaba la silla a su derecha y pilló una melopea chistosa rematada por un discurso con brindis que ninguno entendimos, pero todos secundamos alzando nuestras copas de champán. Dadas las circunstancias, cualquier ocasión era buena para loar la alegría de estar vivos.

Tuve presente a Gabi durante el convite y sé que Wolfgang tampoco dejó de pensar en su tía. Seguro que nuestra boda habría hecho inmensamente feliz a mi amiga.

La que lució un semblante sombrío todo el día fue Madeleine. No tuve ocasión de hablar a solas con ella hasta que fui a retocarme al baño después de los postres y me la encontré delante del espejo, empolvándose la nariz con parsimonia. Advertí que se le empezaban a marcar alrededor de los ojos las primeras patitas de gallo. Cuando me coloqué a su lado y saqué el pintalabios, ella sonrió.

—¿Sabes, Nora? —dijo con esa vocecita de niña que nunca cambiaba—. En otras circunstancias me alegraría por ti. Tu Wolfgang es un hombre honrado y lo tienes en el bote; siempre lo has tenido. Pero... —alejó de la cara la esponjita de la polvera— no haces un buen negocio casándote con un boche que encima es un alto oficial de la Wehrmacht. Alemania va de mal en peor. No hay más que andar por la calle para sentir que esto va a estallar; y no creo que tarde mucho. Si hay otra guerra, los franceses seremos de los primeros en recibir los saludos cordiales de Hitler. Aun así, creo que estarías más segura en París que aquí. Hazme caso: lárgate de este polvorín y llévate a tu Wolfgang. El pobre no sabe disimular lo poco que le gustan los nazis. El día menos pensado os llevaréis un susto.

Era la primera vez que oía hablar a Madeleine sin frivolizar. Y nos conocíamos desde hacía casi quince años. Ella debió de leerme el pensamiento, pues añadió:

—Te estás preguntando de dónde saca estas cosas la tonta de Madeleine que solo piensa en divertirse, ¿verdad?

—No, claro que no —balbuceé, avergonzada.

Ella emitió una risita burlona.

—No te lo reprocho. Me viene bien que la gente me tome por boba de remate, así puedo observar a todos a mi antojo. Y lo que veo ahora es que el amor te ha empujado a cometer un error muy grande. Espero que no tengas que arrepentirte.

Guardó su polvera en el bolso y abandonó el tocador, dejándome sumida en el desconcierto.

Tras la comida hubo baile, después estuvimos tomando cócteles y charlando en el bar del hotel. La fiesta concluyó pasada la medianoche. Claude y Madeleine se alojaban en una suite del Adlon y fueron hacia el ascensor. Los demás invitados se marcharon en sus propios automóviles, o se repartieron entre los pocos taxis que aguardaban a esa hora ante la entrada principal. Colocamos a la Sultana y a Hertha en el último que quedaba libre. A esas alturas, Manfred Juergens estaba tan borracho que Wolfgang y yo le acomodamos como pudimos en el asiento trasero de nuestro Adler Triumpf, comprado de segunda mano tras la muerte de Gabi; a los dos nos desazonaba seguir usando el viejo saltamontes con ruedas que ella había conducido con su inconfundible vitalidad. En los alrededores del Adlon, la ciudad parecía sumida en un sueño tan profundo como el de Manfred, convertido detrás de nuestras espaldas en un ovillo roncador. A lo lejos, el cielo resplandecía sobre los edificios en un furioso color naranja, como de fuego. Se lo señalé a Wolfgang. A él también le pareció extraño. Era demasiado tarde para una puesta de sol y muy temprano todavía para que estuviera amaneciendo, pero estábamos cansados y no le dimos mayor importancia.

Cuando dejamos atrás la Potsdamer Platz, advertimos que nos íbamos aproximando al insólito resplandor. Wolfgang conjeturó que tal vez se había declarado un incendio en alguna parte de la ciudad. Conforme llegábamos al Kurfürstendamm, empezamos a oír un vocerío que sonaba a una mezcla de alaridos y risotadas. El resplandor naranja se extendía ahora sobre los tejados de los edificios a nuestra derecha. Olía a quemado y ya no nos quedó ninguna duda de que había un incendio muy cerca. Una sensación de amenaza me encogió la boca del estómago. Miré de reojo a Wolfgang. Él también parecía intranquilo.

Enfilamos el Kurfürstendamm. De pronto, vimos una piña de hombres, la mayoría jóvenes, algunos con uniforme de las SA y botas negras de caña alta, apretujados delante del escaparate de una tienda de ropa de mujer que era una de las más famosas de la ciudad por su refinamiento. Forcejeaban entre ellos por ser los primeros en hacer añicos el vidrio con gruesas barras de hierro. La acera y la calzada ya estaban sembradas de cristales de los establecimientos vecinos. En el frontal del de la derecha alguien había escrito con pintura blanca: *Judenschwein*, cerdo judío. Grupos de exaltados sacaban puñados de género a la calle. Algunos los arrojaban a una hoguera. Otros, en cambio, se perdían en la oscuridad con lo que habían podido arramblar. Wolfgang nos condujo con precaución entre mirones que asomaban su hocico hostil al automóvil, hasta que reparaban en su uniforme y trocaban la hostilidad por un apresurado movimiento de brazo esbozando el saludo nazi. Él se limitó a amenazarlos con un movimiento de cabeza intimidante que los hizo retroceder.

En medio de aquel grotesco desfile, un súbito frenazo casi me estampó contra el parabrisas. Delante del coche, un hombre yacía sobre el asfalto, con los brazos y las piernas retorcidos en una posición antinatural. Sus ojos se abrían desmesuradamente y no parpadeaban, como si contemplaran hipnotizados la danza de pavesas y chispas en el cielo iluminado por el fuego, pero no tuve duda de que estaba muerto. Wolfgang maniobró para sortear el cadáver y se concentró en abrir paso a nuestro Adler Triumpf entre el tumulto. Unos metros más adelante, un edificio de varios pisos ardía hasta el tejado. De sus ventanas brotaban gigantescas lenguas de fuego. En la acera, cinco uniformados apaleaban con porras a dos hombres de rasgos judíos. Las que parecían sus esposas, desgreñadas y en camisón, forcejeaban sollozantes con los agresores en un intento baldío de defender a sus maridos cubiertos de sangre.

—*Verdammt nochmal!* —profirió Wolfgang entre dientes.

Le miré. Su rostro estaba pálido y goterones de sudor se deslizaban por debajo de la gorra.

Oímos la voz adormilada de Manfred.

—¿Qué pasa?

—¡Siéntate y no abras la boca! —le ordenó Wolfgang.

Pese a su colosal borrachera, Manfred debió de percatarse enseguida de lo que ocurría, pues obedeció sin rechistar. Aún tardamos un buen rato en dejar atrás a esa muchedumbre enloquecida. Cuando por fin alcanzamos calles más tranquilas, Wolfgang detuvo el automóvil junto a la acera, se quitó la gorra y se limpió con el dorso de la mano la transpiración que aún le perlaba la frente. Me di cuenta de que estaba temblando.

—¿Cómo hemos permitido que se llegue a esto? —murmuró—. El pueblo alemán no es así.

La mano de Manfred le tendió desde atrás un cigarrillo encendido. Me volví. La curda de mi amigo actor parecía haberse evaporado de golpe. Wolfgang tomó el pitillo, dio varias caladas y volvió a arrancar. Ninguno de nosotros habló. Cuando al fin nos detuvimos delante del edificio donde vivía Manfred, este se bajó tambaleante, asomó su cara de espanto por la ventanilla de mi lado y alzó la mano derecha a modo de saludo antes de dirigir sus pasos inseguros hacia el portal.

Yo entré en nuestra casa con náuseas y el tiempo justo para llegar al cuarto de baño. Tras haber vomitado la comida que habíamos elegido con esmero para nuestra boda, salí tan enferma que Wolfgang me hizo acostarme y me arropó como a una niña. Él se quedó en el salón hasta el amanecer. Sé que estuvo fumando un cigarrillo tras otro y bebiendo coñac, pues por la mañana me encontré sobre la mesita auxiliar el cenicero lleno de colillas y una copa vacía. La Sultana salió de su cuarto con cara de sueño y quejándose de no haber pegado ojo por culpa del miedo que Hertha y ella habían pasado en el taxi.

Aquella jornada pasó a la historia como la *Kristallnacht*, la Noche de los Cristales Rotos. El detonante oficial fue el asesinato de un diplomático alemán en París por un joven judío polaco que, según se decía, pretendía vengar así la deportación de sus padres, aunque detrás de los desórdenes se vislumbraba la mano instigadora de Goebbels. El resplandor que iluminaba el cielo no procedía solo del edificio que vimos arder, sino también de la sinagoga de la cercana Fasanenstraße, que se quemó por completo ante la pasividad de la policía y los bomberos. En toda Alemania, y también en Austria, se produjeron importantes destrozos en propiedades judías, incendios de sinagogas, asesinatos y deportaciones a los campos de concentración que ya brotaban por todo el país como setas malignas. Para mayor humillación, los comerciantes semitas fueron obligados a pagar por los desperfectos que otros habían causado en sus tiendas y por toda la ciudad.

Como habría podido sentenciar la mismísima Madeleine: Wolfgang y yo elegimos un mal día para casarnos.

Encuentro en París

Digerido el susto de la *Kristallnacht*, una noche, nada más acostarnos, me atreví a confiar a Wolfgang mi deseo de tener un hijo. En la alcoba nos relajábamos y era el mejor momento para plantearle ciertas cosas. Él reaccionó con un largo silencio. A la luz de las lamparitas le vi removerse y percibí cómo su cuerpo se tensaba de inquietud. Al fin, confesó que a él también le rondaba la idea desde hacía tiempo, pero la situación en Alemania no invitaba a traer niños al mundo. Más bien todo lo contrario.

—El ejército alemán lleva años preparándose para otra guerra —añadió—. Es cuestión de tiempo que Hitler la inicie en alguna parte de Europa. Según la información que pasa por mis manos, existe una gran posibilidad de que sea en Checoslovaquia o Polonia. El armamento de ahora es aún más destructivo que el de hace veinticuatro años. Acuérdate de los muertos que causaron los bombarderos alemanes en Guernica. ¿De verdad quieres exponer a una criatura inocente a un conflicto que será terrible?

—Solo sé que por primera vez en mi vida quiero ser madre. Pronto cumpliré los treinta y nueve, igual ya soy demasiado mayor, pero... ¿y si lo intentamos? Tú ya tienes un hijo, yo en cambio...

—Sí, tengo un hijo y mucho miedo por su futuro... —me interrumpió él; se incorporó a medias y me miró desde arriba. Una sonrisa borró de pronto la seriedad de su rostro—. ¡Qué irresponsables vamos a ser, Flor! Espero que esa criatura nuestra nos perdone...

Entendí que accedía. Le abracé, le besé en los labios y en el cuello, le acaricié las orejas y después todo el cuerpo. Wolfgang se dejó mimar como un gato meloso y no tardamos en iniciar nuestra primera búsqueda del hijo común.

Empezaron a sucederse las semanas sin que mi vientre diera señales de querer alojar la semilla de Wolfgang. Cumplí los treinta y nueve menstruando con una puntualidad que me tuvo un día entero llorando. Wolfgang me consoló y dijo que debía ser paciente, pero yo no podía evitar reconcomerme. ¿Y si mi cuerpo me castigaba ahora por el aborto al que me había sometido veinte años atrás? ¿Y si todo se reducía a que realmente era demasiado mayor para concebir?

Claude Lefèvre me organizó una breve gira para febrero que me distrajo un poco de mi angustia. Recorrí varias ciudades de una Europa desasosegada por la posibilidad, cada vez más palpable, de una nueva guerra. Mi última actuación antes de regresar a Berlín fue en el Casino de París. Pasé una semana entera en la ciudad. Como siempre, la Sultana y yo nos alojamos en mi apartamento de la rue Cambon, acondicionado para nuestra estancia por una asistenta a la que Claude contrataba temporalmente. Me vino de maravilla que Madeleine se hallara en Biarritz. No me apetecía nada seguir sus extenuantes rutas de diversión nocturna por Montparnasse cuando lo único que deseaba era regresar a casa con Wolfgang.

Una mañana fría pero soleada, a dos días de que concluyera mi estancia parisina, acudí con la Sultana a la Maison Chanel, a fin de aprovisionarme de ropa para la nueva temporada. Tras una agotadora sesión de pruebas, salí tan agarrotada de permanecer de pie en el probador, rodeada por un enjambre de modistas armadas de alfileres bajo la batuta de Coco, que no tuve ganas de regresar al apartamento, a menos de cinco minutos de la Maison. Pedí a la Sultana que se adelantara. Ella no quiso dejarme sola. «La veo muy mustiales hoy», apostilló. Yo me mantuve en mis trece. Necesitaba estar un rato a solas para desentumecerme y despejar la mente. Como no consiguió convencerme, se alejó refunfuñando y yo enfilé la rue Cambon en dirección a los jardines de las Tullerías. Crucé la rue de Rivoli y entré en el parque. El ambiente que reinaba en la ciudad era muy distinto del que conocí durante mi primer viaje con don Octavi en el 24. Difería también del de los años posteriores al 29, cuando la crisis originada por el *crash* de la Bolsa de Nueva York alejó en poco tiempo a los americanos y barrió la alegría de vivir parisina. Ni siquiera entonces flotaba en el aire, en los movimientos de la gente, hasta en los árboles desnudos, esa energía oscura que parecía presagiar la nueva guerra de la que hablaba Wolfgang. Caminé despacio por los senderos, observando a los bebés que daban sus primeros pasos vacilantes sobre la hierba, a los pequeños envueltos en bufandas que jugaban a la pelota, incluso a los que dormían dentro de su cochecito mecidos por una niñera. ¿Llegaría a quedarme embarazada, o mi propio cuerpo intentaba advertirme de que no corrían buenos tiempos para engendrar hijos? Me senté en un banco, me subí bien el cuello del abrigo y me quedé absorta contemplando a dos niños que jugaban a perseguirse por los senderos.

De repente, alguien se paró delante del banco, proyectando sobre mí una sombra que me cubrió la cara como una nube. Aparté la vista de los niños y miré hacia arriba. Ante mí se erguía un hombre. Calculé que tendría unos cincuenta años, tal vez alguno más. Su cuerpo parecía recio bajo el abrigo modesto, hondas arrugas le surcaban las mejillas y las cejas eran arbustos selváticos entreverados de hilvanes blancos. Su modo de llevar encajado el sombrero fedora, con el ala casi rozándole las cejas, me resultó familiar, aunque no supe explicarme por qué.

—¿Madame Garnier?

Asentí con la cabeza, más intrigada que intranquila. Pese a su apariencia tosca, ese hombre no irradiaba ningún peligro. Él se quitó el sombrero con ademán respetuoso, dejando a la vista un cabello abundante y entrecano. Cuando inclinó un poco la cabeza, reparé en sus pronunciadas entradas.

—Disculpe mi atrevimiento, madame...

Su francés era fluido, con fuerte acento extranjero. Tal vez, español. A todas luces cohibido, él comenzó a girar el fedora entre las manos.

—Yo... —Suspiró muy hondo—. No sé por dónde empezar...

¡Qué hombre tan extraño! Entonces sí me pasó por la cabeza levantarme y alejarme de allí. Él debió de intuir mi intención y se puso aún más nervioso.

—No crea que estoy loco, madame, solo es que... —Más silencio y nuevo manoseo del sombrero. Al fin arrancó a hablar de carrerilla—: Llevo años leyendo todo lo que escriben sobre usted en los periódicos, madame Garnier. Sé que es española... Yo también lo soy. Y... por favor, no me tome por un demente... Tampoco pretendo molestarla..., pero desde que vi su fotografía en la portada de *Le Figaro*, la primera vez que cantó en París, tengo la corazonada de que... de que usted podría ser mi hermana. Ella... mi hermana... cantaba muy bien... —Alzó una mano como si pidiera clemencia—. Sobre todo, no se ofenda, madame, se lo ruego. Sé que esto es... es... una locura sin pies ni cabeza, pero... debía decírselo...

Mientras él hablaba, atropellando las palabras con su acento definitivamente español, mi corazón se había ido acelerando más y más, hasta envolverme los oídos en un zumbido que apenas me dejaba entender lo que decía. Le miré a los ojos. Y supe por qué me había resultado tan familiar su modo de llevar el sombrero.

—¿Jorge? —musité, con la escasa voz que logré reunir.

La imagen de ese hombre corpulento y envejecido se fusionó con la de mi hermano mayor, rudo pero noble de corazón, que me esperaba a la salida de La Pulga para acompañarme a casa, con la gorra calada hasta las cejas y sus sueños de prosperar alistándose en el ejército. Habían pasado casi treinta años desde que le vi subirse a aquel tren lleno de jóvenes sin posibles, reclutados para servir de carne de cañón en la guerra del Rif. ¿Cómo habría acabado en París?

A él se le nublaron los ojos de lágrimas. Alzó una de sus manazas sin guantes y se limpió con las yemas de los dedos. Reparé en los cercos oscuros bajo sus uñas.

—Entonces es cierto... —murmuró, ya en español—. Usted es Flori... mi hermanica.

En un impulso, salté del banco y me eché en sus brazos. Él me estrechó con la fuerza que siempre tuvo. Olía igual que en mi recuerdo: a tabaco de liar mezclado con sudor. Cuando me soltó, quedé tan desmadejada que tuve que sentarme de nuevo. Él dejó caer su pesado cuerpo a mi lado. Esbozó una sonrisa enorme que mostró su dentadura, amarillenta pero entera. Permanecimos un buen rato callados, sin saber qué decirnos tras más de media vida sin vernos.

—Aún no me lo puedo creer —murmuró él al fin—. Parece mentira que esté aquí, *sentao* con mi hermanica. ¡Y qué guapa estás, Flori, qué elegante!

Su español se había impregnado de un leve acento francés. Debía de llevar mucho tiempo viviendo en Francia. Yo también recuperé el habla.

—¿Cómo sabías que vivo por aquí?

Él se encogió de hombros.

—No tenía ni idea. Esto es cosa del destino. No vengo casi nunca a este barrio. Hoy, porque el jefe me ha *mandao* traer el coche de un cliente... Soy mecánico. Y va y me cruzo contigo en la rue Cambon. Te he seguido hasta aquí, pero me ha *costao* lo mío hasta que me he atrevido a hablarte. Me daba miedo asustarte y que llamaras a un gendarme. No... no me conviene que la policía se fije en mí.

Me quedé mirándole. ¿Tendría que ver ese miedo a la policía con su misteriosa desaparición de Melilla?

—¿Cómo has acabado en París?

—Es largo de contar —se escabulló él—. Háblame de ti primero. Cuando me marché a la mili, eras una chiquilla, y mírate ahora: una estrella que da mil vueltas a la Mistinguett esa. ¡Y lo elegante que eres! Toda una señora.

Su rendida admiración me hizo ruborizarme. Le resumí mis avatares desde que nos despedimos junto a aquel tren lleno de reclutas, empezando por la subasta de Rufino en La Pulga. Al fin y al cabo, aquella humillación fue el detonante de mi nueva vida.

«¡Ese mal nacido!», se indignó Jorge. Aplaudió la intervención de Wolfgang y disfrutó como si estuviera en el cinematógrafo cuando le conté que mi salvador y yo nos reencontramos años después en París y que nos habíamos casado recientemente tras una relación clandestina de tres lustros. «La vida es un pañuelo», filosofó. El papel de don Octavi en esa película de mi vida lo reduje al de descubridor y representante. No porque Jorge tuviera aspecto de haberse vuelto mojigato. Fue por mezquindad mía. Simplemente, no quise enturbiar su evidente fascinación por mi éxito. Abrí el bolso y saqué la foto que nos habíamos hecho Wolfgang y yo el día de la boda. Jorge la estudió con atención.

—Tu marido parece que es un pez gordo. ¿Es nazi?

—¡Él no! —le respondí con rotundidad.

Percibí cierta incredulidad en Jorge cuando se apresuró a cambiar de tema.

—¿Has vuelto por el barrio, Flori? ¿Qué sabes de nuestros hermanos?

—Solo estuve una vez, en el 24, cuando regresé a Zaragoza para cantar en el Parisiana. —La boca se me secó de pronto. ¿Por dónde empezar a decirle lo de Tino? Era evidente que no estaba al corriente de lo que le ocurrió en Marruecos—. Padre murió hace tiempo. Amador se había casado y ya no vivía en el Arrabal. Nadie supo decirme dónde. Rubén también se había marchado. Faustino, el del colmado... ¿Te acuerdas de él?

Jorge asintió.

—Claro, el seminarista...

—Faustino estaba impedido por culpa de una apoplejía, pero pude sacarle que Rubén se había ido a vendimiar a un pueblo cerca de Cariñena. El pobre aún se acordaba del nombre. Aguarón. Y allí fui a buscar a Rubén con mi representante. Resultó que se había casado con una buena chica cuyo padre era dueño de viñedos y de una bodega. Parecía irle bien. Esperaban un bebé y todo. En su última carta, hace años ya, me dijo que tenía dos hijos, y Amador, cuatro. Desde que estalló la guerra en España, me acuerdo mucho de ellos. He escrito a Rubén varias cartas, pero no he recibido respuesta. Ojalá no le haya pasado nada.

—Nuestro hermanito pequeño siempre fue más listo que el hambre. ¿Y Tino?

—Tino... —Tuve que tomar aire antes de continuar—. Tino murió en Marruecos, durante la retirada de Annual.

De reojo, vi cómo a Jorge se le demudaba el rostro.

—¡Malditas guerras! —murmuró entre dientes—. Nos llevaron allí de carnaza y total *¿pa* qué? *Pa* hacernos con cuatro peñascos *pelaos* y poder decir que España seguía teniendo colonias, después de que nos habían *echao* de Cuba, Puerto Rico y Filipinas. Y pensar que me marché contento a Marruecos porque creía que iba a prosperar...

Nos quedamos callados los dos. Jorge con la vista clavada en los zapatos, ensimismado. Yo me di cuenta de que se me estaban helando los pies. Llevábamos un buen rato sentados en ese banco y el invierno parisino nunca tuvo clemencia con los incautos que se empeñan en charlar a la intemperie.

—Aquí hace mucho frío —le dije—. ¿Y si vienes a comer a mi apartamento? ¿O te esperan en tu casa?

—A mí no me espera nadie —respondió Jorge en tono amargo.

Nos pusimos en pie y movimos las piernas entumecidas hacia la salida de las Tullerías. Cruzamos la rue de Rivoli y enfilamos Cambon. Todo eso sin hablar, como si a los dos se nos hubieran agostado las palabras. Jorge caminaba a mi lado dando pasos desmañados que me recordaron a los mulos viejos que veía tirar de las carretas en el barrio.

—Deserté, ¿sabes? —le oí decir de pronto—. Ya no soy Jorge Lacasa. Ahora me llamo José Varela. Por eso procuro mantenerme lejos de los gendarmes.

Su brusca confesión no me sorprendió, aunque no se me ocurrió qué responderle. Él se volvió a encerrar dentro de la cápsula del silencio. Hicimos el resto del camino hasta mi casa sin intercambiar ni una palabra. La Sultana abrió los ojos como platos cuando me vio entrar acompañada por un desconocido taciturno de apariencia tan poco glamurosa. Le expliqué por encima quién era y le conté cómo me había abordado en los jardines de las Tullerías. Para refrescarle la memoria, añadí que, cuando empecé a trabajar en La Pulga, mi hermano solía esperarme ante la puerta para acompañarme a casa. Ella no se acordaba de él.

—¡Jesús, María y José, pero qué cosas pasan en esta vida! —se limitó a exclamar.

Se santiguó y corrió a poner un cubierto más en la mesa, que ya había preparado para las dos. Jorge y yo entramos en calor saboreando el guiso de pollo que la Sultana bordaba y que mi hermano comparó con la pepitoria de nuestra madre. Fue lo único que dijo durante toda la comida. Parecía cohibirle la presencia de la Sultana, que posaba su mirada escrutadora a ratos sobre él, a ratos sobre mí, en un vaivén pendular que parecía buscar en nuestros rasgos evidencias de parentesco. Cuando acabamos el postre, nos sirvió los cafés en el salón e hizo gala de su astucia dejándonos solos, aunque estoy segura de que se apostó en algún lugar para escuchar. Jorge alzó la taza con sus enormes dedos, tomó un sorbo y suspiró.

—Deserté en 1920. Nunca me gustó la vida de *soldao* ni que nos tuvieran a todas horas de escaramuzas con los moros, arriesgando nuestro pellejo por asuntos que decidían los oficiales y que a los de a pie ni nos iban ni nos venían. Aun así, me reenganché varias veces. Total, en casa me esperaba doblar el lomo descargando los carros del *mercao*. Ascendí a brigada y habría *aguantao* a ver si llegaba a sargento, pero entonces me enamoré… y todo cambió *pa* siempre.

Una sonrisa iluminó su semblante. Por un instante, volvió a ser el Jorge jovial y brutote de mi infancia.

—Se llamaba Amina. Era mora, más guapa y alegre que el sol africano. No sabes lo que me gustaba el sol de Melilla, hermana. Esa ciudad tiene una luz especial. —Intercaló un suspiro—. La conocí en Melilla, en un permiso. ¿Y sabes una cosa, Flori? Ella me quería. A mí, que soy más bruto que un *arao*.

—No te hagas de menos —le reprendí.

Él se encogió de hombros.

—Empezamos a vernos a escondidas, porque el padre la tenía prometida desde bien cría *pa* casarse con un primo, un tipo más viejo que el Matusalén ese. Cuando faltaba poco *pa* la boda, decidimos fugarnos. Un morete amigo mío, que se conocía a todos los granujas de la ciudad, me consiguió documentación falsa *pa* los dos y pasajes en el primer barco que zarpaba de Melilla. Acabamos en Marsella, sin oficio ni beneficio y sin hablar ni papa de francés. Alquilamos un cuarto en una pensión del puerto y yo iba todos los días por los muelles *pa* ofrecerme de estibador. Me sacaba las perrillas justas *pa* pagar el alquiler y malcomer. Y un día, Amina me dijo que estaba preñada.

Jorge hizo una pausa, como si le doliera seguir hablando. Por su modo de referirse a esa chica en pasado, me temí que la historia no tendría un final feliz. Él se aprovisionó de aire y continuó.

—Éramos pobres como ratas, pero nos queríamos mucho y hacíamos planes. Y entonces, cuando Amina ya tenía un buen bombo, llegué una tarde del puerto y me la encontré en la cama de nuestro cuarto. Estaba dormida, toda empapada de sangre, con el cordón umbilical y la criatura revueltos entre las piernas. El bebé aún no estaba *formao* del todo, pero ya se veía que era chico. Quise despertar a Amina, pero cuando la toqué… estaba más fría que un témpano. Se me había ido… y nuestro hijo con ella. Yo tuve la culpa de todo. La saqué de Melilla *pa* que la pobre se me muriera en ese cuartucho, más sola que la una.

Le apreté el brazo.

—¡Cuánto lo siento, Jorge! —musité.

Él sacó un pañuelo de un bolsillo del pantalón y se sonó ruidosamente.

—Después de enterrar a los dos, no aguanté más en Marsella y me vine a París, con una mano delante y otra detrás. No me acuerdo del tiempo que *andé* dando tumbos, más borracho que sobrio, igual que nuestro padre, aunque yo jamás he *pegao* a una mujer. Entonces, una noche que aún no había *pillao* la curda muy gorda, conocí a un compatriota que tenía un taller de automóviles en las afueras y andaba buscando un mecánico. Le dije que había aprendido a reparar camiones en el ejército y no hay motor que pueda conmigo. Nos pusimos de acuerdo y acabé trabajando para él. Es un buen hombre y no paga mal. Me deja vivir en un cuarto que tiene en la parte trasera del taller. De día arreglo motores y por las noches hago de vigilante. Tengo el sueño ligero como los perros.

Posó sobre mí una mirada melancólica.

—Ya ves lo que ha sido de tu hermano mayor, el idiota que quería prosperar alistándose en el ejército.

—Vuelves a hacerte de menos —le reproché.

—Tendría que haberme *marchao* a España, a liarme a dar tiros por la República. Así mi vida serviría *pa* algo. Pero es tarde hasta *pa* eso. Los de Franco van a ganar la guerra. —Encogió los hombros pesaroso—. Como mi jefe simpatiza con la República y ayuda a los que vienen huyendo de la que se avecina, de un tiempo a esta parte se nos llena el taller de españoles que han *cruzao* los Pirineos y parte de Francia *pa* escapar de la que les espera en nuestra tierra. —Dio un respingo, como si acabara de recordar algo—. Por cierto, hace poco hablé con unos de Zaragoza. Resultó que el más joven había vivido en el Arrabal. No lo reconocí enseguida porque cuando salí *pa* Marruecos él era un renacuajo que no levantaba un palmo del suelo. Me contó las batallas en las que había *luchao*, las barbaridades que había visto y lo perdida que estaba la guerra *pa'l* bando republicano. Y va y me habla de Andrés, el hijo del zapatero remendón. ¿Te acuerdas de él?

A mí me había dado un brinco el corazón al oírle pronunciar el nombre de Andrés. Asentí con la cabeza conteniendo la respiración.

—Andrés murió en la batalla de Brunete. Lo arrolló un tanque.

Hacía muchos años que Andrés apenas ocupaba lugar entre mis recuerdos. Le había amado, sí, aunque nunca tanto como a Wolfgang. Después del aborto, desterré a Andrés al baúl donde se guardan las mantas viejas, los ajuares malogrados y las vivencias que duelen. De pronto brotaron de allí, sin orden ni concierto, los besos que nos dábamos en los rincones oscuros de las callejas de Madrid; nuestras exploraciones mutuas en el cuarto de la pensión a cuya dueña tenía seducida Andrés; el piropo que me echó la noche en la que nos volvimos a ver entre bastidores en el Trianón; el amargo reencuentro en el paseo de Gracia y su promesa de salvar a don Octavi de la ira anarquista. El Andrés niño que, a orillas del Ebro, prometió casarse conmigo y recibió un bofetón; el joven inquieto que leía los periódicos desechados por los ricos y me besó en el Puente de Piedra; el hombre avejentado que regresó de Marruecos lleno de rencor y con una mano convertida en garfio. Todos ellos confluyeron en un solo hombre: el Andrés al que amé y que había dejado de existir.

—Me dio mucha pena —murmuró mi hermano—. Era un buen chico. El pobre andaba loquito por ti desde que erais unos mocosos...

No dije nada. Decidí no contar a Jorge que Andrés y yo estuvimos muy enamorados. Si le hablaba a mi hermano de aquellos años, no podría parar de llorar.

Después de que Jorge me revelara el triste final de Andrés, fue como si una sombra hubiera caído sobre nosotros. Sin poder controlar el súbito temblor de mis manos, le serví otro café. Él lo apuró a sorbos tristones, refiriéndome las atrocidades que contaban los refugiados que llegaban a París desde esa ingrata tierra nuestra. Cuando hubo vaciado la taza, se puso en pie aduciendo que debía regresar al taller. Seguro que su jefe andaría preguntándose por qué le llevaba tanto tiempo devolver un automóvil y tomar el metro para regresar. Intercambiamos nuestras respectivas direcciones y nos despedimos en el vestíbulo con un abrazo muy largo.

—Si necesitas algo, lo que sea, escríbeme o, mejor aún, llámame por teléfono —le insistí.

Él me regaló una sonrisa melancólica y meneó la cabeza.

—Gracias, Flori. Solo te pido una cosa..., bueno, dos: que te cuides mucho, que la cosa anda fea en Alemania, y que me mandes una carta de vez en cuando *pa* saber cómo estás. Sigo siendo un *negao pa* leer y escribir, pero mi jefe es de confianza y me ayudará a contestarte. No necesito más nada.

Mi hermano mayor me encerró en un abrazo y se marchó, con

el ala del sombrero tapándole las cejas y sus andares de buey cansado. Cerré la puerta, regresé al salón y me dejé caer en el sofá. Allí di rienda suelta a las lágrimas por Andrés, el hombre al que quise en un pasado que se alejaba más y más en el tiempo.

Vientos de guerra

A Wolfgang le hizo gracia que me reencontrara precisamente en París con el hermano mayor del que se perdió la pista en Melilla. No le hablé de la horrible muerte de Andrés. Wolfgang estaba al corriente de aquel noviazgo, al igual que del aborto que trajo consigo, pero no creí conveniente manchar nuestro presente hablando de amoríos pasados, cuando resultaba evidente que se avecinaban problemas muy grandes.

En abril, la guerra civil en España acabó tras la victoria del bando nacional y comenzó la dictadura de Francisco Franco. Para mayo, ninguno de los que formaban parte de mi entorno dudaba ya de la inminencia de una nueva contienda europea. Claude solo me preparaba recitales en Berlín, argumentando que la situación estaba muy insegura para hacerme viajar por Europa. Todos vivíamos con un nudo perpetuo en el estómago, pendientes de los noticieros y los periódicos, que en Alemania daban la información tamizada por la criba de Joseph Goebbels. A mí me llegaba de primera mano lo que me contaba Wolfgang en casa, siempre bajando la voz para que ni siquiera pudiera oírle la Sultana, pese a que gozaba de toda nuestra confianza. Creo que él no me hacía partícipe de todo lo que sabía, pero lo que compartía conmigo bastaba para tenerme muy preocupada. En la alcoba seguíamos amándonos sin la protección del condón, aunque el embarazo no llegaba. A esas alturas, hasta yo dudaba de la conveniencia de engendrar un hijo en un momento tan crítico, pero el deseo de ser madre se mantenía por encima del sentido común.

Y de pronto, una tarde, la vida me sorprendió con uno de esos giros bruscos que tanto le gustan.

Yo había estado tomando café en el Kranzler con Luise, Beate y Lotte. La enfermera se había recuperado mucho en los últimos meses y hasta su párpado semicerrado empezaba a alzar el vuelo. «Lotte es dura como Atila», solía bromear Beate, y todas nos reíamos de su ocurrencia, pese a que la silla vacía de Gabi teñía nuestras tertulias de una melancolía permanente. Como en las mesas contiguas no se sentaba nadie ese día, nos habíamos atrevido incluso a hablar, aunque en susurros, sobre la situación de Alemania, lo que había motivado que nos separáramos más cabizbajas de lo habitual. Nada más entrar en casa, percibí un fuerte olor a tabaco. Encontré a Wolfgang sentado en el salón, vestido con el traje de tweed que usaba cuando no necesitaba vestir de uniforme y quería ir cómodo. Me asaltó un mal pálpito, pues últimamente salía muy tarde del ministerio. Fumaba con semblante serio. En el regazo sostenía un cenicero repleto de colillas. Debía de llevar un buen rato esperándome. La Sultana no acudió a recibirme como de costumbre; otro indicio de que algo no encajaba. Wolfgang me miró con expresión tristona.

—Flor, ven, siéntate. Tenemos que hablar.

Me acerqué despacio y me dejé caer a su lado en el sofá. Definitivamente, aquello no presagiaba nada bueno.

—Escucha —empezó él; por su forma de hablar, noté que tenía la boca seca—: esta noche nos marchamos a Hamburgo.

—¿Cómo?

Wolfgang aplastó el cigarrillo en el cenicero.

—Tienes que salir de Alemania. ¡Ya mismo! Mañana zarpa un transatlántico para Cuba desde el puerto de Hamburgo. Os he conseguido pasajes a la Sultana y a ti. En La Habana os recibirá mi amigo Nando, el cubano. ¿Recuerdas que me acompañaba en La Pulga cuando te vi cantar aquella noche de la subasta? —Forzó algo que quiso ser sonrisa pero se estancó en mueca—. Por cierto, a Nando le gustan mucho las mujeres. No te dejes engatusar, que se las sabe todas.

Yo no entendía nada. ¿A qué venía eso?

—¿Qué estás diciendo? —me desahogué—. ¿Cómo se te ocurre enviarme nada menos que a Cuba? ¿Y tú?

—Yo os llevaré a Hamburgo esta noche y volveré a Berlín. Me reuniré contigo en La Habana en cuanto me sea posible.

Negué con la cabeza, incapaz de creerme lo que acababa de oír.

—Pero ¿qué dices? ¿Y nuestras vidas? ¿Y mi carrera? No pienso dejarte solo aquí, después de todo lo que ha pasado y con esa dichosa guerra a punto de estallar.

—Flor, esto es muy serio. Te llevaré a Hamburgo, lo quieras o no. Si tengo que meterte en ese barco atada de pies y manos, lo haré. Y la Sultana me ayudará. Ya lleva un buen rato preparando vuestro equipaje. —Suspiró y añadió—: Aquí corres mucho peligro. No soportaría si te ocurriera algo por mi culpa.

La sospecha me alcanzó como un rayo.

—Has cometido alguna locura, ¿verdad?

—¡He hecho lo que debía hacer! —profirió, vehemente—. No estoy orgulloso, al contrario, pero...

—¿Qué has hecho, Wolfgang? —susurré con un hilillo de voz.

—Cuanto menos sepas, mejor. Y ahora, ponte ropa cómoda y prepárate para viajar. Cada minuto cuenta. —En su boca quiso dibujarse otro remedo de sonrisa—. Ya sabes: te llevaré atada, incluso amordazada, si te resistes.

Vi que no le sacaría más información y que su decisión era inamovible. La situación debía de ser realmente grave y Wolfgang era muy capaz de meterme en el coche a la fuerza. Me arrastré hacia la alcoba. Allí, la Sultana ya había atiborrado de prendas un maletón, que aguardaba abierto sobre la cama junto a otros dos más pequeños a medio llenar. Me miró con los ojos turbios de ansiedad.

—Ay, Flori. —Desde la boda me decía señora (el apellido Von Aschenbach se le atragantaba), pero cuando se ponía nerviosa o asomaba su instinto maternal, volvía a llamarme por mi nombre—. Tenemos que darnos prisa. He *preparao* lo más importante. No podemos llevar los baúles, que no caben en el coche y, además, llamarían mucho la atención. Dice don Wolfgang que nos mandará el resto a Cuba. Menos mal que allí hablan cristiano. Es muy *cansao* esto de no entender ni papa.

Me dejé caer sobre el pedacito de colcha que no ocupaba el equipaje. Empezaba a asimilar todo lo que suponía aquel viaje imprevisto y ardía de miedo por Wolfgang.

—Dese prisa. Veo a don Wolfgang muy pero que muy *preocupao* —me apremió ella—. Hasta le ha *dao* fiesta a la Hertha *pa* varios días.

Me desnudé, con las manos temblorosas y la mente nublada. Me costó ponerme el conjunto de viaje y los zapatos que ya me había dispuesto la Sultana. No recuerdo qué más hice, solo que ya empezaba a anochecer cuando los tres nos acomodamos en el Adler Triumpf. Medio enterrada en el asiento de atrás, la Sultana asomaba como podía entre las maletas y sombrereras que no cabían en el exiguo espacio portaequipajes, más una bolsa con comida, un termo de café y una botella de agua que había preparado para el camino.

El viaje a Hamburgo fue pesado y oscuro. No solo porque hicimos la mayor parte con los faros del automóvil recortando cuñas de luz en la negrura de la carretera, sino por la tristeza que nos enredaba en su pegajosa telaraña. Apenas hablamos. A ratos nos llegaban los ronquidos de la Sultana desde su nido en la parte trasera. Cuando se despertaba, lo primero que hacía era tenderle a Wolfgang un vaso lleno de café del termo. Yo notaba cómo él se ponía tenso cada vez que atravesábamos pueblos durmientes bajo la débil luminosidad de sus farolas. El regreso a la oscuridad solía ir acompañado de un suspiro de alivio. ¿Qué habría hecho para estar tan asustado?

Entramos en Hamburgo al amanecer, extenuados y hambrientos. Wolfgang había estado alguna vez en esa ciudad y aún se acordaba de sus calles. Decidió seguir conduciendo hasta el puerto sin detenernos en ningún bar para desayunar. Nos quedaba comida de sobra en el bolso de la Sultana, dijo. Buscaríamos alguna pensión cercana al muelle donde esperar hasta la hora a la que nos dejarían subir al buque. No convenía que nos vieran deambular a los tres cerca del barco. Eso solo levantaría sospechas.

Escasos son mis recuerdos de las calles que enfilamos o del barrio portuario donde Wolfgang detuvo el Adler Triumpf ante una fonda de fachada decrépita en la que colgaba, bien visible, un letrero que decía *JUDEN VERBOTEN*. El interior aún era menos prometedor. El hombre que asomó detrás de un mostrador de madera carcomida nos miró al bies. Su boca, a la que faltaba un colmillo, masculló un seco «*Morgen!*». Hacía tiempo que en mi vida no había lugar para dentaduras saqueadas por la pobreza y aquella visión se me antojó muy mal presagio. El mellado nos alquiló dos cuartos en el primer piso por los que cobró un importe desproporcionado, teniendo en cuenta lo mísero del lugar. Parecía haber olfateado como un sabueso nuestra necesidad de ocultarnos. Los tres subimos por una escalera de madera quejosa, cargados con el pesado equipaje. Allí no había ningún botones y el barrio no alentaba a dejar nuestras pertenencias dentro del automóvil. En el rellano, Wolfgang entregó su llave a la Sultana y le recomendó que aprovechara para descansar. Él la despertaría con tiempo de sobra para arreglarse antes de embarcar.

El cuarto era inmundo. Las paredes estaban desconchadas, el suelo de linóleo desgastado por las pisadas y el parco mobiliario languidecía en estado ruinoso. Wolfgang y yo dejamos las maletas en el suelo, nos abrazamos y nos sorbimos a besos. La inminencia de la despedida pudo más que el cansancio acumulado durante nuestro aciago viaje. Wolfgang me tomó en brazos y me llevó hasta la cama. Me desnudó con tierna premura, me hizo tenderme sobre el edredón mohoso y me acarició los pechos. Yo me incorporé un poco para quitarle la americana del traje de tweed, le deshice el nudo de la corbata y le desabroché la camisa con urgencia. Él se despojó del resto de la ropa. Pasé las yemas de los dedos por las cicatrices de quemaduras que la Gran Guerra le marcó en el torso, por la que le hendía la mejilla, por los labios y las ondulaciones de las orejas. Necesitaba grabarme esas sensaciones en la piel para poder evocarlas cuando me hallara lejos de él. Wolfgang se estremeció bajo mis dedos. Sembró mi cuello de besos, me mordisqueó los pezones, acarició mi pubis con la lengua y se adentró en mi cueva con ímpetu. Ni siquiera en nuestra primera escaramuza amorosa en París, o cuando buscábamos el embarazo en los últimos meses, nos llegó a arrastrar semejante pasión: la que preludia el adiós.

Me quedé dormida sobre esa cama chirriante, de sábanas tristes impregnadas de humedad portuaria. Cuando desperté y abrí los ojos, le vi a mi lado, incorporado a medias y con la cabeza apoyada en un brazo. Me observaba con ojos mohínos y media sonrisa melancólica en los labios. Debía de haberme tapado mientras dormía, pues sentía el peso del edredón sobre mí. ¿Cuánto tiempo habría durado mi desasosegado sueño?

—Arréglate, Flor. Es la hora.

—¿Has dormido?

—Un poco.

Estuve tentada de preguntarle, por última vez, qué había hecho para temer tanto por mí. Pero desistí. Sabía que nunca me lo diría. En lugar de eso, le rogué:

—Vente conmigo. ¡No quiero dejarte aquí!

—No puedo, Flor. Si no me encuentran a mí, la tomarán con mi familia. Harán pagar a Konrad por… —Dejó la frase inconclusa y rubricó—: Mi deber es dar la cara.

—Entonces me quedo yo. Embarcamos a la Sultana y volvemos a Berlín juntos…

—¡Ni hablar! —me espetó él—. ¡Tú sales de Alemania hoy aunque te tenga que drogar para subirte al barco!

Wolfgang era inflexible cuando entraba en juego su sentido del deber.

Nos condujo al muelle a la hora en la que el crepúsculo va engullendo lo que queda del día. Bajo aquella luz agonizante se perfilaba la mole del transatlántico que me iba a alejar del amor de mi vida. Leí el nombre escrito en el casco: *St. Denis*. Me sacudió un violento escalofrío. Colgué los brazos alrededor del cuello de Wolfgang y me apreté contra su pecho. Él me estrujó con toda su fuerza. Abrazados apuramos el tiempo que nos quedaba. Yo observaba de reojo los movimientos en el buque que ya odiaba con toda mi alma. Vi que no cesaban de subir familias enteras por la pasarela de primera, aunque también hombres solos, algunos de aspecto acaudalado, otros vestidos con sencillez, y unas pocas señoras sin acompañante que ya rondaban el umbral de la ancianidad, lastradas de perlas y confianza en sí mismas. Wolfgang me acariciaba el pelo con gesto desvalido. La Sultana aguardaba a nuestro lado, interponiendo una distancia prudente para no perturbar la despedida.

De pronto, los altavoces del barco avisaron de que en pocos minutos se procedería a retirar las pasarelas.

—¡No pienso subir! —me rebelé.

—Vas a embarcar... ¡y ahora mismo! —recalcó él en voz baja pero autoritaria—. Escúchame, Flor: No tenemos otra opción. A España no puedes volver. Con Franco ya han empezado las purgas, con encarcelamientos y ejecuciones, de los que no son de su cuerda. Y la cosa irá a más. El resto de Europa tampoco es seguro, porque pronto estaremos en guerra otra vez. Y si te quedas a mi lado en Alemania, correrás mucho peligro.

—¡No me importa!

—¡A mí sí! —Retiró con suavidad mis brazos de su cuello—. Venga, ¡no alarguemos esto! —Cuando me miró, vi que sus ojos empezaban a licuarse entre los párpados—. Te quiero como jamás quise a ninguna mujer, Flor. Me has regalado los mejores años de mi vida. Pero a mi lado no estás a salvo. Sube ya, por favor.

—Te quiero... —musité con la voz quebrada.

—Sultana —le oí decir—, llévatela antes de que cierren la pasarela.

Ella se acercó enseguida, me abrazó con sorprendente fuerza y se dispuso a arrastrarme lejos de él.

—Adiós, don Wolfgang. ¡Tenga mucho *cuidao*!

Él forzó una sonrisa mustia. Después una niebla acuosa se extendió ante mis ojos y difuminó su imagen. No sé cómo subí al barco. Solo recuerdo que la Sultana tiró de mí con fuerza sobre aquella pasarela bamboleante. En cubierta, la oí dar instrucciones a un mozo para que llevara nuestro equipaje a los camarotes. A codazos y empujones nos abrió paso hasta la barandilla. Desde algún lugar del buque, una banda de música se afanaba en amenizar la partida con una melodía de ritmo marcial. Pese a las serpentinas y el confeti que lanzaban los pasajeros, en el aire flotaba una tristeza de pegajosa humedad. En cuanto la Sultana conquistó un pequeño espacio junto a la barandilla, busqué desesperada a Wolfgang entre los que se despedían en el muelle de los recién embarcados. Su silueta destacaba, alta e imponente, entre la multitud. Se había quitado el sombrero y lo agitaba con una languidez desconocida en él. Saqué un pañuelo y lo hice ondear a la desesperada. El barco empezó a despegarse del muelle. Poco a poco, la figura de Wolfgang se fue empequeñeciendo. Cuando ya no pude distinguirle entre la masa compacta de los que se aglomeraban en tierra, una puñalada de dolor me rajó el estómago. De mis piernas huyó hasta el último resquicio de fuerza. Las rodillas se me doblaron. Sentí cómo me iba deslizando hacia el suelo. Oí mis propios sollozos y percibí en la lengua el sabor salado de las lágrimas. Los brazos de la Sultana me rodearon los hombros y me obligaron a incorporarme.

—Vamos al camarote. Estará mejor.

—He tenido un pálpito, Sultana.

—Los pálpitos son *pa* los bobos.

Posé las manos sobre mi tripa, a la altura del estómago, y la miré a los ojos.

—¡No le volveré a ver!

SEXTA PARTE

Déjame recordar

Quién, de tu vida borrará mi recuerdo
y te hará olvidar este amor,
hecho de sangre y dolor.
Pobre amor,
que nos vio a los dos llorar
y nos hizo también soñar y vivir,
¿cómo dejó de existir?

Hoy que se ha perdido,
déjame recordar
el fuerte latido del adiós del corazón
que se va sin saber adónde irá
y yo sé que no volverá este amor,
pobre amor...

Déjame recordar,
bolero de José Sabre Marroquín/
Ricardo López Méndez (1935)

Hacia el Nuevo Mundo

La travesía a La Habana duró catorce días. Fue tal la apatía en la que caí tras la despedida de Wolfgang que, durante las jornadas iniciales, solo me levantaba de la cama para hacer mis necesidades o asearme. Me negué en redondo a pisar el restaurante de primera clase. La Sultana tuvo que arreglárselas con el maître para que nos sirvieran las comidas en mi camarote siempre penumbroso. Yo apenas tomaba un poco de sopa o crema, si entraba en el menú ese día, y como mucho algo de pan. El resto lo retiraba el camarero intacto al cabo de unas horas. Solo la bandeja de la Sultana volvía a la cocina limpia. Por las noches, en lugar de dormir en el camarote contiguo que le había reservado Wolfgang, ella se acomodaba en un sillón junto a mi cama. Sumergida en mi negro insomnio, la oía roncar como un carretero ebrio de vinazo. Al cabo de tres días lidiando con mi inapetencia melancólica, la Sultana ya se había asustado lo suficiente para llamar al médico de a bordo. No sé cómo se entendió con la tripulación, en su mayoría teutones, siendo que solo chapurreaba algo de francés y no había conseguido aprender ni los rudimentos básicos del alemán. El galeno que me examinó, un relamido ario de pura cepa, con un gran bigote blanco que danzaba bajo su nariz cuando hablaba, decretó que padecía de melancolía provocada, sin duda, por la dolorosa despedida de un ser querido. Nada más decirlo, me escrutó en busca de confirmación. Yo asentí con la cabeza por perder de vista cuanto antes su mostacho bailón, que imaginaba atrapando todos los fideos de las sopas. Él me dio palmaditas benévolas en el dorso de la mano, sacó del maletín un tónico reconstituyente y nos enredó en una madeja de instrucciones que la Sultana no entendió y a mí me dejaron indiferente.

Creo que fue al clarear la mañana del quinto día cuando la Sultana se sentó en el borde de mi cama, compuso su cara de ave de corral y me miró, muy seria.

—Flori, sabes que me pierde la sinhueso. Si hay que decir las cosas, las digo... Y aquí paz y después gloria.

No respondí. Que me llamara Flori y me tuteara anticipaba un buen sermón.

—Así no vamos a ningún *lao* —continuó ella—. O comes, o el pobre don Wolfgang no va a encontrar carne a la que agarrarse cuando vaya *pa* Cuba a verte. Como decía mi abuela, que en paz descanse, no hay mejor aderezo que la carne sobre el hueso.

—No le volveré a ver, Sultana —gemí entre las sábanas—. Lo sé.

—Paparruchas. Estás guisando la gallina antes de desplumarla.

Desistí de entender qué tenían que ver una gallina y sus plumas con el peligro que corría Wolfgang. Llevábamos cuatro días de navegación... ¿Y si a esas alturas ya le habían detenido?

—Tienes que salir de aquí, dar buenos paseos por cubierta *pa* que se te vaya ese color de tísica y comer en el restaurante igual que las personas. Qué va a decir la gente en Cuba si la gran Nora Garnier baja de este cascarón hecha un palo de escoba y con la cara de acelga cocida, ¿eh?

Me encogí de hombros. Lo que dijera la gente me importaba un comino. Ella agarró el edredón por una punta y me destapó de un tirón.

—¡Hala, a arreglarse, señora! Hoy toca desayunar con los finolis. ¡Que todo el mundo sepa que Nora Garnier no se arruga por *na*! ¡Hasta ahí podríamos llegar! Ya verá cuando le mande una carta a don Wolfgang y le diga que no me come nada... Se enfadará, y con más razón que un santo.

Se me escapó una sonrisa: si la Sultana apenas sabía escribir... Ella me tomó de un brazo y tiró de él con ímpetu. No me quedó más remedio que levantarme.

A partir de entonces, acudí con la Sultana al restaurante, aunque no llegué a relacionarme con ningún otro pasajero, ni siquiera con los de nuestra mesa. Esquivaba sus intentos de entablar conversación y ellos acabaron dejándome en paz. Después del desayuno, la Sultana me arrastraba a estirar las piernas por la cubierta de paseo; luego me dejaba acomodada en una hamaca y se marchaba a explorar el barco. Parapetada tras mis gafas de sol, me entretenía contemplando la infinita mole de agua que rodeaba el buque y a veces lucía de un azul cegador, otras adquiría un color metálico, pero siempre se fusionaba con el cielo en la lejanía. A su regreso, la Sultana se dejaba caer en la tumbona de al lado y me contaba las maravillas que había hallado durante sus expediciones. El *St. Denis* disponía de una sala de cine donde proyectaban películas por las tardes. En alemán, claro, pero seguro que yo las entendería y me distraería la cabeza, que buena falta me hacía. Se había asomado a un enorme salón de baile muy bien decorado, con arañas de cristal, grandes espejos de marco dorado y candelabros de plata, preparado como para dar una gran fiesta. En otro piso se había topado con una tienda grande y muy elegante, cuyo escaparate exhibía prendas de las que hacían daño a los ojos de lo caras que debían de ser. Se había asomado también a una sala muy rara, llena de aparatos que parecían los contrapesos de las básculas que se usaban en los mercados. En un rincón había una bicicleta donde un caballero, ataviado como los forzudos del circo, pedaleaba sin moverse del sitio. Un pasajero que hablaba español le había dicho que a ese recinto lo llamaban gimnasio. Arriba del todo, en la cubierta más alta, había visto una piscina muy bonita, incluso a algunos valientes que chapoteaban en el agua cual patos. Claro que, a cada día de viaje que pasaba, iba haciendo un poquito más de calor. ¿Me había dado cuenta?

En una de aquellas correrías, la Sultana hizo migas con una familia vasca que había huido de España a través de los Pirineos y se había embarcado cuando nuestro buque hizo escala en Cherburgo. Por ellos se enteró de que en el *St. Denis* viajaban muchos judíos que habían invertido sus últimos *Reichsmark* en el pasaje, con la esperanza de empezar una nueva vida lejos de Alemania.

Sin embargo, por el barco había empezado a circular el rumor de que, ante la llegada incesante de expatriados de religión judía, Cuba se estaba planteando no admitir a más refugiados en la isla, por lo que la inquietud crecía en *St. Denis* a cada día que pasaba.

Yo dejaba hablar a la Sultana. Con su parloteo de fondo, cerraba los ojos y evocaba mis recuerdos de Wolfgang: la primera vez que le vi en La Pulga, tan elegante y fuera de lugar entre aquellos hombres encendidos de lujuria y alcohol; nuestro sorprendente reencuentro en Montparnasse; el descubrimiento de su cuerpo desnudo aquella misma noche; los años de felicidad desmesurada en París; nuestros intentos baldíos de engendrar un hijo; el hombre preocupado que me miraba con los ojos húmedos en el muelle del puerto de Hamburgo. Todo se mezclaba dentro de mi pecho en un cóctel tormentoso. ¿Dónde estaría Wolfgang ahora? No conseguía arrancarme el pálpito de que le había ocurrido algo malo.

Cuando faltaban cinco días para nuestra llegada a La Habana, aproveché que el capitán cenó en nuestra mesa y le pedí permiso para mandarle un telegrama a Wolfgang. Resultó que el hombre me había visto cantar en el Nelson-Theater de Berlín y se deshizo en alabanzas; luego respondió que solo se permitía telegrafiar a los pasajeros en caso de emergencia, pero enseguida me susurró al oído que por mí haría la vista gorda. A la mañana siguiente, me acompañó a la sala de radiotelegrafía. El telegrafista transmitió el texto que le dicté y prometió hacerme llegar la respuesta enseguida. Esperé los días siguientes con el corazón en un puño.

No hubo réplica de Wolfgang.

La Perla del Caribe

D os noches antes de nuestra llegada a La Habana, se celebró un gran baile de disfraces al que ni siquiera me planteé acudir. ¿Cómo iba a pensar en divertirme cuando Wolfgang no respondía a mi telegrama? Durante la última mañana de viaje, vimos desde la zona de hamacas cómo a escasa distancia se deslizaba la costa de Florida ante nuestros ojos. Los contornos de la ciudad de Miami se perfilaron esa misma tarde. Por el buque se extendió la euforia. Miembros de la tripulación serpentearon entre los que reposábamos en cubierta y nos recomendaron que fuéramos preparando las maletas. La Sultana saltó de su tumbona.

—Voy a recoger las cosas ya mismo, señora. ¡Qué ganas tengo de pisar un suelo que no se mueva! —Sacudió la cabeza—. El mar es *pa* las sardinas y los marineros, no *pa* la gente de bien.

Me levanté y bajé con ella al camarote. Yo también ansiaba abandonar ese barco tras dos semanas de reclusión. Tal vez en tierra lograría comunicarme al fin con Wolfgang. Esa noche me costó conciliar el sueño más aún que en las precedentes. Tan pronto pensaba que no tardaría en localizarle por teléfono desde La Habana, como me angustiaba el temor a una mala noticia. A las cuatro de la madrugada atronó la sirena del barco para despertar a los pasajeros. Media hora después, el sonido más suave de un gong anunció que podíamos acudir a desayunar. La Sultana me obligó a vestirme de punta en blanco, me peinó como si fuera a asistir a una recepción y casi me empujó por los pasillos hasta la sala donde desayunábamos los pasajeros de primera. Al acabar, subimos a cubierta.

Recuerdo retazos de la llegada a La Habana porque la belleza se mezcló con mi melancolía. El sol de la mañana empezaba a sonreír desde arriba, bañando con su luz la fortaleza que custodiaba la entrada al puerto. Más tarde supe que se llama castillo del Morro y fue construida entre los siglos XV y XVI para proteger a la ciudad de los ataques piratas. Mis sentidos, amortiguados desde mi despedida de Wolfgang, despertaron ante aquel calor que se parecía algo al de Barcelona, aunque era mucho más húmedo. Conforme el buque se deslizaba entre otros transatlánticos y barcos más pequeños atracados en el muelle, varios miembros de la tripulación fueron explicándonos que la autoridad portuaria subiría a bordo para inspeccionar el buque, comprobar que no había ningún brote infeccioso y realizar los trámites burocráticos oportunos. Una vez concluidas esas diligencias, se nos permitiría desembarcar. Vi que algunos pasajeros no conseguían disimular su inquietud.

Uno de esos hombres uniformados se acercó a mí. Hizo una breve reverencia acompañada de un prusiano golpe de tacón. Reconocí al sobrecargo. Él me invitó cortésmente a seguirle. Ahora fui yo quien se alarmó. ¿Y si habían llegado malas noticias de Wolfgang? La Sultana me apretó un brazo con disimulo mientras el sobrecargo nos conducía hacia el pasillo que llevaba a los camarotes de primera. Por fin el hombre se dignó a darnos una explicación. Dijo que un influyente caballero cubano había intervenido para que se me permitiera saltarme los trámites. Ya había dos mozos aguardando ante mi camarote a que les indicara el equipaje que debían transportar. Desde allí, nos guiarían hasta una salita donde estaríamos más tranquilas hasta que extendieran la pasarela. Nosotras seríamos las primeras en bajar a tierra.

La Sultana y yo nos miramos. Ella tampoco debía de tenerlas todas consigo.

Tras pasar un rato angustioso en ese cuartito, regresó el sobrecargo acompañado de los mozos, que se abalanzaron sobre las maletas. Él me regaló otro de sus taconeos y anunció que se nos permitía abandonar el barco.

Después de tantos días en alta mar, me mareé un poco al pisar el pavimento del muelle. Me quedé inmóvil, sin saber qué hacer ni qué instrucciones dar a los marineros, que acabaron amontonando el equipaje a mi lado y se quedaron a la espera. Me sentía observada, incluso censurada, por la muchedumbre que aún aguardaba en cubierta el permiso para desembarcar. Miré de reojo a la Sultana. Por una vez parecía haber perdido sus legendarias ganas de darle a la sinhueso.

Un enorme automóvil blanco estaba parado a escasa distancia de nosotras. Apoyado contra la carrocería reluciente, un hombre vestido con traje claro de buena caída, y la cabeza cubierta por un sombrero panamá, fumaba parsimonioso un cigarro puro. Nuestras miradas se cruzaron. Tiró el puro al suelo, lo pisó y caminó hacia nosotras. Se detuvo delante de mí, se quitó el sombrero y sonrió.

—Frau von Aschenbach, bienvenida a La Habana. —Vocalizaba con un acento de lo más meloso—. Soy Nando de Leza, un buen amigo de Wolfgang. Él le ha hablado de mí, ¿verdad?

Asentí con la cabeza. Creí haber visto un destello de desasosiego en su mirada cuando aludió a Wolfgang. El mal pálpito se removió en mis tripas. Intenté casar su imagen con el parco recuerdo del muchacho moreno que acompañó a Wolfgang entre el público de La Pulga. Pero hacía demasiado tiempo de aquella noche y, además, yo solo me fijé en Wolfgang. Nando de Leza aparentaba tener la misma edad que él. No era tan alto, más recio de cuerpo sin estar gordo y ancho de hombros. Su piel bronceada contrastaba con las sienes ya encanecidas. El resto de su cabellera se mantenía tan negro como el iris de sus ojos vivaces. Me inspiró confianza cuando sonrió y exhibió una dentadura blanca e impoluta.

—Si le parece bien, las llevaré a mi casa. Tomaremos un refrigerio y podrán descansar si lo desean. Me he permitido ordenar que les preparen dos alcobas. Mi humilde morada está a su disposición todo el tiempo que necesite.

Se dirigió a los marineros y les dio instrucciones. Estos se alejaron con nuestras maletas y sombrereras.

—No tema por su equipaje. Lo cargarán en otro vehículo más apropiado.

Aturdida, le di las gracias. Él se volvió hacia el automóvil blanco. Hizo señas al hombre sentado al volante. Este salió, se colocó una gorra de plato, irguió la espalda y abrió la puerta de atrás. Nando esbozó un gesto con la mano.

—Por favor…

Me senté dentro, torpe como un pollo sin cabeza. Él se dejó caer a mi lado. Un suave perfume masculino se extendió por el habitáculo. El chófer hizo ocupar a la Sultana el asiento del copiloto. Desde atrás, me dio la impresión de que la pobre estaba aún más asustada que yo.

El amigo cubano de Wolfgang vivía en una gran mansión con vista a la bahía. El chófer adentró el automóvil por un portón que se abría entre las cuatro espigadas columnas que porticaban la fachada. Lo detuvo en el interior de un amplio zaguán, se bajó y abrió las puertas traseras. Nando descendió con agilidad gatuna, rodeó el coche y me tendió una mano para ayudarme a bajar. La Sultana saltó del vehículo por su propio pie. Nando me condujo a un enorme patio interior donde macetones rebosantes de plantas distribuían su verdor entre las columnas que sostenían la galería del primer piso. En un rincón había una mesa de mimbre redonda con cuatro sillones alrededor. La cubría un mantel blanco sobre el que habían preparado lo necesario para tomar el refrigerio del que hablara mi anfitrión. Él nos invitó a tomar asiento. Esperó a que la Sultana y yo nos hubiéramos acomodado y se instaló a mi lado. Acudieron dos mulatas muy jóvenes en uniforme color crema con delantal blanco y el cabello oculto bajo graciosos turbantes igual de níveos. Lo que quedaba de mi ojo de costurera desarrollado por Nati apreció la caída ligera y la buena calidad de las telas. Las chicas depositaron sobre el mantel una jarra con zumo, muy rosado para ser de naranja, una cafetera de porcelana, una jarrita de leche, tostadas, mantequilla y platitos con dulces que no había visto nunca. A una señal de Nando, se retiraron.

—Como supongo que habrán desayunado muy temprano —me dijo él—, he dispuesto que nos sirvan un tentempié europeo con algunas especialidades cubanas para que las vayan conociendo. ¿Café? ¿O tal vez jugo de guayaba?

—Café, por favor.

Vertió el líquido oscuro y humeante en un tazón. Me lo tendió. El aroma era delicioso. Tomé un sorbo.

—Señor De Leza, me pregunto...

—Nando, por favor. ¿Y si dejamos a un lado las formalidades y nos tuteamos? ¿Puedo llamarte Flor?

—Claro... —Bebí otro trago de café—. Nando, no he conseguido ponerme en contacto con Wolfgang desde que subí al barco. El capitán me permitió mandarle un telegrama, pero no hubo respuesta. ¿Puede decirme dónde... dónde puedo usar un teléfono para saber cómo está y... y decirle que he llegado bien?

Mientras yo hablaba, un nubarrón había ido ensombreciendo las facciones risueñas de Nando. Se pasó la mano por el pelo pulcramente engominado, se rascó la nariz y carraspeó... sin decidirse a hablar. Mi estómago lo interpretó como un mal augurio y se me revolvió. El súbito temblor de las manos me obligó a dejar la taza en su platillo. Derramé un poco de café sobre el mantel impoluto.

—Flor —balbuceó él al fin—, llevo días preparándome para este mal trago... y ahora no sé cómo decirte esto...

Quise mirarle a los ojos, pero una repentina catarata de lágrimas difuminó su imagen.

«Lo sabía», se regodeó el pálpito asentado en mi estómago.

—Wolfgang... —murmuró Nando; se detuvo, tomó aire y lo expulsó acompañado de un suspiro angustioso antes de decidirse a continuar—: A Wolfgang le detuvieron nada más volver de Hamburgo y... y...

«Lo sabía», volvió a machacarme el pálpito.

—Lamento decirte que fue fusilado tres días después... por alta traición.

Solo alcancé a oír mi propio gemido antes de que la noche cayera sobre mí en pleno día.

Buenos días, noche

No sé cuánto tiempo estuve sin conocimiento. Desperté sintiendo una mano que me daba suaves cachetes en las mejillas. Me costó reunir fuerzas para alzar los párpados. La Sultana, de pie junto a mi sillón, me miraba desde arriba con expresión de angustia. En la otra mano sostenía un pañuelo húmedo con el que me remojaba la cara.

—Ay, señora, qué susto nos ha *dao*.

Solo alcancé a pensar que el pálpito maligno no me había mentido. Wolfgang había dejado de existir igual que madre y tantas personas a las que quise. ¿Qué iba a hacer ahora sin él?

La Sultana me envolvió en un abrazo maternal cuyo calor hizo estallar toda mi pena. Lloré entre gemidos hasta que agoté las lágrimas y los ojos me escocieron como si me hubieran echado sal. Me los froté e intenté enfocar la vista. Nando me observaba desde su sillón con expresión de impotencia. Hice un esfuerzo por enderezarme. Al ver que había pasado el peligro de que me escurriera de mi asiento, la Sultana me soltó, echó zumo en un vaso y me lo tendió.

—Beba un poco…, no se nos vaya a secar.

Intenté complacerla, pero el líquido no me pasaba por la garganta. Me entró tos y aparté el vaso. Nando seguía arrugándose por momentos, fugado todo su aplomo de hombre de mundo. Manoseaba algo que parecía una carta, mordiéndose el labio inferior con visible desazón. Probé de nuevo a beber del vaso que me tendía la Sultana. Conseguí tragar un poco sin toser. Nuestro anfitrión debió de tomarlo como la señal que estaba esperando. Se aclaró la garganta y dijo, sin parar de sobar el sobre:

—Hacía años que Wolfgang y yo no nos veíamos. Nos escribíamos con frecuencia, eso sí. En sus cartas me hablaba mucho de ti. Cuando por fin os pudisteis casar, hasta su letra rezumaba felicidad. —Pugnó por intercalar una minúscula sonrisa—. Hace unas dos semanas, mientras tú estabas en alta mar, un muchacho me trajo en mano una misiva suya. Supuse que Wolfgang habría recurrido a alguna vía extraoficial para sortear la censura. Se hace con frecuencia. La abrí y saqué esto. —Alzó el sobre—. En una cuartilla aparte, él me explicaba que se sabía en el punto de mira de la Gestapo. Para no arrastrarte en su caída, pensaba llevarte sin demora a Hamburgo y embarcarte con rumbo a La Habana. Me pedía que te ayudara a instalarte aquí y que te diera... esto.

—Jesús, María y José —oí susurrar a la Sultana.

—Aquella noche no pude dormir. Al final, decidí poner una conferencia a uno de los amigos que tuvo mi padre cuando fue diplomático en Berlín y al que hizo un favor que le salvó el cuello. Calculé que en Alemania serían las cinco de la tarde, por lo que aún era buena hora. —Tomó aire antes de continuar—. El doctor Rathingen es un viejo zorro berlinés cuyos tentáculos alcanzan a todos los organismos del Estado alemán. Sé que también colabora con la Abwehr, el servicio de inteligencia de Alemania. Al principio, fue muy amable conmigo, pero se volvió receloso en cuanto mencioné a Wolfgang y le rogué que averiguara si le había ocurrido algo. Acabó accediendo por la memoria de mi padre y por el favor que aún le debía, insistiendo mucho en que con eso zanjaría su vieja deuda. Prometió hacerme llegar sus pesquisas por cauces... digamos no oficiales, me prohibió volver a telefonearle en relación con ese nombre y colgó sin despedirse. Dos días después de aquella llamada, lo supe... todo.

Nando se detuvo. Transcurrió un tiempo penoso sin que se animara a reanudar su relato. Yo sabía que se callaba algo importante. Ansiaba saberlo, y al mismo tiempo me daba mucho miedo. Inspiré hondo para darme fuerza.

—¿Qué... qué hizo? —susurré.

Mi anfitrión se removió incómodo.

—Al parecer, conspiraba con un grupo de oficiales para atentar contra Hitler. Además, colaboraba con una organización que ayudaba a judíos a escapar de Alemania y filtró al servicio secreto británico información confidencial sobre armamento y planes de la Wehrmacht. Como ves, un buen ramillete de motivos para que los nazis le... en fin...

Noté cómo me iba hundiendo en el sillón. La Sultana me alargó de nuevo el vaso con zumo.

—Beba, señora, no se nos vaya a desmayar otra vez.

Lo aparté con la mano. Nando se llenó una taza de café y la vació de un trago.

A mí me pasó por la cabeza una idea terrible.

—¿Le... le... torturaron?

Él bajó la mirada y no respondió. Nos aplastó un silencio pesado como una losa. De pronto, Nando extendió la mano y me alargó el sobre blanco como si hubiera empezado a quemarle en las yemas de los dedos. Lo rasgué con uno de los cuchillos de desayuno que había sobre la mesa. Extraje una cuartilla cubierta con la pulcra letra de Wolfgang. La había escrito en español. En medio de mi desesperación, admiré una vez más su capacidad para expresarse bien en idiomas que no eran el suyo.

Flor, amor mío:

Cuando leas esto, probablemente ya no esté vivo. No sé cómo empezar a explicarte por qué traicioné a mi país y los principios que me inculcaron en la Academia de Guerra, echando por la borda nuestro futuro juntos, el buen nombre de mi familia y el mío. No fue una decisión fácil. No la tomé a la ligera. Me costó muchas noches de insomnio, viéndote dormir a mi lado y pensando en la amenaza que se cierne sobre Alemania, sobre cientos de miles de inocentes y, en especial, sobre las personas a las que más quiero en el mundo: tú y Konrad.

Alguna vez te insinué que por mi despacho pasa información crucial relacionada con los planes de Hitler para la guerra que está preparando, aunque nunca te conté todo lo que sé. Era mejor así. Tampoco ahora te confiaré nada que pueda ponerte en peligro. Sé que Cuba está llena de agentes de la Abwehr, pero no creo que te molesten. Solo te diré que formo parte de un grupo de oficiales que preparaba un atentado contra Hitler, he ayudado a escapar de Alemania a judíos y he filtrado documentos importantes del ejército a los servicios secretos británicos. Mi esperanza, y la de mis compañeros, era evitar una guerra que devastará nuestro país otra vez, sacrificará a nuestros hijos y, dadas las características del armamento actual, matará en las ciudades a infinidad de civiles inocentes como si fueran ratas. Pero nada ha salido como pensábamos.

Ahora redacto esta carta sabiendo que me cerca la Gestapo. Es cuestión de días, tal vez solo de horas, que me detengan. No puedo salvar ya a mi hijo de esta guerra insensata, pero sí puedo alejarte a ti de ella. Cuando leas estas líneas, estarás segura en La Habana y Nando cuidará de ti hasta que te adaptes. A mí solo me queda hacer frente a lo que vendrá. Espero ser capaz de conservar hasta el final la dignidad que se espera de un oficial prusiano.

Prométeme que no te hundirás en un luto a la española. Sé lo pasionales que sois en tu país y, en especial, tú. Recuerda nuestros buenos tiempos y disfruta cada día de seguir viva. Hazlo por mí, te lo ruego.

Te quiero desde que te vi cantando *La pulga* en aquel antro de Zaragoza, tan niña y con tu hermosa cara embadurnada de maquillaje. Eres el gran amor de mi vida. Tu recuerdo me dará sin duda la fuerza que necesito.

WOLFGANG

Dejé caer el papel sobre mi regazo y me rompí en un llanto seco, pues no me quedaba ni una sola lágrima.

La senda del dolor

C ómo describir mi vida en La Habana sin Wolfgang? El destino me había llevado a un lugar lleno de sensualidad, música que caldeaba el corazón y colores intensos, en cuyas calles se mezclaban blancos con mulatos de piel atezada y negros oscuros cual noche sin luna. En otras circunstancias habría disfrutado de tantos contrastes, de la continua explosión de vitalidad que derrochaban hasta los más pobres, del clima que predisponía a la voluptuosidad de la carne, pero la muerte de Wolfgang me había empujado al fondo de un pozo de tristeza adonde no llegaba ni un rayo de luz. Mi estómago lo obstruía una vejiga de angustia que a veces estallaba y me paralizaba con su tristeza viscosa. No cesaba de preguntarme si la Gestapo habría torturado a Wolfgang durante los interrogatorios. En Alemania habían circulado rumores escalofriantes sobre el sadismo que derrochaban los carceleros con los acusados de delitos contra el Führer. Imaginar a Wolfgang sufriendo lo indecible antes de morir fue mi propio e infinito suplicio. Por las noches, no me dormía hasta bien avanzada la madrugada y entonces soñaba con él, pero del hombre al que amé solo quedaba un ser ensangrentado que me mostraba sus miembros mutilados por el tormento de los agentes de la Gestapo. Despertaba bañada en sudor, asfixiada por la angustia y el duelo más doloroso de mi vida. A veces, la Sultana acudía alertada por mis gritos, me abrazaba e intentaba consolarme a su manera, aunque sus buenas palabras no calmaban aquel vacío que había barrido por completo mis ganas de vivir. Incluso la música me había abandonado. Y ni siquiera había podido despedirme de Wolfgang enterrándole en una tumba digna. Seguro que su cuerpo estaría descomponiéndose en una fosa común junto a los de otros desdichados. Solo de pensarlo se me detenía hasta el corazón.

Nando, nuestro amable anfitrión, se desvivía por animarme. Cuando no me quedaban fuerzas para levantarme de la cama, se presentaba en mi alcoba junto a la Sultana y entre los dos se las arreglaban para desenredarme de aquel ovillo de sábanas y tristeza. La Sultana me bañaba como a una niña, me ayudaba a vestirme, me maquillaba y convertía en presentable mi pelo enredado. Después Nando me tomaba del brazo y me conducía escaleras abajo hasta el zaguán, donde su chófer esperaba junto al automóvil para llevarnos al Malecón. Allí me obligaba a pasear un buen rato en su compañía. Según él, ese lugar al borde del mar, barrido siempre por una brisa reconfortante, era medicina para cuerpo y alma. También intentó persuadirme para que le acompañara alguna noche al casino que poseía en Miramar o a su club nocturno llamado Chez Nando, donde tocaban las orquestas más renombradas de la isla y las parejas se contoneaban en la pista de baile al ritmo del mambo, trenzaban sus cuerpos entre acordes de bolero o meneaban las caderas bailando rumba. Pero debió de convencerse pronto de que no había lugar en el mundo capaz de calmar mi dolor y dejó de insistir. Durante aquellos paseos por el Malecón, Nando me contaba retazos de su vida para distraerme. Supe que, aparte de sus locales de diversión, poseía por herencia un ingenio de azúcar de donde procedían sus mayores ingresos, que no debían de ser nada desdeñables. Un día me confesó que había estado casado dos veces y acababa de finalizar una tumultuosa relación con una cantante de boleros mulata que gozaba de cierta notoriedad en la isla, así como en Florida. No tenía suerte con las mujeres, concluyó, rubricando aquella confidencia.

Al poco de mi llegada a Cuba, me enteré por él de que no todos los viajeros del *St. Denis* obtuvieron permiso para desembarcar. Muchos de los judíos que habían hecho aquella travesía para huir de Alemania fueron rechazados por las autoridades de inmigración y obligados a permanecer en el barco, quedando ligada su suerte a la ruta que tuviera prevista el *St. Denis* después de zarpar de La Habana. Sin embargo, el escándalo más sonado estalló en la ciudad y recorrió el mundo entero cuando, hacia finales de mayo, arribó otro transatlántico alemán llamado *St. Louis*, con casi mil refugiados semitas a bordo. Las autoridades cubanas ni siquiera le permitieron atracar y, tras diez días de fondeo en la zona administrativa del puerto, el buque tuvo que abandonar las aguas territoriales de Cuba llevándose consigo a más de novecientos pasajeros desesperados. Solo un diminuto grupo de afortunados pudo quedarse en la isla; el resto navegó hacia un destino nada prometedor.

El infortunio de toda esa gente fue lo único que logró conmoverme en medio de la profunda herida abierta por la muerte de Wolfgang. Ni los paseos con Nando ni los mimos de la Sultana pudieron calmar el dolor que me abismaba cada noche en pesadillas de tortura y sangre, ni aliviar la apatía que me aplastaba durante el día. Alguna vez surgía de aquel laberinto de mi cabeza el recuerdo de don Octavi. ¡Cómo entendía ahora su eterno duelo por Leonora! El infierno del que hablan los cristianos existe, pero nos engulle en esta vida, no después de muertos.

Una noche, creo que para entonces llevaba casi dos meses en la isla, soñé que volvía con Madeleine y sus amigos ricos al Jockey de Montparnasse. Nada más entrar, nos veíamos rodeados por una multitud de desconocidos a la que se iba agregando más y más gente cuyas caras, sumidas en la oscuridad, no podíamos distinguir. Aquellos cuerpos sin rostro, completamente desnudos y tan delgados que se transparentaban todos sus huesos, empezaron a moverse hacia nosotros. Dos de ellos se apretujaron contra mí. Su piel tenía el tacto viscoso y frío de un pez. Me estremecí de asco y retrocedí para refugiarme junto a la barra. Busqué con la mirada a Madeleine y sus amigos, pero estos habían desaparecido. En su lugar apareció Wolfgang, tal como era cuando le descubrí sentado entre el público de La Pulga: joven, apuesto y tan fuera de su sitio en aquel antro como un diamante en un estercolero. Su mirada celeste se posó sobre mí. Sus labios me sonrieron, igual que hicieron aquella noche mientras yo cantaba subida a la tarima desgastada que tantas veces había tenido que fregar. Dio unos pasos hacia donde estaba yo. Entonces los cuerpos sin rostro repararon en él. Le rodearon en un segundo y alzaron al unísono sus manos descarnadas. Con las uñas, afiladas como cuchillos, le desgarraron el traje y rajaron la piel que tantas veces había sembrado de caricias. De la cicatriz de su mejilla empezó a manar un reguero de sangre caliente que tiñó de rojo mi vestido blanco. Y Wolfgang se fue disipando ante mis ojos como la bruma que emerge de un río.

Me despertaron mis propios sollozos. Un violento temblor sacudía mi cuerpo. El camisón, empapado de un sudor frío y pegajoso, se me adhería a la piel. Me incorporé y miré a mi alrededor. Por el ventanal ya empezaba a filtrarse la luz del alba. Una brisa indolente mecía la cortina de gasa color marfil. Recorrí con la mirada los elegantes muebles de esa alcoba prestada: la cómoda de madera tallada, la comadrita que se columpiaba junto a la ventana como mecida por una mano invisible, el enorme espejo de marco dorado que se erguía ante la pared de enfrente. Desde su luna me observaba mi propio reflejo: un espectro solitario que se acurrucaba tembloroso entre el revoltijo de sábanas bordadas que cubrían la cama con baldaquino. ¿Qué hacía yo en un país extraño sin Wolfgang, sin haber llegado a concebir el hijo que habíamos deseado los dos y sin fuerzas para buscar consuelo en la música? ¡Nunca aprendería a vivir sin él!

Salté de la cama, arrastré los pies descalzos hasta el ventanal y aparté la cortina para asomarme a la calle. Pese a lo temprano que era, oí los cascos de una mula y a un lechero ambulante pregonando las bondades de su mercancía. El mar destellaba a lo lejos como un vestido bordado de lentejuelas. La imponente silueta del castillo del Morro custodiaba la entrada al puerto donde meses atrás atracara el buque que me alejó de Wolfgang. Un escalofrío se deslizó por mi espinazo. Jamás recuperaría a Wolfgang ni lo que tuvimos los dos. Sin él, mi futuro se perfilaba como un desierto yermo que no merecía la pena atravesar. Solo veía ante mí un camino: reunirme con él. Y el mar me iba a ayudar a lograrlo.

Me separé de la ventana y abandoné la alcoba. No me acuerdo de cómo llegué a la planta baja ni cómo abrí el portón de la entrada. Solo conservo un fugaz recuerdo de mis pies descalzos deslizándose sobre los adoquines de la calle, mientras la seda del camisón siseaba al rozarme las piernas. Tan aturdida estaba que tampoco sé si llegué lejos o no. Solo que, de repente, percibí a mi lado una sombra. Una mano me agarró del brazo con suavidad. La voz de un hombre se coló dentro de mi oído, vocalizando con el acento meloso de la isla. Me giré.

Nando se había plantado a mi lado y me miraba con expresión de susto.

—Vamos a casa antes de que sufras algún accidente, Flor —le oí decir.

Me tomó por los hombros y me obligó a dar media vuelta. Fui consciente, de golpe, de que me hallaba en la calle en camisón, con los pies desnudos y sin peinar. Entre el dolor se mezcló un asomo de vergüenza que se agravó cuando Nando me encerró en un abrazo.

—Ha llegado la hora de dejar marchar a Wolfgang —me susurró al oído.

Yo me eché a llorar. ¿Cómo era capaz de sugerirme eso?

—¡No puedo! ¡Vivir sin él es un suplicio! No me saco de la cabeza lo que le habrán hecho sufrir esos monstruos. Él era un hombre bueno. No merecía lo que le han hecho.

—Flor... —Nando me miró a los ojos. En los suyos brillaba una pátina de humedad—, sé que no hay consuelo para lo que le ha ocurrido a Wolfgang. A mí también me duele su muerte. Era mi amigo. —Tragó saliva en medio de un ansioso vaivén de nuez—. Pero hasta el dolor más intenso se va aplacando con el tiempo. Aprenderás a vivir sin él... y... permíteme decirte una cosa, por favor...

Sacó un pañuelo y me limpió las lágrimas como si fuera una niña que acaba de desollarse una rodilla al caer. Reparé en que vestía una camisola blanca de lino sobre un pantalón del mismo color. Llevaba las mangas subidas por encima de los codos. Tiempo después, me confesó en una de nuestras charlas que solía madrugar y le gustaba desayunar en el patio. Precisamente se hallaba en la galería del primer piso, a punto de bajar la escalera para sentarse a tomar su café, cuando me vio escurrirme por el portón abierto sin lograr explicarse cómo me las había arreglado para descorrer el pesado cerrojo.

—Wolfgang quiso que vivieras —continuó—. Por eso te sacó de Alemania embarcándote en el *St. Denis*. Ese último regalo que te hizo merece que luches por salir adelante. No lo desperdicies.

Mientras me hablaba, había empezado a empujarme despacio hacia la mansión.

—Sin él, no me queda nada... —me lamenté.

—Te queda el privilegio de estar viva —razonó Nando—. Flor, a los muertos no les hacemos ningún bien agarrándonos a ellos como tú haces con Wolfgang. Déjale marchar y vive. ¡Hazlo por él!

Por mis mejillas seguían deslizándose hileras de lágrimas que me hacían cosquillas antes de colarse en mi boca. Nos adentramos entre las columnas que custodiaban el portón de la casa de Nando. Íbamos a traspasar el umbral cuando él se detuvo, me soltó los hombros y me miró de hito en hito.

—Júrame por la memoria de Wolfgang que no habrá más escapadas como esta, Flor. Sé lo que pretendías hacer, pero ese no es el camino. ¡Debes seguir adelante!

Leí en su iris castaño súplica, pero también firmeza. ¿Qué podía contestarle, si mi único deseo era reunirme con Wolfgang? Al ver que yo no abría la boca, Nando insistió:

—Por favor...

Claudiqué de puro agotamiento.

—Está bien.

—Está bien... ¿qué?

—Lo juro.

Nando sonrió, me agarró fuerte de un brazo y me hizo entrar al zaguán. De ahí pasamos al patio de las plantas selváticas y lo atravesamos. Él subió conmigo hasta el primer piso sin aflojar su presión, como si temiera que me escapara si dejaba de vigilarme. Al llegar arriba, nos cruzamos con una de las criadas, que nos deseó un buen día sin dar la menor muestra de extrañeza por verme deambular en camisón. Nando le ordenó que me preparara una tisana de hierbas sedantes, bien concentrada, y me la llevara a mi alcoba. Entró conmigo, me instó a acostarme y me arropó con la sábana como si fuera una niña pequeña. La sirvienta tardó poco en aparecer con un tazón humeante. Nando no esperó a que se enfriara el contenido. Me obligó a tomarme hasta la última gota, volvió a taparme, acercó la comadrita a la cama y se sentó. No sé si la tisana contenía algo más que hierbas relajantes. El caso es que me quedé dormida y, por más que he intentado hacer memoria a lo largo de los años, el resto de aquella madrugada se ha borrado de mis recuerdos.

El último regalo

A partir de mi intento baldío de reunirme con Wolfgang, la
Sultana no me dejó sola ni un segundo. Nando debía de
haberle contado mi escapada con todo lujo de detalles. Algunas
noches, me despertaba angustiada de una de mis pesadillas y me
la encontraba acurrucada en la comadrita, durmiendo el sueño de
los justos entre ronquidos que retumbaban como cañonazos. No
era la estampa más glamurosa del mundo, pero resultaba tranqui-
lizadora en medio de aquel dolor insoportable. También Nando
se desvivía por ayudarme. Asimismo encargó a su abogado muchas gestiones que yo sola no habría sido capaz de realizar, dadas
las tinieblas entre las que vagaba. Fue su letrado quien llevó los
trámites con el banco de París donde estaba depositado mi dinero,
para que pudiera disponer de él desde La Habana.

Tres meses después de haber desembarcado del *St. Denis*, logré convencer a Nando para que me ayudara a buscar un apartamento. Tanto él como la Sultana esgrimieron toda clase de argumentos a favor de quedarnos en la mansión hasta que me hubiera
restablecido del todo, pero yo me mantuve en mis trece. Ya le
había causado bastantes quebraderos de cabeza a nuestro anfitrión y prefería seguir penando en mi propia casa. Nando acabó
cediendo a regañadientes y puso el asunto en manos de su abogado. Este tardó poco en encontrar la vivienda apropiada. Se hallaba en una mansión del siglo anterior que el dueño había dividido
en viviendas pequeñas, muy coquetas y articuladas alrededor de
la galería del primer piso, antaño ocupado entero por los señores

de la casa. En la planta baja se había establecido una sastrería prestigiosa. El patio interior era un paraíso umbrío adornado con plantas exuberantes y muebles de bambú del que podíamos disfrutar todos los inquilinos. Más adelante, me enteré de que la mayoría de los que vivían allí eran cantantes o músicos de las muchas orquestas de baile que recorrían la isla.

Me mudé con la Sultana a principios de septiembre, justo el día en que la radio difundió la noticia de que tropas alemanas habían invadido Polonia. En respuesta, Francia y Gran Bretaña declararon la guerra a Alemania. Así estalló oficialmente la contienda que se venía fraguando desde hacía años. La que Wolfgang quiso evitar traicionando todo lo que había sido sagrado para él: su país, sus principios y su honor. No pude evitar preguntarme si había valido la pena ese sacrificio.

Su ejecución, que debió de ser tan cruel como indigna, seguía atormentándome a todas horas del día y de la noche. Me despertaba mareada, con un lacerante malestar enrocado en la boca del estómago. Comía poco y vomitaba mucho. Había adelgazado tanto que los vestidos traídos de Alemania colgaban de mi cuerpo huesudo como cortinajes desvaídos. Mis reglas eran casi inexistentes de tan exiguas. A mí ni siquiera me pasó por la cabeza acudir a un médico. Me daba igual si me consumía a causa de una enfermedad o de pura inanición. Había jurado a Nando que no intentaría quitarme la vida, pero no faltaría a mi palabra si me dejaba morir para reunirme cuanto antes con Wolfgang.

Nando seguía pendiente de mí con tesón conmovedor. Buscó a una joven mulata para que realizara las tareas domésticas bajo la batuta de la Sultana. Casi todas las tardes me visitaba, se sentaba en el luminoso salón, la criada le servía ron y él intentaba sacarme de mis eternas tinieblas contándome chismes graciosos sobre La Habana, o comentando sin profundizar mucho las noticias que iban llegando a la isla sobre la nueva guerra en Europa. Yo fingía seguir la conversación por cortesía, mientras por dentro sentía los zarpazos de mi perpetuo malestar. Durante una de aquellas veladas, el nudo de angustia del estómago estalló de pronto y repartió un calor vehemente por todo mi cuerpo. Noté la frente húmeda de sudor. Las piernas se ablandaron hasta convertirse en dos bolsas gelatinosas. Miles de puntitos negros iniciaron una danza enloquecida ante mis ojos. Fueron lo último que vi. Cuando abrí los párpados de nuevo, la Sultana y Nando se inclinaban sobre mí. Me di cuenta de que estaba tumbada en el sofá, con los pies colocados encima de un cojín. Intenté incorporarme, pero la Sultana me lo impidió.

—No se le ocurra levantarse hasta que venga el médico, señora. Desde que vinimos, no ha *parao* de adelgazar; se nos ha *quedao* como un fideo talmente. Y ahora el jamacuco este. De hoy no pasa que la miren.

Nando asintió, pálido como un fantasma entre sus sienes de plata.

El médico que acudió era amigo suyo, según deduje por la familiaridad con la que se trataban los dos. Me examinó a conciencia, emitiendo gruñidos y algún «Um» que empezaron a inquietarme pese mi profunda apatía. Cuando acabó, suspiró.

—Ya puede incorporarse, señora —dijo al cabo.

Su acento era aún más meloso que el de Nando.

—¿Qué le pasa, doctor? —graznó la Sultana.

Él abrió con calma su maletín de cuero, guardó dentro el estetoscopio y lo volvió a cerrar. Vi cómo se impacientaban Nando y la Sultana. Al médico ni siquiera le afectó. Me miró, sonriendo de oreja a oreja, y anunció:

—Señora, el mal que usted padece se curará por sí mismo dentro de cinco meses, tal vez cinco y medio.

Me apoyé en un codo y alcé la cabeza con mucho cuidado. Aún veía puntitos negros.

—¿Cómo...? —musité.

—Está encinta. Calculo que dará a luz a finales de enero o principios de febrero. Tendrá que comer más y salir a caminar para que le dé el sol. Parece un espectro. Por lo demás, rebosa buena salud. —Amplió su sonrisa—. Mi más sincera enhorabuena.

La noticia me aturdió tanto que tuve que recostarme de nuevo en el sofá. Posé las manos sobre mi vientre. No me podía creer que ahí dentro se estuviera gestando el hijo que tanto habíamos deseado Wolfgang y yo. Recordé nuestra apasionada despedida sobre la cama de aquella pensión de Hamburgo llena de mugre y no tuve duda de que fue entre esas sábanas mohosas donde me quedé embarazada. La vida, que se divierte jugando con nosotros, había cumplido mi deseo de ser madre en el peor momento posible. Me pasó por la cabeza que el último regalo que me hizo Wolfgang no era haberme sacado de Alemania, como afirmaba Nando. Su último regalo era esa criatura que llevaría su sangre y en la que seguiría viviendo un pedacito de él. Nada podría cerrar el agujero de su ausencia, pero había llegado la hora de empezar a cuidarme para que nuestro hijo naciera con bien. Se lo debía a Wolfgang.

Me eché a llorar por enésima vez desde que me separé de él en el puerto de Hamburgo. Pero, esa tarde, se amalgamó en mi llanto una mezcla de dolor y dicha.

La niña de mis ojos

L a hija de Wolfgang nació el 20 de enero de 1940, tras un
embarazo ligero que barrió todos mis males físicos y me regaló instantes de alegría en medio del dolor enquistado. El parto
fue largo y extenuante. Por suerte, no se presentaron las complica-
ciones que temió el médico debido a mi condición de primeriza
cuarentona. Cuando la partera colocó sobre mi vientre a ese ser
diminuto, de piel arrugada moteada de sangre y con la cara enrojecida de llorar, su calor me inundó de ternura y una energía que
casi había olvidado. Rodeé a mi niña con los brazos y supe que al
fin había hallado una razón para vivir. La llamé Gabriela por mi
buena amiga asesinada en Neukölln. Estaba segura de que a Wolfgang, dondequiera que estuviese, le gustaría ese homenaje a su
querida tía. Con la llegada de Gabriela, empecé a apreciar la luz
radiante de La Habana, los colores vivos de sus casas y la alegría
de los habaneros. Wolfgang continuaba ocupando mis pensamientos, aunque su recuerdo ya no me desgarraba tanto por dentro.
Las pesadillas nocturnas se fueron espaciando y Wolfgang dejó de
aparecer en mis sueños cubierto de sangre. Me habitué a hablar
con él por las noches mientras nuestra pequeña dormía en su cuna
junto a la cama. Escuchar la respiración regular de Gabriela me
ayudaba a conciliar el sueño.

Al otro lado del mundo, Alemania seguía expandiéndose por
Europa. Invadió en abril Dinamarca y Noruega, al mes siguiente
sus tropas entraron en los Países Bajos, Bélgica y Francia. Empecé
a tener cargo de conciencia por hallarme a salvo mientras los Le-

fèvre y otros conocidos parisinos estarían viviendo en constante temor al avance del ejército alemán. En España, el hambre y la miseria acosaban a los que no habían sido encarcelados o fusilados tras afianzarse el régimen de Francisco Franco. Escribí a Jorge, que me respondió a través de la letra de su jefe, sorprendido y, a la vez, aliviado por saber que ya no vivía en Alemania. Al igual que yo, se preguntaba si habrían sobrevivido a la Guerra Civil los hermanos que nos quedaban en España. Ninguno de los dos sabíamos nada de ellos. Yo también me acordaba mucho de mis amigas del Romanisches Café, de Manfred Juergens, que nunca se decidió a abandonar su querido Berlín, y de Konrad, que ya habría sido enviado a algún frente donde matar o morir. Cuando me desahogaba con la Sultana, ella siempre me decía:

—Calle, calle; dé gracias a que el pobre don Wolfgang nos sacó de ese avispero y podemos criar a la niña sin miedo ni gazuza. —Si en ese momento sostenía a Gabriela en brazos, la alzaba y me la ponía delante—. No he visto criatura más hermosa. Mírela, si parece talmente una virgencita de tan guapa.

Con los años se estaba volviendo muy religiosa.

Las semanas fueron sucediéndose. A primeros de junio del año 40 entró en guerra Italia, alineada con Alemania. El 14 de ese mes, los alemanes ocuparon París. Recuerdo bien la fecha por la conmoción que sufrí cuando imaginé el retumbar de miles de botas nazis desfilando al unísono por los bulevares en los que habíamos paseado Wolfgang y yo. ¿Cómo habrían vivido Claude y Madeleine la ocupación de su ciudad? ¿Qué sería de Jorge si los soldados alemanes descubrían que desertó del ejército español?

Un buen día, la música volvió a mí. Lo hizo posible mi niña. No recuerdo cuándo empecé a tararearle canciones para acunarla por las noches, o tranquilizarla si lloraba. Solo que de canturrear en voz baja pasé a entonar para ella piezas de mi antiguo repertorio. La tarde en la que volví a cantar, disfrutaba de la brisa habanera meciéndome con Gabriela en la comadrita del luminoso salón. La Sultana siempre me reñía cuando nos veía así. Vaticinaba que, de tanto tener a la niña en brazos, haría de ella una criatura ñoña e insoportable. A mí, sus refunfuños me entraban por un oído y me salían por el otro. Canté para Gabriela *Déjame recordar*, un bolero que emitían con frecuencia en la radio y era mi favorito.

> *Hoy que se ha perdido,*
> *déjame recordar*
> *el fuerte latido del adiós del corazón*
> *que se va sin saber adónde irá*
> *y yo sé qué no volverá este amor,*
> *pobre amor...*

Al acabar, apreté a la pequeña contra mi pecho. Besé la pelusa rubia que ya le cubría la cabeza. Vi que el color de sus ojos empezaba a decantarse por el azul cielo de su padre. Por primera vez en muchos meses, experimenté un asomo de paz.

De repente, me sobresaltó un impetuoso aplauso desde la puerta. Dejé de observar a Gabriela y volví la cabeza hacia allí. Nando me miraba con arrobo. A su lado hacía pucheros la Sultana. Él salvó la distancia que le separaba de donde estábamos Gabriela y yo.

—Llevamos un rato escuchándote, pero nos daba pena interrumpir. Sabía por las cartas de Wolfgang que eres buena cantando, aunque no me imaginaba cuánto.

—Ha sido talmente como antes, señora —terció la Sultana.

El inesperado cumplido de Nando me provocó un violento sonrojo. Para disimular, pedí a la Sultana que le sirviera ron. Ella fue hacia el aparador sobre el que guardábamos las bebidas y un juego de vasos de cristal tallado para agasajar a las visitas, aunque solo acudía a verme Nando. Le invité a sentarse. Él se acomodó en el extremo del sofá más próximo a la comadrita. Esbozó una de sus sonrisas de dientes luminosos. En sus ojos descubrí una chispa que no había visto nunca y me hizo sentir violenta. La Sultana le entregó la bebida, tomó a Gabriela en brazos y se retiró. En cuanto nos quedamos a solas, Nando empezó a hablar muy acelerado, como si estuviera nervioso.

—¿Te apetecería cantar alguna noche en mi club? Es un crimen mantener escondida a una artista de tu talla. ¡Toda la isla debe conocer el tesoro que se oculta en esta casa!

Todavía no sé por qué acepté sin pensármelo dos veces.

Nando se levantó, se deslizó hacia mí, me alzó la mano derecha y depositó un suave beso en el dorso. La mantuvo aprisionada un rato entre sus dedos, que quemaban como brasas. Mi incomodo creció. ¿Estaba coqueteando conmigo? Por cortesía, le escuché con atención mientras me describía cómo me imaginaba sobre el escenario de su club, pero me alivió su marcha al cabo de un rato. Nunca me había sentido tan tensa en su presencia.

La Sultana entró en el salón con Gabriela en brazos. Se plantó delante de mí y dijo, muy seria:

—Flori…

Me había llamado por mi nombre. Mal empezábamos.

—Igual me riñes por no sujetar la sinhueso, pero… yo diría que don Nando anda coladito por ti. Cualquier día coge y se te declara. La verdad es que el hombre es guapetón y va siempre hecho un pincel… y debe tener posibles, que no es moco de pavo.

—No estoy para líos, Sultana. —Me golpeé el pecho con el dedo índice—. Aún llevo aquí a Wolfgang. No hay sitio para otro hombre.

—Pobre don Wolfgang —suspiró ella—. Siempre les pasan las cosas malas a los más *honraos*.

Una semana después, debuté en Chez Nando acompañada por un pianista al que todos llamaban Bola de Nieve; su nombre verdadero era Ignacio Villa. Era joven, de piel muy oscura y cuerpo esférico. Supongo que de ahí nacería el apodo. No habíamos podido ensayar antes, pues él acababa de regresar esa misma tarde a La Habana desde México, donde andaba la mayor parte del tiempo de gira con Rita Montaner, cuyas versiones de *El manisero* y *Siboney* eran leyenda en la isla y las emitía la radio a todas horas. Pese a la improvisación, el músico y yo congeniamos bien. El público disfrutó de nuestras versiones de *Siboney* y *Déjame recordar*. A mitad del recital, Bola, como le llamaban todos, entonó por sorpresa los primeros acordes de *Dalia de arrabal*. Se presentaron en tropel recuerdos de mi otra vida y tuve que aguantarme las ganas de llorar aplicándome la máxima de Rita: «No dejes que la tristeza llegue a los ojos, concentra el sentimiento en la canción para que sea el público el que llore, no tú». Cuando se extinguió la última nota, los asiduos al elegante local de Nando nos premiaron con un aplauso atronador.

De aquel recital medio improvisado se hicieron eco todos los periódicos de la isla. Acabé cantando en Chez Nando varias noches a la semana, con el local siempre lleno hasta el último rincón. Nada más empezar el año 41, el Tropicana me ofreció formar parte de su elenco de artistas. Para entonces, ya había recuperado del todo las ganas de cantar y acepté sin dudarlo. Me convertí en una de las atracciones de esa sala de fiestas que, desde su inauguración un año atrás, se estaba erigiendo en uno de los lugares de diversión más emblemáticos de Cuba. Nando se ofreció a ser mi representante e iniciamos una fructífera colaboración. A temporadas, me organizaba conciertos en Santiago y Matanzas, adonde yo siempre viajaba en compañía de Gabriela y la Sultana. Por nada del mundo estaba dispuesta a separarme de mi hija. Por fortuna, lo que vaticinó la Sultana sobre Nando no llegó a cumplirse. Él no cometió la torpeza de iniciar una aproximación amorosa y nos evitó a los dos una situación violenta.

Mientras viví en La Habana, llegué a ganarme la vida muy bien cantando. Mis ingresos de aquellos años no podían compararse con los de los tiempos anteriores a mi huida de Alemania, cuando Claude Lefèvre me gestionaba lucrativas giras por toda Europa, pero bastaban para que Gabriela, la Sultana y yo viviéramos con holgura sin tener que tocar los ahorros de París.

Entretanto, la guerra seguía devastando Europa. Tras el sorpresivo ataque japonés a la base naval de Pearl Harbor en Hawái, en diciembre del 41, Estados Unidos y Gran Bretaña declararon la guerra a Japón, con lo que la destrucción se extendió también al Pacífico. A Cuba fueron llegando escalofriantes noticias de los campos de exterminio nazis, a los que eran deportados los judíos alemanes y los de los países invadidos. Se los hacinaba en trenes de mercancías que los conducían hacia esos campos, donde se los aniquilaba en cámaras de gas diseñadas por ingenieros para asfixiar en cuestión de minutos al mayor número posible de personas. Los nazis llamaban a eso *Endlösung,* la «solución final». Era algo tan monstruoso que me preguntaba qué habría hecho Wolfgang de haber tenido que dirigir una operación de ese tipo. ¿Se habría negado o habría acabado sometiéndose? ¿Quién era más culpable en un trance así: el que mandaba o el que obedecía? A veces, pese a que su ausencia no dejaba de doler, me alegraba que él no hubiera llegado a ver en qué se había convertido su país.

En 1944, las cosas empezaron a torcerse para Alemania. Los aliados desembarcaron en las playas de Normandía en junio. Al mes siguiente, un grupo de oficiales de la Wehrmacht atentó contra Hitler, que se salvó gracias a la proverbial buena suerte que ya le había protegido de otros intentos de acabar con su vida, incluido el que causó la ejecución de Wolfgang. En agosto, la guarnición alemana en París tuvo que rendirse, tras varios días de luchas contra los parisinos sublevados y el refuerzo de las tropas aliadas. Yo celebré con alborozo la liberación de la ciudad donde, veinte años atrás, Wolfgang y yo nos reencontramos en el Jockey.

El 45 trajo consigo el fusilamiento de Benito Mussolini y su amante, Claretta Petacci, a manos de los partisanos de Italia. Alemania padeció devastadores bombardeos aliados sobre sus ciudades más importantes, el avance del Ejército Rojo hacia Berlín tras haber invadido Prusia Oriental y, como colofón, el suicidio de Hitler en su búnker berlinés mientras las tropas rusas entraban finalmente en la ciudad. Le siguieron a la muerte Goebbels y su esposa, capaces de envenenar a sus seis hijos para librarlos de una vida que, según ellos, iba a ser indigna sin su idolatrado Führer. La rendición incondicional de Alemania en mayo acabó con la guerra en Europa, pero aún quedaba por doblegar Japón. En agosto, todos nos estremecimos con la noticia de que aviones estadounidenses habían arrojado sendas bombas atómicas sobre las ciudades japonesas de Hiroshima y Nagasaki, inaugurando una forma de matar aún más destructiva que la que se conocía hasta entonces. Japón se rindió y el 2 de septiembre se firmó el acta de capitulación.

Al acabar la guerra, tomé la decisión de regresar a Berlín. Me había aclimatado bien a vivir en La Habana, Gabriela tenía ya cinco años, hablaba con un gracioso acento cubano, apenas chapurreaba el poco alemán que pude enseñarle y cantaba *El manisero* cada vez que recibíamos visita en casa. Yo era muy consciente de que a su carácter alegre no le beneficiaría que la llevara a un país donde nada quedaba en pie. Pero yo necesitaba averiguar dónde había sido fusilado Wolfgang y en qué lugar estaba enterrado. No sabía cómo me las arreglaría para hacerlo, ni si lo conseguiría, pero si sus restos habían acabado en una fosa común con los de otros desdichados, debía rescatarlos y darles un entierro digno. Era lo único que podía hacer ya por el amor de mi vida.

Cuando supieron mis planes, Nando y la Sultana pusieron todo su empeño en disuadirme. Yo no les hice el menor caso. El 15 de septiembre de 1945, Nando nos acompañó con cara de circunstancias al muelle donde estaba atracado el transatlántico en el que Gabriela, la Sultana y yo navegaríamos hasta Hamburgo. A la hora de despedirnos, me besó en las mejillas, rozó fugazmente mi boca con la suya y me susurró al oído:

—Adiós, Flor. Ahora puedo confesarte que, si no fueras la viuda de Wolfgang, me habría dejado la piel para conquistarte. Pero es imposible competir con el recuerdo de un hombre como él. Habría perdido... y detesto perder. Ojalá encuentre algún día una mujer que me quiera tanto como tú a Wolfgang.

Le sonreí, le abracé por última vez y le di dos besos antes de subir por la pasarela detrás de la Sultana, que llevaba a Gabriela bien agarrada de la mano. Las tres nos despedimos de Nando apoyadas en la barandilla y haciendo ondear nuestros pañuelos, mientras él nos decía adiós desde el muelle agitando su sombrero panamá. A través de las serpentinas y el confeti que arrojaban al aire los demás pasajeros, entre la alegre melodía con la que la orquesta del barco amenizaba nuestra partida, contemplé por última vez los luminosos edificios de La Habana. Cuando llegué, un lustro atrás, jamás imaginé que me resultaría tan difícil despedirme de mi plácida vida en la isla y de Nando, que había sido un buen amigo y se había comportado siempre con un tacto exquisito. Pero debía cumplir con mi deber de honrar los restos de Wolfgang. Tal vez así hallaría paz y podría dejarle marchar definitivamente.

SÉPTIMA PARTE

Algún día se obrará un milagro

Ich weiß, es wird einmal ein Wunder
[gescheh'n
und dann werden tausend Märchen
[wahr.
Ich weiß, so schnell kann keine Liebe
[vergeh'n,
die so groß ist und so wunderbar.*
...

Ich weiß, es wird einmal ein
Wunder gescheh'n,
canción de Michael
Jary/Bruno Balz,
estrenada por Zarah Leander
en la película *El gran amor*,
de Rolf Hansen (1942)

* Sé que algún día se obrará un milagro / y se harán realidad mil sueños. /
Sé que no puede acabar tan pronto un amor, / que fue tan grande y tan maravilloso.

Regreso a Babilonia

E l transatlántico que nos devolvió a Europa entró en el puerto de Hamburgo casi cinco años y medio después de que Wolfgang y yo nos despidiéramos en el muelle de ultramar. Durante ese tiempo, las armas habían devastado parte del mundo, pero el recuerdo de Wolfgang seguía viviendo dentro de mí y en las facciones de nuestra hija, cada día más parecida a él. Habituadas como estábamos al clima benigno del Caribe, hacía días que la Sultana, Gabriela y yo acusábamos la inminencia del otoño alemán al que nos aproximábamos. Ya aguardábamos el desembarco vestidas con la ropa de abrigo que la previsora Sultana había incluido en nuestro equipaje. Aun así, un violento escalofrío me puso la carne de gallina cuando vi a la luz del amanecer lo que habían hecho las bombas aliadas con uno de los puertos más importantes del mundo. Los hangares eran escombros renegridos por el fuego, la mayoría de las grúas estaban desmochadas, junto a los muelles languidecían las ruinas de buques de pasajeros y de guerra. El aire amalgamaba el aroma a mar, sal y maquinaria con un olor desagradable que me hizo pensar en animales muertos descomponiéndose. Me arrebujé dentro de la capa que había comprado en mi última visita a la Maison Chanel y había tenido colgada en el armario durante mi cálido lustro habanero.

Nando, que debía de tener influencias hasta en el infierno, se había empeñado en localizar a un viejo amigo norteamericano de su padre. El hombre ocupaba ahora un alto cargo en el Gobierno de Estados Unidos y se había comprometido a asignarme a un oficial para que me guiara a través del caos que campaba en Alemania. Pude comprobar que tanto los contactos de Nando como el ejército estadounidense funcionaban bien. En cuanto pisé el muelle, tras una desasosegante espera causada por los trámites burocráticos previos al desembarco, seguida por la Sultana, que llevaba a Gabriela de la mano, me abordó un uniformado enjuto en la cuarentena, de tez sonrosada sembrada de pecas y pelo de color zanahoria. En su pechera llevaba una colección de insignias de oficial. Se cuadró delante de mí. Era tan alto que tuvo que inclinarse para hablar conmigo.

—Mistress Von Aschenbach, *I suppose*.

Asentí con la cabeza. Ante la desolación que anticipaba ese puerto destruido, mi propósito de encontrar los restos de Wolfgang empezaba a asustarme. Él me preguntó si hablaba inglés. Ante mi negativa, se presentó, en alemán correcto, como el teniente Van Johnson.

—¿Igual que el actor? —fue la única tontería que se me ocurrió decir.

El hombre mostró una sonrisa socarrona.

—Él es más pecoso. —Su mirada se posó sobre Gabriela y se ensombreció—. No es asunto mío, pero... la niña no va a ver nada bueno, créame.

—Nunca me separo de mi hija. ¡Es lo único que me queda de su padre!

—Okey, no es asunto mío.

Sonrió de nuevo y nos guio hacia un jeep militar que había aparcado cerca.

Fue un acierto que la Sultana y yo decidiéramos llevar solo el equipaje imprescindible, y dejar el resto de nuestras pertenencias embaladas en casa de Nando para que nos las enviara más adelante. Aun así, a Johnson le costó distribuir las maletas dentro del vehículo. Cuando al fin lo consiguió, nos instó a subirnos al jeep y nos condujo fuera del puerto. Al atravesar lo que había sido la orgullosa ciudad portuaria de Hamburgo, se me cayó el alma a los pies. El automóvil rodaba por lo que habían sido calles y avenidas, en algunas hasta funcionaban los semáforos, pero no las bordeaban bloques de casas sino montañas infinitas de escombros, entre los que a veces veíamos adentrarse a gente mal vestida y desaparecer enseguida como por arte de magia.

—¡Jesús, María y José, cuánta desgracia! —oía murmurar a la Sultana en el asiento trasero, donde se había instalado con Gabriela.

—La mayoría de los hamburgueses vive en los sótanos de los edificios desde que las bombas incendiarias de la operación Gomorra destruyeron la ciudad hace dos años —me explicó Johnson en alemán—. Ahora escasea el combustible, el carbón no llega porque están cortadas las comunicaciones con la cuenca del Ruhr y los niños pasan hambre. Ese es el legado que les han dejado esos malditos nazis. —Se detuvo de pronto, me miró y añadió—: No pretendía ser ofensivo. Tengo entendido que su marido era...

—¡Mi marido no era nazi! ¡Por eso le mataron! —le interrumpí.

Resumí por qué detuvieron y fusilaron a Wolfgang. Enseguida noté, hasta a través de su lenguaje corporal, cómo Wolfgang subía puntos en la consideración de ese americano amable, pero algo contaminado por la arrogancia que siempre reviste a los vencedores.

El viaje dentro del vehículo militar fue incómodo y extenuante. Las zonas rurales por las que pasábamos parecían haber salido mejor paradas que Hamburgo. Mostraban estragos del paso de las tropas aliadas, pero no la aniquilación absoluta que habíamos visto en la ciudad. Más llamativa resultó la desconfianza con la que nos observaba la escasa gente que veíamos por la calle al atravesar los pueblos. A mediodía, Johnson detuvo el vehículo junto a una arboleda y nos invitó a comer unas raciones de campaña que sacó de algún compartimento inexplorado del jeep. Dada la situación del país, explicó, no se podía confiar en encontrar una fonda abierta que además tuviera las despensas bien surtidas.

Llegamos a Berlín a última hora de esa misma tarde. Si el estado en que había quedado Hamburgo ya me había resultado difícil de digerir, mucho peor fue ver el páramo de ruinas que años atrás conocí como la Babilonia alemana, adalid de la cultura y la libertad, perpetua promesa de diversión hasta para los gustos más extravagantes. Todo eso lo habían triturado los años de nazismo y su guerra demente, al igual que habían matado a Wolfgang, a Gabi y a tantos otros. Circulamos bajo el inminente crepúsculo por una calle abierta entre dos paredes de escombros amontonados. Donde antes se erigían casas, ahora con suerte quedaba alguna fachada fantasmal cuyas ventanas se abrían a un tétrico vacío. No hallé placas con los nombres de las calles ni nada que me permitiera adivinar por dónde íbamos. Entre los cascotes apuraban la agonizante luz del día varias filas de mujeres ataviadas con chaquetones, algunas envueltas en abrigos de pieles despeluchados que atestiguaban tiempos mejores, las pantorrillas sin medias acabadas en calcetines gruesos y zapatones polvorientos de suela plana. Casi todas llevaban el pelo cubierto por pañuelos, coquetamente anudados a modo de turbante.

—Son las *Trümmerfrauen* —explicó Johnson, cuando me vio observarlas—, las mujeres desescombradoras. Aún estaban calientes las ruinas de los bombardeos y ellas ya andaban despejando las calles de escombros. Son como hormigas...

Me volví hacia el asiento de atrás. La Sultana contemplaba la destrucción con los ojos desorbitados, encerrando a Gabriela en su abrazo de gallina clueca. La niña parecía asombrada por lo que veía, pero era demasiado pequeña para comprender lo que significaba aquel panorama. Les sonreí y miré de nuevo al frente. Justo a tiempo para reconocer en un conjunto de ruinas, de paredes quemadas y llenas de boquetes, lo que fue la iglesia Memorial en cuyo interior celebramos el funeral por Gabi. Busqué en las inmediaciones el pomposo edificio que albergaba el Romanisches Café. Del lugar al que acudía la bohemia de Berlín para ver y ser vista solo quedaba un patético conjunto de restos. El único indicio de que una vez existió el café era el esqueleto de la marquesina, al que aún se agarraban cual arañas atormentadas algunas letras del nombre. Ahora que me había orientado, me di cuenta de que la avenida que acabábamos de enfilar era el Kurfürstendamm, pero ya no la ribeteaban las orgullosas fincas burguesas cuyos bajos alojaban las tiendas más elegantes de Berlín. Apenas quedaba una sucesión de piedras a las que la destrucción había conferido formas caprichosas, como surgidas de un mal sueño. Tuve que inspirar muy hondo para contener las lágrimas.

La voz de Johnson atravesó la niebla que me aplastaba. Anunció que se tomaba la libertad de conducirnos a una villa próxima al barrio de Tiergarten, donde hallaríamos camas limpias y comida decente mientras durara nuestra estancia en la ciudad. La mayoría de los hoteles berlineses estaban destrozados y los que quedaban en pie no reunían condiciones; menos aún para nosotras, que viajábamos con una niña. La casa a la que nos llevaba pertenecía a un matrimonio que había perdido a sus dos hijos en Stalingrado y el negocio familiar bajo las bombas aliadas. Resultaban de trato algo adusto, en especial con norteamericanos y soviéticos, a los que culpaban de su desgracia, pero necesitaban dinero y se lo ganaban proporcionando a sus huéspedes alojamiento limpio y comida sabrosa pese a las restricciones.

Yo solo acerté a asentir con la cabeza. La tristeza que me empezaba a engullir me sugería que tal vez no había sido buena idea regresar tan pronto a Berlín.

El ave fénix

El teniente Johnson nos llevó a una villa elegante de dos pisos que, por uno de esos prodigios de la vida, se había salvado de las bombas en un entorno tan castigado como el resto de la ciudad. Un boquete en un lateral, tapado con listones de madera, era el único tributo de esa casa a la guerra. Cuando conocí al matrimonio Ebert, el calificativo de adustos que había empleado Johnson se me quedó corto. Nos recibieron sin disimular la hostilidad de los vencidos que se ven con las manos vacías y el corazón en carne viva. Aunque, teniendo en cuenta todo lo que habían perdido, su actitud resultaba más que comprensible. Creo que hasta el teniente los disculpaba con benevolencia. Se quedó departiendo con el señor Ebert mientras la señora nos acompañó al piso superior. Las alcobas estaban escrupulosamente limpias y los muebles que quedaban evidenciaban el gusto de la burguesía acomodada de la Alemania anterior a la guerra. Por las ausencias dibujadas en el papel de las paredes, deduje que habrían ido vendiendo piezas de su mobiliario para subsistir, o tal vez se habrían visto obligados a alimentar con ellas las estufas.

La hostilidad de Frau Ebert empezó a ceder cuando le hablé en alemán y se derritió del todo al decirle que mi marido había sido un alto mando de la Wehrmacht y había caído en la guerra. Entonces se atrevió incluso a acariciar la cabeza de Gabriela, que se escondió rauda detrás de la Sultana. Yo me cuidé mucho de añadir detalles sobre la muerte de Wolfgang. No era cuestión de tentar a la suerte, ahora que me había ganado la simpatía de esa mujer hundida en la amargura.

La cena nos la sirvió Frau Ebert en persona. Con el paso de los días, descubrí que también era ella quien cocinaba y limpiaba. Sobre el aparador del comedor había un tocadiscos muy similar al que poseíamos Wolfgang y yo. En el plato giraba un disco. Entre los raspones que atrapaban la aguja de cuando en cuando, distinguí el vozarrón de Zarah Leander, una actriz y cantante sueca que debía su fama a las películas de propaganda nazi que rodó con la Ufa durante la guerra. En esa habitación imbuida de tristeza, la Leander proclamaba con intensa convicción: *Ich weiß, es wird einmal ein Wunder gescheh'n* (Sé que algún día se obrará un milagro). Durante mi estancia en casa de los Ebert, esa canción sentimental amenizaría muchas de nuestras comidas y cenas. Era como si los caseros hallaran algún sosiego en su letra, que hablaba de un reencuentro milagroso, aunque fuera entre dos amantes y no con los hijos caídos en un país lejano.

Aquella primera noche dormimos de un tirón. Gabriela ocupó conmigo la ancha cama de mi habitación, mientras la Sultana disponía del cuartito contiguo para ella sola. A la mañana siguiente se inició para mí una rutina extenuante. Johnson me recogía muy temprano delante de la verja de la villa. Yo dejaba a Gabriela al cuidado de la Sultana y me encaramaba al jeep. El teniente, convertido en mi protector e intérprete, me conducía a todos los cuarteles aliados donde creía que podrían darnos información sobre las personas ejecutadas por los nazis. Cada día aparecía con un soplo nuevo, que al final acababa disolviéndose en decepción. En todas las instancias que visitábamos nos decían que aún andaban ordenando la documentación incautada a los diferentes organismos de la Alemania nazi y tardarían meses en poder responder a mis preguntas. Siempre dábamos con algún agorero que se sentía obligado a advertirme de que tal vez nunca hallaría los restos de mi marido, pues durante aquellos años ominosos habían sido muchas las ejecuciones y las fosas comunes rebosaban de los esqueletos de desdichados a los que sería imposible identificar. Yo me tragaba mi creciente desaliento y el cansancio, decidida a resistir a toda costa, aunque notaba cada día cómo la mancha maligna de la congoja empezaba a mancillar mi determinación.

Johnson resultó ser una gran ayuda. Cuando tomó confianza, asomó bajo su toque de arrogancia un hombre sencillo que ansiaba regresar a Nueva York, donde le esperaban su esposa y sus dos hijos, más la agencia de publicidad en la que trabajaba antes de ser movilizado. Un día me confesó que había participado en batallas cruentas. La peor de ellas fue con diferencia el desembarco en Normandía, un gigantesco tiro al plato donde salvarse del fuego alemán o morir rebozado en arena dependía solo de unos pocos milímetros y de los caprichos del azar. Estaba cansado de ver cadáveres, heridos que se agarraban a su último resquicio de vida y edificios reducidos a ruinas. Su cupo de emociones fuertes estaba más que cubierto. Había tenido la inmensa suerte de sobrevivir sin sufrir heridas de consideración y solo aspiraba a apurar tranquilo en su ciudad los años que le quedaran.

Ahora, añadió tras una breve reflexión, las fuerzas aliadas habían iniciado lo que llamaban el «proceso de desnazificación» y él venía observando que se centraba en los mandos más representativos de Hitler, a los que pronto se juzgaría en Nuremberg, y en otras cabezas visibles de poca monta que no podían ocultar su pasado nacionalsocialista. Sin embargo, se topaba constantemente con nazis notorios que habían manejado los hilos del poder y ahora seguían en puestos de responsabilidad, tanto en la administración como en la gerencia de las empresas que a los vencedores les interesaba mantener vivas. ¿Desidia o simple connivencia? ¿Entendía ahora por qué soñaba con volver a su trabajo de venderle a la gente cosas absurdas que nadie necesitaba?

Después de tres semanas de pistas fallidas y desilusiones, un día mi determinación se derrumbó como un edificio bombardeado. Resurgió en toda su crudeza el dolor por la muerte de Wolfgang, el roedor tenaz que nunca había dejado de morderme el corazón, aunque en La Habana había aprendido a domesticarlo tras el nacimiento de Gabriela. Durante los primeros días en Alemania, la tensión por cumplir con mi propósito me había mantenido en pie, pero resultaba demasiado agotador recorrer a diario las ruinas de Berlín sin conseguir ni un ápice de información útil. Creo que, de no haber sido por mi hija, habría vuelto a caer en el pozo de la apatía. Ella se convirtió en mi aliciente para salir cada mañana a investigar con el teniente Johnson, incluso para seguir viviendo. No sé qué habría hecho sin Gabriela. Y es que me partía el alma ver el hambre reflejada en la mirada de niños que se entretenían entre los escombros con juguetes rotos; la desazón de los soldados alemanes desmovilizados que regresaban en incesante goteo de lo que fue el frente oriental vestidos con andrajos, famélicos y desdentados, muchos de ellos mutilados; la parsimonia resignada de los hombres que recogían colillas del suelo para convertir en cigarrillos apestosos el tabaco que sacaban de ellas. Temía reconocer entre esos espectros derrotados a algún antiguo amigo o conocido. Tal vez a Manfred Juergens o al perfumado Seifert. Quizá a alguna de mis amigas del Romanisches Café. No soportaría verlos humillados de ese modo por la destrucción de su querida ciudad y del país entero.

Pero a veces lo que tememos acaba ocurriendo.

Una mañana, recién iniciada nuestra nueva jornada de pesquisas, Johnson y yo pasamos una vez más por delante de un nutrido grupo de mujeres desescombradoras, las *Trümmerfrauen*. Yo no podía evitar fijarme en ellas siempre que las veía. Admiraba el tesón de hormigas con el que hundían las manos sin guantes en esas desazonadoras montañas de cascotes; su modo de desafiar el frío otoñal con las piernas desnudas; la manera de cubrirse la cabeza con esos pañuelos artísticamente anudados, quizá su humilde tributo a la coquetería de antaño en medio de tanto desastre. En eso, reparé en el rostro de una de ellas: pálido y ojeroso, de mejillas hundidas por el hambre atrasada. Me resultaba tan conocido...

Entonces supe por qué. ¡Era Beate! La resuelta doctora de la clínica de mujeres de Neukölln donde habían matado a Gabi. Se me escapó un grito. Johnson frenó en seco.

—¿Qué le ocurre?

—Ahí... —El dedo índice me tembló cuando señalé a las mujeres—. Es... es una amiga mía. Debo... debo ir a saludarla.

Él recostó su interminable cuerpo en el asiento. Sacó del bolsillo un paquete de cigarrillos americanos y una caja de fósforos.

—Okey. Tenemos tiempo.

Salté del jeep y me acerqué a las mujeres, que siguieron escarbando sin reparar en mi intromisión. De los escombros recién sacados del montón separaban los ladrillos que podían servir y los amontonaban en pilas ordenadas con esmero. Beate se inclinaba sobre lo que parecía un fragmento de muro manchado de hollín. Me acerqué a ella, con cuidado de no perder el equilibrio al caminar con mis zapatos de medio tacón sobre aquellos túmulos de piedras. Le di un golpecito en el hombro. Ella se enderezó y me miró con extrañeza. De cerca, vi que llevaba la cara pringada de polvo y tizne. En su cutis, que en mi memoria aún era lozano, se marcaban arrugas alrededor de la boca y bajo los ojos. Sus cejas, que recordaba depiladas a lo Jean Harlow, se ondulaban ahora en desordenado espesor. Justo cuando iba a darme a conocer, exclamó:

—Nora, *mein Gott!*

Me estrechó en un abrazo vehemente que transmitía sorpresa y mucha tristeza acumulada. Se me saltaron las lágrimas. Cuando nos separamos, vi que ella también tenía los ojos húmedos. Las dos nos las limpiamos apresuradamente con el dorso de la mano.

—¿Dónde has estado? —inquirió, con voz entrecortada por la emoción—. Desapareciste tan de repente que nos temimos lo peor. Luise y yo fuimos a tu casa. Al no encontrar a nadie, preguntamos a tu vecina. Nos dijo que la Gestapo se había llevado a tu marido. De ti no sabía nada.

Le conté lo que le había ocurrido a Wolfgang, le hablé de cómo recalé en Cuba, de lo que significaba Gabriela para mí y de la razón por la que recorría ese Berlín devenido en averno junto a un teniente del ejército de Estados Unidos. Ella volvió a abrazarme. Noté que su áspero abrigo olía a sudor viejo, humo y abatimiento.

—Pobre Wolfgang. Parecía un hombre tan honesto...

—¿Y tú? ¿Y las amigas?

Una nube de tristeza oscureció el semblante de Beate. Entre sus pestañas volvieron a embalsarse las lágrimas.

—¿Te acuerdas de mi prometido?

Asentí con la cabeza. ¿Cómo olvidar al cardiólogo de la Charité que motivó el sorprendente cambio de peinado de Beate?

—Le enviaron al frente ruso como médico. Cayó en Stalingrado. Aún no han repatriado sus restos… No sé si llegarán algún día.

—¡Cuánto lo siento, Beate!

Ella se encogió de hombros. Se me antojó tan frágil, tan triste…

—Alemania rebosa de muertos… Luise falleció en la Charité, dentro de mi sección. La sacaron de debajo de los escombros de su casa después de un bombardeo, pero estaba demasiado grave para sobrevivir. Al menos, pude acompañarla durante su agonía y no murió sola.

—¿Y Lotte?

Beate emitió una risita burlona.

—Lotte es como la mala hierba. Con ella no pudieron los pistoleros nazis que asaltaron nuestra clínica ni las bombas de los aliados. Físicamente está mejor que nunca. Parece mentira, ¿verdad? —Me miró de hito en hito—. ¿Piensas quedarte en Berlín?

Negué con la cabeza.

—Sin Wolfgang, no tiene sentido. —En ese instante, me iluminó con claridad el camino que debía seguir—. Voy a volver a París. Si mi apartamento sigue en pie, será un buen lugar para criar a mi hija. Gracias a que Wolfgang nos sacó de Alemania, ella no ha padecido la guerra. No hay motivo para que la haga vivir ahora en esta ciudad desolada, por mucho que su padre fuera de aquí.

—Te comprendo. Si yo tuviera hijos y pudiera ahorrarles todo esto, lo haría sin dudarlo ni un segundo. —Paseó la mirada por aquella selva de cascotes y esbozó una sonrisa que evocó a la Beate del pasado—. Bueno, Nora, debo seguir con mi tarea. Queda mucho por hacer, pero… ya sabes que los alemanes somos como el ave fénix. Renacimos de las cenizas de la Gran Guerra y resurgiremos también de estas.

De eso no me cupo la menor duda. Nos fundimos en un último abrazo y dejé a mi amiga de los tiempos del Romanisches Café sacando ladrillos de las ruinas de lo que fue la Babilonia alemana.

Confidencias en la biblioteca

Cuando se cumplió un mes de nuestra llegada a Berlín, yo había recorrido de la mano del teniente Johnson infinidad de organismos creados al acabar la guerra para recabar información sobre las víctimas de ejecuciones y de los que murieron en campos de concentración. Habíamos seguido todos los soplos que le llegaban al teniente, aunque ni una sola de esas pistas nos condujo a ninguna parte. Me vi abocada al penoso deber de asumir mi fracaso y abandonar Berlín. Cada nuevo día mermaba mi estabilidad mental y me resultaba más difícil controlar la tristeza que me roía por dentro. En vista del parco resultado de mis pesquisas, no tenía sentido mantener a Gabriela indefinidamente en esa ciudad derruida, encerrada todo el día en la melancólica villa de los Ebert y lo que quedaba del jardín, mientras yo andaba de un lado a otro encajando desengaños. La Sultana la cuidaba con la abnegación de una abuela y también el matrimonio Ebert se había rendido a la alegría caribeña de mi hija; la señora hasta había empezado a enseñarle a hablar alemán. Pero mi deber era darle una vida ordenada, un colegio al que asistir y amigas de su edad cuya mirada no reflejara la muerte, el miedo y el hambre. Decidí instalarme cuanto antes con Gabriela y la Sultana en mi apartamento de París, suponiendo que aún siguiera en pie. Mi hija merecía criarse en un lugar donde no escaseara el carbón con el que combatir el frío que ya arreciaba.

El teniente Johnson se alegró cuando le adelanté mis planes. Era lo mejor para mi hija y también para mí. Hacía días que me veía muy alicaída. Quizá más adelante surgiera información sobre mi marido, quiso animarme. Él, por su parte, seguiría buscando mientras permaneciera destinado en Berlín y me escribiría sin falta si encontraba algo que pudiera serme útil. Le agradecí en el alma su buena voluntad.

Nuestra última tarde en Berlín fue gélida. La Sultana y yo nos pusimos a preparar el equipaje en mi alcoba, apenas caldeada por unos leños malolientes y un puñado de coques que se consumían juntos en la estufa. Gabriela, sentada en la alfombra con las piernas cruzadas, abrigada bajo varias capas de ropa, se entretenía vistiendo a la muñeca que habíamos traído de Cuba. Alguien golpeó de pronto la puerta con los nudillos. Asomó la cabeza entrecana de Frau Ebert para anunciar que abajo había un hombre interesado en verme. Le había acomodado en la biblioteca. Pese a su amabilidad, no pudo disimular cuánto le contrariaba la visita. Dejé a Gabriela al cuidado de la Sultana y corrí escaleras abajo. ¿Quién tenía interés en hablar conmigo y sabía que me alojaba en esa casa? ¿Sería Johnson, que había encontrado una pista decisiva? Pero entonces Frau Ebert le habría llamado por su nombre.

Nunca había estado en la habitación que la dueña de la casa definía como biblioteca. Resultó ser una espaciosa sala con las paredes revestidas de estanterías de caoba, sobre las que se alineaban multitud de libros ordenados con pulcritud. Un sofá y dos orejeros tapizados en cuero marrón daban el toque acogedor a ese reducto milagrosamente salvado de la lluvia de bombas. En uno de los sillones estaba sentado un hombre de cabello muy rubio y flaco como un ciprés. Sus dedos manoseaban con visible ansiedad un gastado sombrero fedora. Al mirarle a la cara, tuve que sentarme en el orejero más próximo. Por un instante había creído ver a Wolfgang, tal como era cuando le descubrí entre el público de La Pulga, más de treinta años atrás.

El visitante se levantó y vino hacia mí. Inclinó un poco el torso cuando alargó la mano derecha.

—Disculpe si mi visita la incomoda, Nora. No pretendo hacer que se sienta mal.

Tragué saliva, tomé aire y estreché la mano algo sudorosa de Konrad.

Él se quedó de pie, mirándome como indeciso. Tuve que invitarle a sentarse de nuevo. Cuando se hubo acomodado enfrente de mí, arrancó a hablar sin perder su aire de inseguridad.

—Desde que me desmovilizaron y volví... a... a lo que queda de Berlín, intento averiguar dónde fusilaron a mi padre y si sus restos... si son recuperables. Hoy me han dicho que su viuda también está preguntando por él y me han dado esta dirección. —Inspiró, visiblemente cohibido. Me miró con esos ojos que eran una réplica de los de Wolfgang—. No voy a negar que mi familia no le tenía a usted ninguna estima, Nora, y yo... yo... de niño la consideraba una bruja que había hechizado a mi padre, pero con los años fui comprendiendo lo que él sentía por usted.

—Lo sé, Konrad.

¡Qué difícil me resultaba hablar con el hijo de Wolfgang!

—Cuando nos dijeron lo que había hecho... él... mi padre... me costó mucho encajarlo. Para mis abuelos fue una tragedia. Mi abuelo se convirtió en un anciano de la noche a la mañana y mi abuela falleció poco después. Mi padre era el segundo hijo que perdía. Creo que se dejó morir como un gorrión. Ninguno de nosotros podíamos entender cómo un oficial de su rango, formado en la Kriegsakademie, pudo traicionar así a su patria.

Mi lengua seguía paralizada.

—Empecé a comprender sus razones cuando la guerra nos enseñó su verdadera cara —prosiguió Konrad—. Ojalá hubieran acabado con Hitler mi padre y sus compañeros... y los que lo intentaron después. Pero en aquel tiempo no me cabía en la cabeza que alguien pretendiera atentar contra nuestro Führer.

—¿Dónde combatió usted?

—En la Luftwaffe, como mi padre. Dentro de lo malo, tuve suerte de no acabar en el infierno del frente oriental y de poder regresar a casa con mis dos brazos y mis dos piernas. —Konrad se ahogó en una burbuja de silencio de la que emergió al cabo de unos segundos—. Creo que mi padre merece un entierro digno en el panteón de la familia. Por eso estoy investigando. Hoy me han hablado de usted y me han dicho que se aloja aquí…, también que se marcha mañana. Yo quiero… quiero que sepa que seguiré indagando el tiempo que haga falta. Si me deja una dirección, le escribiré en cuanto averigüe dónde están los restos de mi padre. Tarde o temprano, lo conseguiré.

Sacó del bolsillo una estilográfica y un bloc de papel resobado. Me tendió las dos cosas. Anoté las señas de mi apartamento de la rue Cambon y se lo devolví. Él apuntó algo sobre otra hoja, la arrancó y me la tendió.

—Es el teléfono de mis caseros. Vivo en una habitación de alquiler. Aún no tengo ánimo para encerrarme solo en la villa de mi familia. —Carraspeó y se removió en el sillón—. Mi abuelo murió en el 43, de un ataque al corazón. Solo quedamos nosotros dos de… la familia Von Aschenbach. Deberíamos llevarnos bien, ¿no le parece?

—¿Y su madre?

—Murió aquí, en Berlín, durante uno de los últimos bombardeos aliados. De mi padrastro no se sabe nada desde la rendición. —Me sorprendió su sarcasmo cuando añadió—: Igual está escondido en Sudamérica.

Recordé que Katharina accedió a divorciarse de Wolfgang para casarse con un oficial de las SS.

—Lo siento —murmuré por pura cortesía.

Él se encogió de hombros. Su cuerpo transmitía resignación, dolor apenas digerido y una profunda soledad. Calculé que debía de andar por los veintisiete años, pero se movía como un niño desvalido. Me movió el impulso de animarle.

—No somos los únicos Von Aschenbach que quedamos, Konrad.

—¿Cómo? —musitó él.

Sus ojos fueron agrandándose por momentos.

—Tiene una hermana. Se llama Gabriela y se parece mucho a su padre. ¿Quiere conocerla?

Él necesitó un rato para asimilar la noticia. Por fin asintió con un escueto movimiento de cabeza.

—Hoy no le diré que usted es su hermano —le advertí—. Prefiero explicárselo poco a poco.

—Lo entiendo.

Se puso en pie en cuanto me vio levantarme. Sonreí para mis adentros ante sus gestos de marcialidad prusiana, que le hacían tan parecido a Wolfgang. Me siguió hasta la escalera. Subió en silencio detrás de mí. No supe discernir si estaba cohibido, atemorizado o solo sorprendido. Cuando abrí la puerta de la habitación, Gabriela permanecía sentada en la cama observando cómo la Sultana guardaba nuestras ropas en la maleta. Se puso en pie y vino corriendo hacia mí, pero se detuvo en cuanto vio que a mi espalda la miraba un desconocido. La Sultana se acercó, con los ojos fijos en Konrad como si estuviera contemplando a un fantasma.

—Os presento a Konrad —les anuncié a las dos en español fingiendo alegría; en voz baja para que solo lo oyera la Sultana, añadí—: Es el hijo de Wolfgang.

La aclaración provocó un suspiro y su habitual «Jesús, María y José». Konrad se atrevió a dar unos pasos adelante. Se inclinó ante Gabriela, dio un taconeo prusiano que resonó como un latigazo y le tendió la mano.

—*Gnädiges Fräulein...*

Gabriela hizo gala de los modales que yo le había enseñado y estrechó la mano de Konrad aportando una graciosa genuflexión. La Sultana invocó a la Virgen del Pilar, añadió algunos de sus santos de más confianza y se dejó caer en el borde de la cama como un fardo. La vi limpiarse los ojos con un pañuelo. Siempre había sido de lágrima fácil. Aunque yo también estuve a punto de echarme a llorar viendo el gran parecido que guardaban Konrad y Gabriela con el padre que compartían.

Empezar de nuevo

Después de haber sufrido viendo lo que quedaba de Hamburgo y Berlín, mi estado de ánimo mejoró un poco cuando regresé a París y comprobé que sus edificios y monumentos seguían en pie. Aún quedaban huellas de la ocupación alemana y de las luchas callejeras cuando entraron las tropas aliadas, como restos de barricadas y algunos nidos de ametralladoras en las azoteas, inactivos y vigilados por soldados norteamericanos. Las tiendas aún no exponían la exuberancia de artículos de antes de la guerra. Todavía había problemas de abastecimiento, en especial de gasolina y víveres. Por las calles circulaban más bicicletas que coches y para comprar comida había que mostrar la cartilla de racionamiento. Más que esas estrecheces, me impresionaron los resquicios de rencor en la mirada de los parisinos cuando se cruzaban con mujeres cuyo cabello, corto como el de un presidiario, delataba que habían sido rapadas tras la liberación en castigo por haber mantenido relaciones con militares teutones.

Mi piso se hallaba en unas condiciones sorprendentemente buenas. Durante la ocupación lo había habitado un oficial alemán muy educado que siempre saludaba, según le describía la portera del edificio, una cotorra malcarada que sustituía a la que yo había conocido, fallecida dos años atrás. No obstante, la Sultana y yo invertimos una semana en limpiarlo a fondo. Después yo misma fui pintando las paredes mientras Gabriela estaba en el parvulario que le busqué, o cuando la Sultana la llevaba a jugar por las tardes a los jardines de las Tullerías. No contraté a una criada de momento. Ante la incertidumbre general legada por la guerra y la de mi economía en particular tras años alejada de los grandes teatros europeos, no me convenía gastar más dinero de la cuenta.

Localicé pronto a Claude y Madeleine Lefèvre. Muy ufanos, me invitaron a comer en su casa, que se hallaba en un estado mucho más descuidado que mi apartamento. Me contaron que llevaban cuatro meses en París, de donde huyeron poco antes de que los alemanes ocuparan la ciudad. Acabaron cruzando la frontera española y se establecieron en San Sebastián. Un exilio espantoso, me confió Madeleine en un aparte, con Claude vigilando como nunca lo que se gastaba en sus pequeños caprichos y con esos franquistas gordos y cejudos, enriquecidos a raíz del estraperlo y otros chanchullos, mirándole el escote en las fiestas mientras sus mojigatas esposas la marginaban como si fuera una mujerzuela de las que hacían la calle. A ella, que había tenido a lo mejor de París rendido a sus pies. Para eso no habría hecho falta escapar de los boches; seguro que habrían sido más corteses con ella. Se impresionó mucho cuando le hablé del fusilamiento de Wolfgang y de que en La Habana descubrí que estaba embarazada, pero no se privó de observar que ella me advirtió del error que cometía casándome con un oficial alemán. Si le hubiera hecho caso, ahora no me vería condenada a criar a una niña sin ayuda, como esas colaboracionistas que andaban por ahí con la cabeza rapada y un mocoso medio boche agarrado a sus faldas.

Nunca había tenido tantas ganas de darle una bofetada como aquel mediodía, y eso que nos conocíamos desde hacía más de veinte años. Me frenó la mano el poso de amargura que delataba su voz y acabé perdonándole la falta de tacto. Creo que ella ni sospechó lo cerca que estuvo de recibir un sopapo como los que repartíamos en el Arrabal de mi infancia.

Madeleine había envejecido. Su lánguido cuerpo de sílfide había desarrollado redondeces en los puntos más inoportunos. Los vestidos que se llevaban ese año, ajustados a la cintura, marcada por un fino cinturón, y con la falda acabada a la altura de las rodillas, las resaltaban sin piedad. En su cutis, antaño transparente, se marcaban arrugas de las que no disimula ni el maquillaje más caro. A Claude también se le habían echado los años encima. Había perdido pelo y su espalda se curvaba como si cargara un saco de patatas invisible. Su situación financiera no debía de ser la de antes, pues se le iluminó la cara cuando le propuse que me volviera a representar. Enumeró enseguida los teatros con los que se iba a poner en contacto sin demora y desapareció en su despacho, dejándonos a Madeleine y a mí sorbiendo desganadas el champán que habían sacado para celebrar el reencuentro.

Mientras esperaba a que Claude me consiguiera trabajo, seguí arreglando el apartamento con la ayuda de la Sultana. Algunas tardes iba con Gabriela a pasear por las orillas del Sena, en especial a los puestos de libros que se alineaban en el Quai Saint-Michel, adonde me llevó Wolfgang la noche en la que nos escapamos de Madeleine y sus amigos en el Jockey. Gabriela disfrutaba de nuestros vagabundeos y de los sitios que le iba descubriendo. Mientras callejeábamos, me contaba anécdotas del colegio, de la maestra y de las niñas con las que jugaba en el recreo. Yo aprovechaba para hablarle de su padre, de nuestro primer encuentro en La Pulga, que le relataba depurado de todo lo humillante y sórdido, y de cómo nos volvimos a ver en París diez años después. En ocasiones sacaba del bolso la fotografía que nos hicimos el día de nuestra boda y se la enseñaba. Ella contemplaba con calma al apuesto oficial que posaba a mi lado y dejaba caer un beso sobre el cartón. No pocas veces tuve que reprimir las ganas de llorar ante ese gesto y repetirme que debía luchar contra mi tenaz melancolía por el bien de Gabriela, el último regalo de Wolfgang.

Busqué a mi hermano Jorge en la dirección que me había dado años atrás, temerosa de que se hubiera mudado o, una posibilidad mucho peor, de que le hubiera ocurrido algo durante la ocupación alemana. Le hallé envejecido, aún más recio de cuerpo y envuelto en la misma resignación tristona que el día en que me abordó en las Tullerías. Seguía instalado en el cuartito de la parte trasera del taller de automóviles donde sus manazas resucitaban hasta los motores más desahuciados. Nos pusimos al corriente sobre lo que habíamos vivido en los últimos años. Él me contó que, mientras las tropas germanas controlaban París, había colaborado con la resistencia haciendo pequeños recados y ahora ayudaba a su jefe asistiendo a los españoles que seguían huyendo del cruel régimen de Franco. «Así sirvo *pa* algo», añadió. Evocamos nuestra infancia en el Arrabal y a nuestros hermanos (ni él ni yo sabíamos nada de ellos), y bebimos coñac a morro de la botella que guardaba en su madriguera. Al cabo de un rato, regresé a mi apartamento tras haber prometido a Jorge que la próxima vez le visitaría con su sobrina para que la conociera.

Escribí una larga carta a Rubén sin esperanza de recibir respuesta. Sin embargo, esa vez sí llegó, aunque tardó lo suyo. Mi hermano empezó su misiva asegurándome que Amador seguía de capataz en la fundición y había salido sin daño de nuestra guerra civil. Por su parte, a él y Tensi les iba bien. Tenían tres hijos, el suegro había muerto años atrás y ahora Rubén era el propietario de la bodega y los viñedos. Se me escapó una sonrisa mientras leía. El benjamín de mi familia, al que Jorge calificó de más listo que el hambre y Andrés definió como un rata, había conseguido afianzarse como patrón.

Así estaban las cosas cuando la vida decidió cambiar sus reglas de juego una vez más.

Virgencita del Pilar

U na tarde de finales de noviembre regresaba a casa desde el
Folies Bergère, adonde había ido con Claude a saludar al
gerente y firmar un contrato para cantar durante dos semanas.
Soplaba un viento desapacible y el frío atravesaba la ropa hasta el
mismísimo tuétano. Me sentía ilusionada y asustada a la vez. Una
idea terrorífica me martilleaba la cabeza sin parar: ¿y si el público
parisino ya no se acordaba de mí? Llevaba poco tiempo en la ciudad, pero me había bastado para ver muchos nombres nuevos en
las marquesinas de los teatros reabiertos. ¿Y si los que antes me
aplaudían con entusiasmo ahora me consideraban una vieja gloria? Si mi regreso a los escenarios no cosechaba un éxito, aunque
fuera pequeño, que animara a los empresarios a seguir contando
conmigo, ¿cómo me ganaría la vida para criar a Gabriela sin estrecheces? Conservaba ahorros de mis tiempos de aplausos, flores
y champán, pero el dinero no dura eternamente.

Cuando entré en el apartamento, hallé a la Sultana y Gabriela
sentadas a la mesa de la cocina. La niña hacía ejercicios de caligrafía, que siempre me recordaban a los que me imponía don Licinio en casa de don Octavi. Sobre el fogón borboteaba un guiso
que repartía calor y un apetitoso aroma por toda la estancia. La
antigua bailarina oriental de La Pulga se las arreglaba de maravilla como cocinera. La saludé, me despojé de sombrero y abrigo y
los dejé sobre una silla junto con el bolso. Di a Gabriela un beso
en la frente y me senté a su lado para alabar su trabajo. Al cabo
de un rato viéndola trazar letras, me puse en pie, cogí mis cosas y

fui a la alcoba para cambiarme de ropa. Nada más pisar la habitación, dos timbrazos enérgicos rompieron la quietud de la casa.

—¡Ya voy! —voceó la Sultana desde la cocina.

Oí cómo echaba atrás su silla y cruzaba el apartamento con pasos sorprendentemente ligeros para los años que iba acumulando. Dejé sombrero, abrigo y bolso encima de la cama para guardarlos después y me quité los zapatos. Llegó el ruido del cerrojo que descorrió la Sultana, seguido por el leve chirrido de la puerta. Justo iba a quitarme los pendientes cuando me sobresaltó un grito suyo que derivó en uno de los inevitables:

—¡Jesús, María y José!

¿Se habría caído? ¿Y si no se conservaba tan ligera como parecía?

—¡Virgen del Amor Hermoso! Venga enseguida, señora...

Ahora sí me asusté. Corrí descalza por el pasillo en dirección al vestíbulo. Llegué en el instante en que ella se persignaba y exclamaba:

—¡Ay, Virgencita del Pilar!

—¿A qué viene tanto alboro...?

Las palabras se me atascaron en la garganta antes de haber podido acabar la frase. Mis pies se detuvieron en medio del vestíbulo. Alguien gritó. Me di cuenta de que había sido yo.

En el hueco de la puerta, que la Sultana aún sujetaba con cara de estar viendo a un espectro, se perfilaba un hombre muy alto de espalda encorvada. Más que flaco, estaba esquelético. El pelo, rapado casi al cero, todavía era abundante y estaba completamente blanco. Vestía un traje deforme que hacía bolsas por doquier y una camisa de tela basta que algún día debió de ser blanca, abotonada hasta rozarle la nuez prominente. No llevaba abrigo, ni siquiera gabardina. De su mano colgaba una mustia mochila caqui con la bandera de Estados Unidos. Una red de arrugas se extendió por su cara cuando forzó una sonrisa entre la barba cana de varios días. Los pómulos se marcaron sobre las mejillas cóncavas, la derecha surcada por una cicatriz corta, aunque llamativa. Sus ojos azul cielo, agrandados por su delgadez, me miraban como disculpándose por tanto desaliño.

Tras unos segundos de parálisis, conseguí despegar los pies del suelo. Corrí hacia él y me arrojé a sus brazos descarnados. Él me estrechó con inesperada fuerza para tanta flacura. Sus lágrimas me abrasaron la piel al resbalar sobre mi frente. El calor de su cuerpo reconfortó mi corazón entumecido. Aspiré su aroma añorado entre un ligero olor a sudor y a ropa rancia, rescatada a saber de dónde. Por un instante, temí que todo fuera un sueño y acabara despertándome, sola y llorosa, en la cama que durante años fue testigo de nuestras escaramuzas lúbricas más audaces. Apreté la cara contra su pecho, acaricié sus brazos huesudos, alcé la mano y la deslicé sobre la vieja cicatriz de su mejilla. No, no estaba siendo víctima de una alucinación.

¡Wolfgang vivía!

No recuerdo cuánto tiempo permanecimos abrazados, ni si la Sultana seguía agarrada a la puerta o se había alejado por no molestar. Me sacó del hechizo la voz de Gabriela.

—Mami, ¿qué te hace ese señor?

Me despegué del hombre flaco que ni siquiera luchaba por reprimir las lágrimas. Controlé como pude el temblor de mi cuerpo y los espasmos provocados por el llanto embalsado en el esófago. Salvé los pocos pasos que me separaban de Gabriela. Me incliné para que mi cara quedara a la altura de la suya. Nuestra hija miraba con extrañeza primero a uno, después al otro, haciendo pucheros en medio del vestíbulo, con el lapicero aún entre los dedos.

—Ven a saludar a tu padre, Gabriela.

Ella no se movió; mantenía los ojos fijos en el intruso exhausto que la miraba desde el hueco de la puerta sin parpadear siquiera. Temerosa de que Wolfgang se desplomara de puro agotamiento en el umbral o de que Gabriela se echara a llorar, tomé de una mano al padre, a la niña de la otra, y conduje a los dos hasta la cocina. La Sultana se sentaba a la mesa, enroscada sobre sí misma y abismada en un llanto silencioso, con el rostro oculto tras un pañuelo empapado de lágrimas. Al vernos entrar, se puso en pie y encerró a Gabriela en uno de sus abrazos de clueca. La niña se metió el pulgar en la boca, un gesto que llevaba años sin hacer.

Protegida por los brazos regordetes de la Sultana, siguió observando a Wolfgang. Él apartó una silla y se dejó caer pesadamente en ella. Sin decir nada, dejó vagar la mirada sobre todos los objetos de la cocina. Entre sus pestañas aún se enredaban lágrimas.

Dentro de mí bullía una mezcla de euforia, conmoción y preocupación por su extrema delgadez. Pensé que, estando tan flaco, seguro que tendría hambre atrasada. Al guiso aún le faltaba un rato de cocción, así que le puse delante, sin orden ni concierto, un vaso de leche, embutido, queso y una manzana. Él solo tomó leche, sin salir de su hermético silencio. Sus ojos hundidos se posaban a ratos en Gabriela, a ratos en mí, acariciándonos a las dos con la mirada. Nuestra hija observaba cohibida al desconocido, que no se parecía al oficial de la fotografía de nuestra boda. Supe que me iba a llevar tiempo y muchas explicaciones aclararle las preguntas que se reflejaban en su iris azul. La Sultana tampoco abrió la boca. De pie junto a la mesa y aferrada a la niña, solo escrutaba a Wolfgang, suspiraba, alzaba un brazo y se santiguaba. Por ese orden; una y otra vez.

Tras el caótico refrigerio, llené para Wolfgang la bañera con agua bien caliente y casi vacié el frasco de sales que había traído de La Habana y guardaba como oro en paño. Tuve que animarle a desnudarse delante de mí. Conforme se iba quitando con cautela esa horrible ropa de beneficencia, me di cuenta de lo mucho que le avergonzaba mostrarme su cuerpo pálido y famélico, en el que se marcaban los huesos como en una placa de rayos X. Se sumergió a toda prisa en el agua perfumada. Yo me senté en el borde de la bañera y acaricié con los dedos su piel añorada, después le froté con la esponja. Conseguí que se relajara y cayera en un sueño del que despertó al cabo de unos minutos. Me miró y esbozó una sonrisa que coincidió con la de mis recuerdos.

—Estás tan guapa como te recordaba —habló por fin—. Fue la esperanza de volver a verte lo que me mantuvo vivo todos estos años.

Una nueva cadena de lagrimones se deslizó por sus mejillas. Me incliné sobre la bañera y le abracé muy fuerte. Así permanecimos largo rato, aspirando el vapor del agua y el perfume de las sales,

Wolfgang apretado contra mí, yo con las mangas y la pechera del vestido empapadas, hasta que el agua se enfrió y él empezó a tiritar. Cuando salimos del cuarto de baño, la Sultana ya había cenado con Gabriela. Me dio la impresión de que le había hablado de su padre, pues la niña parecía mejor dispuesta hacia él. Le sugerí que enseñara a Wolfgang los ejercicios de caligrafía que había realizado esa tarde, llevé a los dos al salón y les hice sentarse en el sofá. Cada uno ocupó un extremo. Manteniendo las distancias, Gabriela abrió su cuaderno y explicó a Wolfgang lo último que había hecho. Ver a nuestra hija moviendo su cabecita rubia y hablando con el deje caribeño que aún conservaba, mientras él hacía visibles esfuerzos por dominar el agotamiento y no echarse a llorar delante de su hija, me colocó a mí también al borde de una crisis de llanto.

Llegó la hora de acostar a la niña. Ella nunca protestaba. Tampoco esa velada. Deseó buenas noches a Wolfgang dándole la mano y la Sultana se la llevó, tras haberse despedido también con un tímido «Hasta mañana, don Wolfgang».

Nosotros nos retiramos a la alcoba cogidos de la mano. A mí me acuciaban un sinfín de dudas. ¿Cómo se había salvado Wolfgang de ser fusilado? ¿Dónde estuvo durante la guerra? ¿Por qué nunca recibí noticias suyas en tantos años? Le habría abrumado a preguntas esa misma noche, pero le vi tan extenuado que, en lugar de indagar, le desnudé en silencio, prenda a prenda, como si fuera un niño. Él se dejó hacer, sonriéndome embelesado. Al no disponer de un triste pijama que ponerse, se deslizó en cueros entre las sábanas. Me desvestí y me acosté a su lado. Wolfgang se apretujó contra mí. Su cuerpo estaba helado, en especial los pies. Recordé cómo me arrimaba a él en las noches de invierno para que me transmitiera su calor. Por un instante, se me antojó un perro perdido y apaleado que acaba de regresar a su casa. Sembré de caricias las costillas que se le marcaban en el torso, los omóplatos que semejaban alas de pájaro, la vieja cicatriz en su mejilla descarnada. Él se incorporó muy despacio, se colocó encima de mí y adentró con repentina avidez su miembro henchido entre mis piernas. Al tenerle dentro, sentí su sufrimiento acumulado, su coraje y su anhelo, mezclados con la euforia del reencuentro y el profundo cansancio de su cuerpo castigado. Y le amé más que nunca.

Nos separamos al cabo de unos minutos, o tal vez fueron solo segundos. Wolfgang parecía haber consumido toda la energía que le quedaba. Se acurrucó junto a mí, susurró «Te quiero, Flori de La Pulga» y se quedó dormido al instante. Yo le acaricié el cabello blanco y al fin pude liberar el llanto que había reprimido.

Un *guisao* de alambres

D esperté pasadas las diez de la mañana. Wolfgang dormía profundamente a mi lado. No debía de haberse movido apenas, pues estaba en la misma postura que cuando le venció el sueño. Me levanté con cuidado de no despertarle, me puse la bata y fui a la cocina. La Sultana, afanosa, cortaba carne y un puñado de verduras sobre una tabla de madera. Se giró cuando me oyó entrar.

—He *llevao* a Gabriela al colegio y he traído *pa* prepararle algo especial a don Wolfgang —exclamó—. Y también *pa* que desayune *curasaos* de esos tan buenos. ¿Dónde habrá *estao* el pobre *pa* volver con menos chicha que un *guisao* de alambres?

Le sonreí y saqué una taza de la alacena. La llené del café que había preparado la Sultana y cuyo aroma inundaba la cocina. Me senté a la mesa. Bebí en silencio, observando cómo picaba los ingredientes de su plato especial. Yo tenía que ir sin falta a comprarle a Wolfgang ropa decente y artículos de aseo, pero quería que él me encontrara en casa cuando saliera de la alcoba. Aún me pellizcaba de vez cuando el antebrazo para convencerme de que no estaba soñando. Y en medio de mi euforia por el milagro de haberle recuperado, se mezclaba a ratos un asomo de miedo. El hombre que había pasado la noche a mi lado no era el mismo que me despidiera en el muelle de ultramar de Hamburgo. ¿Qué le habrían hecho los agentes de la Gestapo después de detenerle?

Percibí en mi hombro el calor de una mano. Volví la cabeza. Wolfgang estaba de pie a mi lado. En su cara apareció fugazmente la sonrisa del hombre que fue. Se le veía más descansado, aunque los cañones de barba blanquecina que cubrían su mentón le envejecían y le daban un aire descuidado. Salté de la silla y me abracé a él. Sus brazos me apretaron muy fuerte. Así estuvimos un buen rato, tan pegados que creí sentir en mis pechos los latidos de su corazón, acompañados por el rítmico golpeteo del cuchillo de la Sultana contra la tabla de cortar. Cuando nos desligamos, Wolfgang apartó una silla y se acomodó ante la mesa. Le serví un gran tazón de café con un cruasán y me senté a su lado. Él solo comió medio, pero repitió con el café. A mitad de la segunda taza, alzó la vista y murmuró:

—Nada más volver a Berlín, fui a nuestra casa. Toda la manzana está reducida a escombros. —Dio otro trago y apretó las manos alrededor de la taza—. Encontré donde dormir en un albergue de la Cruz Roja. Allí me prestaron lo necesario para escribirle a Nando preguntándole por ti. Para averiguar qué fue de mi hijo, he recorrido todas las oficinas que han abierto los aliados en los cuarteles que quedan en pie. Hace unos días, un sargento norteamericano me dijo que recordaba a un joven que había estado allí indagando sobre mi ejecución y le había dejado una dirección. Así fue como supe que Konrad ha sobrevivido a esa guerra infernal.

Hizo una pausa y apuró el tazón. Yo quise contarle que estuve en Berlín y hablé con su hijo, pero él no me dio tiempo.

—Tenía miedo de encontrarme con Konrad por si me reprochaba... lo que hice —continuó—, pero nos abrazamos y sentí que mi hijo comprendía mis razones. Él me contó que os visteis en Berlín y que pensabas trasladarte a París. Dijo que había conocido a nuestra pequeña. Estaba muy impresionado. Y a mí... saber que estabas más cerca de lo que creía y que... que tenemos una hija... ¡Nunca había llorado tanto en toda mi vida, Flor!

Le acaricié el antebrazo. En mi cabeza bullían infinidad de preguntas que hacerle, pero decidí dejarlas para más adelante. Él depositó la taza encima del tablero y se limpió los ojos. La Sultana acabó de llenar la cazuela, la puso al fuego y abandonó la cocina murmurando algo de ir a arreglar nuestra alcoba.

Al cabo de un rato, me animé a bajar a comprarle a Wolfgang un vestuario apropiado. Regresé al apartamento cargada con ropa, calzado, artículos de aseo y un frasco del perfume que usaba antes. La Sultana estaba en la cocina, dedicada de nuevo a su guiso extraordinario. Dijo que Wolfgang había ido a asearse. Fui al cuarto de baño y le encontré sumergido en la bañera, envuelto en espuma hasta el cuello.

—Necesito quitarme este maldito hedor de Dachau. Lo siento metido debajo de la piel —susurró.

De modo que había estado prisionero en el campo de Dachau. Surgieron de nuevo todas mis dudas, pero no me atreví a indagar. El instinto me decía que convenía dejarle tranquilo hasta que él mismo se decidiera a hablar. Me limité a recoger los ropajes rancios y los zapatos deformes que había traído, llevé todo a la cocina y lo tiré a la basura. De vuelta en el baño, me quedé con Wolfgang mientras se frotaba con la esponja; también le observé cuando se afeitó la horrible barba blanquecina y se cepilló los dientes a conciencia. Remató el aseo echándose el perfume de los viejos tiempos. Al acabar, vestido con su ropa nueva, asomó un pedacito más del Wolfgang que había sido un lustro atrás.

No me separé de él hasta que Gabriela regresó del colegio de la mano de la Sultana. Nuestra pequeña se acercó al sofá donde descansaba Wolfgang y le saludó con un vacilante beso en la mejilla. No supe si había salido de ella o la habría aleccionado la Sultana durante el camino. Sí noté que Gabriela empezaba a tomar confianza con el padre al que todas en esa casa habíamos creído muerto.

A la hora de hacer los ejercicios de caligrafía vespertinos en la cocina, Wolfgang se sentó a la derecha de Gabriela. Los dejé a solas un rato para que se acostumbraran el uno al otro. Cuando volví junto a ellos, la niña mostraba a su padre el cuaderno abierto mientras él alababa su trabajo con cara de embeleso. Me acomodé a la izquierda de Gabriela. Wolfgang y yo entrelazamos las manos detrás de la espalda de nuestra hija engendrada en una sórdida pensión portuaria de Hamburgo, cuando él me salvó de acabar en alguno de los campos de concentración que sembraban de ignominia la Alemania de entonces. Dentro de mi cabeza sonó de pronto la canción de Zarah Leander que escuchaba el matrimonio Ebert en su villa de Berlín arrasada por la tristeza:

Sé que algún día se obrará un milagro
y entonces se harán realidad mil sueños.
Sé que no puede acabar tan pronto un amor,
que fue tan grande y tan maravilloso.

En la vida, hay quien es dichoso y no se da cuenta hasta mucho tiempo después. Nosotros fuimos felices aquella tarde en la cocina, viendo a nuestra hija concentrada en deslizar el lapicero sobre su cuaderno de caligrafía escolar.

Y lo sabíamos.

Crónica del infierno

E n las semanas siguientes a su reaparición, Wolfgang se fue recuperando poco a poco. Aún se daba largos baños para quitarse el hedor de Dachau, como decía él, pero ya comía con más apetito y paseaba casi a diario con Gabriela por los jardines de las Tullerías. Sin embargo, tardó en decidirse a contarme lo que le ocurrió después de nuestra despedida en el puerto de Hamburgo. Por los detalles que me había ido revelando, yo solo sabía que había estado prisionero en Dachau y que, tras la liberación del campo por los americanos, había recorrido las ruinas de Berlín en busca de su hijo. Nada más. Cada día me resultaba más difícil contener la ansiedad y evitar hacerle preguntas directas. Por fin, una fría noche de diciembre, ya arrebujados los dos muy juntos bajo el edredón de nuestra cama, mi paciencia se vio recompensada: Wolfgang se animó a hablar.

Su calvario comenzó en el rellano de nuestro piso, nada más regresar de Hamburgo. En cuanto introdujo la llave en la puerta, cayeron sobre él dos agentes de la Gestapo, le arrastraron escaleras abajo y le empujaron dentro de un coche que aguardaba junto a la acera. El más agresivo empezó a golpearle incluso antes de arrancar. El compañero le ordenó parar. Pero pese a que parecía el más moderado, fue quien demostró mayor devoción y creatividad a la hora de hacerle hablar en el cuartel general de la Gestapo. Aún no se explicaba cómo resistió los golpes y maltratos a los que le sometieron sin darle tregua, ni recordaba si llegó a delatar a sus compañeros. En su memoria solo conservaba dolor, sangre y más dolor. Llegaron a carearle con los cinco oficiales que participaron en la conspiración contra Hitler y andaban igual de maltrechos que él. Nunca olvidaría la sospecha reflejada en los ojos de los otros, que a buen seguro también asomaría a los suyos. En esas circunstancias, cuando uno ya no se fía de su propia fortaleza, ¿cómo va a confiar en la de los demás?

El juicio sumarísimo al que se sometió a los detenidos en un cuartel de la Wehrmacht fue una farsa en la que estos se sabían condenados de antemano. Solo les preocupaba el grado de crueldad de la ejecución. Cuando la sentencia dictó fusilamiento ante un pelotón, una ola de alivio barrió el banquillo de los acusados; al menos, cabía la esperanza de una muerte rápida. Acto seguido, los empujaron de malos modos hacia el patio donde iban a ser ajusticiados. Allí le empezaron a temblar las rodillas. ¿Sería capaz de mantenerse digno al verse cara a cara con la muerte, o perdería el control de los esfínteres como sabía que les ocurría a muchos? ¿Cabía algo más vergonzante que abandonar este mundo con los pantalones manchados de excrementos hediondos?

Los condenados fueron alineados ante un muro lleno de agujeros de bala y manchas de sangre seca. Él juntó los talones, tensó los glúteos para controlar el temblor e irguió la espalda cuanto pudo. Un soldado les fue vendando los ojos con exasperante lentitud. El oficial al mando del pelotón dio la orden de apuntar, pero no le siguió enseguida la de disparar. En lugar de eso, se expandió por el recinto un silencio inquietante. ¿Qué ocurría? ¿Acaso retrasaban la muerte para hacerles perder la compostura e infligirles la última humillación? Entonces alguien le arrancó bruscamente la venda de los ojos. El oficial se había plantado delante de él y le miraba con feroz desprecio.

—¡Tú, adentro!

Dos soldados le escoltaron hacia la puerta trasera del cuartel. Antes de traspasarla, aún le alcanzó la voz del oficial:

—Da gracias a que tu viejo es un pez gordo y ha movido muchos hilos. Te salvas de pudrirte en la fosa con esos, pero no te irás de rositas, cerdo traidor.

Le encerraron en un calabozo penumbroso y hediondo. Desde

allí oyó los disparos de los fusilamientos. Nunca había experimentado una mezcla tan incongruente de sentimientos: alivio por seguir vivo junto a la culpa por haberse salvado mientras que sus compañeros acababan de morir.

Tras varios días aislado en esa celda, sin ver ni siquiera a los guardias que le llevaban la comida y retiraban su orinal a través de una trampilla, le trasladaron a la prisión de Plötzensee, a las afueras de Berlín, un lugar siniestro al que iban a parar los presos políticos y los que se oponían al régimen nazi aunque solo hubiera sido repartiendo octavillas. Allí lo mejor que podía pasarle a uno era que nadie se fijara en él. Los días se sucedían siempre iguales, sin ningún contacto con el exterior, y al final acabó perdiendo la noción del tiempo. Aún no sabía con certeza cuántos meses o años estuvo allí. Solo que una mañana le hicieron salir de su celda y le obligaron a subir, junto a otros prisioneros, al espacio de carga de un camión que los llevó, en un agotador viaje a través de Alemania, al campo de concentración de Dachau, en Baviera. Allí se hacinaban, en una mezcla variopinta, opositores políticos, judíos, gitanos, homosexuales, prisioneros de guerra e incluso sacerdotes que habían expresado su disconformidad con el Gobierno nacionalsocialista. Cada grupo llevaba un distintivo de diferente color cosido a la ropa.

Dachau era el infierno. La vida o la muerte, ser apaleado o no, que te dieran de comer o no… todo dependía del humor con el que empezaran el día los guardianes. Los prisioneros trabajaban hasta desfallecer arreglando carreteras, picando piedra o en las fábricas de armamento cercanas. A los judíos se les asignaban las tareas más agotadoras y humillantes. Las raciones de comida eran demasiado magras para reponer la energía que consumían los cuerpos, pero cada mañana había que abandonar el catre y arrastrarse al tajo, pues quien no cumplía su cupo acababa con sus huesos en el centro de «eutanasia» austríaco de Hartheim, cerca de Linz.

En los meses previos a la llegada de las tropas norteamericanas, las pésimas condiciones de vida empeoraron todavía más. La falta de higiene provocaba sarna o tiña y los piojos se multiplicaban entre los pliegues de la ropa medio podrida. En la primavera de 1945, una epidemia de tifus asoló el campo. La enfermería no tenía capacidad para tantos enfermos y en los barracones acabaron mezclándose sanos y contagiados. Los moribundos expiraban en sus camastros y allí se descomponían sus cuerpos hasta que alguien los retiraba. Ante la saturación de los crematorios, a los muertos se los amontonaba sin más en el depósito de cadáveres. El denso hedor que flotaba sobre el recinto llegó a ser insoportable incluso para los olfatos curtidos de los prisioneros.

Él cayó enfermo poco antes de la liberación. Cuando las tropas americanas entraron en el campo, deliraba de fiebre y solo recordaba unas sombras borrosas moviéndose cerca de su camastro. Recobró la conciencia en un hospital de Munich, donde los americanos ingresaban a los casos más graves y a los que estaban tan depauperados que había que alimentarlos poco a poco. Aun así, muchos murieron porque sus cuerpos ya no toleraban la comida. Un enfermero le reveló un día que en Dachau habían estado a punto de amontonarle en la pila de los muertos. Pasó semanas hospitalizado hasta que sus órganos volvieron a funcionar con normalidad. En cuanto se sintió mejor, su única obsesión fue escribir a Nando para que me dijera que había sobrevivido y averiguar si su hijo vivía. Pero el hospital mantenía aislados a los rescatados de Dachau y los médicos tardaron en darle el alta. Cuando pudo salir de allí y logró que un amable sargento norteamericano le dejara viajar con él en jeep hasta Berlín, ya había llegado el otoño.

Dar con su hijo en el infinito campo de ruinas que era su ciudad natal fue un golpe de suerte. De no haber entrado, desesperado ya, en un acuartelamiento americano donde un sargento se acordaba de un joven alemán que pretendía averiguar dónde se hallaban los restos de su padre ejecutado por los nazis, habría seguido esperando la respuesta de Nando a su carta y aún vagaría por Berlín para indagar si Konrad estaba vivo o había caído en la guerra. Recuperarle por fin sano y salvo le hizo llorar, pero aún vertió más lágrimas cuando supo que nadie en la familia conocía la intervención del patriarca Von Aschenbach que le libró *in extremis* de ser fusilado. ¿Cómo pudo ser el viejo tan orgulloso y ocultar hasta a su propia esposa lo que hizo por el retoño díscolo al que nunca logró entender? De haber confiado en ella, tal vez habría evitado que la pobre se consumiera de pena creyendo que había perdido también al hijo que le quedaba. Pero así fue su padre: genio y figura hasta el último aliento.

Wolfgang se quedó callado de pronto. Se abrazó aún más a mí y susurró: «Te quiero mucho, Flori de La Pulga». Mi cuerpo se acopló al suyo y absorbió ávido su calor. Wolfgang había empezado a recuperar carnes y eso había ahuyentado el frío que se le incrustara en Dachau. Permanecimos un buen rato en silencio. No necesitábamos las palabras. Nos bastaba con el privilegio de poder respirar el uno junto al otro. Dentro de la dicha de aquel instante, yo era consciente de que nos quedaba mucho por pelear. Wolfgang iba a necesitar tiempo, paciencia y apoyo para recuperarse física y anímicamente de su cautiverio. Tal vez nunca volvería a ser quien fue. Pero yo le amaba como el primer día y estaba dispuesta a luchar a su lado con uñas y dientes.

Epílogo

París, otoño de 1965

Han pasado veinte años desde que Wolfgang apareció en el hueco de la puerta como un espectro surgido de entre los muertos. Pese a lo mucho que había sufrido, al acabar la guerra las cosas aún distaron de ser fáciles para él. No lo fueron para ninguno de nosotros.

A fin de poder viajar a París en mi busca, Wolfgang había tenido que conseguir en el mercado negro de Berlín un pasaporte falsificado que le permitiera cruzar la frontera, fuertemente vigilada para evitar la fuga de los nazis que aún se ocultaban en la Alemania devastada y controlada por las fuerzas aliadas. En previsión de posibles problemas a causa de esa irregularidad y de su condición de oficial de la Wehrmacht, en cuanto se sintió lo bastante fuerte desde el punto de vista físico y anímico, regresó a Alemania y se sometió voluntariamente a una investigación para demostrar que no había cometido ningún crimen nazi. El tribunal que hurgó en su pasado hasta el más ínfimo detalle acabó declarándole «exonerado» y le incluyó en la lista de alemanes con derecho a trabajar en la Administración pública y en puestos comprometidos. A un periodista norteamericano que cubría el proceso de desnazificación en Alemania le llamó la atención la oposición de Wolfgang al régimen de Hitler que motivó su cautiverio en el infierno de Dachau. Redactó sobre él un extenso artículo y lo publicó en un importante semanario de Estados Unidos. Posteriormente, el texto apareció traducido en una revista francesa. La historia armó un gran revuelo en ambos países y aportó a nuestras vidas el giro favorable que necesitábamos: a un alto funcionario de la Unesco le complació el pasado antinazi de Wolfgang y le ofreció trabajar en la organización recién creada en París. Él aceptó y por fin pudimos vivir tranquilos en la ciudad donde más felices habíamos sido.

Gracias a Claude Lefèvre, mi carrera musical se volvió a afianzar en Europa. Trabajé mucho en Francia, sobre todo en París. Claude me enviaba cada año de gira por todo el continente, excepto a la España sometida por el régimen de Franco, adonde solo he regresado alguna vez para reunirme con mis hermanos Rubén y Amador, que ya suman un buen ramillete de nietos entre los dos. Mi fama empezó a declinar al inicio de esta década de los sesenta que tantos cambios ha traído consigo. Mi música ha dejado de llenar teatros y no puede competir con la de jóvenes desenfadados que derrochan vitalidad, como los Beatles y los Rolling Stones. Aún me llaman a veces para cantar en programas de televisión dedicados a rescatar a las que somos viejas glorias sesentonas, pero mi vida se ha vuelto muy tranquila ahora. No me apena; disfruté de mi rodajita de fama y lo que deseo ahora es pasar más tiempo con Wolfgang. Tuvo que jubilarse hace unos años a causa de ciertos achaques causados, según su médico, por la edad y por las penurias que padeció en Dachau. La enfermedad no le ha hecho perder la sonrisa ni el buen humor, pero sé que por dentro no le resulta nada fácil aceptar el declive físico. A todos nos cuesta lidiar con la decrepitud.

Claude también se retiró hace dos años y se mudó con Madeleine a una elegante villa en Niza. La sílfide frívola que fue Madeleine sobrevive dentro de un cuerpo enjuto y renegrido por el sol del Mediterráneo, a cuyos rayos se somete para disimular las arrugas. Nos vemos poco, aunque nos escribimos de vez en cuando y hablamos por teléfono, el invento que tanto me asustaba de joven. Por Claude me enteré en el año 50 de que don Octavi murió plácidamente mientras dormía. Mantuvo hasta el final su afán de acoger a jóvenes pupilas en su piso de La Pedrera para lanzarlas como cantantes... y resucitar a Leonora a través de sus cuerpos lozanos.

Gabriela ya no vive con nosotros. Estudia piano y canto en el conservatorio y comparte piso con dos amigas. Habla cuatro idiomas, es despierta, alegre y rebelde en extremo, como muchas chicas de ahora. Físicamente sigue pareciéndose a Wolfgang. Él dice que por dentro es igual de cabezota que su madre. A mí me tranquiliza saber que mi hija no se deja subyugar por nadie. La vida sigue siendo más difícil para las mujeres, pero las cosas empiezan a cambiar y a las chicas como Gabriela les sobran ganas de luchar por sus derechos.

Konrad se reincorporó al ejército después de la guerra y ha hecho carrera en la Bundeswehr, como llaman ahora a las fuerzas armadas en la República Federal de Alemania. Cuando nos visita en París con su familia, no deja de asombrarme cómo la edad le está convirtiendo en un calco imperfecto de Wolfgang.

Jorge, mi querido hermano mayor, nos dejó en el 59. El dueño del taller donde trabajaba de mecánico se encontró una mañana su cuerpo sin vida en el cuartito de la parte trasera. Me gusta pensar que al fin se ha reunido en algún lugar con su añorada Amina.

Nando, el cubano, se casó por tercera vez nada más arrancar la década de los cincuenta y aún no se ha divorciado. Según Wolfgang, no es que su amigo haya sentado la cabeza, solo se ha cansado de volar de flor en flor.

¿Y la Sultana? La antigua bailarina oriental de La Pulga es ahora una viejita enjuta que aún conserva energía para controlar con mano férrea a la criada cuyo cometido es descargarla de tareas y sigue encomendándose varias veces al día a la Virgen del Pilar y a sus santos de más confianza. Wolfgang suele decir en broma que la Sultana nos enterrará a todos. Es muy posible que sea así.

Nuestro baúl del tiempo se va vaciando sin remedio, pero cuando miro a Wolfgang sigo viendo al joven apuesto y elegante que apareció una noche entre el público de La Pulga y cambió mi destino, al hombre en plenitud que me reconoció diez años después en el Jockey y al oficial uniformado con el que me casé en Berlín. Por mucho que quieran azotarnos las penurias y la vejez, los jóvenes que fuimos seguirán viviendo dentro de nosotros hasta el final.

Agradecimientos

A Avelino, mi marido, compañero de vida, lector cero y primer «sufridor literario», por creer en mí como escritora antes de que lo hiciera yo y por su infinita paciencia. Soy consciente de que no es fácil soportar mis neuras cuando me hallo en pleno proceso de escritura (que no es cosa de unos días).

A mi familia, porque, como podría haber dicho el mismísimo Don Corleone, «la familia es lo primero».

A mi editora Ana Liarás por su apoyo, su gran profesionalidad y sus siempre acertados consejos.

Al fabuloso equipo de Pontas Literary & Film Agency y, en especial, a María Cardona por sus incansables gestiones y por estar siempre dispuesta a atender mis dudas y a dar ánimos.

Al equipo de Penguin Random House, que se vuelca en cada libro.

A mis queridos lectores, que llevan años siguiéndome y aguardando con impaciencia mis novelas. Cada vez que me preguntaban si habría pronto nuevo libro, me servía de estímulo durante la laboriosa gestación de esta obra.

Nota de la autora

Para hacer este viaje en el tiempo que abarca casi cinco décadas, me documenté con los libros y artículos que enumero en el apartado de la bibliografía. Me gusta ser muy respetuosa con el rigor histórico, pero también me permito alguna licencia. A fin de cuentas, esto es una novela por la que se mueven personajes que yo he creado y a los que hago coincidir con personas que, por una razón u otra, han pasado a la historia.

Así, asigné a Wolfgang el puesto de agregado militar de la embajada alemana en París porque me pareció el más adecuado para un hombre con su origen aristocrático y su formación militar.

La conspiración contra Adolf Hitler de la que hablo nunca existió, pero podría haber sido cualquiera de las muchas que se urdieron para acabar con él durante los años en los que ostentó el poder y de las que escapó gracias a su proverbial buena suerte.

Como ya he comentado en alguna ocasión, la posibilidad de mezclar historia y ficción forma parte de la magia de la literatura.

Bibliografía

Barreiro, Javier, *Raquel Meller y su tiempo*, Zaragoza, Diputación General de Aragón, Departamento de Cultura y Educación, 1992.

Bustos Ansart, Francisco, *Pistolerismo*, Madrid, Espasa Calpe, 1935.

Casanova, Julián, *España partida en dos. Breve historia de la guerra civil española*, Barcelona, Crítica, 2013.

—; Gil Andrés, Carlos, *Breve historia de España en el siglo XX*, Barcelona, Ariel, 2012.

Childers, Thomas, *El Tercer Reich. Una historia de la Alemania nazi*, Barcelona, Crítica, 2017.

Collell, Jaume, *El músic de l'americana vermella. Joan Viladomat i la Barcelona descordada dels anys vint*, Barcelona, RBA/ La Magrana, 2014.

De Montparnasse, Kiki, *Recuerdos recobrados*, Madrid, Nocturna Ediciones, 2009.

Eslava Galán, Juan, *La segunda guerra mundial contada para escépticos*, Barcelona, Planeta, 2015.

—, *La primera guerra mundial contada para escépticos*, Barcelona, Planeta, 2014.

Galbraith, John Kenneth, *The Great Crash 1929*, Boston, Houghton Mifflin Company, 1955. [Hay trad. cast.: *El crash de 1929*, Barcelona, Ariel, 2013.]

Gaziel, *La Barcelona de ayer. Estampas y crónicas (1919-1933)*, Barcelona, La Vanguardia Ediciones, 2014.

Goldbach, Heike, *Ein Feuerwerk an Charme. Willy Fritsch*, Hamburgo, Tredition, 2917.

Haustedt, Birgit, *Die wilden Jahre in Berlin*, Berlín, Ebersbach & Simon, 2016.

Hemeroteca on line de *abc.es* y *lavanguardia.com*.

Juliá, Santos; García Delgado, José Luis; Jiménez, Juan Carlos; Fusi, Juan Pablo, *La España del siglo xx*, Madrid, Marcial Pons, 2013.

Kreimeier, Klaus, *Die Ufa-Story*, Munich, Carl Hanser Verlag, 1992.

López Ruiz, José, *Aquel Madrid del cuplé*, Madrid, El Avapiés, 1988.

Lozano, Álvaro, *La Alemania nazi (1933-1945)*, Madrid, Marcial Pons, 2013.

—, *Breve historia de la Primera Guerra Mundial*, Madrid, Ediciones Nowtilus, 2011.

Martorell, Miguel; Juliá, Santos, *Manual de historia política y social de España (1808-2011)*, Barcelona, RBA, 2014.

Möller, Horst, *La República de Weimar. Una democracia inacabada*, Madrid, Antonio Machado, 2012.

Orbach, Danny, *Las conspiraciones contra Hitler*, Barcelona, Tusquets Editores, 2018.

Rose, Phyllis, *Jazz Cleopatra. Josephine Baker y su tiempo*, Barcelona, Tusquets Editores, 1991.

Salaún, Serge, *El cuplé (1900-1936)*, Madrid, Espasa Calpe, 1990.

Shirer, William, *Regreso a Berlín. 1945-1947*, Barcelona, Debate, 2015.

Spinney, Laura, *El jinete pálido. 1938: La epidemia que cambió el mundo*, Barcelona, Crítica, 2018.

Stevenson, David, *1914-1918. Historia de la Primera Guerra Mundial*, Barcelona, Debate, 2014.

Sublette, Ned, *Cuba and Its Music. From the First Drums to the Mambo*, Chicago, Chicago Review Press, 2004.

Thomas, Gordon; Morgan-Witts, Max, *Voyage of the Damned. A shocking true story of hope, betrayal, and nazi terror*, Nueva York, Open Road Media, 2014.

Tusell, Javier, *Historia de España en el siglo* xx. *Del 98 a la proclamación de la República*, Madrid, Taurus, 2007.

Uzcanga Meineke, Francisco, *El café sobre el volcán. Una crónica del Berlín de entreguerras (1922-1933)*, Madrid, Libros del K.O., 2018.

VV. AA., «La República de Weimar» (dossier), *La Aventura de la Historia*, n.º 240 (octubre de 2018).

Fuentes consultadas a través de internet

Antón, Jacinto, «El fin de la guerra y la plaga que resultó aún más mortífera», en <https://elpais.com/cultura/2018/01/01/actuali dad/1514818718_096439.html>.

Barreiro, Javier, «Pilar Alonso», en <https://javierbarreiro.word press.com/2010/09/21/pilar-alonso/>.

—, «Los contextos del cuplé inicial. Canción, sicalipsis y modernidad», en <https://javierbarreiro.wordpress.com/2011/07/22/ los-contextos-del-cuple-inicial-cancion-sicalipsis-y-moderni dad/>.

—, «La Fornarina y el origen de la canción en España», en <https://javierbarreiro.wordpress.com/2011/09/20/la-fornari na-y-el-origen-de-la-cancion-en-espana/>.

Bock, Hans-Michael, «The Neubabelsberg studios — Hans Michael Bock on the Ufa Film City», en <https://www.filmportal. de/material/the-neubabelsberg-studios-hans-michael-bock-on-the-ufa-film-city>.

Boegel, Nathalie, «Berlin in den Goldenen Zwanzigern. "Ich bin Babel, die Sünderin"», en <https://www.spiegel.de/geschichte/ berlin-hauptstadt-des-verbrechens-das-wildeste-nachtleben -der-welt-a-1227988.html>.

Bolin, Guillermo, «Raquel Meller», en <https://www.abc.es/archi vo/periodicos/blanco-negro-19620804.html>.

Brettin, Michael, «Zwanzigerjahre: Berlin — plötzlich Weltstadt», en <https://www.berliner-zeitung.de/wirtschaft-verant-wortung/zwanzigerjahre-berlin-ploetzlich-weltstadt-li.65306>.

Brovot, Leonie, «Kampf um die Richardsburg», en <https://www.
neukoellner.net/zeitreisen/kampf-um-die-richardsburg/>.

De la Fuente, Manuel, «Raquel Meller: de las mieles del éxito a
las hieles del olvido», en <https://www.abc.es/cultura/musi
ca/abci-raquel-meller-mieles-exito-201206190000_noticia.
html>.

Díaz Pérez, Eva, «Locura de trinchera», en <https://www.elmun
do.es/especiales/primera-guerra-mundial/vivencias/locura-de-
trinchera.html>.

Enciclopedia del Holocausto, «Legislación antisemita, 1933-
1939», en <https://encyclopedia.ushmm.org/content/es/ar
ticle/antisemitic-legislation-1933-1939>. «Dachau», en
<https://encyclopedia.ushmm.org/content/es/article/da
chau>.

Fortuny, Carlos, «Medio siglo de canción ligera en España», en
<https://www.abc.es/archivo/periodicos/abc-madrid-
19661210-52.html>.

—, «Nacimiento, esplendor y muerte de la reina del cuplé», en
<https://www.abc.es/archivo/periodicos/abc-madrid-
19690824-10.html>.

García Molina, Víctor Javier, «Weimar, la república inviable», en
<https://www.abc.es/cultura/20140305/abci-weimar-republi
ca-inviable-201403051007.html>.

González, Enric, «El disparo que acabó con Europa», en <https://
www.elmundo.es/especiales/primera-guerra-mundial/mundo-
cambiante/el-detonante.html>.

González Díaz, Álvaro, «El barranco del Lobo. El desastre que
augura Annual», en <https://revistadehistoria.es/el-barranco-
del-lobo-el-desastre-que-augura-annual/>.

Grothe, Solveig, «Hotel Adlon. Deutschlands erste Adresse», en
<https://www.spiegel.de/geschichte/100-jahre-hotel-adlon-
a-948049.html>.

Hernández, Virginia, «Una neutralidad falsa», en <https://www.
elmundo.es/especiales/primera-guerra-mundial/vivencias/neu
tralidad-espana.html>.

Iken, Katja, «Josephine Baker in Berlin. Gefeiert wie eine Göttin, begafft wie ein Tier», en <https://www.spiegel.de/geschichte/ josephine-baker-in-berlin-a-1070322.html>.

Kellerhoff, Sven Felix, «Der Henker der SS kam bis zuletzt einmal pro Woche», en <https://www.welt.de/geschichte/zweiter-weltkrieg/article140057122/Der-Henker-der-SS-kam-bis-zu letzt-einmal-pro-Woche.html>.

Kolbe, Corina, «Olympische Spiele 1936 in Berlin. Propaganda-schlacht im Stadion», en <https://www.spiegel.de/geschichte/ olympische-spiele-1936-in-berlin-propagandaschlacht-im-stadion-a-1104943.html>.

Krause, Tilman, «Harry Graf Kessler, Das war der größte deutsche Dandy», en <https://www.welt.de/kultur/article155673 698/Das-war-der-groesste-deutsche-Dandy.html>.

Kurz, Clemens, «Mitte: Ein "verschollener Ort" — Das Hotel "Kaiserhof"», en <https://ckstadtspaziergaenge.wordpress. com/2016/01/20/mitte-ein-verschollener-ort-das-hotel-kaiser hof/>.

Lanchin, Mike, «El barco de refugiados judíos que nadie quiso recibir en América», en <https://www.bbc.com/mundo/noti cias/2014/05/140513_barco_judios_rechazados_cuba_ar>.

Leipold, Frieder, «Die Nacht der langen Messer», en <https:// www.focus.de/wissen/mensch/geschichte/nationalsozialismus/ tid-14713/roehm-putsch-die-nacht-der-langen-messer_ aid_412501.html>.

Marek, Michael, «Vom Auszug deutscher Filmschaffender», en<https://www.dw.com/de/vom-auszug-deutscher-filmschaffender/a-16803262>.

Matthies, Bernd, «Nachtleben der Zwanziger Jahre. Berlin zwischen Exzess und Exitus», en <https://www.tagesspiegel.de/ berlin/nachtleben-der-zwanziger-jahre-berlin-zwischen-ex zess-und-exitus/20400230.html>.

Méndiz, Alfonso, «*Metrópolis* (1927), de Fritz Lang (parte I)», en <http://www.alfonsomendiz.com/fila-siete/metropolis-parte-i/>.

—, «*Metrópolis* (1927), de Fritz Lang (parte II)», en <https://fi lasiete.com/noticias/making-of/metropolis-1927-fritz-lang-2/>.

Mühling, Jens, «Die Berliner Geschichte des Kondoms. Verhütung unter Hitler», en <https://www.tagesspiegel.de/gesellschaft/ verhuetung-unter-hitler-die-berliner-geschichte-des-kon doms/13814170.html>.

Nuelle, Carolyn, «Ada "Bricktop" Smith and American Jazz in Montmartre», en <https://musicalgeography.org/2016/06/17/ ada-bricktop-smith-and-american-jazz-in-montmartre/>.

Ossenkopp, Michael, «Kondome — seit 100 Jahren sind sie Mas-senprodukt», en <https://www.badische-zeitung.de/kondome-seit-100-jahren-sind-sie-ein-massenprodukt--121606054. html>.

Patzel-Mattern, Katja, «Das "Gesetz der Frauenwürde". Else Kienle und der Kampf um den Paragrafen 218 in der Weima-rer Republik», en <http://archiv.ub.uni-heidelberg.de/voll textserver/13672/1/Patzel_Mattern_Frauenwuerde.pdf>.

Pita, Antonio, «El café berlinés que odiaba Goebbels», en <https:// elpais.com/cultura/2018/04/17/actualidad/15239 78920_612022.html>.

Romero Bengoetxea, Aitziber, «Persecución del pueblo judío», en <https://www.dw.com/es/persecuci%C3%B3n-del-pueblo-jud%C3%ADo/a-2426228>.

Schilp, Susanne, «Nur kurze Zeit ein "Sturmlokal": 1931 zog die SA in Neuköllns größte Mietskaserne», en <https://www.ber liner-woche.de/neukoelln/c-politik/nur-kurze-zeit-ein-stur mlokal-1931-zog-die-sa-in-neukoellns-groesste-mietskaserne_ a143306>.

Schvindlerman, Julián, «Cuando los nazis pusieron en marcha el horror antisemita», en <https://www.perfil.com/noticias/elob servador/cuando-los-nazis-pusieron-en-marcha-el-horror-an tisemita.phtml>.

Scriba, Arnulf, «Die Weimarer Republik», en <https://www.dhm. de/lemo/kapitel/weimarer-republik>.

Spuhler, Gregor, «"Kristallnacht" als Auftakt zur Vertreibung», en <https://www.nzz.ch/schweiz/kristallnacht-als-auftakt-zur-vertreibung-ld.1435141>.

Stremper, Johannes, «Anita Berber. Wie sündig das Berlin der

zwanziger Jahre wirklich war», en <https://www.geo.de/ma
gazine/geo-epoche-kollektion/19744-rtkl-anita-berber-wie-
suendig-das-berlin-der-zwanziger-jahre>.

Sundermeier, Jörg, «Der Mordsturm in der roten Hochburg», en
<https://taz.de/!399580/>.

Tribelhorn, Marc; Hehli, Simon, «Walter Strauss erlebte die Rei-
chspogromnacht — und sagt heute: "Ich glaube nicht, dass die
Menschen aus der Geschichte lernen. Der Weg von der Zivili-
sation zur Barbarei ist kurz"», en <https://www.nzz.ch/
schweiz/walter-strauss-erlebte-die-reichspogromnacht-und-
sagt-heute-ich-glaube-nicht-dass-die-menschen-aus-der-ges
chichte-lernen-ld.1435140>.

Viana, Israel, «Juegos Olímpicos. El negro que ridiculizó a Hitler»,
en <https://www.abc.es/deportes/abcp-negro-ridiculizo-
hitler-201108150000_noticia.html>.

VV. AA., «Berliner Film-Ateliers. Ein kleines Lexikon, Babels-
berg», en <http://www.cinegraph.de/etc/ateliers/babelsberg.
html>.

VV. AA., «Die Deutschen, 1929 bis 1939. Parteienkämpfe, Ma-
chtergreifung, Diktatur», en <http://www.saeculum-verlag.de/
pdf/booklets/Booklet_1929-1939.pdf>.

VV. AA., «Vom Stadttor zum Stadtzentrum», en <https://potsda
merplatz.de/geschichte/>.

Wiesner, Maria, «Asta Nielsen — der erste europäische Filmstar»,
en <https://www.kino-zeit.de/news-features/features-filmges
chichten/asta-nielsen-der-erste-europaeische-filmstar>.

Winkler, Heinrich August, «La República de Weimar. El final de
la cuestión alemana — retrospectiva de un largo camino hacia
Occidente: 1919-1933», en <https://www.deutschland.de/es/
topic/politica/la-republica-de-weimar>.

Zamora, José de, «Cuando Madrid era pequeño. Así era la Fornarina», en <https://www.abc.es/archivo/periodicos/abc-ma
drid-19551120-27.html>.

«Para viajar lejos no hay mejor nave que un libro.»

Emily Dickinson

Gracias por tu lectura de este libro.

En **penguinlibros.club** encontrarás las mejores
recomendaciones de lectura.

Únete a nuestra comunidad y viaja con nosotros.

penguinlibros.club